Die sechs Kraniche

© Adrian Ow

Elizabeth Lim wuchs in der Nähe von San Francisco auf und kam schon früh mit Märchen, Mythen und Liedern in Berührung. Nach ihrem Studium an der Juilliard School und am Harvard College arbeitete sie zunächst als Komponistin für Filme und Computerspiele, bevor sie sich an ihren ersten Roman wagte. Ihre Bücher wurden allesamt zu Bestsellern. Heute lebt sie mit ihrem Mann und ihrer Tochter in New York.

© Ellen Coenders

Birgit Schmitz hat Theater-, Film- und Fernsehwissenschaft studiert und arbeitete einige Jahre als Dramaturgin. Heute lebt sie als Literaturübersetzerin und Lektorin in Frankfurt am Main.

Elizabeth Lim

DIE SECHS KRANICHE

Aus dem Englischen von Birgit Schmitz

CARLSEN

Von Elizabeth Lim im Carlsen Verlag:

Ein Kleid aus Seide und Sternen (Ein Kleid aus Seide Band 1)
Bestickt mit den Tränen des Mondes (Ein Kleid aus Seide Band 2)

Die sechs Kraniche (Die sechs Kraniche 1)
Der Schwur des Drachen (Die sechs Kraniche 2)
Der Fluch der Schwestern (Die sechs Kraniche: Prequel)

FSC
www.fsc.org
MIX
Papier | Fördert gute Waldnutzung
FSC® C021394

Unser Versprechen für mehr Nachhaltigkeit
- Klimaneutrales Produkt
- Papiere aus nachhaltigen und kontrollierten Quellen
- Hergestellt in Europa

Veröffentlicht in der Carlsen Verlag GmbH
Völckersstraße 14-20, 22765 Hamburg
März 2024

Originaltitel: »Six Crimson Cranes«

Umschlaggestaltung und -typografie: Alexander Kopainski
Umschlagabbildungen: Shutterstock © marukopum/ Dn Br/
Irina Beregovaya/ SWEviL/ Chatchai.J
Aus dem Englischen von Birgit Schmitz
ISBN 978-3-551-32172-5

Für Charlotte und Olivia, weil sie
mein größtes Abenteuer sind.
Ihr seid meine Freude, mein Staunen
und meine Liebe.

Kapitel 1

Der Grund des Sees schmeckte nach Schlamm, Salz und Reue. Das Wasser war sehr trüb, und es war eine Qual, die Augen offen zu halten, aber ich danke den großen Göttern, dass ich es tat. Denn sonst hätte ich den Drachen nicht gesehen.

Er war kleiner, als ich mir Drachen vorgestellt hatte, ungefähr so groß wie ein Ruderboot, und er hatte funkelnde rubinrote Augen und Schuppen, so grün wie reinste Jade. Mit den gigantischen Kreaturen, die ganze Kriegsschiffe verschlingen konnten, wie es in den Legenden über Drachen behauptet wurde, hatte er also nicht das Geringste gemein.

Er schwamm näher heran, bis seine runden roten Augen so dicht vor mir waren, dass ich mich darin spiegeln konnte.

Er schaute mir beim Ertrinken zu.

Hilfe, bettelte ich. Mir war die Luft ausgegangen, und ich hatte nur noch eine knappe Sekunde, bis meine Welt zusammenschrumpfen und mein Leben zu Ende sein würde.

Der Drache betrachtete mich und hob seine federartige Augenbraue. Einen Moment lang wagte ich zu hoffen, dass er mir helfen würde. Aber er legte seinen Schwanz um meinen Hals und quetschte das letzte bisschen Atemluft aus mir heraus.

Und es wurde schwarz um mich.

Rückblickend betrachtet hätte ich meinen Zofen besser nicht erzählt, dass ich in den Heiligen See springen wollte. Ich sagte es ihnen auch nur, weil die Hitze an diesem Morgen schier unerträglich war. Sogar die Chrysanthemenbüsche waren verwelkt und die Milane segelten stumm über die Zitronenbäume hinweg. Zu ausgedörrt waren ihre Kehlen. Ganz abgesehen davon, dass ein Bad im See mir als absolut vernünftige Alternative zu meiner Verlobungsfeier erschien – die ich gern als das trostlose Ende meiner Zukunft bezeichnete.

Leider glaubten die Zofen mir, und die Nachricht verbreitete sich schneller als Dämonenfeuer bis zu meinem Vater. Nur Minuten später sandte er einen meiner Brüder mit einem Gefolge streng dreinblickender Wachen aus, um mich abzuholen.

Hier war ich also und wurde am heißesten Tag des Jahres über die unzähligen Flure des Palasts geführt. Dem trostlosen Ende meiner Zukunft entgegen.

Während ich meinem Bruder einen weiteren sonnendurchfluteten Flur entlang folgte, zupfte ich an meinem Ärmel herum und tat so, als wollte ich ein Gähnen verbergen, damit ich unauffällig einen Blick hineinwerfen konnte.

»Hör auf zu gähnen«, tadelte Hasho mich.

Ich ließ den Arm sinken und gähnte noch einmal. »Wenn ich sie alle jetzt schon rauslasse, muss ich es später nicht vor Vater tun.«

»Shiori …«

»Lass du dich mal im Morgengrauen wecken und dir mit tausend Strichen die Haare bürsten«, entgegnete ich. »Versuch du doch mal, in Bergen von Seide herumzulaufen.« Ich hob die Arme, aber die Ärmel meiner Gewänder waren so schwer, dass ich sie nur mit Mühe oben behalten konnte. »Schau dir diese vielen

Stoffschichten an. Ich könnte ein ganzes Schiff damit auftakeln, um über das Meer zu segeln!«

Hashos Mund umspielte die Andeutung eines Lächelns. »Die Götter lauschen dir, liebe Schwester. Beklag dich nur weiter so und dein Verlobter bekommt für jedes Mal, wenn du es ihnen gegenüber an Achtung fehlen lässt, eine Pockennarbe mehr.«

Mein Verlobter. Jede Erwähnung seiner Person ging mir zum einen Ohr hinein und zum anderen wieder hinaus, und meine Gedanken wanderten zu angenehmeren Dingen. Zum Beispiel dazu, dass ich den Palastkoch beschwatzen könnte, mir sein Rezept für Rote-Bohnen-Paste zu verraten, oder – besser noch – mich auf einem Schiff zu verstecken, das mich über die Taijin-See brachte.

Da ich die einzige Tochter des Kaisers war, hatte ich noch nie irgendwo hinreisen, geschweige denn die Hauptstadt Gindara verlassen dürfen. In einem Jahr würde ich für solche Eskapaden zu alt sein. Und zu verheiratet.

Meine schmachvolle Lage ließ mich laut aufseufzen. »Dann bin ich verloren. Er wird abscheulich aussehen.«

Mein Bruder gluckste und schob mich weiter vorwärts. »Komm jetzt, keine Klagen mehr. Wir sind fast da.«

Ich verdrehte die Augen. Hasho klang allmählich, als wäre er siebzig und nicht siebzehn. Eigentlich mochte ich ihn von meinen sechs Brüdern am liebsten – er war als Einziger ebenso schlagfertig wie ich. Aber seit er angefangen hatte, sein Dasein als Prinz so schrecklich ernst zu nehmen und seinen scharfen Verstand beim Schachspiel zu vergeuden, anstatt Unsinn zu treiben, gab es gewisse Dinge, die ich ihm nicht mehr erzählen konnte.

Zum Beispiel, was ich in meinem Ärmel verbarg.

Ein Kitzeln wanderte meinen Arm hinauf, und ich kratzte mich am Ellenbogen.

Zur Sicherheit hielt ich die weite Öffnung meines Ärmels zu.

Wenn Hasho gewusst hätte, was ich unter all den Stofflagen verbarg, hätte ich ganz schön was zu hören bekommen.

Von ihm oder von Vater.

»Shiori«, flüsterte Hasho. »Stimmt was nicht mit deinem Kleid?«

»Ich dachte schon, ich hätte die Seide bekleckert«, log ich und tat so, als riebe ich an einem Fleck auf meinem Ärmel herum. »Es ist so heiß heute.« Ich lenkte meinen Blick demonstrativ auf die Berge und den See draußen. »Würdest du nicht auch lieber eine Runde schwimmen gehen, statt einer langweiligen Zeremonie beizuwohnen?«

Hasho beäugte mich misstrauisch. »Lenk nicht vom Thema ab, Shiori.«

Ich neigte mein Haupt, gab mir alle Mühe, reumütig dreinzuschauen – und zupfte heimlich meine Ärmel zurecht. »Du hast recht, Bruder. Es wird Zeit, dass ich erwachsen werde. Ich danke dir dafür … dafür …«

Wieder spürte ich ein Kitzeln am Arm und schlug mir auf den Ellenbogen, um das Geräusch zu übertönen. Mein Geheimnis wurde zunehmend unruhig und seine Bewegungen zeichneten sich unter dem Stoff meines Kleids ab.

»… dass du mich zu meinem Verlobten geleitest«, beendete ich rasch den Satz.

Ich hastete auf den Audienzsaal zu, aber Hasho erwischte mich am Ärmel, hob ihn an und schüttelte ihn kräftig.

Ein Papiervogel kam herausgeschossen, so groß wie eine Libelle und auch genauso schnell. Von Weitem sah er aus wie ein kleiner Spatz mit einem roten Punkt am Kopf; er flog von meinem Arm zum Kopf meines Bruders und flatterte dann, heftig mit den schmalen Flügeln schlagend, vor seinem Gesicht herum.

Hasho fiel die Kinnlade herunter, seine Augen weiteten sich vor Schreck.

»Kiki!«, flüsterte ich streng und hielt meinen Ärmel auf. »Komm zurück!«

Aber Kiki gehorchte nicht. Sie ließ sich auf Hashos Nase nieder und strich mit einem Flügel darüber, um ihm ihre Zuneigung zu zeigen. Meine Schultern entspannten sich; alle Tiere mochten Hasho, und ich war sicher, sie würde ihn verzaubern, so wie sie mich verzaubert hatte.

Doch mein Bruder schlug sich die Hände vors Gesicht, um sie zu fangen.

»Tu ihr nicht weh!«, schrie ich.

Kiki flog auf und entging seinen Fangversuchen nur knapp. Sie prallte gegen die hölzernen Läden und schoss – auf der Suche nach einem offenen Fenster – weiter den Flur entlang.

Ich wollte ihr nachlaufen, aber Hasho packte mich und hielt mich fest, sodass meine Schläppchen über den glatten Holzboden rutschten.

»Lass ihn fliegen«, sagte er mir ins Ohr. »Darüber reden wir später noch.«

Die Wachen öffneten uns die Türen und einer von Vaters Ministern meldete mich an: »Prinzessin Shiori'anma, jüngstes Kind und einzige Tochter von Kaiser Hanriyu und der verstorbenen Kaiserin …«

Drinnen, am anderen Ende des riesigen Saals, saßen mein Vater und seine Gemahlin, meine Stiefmutter. Die Luft vibrierte von Ungeduld, Höflinge falteten ihre bereits feuchten Taschentücher neu, um sie an ihre schweißnassen Schläfen zu drücken. Ich sah die Rücken von Lord Bushian und seinem Sohn – meinem Verlobten –, die vor dem Kaiser knieten. Nur meine Stiefmutter bemerkte mich, da ich erstarrt auf der Türschwelle stehen geblieben war. Sie neigte den Kopf und fixierte mich mit ihren hellen Augen.

Mir lief ein Schauer den Rücken herunter. Plötzlich hatte ich Angst, dass ich so werden würde wie sie – kalt und traurig und einsam –, wenn ich diese Verlobung einging. Und schlimmer noch: dass ich Kiki nicht fand, aber es vielleicht jemand anders tat und Vater von meinem Geheimnis erfuhr …

Dass ich einen Papiervogel mithilfe von Magie zum Leben erweckt hatte.

Verbotener Magie.

Ich wirbelte herum und drückte mich an Hasho vorbei, der zu überrascht war, um mich aufhalten zu können.

»Prinzessin Shiori!«, riefen die Wachen. »Prinzessin!«

Ich streifte meinen festlichen Umhang ab, während ich Kiki hinterherrannte. Allein die Stickereien wogen schon so viel wie der Harnisch eines Wächters, und sobald ich meine Schultern und Arme von ihrem Gewicht befreit hatte, war es, als wüchsen mir Flügel. Ich ließ einen Teich aus Seide im Flur zurück und sprang aus einem der Fenster in den Garten.

Das grelle Sonnenlicht stach mir in die Augen, und ich musste sie zusammenkneifen, um Kiki überhaupt sehen zu können. Sie segelte durch den Kirschbaumhain und dann an den Zitronenbäumen vorbei, wo ihr hektisches Geflatter die Milane auffliegen ließ.

Eigentlich hatte ich Kiki, gut versteckt in einem Schmuckkästchen, in meinen Gemächern lassen wollen, aber sie hatte mit den Flügeln geschlagen und so heftig gegen ihr Gefängnis rebelliert, dass ich Angst bekam, ein Diener könnte sie während der Verlobungszeremonie entdecken.

Das Beste wird sein, ich behalte sie bei mir, hatte ich gedacht.

Versprichst du, brav zu sein?, hatte ich sie gefragt.

Und Kiki hatte genickt, was ich als Zustimmung wertete.

Ein Irrtum.

Bei den Dämonen, ich war anscheinend die größte Närrin von Kiata! Aber ich würde mir nicht vorwerfen, dass ich ein Herz hatte, auch wenn es für einen Papiervogel schlug.

Kiki war *mein* Papiervogel. Da meine Brüder in ein Alter gekommen waren, in dem sie ständig irgendwelchen prinzlichen Pflichten nachkommen mussten, fühlte ich mich einsam. Aber Kiki hörte mir zu, bewahrte meine Geheimnisse und brachte mich zum Lachen. Sie wurde von Tag zu Tag lebendiger. Sie war meine Freundin.

Ich musste sie zurückholen.

Mein Papiervogel landete in der Mitte des Heiligen Sees und trieb seelenruhig auf seiner ruhigen Oberfläche – als hätte sie nicht gerade meinen gesamten Tag durcheinandergebracht.

Keuchend erreichte ich das Ufer. Auch ohne das Obergewand war mein Kleid so schwer, dass ich kaum wieder zu Atem kam.

»Kiki!« Ich warf ein Steinchen ins Wasser, um sie auf mich aufmerksam zu machen, aber sie trieb nur noch weiter hinaus. »Jetzt ist nicht der richtige Zeitpunkt zum Spielen.«

Was sollte ich jetzt tun? Falls herauskam, dass ich nur die allerkleinste magische Gabe besaß, würde ich auf ewig aus Kiata verbannt werden – ein Schicksal, das noch weitaus schlimmer war, als einen gesichtslosen drittrangigen Lord zu ehelichen.

Eilig entledigte ich mich meiner Schläppchen, machte mir aber nicht die Mühe, meine Gewänder abzulegen.

Und sprang in den See.

Für ein Mädchen, das ständig drinnen hocken musste, um Kalligrafie zu lernen und die Zither zu spielen, war ich eine gute Schwimmerin. Das verdankte ich meinen Brüdern; bevor sie alle erwachsen wurden, waren wir an den Sommerabenden regelmäßig hinausgeschlichen, um in genau diesem See zu baden. Ich kannte das Gewässer also.

Die Sonne brannte mir auf dem Rücken, während ich zu Kiki schwamm, die jetzt tiefer ins Wasser einsank. Der Stoff meines Kleids legte sich eng um mich, und der Rock klebte mir bei jedem Zug an den Beinen. Ich ermüdete langsam, und der Himmel verschwand, als der See mich nach unten zog.

Prustend und wild mit den Armen rudernd versuchte ich zurück an die Oberfläche zu kommen, aber je mehr ich mich anstrengte, desto schneller sank ich. Die Strähnen meines langen schwarzen Haars umwehten mich wie im Sturm. Ich hatte schreckliche Angst, meine Kehle brannte und mein Puls pochte mir wie verrückt in den Ohren.

Ich löste die goldene Schärpe, die meine Gewänder umschloss, und riss an meinen Röcken, doch ihr Gewicht zog mich immer weiter hinab, bis die Sonne nur noch eine schwach schimmernde Perle aus Licht weit über mir war.

Schließlich konnte ich mich aus meinen Röcken befreien und schwamm wieder nach oben, aber ich war schon zu tief herabgesunken. Bis ich es an die Oberfläche geschafft hatte, würde mir die Luft ausgehen.

Ich würde sterben.

Wild strampelnd rang ich nach Luft, aber es war zwecklos. Ich versuchte, nicht panisch zu werden. Denn wenn ich panisch wurde, würde ich nur noch schneller ertrinken.

Lord Sharima'en, der Gott des Todes, kam mich holen. Er würde das Brennen in meinen Muskeln und den anschwellenden Schmerz in meiner Kehle betäuben. Mein Blut kühlte langsam ab, meine Augenlider sanken nach unten.

In dem Moment erblickte ich den Drachen.

Zuerst hielt ich ihn für eine Schlange. Seit Jahrhunderten hatte niemand einen Drachen gesehen, und von Weitem sah er aus wie eines der Haustiere meiner Stiefmutter. Zumindest bis ich seine Klauen sah.

Er glitt auf mich zu und kam mir so nah, dass ich seine Tasthaare, lang und dünn wie Striche aus Silber, hätte berühren können.

Seine Klaue war ausgestreckt und eingeklemmt zwischen zwei Krallen saß Kiki.

Einen Augenblick lang kam schlagartig wieder Leben in mich.

Strampelnd versuchte ich, sie zu erreichen. Doch ich hatte keine Kraft mehr. Keine Luft. Meine Welt schrumpfte, und alle Farbe verschwand.

Mit einem spitzbübischen Funkeln in den Augen schloss der Drache seine Klaue. Dann legte er von hinten seinen Schwanz um mich und wickelte ihn um meinen Hals.

Und mein Herz tat seinen letzten Schlag.

Kapitel 2

»Eine … eine Schlange«, hörte ich Hasho stammeln. Er war kein besonders guter Lügner. »Sie hat eine Schlange gesehen.«

»Und deswegen ist sie den ganzen Weg bis zum See gelaufen? Das ergibt keinen Sinn.«

»Na ja –« Hasho zögerte. »Ihr wisst doch, wie sehr sie Schlangen hasst. Sie hatte Angst, gebissen zu werden.«

Ich hatte rasende Kopfschmerzen, öffnete aber ein Auge zaghaft bis zur Hälfte, um meine beiden ältesten Brüder, Andahai und Benkai, zu beobachten, die an meinem Bett standen. Hasho hielt sich im Hintergrund und kaute auf seiner Unterlippe.

Ich schloss das Auge wieder. Vielleicht würden sie ja alle drei verschwinden, wenn sie dachten, ich schliefe noch.

Aber Hasho – er sei verflucht – hatte mich ertappt. »Seht mal, sie rührt sich.«

»Shiori«, sagte Andahai streng, sein langes Gesicht schwebte über mir, und er rüttelte an meinen Schultern. »Wir wissen, dass du wach bist, Shiori!«

Ich hustete und wand mich vor Schmerzen.

»Genug, Andahai«, sagte Benkai. »Das reicht!«

Meine Lunge brannte noch immer, und ich schmeckte Schlamm und Salz auf meiner Zunge. Ich trank das Wasser, das Hasho mir anbot, und rang mich dann zu einem Lächeln durch.

Keiner meiner Brüder lächelte zurück.

»Du hast deine Verlobungsfeier verpasst«, schalt Andahai mich. »Wir haben dich halb ertrunken am Ufer gefunden.«

Nur mein ältester Bruder brachte es übers Herz, mich dafür zu tadeln, dass ich beinahe gestorben war.

Beinahe gestorben, wiederholte ich im Stillen und griff mir an den Hals. Der Drache hatte seinen Schwanz darumgewunden, als wollte er mich erwürgen. Aber ich konnte weder Blutergüsse noch Verbände ertasten. Hatte er mich gerettet? Seine rubinroten Augen und sein schiefes Grinsen waren das Letzte, woran ich mich erinnerte. Ich entsann mich nicht, an die Oberfläche gekommen zu sein, und von allein konnte ich nicht nach oben getrieben sein …

Flügel schlugen gegen meinen Daumen, und plötzlich wurde ich mir meiner anderen Hand bewusst, die unter der Decke lag.

Kiki, den Ewigen Höfen sei Dank! Sie war noch ein bisschen klamm, wie ich. Aber am Leben.

»Was ist passiert, Shiori?«, drängte Andahai.

»Lass ihr einen Augenblick Zeit«, wandte Benkai ein. Er hockte sich neben mein Bett und strich mir über den Rücken, während ich trank. Stets sanft und geduldig, wie er war, wäre er mein Lieblingsbruder gewesen, wenn ich ihn nur nicht so selten zu Gesicht bekommen hätte. Vater bildete ihn zum Kommandeur von Kiatas Armee aus, während Andahai der Thronerbe war.

»Wir haben uns Sorgen um dich gemacht, Schwester. Komm, erzähl dem alten Benben, woran du dich erinnerst.«

Ich legte den Kopf zurück und lehnte mich an den Rosenholzrahmen meines Bettes. Hasho hatte ihnen bereits erzählt, ich sei vor einer Schlange davongelaufen. Sollte ich eine derart miserable Lüge bestätigen?

Nein, Andahai und Benkai werden nur noch mehr Fragen stellen, wenn ich lüge, machte ich mir rasch klar. Andererseits kann ich ihnen auch nicht die Wahrheit sagen – das mit Kiki dürfen sie auf keinen Fall herausfinden.

Die Antwort war simpel. Wenn es nicht mit einer Lüge funktionierte, dann mit einem Ablenkungsmanöver.

»Ein Drache hat mich gerettet«, antwortete ich.

Andahai verzog den Mund. »Ein Drache. Was du nicht sagst.«

»Er war klein für einen Drachen«, fuhr ich fort, »aber ich vermute mal, er war einfach noch jung. Allerdings hatte er kluge Augen. Sein Blick war noch gewitzter als der von Hasho.«

Ich grinste schief in der Hoffnung, die Laune der drei ein wenig zu heben, doch meine Brüder schauten nur noch missbilligender drein.

»Ich habe keine Zeit für Lügenmärchen, Shiori«, erwiderte Andahai spitz; er hatte von allen meinen Brüdern am wenigsten Fantasie. Er verschränkte die Arme, die langen Ärmel seines Umhangs waren ebenso steif wie seine gewachsten schwarzen Haare. »Ausgerechnet heute läufst du zum See … und lässt die Verlobung mit Lord Bushians Sohn platzen!«

Meinen Verlobten hatte ich komplett vergessen. Ich bekam ein schlechtes Gewissen, und das Lächeln verging mir. Vater musste sehr wütend auf mich sein.

»Vater ist auf dem Weg hierher«, fuhr Andahai fort. »Und an deiner Stelle würde ich nicht darauf zählen, ungeschoren davonzukommen, einfach nur, weil du sein Liebling bist.«

»Sei nicht so hart zu ihr«, sagte Benkai und fügte mit gedämpfter Stimme hinzu: »Nach allem, was wir wissen, könnte es auch ein Anschlag gewesen sein.«

Jetzt runzelte auch ich die Stirn. »Ein Anschlag?«

»Es wird von Aufständen gemunkelt«, erklärte mein zweitältester Bruder. »Viele von den Lords sind gegen deine Heirat mit Lord Bushians Sohn. Sie befürchten, seine Familie könnte zu mächtig werden.«

»Das war kein Anschlag« versicherte ich ihnen. »Ich habe einen Drachen gesehen, und er hat mich gerettet.«

Andahais Gesicht lief rot an vor Wut. »Jetzt reicht es aber mit deinen Lügenmärchen, Shiori. Wegen dir haben Lord Bushian und sein Sohn Gindara bereits den Rücken gekehrt. Blamiert bis auf die Knochen.«

Ausnahmsweise log ich einmal nicht. »Das ist die Wahrheit!«, schwor ich. »Ich habe einen Drachen gesehen!«

»Willst du das Vater erzählen?«

»Was will sie Vater erzählen?«, erklang eine donnernde Stimme, die im Zimmer widerhallte.

Ich hatte nicht gehört, wie meine Türen aufgeschoben worden waren, aber jetzt, wo mein Vater und meine Stiefmutter in meine Gemächer kamen, klapperten sie leise. Meine Brüder verneigten sich tief, und ich senkte den Kopf, bis er fast meine Knie berührte.

Andahai war der Erste, der sich wieder aufrichtete. »Vater, Shiori ist …«

Vater brachte ihn mit einer Geste zum Schweigen. So wütend hatte ich ihn noch nie erlebt. Für gewöhnlich brauchte ich nur zu lächeln, und schon war es um die Strenge in seinem Blick geschehen. Nicht so heute.

»Deine Zofe hat uns berichtet, dass du unverletzt bist«, sagte er. »Das erleichtert mich. Aber was du heute getan hast, ist absolut unverzeihlich.«

Seine Stimme war so tief, dass mein Bettrahmen vibrierte, und sie bebte vor Zorn – und Enttäuschung. Ich hielt den Kopf gesenkt. »Es tut mir leid. Ich hatte nicht die Absicht …«

»Du wirst eine angemessene Entschuldigung für Lord Bushian und seinen Sohn vorbereiten«, unterbrach er mich. »Deine Stiefmutter hat vorgeschlagen, dass du für sie einen Wandteppich anfertigst, um die Schmach wiedergutzumachen, die du seiner Familie zugefügt hast.«

Jetzt schaute ich auf. »Aber, Vater! Das kann Wochen dauern!«

»Hast du anderweitige Verpflichtungen?«

»Was ist mit meinem Unterricht?«, fragte ich verzweifelt. »Meinen täglichen Aufgaben, meinen Nachmittagsgebeten im Tempel …«

Vater blieb ungerührt. »Auf deine Pflichten hast du vorher auch nie etwas gegeben. Sie werden ausgesetzt, bis du den Wandteppich fertiggestellt hast. Du wirst dich sofort an die Arbeit machen, unter Aufsicht deiner Stiefmutter, und den Palast erst wieder verlassen, wenn er vollendet ist.«

»Aber …« Ich sah, dass Hasho den Kopf schüttelte, und zögerte, doch mir war klar, dass er recht hatte. Jetzt war nicht der richtige Zeitpunkt für Widerspruch und Diskussionen … Unklugerweise entschlüpfte mir die Bemerkung dennoch: »Aber in zwei Wochen beginnt doch das Sommerfest …«

Einer meiner Brüder stieß mich von hinten an. Diesmal kam die Warnung an. Ich biss mir auf die Zunge.

Vaters Blick wurde einen Moment lang weich, doch seine Antwort kam in einem harten Ton: »Das Sommerfest findet jedes Jahr statt, Shiori. Es ist gut für dich, wenn du lernst, dass dein Benehmen Konsequenzen hat.«

»Ja, Vater«, flüsterte ich unter Schmerzen; mein Brustkorb tat mir weh.

Es stimmte zwar, dass es jedes Jahr das Sommerfest gab, aber dieses würde das letzte mit meinen Brüdern sein, bevor ich siebzehn und verheiratet wurde – nein, *verstoßen*, um mit meinem zukünftigen Ehemann zusammenzuleben.

Und ich hatte es verdorben.

Vater bemerkte mein Schweigen; er wartete nur darauf, dass ich um Nachsicht bettelte, mich herausredete und ihn mit allen Mitteln umzustimmen versuchte. Doch Kikis Flügelschlagen unter meiner Hand zwang mich dazu, stumm zu bleiben. Ich wusste, welche Folgen es haben würde, wenn sie entdeckt wurde, und die waren weitaus schlimmer, als das Sommerfest zu verpassen.

»Ich war immer zu nachgiebig mit dir, Shiori«, sagte Vater leise. »Weil du mein jüngstes Kind bist, habe ich dir viele Freiheiten zugestanden und dich inmitten deiner Brüderschar zu wild aufwachsen lassen. Aber du bist kein Kind mehr. Du bist die Prinzessin von Kiata, die einzige Prinzessin des Reichs. Es wird Zeit, dass du dich so benimmst, wie es dieses Titels würdig ist. Deine Stiefmutter hat eingewilligt, dir dabei behilflich zu sein.«

Ich schaute mit einem Anflug von Panik zu meiner Stiefmutter, die vor den Fenstern stand und sich die ganze Zeit nicht gerührt hatte. Mir war völlig entfallen, dass sie überhaupt da war, was, sobald ich sie anschaute, eigentlich unmöglich erschien.

Sie war von außergewöhnlicher Schönheit, der Art Schönheit, wie sie von Dichtern in Legenden verewigt wird. Meine eigene Mutter war anerkanntermaßen die schönste Frau von ganz Kiata gewesen, und nach den Gemälden zu urteilen, die ich von ihr gesehen hatte, war das keine Übertreibung. Aber meine Stiefmutter war sehr wahrscheinlich die schönste Frau der ganzen Welt.

Beeindruckende, opalartig schillernde Augen, ein Mund wie eine Rosenknospe und tiefschwarzes schimmerndes Haar, das wie ein langes Satintuch auf ihrem Rücken lag. Doch wahrhaft unvergesslich machte sie die Narbe, die diagonal über ihr Gesicht lief. Bei jedem anderen hätte sie wohl erschreckend gewirkt und jeder andere hätte sie bestimmt zu verbergen versucht. Nicht jedoch meine Stiefmutter, und irgendwie mehrte das ihren Zauber noch. Sie puderte sich weder das Gesicht, wie es Mode war, noch gab sie Wachs in ihr Haar, damit es glänzte. Obwohl ihre Zofen klagten, weil sie sich niemals schminken ließ, konnte niemand abstreiten, dass meine Stiefmutter eine strahlende natürliche Schönheit war.

Raikama nannte sie jeder hinter ihrem Rücken. *Die Namen-*

lose Königin. Sie hatte einmal einen Namen besessen, damals, in ihrer Heimat südlich von Kiata, aber nur Vater und eine Handvoll seiner vertrauenswürdigsten Beamten kannten ihn. Sie selbst erwähnte ihn oder das Leben, das sie geführt hatte, bevor sie die Gemahlin des Kaisers geworden war, niemals.

Ich wich ihrem Blick aus und schaute auf meine Hände. »Ich bedaure es wirklich sehr, dass ich dir Schande bereitet habe, Vater. Und dir auch, Stiefmutter. Das war nicht meine Absicht.«

Vater berührte meine Schulter. »Ich möchte nicht, dass du noch mal in die Nähe des Sees gehst. Der Arzt hat gesagt, du wärst um ein Haar ertrunken. Was hast du dir nur dabei gedacht, aus dem Palast zu laufen?«

»Ich …« Mein Mund wurde trocken. Kiki flatterte unter meiner Hand, als wollte sie mich ermahnen, bloß nicht die Wahrheit zu sagen. »Also, ich … dachte, ich hätte eine Schla…«

»Sie erzählt, sie hätte einen Drachen gesehen«, sagte Andahai in einem Ton, der deutlich machte, dass er mir nicht glaubte.

»Nicht im Palast!«, rief ich aus. »Im Heiligen See!«

Plötzlich regte sich meine Stiefmutter, die bis jetzt still und stumm dagestanden hatte. »Du hast einen Drachen gesehen?«

Ich blinzelte, ihre Neugier alarmierte mich. »Ich … ja, ja, das habe ich.«

»Wie sah er denn aus?«

Irgendetwas an ihren hellen, harten Augen erschwerte mir, die ich eine geborene Lügnerin war, das Lügen. »Er war klein«, begann ich, »hatte smaragdgrüne Schuppen und Augen wie die rote Sonne.« Die nächsten Worte auszusprechen, fiel mir schwer. »Ich bin sicher, ich habe ihn mir nur eingebildet.«

Raikamas Schultern sanken ein winziges bisschen herab, dann trug sie erneut einen Ausdruck größter Gelassenheit zur Schau, wie eine Maske, die sie aus Unachtsamkeit einen Moment lang abgenommen hatte.

Sie schenkte mir ein gezwungenes Lächeln. »Dein Vater hat recht, Shiori. Du tust gut daran, mehr Zeit im Palast zu verbringen und Fantasie und Wirklichkeit nicht miteinander zu vermengen.«

»Ja, Stiefmutter«, murmelte ich.

Meine Antwort reichte aus, um Vater zufriedenzustellen; er murmelte ihr etwas zu und ging dann. Aber meine Stiefmutter blieb.

Sie war der einzige Mensch, den ich nicht durchschauen konnte. Goldene Sprenkel umrahmten ihre Iris; Blicke, die mich mit ihrer Kälte gefangen nahmen. Ich konnte nicht sagen, ob ihre Augen ein leerer Abgrund oder ob sie übervoll von einer nicht erzählten Geschichte waren.

Wann immer meine Brüder mich aufzogen, weil ich Angst vor ihr hatte, sagte ich: »Doch nur wegen ihrer Schlangenaugen.« Aber tief im Innern wusste ich, dass das nicht alles war.

Raikama hasste mich – auch wenn sie es nie sagte oder zeigte.

Ich hatte keine Ahnung warum. Früher hatte ich gedacht, es läge an der Ähnlichkeit mit meiner Mutter. Sie hatte das Licht seiner Laterne zum Leuchten gebracht, wie Vater immer sagte, war die Kaiserin seines Herzens gewesen. Als sie starb, hatte er ihr zu Ehren einen Tempel errichten lassen, und er besuchte ihn jeden Morgen, um zu beten. Es war nicht so abwegig, dass meine Stiefmutter etwas gegen mich hatte, weil ich ihn an Mutter erinnerte, eine Rivalin, gegen die sie nichts ausrichten konnte.

Und doch glaubte ich nicht, dass das der Grund war. Sie beklagte sich nie, wenn Vater meiner Mutter Tribut zollte; und sie hatte auch niemals darum gebeten, mit Kaiserin angesprochen zu werden anstelle von Gemahlin. Sie schien es vorzuziehen, in Ruhe gelassen zu werden, und oft fragte ich mich, ob es ihr lieber gewesen wäre, offiziell Die Namenlose Königin genannt zu werden statt Eure Brillanz – eine Verneigung vor ihrer Schönheit und ihrem Rang.

»Was hast du da unter deiner Hand?«, fragte meine Stiefmutter. Mein Vogel war inzwischen bis an den Rand des Bettes gekrochen, und mir wurde erst jetzt bewusst, wie verfänglich es aussehen musste, dass ich noch immer schützend meine Hand über sie hielt.

»Nichts«, erwiderte ich schnell.

»Dann leg die Hände in den Schoß, wie es sich für eine Prinzessin von Kiata gehört.«

Sie wartete, und mir blieb nichts anderes übrig, als zu gehorchen.

Verhalt dich ruhig, Kiki. Bitte!

Als ich die Hand hob, pflückte Raikama Kiki sofort von meiner Decke. Zu meiner Erleichterung regte Kiki sich nicht. Jeder andere musste sie für ein simples Stück Papier halten.

»Was ist das?«

Ich schoss hoch. »Nichts. Nur ein Vogel, den ich gefaltet habe – bitte gib ihn mir zurück!«

Ein Fehler.

Raikama zog die Augenbrauen hoch. Jetzt wusste sie, dass Kiki mir etwas bedeutete.

»Dein Vater hat einen Narren an dir gefressen. Er verwöhnt dich. Aber du bist eine Prinzessin und kein einfaches Mädchen vom Dorf. Und du bist zu alt, um noch mit Papiervögeln zu spielen. Es wird Zeit, dass du die Bedeutung von Pflichten verstehst, Shiori.«

»Ja, Stiefmutter«, sagte ich leise. »Es wird nicht mehr vorkommen.«

Raikama hielt mir Kiki hin. Sofort flammte Hoffnung in mir auf, und ich streckte die Hand aus, um sie zurückzunehmen. Doch statt sie mir zu geben, riss meine Stiefmutter sie in der Mitte durch, und dann noch einmal.

»Nein!«, schrie ich und wollte mich auf Kiki stürzen, doch Andahai und Benkai hielten mich fest.

Meine Brüder waren stark. Also wehrte ich mich nicht gegen sie, aber meiner Kehle entrang sich ein Schluchzen. Meine Trauer war überwältigend. Und jedem, der nicht wusste, was Kiki mir bedeutete, musste sie übertrieben erscheinen.

Raikama betrachtete mich mit undurchdringlicher Miene: Ihre Lippen waren gespitzt und die kalten Augen zu Schlitzen zusammengekniffen. Ohne ein weiteres Wort warf sie Kikis Überreste auf den Boden und verließ den Raum.

Andahai und Benkai folgten ihr, doch Hasho blieb.

Er wartete, bis die Türen geschlossen waren, dann setzte er sich auf meine Bettkante.

»Kannst du es noch mal machen?«, fragte er mit gedämpfter Stimme. »Kannst du den Vogel durch einen Zaubertrick noch mal dazu bringen, zu fliegen?«

Ich hatte nie vorgehabt, Kiki zum Leben zu erwecken. Ich hatte nur versucht, Papiervögel zu falten – Kraniche, die Wappentiere meiner Familie –, damit die Götter mich erhörten. Es gab eine Legende, die alle Kiataner kannten: Wenn man tausend Vögel bastelte – aus Papier, Stoff oder Holz –, konnten sie eine Botschaft zum Himmel tragen.

Ich hatte mich wochenlang alleine abgemüht – und nicht mal meinen Bruder Wandei, der stets der Beste in allen Arten von Geduldsspielen und Bastelarbeiten war, beim Falten eines Papierkranichs um Hilfe gebeten. Kiki war der erste Vogel, den zu falten mir gelungen war, aber um ehrlich zu sein, sah sie eher wie eine Krähe mit einem langen Hals aus denn wie ein Kranich. Ich hatte sie auf meinen Schoß gesetzt und einen roten Punkt auf ihren Kopf gemalt – damit sie ein bisschen mehr wie die Kraniche aussah, die auf meine Gewänder gestickt waren – und gesagt:

»Was für eine Verschwendung, Flügel zu haben, aber nicht fliegen zu können.«

Da hatten ihre Papierflügel zu flattern begonnen, und sie

hatte sich – langsam und zögerlich, mit der Unsicherheit eines Nestlings, der gerade fliegen lernt – in die Luft erhoben. In den folgenden Wochen hatte ich ihr heimlich beim Üben geholfen, wenn mein Unterricht vorbei war und meine Brüder keine Zeit für mich hatten. Ich hatte sie mit in den Garten genommen, damit sie zwischen den gestutzten Bäumen und den steinernen Gebetsschreinen herumfliegen konnte. In der Nacht erzählte ich ihr Geschichten.

Ich hatte mich so sehr darüber gefreut, eine Freundin zu haben, dass ich mir wegen der Konsequenzen, die mir drohten, weil ich zaubern konnte, keine Gedanken machte.

Und jetzt war sie tot.

»Nein«, flüsterte ich und beantwortete damit endlich Hashos Frage. »Ich weiß nicht wie.«

Er holte tief Luft. »Dann ist es wohl auch besser so. Du solltest die Finger von Magie lassen, die du nicht beherrschst. Wenn es jemand erfährt, wirst du für immer aus Kiata verbannt.«

Hasho schob mein Kinn hoch und wischte meine Tränen weg. »Und wenn man dich weit, weit wegschickt, wer soll dann auf dich aufpassen, kleine Schwester? Wer wird dann deine Geheimnisse bewahren und Ausflüchte für deine Streiche erfinden? Ich jedenfalls nicht.« Er lächelte mich an, aber es war ein kurzes, trauriges Lächeln. »Also sei brav. Bitte.«

»Ich werde doch so oder so weggeschickt«, antwortete ich und wandte mich von ihm ab.

Ich sank auf die Knie und sammelte die Papierfetzen auf, die meine Stiefmutter fallen gelassen hatte. Dann drückte ich Kiki fest an mein Herz, als könnte sie das wieder zum Leben erwecken. »Sie war meine Freundin.«

»Sie war ein Stück Papier.«

»Ich wollte sie in einen echten Kranich verwandeln.« Mir versagte die Stimme und meine Kehle brannte, als ich die vielen Vögel anschaute, die ich gefaltet hatte. Fast zweihundert, aber keiner davon war lebendig geworden wie Kiki.

»Erzähl mir nicht, dass du an die alten Legenden glaubst, Shiori«, sagte Hasho sanft. »Wenn jeder, der tausend Vögel faltet, einen Wunsch frei hätte, würden alle den ganzen Tag Spatzen, Eulen und Möwen basteln und sich Berge von Reis und Gold und über Jahre gute Ernten wünschen.«

Ich sagte nichts. Hasho verstand mich nicht. Er hatte sich verändert. Alle meine Brüder hatten sich verändert.

Mein Bruder seufzte. »Ich werde mit Vater reden, ob er dich nicht doch am Sommerfest teilnehmen lassen will. Wenn er wieder bessere Laune hat. Würde dich das trösten?«

Nichts konnte mich über den Verlust von Kiki hinwegtrösten, aber ich nickte trotzdem.

Hasho kniete sich neben mich und drückte meine Schulter. »Vielleicht werden die nächsten Wochen mit unserer Stiefmutter ja gut für dich sein.«

Ich schüttelte seine Hand ab. Alle standen immer auf ihrer Seite. Selbst die Diener sagten nie etwas Böses über sie, auch wenn sie sie hinter ihrem Rücken Raikama nannten. Und auch meine Brüder nicht. Oder Vater. *Vor allem* Vater.

»Shiori … unsere Stiefmutter kann nichts für das, was passiert ist.«

Das hast du dir selbst zuzuschreiben, hörte ich ihn im Geiste sagen, aber Hasho war zu klug, um diese Worte auszusprechen.

Er hatte recht, aber ich wollte es nicht zugeben. Irgendetwas an der Art, wie sie mich angesehen hatte, als sie von dem Drachen hörte, ließ mich frösteln.

»Es ist sicher nicht leicht für sie, so weit weg von ihrem Zuhause. Sie hat keine Freunde hier. Keine Familie.«

»Sie hat Vater.«

»Du weißt schon, wie ich es meine.« Mein Bruder erhob sich,

aber nur, um sich gleich darauf auf meiner Bettkante niederzulassen und die Beine übereinanderzuschlagen. »Schließ Frieden mit ihr, ja? Das erleichtert die Sache womöglich, wenn ich Vater auf das Sommerfest anspreche.«

Ich presste die Zähne aufeinander. »Na schön, aber das heißt nicht, dass ich mit ihr rede.«

»Musst du denn so störrisch sein?«, bohrte Hasho weiter. »Du liegst ihr am Herzen.«

Ich schaute meinen Bruder an, betrachtete seine hochgezogene Augenbraue, das Zucken an seinem linken Auge. Alles Anzeichen dafür, dass er wahrhaft verärgert über mich war. »Du glaubst mir nicht, stimmt's?«, fragte ich leise. »Wegen des Drachen.«

Hashos Antwort ließ zu lange auf sich warten. »Natürlich glaube ich dir.«

»Nein, tust du nicht. Ich bin sechzehn Jahre alt und kein Kind mehr. Ich weiß, was ich gesehen habe.«

»Was immer du gesehen hast, vergiss es!«, drängte Hasho. »Vergiss Kiki, vergiss den Drachen, vergiss, was immer du getan haben magst, um all das heraufzubeschwören.«

»Ich habe nichts *heraufbeschworen*. Es ist einfach passiert.«

»Schließ Frieden mit unserer Stiefmutter«, wiederholte Hasho. »Sie ist unsere Mutter.«

»Meine nicht«, erwiderte ich, doch meine Stimme bebte.

Ich hatte sie einmal als meine Mutter betrachtet. Vor Jahren war ich die Erste gewesen, die Raikama akzeptierte, nachdem Vater sie mit nach Hause gebracht hatte, und damals hatte sie mich gerngehabt. Ich war ihr auf Schritt und Tritt gefolgt, denn sie war so mysteriös, dass ich alles über sie wissen wollte.

»Woher hast du die Narbe?«, fragte ich sie eines Tages. »Und warum suchst du dir keinen Namen aus?«

Sie hatte gelächelt, mir über den Kopf gestrichen, dann meine Schärpe zurechtgerückt und eine ordentliche, feste Schleife hineingebunden. »Wir haben alle unsere Geheimnisse. Eines Tages wirst du deine eigenen haben, Shiori.«

Magie. Mein Geheimnis war die Magie.

Was war ihres?

Kapitel 3

Ich hasste Handarbeiten. Ich hasste die Monotonie dieser Tätigkeit, hasste Nadeln, Garne, das Sticken, alles. Ganz abgesehen davon, dass ich mir so oft in die Finger stach, bis meine Hände am Ende unförmige Pranken waren, weil die Zofen sie dauernd verbinden mussten. Ich wäre fast noch lieber zu meinem Unterricht gegangen. Fast.

Die Tagen krochen dahin, langsamer als die Schnecken, die sich draußen an den papierbespannten Fenstern sammelten. Ich stickte Kranich für Kranich und verbrachte so viel Zeit damit, dass sie mich bis in meine Träume verfolgten. Sie hackten mir in die Zehen, funkelten mich mit ihren pechschwarzen Augen an und verwandelten sich dann plötzlich in Drachen mit spitzen Zähnen und spitzbübischem Grinsen.

Ich musste dauernd an den Drachen aus dem See denken – und an den seltsamen Ausdruck, der über Raikamas Gesicht gehuscht war, als Andahai ihn erwähnt hatte. Als wünschte sie sich, ich wäre im See ertrunken.

Wer wusste schon, was im Kopf meiner Stiefmutter vor sich ging? Sie hatte, wie ich, wenig Begabung fürs Sticken, aber *im Gegensatz* zu mir konnte sie stundenlang dasitzen und immer weitermachen. Gelegentlich ertappte ich sie dabei, wie sie mit ausdrucksloser Miene in den Himmel starrte. Ich fragte mich, woran sie wohl den lieben langen Tag dachte. *Wenn* sie an irgendetwas dachte.

Ich ignorierte sie, so gut es ging, aber wenn ich Fehler in meinem Wandteppich machte, kam sie herüber und sagte: »Du stickst nicht gleichmäßig genug, Shiori. Am besten trennst du das wieder auf.«

Oder: »Diesem Kranich fehlt ein Auge. Lady Bushian wird es merken.«

Den Ewigen Höfen sei Dank machten ihre Bemerkungen nie eine Antwort erforderlich, zumindest bis jetzt nicht. Heute aber kam sie mit einer seltsamen Frage zu mir:

»Lord Yuji hatte dir doch eine goldene Schärpe für deine Verlobungsfeier geschenkt – weißt du, wo sie ist?«

Ich zuckte die Achseln. »Sie muss mit mir in den See gefallen sein.«

Meine Antwort missfiel Raikama. Zwar schaute sie weder finster, noch verzog sie das Gesicht, doch an der Art, wie sie ihre Schultern straffte, erkannte ich, dass es nicht die Antwort war, die sie hatte hören wollen.

»Wenn du sie wiederfindest, bring sie mir.«

Ich log, dass ich das tun würde. Dann ging sie, und ich vergaß die Schärpe sofort wieder.

Am Morgen des Sommerfests flanierten Erwachsene und Kinder mit Winddrachen in allen Formen und Farben in den Händen über die kaiserliche Promenade.

Ich sehnte mich danach, hinausgehen zu können. Heute war der einzige Tag, an dem Andahai mal locker und entspannt war, Benkai nicht eifrig für seine Kommandeurslaufbahn trainieren musste und Reiji und Hasho nicht mit ihren Hauslehrern drinnen saßen und büffelten. Selbst die Zwillinge, Wandei und Yotan – die so verschieden waren wie Sonne und Mond und sich ständig über alles stritten –, stritten niemals am Tag des Sommerfests. Gemeinsam entwarfen und bauten sie den prächtigsten Winddrachen. Wir anderen halfen dabei, und wenn wir ihn dann fliegen ließen, wurden wir von allen am Hof beneidet.

Und das viele Essen, das ich verpassen würde! Kekse in Kaninchenform mit einer Füllung aus süßen roten Bohnen; mit frischen Pfirsichen oder Melonenpüree gefüllte Reiswaffeln am Spieß, wie Tiger oder Bären geformtes Konfekt. Wie ungerecht es war, dass ich im Palast bleiben und mit Raikama sticken musste!

Irgendwann hielt es mein Magen nicht länger aus, also sammelte ich all meinen Mut und fragte: »Das Sommerfest beginnt, Stiefmutter. Darf ich gehen? Bitte!«

»Du darfst gehen, wenn deine Stickarbeit fertig ist.«

Ich würde noch einen ganzen Monat brauchen, um sie fertigzustellen. »Aber dann ist das Fest längst vorbei.«

»Nicht schmollen, Shiori. Das schickt sich nicht.« Meine Stiefmutter blickte nicht auf, ihre Nadel bewegte sich flink durch den Stoff. »Wir haben doch eine Vereinbarung mit deinem Vater getroffen.«

Ich verschränkte empört die Arme. Ich *schmollte* nicht. »Möchtest du denn nicht auch hingehen?«

Sie drehte sich um und öffnete ihren Handarbeitskasten, in dem Hunderte ordentlich aufgerollte Garnknäuel, Zwirn und Sticktwist lagen.

Raikama fing an, ihre Sachen wegzuräumen. »Ich mochte solche Feste noch nie. Ich besuche sie nur aus Pflichtgefühl.«

Draußen vor dem Fenster erklangen Trommeln und Gelächter. An den Grillstationen wanden sich Rauchsäulen nach oben, Kinder tanzten in ihren buntesten Kleidern, und am Himmel flatterten bereits die ersten Winddrachen des Morgens.

Wie konnte sich jemand *nicht* an solchen Dingen erfreuen?

Ich lehnte mich in meiner Ecke zurück und ergab mich in mein Schicksal. Meine Brüder würden mir Kostproben von den besten Leckereien bringen, da war ich mir ganz sicher. Aber ich würde keine Gelegenheit haben, mit den durchreisenden Köchen zu plaudern oder ihnen bei der Arbeit zuzusehen. Das einzige Gericht, das ich zubereiten konnte, war die Fischsuppe meiner Mutter, aber ich rechnete damit, dass ich mehr kochen – oder zumindest die Zubereitung der Speisen beaufsichtigen – würde, sobald ich in den Norden ziehen musste, die Region mit der fadesten Küche überhaupt.

Ich wünschte mir so sehnlichst, das Sommerfest besuchen zu dürfen, dass ich gar nicht hörte, wie mein Vater den Raum betrat. Als ich ihn erblickte, machte mein Herz einen Satz. »Vater!«

»Ich bin gekommen, um meine Gemahlin einzuladen, mit mir zum Sommerfest zu gehen«, sagte er und tat so, als bemerke er mich gar nicht. »Ist sie bereit?«

Meine Stiefmutter erhob sich mit ihrem Handarbeitskasten im Arm. »Einen kleinen Augenblick. Erlaube mir, den hier zuerst noch wegzuräumen.«

Als sie im angrenzenden Gemach verschwand, wandte Vater sich mir zu. Seine Miene war ernst, und ich machte ein äußerst verzagtes Gesicht in der Hoffnung, sein Mitleid zu erwecken.

Es funktionierte, auch wenn er nicht das sagte, was ich erwartet hatte: »Deine Stiefmutter findet, dass du große Fortschritte mit dem Wandteppich machst.«

»Tut sie das?«

»Du glaubst wohl, sie mag dich nicht«, sagte Vater und betrachtete mich aufmerksam. Seine Augen, die beinahe ein Spiegelbild meiner eigenen waren, fixierten mich.

Als ich nichts erwiderte, seufzte er.

»Deine Stiefmutter hat viel durchgemacht, und es fällt ihr

schwer, über ihre Erlebnisse zu sprechen. Es würde mich sehr freuen, wenn du gut über sie denken würdest.

»Ja, Vater. Ich werde mir Mühe geben.«

»Das freut mich«, antwortete er. »Lord Bushian und sein Sohn werden im Herbst anlässlich von Andahais Hochzeit zurückkommen. Dann wirst du ihnen deine Entschuldigung überreichen. Jetzt geh und amüsiere dich auf dem Sommerfest.«

Meine Miene hellte sich auf. »Wirklich?«

»Ich hatte gehofft, wenn du im Palast bleibst, käme dein rastloser Geist zur Ruhe, aber ich sehe, dass dich nichts bändigen kann.« Vater berührte meine Wange und fuhr mit dem Finger über das Grübchen, das sich immer dann zeigte, wenn ich glücklich war. »Du siehst deiner Mutter von Tag zu Tag ähnlicher, Shiori.«

Der Meinung war ich nicht. Mein Gesicht war zu rund, meine Nase zu spitz und mein Lächeln eher schelmisch als liebenswürdig. Ich war, anders als Mutter, keine Schönheit.

Aber wann immer Vater von ihr sprach, bekam er feuchte Augen, und ich sehnte mich danach, mehr zu hören. Das geschah jedoch nur selten. Mit einem stillen Seufzer zog er seine Hand zurück und sagte: »Geh.«

Das ließ ich mir nicht zweimal sagen. Wie ein Vogel, den man endlich aus dem Käfig ließ, eilte ich hinaus, um meine Brüder zu suchen.

Obwohl sich bereits Hunderte auf dem Sommerfest tummelten, fand ich meine Brüder leicht. Sie lagerten – fernab von den Pavillons und den weißen Sandplätzen – faul im Park. Die Zwillinge hatten in diesem Jahr einen prachtvollen Schildkröten-Drachen gebaut, und meine anderen Brüder halfen ihnen dabei, ihm farblich den letzten Schliff zu geben.

Die vier Beine der Schildkröte ragten unter ihrem Panzer hervor, welcher aus Resten alter Seidenschals und Jacken zusammengenäht war. Vor dem klaren Nachmittagshimmel würde die Schildkröte aussehen, als schwämme sie in den azurblauen Teichen der kaiserlichen Gärten.

Ich lief zu meinen Brüdern. Seit unserer Kindheit hatten wir jedes Jahr beim Sommerfest einen Familiendrachen steigen lassen. Inzwischen waren sie alle im heiratsfähigen Alter; Andahai war bereits verlobt und die anderen würden es auch bald sein. Und so war dies das letzte Mal, dass wir es zusammen tun konnten.

»Dieses Jahr habt ihr euch selbst übertroffen, Brüder«, begrüßte ich sie.

»Shiori!« Wandei warf mir einen kurzen Blick zu, während er die finale Größe des Drachens mit einem Faden abmaß. »Du hast es geschafft. Gerade noch rechtzeitig. Yotan war schon drauf und dran, alles aufzuessen, was wir für dich aufgehoben haben.«

»Nur, damit es nicht verdirbt!« Yotan wischte sich die grüne Farbe von den Händen. »Du stellst mich ja als Vielfraß dar!«

»Shiori ist unser Vielfraß. Du bist nur der mit dem vorstehenden Bauch.«

Yotan schnaubte. »Nur meine Ohren stehen vor. Genau wie deine übrigens.« Er zog seinen Zwillingsbruder an den Ohren – die, wie seine eigenen, etwas mehr vom Kopf abstanden als die der anderen Geschwister.

Ich unterdrückte ein Kichern. »Ist denn noch etwas Leckeres übrig?«

Yotan wedelte mit der Hand in Richtung eines Tabletts mit Essen, das sie an den Ständen eingesammelt hatten. »Die besten Sachen sind schon fast weg.« Er lehnte sich augenzwinkernd zu mir hin und zeigte mir den Stapel klebriger Reiskuchen unter seinem Umhang. »Psst, nicht den anderen zeigen! Ich musste den Verkäufer bestechen, um den letzten Teller zu bekommen.«

Ich zwinkerte zurück und schob mir einen der Kuchen in den Mund. Ich schmolz dahin, als ich die zähe Konsistenz des Reisteigs auf der Zunge schmeckte und der Puderzucker meine Lippen mit genau dem richtigen Süßegrad bestäubte. Gierig griff ich nach dem nächsten, bevor Yotan den Stapel wieder mit seinem Umhang bedecken konnte.

»Lass uns auch noch was übrig!«, beschwerte sich Reiji.

»Ich bin gerade erst gekommen«, entgegnete ich und schnappte mir noch einen Kuchen. »Ihr konntet euch schon den ganzen Tag die Bäuche mit dem guten Zeug vollschlagen.«

»Ein paar von uns haben an dem Drachen gearbeitet«, erwiderte Reiji gereizt. Und wie üblich blähte mein dritter Bruder empört die Nasenflügel auf. »Außerdem gibt es auch nicht allzu viel wirklich Gutes. Es gibt keinen Stand mit Affenkuchen und auch keine gegrillten Fischbällchen. Nicht mal der Zuckerbäcker ist so gut wie der im letzten Jahr.«

»Lass sie doch essen«, sagte Benkai. »Du musst aber auch immer lamentieren.«

Während meine Brüder zankten und ich schlemmte, wanderten meine Gedanken an den Magnolienbäumen vorbei zum See – in dem ich um ein Haar ertrunken wäre. Und wo ich den Drachen gesehen hatte.

Insgeheim verspürte ich den Drang, ihn suchen zu gehen.

»Komm, lass uns schnell noch mal losgehen, ehe die besten Sachen weg sind«, sagte Hasho.

»Bringt mehr von dem gegrillten Fisch mit, ja?«, rief Yotan uns nach. Meine anderen Brüder beschlossen, dazubleiben und den Zwillingen bei der Vollendung des Winddrachens zu helfen. Der Wettbewerb begann in einer halben Stunde, also blieb Hasho und mir gerade noch genug Zeit, um uns umzusehen.

Kinder mit Masken quetschten sich zwischen uns und rannten laut kreischend auf die Spiele-Zelte zu, wo es Porzellanpuppen und Fische mit silbernen Flossen in Glasgefäßen zu gewinnen gab. Als ich in ihrem Alter gewesen war, hatten mich diese Spiele auch am meisten begeistert. Jetzt war es das Essen.

Ich sog den Duft von gebratenen Makrelen, marmorierten Tee-eiern, Garnelen im Teigmantel, eingelegten Bambussprossen und Glasnudeln in Erdnusssoße ein. Für einen angeblichen Vielfraß wie mich war das der Himmel auf Erden.

»Prinzessin Shiori!«, riefen die Verkäufer, einer nach dem anderen. »Was für eine Ehre für meinen bescheidenen Stand, dass Ihr ihn mit Eurer Anwesenheit beehrt.«

»Meinst du nicht, dass wir jetzt zurückgehen sollten?«, fragte Hasho, nachdem ich einen Teller Nudeln und Garnelen im Teigmantel verputzt hatte. »Der Wettbewerb fängt gleich an.«

Vater und Raikama schlenderten bereits auf den zentralen Hof zu, wo der Winddrachen-Wettbewerb stattfinden sollte. Lord Yuji winkte Hasho und mir zu, während er sich dem Kaiser anschloss.

»Na so etwas, Ihr seht Eurer Mutter von Tag zu Tag ähnlicher«, grüßte er mich freundlich. »Der junge Bushian Takkan kann sich glücklich schätzen.«

»Findet Ihr wirklich?«, sagte Hasho. »Ihr Aussehen ist das eine, aber ihre Manieren …«

Ich stieß ihm meinen Ellenbogen in die Seite. »Bist du still!«

Der Lord lachte laut auf. Mit seinen schmalen, spitzen Schultern, den kleinen Zähnen und dem lässigen Grinsen erinnerte er mich seit jeher an einen Fuchs. »Der Norden könnte eine Dosis von Prinzessin Shioris berühmtem unruhigen Geist gut gebrauchen.« Er faltete die Hände und zeigte dann auf mein Kleid, das verglichen mit seinen opulenten Gewändern schlicht wirkte. »Wie ich hörte, seid Ihr vor nicht allzu langer Zeit in den Heiligen See gefallen und habt Euren Vater um große Mengen kostbarer Seide gebracht.«

»Ja, das ist wahr«, erwiderte ich nun nicht mehr ganz so entspannt. »Ich fürchte, dass ich auch die Schärpe verloren habe, die Ihr mir hattet zukommen lassen. Und da meine Stiefmutter so bekümmert darüber ist, muss ich annehmen, dass sie ziemlich kostbar war.«

»War sie das?«, fragte Lord Yuji. »Das wusste ich gar nicht. Aber macht Euch keine Sorgen, Eure Hoheit. Schärpen sind leicht zu ersetzen. Meine Söhne und ich danken den Göttern, dass Ihr unversehrt geborgen wurdet.« Er kam näher. »Aber mal ganz unter uns: Ich erwarte in Kürze eine Schiffsladung Seide von Freunden aus A'landi. Stimmt es, dass Rot Eure Lieblingsfarbe ist?«

»Das ist die Farbe, der die Götter am meisten Beachtung schenken«, antwortete ich keck. »Und wenn ich in den Norden geschickt werde, werde ich so viel Aufmerksamkeit von ihnen brauchen, wie ich bekommen kann.«

Er lachte erneut. »Dann also Rot. Möge das Glück der Drachen mit Euch sein.«

Ich seufzte, als er ging. Lord Yuji war großzügig und reich, und vor allem stand sein Schloss ganz in der Nähe von Gindara. Manchmal wünschte ich, ich wäre einem seiner Söhne versprochen worden statt dem Sohn Lord Bushians. Wenn ich schon zur Ehe gezwungen wurde, hätte ich so wenigstens näher an zu Hause leben können – und nicht bei einem ungehobelten Lord dritten Ranges im Norden.

»Wir müssen Bündnisse schließen«, sagte Vater, wann immer ich es wagte, mich darüber zu beklagen. »Eines Tages wirst du das verstehen.«

Nein, das würde ich nie verstehen. Selbst jetzt versetzte diese Ungerechtigkeit meinen Magen in Aufruhr, und ich stopfte mir das letzte bisschen Essen in den Mund.

»Du kriegst Bauchweh, wenn du weiter alles so schnell in dich hineinschlingst«, mahnte Hasho.

»Wenn ich langsamer mache, gibt es vielleicht bald nichts

mehr«, antwortete ich mit vollen Backen. »Außerdem verbraucht man beim Handarbeiten viel Energie. Aber geh ruhig schon mal zurück zu den anderen. Ich weiß ja, wie gern du dabei sein willst, wenn Wandei den Windrachen steigen lässt. Und ich habe noch Hunger.«

Ohne auf ihn zu warten, schlenderte ich an den Ständen vorbei, direkt auf die Reiskuchen zu.

Ein frischer Stapel wartete hübsch dekoriert in einer großen Holzschale auf mich.

»Extra für Prinzessin Shiori gemacht«, sagte der Verkäufer.

Ich nahm die Schale entgegen und zusätzlich noch ein Tütchen mit Süßkartoffeln, das ich mir unter den Arm steckte. Ich war schon halb wieder bei meinen Brüdern angekommen, als mir ein Junge mit einer Drachenmaske auffiel, der hinter dem Grillfisch-Stand hervorlugte.

Seine Gewänder sahen altmodisch aus, seine Schärpe war viel zu weit und er trug zwei ungleiche Sandalen. Er war zu groß, um ein Kind zu sein, flitzte aber wie ein Kind auf dem Festgelände herum – oder vielmehr wie jemand, der eigentlich nicht hierhergehörte. Und das Seltsamste von allem war, dass er grüne Strähnen im Haar hatte.

Der Winddrachen-Wettbewerb würde bald beginnen, und meine Brüder warteten auf mich. Aber die Maske dieses Jungen wollte ich mir unbedingt genauer anschauen.

Sie war blau, hatte silberne Tasthaare und scharlachrote Hörner. Der Junge war schnell und huschte herum wie eine Echse, und was das Essen anging, war er noch gieriger als ich.

Alles Essen an den Ständen war umsonst, denn die Handwerker warben damit für ihre Ware, aber es war unhöflich, wenn man sich mehr als ein oder zwei Teller auf einmal nahm. Dieser Junge jedoch nahm fünf auf einmal. Es war beeindruckend, wie er es schaffte, sie auf seinem Arm zu balancieren. Wenn er allerdings so weitermachte, würden die Händler ihm bald verbieten, sich noch weiter zu bedienen. Gerade nahm er Kurs auf die frittierten Lotuswurzeln.

Ich schüttelte den Kopf. *Anfänger.*

»Ich schlage vor, dass du den Lotus auslässt«, sagte ich und trat neben ihn. »Jeder weiß, dass es das schlechteste Gericht auf dem ganzen Fest ist.«

Ich dachte, ich würde ihn überraschen, doch er zeigte kaum eine Reaktion; hinter seiner Maske funkelten rote Augen. »Dann nehme ich dein Essen.«

Bevor ich auf diese unverfrorene Bemerkung antworten konnte, tauchte Hasho wieder neben mir auf. »Kommst du, Shiori? Gleich beginnt der Winddrachen-Wettbe…«

Der Junge streckte blitzschnell den Fuß aus und stellte meinem Bruder ein Bein, bevor dieser seinen Satz beenden konnte.

Hasho stolperte. Und als er nach vorn kippte und sich an mir festhielt, um nicht hinzufallen, schnellte ein grüner Ärmel nach vorn und zog mir die Tüte mit den Süßkartoffeln unter dem Ellenbogen weg.

»Hey!«, rief ich. »Dieb! Dieb!«

Ich schaffte es kaum, diese Worte auszusprechen, denn Hasho und ich stolperten übereinander und meine noch halb vollen Teller verteilten sich über die Straße.

»Eure Hoheiten!«, riefen die Leute. Sofort wurden Hasho und mir Hände gereicht, um uns aufzuhelfen, und die Leute umringten uns, um sicherzugehen, dass uns nichts passiert war.

Ich nahm kaum Notiz davon. Denn meine Aufmerksamkeit galt dem Jungen mit der Maske.

»So leicht kommst du nicht davon!«, murmelte ich, wobei ich an den Umstehenden vorbeispähte. Er befand sich jetzt bei den Spiele-Zelten, an denen er sich vorbeischob, um dann in den Büschen zu verschwinden. Der Junge bewegte sich noch schneller als

Benkai und so leichtfüßig, dass er keine Spuren im Sommergras hinterließ. Ich starrte ihm nach, doch Hasho packte mein Handgelenk.

»Shiori, wo willst du denn …?«

»Ich bin rechtzeitig zum Wettbewerb zurück«, sagte ich und wand mich los.

Hashos Proteste ignorierend, rannte ich dem Jungen mit der Drachenmaske hinterher.

Kapitel 4

Er saß auf einem Felsblock und vertilgte die Tüte mit den honiggetränkten Süßkartoffeln, als ich ihn fand.

Meine Süßkartoffeln.

Ihr Duft waberte durch die Luft und fachte nicht nur meinen Hunger weiter an, sondern auch meine Wut, die mich die Fäuste ballen ließ.

Eigentlich hatte ich vor, ihn des Diebstahls zu bezichtigen, ihm hundert verschiedene Schimpfwörter an den Kopf zu werfen und ihn mit Flüchen bis zum Fuß des Nagawi-Bergs zu jagen – aber kaum sah ich ihn von Nahem, kamen ganz andere Worte über meine Lippen:

»Bist du nicht ein bisschen zu alt, um dich noch zu verkleiden?«

Er wirkte weder überrascht, dass ich ihm gefolgt war, noch wütend. Stattdessen huschte ein vertrautes Grinsen über sein Gesicht. Ich konnte mich allerdings nicht mehr erinnern, woher ich es kannte.

»Was ist das?«, krächzte er und zeigte auf die hölzerne Schale unter meinem Arm.

»Reiskuchen.«

Er nahm seine Maske ab und griff nach den Kuchen. »Lecker«, sagte er, während er geräuschvoll darauf herumkaute.

Wäre nicht dieses leuchtende Rot gewesen, das seine Pupillen umkränzte und mir so vertraut und doch so fremd vorkam, hätte ich ihm die Schüssel aus der Hand geschlagen. Aber vor Schreck ließ ich sie los.

»Iss sie nicht alle …«

Zu spät. Weg war die letzte Süßkartoffel – und auch der letzte Reiskuchen. Ich stemmte die Hände in die Hüfte und schaute den Jungen mit meiner finstersten Miene an.

»Was?«, fragte er achselzuckend. »Den ganzen Weg hierher zu schwimmen, macht eben hungrig.«

Ich setzte mich zu ihm und starrte ihn weiter an, vor allem die dichten grünen Haarsträhnen an seinen Schläfen; die Farbe hatte ich noch nie an jemandem gesehen – selbst bei den hellhaarigen Händlern aus dem Fernen Westen nicht. Seine Haut verströmte wenig Wärme, aber es lag ein perlmuttartiger Schimmer darauf. Schwer zu sagen, ob er seltsam oder schön aussah. Oder gefährlich.

Vielleicht alles drei.

»Du … du bist der Drache! Der von neulich im See!«

Er grinste. »Du hast ja doch was im Kopf. Als du in den See fielst, war ich mir nämlich nicht sicher.«

Ich begegnete seinem Grinsen mit einem wütenden Blick. »Ich bin nicht in den See gefallen. Ich bin in den See gesprungen.«

»Und das alles für diesen Vogel, wenn ich mich recht entsinne. Diesen *verzauberten* Vogel.«

Der Gedanke an Kiki deprimierte mich. Ich wischte mir Krümel von den Ärmeln und machte Anstalten zu gehen.

»Wo willst du hin?«

»Zurück zum Fest. Meine Brüder werden mich schon vermissen.«

Er hielt mich am Ärmel fest. »Jetzt schon?«, fragte er und schnalzte mit der Zunge. »Ich hab dir deinen Vogel zurückgebracht und dich vor dem Ertrinken gerettet. Findest du nicht, dass du mir Dank schuldest? Bleib noch ein bisschen. Unterhalte mich.«

»Ich soll dich unterhalten?«, wiederholte ich. »Da hinten findet ein ganzes Fest statt.«

»Das sind alles Menschenspiele, nichts, was mich interessiert.«

»Aber du bist doch gerade gar kein Drache.«

Das stimmte. In seiner aktuellen Gestalt war er ein Junge, ein junger Mann, nicht viel älter als ich. Nur mit grünen Haaren und rubinroten Augen und scharfen, krallenartigen Fingernägeln.

»Warum kannst du eigentlich so menschlich aussehen?«

»Das können alle Drachen«, erwiderte er und sein Grinsen wurde breiter. »Allerdings hab ich bislang noch nicht oft geübt, Menschengestalt anzunehmen.« Er blies seine Stirnfransen hoch. »Ich hielt Menschen immer für langweilig.«

Ich verschränkte die Arme. »*Ich* hielt Drachen immer für eindrucksvoll und majestätisch. Aber du warst kaum größer als ein Aal.«

»Ein Aal?«, wiederholte er. Ich dachte, ich hätte ihn verärgert, aber er lachte laut. »Das liegt daran, dass ich noch nicht ganz ausgewachsen bin. Wenn ich meine volle Größe erreicht habe, wirst du beeindruckt sein.«

»Und wann erreichst du deine volle Größe?«, fragte ich, unfähig, meine Neugier zu bezähmen. Alles, was ich über Drachen wusste, stammte aus Legenden und Geschichten, und die verrieten wenig über das Jugendalter von Drachen.

»Sehr bald. Ich würde sagen, in einem Menschenjahr. Höchstens in zwei.«

»Das ist tatsächlich nicht mehr lange hin.« Ich schnaubte. »Aber ich kann mir kaum vorstellen, dass du in einem Jahr *so* viel wächst.«

»Nicht? Dann lass uns eine Wette abschließen.«

Ich beugte mich vor. Meine Brüder wetteten andauernd ge-

geneinander, aber sie ließen mich nie mitmachen. »Was für eine Wette denn? Drachen sind nicht gerade dafür bekannt, dass sie ihr Wort halten.«

»Wir halten *immer* unser Wort«, entgegnete er scharf. »Darum geben wir es so selten.«

Ich schaute ihn herausfordernd an. »Was schlägst du also vor?«

»Wenn ich gewinne, lädst du mich in euren Palast ein und kochst mir zu Ehren ein großes Festessen. Ich erwarte tausend Gerichte, nicht weniger, und alle wichtigen Lords und Ladys müssen teilnehmen.«

»Ich kann nur ein einziges Gericht kochen«, gestand ich.

»Du hast ein Jahr Zeit, um weitere zu lernen.«

Ich gab kein Versprechen ab. »Wenn *ich* gewinne, nimmst du mich mit in *euren* Palast und veranstaltest mir zu Ehren ein Bankett. Die gleichen Regeln.«

Sein Lächeln verschwand, und er fuhr sich mit der Hand durch seine langen grün gesträhnten Haare. »Ich weiß nicht, ob Großvater das gutheißen würde.«

»Das ist nur fair. Glaubst du, mein Vater würde es gutheißen, wenn ich einen Drachenjungen zum Abendessen mitbrächte?«

»Gutheißen? Er sollte sich geehrt fühlen.«

Geehrt? Ich sog empört die Luft ein. »So spricht niemand über den Kaiser.«

»Aber es ist doch wahr«, sagte der Drache achselzuckend. »Menschen verehren Drachen, umgekehrt gilt das aber nicht. Das wäre so, als würde ich ein Schwein zum Abendessen mitbringen.«

»Ein Schwein?« Ich sprang auf. »Ich bin doch kein Schwein!«

Er lachte. »Schon gut, schon gut. Beruhig dich, Shiori. Also gut, die Wette gilt.« Er zog an meinem Arm, bis ich wieder saß.

»Außerdem ist das hier Kiata und nicht A'landi – mein Vater würde *niemals* einen Drachen verehren«, empörte ich mich. »Er verachtet Magie ...« Ich unterbrach mich mitten im Satz. »Woher weißt du, wie ich heiße?«

»Der Junge auf dem Fest hat dich so genannt. Kurz bevor ich ihm ein Bein gestellt hab.«

»Das war mein Bruder!«

»Ja, und er klang wie ein Spielverderber. Bist du nicht froh, dass du stattdessen mir gefolgt bist?«

Ich schaute ihn wütend an. »Sag mir deinen Namen.«

Der Drache zeigte mir lächelnd seine spitzen Zähne. »Ich bin Seryu, Prinz der Östlichen Meere und Lieblingsenkel von Drachenkönig Nazayun, dem Herrscher der Vier Meere und der Himmelsgewässer.«

Ich verdrehte die Augen, weil er so eingebildet klang. Aber was er konnte, konnte ich schon lange.

»Shiori'anma«, stellte ich mich hochnäsig vor, obwohl er meinen Namen ja schon kannte. »Erstgeborene Tochter von Kaiser Hanriyu und Lieblingsprinzessin von Kiata – dem Reich der Neun Ewigen Höfe und der Heiligen Berge der Standhaftigkeit.«

Seryu schaute mich amüsiert an. »Und dein Vater verachtet also Magie, ja? Was wird er dann bloß von *dir* halten?«

Ich rückte unangenehm berührt von ihm ab. »Wieso? Was ist denn mit mir? Ich ... habe keine magischen Fähigkeiten. In Kiata *gibt* es keine Magie.«

»Magie ist *selten* in Kiata«, korrigierte Seryu mich. »Außer bei Göttern und Drachen natürlich. Mag sein, dass ihre Quellen versiegt sind, aber sie ist ein natürlicher Bestandteil der Welt, und selbst die Götter können sie nicht *restlos* ausrotten. Darum wird alle Jubelmonde einmal jemand in Kiata geboren, der auf die restliche vorhandene Magie zugreifen kann. Ein Mensch – wie du. Leugne es nicht. Ich hab deinen Papiervogel gesehen.«

Ich schluckte schwer. »Kiki ist tot. Meine Stiefmutter ... hat sie zerstört.«

Seryu deutete auf die Tasche, in der ich Kikis Überreste mit mir herumtrug. »Du kannst sie wieder lebendig machen.«

Er sagte das ganz nüchtern und sachlich – so wie ich einem Koch sagen würde, dass seine Garnelen perfekt gebraten sind oder seine Yamswurzel gut gebacken ist. Mir stand vor Staunen der Mund offen und ich blinzelte ihn an. »Kann ich das? Nein. *Nein.*« Ich schüttelte den Kopf. »Ich hab die Nase voll von Magie.«

»Wie, du willst keine allmächtige Zauberin werden?« Er senkte seine Stimme. »Hast du Angst, dass deine Fähigkeiten dich verderben und in eine Dämonin verwandeln?«

»Nein«, gab ich zurück. Dann seufzte ich und zitierte: »Ohne Magie ist Kiata sicher. Ohne Magie gibt es auch keine Dämonen.«

»Aber du weißt schon, was sich in den Heiligen Bergen der Standhaftigkeit befindet, oder?«

»Natürlich weiß ich das.« Die Berge erhoben sich gleich hinter dem Palast; ich sah sie jeden Tag.

»Tausende und Abertausende von Dämonen«, erwiderte Seryu verschwörerisch, »und all die Magie, die eure Götter uns Drachen gebeten haben, mit ihnen zusammen unter Verschluss zu halten. Dein Kaiser sollte die Wesen *verehren,* die geholfen haben, sein Reich sicher zu machen. Und dessen Sicherheit zu *bewahren.*«

»Die Götter und die Wächter sorgen für Kiatas Sicherheit«, sagte ich. »Drachen sind viel zu sehr mit Glücksspielen und dem Horten von Perlen beschäftigt.«

Seryu kicherte. »Das erzählen sie euch jetzt? Einem Drachen brauchst du keinen Unterricht in Geschichte zu erteilen, Prinzessin, schon gar nicht, wenn es um die Geschichte der Magie geht.«

»Und du brauchst einem Menschen nichts über unsere Götter beizubringen«, entgegnete ich. »Darfst du überhaupt hier sein? Die Götter haben versprochen, im Himmel zu bleiben, nachdem sie Kiata von der Magie befreit hatten. Und haben die Drachen nicht versprochen, in ihren Seen zu bleiben?«

»Im Meer«, korrigierte Seryu. »Wir leben in der Taijin-See, in einem glitzernden Reich aus Muscheln und kostbaren Korallen. Nicht in irgendeinem schlammigen See. Außerdem sind wir Drachen nicht an die Weisungen der Götter gebunden. Waren wir noch nie.«

»Warum ist deine Art dann seit so vielen Jahren verschwunden?«

»Weil euer Reich langweilig ist. Schon allein der Palast meines Großvaters würde dir den Verstand rauben.«

»Das bezweifle ich«, gab ich trocken zurück.

Eine dichte Augenbraue schnellte hoch. »Du kannst es nur herausfinden, indem du unsere Wette gewinnst.«

»Wenn ich gewinnen würde, würdest du doch irgendeinen Trick ersinnen, mich hundert Jahre in eurem ›glitzernden Reich‹ festzuhalten. Ihr Drachen habt euren Ruf nicht ohne Grund.«

Als Seryu grinste, anstatt diese Vorwürfe zu entkräften, drehte ich mich auf dem Absatz um, um zu gehen. »Such dir einen anderen Dummkopf, der mit dir wettet. Ich bin es nicht.«

»Was ist mit deiner Magie? Das ist eine seltene Gabe – und in Kiata sogar noch seltener. Du solltest lernen, sie zu nutzen.«

Ich wirbelte zu ihm herum. »Damit ich in die Heiligen Berge verbannt werde?«, giftete ich ihn an. »Die Dämonen sollen mich holen, wenn ich das tue. Lieber … lieber sticke ich den ganzen Tag!«

»Das sagst du doch nur so«, erwiderte Seryu. »Wenn du wirklich zurück zum Fest wolltest, wärst du schon längst weg. Aber du willst es lernen.« Er hielt kurz inne. »Ich zeige dir, wie du deine Freundin Kiki wieder lebendig machen kannst. Würde dir das nicht gefallen?«

Mein Widerstand bröckelte. Ich wollte Kiki wiederhaben und ich brannte darauf, mehr über Magie zu erfahren. Wenn es so lange keine in Kiata gegeben hatte, musste es schließlich einen

Grund dafür geben, dass ich mit dieser Gabe geboren war – oder nicht?

Die Götter haben die Magie verbannt, weil sie gefährlich ist, erinnerte ich mich. Aber die Dämonen sind bereits in den Bergen eingesperrt, und ich möchte nur lernen, wie ich Kiki zurückbekomme. Was konnte das schon schaden?

Die Zukunft blitzte vor mir auf, und ich sah mich eingesperrt im Schloss Bushian sitzen, verheiratet mit einem nichtssagenden Lord und in einem Raum gefangen, in dem ich bis zum Ende meiner Tage stickte und stickte.

Hätte ich die Wahl zwischen diesem Schicksal oder von Dämonen geholt zu werden, würde ich mich für die Dämonen entscheiden.

Abgesehen davon: Wie oft bot sich einem schon die Gelegenheit, von einem Drachen das Zaubern zu lernen? Ich wusste, wenn ich sie nicht ergriff, würde ich es ewig bereuen.

Seryu wartete immer noch, aber bevor ich antworten konnte, stieg eine ganze Flotte von Winddrachen auf. Ich verpasste den Winddrachen-Flugwettbewerb!

»Bei den Dämonen von Tambu!«, fluchte ich. »Meine Brüder werden außer sich vor Wut sein. Und Vater …«

»Jetzt ist es ohnehin zu spät«, sagte der Drache. »Dann kannst du den Anblick auch genauso gut genießen.«

Das klang verlockend, aber ich schüttelte den Kopf. »Ich hab mir schon genug Ärger eingebrockt.« Ich setzte mich in Bewegung, zögerte dann aber.

»*Eine* Lektion«, sagte ich. »Aber dann ist Schluss.«

Das Lächeln des Drachen wurde breiter und enthüllte seine scharfen, spitzen Zähne. Er sah dabei nicht ganz so wild aus wie ein Wolf, aber animalisch genug, um mich daran zu erinnern, dass er kein Mensch war, ganz gleich wie sehr er einem Jungen ähnelte.

»Gut, eine Lektion, ehe du gehst …« Seryu nahm die Holzschale und ließ sie um seinen Finger kreiseln. »Wusstest du, dass Walnussholz magische Eigenschaften hat?«

Ich gestand, es nicht gewusst zu haben.

»Eine der kleinen magischen Spuren, die eure Götter übersehen haben«, erklärte er selbstgefällig. »Lege etwas Verzaubertes hinein, und die Walnuss wird den Gegenstand vor neugierigen Blicken verbergen. Und die Magie obendrein abschirmen.«

»Wozu soll das gut sein?«, fragte ich. »Die Schale ist kaum größer als mein Kopf.«

»Wenn es um Magie geht, spielt Größe eine untergeordnete Rolle.« Um es mir zu demonstrieren, zwinkerte Seryu, und ein Schwarm Vögel, komplett aus Wasser gemacht, stieg aus der Schale auf und flog hinaus über den See. Sobald sie die Mitte erreichten, zerplatzten sie und lösten sich in eine Nebelwolke auf. »Könnte nützlich sein, um Berge von Papierkranichen zu verstecken.«

Ich wollte ihm gerade sagen, dass es keine weiteren Papierkraniche geben würde, als Seryu fortfuhr:

»Falte einen, wenn du bereit bist, und lass ihn mit dem Wind fliegen. Ich werde dann hier an diesem See auf dich warten.« Er stellte die Schale umgedreht auf die Erde, um die Stelle zu markieren, an der wir uns getroffen hatten, damit keiner von uns sie vergaß. »Noch eine letzte Sache, Shiori …«

»Was denn?«

»Bring nächstes Mal mehr Reiskuchen mit.«

Aus einer Lektion wurden schnell zwei, drei und dann fünf. Ich traf mich jede Woche mit Seryu, für gewöhnlich am Morgen, vor meinen Stick-Sitzungen mit Raikama.

Jedes Mal brachte ich andere Leckereien für uns beide mit, aber die Reiskuchen blieben seine Lieblingsspeise, vor allem die mit den Pfirsichstückchen, die ich auch am liebsten aß.

Heute brachte er mir im Gegenzug einen Strauß verwelkter Päonien als Geschenk mit.

»Willst du mich beleidigen oder um mich werben?«, fragte ich trocken und weigerte mich, sie anzunehmen. »Du weißt doch, Kiataner sind abergläubisch, was den Tod angeht.«

»Ein törichter Aberglaube«, tat er meine Reaktion ab. »Die sind für unseren Unterricht. Nur wenige können Papiervögel zum Leben erwecken. Ich vermute, du besitzt die Gabe der Belebung.«

»Belebung?«

»Du kannst Dingen mit Teilen deiner Seele Leben einhauchen. Das ist fast wie Auferweckung, aber nicht ganz so mächtig. Du wirst keine Menschen vom Tod erwecken können. Oder Geister. Aber wahrscheinlich könntest du einen Holzstuhl zum Tanzen bringen oder ein paar verwelkte Blumen wieder erblühen lassen – wenn das dein Wunsch wäre.«

Er drückte mir die Päonien die Hand. »Los, versuch es.«

Ich kann Dingen mit Teilen meiner Seele Leben einhauchen, wiederholte ich im Stillen. Aber was sollte das heißen?

»Blüht!«, befahl ich den Blumen. Nichts passierte. Die Stiele bogen sich in meinen Händen, vertrocknete Blütenblätter rieselten zu Boden.

Seryu kaute auf einem Grashalm herum. »Hast du nicht gehört, was ich gesagt habe? Belebung, Shiori. Sprich nicht wie ein Leichenbestatter mit den Blumen. Denk an was Schönes. Wie Walen nachzujagen oder einen Streit mit einer Schildkröte für sich zu entscheiden.«

Wir hatten ganz offensichtlich unterschiedliche Vorstellungen davon, was schön war. Ich kam mir dumm vor und kramte in meinem Gedächtnis, wobei ich Erinnerungen an Zuckertiere und Winddrachen, Papiervögel und schneebestäubte Kraniche streifte, bevor ich bei meiner Lieblingserinnerung landete: dem Kochen mit meiner Mutter. Früher hatte ich in der Küche auf ihrem Schoß gesessen und ihrem Gesang gelauscht; ihre Kehle hatte an meinem Hinterkopf vibriert, während wir zusammen Orangen schälten und weiche rote Bohnen für das Dessert zu einer Paste pürierten.

»Finde das Licht, das deine Laterne leuchten lässt«, hat sie immer gesagt. »Halte es fest, auch wenn dich Dunkelheit umgibt. Dann wird nicht einmal der stärkste Wind die Flamme auslöschen können.«

»Blüht!«, sagte ich wieder.

Und vor meinen Augen begannen die verwelkten Päonien zu zittern, während sie ein reines, silbrig-goldenes Licht umgab. Dann sprossen frische prallgrüne Blätter aus den Stängeln. Die Knospen gingen auf und es entfalteten sich leuchtend korallenrote Blüten.

Mir dröhnte der Puls in den Ohren, Adrenalin raste durch meine Adern, als wäre ich gerade um die Wette durch den See geschwommen – und hätte gewonnen.

»Das war ein bisschen gemogelt, weil du deine Stimme benutzt hast, aber das werden sie dir schon abtrainieren, wenn du auf eine Schule für Magier gehst.«

»Ich gehe aber auf keine Schule für Magier«, sagte ich, und die Bitterkeit meines Tons überraschte mich selbst. Wie hätte ich je auf so eine Schule gelangen können? Wo ich mich doch fragen musste, ob Vater mich ins Exil schicken oder hinrichten lassen würde, wenn er von meinen Fähigkeiten erfuhr, die mich mehr Nächte lang wach hielten, als ich mir eingestehen wollte.

»Dann unterrichte ich dich eben«, sagte Seryu. »Ich mag zwar erst siebzehn Drachenjahre alt sein, aber ich weiß mehr als die ältesten Zauberer von Lor'yan.«

»Soso.«

»Ja, wirklich!« Er bedachte mich ob meiner Skepsis mit einem wütenden Blick. »Außerdem würdest du dich gar nicht von einem Zauberer unterrichten lassen wollen. Die sind besessen davon, jedes Gefühl aus der Magie zu verbannen. Sie glauben, dass Emotionen einen schlechten Einfluss haben. Aber dir hat das Gefühl, die Blumen wieder zum Leben zu erwecken, gefallen, oder?«

»Ja.« Und das war noch untertrieben. Ich hörte immer noch den Puls in meinen Ohren, und mein Herz schlug so schnell, dass ich meinen eigenen Atem kaum hören konnte. »Wäre es besser, wenn nicht?«

»Das hängt davon ab, was du erreichen willst.« Seryu betrachtete meine Päonien, und seine roten Augen wirkten ungewöhnlich nachdenklich. »Magie birgt viele Gefahren. Derselbe Zauber, den du mit Freude wirkst, wird eine vollkommen andere Wirkung haben, wenn du ihn mit Angst, Sorge oder Wut im Herzen ausführst. Deshalb sollte man stets vorsichtig sein, vor allem, wenn man solche Kräfte besitzt wie du.«

»Kräfte wie ich?« Ich lachte, um seinen Ernst zu zerstreuen. »Die Fähigkeit, tote Blumen wieder aufblühen zu lassen und Papiervögel zum Leben zu erwecken?«

»Das ist erst der Anfang. Deine Magie ist stark, Shiori. Eines Tages wird sie gefährlich sein.«

»Gefährlich«, wiederholte ich nachdenklich. »Na komm, Seryu, du klingst fast so, als hättest du Angst vor mir.«

»Angst? Vor dir?« Mit einem spöttischen Schnauben und einer simplen Armbewegung beschwor er eine Flutwelle herauf, die so hoch war, dass sie die Bäume um uns herum zwergenhaft klein erscheinen ließ. Dann fiel die Welle in sich zusammen und das Wasser floss in den See zurück – nicht ohne meine Gewänder zu durchnässen.

»Seryu!«, kreischte ich.

Er entschuldigte sich nicht. »Du tätest gut daran, dich zu erinnern, dass ich ein Drache bin, der Enkel eines Gottes«, knurrte er, bevor er zurück in den See sprang. »Ich habe vor nichts Angst, und am allerwenigsten vor dir.«

Ich habe vor nichts Angst. Wie oft schon hatte ich dieselben Worte ausgesprochen. Aber sie waren immer gelogen gewesen, und ich hatte das Gefühl, dass auch Seryu log.

Kapitel 5

»Wo warst du?«, fragte Raikama, als ich zurückkam, um an meinem Wandteppich zu arbeiten. »Du bist schon den dritten Tag zu spät. Das ist selbst für dich ungewöhnlich, Shiori. Ich erwarte, dass du deine Arbeit gewissenhafter erledigst.«

»Ja, Stiefmutter«, murmelte ich.

Mein Wandteppich stand kurz vor der Vollendung. Bald würde er zum Schloss Bushian geschickt werden. Ich konnte es kaum erwarten, endlich fertig zu werden und meine Tage wieder frei gestalten zu können.

Aber als ich mich wieder an den Stickrahmen setzte, entdeckte ich, dass meine Arbeit der ganzen Woche aufgetrennt worden war. Ich schnappte laut nach Luft. »Was …?«

»Deine Reihen waren schief«, sagte Raikama, »und es fehlte ein Strich bei den Schriftzeichen von Bushian Takkans Namen. Besser, du machst es noch mal neu, sonst riskierst du, seine Familie erneut zu brüskieren.«

Ich biss die Zähne zusammen, aber innerlich kochte ich.

Ruhig, ermahnte ich mich selbst. Ganz ruhig.

Wenn es in dem Tempo weiterging, würde ich meinen Wandteppich erst im Schloss Bushian fertigstellen können. Ich stöhnte auf. Wenn ich meine Nadel doch verzaubern könnte, damit sie ohne mich weiterstickte.

Nun, warum eigentlich nicht?

»Erwache!«, flüsterte ich meiner Nadel zu. »Hilf mir beim Sticken.«

Zu meinem Erstaunen erwachte die Nadel tatsächlich zum Leben, tauchte in die Seide ein und kam ungelenk wieder zum Vorschein. Aber als sie sich langsam an ihre Verzauberung gewöhnt hatte, tanzte sie in einer Sinfonie von Stichen über den Rahmen. Ich nahm drei weitere Nadeln hinzu, um das Tempo zu steigern, während ich selbst auch weiterstickte und Raikama dabei den Rücken zuwandte, damit sie nichts merkte.

Wir arbeiteten die ganze Woche hindurch, bis der Wandteppich – eine Szene mit Kranichen und Pflaumenblüten unter dem Vollmond – schließlich vollendet war. Als alles fertig war, umschloss ich die Nadeln mit der Hand.

»Danke«, flüsterte ich. »Eure Arbeit ist getan.«

Die Nadeln wurden wieder zu leblosen Gegenständen, und mich selbst befiel plötzlich Schläfrigkeit. Ich kämpfte gegen sie an, indem ich mich triumphierend vom Stickrahmen erhob, um meiner Stiefmutter zu verkünden, dass ich fertig war.

Raikama betrachtete mein Werk eine gefühlte Ewigkeit lang, konnte aber keinen Fehler entdecken. »Das wird reichen«, räumte sie schließlich ein, doch die hochgezogenen Augenbrauen verrieten ihr Misstrauen. »Sobald dein Vater seine Zustimmung erteilt hat, werde ich die Minister bitten, ihn zum Schloss Bushian schicken zu lassen.«

Vor lauter Freude machte ich beinahe einen Luftsprung. Den Ewigen Höfen sei Dank, denn das bedeutete, dass ich frei war!

Überglücklich räumte ich die Nadeln und Garne weg. Ich wollte zu meinen Brüdern, um mit ihnen zu feiern, doch das Zaubern war eine ermüdende Arbeit – sowohl geistig als auch körperlich. Also sank ich auf mein Bett und schlief, bis Guiya, eine meiner Zofen, mich zum Abendessen rief.

Sie war neu, hatte ausdruckslose Augen und ein unscheinbares Gesicht und kümmerte sich mit einer Besessenheit um meine Garderobe, die mich zur Weißglut brachte. Bis zum kleinsten Detail achtete sie darauf, mich herauszuputzen, wie es sich für eine Prinzessin ziemte – eine Arbeit, die meine vorherigen Zofen schon lange aufgegeben hatten. Auch jetzt hatte sie eine ganze Reihe von kunstvoll geschneiderten Gewändern, Schärpen und Mänteln im Arm, die zu tragen ich nicht die geringste Lust verspürte.

»Eure Kleider sind verknittert, Hoheit«, sagte sie. »So könnt Ihr Euer Gemach nicht verlassen.«

Ich war zu müde, um mir darüber Gedanken zu machen, ignorierte ihr Flehen, schlenderte zum Essen und brach förmlich auf meinem Platz neben Hasho und Yotan zusammen. Ich schaffte es knapp durch den ersten Gang, ohne wieder einzunicken.

Die Polster unter meinen Knien fühlten sich wunderbar weich an, und ich schwankte, eingelullt von dem blumigen Aroma des frisch aufgegossenen Tees, hin und her. Hasho stupste mich mit dem Ellenbogen an, als ich zusammensackte und dabei meine Tasse umwarf.

»Was ist denn los mit dir?«, fragte er flüsternd.

Ich ignorierte ihn und hob die Arme, während die Diener das Chaos beseitigten, das ich angerichtet hatte. »Vater!«, rief ich, um seine Aufmerksamkeit zu erregen. »Vater, würdest du mich bitte entschuldigen? Ich fühle mich unpässlich.«

»Du siehst blasser aus als sonst«, sagte Vater zerstreut. Er war mit den Gedanken woanders; die Sitzungen mit seinen Beratern hatten sich lange hingezogen, aber den Grund dafür wollten Andahai und Benkai mir nicht nennen. Vater entließ mich mit einem Nicken. »Dann geh.«

Meine Stiefmutter warf mir einen seltsamen Blick zu. »Ich begleite sie.«

Erschrocken blickte ich hoch. »Nein, ich …«

»Wenigstens ein Stück.«

Sie schwieg, bis wir am Ende des Flurs angelangt waren, dann sagte sie mit leiser Stimme: »Ich habe über den Drachen nachgedacht, den du gesehen hast. Das sind gefährliche Bestien, denen man auf keinen Fall trauen sollte, Shiori. Wenn du einem begegnest, solltest du so viel Abstand zu ihm halten, wie du nur kannst. Zu deinem eigenen Besten.«

Ich verbarg mein Erstaunen. Hatte sie mir tatsächlich geglaubt?

»Ja, Stiefmutter«, log ich. Sobald ich wieder in meinen Gemächern war, brach ich auf dem Bett zusammen.

Was wusste Raikama schon, was gut für mich war? Und was kümmerte es sie überhaupt? Bei den Göttern, sie hatte es sich offenbar zur Aufgabe gemacht, mir das Leben zu vergällen.

Während mein Kopf aufs Kissen sank und die Schlafgeister mich holen kamen, gab ich mir müde ein Versprechen:

Morgen würde ich Seryu endlich bitten, mir zu zeigen, wie ich Kiki zurückbekam.

»Warum überrascht es dich so, dass sie dir glaubt?«, fragte Seryu, während er träge auf einem herabgefallenen Magnolienzweig herumkaute. »Drachen gibt es wirklich – das weiß doch jeder.«

»Von meinen Brüdern glaubt mir keiner, nicht mal Hasho«, beharrte ich. »Außerdem bin ich nicht *überrascht* – ich mache mir *Sorgen,* dass sie es meinem Vater erzählt.«

»Wenn sie es bislang nicht getan hat, wüsste ich nicht, warum sie es jetzt tun sollte.«

»Du kennst Raikama nicht.« Ich bohrte meine Nägel in die Erde; ich war mir sicher, dass sie die Information für sich behielt, um sie zu einem späteren Zeitpunkt gegen mich zu verwenden. Auf dieselbe Art, wie sie dagegen gewesen war, mich mit einem

Sohn von Lord Yuji zu verheiraten, und stattdessen darauf bestanden hatte, mich den Barbaren im grässlichen Norden zu opfern.

»Vielleicht lässt sie dich ja beschatten«, sagte Seryu mit einem boshaften Grinsen. Seine Haare waren heute vollkommen grün, und er trug Hörner zur Schau, die mir vorher noch nie an ihm aufgefallen waren.

»Beschatten?«

Er rollte auf die Seite und betrachtete die Schale, die wir benutzten, um unseren Treffpunkt zu markieren; im selben Moment kroch eine Wasserschlange darüber hinweg. Er hob sie mit seiner Klaue hoch und hielt sie mir vors Gesicht. »Da haben wir schon einen ihrer Spione.«

Ich schrie und sprang auf. »Bei den Göttern, Seryu, nimm das weg!«

»Beruhig dich. Die ist harmlos. Nur eine kleine Wasserschlange.« Er legte die Schlange auf seinen Kopf, wo sie sich um seine Hörner wand. »Siehst du?«

Ich blieb auf Abstand zu ihm.

»Dass sie eine Spionin ist, sollte ein Scherz sein, Shiori«, erklärte Seryu. Er stieß ein Zischen aus, und die Zunge der Schlange schnellte heraus, als wollte sie ihm auf diese Weise antworten. »Sie war nur neugierig, weil sie einen Drachen am Ufer gesehen hat.«

»Kannst du mit ihr sprechen?«

»Natürlich kann ich das. Schließlich sind Drachen und Schlangen miteinander verwandt, und alle Schlangenarten sind aufgeschlossen für Magie.«

Das wusste ich nicht. »Ich mag Schlangen nicht. Sie lösen schlechte Erinnerungen in mir aus.«

»An deine Stiefmutter?«

»Sie hat Hunderte davon in ihrem Garten«, sagte ich zur Begründung. »Mein Bruder hat mich mal herausgefordert, eine zu stehlen, und sie hat mich dabei erwischt.« Mir versagte bei der Erinnerung daran fast die Stimme.

»Schlangen erinnern sie an ihre Heimat«, hatte Vater zu den Ministern gesagt, die über ihre ungewöhnlichen Haustiere die Nase rümpften. »Respektiert ihre Wünsche ebenso, wie Ihr meine respektieren würdet.«

Uns Kindern hatte er dasselbe erzählt, und wir gehorchten. Zumindest bis Reiji mich herausgefordert hatte, eine zu stehlen.

»Du bist hier doch derjenige, der Angst vor Schlangen hat, nicht ich«, sagte ich zu ihm. »Außerdem hab ich ihr versprochen, ihren Garten nicht ohne sie zu betreten.«

»Hast du Angst, dass du nicht mehr ihr Liebling bist, wenn sie dich ertappt?«

»Ich habe vor gar nichts Angst.«

Es stimmte. Raikama mochte mich. Sie würde es mir nicht verübeln, wenn ich mir eine Schlange ausborgte.

Am nächsten Nachmittag schlich ich in ihren Garten und bewegte mich dabei ganz langsam, um die Schlangen nicht zu erschrecken. Aber ihre Augen – die ganz gelb waren und weit aufgerissen und starr – machten mich nervös. Ich war erst zwanzig Schritte in den Garten hineingegangen, als sich eine kleine grüne Viper um meine Ferse wand.

»Geh weg«, flüsterte ich und versuchte, sie abzuschütteln.

Doch es kamen weitere hinzu, und bald darauf war ich von einem Dutzend Schlangen umgeben. Nein, von hundert Schlangen. Sie zischelten und zeigten ihre Giftzähne. Und dann schnellte eine von einem Ast herabbaumelnde weiße Schlange vor, um mir in die Kehle zu beißen.

Ich rannte schreiend zu einem der anderen Bäume und kletterte, so hoch ich konnte. Aber die Schlangen folgten mir, und mir schlug das Herz vor Angst bis zum Hals. Ich wappnete mich für den tödlichen Biss.

Plötzlich öffnete sich das Gartentor, und Raikama erschien. Die Schlangen krochen davon wie eine zurückweichende Flut.

Ich war in Tränen aufgelöst. »Stiefmutter, bitte vergib mir. Ich weiß nicht, wie ich …«

Ihr vernichtender Blick reichte aus, um mich zum Schweigen zu bringen. »Verschwinde«, sagte sie kühl.

Raikama hatte noch nie ihre Stimme gegen mich erhoben. Ich nickte vor Schreck wie benommen, rutschte blitzschnell an dem Baum herunter und lief davon.

»Und seitdem hasst sie mich«, sagte ich achselzuckend zu Seryu.

Meine Gleichgültigkeit war gespielt. Ich verstand bis heute nicht, warum dieser Moment das Verhältnis zwischen mir und meiner Stiefmutter so verschlechtert hatte, und das Ganze machte mir mehr aus, als ich zugab. Aber niemand, nicht einmal meine Brüder, wussten das.

»Nun, du hast nichts zu befürchten«, erwiderte Seryu grinsend. »Wenn ihre Schlangen versuchen, dich anzugreifen, wird meine Perle dich beschützen.« Er neigte mir den Kopf zu. *Du und ich, wir sind miteinander verbunden.*

Ich konnte seine Stimme hören, dabei bewegten seine Lippen sich keinen Millimeter. Ich zuckte zurück. »Wie hast du denn das gemacht?«

»Wie ich schon sagte, meine Perle wird dich beschützen. Sie verbindet uns, so ähnlich wie du und Kiki miteinander verbunden seid.«

»Deine Perle?«

»Ja, du wärst ertrunken, wenn ich dir nicht dieses winzig kleine Ding ins Herz gelegt hätte. Gerade groß genug, um dich vor Schwierigkeiten zu bewahren.«

»Du hast eine Perle in mein Herz gelegt!«, rief ich aus.

»Nachdem du das Bewusstsein verloren hattest. Du hast keinen Grund, undankbar zu sein – sie hat dich gerettet.«

Meine Besorgnis schlug sofort in Neugierde um. »Dann sind Drachenperlen also magisch?«

»Ob sie magisch sind?«, wiederholte Seryu spöttisch. »Sie sind nicht weniger als die Quelle unserer Macht – Magie in ihrer reinsten und unmittelbarsten Form. Es gibt nichts, worauf Dämonen und Zauberer versessener sind. Weil sie ihre Fähigkeiten steigern.«

»Und wo ist deine?«

»Hier«, sagte er und deutete auf seine Brust. »Ich würde sie dir ja zeigen, aber sie leuchtet so hell, dass sie dich blenden würde.«

Ich ahmte seinen spöttischen Ton nach, um mich über seinen Stolz lustig zu machen. »Und trotzdem hast du ein bisschen davon abgebrochen, um mich zu retten?«

»Ich wollte wissen, warum ein hübsches Menschenmädchen nach einem magischen Vogel taucht.« Er räusperte sich und zog verlegen seine dichten grünen Augenbrauen zusammen, als ich ihn anstarrte. »So etwas sieht man schließlich nicht jeden Tag. Ich dachte mir, ein bisschen von der Perle würde dir vielleicht helfen, zurück zum Ufer zu kommen. Warum starrst du mich so an?«

Ich grinste neckisch. »Du hast mich gerade als hübsch bezeichnet.«

Sofort färbten sich seine spitzen Ohren rot. »Hübsch für ein *Menschen*mädchen, meinte ich«, murmelte Seryu. »Als Drache wärst du hässlich.«

Ich spürte ein warmes Kribbeln in der Brust und rückte ein Stückchen näher an ihn heran – nur um zu sehen, wie seine Ohren noch roter wurden. »Glücklicherweise bin ich aber kein Drache.«

»Allerdings«, sagte Seryu, rieb sich die Ohren und starrte mich wütend an. »Darum darfst du auch niemandem erzählen, dass du ein Stück von meiner Perle hast. Es ist zwar so gut wie unmöglich, dass es dir jemand wegnimmt, aber Zauberer sind ebenso gierig wie listenreich … Am besten gehst du kein Risiko ein, solange ich weg bin.«

»Du gehst weg?«, rief ich.

»Zurück in die Taijin-See. Der Hof meines Großvaters versammelt sich während der Wintermonate im westlichen Teil des Meeres.«

»Aber es ist doch gar nicht Winter.«

»Für uns schon. Drachenzeit vergeht anders als die Zeit im Reich der Menschen. Was für mich eine Woche ist, ist für dich eine Jahreszeit. Wenn für dich Frühling ist, müsste ich eigentlich wieder da sein.«

»Im Frühling?«, wiederholte ich. »Aber was ist mit unserem Unterricht? Und den Kranichen – du wirst die Kraniche verpassen!«

Der Drache runzelte die Stirn. »Die Kraniche?«

»Immer wenn es Winter wird, besuchen sie den Palast«, erklärte ich ihm. »Es ist bei uns Tradition, sie am Tag ihrer Ankunft willkommen zu heißen.«

»So wie es Tradition ist, dass königliche Prinzen und Prinzessinnen während des Sommerfests Winddrachen steigen lassen?«, fragte Seryu trocken. »Ihr Menschen habt viele Traditionen.«

»Und meinen Geburtstag verpasst du auch«, sagte ich plötzlich niedergeschlagen. »Es ist mein letzter Geburtstag im Palast, bevor ich das Schiff besteige, das mich nach Norden bringt, wo ich Lord Bushians Sohn heiraten soll.«

Das überraschte den Drachen. »Du wirst verheiratet?«

»Ja«, murmelte ich. Ich hatte meine Angst vor der Verlobung wochenlang in mir vergraben, doch jetzt, wo Seryu mich verließ, wurde mir wieder schmerzlich bewusst, welches Schicksal mir bevorstand.

»Wann denn?«

»Noch ehe der Frühling vorbei ist, werde ich zum Schloss Bushian geschickt. Die Hochzeit findet nächsten Sommer statt.«

Die Anspannung in Seryus Schultern ließ wieder nach. »Ach, bis dahin ist noch Zeit! Kopf hoch! Im Frühjahr bin ich zurück. Und in der Zwischenzeit arbeite an deinen magischen Kräften!«

Meine Finger wanderten instinktiv zu der Tasche, in der ich noch immer Kikis Einzelteile aufbewahrte. »Zeig mir, wie ich Kiki wieder lebendig machen kann.«

»Du brauchst keine Anleitung. Denk einfach an das, was ich dir beigebracht habe.«

Nervös breitete ich die Papierfetzen, vier an der Zahl, auf meinem Schoß aus. Seit Kiki waren alle meine Zauber sehr kurzlebig gewesen. Die Blumen, denen ich zu neuer Blüte verholfen hatte, waren sofort wieder verwelkt, als meine Konzentration nachließ, und die Steckenpferde, die ich galoppieren ließ, waren zusammengebrochen, kaum, dass ich ihnen den Rücken zugedreht hatte. Was, wenn ich Kiki wieder lebendig werden ließ, nur um sie dann erneut zu verlieren?

Kiki ist anders, sagte ich mir, während ich anfing, ihre Einzelteile zusammenzufügen. Sie ist ein Teil von mir.

Nach einer Minute war sie wieder da. Noch ein bisschen fragil, aber im Großen und Ganzen so, wie sie gewesen war – mit einem leicht nach unten gebogenen Schnabel, zwei tintenblauen Augen, die ich vorsichtig mit dem Pinsel hingetupft hatte, und Flügeln, die in der Mitte geknickt waren, damit sie sich bogen wie die Blütenblätter einer Orchidee.

Nur die rote Farbe ihrer Krone war verschmiert und verblasst.

Ich kratzte eine Wunde an einem meiner Finger auf, bis ein Tropfen Blut herauskam, den ich auf den Kopf des Papiervogels drückte. Anschließend hielt ich den Vogel auf der flachen Hand und schaute zu, wie er sich rot färbte. Dann legte ich all meine

Hoffnung auf ihre Rückkehr in meine Gedanken und flüsterte leise: »Erwache!«

Aus meinem Mund kam ein feiner, silbrig-goldener magischer Faden, legte sich über die Flügel des Vogels und blieb dort liegen, als wäre er in das Papier eingestickt. Dann schlugen ihre Flügel einmal. Zweimal. Und sie erhob sich in die Luft und flog um meinen Kopf herum.

»Kiki!«

Kiki landete auf meiner Hand und strich mit ihren Flügeln über meine Finger. *Das war das schlimmste Nickerchen, das ich je gemacht habe,* grummelte sie und schüttelte ihren Schnabel. *Ich habe geträumt, ich wäre zerrissen worden. Ich werde nie wieder schlafen. Nie wieder.*

»Ich kann dich ja hören!«, rief ich erstaunt.

Natürlich kannst du mich hören! Ich bin schließlich deine liebste Freundin, oder nicht?

»Dein Wunsch, sie zurückzuholen, hat offenbar eine enge Bindung zwischen euch hergestellt«, dachte Seryu laut nach. »Jetzt könnt ihr gegenseitig eure Gedanken hören … Allerdings wirst du die Gesellschaft eines Drachen der eines Papiervogels wahrscheinlich vorziehen.«

Ach, wird sie das? Auf einmal?, zwitscherte Kiki geräuschlos. *Ich war schon ihre Freundin, ehe du sie kennengelernt hast.*

Ich lachte und fand es toll, wie keck mein Vogel war. »Natürlich nicht, aber kannst du mich in Magie unterrichten, während Seryu weg ist?«

»Wohl kaum.« Seryu legte sich zurück ins Gras. »Aber du kannst ja jederzeit deine Stiefmutter um Hilfe bitten.«

Mein Lachen erstarb. »Meine Stiefmutter?«

Seryu zuckte die Achseln. »Weißt du das denn nicht? Sie ist eine mächtige Magierin. Von ihr geht große Zauberkraft aus. Das ist mir sofort aufgefallen, als ich auf eurem Sommerfest war.«

Raikama eine Magierin? Unmöglich!

»Du musst dich irren.«

»Bei so etwas würde ich niemals irren.«

»Ich dachte, Magie wäre eine seltene Gabe. Wie kann Raikama sie dann ebenfalls besitzen?«

»Ich sagte, dass es selten ist, nicht dass *du* die Einzige bist. Und eigentlich ist das alles überhaupt nicht seltsam. Magie zieht Magie an. Was *allerdings* seltsam ist, ist, dass mein Großvater sie die Taijin-See hat überqueren lassen. Er bewacht nämlich Kiatas Gewässer und verhindert das Eindringen fremder Magie.«

»Vielleicht wusste er es nicht«, sagte ich, und die in meinem Kopf herumwirbelnden Gedanken kamen jäh zum Stillstand. Konnte das das Geheimnis sein, das Raikama so sorgfältig hütete – dass sie magische Fähigkeiten besaß, wie ich? »Du solltest ihn fragen.«

»Es ist nicht klug, den Drachenkönig mit Menschenangelegenheiten zu belästigen. Oder ihn auf einen Fehler hinzuweisen, der vor Jahren gemacht wurde. Übrigens ist sie keine Zauberin.«

»Wie meinst du das?«

»Sie ist keine dieser gierigen Narren, die an einen tausendjährigen Eid gebunden sind, dazu verpflichtet, irgendeinem Herrn zu dienen, der im Besitz ihres Amuletts ist. Das ist kein Zuckerschlecken. Wenn sie gerade keinem Herrn dienen, müssen sie ihre Tage nämlich in ihrer Geistgestalt verbringen, für gewöhnlich als irgendein räudiges Tier ohne jeden Zugang zu Magie – oder allzu viel Intelligenz.«

»Wenn Magier und Magierinnen an so einen Eid gebunden sind, warum fürchten wir sie dann?«

»Ihr ja nicht, nicht in Kiata. Sobald sie die Taijin-See überqueren, haben sie keinerlei Macht mehr.«

»Und warum fürchten wir sie *außerhalb* von Kiata?«, korrigierte ich mich. Ich war neugierig.

»Weil sie nur einen Atemzug davon entfernt sind, zu Dämonen zu werden. Das ist ihre Strafe, sollten sie ihren Eid brechen. Sie sind gefährlich.«

»Und meine Stiefmutter ist nicht – gefährlich?«

»Nicht auf diese Art«, antwortete Seryu. »Ihre Magie ist wild und schrankenlos – wie deine. Ihr seid mächtig, keine Frage, aber ihr habt beide nur die kurze Lebensspanne eines Sterblichen.« Er schien meinen wütenden Blick nicht zu bemerken und fuhr fort. »Die Frage ist nur, woher sie ihre Magie bezieht. Sie ist nicht in Kiata geboren, wie du. Daher braucht sie eine Quelle, eine sehr starke Quelle, wenn so viel Macht von ihr ausgeht.«

»Vielleicht trinkt sie Schlangenblut«, sagte ich und krempelte meine Ärmel hoch. »Das würde erklären, warum sie so viele davon hat.«

»Ich glaube nicht, dass Schlangen eine Quelle von Magie sind.«

»Nun, wenn du deinen Großvater nicht fragen willst, werde *ich* es wohl selbst herausfinden müssen.« Ich bedachte Seryu mit einem verschlagen selbstgefälligen Blick. »Zu schade, dass du bis zum Frühling warten musst, bis du erfährst, was ich herausfinde.«

»Bis zum Frühling von euch Sterblichen dauert es in Drachenzeit nur einige Wochen. Ich kann warten.« Seryu grinste. »So, ich bin schon länger geblieben, als ich sollte. Keine Sorge, Prinzessin, ich komme wieder.« Er zwinkerte mir zu. »Du hast ein kleines Stück von meiner Perle, und das muss ich irgendwann wiederhaben.«

Wann war er so nah an mich herangetreten? Ich konnte die Süße von roten Bohnen in seinem Atem riechen. »Dann nimm es doch zurück«, bot ich an und machte einen kleinen Schritt nach hinten. Weil ich dabei auf einen losen Stein trat, kam ich ins Straucheln, aber Seryu packte mich am Ellenbogen und stützte mich.

»Behalte es.« Seine Augen funkelten, als verberge er ein Geheimnis. »Vielleicht brauchst du es ja.«

Er drückte mir einen Kuss auf die Wange, und seine Lippen waren weicher, als ich es bei einem Drachen vermutet hätte. Dann sprang er, ohne meine Reaktion abzuwarten, ins Wasser.

»Bis zum Frühling!«, rief er winkend, schlug mit seinem Schwanz auf die Wasseroberfläche und verschwand aus meinem Blickfeld.

Ich hob die Schale aus Walnussholz auf, die wir zur Markierung unseres Treffpunkts benutzt hatten, wischte den Staub davon ab und trug sie unterm Arm nach Hause.

Plötzlich erschien mir der Frühling endlos weit entfernt.

Kapitel 6

Nun da Seryu fort und mein Wandteppich fertig war, zog sich der Rest des Sommers dahin. Ich wurde wieder von meinen Hauslehrern unterrichtet, und die Vorträge, die sie mir über Geschichte, das Hofprotokoll und Sprache hielten, waren zwar ermüdend, aber immer noch besser als Handarbeiten. Alles war besser als Handarbeiten.

Wann immer möglich erfand ich Vorwände, um dem Unterricht fernzubleiben. Harmlose kleine Lügen, beispielsweise indem ich den Lehrern erzählte, Andahai brauche meine Hilfe bei der Auswahl eines Geschenks für seine Verlobte, oder den Hohepriestern weismachte, ich könne den Göttern an diesem Nachmittag nicht huldigen, weil Hasho krank sei und ich ihm eine Suppe kochen müsse. In Wahrheit waren meine Brüder ständig beschäftigt, und niemand fragte je nach mir. Nicht mal Raikama.

Aber ausnahmsweise machte es mir nichts aus, und ich nutzte meine kostbare freie Zeit, um meine Stiefmutter auszuspionieren.

Doch nachdem ich sie wochenlang beschattet oder Kiki hinter ihr hergeschickt hatte, damit sie sie bespitzelte, kannte ich lediglich ihren gewöhnlichen Tagesablauf. Und wie eintönig der war! Frühstück mit meinem Vater, dann Morgengebete, dann ein Besuch in ihrem Garten, wo sie ihre Schlangen fütterte, die Chrysanthemen goss und die abgefallenen Blütenblätter der Glyzinien aufkehrte. Danach kam das Schlimmste – stundenlanges, endloses Nähen.

Mit einem frustrierten Seufzer warf ich einen Kieselstein in den Heiligen See und beobachtete, wie sich die Oberfläche kräuselte und wieder glättete. Ich setzte mich ans Ufer und ließ die Füße im Wasser baumeln.

Sie kann keine Magierin sein, Kiki, sagte ich zu meinem Vogel. *Raikama hasst Magie, und zwar schon immer.*

Hassen war noch untertrieben, doch ich hatte noch nie darüber nachgedacht, warum das so war. Den meisten Menschen in Kiata war Magie verhasst. Doch Raikamas mysteriöse Vergangenheit führte zu allerlei absonderlichen Gerüchten, wo sie hergekommen war, wie sie meinen Vater kennengelernt und woher sie ihre Narbe hatte. Ihre Vorliebe für Schlangen heizte die Spekulationen noch zusätzlich an. Einmal hatte ein Minister versucht, Vater davon zu überzeugen, dass Raikama eine Dämonenanbeterin sei – eine jener ketzerischen Priesterinnen, die jedes Jahr am Palast vorbeikamen, die Tore mit Asche bewarfen und irrwitzige Sprechgesänge über die Rückkehr dunkler Magie nach Kiata von sich gaben. Vater hatte den Minister ins Exil geschickt und die Priesterinnen aus Gindara verbannt, aber jetzt musste ich natürlich wieder daran denken.

Konnte es sein, dass Raikama Magie hasste, um von ihren eigenen Zauberkräften abzulenken?

Ich runzelte die Stirn. *Sie hätte sie doch längst gezeigt,* sagte ich zu Kiki. *Seryu muss sich irren.*

Folge ihr morgen noch einmal, schlug mein Papiervogel vor. *Der Drache hat gesagt, dass sie ihre Kräfte verbirgt.*

Und er hat auch gesagt, dass ich meine trainieren soll, gab ich zurück. *Jede Stunde, die ich darauf verschwende, ihr nachzuspionieren, ist eine verpasste Gelegenheit, meine Fähigkeiten zu verbessern.*

Jede Sekunde, die du darauf verschwendest, dich zu beklagen, aber auch, gab Kiki, meine Stimme der Vernunft, zurück.

Ich seufzte erneut, aber der Vogel hatte recht.

»Reife!«, sagte ich zu einer grünen Beere an einem Strauch, und sie wurde so prall, dass ein Milan herabstieß, um sie aus meiner Handfläche zu schnappen. »Spring!«, befahl ich einem Stein, und er hüpfte über die Wasseroberfläche des Sees, bis er außer Sichtweite war.

Solche Zauber waren leicht, aber bei Dingen wie dem Wechsel der Windrichtung oder Lerchen und Schwalben dazu zu bringen, auf meinen Fingerspitzen zu landen – einfache Zaubereien, die jede Magierin eigentlich aus dem Ärmel schütteln sollte –, schlief ich vor Erschöpfung ein.

Ist nur verständlich, dass du dich mies fühlst, weil du so schlecht bist, versuchte Kiki mich zu trösten. Mit ihrem Einfühlungsvermögen war es noch nicht allzu weit her. *Aber im Gegensatz zu allen anderen in Kiata kannst du es wenigstens ansatzweise.*

Zu allen anderen außer Raikama. Ich schnickte mit den Fingern ins Wasser, um eine Flutwelle auszulösen, wie Seryu es getan hatte, doch die Oberfläche des Sees kräuselte sich allenfalls ein wenig, mehr passierte nicht.

Willst du sie nicht bitten, dir zu helfen?

Lieber ertrinke ich im Heiligen See, gab ich zurück.

Ein bisschen sehr dramatisch, findest du nicht?, schalt Kiki mich, und als ich wieder seufzte, pikste sie mir mit dem Schnabel in die Wange. *Warum so verzagt, Shiori?*

Meine Stimmung hing eigentlich nicht mit Raikama zusammen. Schließlich hatte ich noch den ganzen restlichen Sommer Zeit, hinter ihr Geheimnis zu kommen. Ich war nur so ungeduldig, weil ich gelangweilt war.

Meine Brüder haben mir in diesem See das Schwimmen beigebracht, antwortete ich schließlich. *Wir haben so laut gelacht, dass die Enten vor uns Reißaus genommen haben. Andahai hat immer so getan, als wäre er ein Krake, und uns angegriffen, wenn wir nicht schnell genug schwammen. Ich vermisse diese Zeit. Ich will nicht, dass wir alle heiraten, erwachsen werden und uns voneinander entfremden.*

Meine Brüder hatten den ganzen Sommer über nicht das geringste Interesse an mir gezeigt. Andahai und Benkai saßen dauernd mit Vater und irgendwelchen Generälen und Abgesandten in geheimen Sitzungen, Wandei war in seine Bücher vertieft, Yotan bei Hofe beliebt und ständig mit Freunden unterwegs, und Reiji und Hasho steckten gerade mitten in einem Schach-Duell, das ihnen keine Zeit für irgendetwas anderes ließ.

Als ich die Füße aus dem Wasser zog, drückte der Wind die Wellen auf mich zu. Er frischte auf, ein Zeichen dafür, dass der Herbst nahte. Ich hob die Arme und genoss die kühle Luft, die in meine Ärmel hineinblies. Ganz gleich, wie viele schöne Erinnerungen ich heraufbeschwor, ganz gleich, wie laut ich schrie, ich konnte den Wind nicht dazu bewegen, mir zu gehorchen.

Wie wärs damit?, schlug Kiki vor und zeigte mit dem Flügel auf etwas, das im See trieb. *Warum befiehlst du dem Wind nicht, es in deine Richtung zu blasen?*

Ich blinzelte. Was konnte das sein, das da unter einer Lage Moos und Algen hervorglitzerte?

Ich krabbelte am Ufer entlang und hob den längsten Zweig vom Boden auf, den ich finden konnte. Dann fischte ich damit einen Gegenstand heraus, den noch einmal wiederzusehen ich im Leben nicht erwartet hätte.

»Meine Schärpe!«, rief ich aus.

Es war die, die ich bei meinem Sprung in den See getragen hatte – ebenjene, nach der Raikama mich gefragt hatte. Ihre Goldfäden waren durchgeweicht, das Blumenmuster dreckverschmiert und der ganze Stoff bemoost, aber ansonsten war sie intakt.

Aufgeregt wrang ich sie aus. Nach meiner wochenlangen Spioniererei war ich ziemlich überzeugt, dass Seryus Drachenverstand getrübt sein musste, wenn er Raikama für eine Magierin hielt. Aber wenigstens würde ich jetzt herausfinden, was sie mit dieser albernen Schärpe wollte.

Impulsivität und Neugier – zwei meiner hervorstechendsten Eigenschaften – ließen mich, die Schärpe wie ein Banner schwingend, in ihr Handarbeitszimmer stürmen.

»Stiefmutter!«, rief ich und hielt ihr den feuchten, zerknitterten Stoffgürtel hin, »für die hattest du dich doch interessiert, oder?«

Raikama schaute kaum von ihrer Stickerei hoch. »Nur, weil es ein Geschenk von Lord Yuji war. Eine Familie hast du ja schon gekränkt, Shiori. Besser, du beleidigst nicht noch eine.« Sie verknotete ihren Faden und schnitt ihn mit einer Schere ab. »Die Zofen sollen sie mit deinen anderen Sachen waschen.«

Ich wandte mich zum Gehen und hätte mir nichts weiter bei der ganzen Angelegenheit gedacht, wenn da nicht dieser Schatten über Raikamas Gesicht gehuscht wäre. Nur ganz kurz und doch unübersehbar flackerte ein goldener Ring in ihren Augen auf.

Am nächsten Morgen war meine Schärpe verschwunden.

»Ihre Brillanz wollte sie haben«, antwortete Guiya, als ich sie danach fragte. Sie hielt den Blick gesenkt, was klug war, denn ich starrte sie ungläubig an.

»Und da hast du sie ihr einfach gegeben?«, rief ich aus.

Guiya ließ die Schultern hängen und zitterte wie ein Mäuschen. »N-nein, Prinzessin. Ihre Brillanz … Ihre Brillanz hat sie einfach genommen. Möchtet Ihr vielleicht eine rote haben?« Sie hielt ein aufwendig verpacktes Bündel hoch. »Das hier ist gerade angekommen. Lord Yuji schickt …«

Ich stürmte davon, bevor sie den Satz beenden konnte. Über den Tagesablauf meiner Stiefmutter war ich inzwischen ja bestens informiert; sie würde in ihrem Garten sein. Perfekt, denn ich wusste, wie man dort unbemerkt hineingelangen konnte.

Allerdings wagte ich mich aus Angst vor den Schlangen nicht allzu weit vor. Ich hatte Vaters Berater gelegentlich über sie reden hören, und einige von ihnen waren offenbar so giftig, dass schon eine Berührung tödlich sein konnte. Die Erinnerung daran, wie sie mit ihren Schuppen über meine Haut geglitten waren, ließ mich erschaudern.

Vorsichtig schlüpfte ich aus meinen Schläppchen, klemmte sie unter den Arm und watete in den flachsten Teil von Raikamas Teich. Ich versteckte mich unter der Steinbrücke. Dort kauerte ich so lange, dass meine Knie irgendwann zu zittern begannen und die Fische ankamen und an meinen Zehen knabberten, weil sie mich für ein Seerosenblatt hielten.

Nach einer gefühlten Ewigkeit erschien Raikama.

Kaum hatten die Wachen hinter ihr die Gartenpforte geschlossen, zog sie ein scharlachrotes Garnknäuel aus ihren Gewändern. Es sah fast aus wie eine rote Sonne, nur klebten Blätter an den Fäden.

Ich erwartete, dass sie anfangen würde, mit den Schlangen zu sprechen, die auf der kleinen Brücke in der Nähe der Glyzinien lagen, wie sie es sonst immer tat, oder sich um ihr kostbares Beet mit den Mondorchideen kümmerte, deren Bild sie häufig auf ihre Fächer und Tücher stickte. Aber stattdessen raffte sie ihre Röcke bis zu den Knien hoch und hielt sich das Knäuel über den Kopf.

»Bring mich zu den Tränen von Emuri'en«, befahl sie.

Das Knäuel erbebte und verströmte ein fächerförmiges rötliches Licht, während es aus ihrer Hand in den Teich hüpfte.

Raikama wartete am Rand des Teichs. Dessen Wasser rotierte nun in einem wilden Strudel um sich selbst, wodurch in der Mitte ein Weg sichtbar wurde sowie eine in die Tiefe führende Treppe. Diese stieg meine Stiefmutter eilig hinab. Ich wollte ihr nachgehen, aber die Schlangen zischten und ließen sich von den Bäumen herabfallen, um mir den Weg zu versperren.

Panisch schnappte ich nach Luft. Die Schlangen waren überall. Einige von ihnen hatten grelle Farben, wie ich sie bei Schlangen noch nie gesehen hatte: Türkis, Violett oder ein leuchtendes Blau. Andere waren schwarz wie die Nacht mit roten Streifen oder elfenbeinfarben mit braunen Sprenkeln. Gemeinsam waren ihnen nur ihre wie kleine Dolche gekrümmten Giftzähne und ihre bedrohlich zu Schlitzen zusammengezogenen Pupillen.

Sie umringten mich in derselben Weise, wie sie es vor all diesen Jahren schon einmal getan hatten.

Shiori!, rief mich Kiki, die über den Stufen in der Mitte des Teichs schwebte. *Wenn du dich nicht beeilst, verlieren wir sie.*

Das Wasser floss langsam zurück und würde die Treppe bald wieder verdecken, aber um dorthin zu gelangen, musste ich an den Schlangen vorbei.

Angst ist nur ein Spiel, Shiori, rief ich mir in Erinnerung. *Du gewinnst, indem du es spielst.*

Ich zog meine Schläppchen wieder an und rannte auf die Treppe zu. Weitere Schlangen ließen sich von den Bäumen ins Wasser fallen, aber ich schaute nicht zurück. Ich tauchte in die Dunkelheit ab und folgte dem Lichtschimmer immer weiter die Treppe hinunter, bis ich auf der anderen Seite herauskam.

Nur durch Magie konnte ich in diesen Wald außerhalb der Palastgärten gelangt sein. Tatsächlich konnte ich den Palast nicht einmal mehr sehen – nur die Heiligen Berge, und die waren so nah, dass sie den Himmel verdeckten. Wenn ich mich tatsächlich in einem der Bergwälder befand, war ich wahrhaftig weit weg von zu Hause. Aber wie ich zurückkommen würde, war im Augenblick meine geringste Sorge.

Kikis zarte Papierflügel tanzten in einer unsichtbaren Sommerbrise, während sie weiter in den Wald hineinflog. Weit vor mir konnte ich das Fadenknäuel, dessen grelles Licht die Bäume rot färbte, durchs Dickicht hüpfen sehen. Ich rannte so schnell die Beine mich trugen und folgte Raikama immer tiefer in den Wald – bis sie abrupt stehen blieb.

Kiki zupfte mir mit dem Schnabel an den Haaren und lenkte mich hinter einen Baum.

Das Knäuel verharrte über einem mit Zweigen und Laub gefüllten Erdloch und bebte und leuchtete nun nicht mehr.

Meine Stiefmutter stellte ihre Schläppchen daneben ab und zog die Messingnadel aus ihren Haaren, die ihre typische Hochsteckfrisur zusammenhielt. Sie rieb sich die Schläfen, während die schwarze Haarflut über ihren Rücken fiel. Jetzt wurde eine weiße Strähne darin sichtbar.

Ich runzelte die Stirn. Die hatte ich noch nie gesehen. Doch nicht an der alterslosen Raikama.

Sie kniete sich neben das Erdloch, krempelte die Ärmel hoch und lockerte langsam eine Kleiderschicht nach der anderen, bis ihre Schultern nackt waren.

In ihrer Brust erstrahlte ein Licht, zuerst nur schwach, dann immer heller, bis ich die Hand schützend vor die Augen halten musste. In Raikamas Herz leuchtete eine in der Mitte zerbrochene Kugel. Sie sah aus wie ein zweigeteilter Mond und trotzdem schön: Ihre Oberfläche war dunkel wie der Nachthimmel, ihr Licht jedoch blendend wie das erste Licht des Tages, das sich in der Dämmerung über dem Meer ausbreitet. Faszinierend anzuschauen.

Das ist also die Quelle ihrer Magie, hauchte ich.

Wunderschön. Und jetzt lass uns verschwinden, bat Kiki. *Wir haben genug gesehen.*

Noch nicht, flüsterte ich, schob sie weg und machte mich daran, einen Baum zu erklimmen. Ich musste mehr sehen.

Aus der Mitte des Erdlochs stieg nun blubbernd Wasser empor. Vor einer Minute war es noch trocken gewesen. Wo kam das Wasser her?

Wie hypnotisiert beugte ich mich vor. Dies war kein gewöhnlicher Tümpel – das Wasser war undurchsichtig, und nichts spiegelte sich darin. Konnten das wahrhaftig die Tränen von Emuri'en sein – die Tränen, die die Schicksalsgöttin der Legende nach vergossen hatte, als sie aus dem Himmel auf die Erde gestürzt war? Die Götter hatten doch alle diese Tümpel zerstört?

Über ihren Arm hatte Raikama meine goldene Schärpe gelegt, das schmale Band hing offen herab. Sie tauchte sie ins Wasser und sagte dabei etwas in einer Sprache, die ich nicht kannte. Die Worte klangen weich, der Tonfall rhythmisch und singend, die Stimme sanfter als sonst, und aus irgendeinem Grund bekam ich davon eine Gänsehaut.

Verstehst du, was sie sagt?, fragte ich Kiki.

Klingt wie eine Zauberformel. Eine gefährliche. Als ich mich weiter vorbeugte, bohrte Kiki mir ihren Schnabel in die Wange. *Pass auf, Shiori! Bei den Göttern, hat dir denn niemand beigebracht, dass es immer die neugierigen Vögel sind, die vom Fuchs gefressen werden?* Sie ächzte. *Wäre ich doch bloß von einer vernünftigeren Magierin zum Leben erweckt worden!*

Seit wann machst du dir so große Sorgen um deine Lebensdauer?, erwiderte ich. *Dich will ohnehin kein Fuchs fressen – du bist aus Papier.*

Ja, aber wenn du stirbst, sterbe ich auch. Deshalb ist es nur natürlich, dass ich mir Sorgen um dich mache. Du würdest sogar in ein Feuer springen, wenn du dort Antworten auf deine Fragen fändest.

Verstehe. Du hast also nur aus Eigennutz Angst um mich.

Das ist meine Natur. Ein Vogel wie ich geht keine unnötigen Bindungen ein.

Ich beachtete sie nicht länger und betrachtete mit zusammengekniffenen Augen die Tränen von Emuri'en. In dem Tümpel strömten Bänder aus meiner Schärpe – wie flüssiges Gold. Während sie sich um Raikamas Finger wanden, veränderte sich die Stimme meiner Stiefmutter. Nun troff ihre Stimme von Gift, ihr Ton wurde tief und harsch.

»Andahai«, krächzte sie.

Die Fäden im Wasser nahmen vor meinen Augen die Gestalt des Kronprinzen an, die so lebensecht aussah, dass ich vor Schreck zusammenzuckte. Ich presste die Lippen aufeinander; plötzlich vermisste ich meine Brüder – sogar Andahai. Er konnte zwar langweilig und stur sein, aber wenn er Kiata künftig mit der Hälfte der Fürsorge regieren würde, die er uns sechs Geschwistern angedeihen ließ, hatte unser Land seine besten Zeiten noch vor sich.

Nach und nach erschienen auch meine anderen Brüder in dem Tümpel, nachdem Raikama ihre Namen genannt hatte.

»Benkai.« Groß und elegant, der Bruder, den ich am meisten bewunderte. Er war der Geduldigste von uns, aber das hieß nicht, dass er immer zuhörte.

»Reiji.« Er lächelte selten, redete, ohne nachzudenken, und kümmerte sich nicht darum, wenn er andere mit seinen Worten verletzte. Aber wenn Hasho es mit ihm aushielt, konnte er so schlimm nicht sein.

Das Wasser wirbelte weiter herum, und ich versuchte, mich von dem Zauber, den Raikama da gerade wirkte, nicht überwältigen zu lassen. Aber sie machte weiter. Es waren noch vier Kinder übrig.

»Yotan.« Der Bruder, für den jedes Glas zuverlässig immer halb voll war und nie halb leer. Der Bruder, der mir Larvenhäute von Zikaden aufs Kopfkissen legte, damit ich schrie, und so viel Chili in meinen Tee tat, dass mir wegen der Schärfe Tränen in die Augen traten, der mich aber auch immer zum Lachen brachte.

»Wandei.« Der Ruhige, der Bücher mehr liebte als Menschen und sich längst vollkommen in Grübeleien verloren hätte, wenn Yotan ihn nicht ans Essen und Schlafen erinnern würde. Seine Erfindungen hatten eine ganz eigene Magie.

»Hasho.« Mein Vertrauter. Der Sanfteste, auch wenn er mich gern neckte. Ihm vertrauten selbst die Vögel und Schmetterlinge.

Und schließlich fiel mein Name.

»Shiori.«

Ich schreckte aus meiner Benommenheit hoch. Die Bänder wurden schwarz und färbten auch das Wasser in dem Tümpel dunkel. Schlangen – sieben an der Zahl und mehr Schatten als Körper – tauchten auf und schwammen zu Raikama.

Kiki floh blitzartig zurück in meinen Ärmel. *Los, Shiori! Wir müssen von hier weg. Sofort!*

Ich hörte Kikis Warnung, doch ich konnte mich nicht rühren. Ich war wie gelähmt vom Anblick der Schlangen.

Sie glitten an meiner Stiefmutter empor, krochen über ihren Rücken nach oben und legten sich um ihren Hals.

»Shiori«, flüsterten sie. »Stirb, Shiori!«

Ich hatte genug gehört und gesehen. Ich schob mich rückwärts von dem Ast und wollte gerade am Baumstamm herabrutschen, als ich meine Stiefmutter im Profil sah. Ihre Augen waren so gelb wie die einer Schlange, und anstelle ihrer weichen Haut hatte sie glänzende Schuppen – so weiß wie der erste Schnee des Winters.

Ich rang nach Luft, verlor den Halt, fiel von dem Baum und landete hart auf der Erde.

Raikama wirbelte herum.

»Wer ist da?«, rief sie, wobei sie ihr Herz mit einer Hand bedeckte. »Zeig dich!«

Bei den Dämonen! Mit einem Sprung rettete ich mich in die Büsche. Deren Blätter wurden braun und welk unter meinen Fingern – Angst und Nervosität machten es mir unmöglich, meine Magie zu kontrollieren.

Ich wagte es nicht mal, Luft zu holen, aber mein Herz vollführte einen wilden Tanz in meiner Brust. Bei den Ewigen Höfen, ich betete, dass es mich nicht verriet.

»Zeig dich!«, wiederholte Raikama und erhob sich. Ich erkannte sie kaum, da ihre Haare sie als blauschwarze Masse umwehten und eine dünne, gespaltene Zunge aus ihrem Mund hervorschnellte. Meine Stiefmutter war keine Magierin, sie war ein Monster!

Von Panik überwältigt kroch ich aus meinem Versteck und rannte davon. Allerdings schien der Wald rings um mich her endlos zu sein und ich wusste nicht, in welcher Richtung mein Zuhause lag.

Aber das war mir egal – solange Raikama mich nur nicht entdeckte.

Plötzlich hielt mich jemand von hinten am Arm fest.

»Shiori«, zischte meine Stiefmutter.

Ich war zu geschockt, um mich zu wehren. Die schattenhaften Schlangen über ihrer Schulter waren verschwunden. Auch ihr Gesicht sah wieder normal aus, aber ich hatte den elfenbeinernen Glanz ihrer Schuppen noch deutlich vor Augen, und mir wurde ganz schwindlig davon.

Kiki flog auf und schlug meiner Stiefmutter ihre Flügel ins Gesicht, aber Raikama wischte sie mit einer kräftigen Armbewegung beiseite.

»Kiki!«, schrie ich, als der Vogel aus meinem Sichtfeld verschwand.

»Du hast hier nichts verloren«, sagte Raikama wütend. »Schau mich an, wenn ich mit dir rede, Shiori.«

Ich schaute ihr in die Augen. Darin lag ein Schimmer, den ich noch nie zuvor gesehen hatte. Ein goldenes Leuchten, so hypnotisierend, dass ich den Blick nicht abwenden konnte.

»Vergiss alles, was du hier gesehen hast. Du bist erschöpft – das alles war nur ein Traum.«

Mich befiel bleierne Müdigkeit. Mein Mund verzog sich zu einem Gähnen, mir verschwamm abwechselnd alles vor den Augen und wurde wieder klar – bis ich diesen Zustand beendete und blinzelte. Ich war nicht schläfrig. Und ich hatte auch nicht vergessen, warum ich hier war.

Meine Stiefmutter verzog erbost den Mund. Sie packte meine Schultern. »Vergiss alles, was du gesehen hast!«, wiederholte sie mit tiefer, sonorer Stimme, und das Wasser in dem Tümpel hinter uns kräuselte sich, während sie sprach. »Vergiss es und sage nie ein Wort darüber!«

»Nein«, flüsterte ich. »Nein, lass mich los. Lass mich los!«

Ich wand mich los und rannte weg, kam aber nur wenige Schritte weit, bis sie mich wieder einholte. Ihre Kraft schockierte mich ebenso wie ihre Schnelligkeit. Ihre langen Nägel legten sich um meine Ärmel, und sie hob mich mühelos vom Boden hoch.

Sie hielt mich so, dass meine braunen Augen auf derselben Höhe waren wie ihre gelben, und ich schrie auf.

In diesem Moment kehrte Kiki zurück. Sie stieß herab und bohrte ihren Schnabel in die Wange meiner Stiefmutter. In Raikamas Haut zeigte sich eine tiefe rote Schnittwunde. Als sie einen Schmerzensschrei ausstieß, machte ich mich los, riss ihr das Fadenknäuel aus der Hand und hastete davon.

Ich flüchtete aus dem Wald. Ich hatte genug gesehen.

Mein Vater hatte eine Dämonin geheiratet.

Kapitel 7

Ich warf das Knäuel hoch in die Luft und rief: »Bring mich nach Hause!«

Auf meinen Befehl hin erbebte es heftig und sprang davon. Ich lief hinterher und traute mich, aus Angst, es aus den Augen zu verlieren, kaum zu blinzeln, während es durch den Wald schoss. Der Schweiß lief mir übers Gesicht und die Sommerhitze klebte auf meiner Haut, doch ich wagte es nicht, meine Schritte zu verlangsamen.

Ich musste meine Brüder warnen. Und Vater.

Irgendwann kam ich wieder im Garten meiner Stiefmutter heraus und eilte zum Palast.

Was für einen Anblick ich bot! Ich hatte Laub im Haar, und der bestickte Saum meiner Gewänder war schlammverkrustet. Sogar einen meiner Schlappen hatte ich verloren. Die Wachen gafften mich, verblüfft über meinen Zustand, an.

Nichts konnte mich aufhalten.

Ich stürmte in Hashos Gemächer, wo ich laut nach Luft schnappend stehen blieb. »Sie ist. Eine. Dämonin.« Ich lehnte mich an die Wand und versuchte, zu Atem zu kommen. »Wir müssen es Vater sagen.«

Hasho sprang auf. Er war nicht allein; Reiji und die Zwillinge waren bei ihm und in eine Partie Schach vertieft.

»Langsam, Shiori. Wovon redest du?«

»Raikama!« Ich sog gierig die Luft ein. »Ich habe gesehen, wie sie ihre Gestalt geändert hat. Sie weiß … sie weiß, dass ich da war.«

Kiki kam aus meinem Ärmel geflattert, und Reiji stieß vor Schreck beinahe das Schachbrett um.

»Was ist denn das?«, rief er aus.

»Wir müssen es Vater sagen«, wiederholte ich, ohne auf ihn einzugehen. »Wo sind Andahai und Benkai?«

»Hier«, antwortete Andahai. Alle unsere Zimmer waren miteinander verbunden, und er stand mit ernster Miene auf der Schwelle zwischen Hashos und Reijis Gemächern.

»Was soll der ganze Wirbel, Shiori?« Er zog ein missbilligendes Gesicht, als er meine Gewänder sah. »Bist du schon wieder in den See gefallen?«

Ich schob mich an Andahai vorbei und wandte mich stattdessen Benkai zu. Er würde mir zuhören. Er musste mir zuhören.

»Es gibt einen geheimen Ausgang in ihrem Garten«, sagte ich. »Er führt zu einem … einem Platz in den Heiligen Bergen der Standhaftigkeit. Wenn wir diesem Knäuel folgen, wird es uns dort hinführen …«

Die Gesichter meiner sechs Brüder zeigten alle denselben Ausdruck: verdutztes Stirnrunzeln und mitleidige Blicke. Sie wollten mir glauben, taten es aber nicht. Natürlich nicht. Ich klang wie eine Wahnsinnige.

»Ihr … glaubt mir nicht.«

Reiji schnaubte. »Erst siehst du einen Drachen, und dann ist unsere Stiefmutter eine Dämonin?«

»Aber es ist wahr!«

»Ich weiß ja, dass du nicht heiraten willst, aber es gibt sicher bessere Arten, Aufmerksamkeit auf sich zu lenken.«

Benkai blickte Reiji strafend an und wandte sich dann mir zu: »Nach dem Abendessen, Schwester«, sagte er freundlich. »Nach dem Abendessen kommen wir mit dir und folgen diesem Garnknäuel, in Ordnung?«

»Aber dann ist es zu spät!«

»Shiori, Shiori«, sagte Hasho und legte die Hände auf meine Schultern. »Du zitterst ja.«

Ich wand mich los, noch immer völlig außer mir. »Vater hat eine Dämonin geheiratet! Wir müssen es ihm sagen! Wir müssen …«

Plötzlich versagte mir die Stimme, denn Raikama stand in der Tür. Ihr Schlangengesicht war verschwunden, ebenso die weiße Strähne in ihrem Haar. Ihre Röcke waren nicht einmal mehr nass.

Aber ihre Haltung war verändert: Sie wirkte mächtiger, gebieterischer. Und die Verletzung, die mein Vogel ihr beigebracht hatte, war in weniger als einer Stunde abgeheilt!

Kiki schlüpfte zurück in meinen Ärmel, und meine Brüder verneigten sich sofort, wie es sich gehörte – ich jedoch stürzte auf den nächstgelegenen Schwertständer zu. Hasho schnitt mir den Weg ab und hielt meinen Arm so fest umklammert, dass ich zusammenzuckte.

Raikamas Blick bohrte sich in meinen. »Ich möchte mit Shiori sprechen.«

»Vielleicht besser nach dem Abendessen, Stiefmutter«, antwortete Benkai. Seine Schultern waren angespannt und er hatte sich voll aufgerichtet, aber obwohl er der längste meiner Brüder war und mindestens einen Kopf größer als Raikama, schaffte sie es irgendwie, ihn zu überragen. »Wir sind schon spät dran …«

»Ihr sechs geht schon mal vor.«

Zu meiner Überraschung widersprachen meine Brüder nicht. Hasho ließ meinen Arm los und ging zur Tür.

Ich riss ein Schwert mit einem Heft aus Jade aus dem Ständer, rannte meinen Brüdern hinterher und schnitt Yotan und Wandei den Weg ab. »Nein, bleibt hier!«

Die Zwillinge hielten inne und schauten mich verdutzt an.

»Shiori«, erklang die Stimme meiner Stiefmutter. »Lass das Schwert fallen.«

Es fiel mir aus der Hand, und ich keuchte überrascht auf. Ich konnte mich nicht mehr rühren. Mein Körper verweigerte sich meinen Befehlen, meine Füße waren wie am Boden festgewachsen, meine Arme wie gelähmt.

Wehr dich, Shiori!, schrie Kiki und pickte mich aus dem Inneren meines Ärmels in die Hand. *Du musst dich wehren!*

Raikama berührte meine Schulter. »Sieh dich doch nur an. So kannst du doch wohl kaum beim Abendessen erscheinen. Geh dich schnell umziehen. Ich denke mir eine Ausrede für deinen Vater aus.«

In ihren Augen lag ein gelbes Flackern, und ein Schwall Kälte legte sich auf mich und meine Gedanken. Mit einem Mal war meine Wut auf sie wie verflogen und meine Erinnerung an das, was ich in ihrem Garten gesehen hatte, wie ein Traum nach dem Aufwachen, nur noch eine vage Ahnung. Ich wollte nichts anderes mehr als gehorchen und mich umziehen gehen, damit ich rechtzeitig beim Abendessen war.

Ich würde eins von meinen roten Gewändern anziehen. Rot war meine Lieblingsfarbe, und Vater sagte immer, dass sie mir am besten stand. Vielleicht würde ich auch die rote Schärpe anlegen, die Guiya erwähnt hatte.

Jäh riss ich mich von ihr los und ballte die Fäuste. Raikama tat es schon wieder. Sie versuchte, mich zu verzaubern!

Ich schubste Hasho, so fest ich konnte, damit er aus diesem Zauber aufwachte, dann zupfte ich Benkai und Andahai an den Ärmeln und rief meinen Brüdern zu: »Schaut nicht in ihre Augen! Sie versucht, uns zu beherrschen! Sie …«

»Genug jetzt.«

Das Wort durchschnitt die Luft wie ein Messer. Meine weiteren Anschuldigungen blieben mir im Hals stecken, so als hätte ihn jemand mit einem Korken verschlossen.

Benkai hob das Schwert, das ich fallen gelassen hatte, vom Boden auf und streckte Raikama die Klinge entgegen.

Meine Stiefmutter verzog keine Miene. Ihre Augen leuchteten gelb, so wie vorhin, als wir allein im Wald gewesen waren. »Ich rate dir, deine Waffe herunterzunehmen«, sagte sie leise.

Benkais Arme zitterten, seine Muskeln waren angespannt, und aus seinem Gesicht war alle Farbe gewichen. Irgendetwas zwang ihn, das Schwert gegen seinen Willen zu senken.

»Dämon!«, rief Andahai und zückte nun ebenfalls sein Schwert. »Ergib dich!«

Doch auch Andahai tat nicht einmal einen einzigen Schritt, bevor er seine Waffe plötzlich fallen ließ. Meine anderen Brüder stürzten auf Raikama zu, aber genauso gut hätten sie die Luft angreifen können. Denn sie brauchte nur ihr Kinn zu heben, und keiner von ihnen konnte sich mehr rühren.

»Lauf, Shiori!«, krächzte Hasho. »Lass Vater herrufen!«

Ich rannte durchs Zimmer und machte mich an den Türen zu schaffen, aber sie ließen sich nicht bewegen. »Wachen!«, schrie ich, doch die Fenster flogen auf und ein Windstoß von draußen verschluckte meinen Schrei.

Der Wind ließ mich rückwärtstaumeln, bis ich mit Wucht gegen Hashos Kommode prallte. Während ich mich vor Schmerz krümmte, spielte sich vor meinen Augen ein Albtraum ab.

»Söhne meines Gemahls, ich möchte euch nichts antun« sagte Raikama leise zu meinen Brüdern, »aber eure Schwester hat das Geheimnis entdeckt, das mir lieb und teuer ist, und wie ich sehe, kann ich die Erinnerung daran nicht aus euren Köpfen löschen. Ihr lasst mir keine andere Wahl. Für unser aller Wohl muss ich das jetzt tun.«

Das Licht in ihrer Brust begann zu summen, es leuchtete sogar noch heller als zuvor und verteilte sich im Raum, bis es meine Brüder vollständig umgab.

Dann veränderten sie ihre Gestalt. Zuerst verwandelten sich ihre Hälse – damit sie nicht schreien konnten; schwarze Federn bedeckten sie bis hoch zu den langen Schnäbeln, die aus ihren Nasen und Lippen entsprangen. Ich hörte Knochen brechen und Muskeln reißen, während ihre Arme sich in die Länge streckten und in glänzende weiße Schwingen verwandelten und ihre Beine dünner und knotig wurden, bis sie wie Bambusrohre aussahen. Ihre Augen wurden klein und rund, und zuletzt schmückten sechs purpurrote Federkronen ihre Köpfe.

Kraniche, meine Brüder hatten sich in Kraniche verwandelt!

Sie flatterten wild um mich herum. Laut schreiend hob ich das Schwert auf und stürzte mich auf Raikama.

Sie wirbelte herum, wich zur Seite aus und packte mein Handgelenk. Dann hob sie mich mit derselben unglaublichen Kraft, die sie bereits im Wald unter Beweis gestellt hatte, vom Boden hoch. Mein Schwert fiel klirrend hin.

»Bring sie zurück!«, fauchte ich und versuchte, mich gegen sie zu wehren. »Bring sie zurück, du Monster!«

Genauso gut hätte ich Sharima'en, den Gott des Todes, um diesen Gefallen bitten können, doch in meinem Wahn glaubte ich, einen Hauch von Mitleid in ihren Augen zu sehen, einen Funken Gefühl.

Aber ich irrte mich.

»*Monster*«, wiederholte meine Stiefmutter leise. Tödlich. Die Narbe in ihrem Gesicht schimmerte im Licht der Laterne. »So wurde ich schon einmal genannt. Und ich habe noch viel Schlimmeres über mich gehört.«

Ihre perfekten Lippen verzogen sich zu einer Grimasse, während ich mich drehte und wand. »Und ich dachte, von all den Menschen, denen ich in diesem neuen Leben begegnet bin, wärst du vielleicht die Einzige, die mich versteht. Aber ich habe mich geirrt, Shiori.« Sie hob mich noch höher. »Und jetzt musst du gehen.«

Doch bevor sie auch mich verfluchen konnte, stießen meine Brüder auf sie herab und attackierten unsere Stiefmutter mit ihren spitzen Schnäbeln und kräftigen weißen Flügeln. Möbel fielen um, und ich stürzte davon.

Ich floh in meine Gemächer und warf die Tür hinter mir zu. Ich musste sie aufhalten. Aber wie? Weder mit meiner Zither noch mit meinen Sticknadeln, und ganz sicher nicht mit meinen Kalligrafie-Pinseln.

Meine mausartige Zofe war da und drückte sich in eine Ecke. Noch nie in meinem Leben war ich so froh gewesen, jemanden zu sehen. »Guiya«, rief ich und schob sie praktisch aus dem Raum. »Lauf zu meinem Vater und sag ihm, dass Raikama …«

Guiya hielt die Hände hinter dem Rücken, so als hätte sie etwas zu verbergen. Einen Dolch, hoffte ich zutiefst. Als sie mich sah, stürzte sie nach vorn. »Shiori'anma …«

Weiter kam sie nicht. Plötzlich schnürte sich ihre Kehle zu, und ihre Augen drehten sich nach hinten, bis sie schließlich in sich zusammensackte. Guiya sank bewusstlos zu Boden.

Bei den Dämonen von Tambu! Mir blieben nur wenige Sekunden, bis Raikama an der Tür erschien.

Ich versuchte, Guiya wachzurütteln. Ohne Erfolg. Und sie hatte auch keinen Dolch bei sich. Nur eine Handvoll von etwas, das aussah wie schwarzer Sand – wahrscheinlich Kohle, um meine Haare und Wimpern zu färben. Nutzlos.

Ich wandte mich um und betrat mein Schlafzimmer. Auf dem Schreibtisch lagen die Papierkraniche, die ich gefaltet hatte. Hunderte von ihnen. Ich warf sie in die Luft. »Werdet lebendig und helft meinen Brüdern!«

Auf meinen Befehl hin hoben sie ihre spitzen Schnäbel und

schlugen mit den Flügeln. Innerhalb von Sekunden schossen sie hinter Kiki her, die aus meinem Ärmel hervorgeflattert war.

Sie umkreisten Raikama zwar, aber sie hätten ebenso gut Mücken sein können. Sie hob den Arm, und aus ihrem Herzen blitzte ein grelles Licht auf – dann fielen all meine Vögel zugleich leblos wie Steine zu Boden. Nur Kiki flog weiter. Sie verbarg sich in meinen Haaren, und ihre Flügel zitterten so heftig, dass ich die Angst des kleinen Vogels hören konnte.

»Du besitzt also doch magische Kräfte«, stellte meine Stiefmutter fest und drängte mich in die Ecke. »Es wäre leichter, wenn du keine hättest.«

Mein Hass verlieh mir Stärke. Ich nahm Seryus Schale aus Walnussholz und warf sie ihr mit mehr Kraft an den Kopf, als ich je für irgendetwas anderes aufgewendet hatte.

Dennoch fing Raikama sie mühelos auf. Dann stellte sie sie auf ihre Handfläche, und in ihrem Inneren erschien ein Leuchten. Schemenhafte Schlangen schoben sich über den Rand und legten sich um meinen Hals.

Muskel für Muskel wurde ich starr, von den Schlangen, die sich immer enger um mich wanden, bewegungsunfähig gemacht, bis nicht einmal mehr ein Keuchen über meine Lippen kam.

»Hör auf!«, sagte ich nach Luft ringend. »Ruf sie … zurück …«

»Du willst etwas sagen?« Die gelben Augen meiner Stiefmutter leuchteten. »Dann pass auf, was du sagst. Denn solange diese Schale auf deinem Kopf bleibt, wird bei jedem Ton, der über deine Lippen dringt, einer deiner Brüder sterben.«

Raikama hob ihr Kinn, sodass unsere Blicke sich trafen. Ich erwartete, dass sie über meinen hilflosen Anblick lachen würde, aber ihre Miene war undurchschaubar.

»Deine Vergangenheit existiert ab sofort nicht mehr. Du wirst weder darüber sprechen noch schreiben. Niemand soll dich kennen.«

Sie stülpte mir die Schale über den Kopf. Als die hölzernen Seitenwände meine Augen und meine Nase bedeckten, öffnete ich den Mund, um zu schreien, doch ihr Fluch war schneller als meine Stimme, und ich versank in schwarzer Dunkelheit.

Kapitel 8

Als ich erwachte, lag ich rücklings auf frischem grünem Untergrund und schaute in einen wolkenlosen Himmel. Hohe Grasbüschel streiften meine Wangen und Knöchel, und der Wind brachte eine Kälte mit sich, die bis in meine Knochen drang.

Ich richtete mich schwer atmend auf.

Das hier war nicht mein Zuhause. Ich befand mich auf einem Berg, kein Palast weit und breit, und anstelle von Gindara sah ich nur das Meer. Dessen graues Wasser schlug aus allen Richtungen an die Küste.

Raikama hatte mich auf eine Insel verbannt. Wie es aussah, auf eine Insel im Fernen Norden. Der Mond war so groß wie meine Hand und stand noch am Morgenhimmel.

Wut stieg in mir hoch, aber ich ballte die Fäuste und schob sie weg. Wütend konnte ich später noch sein. Jetzt musste ich erst einmal zusehen, dass ich hier wegkam ... Ich musste meine Brüder finden und nach Hause zurückkehren. Als ich den Blick über die Landschaft um mich herum schweifen ließ, bemerkte ich entlang der Küste rostrote und braune Flecken: Fischerboote – eine schwache Verheißung von Zivilisation.

Ich raffte meine zerrissenen Röcke hoch, um den Hang hinabzusteigen. Und es dauerte nicht lange, bis ich Pferdehufe auf einer unbefestigten Straße hörte.

Was für ein Glück!, dachte ich und rannte, wild die Arme schwenkend, auf die Reiter zu. Ich hatte vor, diese Leute durch Rufe auf mich aufmerksam zu machen; ich würde ihnen einfach sagen, dass ich Prinzessin Shiori war, die Tochter des Kaisers, dann würden sie hocherfreut sein, mich nach Hause bringen zu dürfen.

Doch heiseres Männergelächter – und das Aufblitzen von achtlos umhergeschwungenen Stahlklingen – ließen mich jäh innehalten.

»He, du da!«, schrie einer der Männer, als er mich in der Ferne erblickte. »Mädchen mit dem Hut – bleib stehen!«

Mich befiel Angst. Ich hatte reichlich Geschichten über die Gefahren gehört, die auf den Straßen von Kiata lauerten, und Banditen waren die größte Gefahr von allen.

Also sprang ich auf und schlug mich in die Büsche. Nach hundert Schritten ließ ich mein äußeres Gewand fallen, damit ich schneller war. Mir klapperten die Zähne vor Kälte, und ich rannte immer weiter. Dabei folgte ich der bleichen, gerade über mir aufgehenden Sonne, die so klein und weiß war, dass sie keinerlei Ähnlichkeit mit der Sonne hatte, die ich von zu Hause gewohnt war.

Irgendwann, als der Berg schließlich weit hinter mir lag und nur noch ein Hügel vor dem graublauen Meer war, hielt ich an, um Atem zu schöpfen. Die Banditen waren mir, den Ewigen Höfen sei Dank, nicht gefolgt, und vor mir lag ein überflutetes Reisfeld. Also musste unweit von hier ein Dorf sein.

Als ich die Hand über die Augen legen wollte, um nach einem Weg Ausschau zu halten, berührten meine Finger nicht die Haut an meiner Stirn, sondern sie stießen gegen Holz. In dem Moment fielen mir die Worte des Banditen wieder ein.

Mädchen mit dem Hut, hatte er gerufen.

Mein Herz setzte kurz aus. Da saß tatsächlich etwas auf meinem Kopf.

Aber kein Hut. Sondern eine Schale, hölzern und fest. Und sosehr ich mich auch bemühte, ich konnte sie nicht abnehmen. War das Raikamas Magie?

Ich kniete mich neben einen seichten Tümpel und betrachtete mein Spiegelbild. Die Schale war tief, sie bedeckte meine Augen und die Nasenwurzel – und doch konnte ich alles perfekt sehen, so als wäre das Holz nicht mehr als ein Schatten. Bei meinem Spiegelbild verhielt es sich allerdings anders: Egal, wie ich den Kopf hielt, die Schale verdeckte meine Augen und mein gesamtes Gesicht oberhalb der Lippen.

In meinem Hals bildete sich ein dicker Kloß, und ich spürte ein Brennen in der Brust.

So würde Vater mich nicht wiedererkennen. Niemand würde mich wiedererkennen.

Ich werde ihm schreiben, sagte ich mir entschlossen. Sobald ich in das nächstgelegene Dorf kam, würde ich Vater einen Brief schreiben und ihn wissen lassen, wo ich war. Wir würden meine Brüder finden, und es musste irgendwo jemanden – einen Zauberer – geben, der wieder rückgängig machen konnte, was meine Stiefmutter angerichtet hatte.

Dann sah ich vor den grauen Wolken, die sich im Osten zusammenzogen, sechs Vögel über den Himmel fliegen, und mir hüpfte das Herz fast aus der Brust, als mir der Fluch meiner Stiefmutter wieder einfiel.

»Brüder!«, schrie ich. Das Wort schmeckte wie Asche, doch ich nahm mir nicht die Zeit, mich nach dem Grund zu fragen. Stattdessen rannte ich quer über das Reisfeld zum Meer und schwenkte die Arme.

Die Vögel zogen weiter.

Nein, nein, nein. Sie mussten mich doch sehen! Sie durften nicht wegfliegen.

»Kommt zurück! Brüder!«

In meiner Panik riss ich eins meiner Schläppchen vom Fuß

und warf es nach ihnen. Der Schuh flog in hohem Bogen durch die Luft, ein verschwommener hellrosa Fleck, kaum höher als die Bäume um mich herum und weit davon entfernt, ihre Flughöhe zu erreichen.

»BRÜDER!«, flehte ich ein letztes Mal. »Bitte!«

Schließlich verharrten die Vögel in der Luft, und ich hoffe, dass sie mich erspäht hatten.

Doch nein. Sie fielen herab. Stürzten vom Himmel. Ohne zu fliegen, so als hätte jemand ihre Flügel abgeschnitten. Es ging so schnell, dass ich, starr vor Schreck, nur zuschauen konnte.

Ich stürmte zum Strand und hätte fast geschrien, als ich bei den sechs leblos im Sand liegenden Vögeln ankam. Doch ehe ich einen Laut von mir geben konnte, stockte mir der Atem: Unter den Flügeln der toten Vögel krochen sechs gespenstische Schlangen hervor, jede so dunkel und transparent wie ein Schatten. Sie richteten sich auf, bis sie mir bis zur Taille reichten, und schauten mich aus ihren bösartigen gelben Augen an.

»Dies ist deine einzige Verwarnung«, zischten sie. »Nächstes Mal sterben deine Brüder – einer für jeden Laut, den du von dir gibst.«

Kaum hatten sie ihre Botschaft übermittelt, verschwanden sie.

Und zu meinem Schrecken und meiner Erleichterung sah ich, dass es sich bei den Vögeln nicht um Kraniche, sondern um Schwäne handelte. Es waren also nicht meine Brüder, aber tot waren sie trotzdem – meinetwegen.

Sechs Schwäne, je einer für die sechs Worte, die ich ausgesprochen hatte.

Denn solange diese Schale auf deinem Kopf bleibt, wird bei jedem Ton, der über deine Lippen dringt, einer deiner Brüder sterben, hatte meine Stiefmutter gesagt.

In mir machte sich tiefe Trauer breit, als mir plötzlich klar wurde, was Raikamas Fluch bedeutete.

Ich wollte schreien. Rufen. Weinen. Um mir zu beweisen, dass das nicht wahr war. Dass das alles nur ein schreckliches, schreckliches Missverständnis war. Aber die sechs toten Schwäne mit ihren glasigen schwarzen Augen und ihren langen, verdrehten und geschundenen weißen Hälsen bewiesen mir das Gegenteil.

Ich sank auf die Knie, in meiner Kehle brannte ein stummer Schluchzer.

Meine Stiefmutter hatte mich gebrochen. Sie hatte mich von meinen Brüdern, meiner Familie, meiner Heimat getrennt. Ja, sogar von mir selbst.

Tränen liefen meine Wangen hinab. Ich weinte, bis mir das Luftholen wehtat und meine Augen so zugeschwollen waren, dass ich den Himmel nicht mehr vom Meer unterscheiden konnte. Ich wusste nicht, wie lange ich dort gesessen und mich stumm hin und her gewiegt hatte, doch als die Flut kam, erhob ich mich schließlich.

Benutz deinen Verstand, Shiori, sagte ich mir und trocknete mit dem Ärmel meine Tränen. *Alles Weinen nützt dir nichts. Wenn du nur hier sitzt und über das Geschehene verzweifelst, tust du genau das, was Raikama will.*

Sie wollte, dass ich litt und vielleicht sogar starb.

Aber wenn du tot bist, kannst du ihren Fluch nicht brechen. Und wenn du weiter hier draußen in der Kälte bleibst und dich in Selbstmitleid suhlst wie eine Närrin, stirbst du mit Sicherheit.

Benutze deinen Verstand, Shiori, ermahnte ich mich. Ich musste etwas essen. Ich brauchte ein Dach über dem Kopf und Geld. Alles Dinge, über die ich mir vorher nie hatte Gedanken machen müssen.

Ich betastete meinen Rockbund, meinen Hals, meine Handgelenke und meine langen, ausgestellten Ärmel.

Aber da war nichts. Kein Korallenkettchen, kein Jade-Anhänger, kein Perlenarmband. Nicht einmal eine einzige Münze oder ein bestickter Fächer, den ich verpfänden konnte.

Zum ersten Mal bedauerte ich es, dass ich mich von meinen Zofen nicht mit Schmuck hatte behängen und mir goldene Nadeln und Seidenblumen ins Haar stecken lassen.

Ich durchsuchte alle meine Taschen, selbst die in meinem untersten Gewand. Nichts.

Aber dann kam, aus meiner letzten Tasche, etwas herausgeflattert.

Kiki schlüpfte heraus, reckte ihren Hals und breitete ihre Flügel aus, um die Falten darin zu glätten. Sie landete auf meinem Schoß, aus ihrem Papiergesicht sprach Sorge.

Kiki!, rief ich in Gedanken.

Sie hörte mich, öffnete einen Flügel und strich damit über meine Handfläche. Diese einfache Liebkosung reichte aus, um mir erneut die Tränen in die Augen zu treiben, diesmal allerdings vor Erleichterung. Ich war nicht allein.

Zärtlich legte ich meine Hände um sie und drückte sie an meine Wange.

Ich darf nicht sprechen, erklärte ich ihr. Selbst meine Gedanken klangen jämmerlich. *Meine Worte … sind todbringend. Sie haben diese Schwäne getötet.*

Mein Papiervogel war eine Weile still. Dann sagte sie überraschend sanft: *Was sind Worte anderes als alberne Laute, die die Zunge ermüden? Du brauchst sie nicht, um deine Brüder zu finden. Du hast ja mich, und solange wir gemeinsam suchen, bist du nicht allein. Also, keine Tränen mehr, bis wir sie finden, in Ordnung?*

Kikis Versprechen rührte mich. So viel hatte ich von meinem Vogel nicht erwartet, und ich hielt sie zur Sicherheit weiter an mich gedrückt, während um uns herum die Wellen an den Strand schlugen.

»Finde das Licht, das deine Laterne leuchten lässt«, würde Mama sagen. Jetzt war Kiki, mehr denn je, dieses Licht.

In Ordnung, willigte ich ein.

Ich glaube übrigens, dass diese Banditen da eben in Wahrheit Fischer waren, sagte Kiki und ließ sich auf meiner Handfläche nieder.

Warum hast du denn nichts gesagt?

Ich steckte doch in deiner Tasche fest.

Da musste ich lächeln. Ein kleines bisschen von meiner alten Stärke kehrte zurück.

Zusammen fanden wir das Dorf Tianyi, die einzige Ortschaft auf der Insel. Hoch erhobenen Hauptes ging ich mit der Haltung und Würde einer Prinzessin durch die Straßen. Doch es kümmerte niemanden, wie anmutig ich umherstolzierte, wie graziös ich gestikulierte oder wie geschmeidig ich die Lippen bewegte, ohne zu sprechen. Die Leute sahen nur mein zerrissenes, dreckverkrustetes Kleid, meine schmutzigen Füße und die seltsame Schale auf meinem Kopf. Und das Einzige, was sie begriffen, war, dass ich nicht sprechen konnte. Also reagierten sie nicht auf mein stummes Flehen und wiesen mich ab.

Es ist nur eine Frage der Zeit, bis Vater mich findet, sprach ich mir grimmig Mut zu. Götter, ich hoffte, dass Guiya noch lebte. Sie *musste* gehört haben, wie meine Brüder gegen Raikama gekämpft hatten – und sie würde es den Wachen erzählen, die es dem Kaiser berichten würden, und Vater würde Raikama zwingen, den Fluch aufzuheben. Und ich musste nichts weiter tun, als bis dahin zu überleben.

Nur: Wie überlebte man mit nichts? Ich versuchte es mit Betteln, doch niemand wollte einem fremden Mädchen mit einer Holzschale auf dem Kopf helfen. Ich schrieb in den Dreck, dass ich etwas zu essen wollte, aber hier konnte niemand lesen. Kinder umringten und verspotteten mich, einige Dorfbewohner warfen Steine nach mir und schimpften mich eine Dämonin, und ich konnte weder etwas zu meiner Verteidigung vorbringen noch ihnen in die Augen schauen. Nachdem ich drei Tage ignoriert und bespuckt worden war und mit nichts als Regenwasser im Bauch draußen geschlafen hatte, schwand meine Hoffnung.

Der Hunger ließ mich verzweifeln. Der Hunger nahm mir die Angst.

Als der nächste Morgen heraufdämmerte, schlich ich in die graue Bucht hinaus, wo all die Fischer ihre Boote vertäut hatten, und machte einen der Krabbenkutter los.

Die dunkle Gestalt, die mir auflauerte, bemerkte ich erst, als es zu spät war.

»Frau Dainan bestiehlt man nicht!«, zischte sie und hob eine Angelrute. Und bevor ich reagieren konnte, schlug sie damit so fest auf die Holzschale auf meinem Kopf, dass es in meinen Ohren nur so dröhnte und sich alles um mich drehte.

Ich brach zusammen.

Kapitel 9

Als ich wieder zu mir kam und aufzustehen versuchte, schlug Frau Dainan erneut auf die Schale. »Es wäre schlauer von dir gewesen, von dieser Insel wegzuschwimmen, Mädchen. Der Kahn da taugt nicht mal zum Krabbenfangen.«

Sie schob mich zu den grauen Wellen, die gegen das Hafenbecken schlugen, und forderte mich auf, hineinzuspringen. Als ich mich weigerte, knurrte sie missbilligend, packte mein Kinn und betrachtete meine eingefallenen, rußverschmierten Wangen. »Das dachte ich mir. So jämmerlich wie du wäre kein Dämon auf der Welt.«

Sie warf mir ihre Schürze zu. »Du arbeitest jetzt für mich. Und wenn du irgendwelche Tricks versuchst, sage ich dem Dorfvorsteher, er soll dir die Hände abhacken lassen, weil du versucht hast, mein Boot zu stehlen. Verstanden?«

Mein Hunger wurde noch schlimmer, als ich die Schürze zusammenraffte. Sie war mit Öl und brauner Soße bekleckert, und es klebten getrocknete Reiskörner daran, die ich direkt vom Stoff hätte lecken können.

Nur für einen Tag, gelobte ich mir, bevor ich hinter ihr hertrottete. Ich schaute in den Himmel hinauf und stellte mir vor, sechs Kraniche würden durch die Wolkendecke stoßen. *Nur für einen Tag.*

Doch schon bald würde ich gar nicht mehr zählen können, wie oft ich dieses Versprechen brechen würde.

»Lina! Lina, komm her, du dumme Gans!«

Lina. Auch nach zwei Monaten hatte ich mich noch nicht an den Namen gewöhnt, den Frau Dainan mir gegeben hatte, aber er war mir herzlich egal. Er war immer noch besser als *Diebin* oder *Schüsselkopf* oder *Dämon* – aber vermutlich wären diese Namen auch nicht gut für ihr Geschäft gewesen.

»Ich warte, Lina!«

Was Frau Dainan an Körpergröße fehlte, machte sie mit Lautstärke wett. Nicht mal Erdbeben hätten mit dem gewaltigen Donnergrollen ihres Zorns mithalten können. In letzter Zeit war sie schlechter Laune; die Herbstwinde sorgten dafür, dass ihre alle Knochen wehtaten, und ihren Schmerz ließ sie an mir aus.

Fragte sich nur, was ich diesmal wieder falsch gemacht hatte.

Ich stellte den Besen beiseite, ging zu ihr und wappnete mich dafür, vor aller Augen abgekanzelt zu werden. Ich biss mir von innen auf die Wange – eine schmerzhafte Mahnung, nicht zu sprechen.

»Herr Nasawa hat einen Becher Reiswein bestellt, keinen Pflaumenwein«, knurrte Frau Dainan. »Das ist das dritte Mal in einer Stunde, dass du die Bestellungen verwechselst.«

Das stimmte nicht. Herr Nasawa, ein Fischer, der zu den Stammgästen der Seeschwalbe zählte, hatte ganz sicher Pflaumenwein verlangt. Ich schaute ihn wütend an, aber er mied meinen Blick. So gern er mir Ärger einbrockte, vermutete ich doch, dass er insgeheim Angst vor mir hatte.

»Nun?«

Vor einem Monat hätte ich die Zähne zusammengebissen und

ihr mit Gesten zu verstehen gegeben, dass sie falschlag. Was dann mit einem roten Fleck auf meiner Wange und einer leeren Schüssel beim Abendessen geendet hätte.

Inzwischen wusste ich es besser und zeigte meine Aufsässigkeit auf andere Weise.

Tut mir leid, sagte ich mit Gesten und senkte den Kopf noch tiefer. Als ich Herrn Nasawas Becher mit Pflaumenwein nehmen wollte, schlug Frau Dainan mir mit dem Handrücken seitlich gegen den Kopf.

Die Schale dröhnte laut, und ich taumelte zurück. Dabei fiel der Becher polternd zu Boden, und der Wein spritzte auf den Saum meiner Röcke.

Ich hatte gerade das Gleichgewicht wiedererlangt, da ging Frau Dainan ein weiteres Mal auf mich los. Diesmal warf sie mir einen Besen ins Gesicht. »Nutzloses Ding«, fauchte sie. »Mach die Sauerei weg!«

»Warum behalten Sie sie überhaupt noch?«, fragte Herr Nasawa. »Schauen Sie sie doch nur an, mit dieser Schüssel auf dem Kopf. Ich hab noch nie was gesehen, das mehr vom Unglück verfolgt schien.«

»Behalten Sie sie, Frau Dainan«, murmelte einer der anderen Fischer. »Sie ist eine gute Köchin. Die beste, die Sie je hatten.«

»Ja, lassen Sie sie zurück an die Arbeit gehen. Der alte Nasawa hat Pflaumenwein bestellt. Das hab selbst ich gehört!«

Da ich keinen Streit mit den Gästen wollte, nahm ich den Besen und fegte die Scherben des zerbrochenen Bechers auf.

Wie ich so schnell von einer Bootsdiebin zur Wirtshausköchin geworden war, konnte ich selbst nicht sagen. Und noch verwirrender war, dass der Herbst schon halb um war; die langsam braun werdenden Ahornbäume draußen vor der Schenke erinnerten mich ständig an mein gebrochenes Versprechen.

Schuldgefühle quälten mich. Ich hatte gar nicht lange bleiben wollen, aber Frau Dainan ließ mich so hart arbeiten, dass ich allabendlich jeder Kraft beraubt und zu müde, um einen Fluchtplan zu ersinnen, auf meiner Pritsche zusammenbrach. Und wenn der Morgen kam, begann alles von vorn. Außerdem: Wo konnte ich ohne Geld schon hin?

Du könntest einen der Fischer bitten, dir ein Boot zu leihen, Shiori, sagte Kiki, die meine Gedanken las. *Viele von ihnen mögen dich.*

Sie flatterte unruhig in meiner Tasche. Ich konnte sie unmöglich in meinem Zimmer fliegen lassen, da Frau Dainan es alle paar Tage unangekündigt durchwühlte.

Kiki suchte täglich nach meinen Brüdern, aber ohne Erfolg; nicht einmal über Vater konnte sie etwas in Erfahrung bringen. Das Dorf Tianyi war so weit vom Festland entfernt, dass nur wenige Nachrichten bis hierhin vordrangen.

Ich ging zurück in die Küche, um nach dem großen Topf zu sehen, der köchelnd auf dem Herd stand.

Die Morgensuppe zuzubereiten, war eine meiner Hauptaufgaben in der Seeschwalbe und der Grund, weshalb Frau Dainan mich nicht aus dem Haus jagen konnte. Meine Suppe war gut für ihr Geschäft.

Ich kochte sie nach dem Rezept meiner Mutter. Ich war erst drei gewesen, als sie starb, aber die Erinnerung an die Wärme und den Geschmack ihrer Suppe barg ich tief in mir. Wie Mutter auf der Suche nach Fleischstückchen im Topf herumgefischt hatte, wie sie die Gräten herausgesucht und meinen Löffel mit einem Zwiebelring geschmückt hatte, wie sie genüsslich auf den knackigweichen Radieschen und den orangefarbenen Karottenstückchen herumgekaut hatte, all das wusste ich noch sehr genau. Aber am präsentesten waren mir noch die kleinen Lieder, die sie sich ausgedacht hatte, wenn wir in der Küche arbeiteten.

Die Channari vom Meer
steht mit dem Löffel am Herd.

Rührt, rührt, rührt das Kraut,
Suppe für reine Haut.

Kocht, kocht, kocht, hurra,
Ragout für feines Haar.

Und für ein schönes Lachen?
Muss sie backen, backen, backen
mit süßen Bohnen und Zuckerrohr.

Auch nach ihrem Tod stahl ich mich in die Küche, um den Köchen bei der Zubereitung von Mamas Suppe zu helfen. Das war das einzige Gericht, das sie mich kochen ließen, wahrscheinlich aus Mitleid, und ich wurde richtig gut darin. Meine Brüder verlangten immer danach, wenn sie sich unwohl fühlten, und auch wenn sie starke, robuste Jungs waren, die selten krank wurden: Ich hatte sechs davon. Ich nutzte jedes angekratzte Ego und jedes aufgeschlagene Knie als Gelegenheit, Mamas Rezept weiter zu verfeinern.

Wann immer ich in Tianyi diese Suppe kochte, fühlte ich mich Mama nahe – und war glücklich. *Beinahe* glücklich, und mehr konnte ich nicht verlangen. Nur dann schaffte ich es, die verfluchte Schale auf meinem Kopf zu vergessen oder dass ich zum Schweigen verdammt war. Oder dass meine Brüder irgendwo da draußen und ihre Seelen, unerreichbar für mich, in der Gestalt von Kranichen gefangen waren.

Hinzu kam: Wenn ich nicht kochte, machte Frau Dainan es. Und ihre Gerichte schmeckten so fade wie Papier und waren praktisch ungenießbar. Sie hätte auch Eintopf mit Esel-Dung serviert, wenn sie dadurch Geld gespart hätte, aber die meiste Zeit kochte sie übrig gebliebene Knochen eine Woche lang immer wieder aus, warf halb verfaultes Gemüse dazu und streckte das Ganze, so vermutete ich, mit Spülwasser.

Natürlich wurde sie fuchsteufelswild, wenn sie mich dabei erwischte, wie ich zusätzliche Karotten in die Suppe gab und den Reis mit dem Sud würzte, den ich aus den Fischkarkassen gekocht hatte. Aber die Fischer merkten, dass die Gerichte plötzlich besser schmeckten und der Reis locker war statt klebrig und das Gemüse knackig und frisch. Die Geschäfte liefen großartig, und so hörte Frau Dainan auf, mir vorzuhalten, ich vergeudete ihre Zutaten. Stattdessen erhöhte sie die Preise.

Ich mochte sie nicht, aber es war auch nicht leicht für eine Witwe, ganz allein ihre Schenke am Laufen zu halten. Wie sehr sie zu kämpfen hatte, zeigten die tiefen Furchen in ihrem Gesicht, die sie viel älter aussehen ließen, als sie sein konnte. Sie war nicht freundlich, aber auf ihre Art beschützte sie mich – zumindest vor ihren Gästen.

Ein Soldat packte mich bei meinen Röcken, als ich aus der Küche kam, und zog mich zu sich hin. »Was ist denn unter der Schale auf deinem Kopf?«

Ich hielt ihm meinen Besen ins Gesicht. *Rühr mich nicht an.*

»Was willst du, du …« Er wurde wütend, aber er war so betrunken, dass er hin und her schwankte. Er warf seinen Weinbecher nach mir, verfehlte mich aber. »Dämon! Dämon!«, rief er.

Frau Dainan mischte sich ein. »Schluss jetzt, lassen Sie sie! Meine letzte Küchenhilfe war eher ein Dämon als die Kleine da. Sie ist zwar nicht besonders helle, aber sie kann kochen. Ihre Suppe hat Ihnen doch geschmeckt, oder?«

»Und warum die Schale?«, lallte der Soldat.

»Sie ist nur hässlich, das ist alles«, erklärte Herr Nasawa. »So hässlich, dass ihre Mutter sie ihr auf den Kopf geklebt hat, um uns den unschönen Anblick ihres Gesichts zu ersparen.«

Frau Dainan, Herr Nasawa und der Soldat lachten, und ich hörte auf zu fegen. Ich war so wütend, dass mir Tränen in die Augen schossen. Meine Stiefmutter hatte mir das angetan, nicht meine Mutter. Der Gedanke, dass ein Monster wie Raikama noch immer mit meinem Vater verheiratet war und nach wie vor als verehrte Gemahlin des Kaisers von Kiata galt, machte mich rasend. Meine Nägel bohrten sich in den Besenstiel.

In der letzten Zeit waren häufiger Männer wie dieser Soldat ins Wirtshaus gekommen. Sie versammelten sich im Norden, den sie verteidigen sollten, auch auf unserer Insel, und waren meist ebenso betrunken wie streitlustig. Und jedes Mal, wenn wieder einer hier auftauchte, befiel mich großes Unbehagen. Bei den Göttern, ich betete dafür, dass Vater nicht dabei war, in den Krieg zu ziehen.

Als hätte sie gespürt, dass ich mit meinen Gedanken weit weg war, drehte Frau Dainan sich um und drohte mir mit ihrem knochigen Finger.

»Hör auf zu lauschen, Lina!«, herrschte sie mich an. »Wir brauchen Brennholz. Geh und kümmere dich darum!«

Ich nahm meinen Umhang vom Haken neben der Tür und tauschte den Besen gegen eine Axt.

Immer noch kochend vor Wut pflanzte ich mich vor dem nächstgelegenen Holzstapel auf. Anfangs hatte mich die harte Arbeit nach nur wenigen Hieben ermüdet, und die Axt hatte sich so schwer angefühlt, dass ich sie mit beiden Armen hochheben musste. Inzwischen schwang ich sie leicht mit einer Hand.

Und mit jedem Hieb ließ ich mehr Dampf ab.

Es war kein Zufall, dass Raikama mich in den abgelegensten Landstrich Kiatas verbannt hatte, denn von hier aus hatte ich praktisch keine Möglichkeit, nach Hause zurückzukehren.

Hatte sie schon immer von ihrer Magie Gebrauch gemacht, um mich gefügig zu machen? Hatte sie Vater auf diese Weise dazu gebracht, ihn zu heiraten? Sie, eine Fremde aus einem weit entfernten Land, ohne Geld oder Titel, der mit ihrem Namen verbunden war.

Ein Teil von mir wollte glauben, dass es so war, aber ich wusste, dass das nicht stimmte.

Wenn sie ihre magischen Kräfte heraufbeschworen hätte, hätte ich es an ihren Augen gesehen, die dann gelb wurden wie die Sommerchrysanthemen, die in unseren Gärten blühten. Ich hätte die Kugel in ihrem Herzen bemerkt, die schimmerte wie ein Obsidian im Mondlicht.

Aber vor allem hätte ich es an ihrem Gesicht erkannt. Ihrem wahren Gesicht, das zerfurcht war und hässlich und mit elfenbeinfarbenen Schuppen besetzt wie das einer Schlange.

Der Wind peitschte gegen die Schale auf meinem Kopf, wie um mich zu verhöhnen. Ich konnte nichts tun. Ich war hier gestrandet, allein, ohne Stimme, ohne Identität und ohne Magie.

Hundertmal schon hatte ich versucht, das tote Gras unter meinen Sohlen wieder ergrünen zu lassen oder die faulen Mandarinen, die Frau Dainan vom Markt mitbrachte, wieder prall und saftig zu machen. Ich hatte versucht, Vögel, Fische und Affen oder was auch immer ich zu Gesicht bekam, aus Papier zu falten und dann zum Leben zu erwecken. Früher war es so einfach gewesen wie ein Wort, ein Gedanke, ein Wunsch. Tagtäglich versuchte ich es wieder und wieder und weigerte mich aufzugeben.

Aber welche magischen Kräfte ich auch immer besessen hatte, sie waren verschwunden und schienen kaum mehr als ein Traum gewesen zu sein.

Ein letzter Axthieb, und das Holz zerbarst krachend. Ich wich den herumfliegenden Teilen aus und wischte mir den Schweiß von der Stirn.

Vielleicht war Magie nicht die Lösung. Vielleicht musste ich einen anderen Weg finden.

Ich hob die Axt, um das nächste Holzscheit zu zerteilen, und sammelte meine Kraft.

Zusammengerollt auf einer Strohpritsche und mit Kiki in der Armbeuge träumte ich von meinen Brüdern. Jede Nacht sah ich sie: Andahai, Benkai, Reiji, Wandei, Yotan und Hasho. Sechs Kraniche mit purpurroten Federkronen.

Manchmal rief ich sie, und sie fielen einer nach dem anderen mit Schlangenbisswunden an ihren schwarz gefiederten Kehlen vom Himmel. Dann wachte ich schweißgebadet auf und zitterte heftig am ganzen Körper. Bei anderen Gelegenheiten träumte ich, dass sie nach mir suchten und dabei über ferne Länder flogen, die ich nicht kannte. Diese Träume wirkten sehr lebendig und klar, und ich betete dafür, dass es Visionen waren. Dafür, dass meine Brüder lebten und in Sicherheit waren und weder sich selbst vergessen hatten noch mich.

In dieser Nacht aber träumte ich von Raikama.

Die Bäume in unserem Garten hatten einen goldgelben Farbton angenommen, ihre Blätter rot geflammt.

Tag für Tag kehrten meine Brüder zum Palast zurück. Beim Anflug stießen sie kreischende Schreie aus, die von fern an meinen Namen erinnerten, »Shiori! Shiori!«

Es verstieß gegen das Gesetz, einen Kranich auf kaiserlichem Grund zu töten, aber die Soldaten waren so beunruhigt über ihre tägliche Wiederkehr, dass sie sie mit Kieselsteinen bewarfen, wenn sie in den Gärten zu landen versuchten. Doch meine Brüder ließen sich nicht beirren.

Eines Tages wurden ihre Schreie so laut, dass mein Vater kam, um die sechs Kraniche höchstpersönlich zu betrachten.

»Merkwürdig«, dachte er laut nach. »Normalerweise ziehen Kraniche doch nur im Winter hierher. Komm mal her und schau dir das an.« Meine Stiefmutter gesellte sich zu ihm. »Sie sehen anders aus als die Vögel, die uns sonst besuchen.«

»Wie anders? Mein Gemahl, kannst du jetzt schon die Gesichter von Vögeln unterscheiden?«

»Nein.« Vater lachte traurig. »Aber ihre Augen … sie haben beinahe etwas Menschliches. Sie wirken so vorwurfsvoll. Fast, als hätte ich sie schon mal gesehen …«

Bei diesen Worten erstarrte meine Stiefmutter. »Sie werden aggressiv«, antwortete sie. »Der Größte von ihnen hat heute eine Palastwache attackiert, und ein anderer ist in meinen Garten geflogen. Das sind wilde Kraniche. Lass sie von den Wachen erschießen, wenn sie das nächste Mal kommen.«

Bevor Vater protestieren konnte, leuchteten die goldenen Flecken in den Augen meiner Stiefmutter auf, und seine Miene erschlaffte. Er nickte stumm, als dächte er: Natürlich, du hast recht.

Als meine Brüder das nächste Mal kamen, um mich zu suchen, sorgte sie dafür, dass sie mich vergaßen. »Fliegt nach Süden!«, befahl sie ihnen. »Vergesst eure Schwester und schließt euch den anderen von eurer Art an.«

Nein!, wollte ich schreien. Hört nicht auf sie!

Aber die sechs Kraniche drehten ab, und ich wusste nicht, ob sie es taten, weil der Bann meiner Stiefmutter sie erreicht hatte oder weil die Bogenschützen sie abgeschreckt hatten.

Als ich aufwachte, war mein Rücken schweißnass und meine Beine taten mir weh, weil ich im Traum um mich getreten hatte. Doch meine Gedanken waren klarer denn je; es war, als ob sie endlich den Schleier der Angst durchbrochen hätten, den Raikama über mich geworfen hatte, und meine Sorge verwandelte sich in stahlharten Mut.

Ich hatte hier jetzt lange genug vor mich hin vegetiert. Es wurde Zeit, Raikama für das, was sie getan hatte, büßen zu lassen. Es wurde Zeit, mich auf die Suche nach meinen Brüdern zu machen.

Kapitel 10

Frau Dainan war in der Küche damit beschäftigt, den Reiswein mit Wasser zu strecken und die Essensreste vom Nachmittag in den Gemüseeintopf zu werfen, den ich für den Abend zubereitet hatte.

»Was willst du, Lina?«, fragte sie ungeduldig.

Der Albtraum der letzten Nacht hatte mir neuen Schneid verliehen. Ich streckte die Hand aus und gab ihr mit Gesten zu verstehen, dass ich Geld wollte.

Frau Dainan schnaubte. »Du hast Nerven, Geld von mir zu verlangen. Warum sollte ich eine Diebin bezahlen?«

Doch ich zog meine Hand nicht zurück. Ich war jetzt seit zwei Monaten dort, und der Wert meiner Arbeit in dieser Zeit lag weit über dem, was ihr Krabbenboot wert sein konnte. Das wusste sie. Und das wusste ich.

Sie zielte mit dem Besenstiel auf meinen Kopf. Ich sah ihn kommen und wich aus, doch so traf sie mich an der Schulter.

Ich spürte einen stechenden Schmerz im Schlüsselbein und presste die Lippen zusammen, damit ich nicht laut aufschrie. Meine Furcht, versehentlich einen Laut von mir zu geben, war größer als die Angst vor Frau Dainans Schlägen.

»Glaubst du etwa, ein anderer würde eine Diebin wie dich aufnehmen?«, rief sie höhnisch lachend. »Vielleicht sollte ich dich ins

Freudenhaus stecken. Aber wer würde dich schon wollen mit dem lächerlichen Ding da auf deinem Kopf?«

Ich ballte die Fäuste, um mich von einer unbedachten Reaktion abzuhalten. Wie es aussah, musste ich wohl noch ein Weilchen länger hier ausharren. Meine Nägel bohrten sich in meine Handflächen, und allmählich beruhigte ich mich wieder.

»Wofür brauchst du überhaupt Geld? Du hast doch kein Heim und keine Familie.« Sie schlug mit lautem Getöse die Fensterläden zu. »Und jetzt verschwinde hier, ehe ich ...«

Ihre Zurechtweisung wurde durch das Hufgeklapper eines Pferdes unterbrochen, das draußen zum Stehen kam und laut wieherte.

Frau Dainan rümpfte die Nase und richtete ihren Kragen, bevor sie die Tür öffnete. Sekunden später war ihr Rücken zu einer tiefen Verbeugung gekrümmt, ihre Arme flatterten aufgeregt, und ihre Stimme hatte einen unterwürfigen Ton angenommen, den ich ihr gar nicht zugetraut hätte.

»Oh, willkommen! Willkommen, der Herr!«

Ein kaiserlicher Wächter hatte das Wirtshaus betreten.

Mir blieb die Luft weg. Um das Gespräch belauschen zu können, schnappte ich mir schnell Frau Dainans Besen und tat so, als würde ich fegen.

Historisch betrachtet waren Wächter Krieger, die ausgebildet waren, gegen Dämonen zu kämpfen; sie unterstützten die Götter, indem sie die Dämonen zu den Heiligen Bergen der Standhaftigkeit zurücktrieben. Nun da solche Bedrohungen vermeintlich überwunden waren, schützten Wächter die kaiserliche Familie und sorgten, wohin auch immer man sie entsandte, für die Aufrechterhaltung von Ruhe und Frieden. Manche trainierten ihr Leben lang, um Wächter zu werden; die Ehre dieser Position galt als eine der wenigen Möglichkeiten, wie ein armer Mann sein Schicksal zum Guten wenden konnte.

Dieser Wächter war noch jung; trotzdem verdiente er wahrscheinlich bereits mindestens zehn Goldmakane im Jahr. Genug, um ein paar Silbermünzen bei sich zu tragen.

Was ist in dich gefahren, Shiori?, schalt ich mich. *Hast du etwa vor, einen Wächter zu bestehlen?*

»Lina!«, schrie Frau Dainan. »Wo sind deine Manieren? Hol unserem neuen Gast etwas von deiner köstlichen Suppe. Und eine Tasse Tee.«

Ich gehorchte eilig. Als ich zurückkam, saß der Wächter in der Ecke am Fenster, weitab von den anderen Gästen.

Er behielt seinen Helm und seine Rüstung an, aber ich hätte ihn auch als Wächter erkannt, wenn er Lumpen getragen hätte wie ich. Man sah es ihm einfach an: die aufrechte Haltung, die stolzen, von jahrelangem hartem Training geformten Schultern, der ernste Blick, dem jeder Übermut und jede Durchtriebenheit fehlte. Im Palast war ich schon Tausenden wie ihm begegnet.

»Kommt Ihr aus Iro oder von der Tazheni-Festung?«, fragte Frau Dainan ihn in einem freundlichen Ton, den ich noch nie an ihr gehört hatte. Mit viel Aufwand faltete sie ein feuchtes heißes Handtuch und legte es auf seinen Tisch. »Da sammeln sich viele Soldaten. Das ist gut fürs Geschäft, aber nicht gut für Kiata, vermute ich.«

»Ich bin auf der Durchreise.«

Die Antwort des Mannes war knapp, ein Zeichen dafür, dass er seine Ruhe haben wollte. Aber Frau Dainan plauderte munter weiter. »Dann seid Ihr also auf dem Heimweg?«

»Der Kaiser sucht nach seinen Kindern«, räumte der Wächter ein. Offenbar war er kein besonders gewandter Gesprächspartner. »Ich wurde gebeten, mich der Suche anzuschließen.«

Meine Nackenhaare stellten sich auf.

»Oh ja.« Frau Dainan schien voller Mitgefühl. »Die armen Prinzen und die Prinzessin! Nun, wir haben sie nicht gesehen. Von hier gibt es nichts zu berichten!«

Offenbar wusste der Wächter das bereits. Er holte ein ramponiert aussehendes Buch aus seinem Tornister und schlug es auf, um Frau Dainan abzuwimmeln. Dann wies er mit dem Kinn auf seine Teetasse, die bereits leer war.

»Lina!«, befahl Frau Dainan, bevor sie sich ihren anderen Gästen zuwandte. »Mehr Tee.«

Ich schenkte ihm schnell nach und fragte mich, was einen kaiserlichen Wächter auf der Suche nach meinen Brüdern und mir auf diese abgelegene Insel geführt hatte. Gab es eine Möglichkeit, ihn wissen zu lassen, wer ich in Wirklichkeit war? Konnte ich ihm trauen?

Er beachtete mich kaum und zog die Suppe zu sich hin, wobei sein Blick auf dem Buch verharrte. Während er sie schlürfte, spähte ich über seine Schulter. Er las gar nicht; er blätterte durch alte Zeichnungen in einem Skizzenbuch. Neben einige davon hatte er Notizen gekritzelt, ich konnte jedoch nicht erkennen …

»Es ist unhöflich, anderen über die Schulter zu schauen«, sagte der Wächter, und ich zuckte vor Schreck zusammen.

Er stellte die Suppe ab und sah auf. Beim Anblick der Schale auf meinem Kopf huschte ein Ausdruck von Neugier über sein Gesicht. An diese Reaktion war ich gewöhnt und wappnete mich für einen Haufen Fragen, die ich nicht beantworten durfte.

Aber sie blieben aus.

»Du musst die Köchin sein«, sagte er stattdessen, auf die Suppenschale zeigend. »Frau Dainan hat nicht übertrieben, was deine Suppe angeht. Sie ist hervorragend. Der Geschmack, der Fisch, selbst die Radieschen. Sie erinnert mich an meine Heimat.«

Ich nickte, doch mir war ziemlich egal, was er von meiner Suppe hielt. Ich wollte ihn fragen, wie es meinem Vater ging, wie lange er schon nach mir suchte und ob meine Stiefmutter noch an seiner Seite war.

Vor allem aber wollte ich schreien: »Ich bin Prinzessin Shiori!« Ich wollte ihn bei den Schultern packen und rütteln, bis er mich erkannte. Ich wollte ihm befehlen, mich nach Hause zu bringen.

Doch ich tat nichts von alldem. Ich verneigte mich einfach nur und zog mich in die Küche zurück.

Wer würde auch glauben, dass die Prinzessin von Kiata eine Küchenhilfe im Dorf Tianyi war, auf deren Kopf eine Holzschale klebte und die so arm war, dass sie sich weder einen Kamm für ihre verfilzten Haare leisten konnte noch Strohschlappen, um draußen auf den Feldern herumzulaufen?

Niemand. Und am wenigsten von allen dieser Wächter.

Du könntest ihn um Geld bitten, schlug eine verzweifelte Stimme in meinem Kopf vor. *Eine Silbermünze ist nichts für ihn. Aber dir würde sie alles bedeuten.*

Ich hätte liebend gerne gebettelt, wenn das bedeutet hätte, dass ich meine Brüder fand. Auch wenn ich dafür den letzten Rest Stolz ablegen musste, der mir geblieben war. Aber zu betteln, war sinnlos. Frau Dainan würde es mitbekommen und mir die Münze wieder abnehmen.

Die kleine Stimme bohrte weiter: *Dann musst du ihn eben bestehlen.*

Ja. Um meine Brüder zu finden, war ich bereit, so ziemlich alles zu tun.

Die Dämmerung brach nur langsam herein, Schatten fielen über das Wirtshaus und das rötlich-goldene Licht des Sonnenuntergangs drang durch die Ritzen in den schmalen Fluren.

Während alle beim Abendessen saßen, trug ich den Mopp und einen Eimer die quietschenden Stufen zu den Gasträumen hinauf, um die Böden zu wischen und die Kerzen in den Laternen zu wechseln. Die letzten Aufgaben, bevor ich mich selbst zum Essen hinsetzen und den Tag beenden konnte.

Das Zimmer des Wächters hob ich mir für zuletzt auf. Frau Dainan hatte ihm den besten Raum gegeben, was allerdings nicht viel zu sagen hatte: nur, dass er ein Fenster mit Blick aufs Wasser hatte, eine Teekanne, die nicht undicht war, und einen Hocker, der nicht wackelte, wenn man sich daraufsetzte.

Für gewöhnlich ließ ich während der Arbeit die Tür offen stehen. Aber heute Abend schloss ich sie. Fest.

Dann nahm ich all meinen Mut zusammen und durchsuchte sein Zimmer.

Der Wächter hatte nicht viel mitgebracht. Sein Schrank war leer, und sein Schwert trug er bei sich – dann wahrscheinlich auch sein Geld. Aber ich brauchte auch nicht viel. Nur genug, um die Überfahrt in den Süden bezahlen zu können.

Sein Bogen hing am Kleiderständer. Er sah kostbar aus, gefertigt aus dem feinsten Birkenholz und dunkelblau lackiert. Aber so dumm, dass ich versucht hätte, die Waffen eines Wächters zu verkaufen, war ich nicht.

Anders verhielt es sich mit dem säuberlich gefalteten Umhang auf seiner Pritsche. Leider war er abgetragener und zerlumpter, als es zunächst den Anschein hatte. Ich unterdrückte einen frustrierten Seufzer und schob meine Hände in die Taschen. Sie waren leer.

Ich drehte mich um und wollte schon aufgeben, da entdeckte ich seinen Tornister in einer dunklen Ecke. Ungewöhnlich für einen Mann, der so vorsichtig zu sein schien.

Der Inhalt des Tornisters bestätigte meine Einschätzung seines Charakters: Er enthielt eine Kalebasse für Wasser, eine kupferne Zunderbüchse, ein Stück Musselinstoff, eine feine Knochennadel und ein Fadenknäuel, ein zusätzliches Paar Wollsocken und übermäßig viele Bücher. Darunter Gedichtbände sowie Werke über klassische Malerei und Geschichte. Und auch das Skizzenbuch, das ich vorhin bei ihm gesehen hatte – mit lauter Zeichnungen von Bergen und sichelförmigen Booten auf einem Fluss und von einem kleinen Mädchen mit Zöpfen, das ein Kaninchen im Arm hielt. Sie waren alle hübsch, aber ich war auf Makane aus, nicht auf Bilder.

Dann stieß ich … ganz unten … auf etwas Weiches …

Es war das Schläppchen, das ich getragen hatte, als Raikama mich verflucht hatte! Ebenjenes, das ich am Tag meiner Ankunft hier im Norden hoch in die Luft geworfen hatte, als ich meine Brüder am Himmel gesehen zu haben glaubte.

Das Schläppchen war nur noch ein Fetzen, aber ich hätte es überall erkannt – die hellrosa Seide, die sorgfältig eingestickten Kraniche, die Flecken vom Gras und der Schotterstraße. Mit dem letzten Überbleibsel meiner Vergangenheit in der Hand stand ich da und grübelte. Wie war der Wächter in seinen Besitz gekommen?

Begierig, mehr herauszufinden, wühlte ich weiter in dem Tornister. In einem der Seitenfächer steckten zwei dünne Holzbrettchen; sie waren zusammengebunden, um etwas zu fixieren, das dazwischenlag und offenbar wichtig war.

Ich nahm sie heraus.

Rasch wickelte ich die Schnur ab. Zwischen den Holzbrettchen lagen die Reste einer Schriftrolle. Ich runzelte die Stirn. Ein Brief auf A'landisch?

Ich faltete ihn weiter auf und wünschte plötzlich, ich hätte im Sprachenunterricht besser aufgepasst. Anders als Kiata, dessen Festland und zahlreiche Inseln seit Jahrtausenden vereinigt waren, war A'landi ein riesiges Land, das in Dutzende streitlustige Staaten aufgeteilt war. Zwischen deren Religionen und Traditionen und unseren gab es vielfältige Überschneidungen, doch das bedeutete leider nicht, dass ich die Sprache flüssig lesen konnte.

Die Botschaft war jedoch glücklicherweise simpel:

Eure Exzellenz,
Vier Atemzüge erscheint als elegante Lösung, aber ich fürchte, sie ist nicht länger vonnöten …

Vier Atemzüge? Ich runzelte die Stirn. Von dem Gift hatte ich schon mal gehört. Seine Rezeptur war geheim und nur den geschicktesten Attentätern bekannt, die es schätzten, weil bereits sein Geruch giftig war und die Opfer in einen Tiefschlaf versetzte. Wenn es eingenommen wurde, wirkte es hingegen tödlich.

Irgendjemand hatte mal versucht, Raikama einen mit *Vier Atemzüge* versetzten Beutel Weihrauch zu schicken, aber sie hatte es auf Anhieb bemerkt und damit Vaters Bewunderung auf sich gezogen.

»Es riecht süß«, hatte sie meinen Brüdern und mir erklärt. »Wie Honig. Attentäter versuchen stets, seinen Geruch zu verdecken. Und sie verwenden nur geringe Mengen, denn das Gift hinterlässt goldene Spuren auf der Haut, wenn es eingeatmet wird, und schwärzt die Lippen, wenn man es trinkt.«

Rückblickend betrachtet war es kein Wunder, dass eine Schlange wie Raikama die Fähigkeit besaß, Gifte zu erkennen. Wenn wir das nur gewusst hätten.

Ich wandte meine Aufmerksamkeit wieder dem Brief zu. In der Mitte war ein Stück herausgerissen worden und an den Rändern klebte getrocknetes Blut, doch am Ende des Briefs war ein weiteres Textfragment erhalten geblieben:

Die Prinzessin und ihre Brüder haben den Palast verlassen. Ich treffe Euch und den Wolf wie vereinbart, um unsere nächsten Schritte zu besprechen.

Mir lief ein Schauer über den Rücken. Wer war der Wolf, und was hatte er mit meinen Brüdern und mir vor? Ich legte den Brief wieder zwischen die Holzbrettchen und war mir sicher, dass ich dunklen Machenschaften auf die Spur gekommen war, die meinem Vater – und Kiata – Schaden zufügen sollten. Konnte das der Grund dafür sein, dass Raikama mich und meine Brüder verflucht hatte? Um meinen Vater wehrlos zu machen und das Königreich verwundbar?

Was machte dieser Wächter mit so einer Botschaft?

Die Flammen in den Laternen flackerten. Zuerst dachte ich, Kiki wäre von ihrer täglichen Suche nach meinen Brüdern zurückgekehrt. Aber dann hörte ich stampfende Schritte auf der Treppe.

Panisch warf ich die Schriftrolle zurück in den Tornister und pustete schnell die Kerze aus, dann lief ich zur Tür, doch es war zu spät.

Ich spürte die kalte Spitze einer Klinge an meinem Hals und erkannte die schlanke Silhouette des Wächters vor der Wand.

»*Du*«, sagte er mit einem erstaunten Unterton in der Stimme. Dann fügte er harscher hinzu: »Langsam umdrehen!«

Mir rauschte das Blut in den Ohren, während ich tat, wie mir befohlen wurde. War er tatsächlich ein Wächter, dann war das Schwert an seinem Gürtel scharf genug, um Knochen zu durchtrennen. Und er hätte jedes Recht dazu, mich zu töten.

Er holte die Brettchen hervor, bemerkte sofort, dass sich jemand an der Kordel zu schaffen gemacht hatte, und wedelte vor mir damit herum. »Was hast du damit angestellt?«

Ich schaute ihn wie versteinert an, meine Lippen blieben zu einer feinen Linie zusammengepresst.

»Ich frage nicht noch einmal.«

Ich zeigte auf meine Kehle, um ihm zu verstehen zu geben, dass ich nicht sprechen könne. Dann streckte ich die Hand mit der Handfläche nach oben aus, um zu erklären, dass ich nach Geld gesucht hatte. Ich malte mit dem Arm Meereswellen in die Luft – *Geld, um die Insel verlassen zu können.*

Der Wächter verstand und ließ den Dolch sinken. »Ich habe gesehen, wie die Wirtin dich geschlagen hat. Ist das der Grund, warum du hier wegwillst?«

Ich nickte nur. Er war ein guter Beobachter. Ich war es, durch meine Stummheit, ebenfalls geworden.

»Verstehe.«

Er steckte die Schriftrolle wieder in den Tornister. »Gut, dass ich dich erwischt habe«, sagte er ernst, doch aus seinem Ton war die Schärfe gewichen. »Wenn du damit herumgelaufen wärst, hätte man dich getötet.«

Ich hielt den Kopf schief. *Warum? Was steht da drin?*

»Für jemanden, der nicht reden kann, bist du ganz schön geschickt darin, dich verständlich zu machen.« Der Wächter verschloss den Tornister. »Das sind meine Angelegenheiten, die gehen dich nichts an.«

Ich betrachtete ihn. Trotz seines harschen Tons hatte ich keine Angst vor ihm. Er hätte mich auf der Stelle töten können, weil ich seine Sachen durchwühlt hatte. Aber er hatte es nicht getan. Das reichte mir, um zu folgern, dass der Brief nicht für seine Augen bestimmt war. Er hatte Frau Dainan gesagt, er suche nach den Kindern des Kaisers. Also musste er ihn bei seiner Suche in die Finger bekommen haben.

Mir brannten ein Dutzend Fragen auf der Zunge. Ich wollte ihn nach Neuigkeiten aus der Heimat und über meinen Vater fragen. Ich wollte, dass er mir alles erzählte, was er wusste. Aber zunächst musste ich ihm mitteilen, wer ich war.

Zitternd und trunken vor Freude begann ich, meinen Namen auf meine Handfläche zu schreiben. Bei den Wundern von Ashmiyu'en, endlich war jemand gekommen, der lesen konnte!

Dann zischten mir unsichtbare Schlangen ins Ohr.

Denk daran, warnten sie mich. *Niemand soll dich kennen.*

Ich erstarrte, die Schale auf meinem Kopf war plötzlich so

schwer wie ein Stein. Selbst so weit von zu Hause entfernt hielt Raikamas Fluch mich gefangen.

Die Schlangen verschwanden, als der Wächter seinen Helm abzog. Dunkle, ungekämmte und verknotete Locken fielen ihm über die Ohren, eine Strähne lag quer über dem Kopf. Das ließ ihn weniger bedrohlich aussehen, weniger wie einen hartgesottenen Krieger und mehr wie einen müden Reisenden, der dringend ein Bad und eine Rasur brauchte.

Er blickte hoch. »Du bist immer noch da? Jeder andere Dieb hätte längst Reißaus genommen.« Es entstand eine Pause. »Wenn du es wagst, einen Wächter auszurauben, kannst du keine geübte Diebin sein. Dein erstes Mal?«

Ich hatte ihm gar nicht antworten wollen, aber mein Kopf schoss hoch und ich hob zwei Finger.

»Das zweite Mal also.« Seine Mundwinkel gingen nach oben und auf seinem Gesicht erschien die Andeutung eines Lächelns. »Du bist ehrlich. Nicht so wie deine Herrin.«

Nein, das war ich nicht. Meine Brüder hatten mich früher gern die Lügenprinzessin genannt. Aber ich nahm an, dass ich mich in den letzten Monaten verändert hatte. So vieles hatte sich verändert.

»Frau Dainan hat dich Lina genannt. Ist das dein richtiger Name?«

Ich zögerte und schüttelte dann den Kopf.

»Das dachte ich mir. Er ist schön, aber irgendwie passt er nicht zu dir.« Ich wartete darauf, dass er erklärte, wie er das meinte, doch er tat es nicht. »Was *ist* denn dein Name?«

Ich spitzte den Mund bei der Frage und meine Finger malten den ersten Strich meines Namens in die Luft, bevor ich mich eines Besseren besann.

»Du willst ihn mir nicht sagen? Ist schon in Ordnung.« Seine Stimme war sanft geworden, beinahe freundlich. Sein Tonfall hatte eine gewisse Musikalität, jedes Wort kam klar und ohne Eile über seine Lippen.

Ungewöhnlich für einen Wächter. Die, die ich aus dem Palast kannte, waren immer schroff gewesen und konnten sich besser mit ihren Schwertern als mit Worten ausdrücken. Aber welchen anderen Wächter kannte ich auch schon, der ein Skizzenbuch mit sich herumtrug und Gedichte las?

Zwischen seinen Fingerknöcheln blitzte eine Silbermünze auf. »Hier, nimm das. Ich hoffe, du weißt sie zu nutzen.«

Ich riss die Augen auf. Das war mehr als genug, um mich in den Süden zu bringen, um dort nach meinen Brüdern zu suchen.

Als ich danach greifen wollte, hielt der Wächter sie hoch. »Warte bis nach dem Frühstück, bevor du aufbrichst«, sagte er, als wollte er mir ein Versprechen abringen.

Meine Schultern spannten sich an, und ich wurde blass. *Warum?*

»Es ist besser, eine Reise mit vollem Magen anzutreten als mit einem leeren. Und damit spreche ich für mich selbst *und* für dich.«

Ich zeigte nach draußen. *Ihr reist auch ab?*

»Morgen früh«, bestätigte er. »Meine Mission war ein ziemlicher Misserfolg, aber deine Suppe war ein unerwarteter Trost. Ich schwöre, da muss ein Zauber in deinem Topf wirken – das war das erste Mal überhaupt, dass mir Radieschen geschmeckt haben.« In seinen dunklen Augen blitzte der Schalk auf. »Ich würde sie sehr gern noch einmal probieren, um sicherzugehen, dass das kein Glückstreffer war deinerseits.«

Ich konnte nicht anders, ich musste sein Grinsen erwidern. Was für ein alberner junger Mann, der Radieschen so ungern aß, dass er befürchtete, meine Suppe könnte nur durch einen Zufall so gut geschmeckt haben. Allein schon bei dem Gedanken hätte ich gern laut gelacht.

Na schön. Ein Frühstück mehr konnte nicht schaden. Aber danach würde ich verschwinden – um meine Brüder zu finden und unseren Fluch zu brechen.

Kaum hielt ich die Münze in der Hand, floh ich aus dem Zimmer und vergaß in der Eile sogar meinen Mopp und meinen Eimer. Ich jubelte innerlich und musste mich arg zusammennehmen, um nicht zu meinem Zimmer zu hüpfen.

Vielleicht, nur vielleicht, wendete sich ja jetzt das Blatt.

Kapitel 11

Am nächsten Morgen traf ein zweiter Wächter in der Seeschwalbe ein, doch ich machte mir nicht die Mühe, hinauszugehen, um ihn zu begrüßen. Stattdessen rührte ich in meiner Fischsuppe, sog den Duft ein und gab mir besonders viel Mühe mit den Radieschen.

Mein Fuß tippte einen imaginären Rhythmus, und in Gedanken sang ich:

Rührt, rührt, rührt
Ein Süppchen für reine Haut.

Kocht, kocht, kocht
Ein Ragout für feines Haar.

So gut gelaunt war ich seit Wochen nicht gewesen.

Die Sonne kitzelte meine Nase und ich legte die Schöpfkelle ab, um mich zu kratzen. Dann holte ich meinen Silbermakan heraus und beobachtete, wie er im Licht funkelte. Ich konnte noch immer nicht fassen, dass der Wächter ihn mir geschenkt hatte. Ich musste seinen Namen noch in Erfahrung bringen, bevor er abreiste; wenn ich erst sicher nach Hause zurückgekehrt war, würde Vater ihn für seine Großzügigkeit belohnen.

Nach dem Servieren der Suppe würde ich verschwinden, und heute Abend würde ich bereits weit von diesem Ort entfernt sein.

Doch als ich die Suppenschalen auf ein Tablett stellte, schlug die Klinge des neuen Wächters so heftig gegen die Außenmauer, dass wegen der Erschütterung einige Lehmziegel vom Dach rutschten.

»Du wagst es, mich zu betrügen?«, brüllte er.

»V-vergebt mir, mein Herr«, bettelte Frau Dainan. »Das war unbedacht.«

Mein innerer Gesang endete abrupt, und ich spähte durch die Fenster nach draußen, um zu sehen, was los war.

»Befiehl deinen Gästen, nach vorn in den Schankraum zu kommen!«, befahl der Wächter. »Ich will, dass alle anwesend sind.«

Wer war dieser Mann? Das Kettenhemd, das seine Arme und Beine bedeckte, war tiefblau, und die einzelnen Kettenglieder so kunstvoll gestaltet, dass sie wie winzige Fischschuppen aussahen. Mit Gold versponnene Schnüre hielten die Stahlplatten seines Brustharnischs zusammen, die so stark glänzten, dass sich Frau Dainan darin spiegelte – sie lag auf den Knien und buckelte vor ihm, als hinge ihr Leben davon ab. Und wahrscheinlich tat es das auch.

Er sieht wichtig aus – wie ein Lord, beobachtete Kiki. *Du solltest zu ihm hingehen.*

Um was zu tun?, erwiderte ich. *Hast du nicht gesehen, wie er auf die Wand eingedroschen hat?*

Frau Dainan hat versucht, ihn zu betrügen, weil er reich ist. Da wäre ich auch wütend. Schnell, er kommt rein!

Die Tür ging so schwungvoll auf, dass die Suppe auf meinem Tablett zitterte. Da ich meine Neugier nicht bezwingen konnte, schlich ich aus der Küche, um zu sehen, was passierte.

Der junge Lord stolzierte in den Gastraum der Schenke und trat den Dreck von seinen Stiefeln ab, während die Gäste eilig auf die Knie sanken. Seine Augen waren wie glänzender schwarzer Lack, und an seinem Hals zeigten sich kräftige Muskelstränge, während er erst die eine Seite des Raums mit Blicken inspizierte und sich dann knurrend der anderen zuwandte.

Er sucht jemanden, begriff ich.

Vielleicht einen Banditen?, schlug Kiki vor. *Oder einen Diener, der weggelaufen ist?*

Ich antwortete nicht. Dieser Mann war kein gewöhnlicher Wächter. Er war ein *hoher* Wächter, wahrscheinlich der Sohn eines Kriegsherrn, der Vater unterstand. War er wegen meiner Brüder und mir hier?

Ich sog scharf die Luft ein, nahm Kiki von meiner Schulter und versteckte sie in meinem Ärmel. Dann wollte ich mich in die Küche zurückziehen, aber der Lord hörte mich.

Er wirbelte herum und drückte mir seine Klinge an den Hals. »Zeig gefälligst deine Ehrerbietung. Noch einmal fordere ich dich nicht dazu auf.«

Ich hatte außer vor Vater noch nie vor jemandem das Knie gebeugt. Mein Stolz hatte unter der Arbeit im Wirtshaus schon schwer gelitten, aber der winzige Rest, der noch übrig war, weigerte sich, vor diesem grausamen Fremden einzuknicken. Ich hob trotzig den Blick, und im Gesicht des jungen Lords flackerte Zorn auf.

»Nimm die Schüssel vom Kopf.«

Ohne Vorwarnung schlug er mir mit der flachen Seite seines Schwerts auf den Kopf. Ich kam ins Stolpern und ließ das Tablett fallen. Suppe ergoss sich über den Boden und heiße Spritzer davon klatschten gegen meine Knöchel. Ich biss mir auf die Lippe, bis die Hitze abgeklungen war, rührte jedoch keinen Finger, um das Chaos zu beseitigen.

Als ich mich wieder aufrappelte, hob der junge Lord erneut drohend das Schwert. Fassungslosigkeit – und ein Hauch von

Furcht – sprachen aus seinem Blick aus zusammengekniffenen Augen. Er hatte erwartet, dass die Holzschale zerbrechen würde.

»Was bist du denn für ein Dämon?«, fragte er.

»Ihr Name ist Lina«, sagte eine bekannte Stimme hinter mir, »und sie ist kein Dämon.«

Es war der Wächter, der gestern angekommen war. Er fixierte den Neuankömmling. »Bist du meinetwegen den ganzen Weg hierhergekommen, Cousin? Oder bist du hier, um unschuldige Dorfbewohner zu schikanieren?«

Cousin? Jetzt, wo ich darauf achtete, erkannte ich eine gewisse Ähnlichkeit zwischen ihnen. Die beiden Männer waren gleich groß, hatten die gleiche Statur, die gleiche stolze Haltung und denselben selbstbewussten Blick. Aber sie hätten genauso gut Feuer und Wasser sein können, so verschieden waren sie in ihrem Auftreten.

»Es ist die Pflicht eines jeden Wächters, Kiata vor Dämonen zu schützen«, erwiderte der Lord gereizt. »Und ich erkenne einen Dämon, wenn ich ihn sehe. Von ihr geht eine dunkle Energie aus.«

»Schluss jetzt mit dem abergläubischen Unsinn. Es gibt keine Dämonen in Kiata. Du bist ein hoher Wächter, kein Hohepriester. Steck das Schwert weg, Takkan.«

Takkan?

Ich musterte den Lord erschrocken, während er sein Schwert zurück in die Scheide steckte, welche ein besonderes Wappen zierte: ein Kaninchen auf einem Berg, umringt von fünf Pflaumenblüten und darüber ein weißer Vollmond.

Mein Magen machte einen Purzelbaum. *Dieses* Emblem kannte ich – auch wenn ich im Wappenkunde-Unterricht nie aufgepasst hatte. Es war das Wappen der Bushian-Familie.

Und Takkan … Takkan war ein Name, der für mich jahrelang ein Schreckgespenst gewesen war. Denn so hieß der junge Mann, den ich heiraten sollte.

Ich konzentrierte mich wieder auf meine Umgebung. *Das* war meine Chance. Ich musste ihm nur zeigen, dass ich Prinzessin Shiori war, die Tochter des Kaisers. Dann würde ich innerhalb weniger Tage zurück im Palast sein.

Doch mein Verstand hielt mich zurück.

Ich war Takkan schon einmal begegnet. Nur ein einziges Mal, als wir noch Kinder gewesen waren. Ich erinnerte mich an nichts mehr, was ihn betraf – weder daran, wie er ausgesehen, noch, wie er geklungen hatte –, aber alle hatten mir immer versichert, Lord Bushians Erbe sei ein ernster und liebenswürdiger Mensch.

Alles Lügen. Dieser Takkan, der jetzt vor mir stand, machte alles andere als einen liebenswürdigen Eindruck. Seine schwarzen Augen waren hart und kalt, seine Art, sich zu bewegen – wie ein Hund auf der Jagd –, hatte etwas Bedrohliches.

»Sie ist kein Dämon, sagst du?«, gab Takkan mit einem höhnischen Grinsen zurück. »Dann aber eine, die Dämonen huldigt. Was sogar noch schlimmer ist.« Er stolzierte durch den Raum und sagte an die Dorfbewohner gewandt: »Ihr habt doch sicher alle schon von den sogenannten Priesterinnen der Heiligen Berge gehört, die ihre dunkle Magie selbst vor den Göttern geheim halten. Die Kleine da sieht so aus, als könnte sie eine von denen sein. Was für dunkle Geister könnte sie unter dieser Schale verbergen?«

»Genug jetzt«, sagte der andere Wächter mit deutlich verärgertem Unterton. »Das ist doch bloß ein Märchen, und *sie* ist einfach nur ein Mädchen. Sie hatte nichts Böses im Sinn.«

»Nur ein Märchen?«, wiederholte Takkan. »Lustig, dass gerade *du* das sagst, Cousin.«

Der Wächter schaute ihn nur wütend an.

Keiner wusste, was die beiden miteinander auszutragen hatten, aber im Wirtshaus war es mucksmäuschenstill geworden, und es lag eine deutliche Anspannung in der Luft. Ich war mir der Anwesenheit der zahlreichen Dorfbewohner kaum bewusst, die ihre

Gesichter in den Staub drückten, als stünden die Mauern kurz vor dem Einsturz.

Beklommen trat ich von einem Fuß auf den anderen, denn ich war sicher, dass Takkan seinem Cousin diese Unverfrorenheit nicht einfach durchgehen lassen würde.

Doch stattdessen drehte er sich herum, als hätte er mich bereits komplett vergessen. »Such deine Sachen zusammen«, sagte Takkan grummelnd zu dem Wächter. »Ich soll dich nach Hause bringen.«

Dann stürmte er nach draußen, und ich schlüpfte zurück in die Küche, um den Rest der Suppe aus dem Topf in eine Schale zu geben. Beinahe hätte ich ihn schon wieder verschüttet, als ich aus der Küche eilte.

Denn ich hatte nicht erwartet, dass Takkans Cousin direkt davorstehen würde.

Er packte mich am Arm und stützte mich, damit ich nicht gegen ihn krachte. »Du hast es wohl eilig, hier wegzukommen.«

Ich war nicht erschrocken, nur ängstlich wegen der Suppe. Das war alles, was noch übrig war.

Ich hielt ihm die Schale hin. *Für Euch.*

»Danke.« Er führte sie an seine Lippen, zögerte dann jedoch und ließ die Schale wieder sinken.

»Möchtest du mit uns kommen?«, fragte er so leise, dass nur wir beide es hören konnten. »Wir reisen nach Iro. Hast du schon mal davon gehört?« Er klang wehmütig. »Die Gegend ist wunderschön … Und wenn es schneit, der schönste Ort von ganz Kiata.«

Sein Angebot rührte mich, aber die Ironie reizte mich beinahe zum Lachen. Natürlich wusste ich, wo Iro lag – die Präfektur von Schloss Bushian. Ich schwöre, dass meine Hauslehrer bestochen wurden, damit sie mir täglich davon vorschwärmten, wie großartig es dort sei. Dass Iro von Bergen und dem Baiyun-Fluss umgeben sei – eine Oase im trostlosen Norden. Alles nutzlose Versuche, mich in Bezug auf meine Verlobung positiv zu stimmen.

Aber als der Wächter nun von der Schönheit dieses Landstrichs schwärmte, glaube ich ihm. Seine Stimme klang belegt vor lauter Heimweh und Bewunderung, die nicht so leicht vorzutäuschen war. Ich bekam fast Lust, mir die Gegend mit eigenen Augen anzuschauen.

»Es ist auch nicht weit«, fuhr der Wächter fort, »gleich jenseits der Nordmeerenge, auf dem Festland. Ich könnte dir Arbeit im Schloss besorgen. Dort wäre dein Leben einfacher als hier.«

Ich schüttelte den Kopf. Sosehr ich ihn auch mochte, ich musste meine Brüder finden. Außerdem wollte ich nichts mit seinem Cousin Takkan zu tun haben.

Der junge Wächter sah enttäuscht aus, aber er trank die Suppe in einem Zug aus. »Das war eindeutig kein Zufallserfolg«, schwärmte er und kaute genüsslich auf den Radieschen herum.

Ich nahm die leere Schale entgegen und erwartete, dass er sofort gehen würde, aber er löste ein mit Troddeln geschmücktes blaues Amulett von seinem Gürtel. Daran baumelte ein kleines silbernes Schild, in das das Wort *Mut* eingraviert war. »Wenn du mal Arbeit brauchst, zeig das hier an der Pforte des Schlosses vor, und die Wachen werden dich unverzüglich einlassen.«

Er bot mir das Amulett an, aber ich wollte es nicht nehmen. Es war zwar ein sehr fürsorgliches Geschenk, für mich jedoch komplett wertlos. Ich zeigte stattdessen auf seinen Dolch – der neben dem Schwert in seiner Scheide steckte.

»*Den* willst du?« In den freundlichen Augen des Wächters zeigte sich Erstaunen und dann Heiterkeit. »Du bist ganz schön unverfroren. Aber in Ordnung, du bekommst ihn. Halt dich nachts von den Straßen fern – jetzt, wo viele Wächter in der Ferne unterwegs sind, um die Kinder des Kaisers zu suchen, werden die Banditen immer dreister.«

Er zögerte, dann befestigte er das Amulett am Heft des Dolches, bevor er ihn mir überreichte. »Versuch, vorsichtig zu sein.«

Unsere Fingerspitzen berührten sich, und mein Herzschlag geriet kurz ins Stolpern. Ich kannte noch immer nicht seinen Namen.

Aber als ich wieder aufblickte, um ihn danach zu fragen, war er bereits verschwunden. Ich trat ans Fenster und schaute seinem Pferd nach, bis es am Ende der schmalen Straße verschwand, die an der Küste entlangführte. Sobald er nicht mehr zu sehen war, schloss ich die Läden und dachte nicht weiter über den Wächter nach. Dazu gab es jetzt, wo ich die Mittel besaß, von hier zu fliehen, viel zu viel zu erledigen.

In dieser Nacht füllte ich, als alle schliefen, einen leeren Reissack mit so viel Essen, wie ich tragen konnte – eingelegtem Gemüse, gesalzenem Fisch und frisch gegrillten Garnelen. Ich wünschte, ich hätte die Zeit gehabt, genug Speisen vorzubereiten, die mich während der gesamten Reise ernährt hätten, aber ich konnte nicht wählerisch sein.

Bei Tagesanbruch, wenn Frau Dainan aufwachen und feststellen würde, dass keine Suppe auf dem Herd köchelte, würde ich längst über alle Berge sein.

Kapitel 12

Bei einem Fischer aus Tianyi kaufte ich ein Boot. Er musste mich für vollkommen töricht halten, weil ich mitten im Winter aufs Meer hinausfahren wollte, trotzdem zeigte er mir, wie ich die Ruder bedienen musste, wie ich mit dem Wind nach Süden segeln konnte und wie ich ein Netz auswerfen musste, um Fische zu fangen.

In der Zwischenzeit verstaute seine Frau eine Decke und eine Schachtel mit Fischbällchen und gekochten Eiern an Bord. Die Tochter band zudem einen Glücksbringer – eine kleine rote Puppe mit zwei Perlen als Augen – an dem Boot fest, der mich beschützen sollte. Als ich all das Stunden später entdeckte, war ich zu Tränen gerührt ob so viel unerwarteter Freundlichkeit. Doch ich hatte Kiki versprochen, nicht mehr zu weinen, bis ich mit meinen Brüdern wieder vereint war.

Ein paar Stunden vor Einbruch der Abenddämmerung verließ ich die Insel endlich in meinem Boot, in dem ich mich nicht einmal zum Schlafen ausstrecken konnte und das ein Segel hatte, welches im Wind vibrierte.

Das sieht aber nicht so aus, als würde es einem Sturm standhalten, sagte Kiki und sprach damit aus, was auch ich befürchtete.

Der Himmel ist wolkenlos, erwiderte ich, während ich die Ruder ins Wasser tauchte. *Es steht kein Sturm bevor.*

Die winterliche Kälte bereitete mir mehr Kopfzerbrechen. Sie folgte uns nach Süden, und auf meinem Gesicht lag fortwährend ein beißend kalter Raureif. Jede Nacht erflehte ich in meinen Gebeten zwei Dinge bei den Göttern: dass ich meine Brüder finden und nicht im Schlaf erfrieren würde.

Ich orientierte mich an den Inseln und ließ das Segel die Hauptarbeit machen. Erst als das Wetter besser wurde und der Wind stark genug war, wagte ich es, die Nordmeerenge zu durchqueren. Sonnenaufgänge verschmolzen mit Sonnenuntergängen, und ich verbrachte so viel Zeit umgeben von Wasser, dass schließlich auch meine Träume blau waren.

Manchmal rief ich in Gedanken Seryu herbei in der Hoffnung, er würde mich hören und in seiner Drachengestalt dramatisch aus dem Meer auftauchen. Er hätte dafür sorgen können, dass die Strömung aufhörte, meine Überfahrt zu erschweren, oder dass das Wasser ein bisschen wärmer wurde. Aber er ließ sich nicht blicken, und bald gab ich es auf.

Wenn ich nicht ruderte, beschäftigte ich meine Hände, um mich von der Kälte abzulenken. Da ich kein Papier hatte, faltete ich Vögel aus getrocknetem Seetang und schmolz das Wachs meiner Kerzen, um sie zusammenzuhalten.

Was willst du denn mit all den Vögeln?, fragte Kiki.

Ich zuckte die Achseln. *So habe ich wenigstens etwas zu tun.*

Dann ist es ja gut, erwiderte Kiki. *Ich hatte schon Sorge, du denkst, du könntest dir was wünschen. Du hast mal gesagt, du würdest dir wünschen, dass ich mich in einen echten Kranich verwandele. Aber ich bleibe lieber aus Papier, vielen Dank.*

Warum denn?

Schau doch bloß, wohin es dich geführt hat, dass ein Herz in dir schlägt, Shiori. Kiki keckerte abschätzig. *Dein Verlobter hätte dir um ein Haar sein Schwert in den Bauch gerammt – kannst du dir vorstellen, wie schmerzhaft das gewesen wäre?* Sie bebte. *Und du konntest ihm nicht mal sagen, wer du bist.*

Ja. Ich danke den großen Göttern dafür, dass ich unsere Verlobung versäumt habe. Ich erbebte ebenfalls, aber aus einem anderen Grund.

Weil ich daran denken musste, wie alle Loblieder auf Takkan gesungen hatten. Hatte ich es doch gewusst, dass meine Hauslehrer mich anlogen.

Einmal hatte ich Vater gefragt: »Wenn Takkan so großartig ist, warum besucht er uns dann nicht am Hof?«

Vater hatte geantwortet, dass ein Junge wie Bushian Takkan in Gindara keinen guten Stand haben würde.

Ja, gewiss nicht. Er war ja auch ein Rohling, genauso, wie ich ihn mir vorgestellt hatte. Ich fühlte mich bestärkt darin, dass ich ihn all die Jahre gehasst hatte. Und ich konnte nicht fassen, dass Vater bereit gewesen war, mich an diesen Barbaren zu verheiraten; er musste wirklich unter Raikamas Bann gestanden haben.

Mir wäre es mehr als recht, wenn ich den Namen Bushian Takkan nie wieder hören würde, verkündete ich Kiki.

Sobald wir wieder zu Hause waren, würde ich Vater bitten, das Eheversprechen zu lösen.

Wenn ich je wieder nach Hause kam.

Bei der neunten Sonne nach meinem Aufbruch aus Tianyi erreichte ich Kiatas Festland.

Mir war kalt und ich war müde und am Verhungern, aber der Anblick von Land setzte wieder Energien in mir frei. So tauchte ich denn meine Ruder ins Wasser und kämpfte mich voran.

Ich fuhr langsam an der Küste entlang und betrachtete die zerklüfteten Berge, die an den Wald grenzten. Einige davon waren so hoch, dass sie die Wolken durchbohrten. Der Wald selbst erstrahlte in leuchtenden Farben, denn anders als in Tianyi hatten die Bäume hier gerade erst angefangen, ihre Blätter abzuwerfen. Sie blendeten mich mit ihren smaragdgrünen, goldenen und rubinroten Laubkleidern, erstreckten sich, so weit das Auge reichte, und schienen gar nicht mehr aufzuhören. Das war der Wald von Zhensa – der Wald, der nirgends endete.

Als ich näher ans Ufer ruderte, flog ein ganzer Schwarm Vögel erschrocken aus den Bäumen auf.

Habt ihr ihre Brüder gesehen?, rief Kiki ihnen zu. *Sechs Kraniche mit roten Kronen?*

Die Vögel beäugten Kiki neugierig; es erstaunte sie, von einem Papierkranich angesprochen zu werden. Dann zwitscherten sie ihre Antworten.

Sie sagen, sie hätten keine vorbeiziehenden Kraniche gesehen, übersetzte Kiki.

Ich wandte mich Kiki überrascht zu. *Du kannst mit ihnen reden?*

Sie hob einen Flügel an. *Was glaubst du denn, wie ich sonst die ganze Zeit nach deinen Brüdern gesucht habe?*

Ich lauschte, wie Kiki den Schmetterlingen, den Bienen und selbst den Mücken, die mich nachts gequält hatten, zurief: *Habt ihr sechs Kraniche mit roten Kronen gesehen?*

Die Antwort lautete immer Nein. Aber Kiki übermittelte auch jedes Mal die gleiche Botschaft der Tiere: *Wir halten auf jeden Fall die Augen offen und fordern sie auf, nach euch zu suchen, wenn wir sie treffen.*

So ging es immer weiter, bis wir schließlich, kurz vor Anbruch der Dämmerung, in den Baiyun-Fluss einbogen. Dort baute ein Biber an seinem Staudamm.

Kiki hörte ihm zu, während er grummelnd und schmatzend eine Baumrinde bearbeitete. *Er sagt, dass der Fluss gleich eine Biegung macht und wir dort an Land gehen sollen. Weiter voraus droht uns Gefahr.*

Danke, werter Biber, sagte ich mit einer Geste und Kiki übermittelte meine Frage: *Hast du sechs Kraniche vorbeikommen sehen?*

Sechs Kraniche? Wie die da? Er schaute in den Himmel hoch.

Mir blieb die Luft weg. Weit über uns flogen sechs Kraniche, deren purpurrote Kronen sich vor dem aschgrauen Himmel abhoben.

Ich sprang auf und schwang die Ruder wild hin und her. Das Boot schlingerte, und während ich stolpernd versuchte, wieder ins Gleichgewicht zu kommen, zogen meine Brüder weiter.

Brüder!, rief ich, wild die Arme schwenkend. *Kiki, sag ihnen, dass ich hier bin!*

Aber Kikis Aufmerksamkeit war auf etwas anderes gerichtet. Der Biber war ebenso verschwunden wie die Schmetterlinge. Vor uns befanden sich gefährlich aussehende Stromschnellen.

Pass auf, Shiori!

Mein Vogel flog mir aufgeregt vor der Nase herum und kreischte Wörter, die ich kaum hören konnte. Von allen Seiten schlug Wasser gegen mein kleines Boot, und die Wellen warfen uns hin und her.

Wir drehten uns, von einer unnachgiebigen Strömung erfasst, um uns selbst und trieben immer weiter und weiter …

… auf einen Wasserfall zu!

Ich bekam Panik. Da waren weder Felsen, auf die ich hätte springen können, noch war ein rettendes Ufer in Reichweite. Ich warf das Steuerruder bis zum Anschlag herum, um zu wenden, aber die Strömung war zu stark, sie trieb mich erschreckend schnell vorwärts und riss die Ruder mit sich.

Wir rasten direkt auf den Wasserfall zu.

Sag *meinen Brüdern, dass ich hier bin!*, rief ich Kiki in Gedanken zu. *Beeil dich!*

Während mein Vogel blitzartig in den Himmel aufstieg, wurde der Fluss immer mehr zu einem reißenden Strom, der mich zu verschlingen drohte. Ich hielt mich an den Seitenwänden des heftig schaukelnden Bootes fest. Die kleine rote Puppe, das Fischernetz, meine Decke – alles ging über Bord. Und ich würde die Nächste sein.

Der Wasserfall war von einem Nebelschleier verdeckt, doch ich konnte ihn hören. Und auch spüren – das kalte Sprühwasser im Gesicht, die immer stärker werdende Strömung, die mich auf mein Ende zu trieb.

Das Boot kippelte auf der Kante und schoss dann über den Wasserfall hinaus. Mir wurde flau im Magen, denn einen Moment lang befand ich mich im freien Flug. Unter mir sah ich einen Regenbogen, ein wunderschöner – vermutlich letzter – Anblick, während mich auf allen Seiten Wasser umtoste.

Aber nein, ich flog *wirklich*! Starke weiße Flügel schlugen gegen meinen Rücken, in dem Dunst blitzte etwas Purpurrotes auf, und an meine Ohren drang wildes Kreischen.

Meine Brüder – meine Brüder waren gekommen, um mich zu retten!

Sie schoben ihre Hälse unter meine Arme und Beine, bissen in meine durchnässten Kleider und hoben mich daran hoch. Dann stiegen sie so schnell auf, dass meine Füße über dem Wasserfall baumelten und sich mein Magen wegen der schwindelerregenden Höhe zusammenzog.

Aber ich hatte keine Angst. Ich hielt Kiki mit den Händen umfangen und wusste, dass sie ebenso froh war wie ich, zu sehen, wie die Flügel meiner Brüder die Wolken streiften.

Endlich hatte ich sie gefunden. Und sie mich.

Kapitel 13

Wir flogen, bis die letzten Schimmer des Sonnenlichts hinter dem Horizont verschwanden und der Himmel sich dunkel färbte.

Meine Brüder landeten vor einer Höhle in den Bergen auf einem schmalen Felsvorsprung. Das Mondlicht kroch über den Wald, und als es die purpurroten Kronen meiner Brüder erreichte, nahmen sie einer nach dem anderen wieder ihre menschliche Gestalt an.

Es war keine schöne Verwandlung. Ich wartete in einer Ecke der Höhle und kaute auf meiner Unterlippe, während sich die Glieder meiner Brüder streckten und ihre Muskeln sich dehnten, bis alle sechs zusammengesunken vor mir lagen und keuchten, als könnte jeder Atemzug ihr letzter sein. Aber als sie sich schließlich erhoben, schossen mir die Tränen in die Augen, die ich all diese Monate zurückgehalten hatte. Tränen der Freude, des Staunens und der Erleichterung, dass wir wieder vereint waren.

Aus jeder Richtung kam eine Umarmung, und meine Brüder redeten alle auf einmal.

»Wo bist du gewesen?«

»Wir suchen seit Monaten nach dir!«

»Wir hätten dich nie erkannt, Schwester. Den großen Göttern sei Dank, dass dein kleiner Vogel so laut schreit wie eine Krähe!«

Doch eine Frage übertönte allen anderen:

»Was ist das für eine Schale auf deinem Kopf?«

Andahai brachte alle zum Schweigen, indem er in die Hände klatschte. »Genug, Brüder. Ich weiß, dass wir uns alle freuen, Shiori wiederzusehen, und erleichtert sind, dass sie lebt und wohlauf ist. Aber vielleicht sollten wir ihr jetzt auch die Gelegenheit geben, etwas zu sagen.«

Bei diesen Worten senkte ich traurig den Kopf.

»Was ist los, Schwester?«, fragte Hasho. In den zwei Monaten, die ich ihn nicht gesehen hatte, waren seine Haare, wie die meiner anderen Brüder, deutlich länger geworden. Schlecht gepflegte Bärte entsprossen ihren Wangen und Kinnen, und unter ihren zerrissenen Ärmeln und Hosenbeinen waren mysteriöse Schürfwunden zu sehen. Und es gab noch andere Veränderungen. Weniger auffällige, wie die Schatten, die ihre breiter gewordenen Körper umgaben, die glasige Leere in ihren Blicken – es war, als ob ihre Zeit als Kraniche ihnen Tag für Tag ein bisschen mehr von ihrer Menschlichkeit nahm.

Es half nichts – ich musste ihnen von dem Fluch berichten, der auf mir lag.

Ich tippte an meine Kehle und schüttelte dann den Kopf.

»Was ist los, Shiori? Kannst du … nicht sprechen?«

So war es nicht. Ich *konnte* sprechen. Aber ich *durfte* es nicht.

Doch keiner meiner Brüder verstand das, und ich wusste nicht, wie ich es ihnen erklären sollte.

Als ich es versuchte, gaben sie nicht richtig acht, sondern wechselten untereinander Blicke, die ich nicht zu deuten vermochte. Reiji stieß einen lauten Seufzer aus, seine Miene verdüsterte sich. Er war der Einzige, der mich nicht überschwänglich begrüßt hatte.

»Raikama hat an alles gedacht«, murmelte Benkai.

»Was ist mit dieser Schale auf deinem Kopf? Hast du die auch unserer Stiefmutter zu verdanken?«

Wandei näherte sich und legte nachdenklich den Kopf schief.

»Es muss doch einen Weg geben, sie abzukriegen.« Er begann sie mir vom Kopf zu ziehen, erst sanft, dann mit mehr Kraft. »Sie bewegt sich keinen Zentimeter von der Stelle.«

»Lass mich mal probieren«, sagte Yotan und trat hinter seinem Zwillingsbruder hervor, um sie mir vom Kopf zu reißen. Dann kratzte er sich verwirrt am Kinn. »Hast du mal versucht, sie zu zerteilen?«

Ich nickte übertrieben mit der Schale. Ich hatte alles probiert und mit allen Mitteln – von den Messern in Frau Dainans Küche bis hin zu jeglichem Werkzeug, das mir in Tianyi in die Finger gefallen war. Die Schale war unzerstörbar.

In diesem Moment kam Kiki aus meinem Haar hervorgeflattert. Ihre bleichen Flügel waren sauber und nach unserer Begegnung mit dem Wasserfall inzwischen auch wieder trocken. Meine Brüder wichen zurück.

Alle außer Hasho.

Kiki landete auf seiner ausgestreckten Hand und setzte sich auf seinen Daumen. Sie erinnerte sich an meinen jüngsten Bruder, den Einzigen, der zu Hause in mein Geheimnis eingeweiht gewesen war.

»Schön, dich zu sehen, Kiki«, sagte Hasho höflich. »Ich hoffe, du hast Shiori in den letzten beiden Monaten vor Unheil bewahrt.«

Meine Brüder hatten Kiki an dem Tag zum ersten Mal gesehen, an dem unsere Stiefmutter uns alle verflucht hatte, aber nie eine Gelegenheit gehabt, mich zu ihr zu befragen.

»Sie hat gar keine Schnur«, wunderte sich Wandei.

Ich bin ja auch kein Winddrachen, erwiderte Kiki trocken, obwohl mein Bruder sie nicht hören konnte.

Reiji kniff misstrauisch die Augen zusammen und zog seine übliche Grimasse. »Das ist Magie.«

»Natürlich ist das Magie«, sagte Hasho mit einem mahnenden

Unterton. »Lass gut sein, Reiji. Wir haben das doch schon besprochen.«

Ich schaute meine Brüder fragend an. Was ging hier vor? Schon besprochen? *Was* hatten sie besprochen?

»Magie ist verboten«, sagte Reiji. »Dieser … dieser Papiervogel bringt nur Ärger.«

Dem zeige ich, was Ärger ist! Kiki zwickte ihn in die Nase.

Reiji versuchte, sie zu erwischen, aber Kiki war zu schnell; sie schoss hoch und setzte sich auf meine Schulter.

»Es ist deine Schuld, dass wir verflucht wurden«, klagte Reiji mich wütend an, und seine Nasenlöcher blähten sich vor Unmut. »Wenn du Raikama nicht verärgert hättest, wären wir noch zu Hause und Prinzen und nicht gezwungen, unsere Tage als Vögel zuzubringen.« Vorwurfsvoll wies er auf seine Wunden und zerfetzten Kleider.

»Dann hättest du also lieber nie herausgefunden, dass Vater einen Dämon geheiratet hat?«, platzte Yotan heraus.

»Was haben wir denn davon? Wir hatten keine Chance, es ihm zu sagen. Und jetzt ist er allein, mit ihr, und wir können ihn nicht mal beschützen.«

Mir wurde das Herz schwer. Unzählige Nächte hatte ich schon wach gelegen und mir wegen dem, was passiert war, Vorwürfe gemacht. Ich bereute es nicht, Raikama gefolgt zu sein und erfahren zu haben, wer sie wirklich war. Aber was, wenn ich zuerst zu Vater gelaufen wäre und nicht zu meinen Brüdern? Was, wenn ich vorsichtiger gewesen wäre, wenn ich auf Kiki gehört hätte und nicht erwischt worden wäre?

Was, wenn ich mich nicht darauf eingelassen hätte, mich von Seryu in Magie unterrichten zu lassen?

Hundert Dinge hätte ich anders machen können, aber jetzt war es zu spät.

Ich zog mich in die Ecke zurück und hoffte, in den Schatten zu verschwinden. Meine Brüder, die sich weiter stritten, bemerkten es kaum.

»Glaubst du ernsthaft, unsere Schwester ist ein Dämon wie unsere Stiefmutter?«, rief Yotan. »Wenn du so einen Unfug denkst, musst du inzwischen mehr Vogel als Mensch sein, Reiji.«

»Vater hat Magie nicht ohne Grund verboten«, hielt Reiji streng dagegen. »Unsere *Vorfahren* haben Magie nicht ohne Grund verboten.«

»Dann wäre dir also lieber gewesen, wenn unsere Schwester in die Verbannung geschickt worden wäre?«, fragte Hasho.

»Sie hätte besser Vater die Wahrheit gesagt, anstatt dafür zu sorgen, dass wir alle verflucht werden!«

»Genug jetzt.« Andahai hob die Hand, um den Streit zu beenden. In der Vergangenheit hatte das ausgereicht, um meine Brüder zum Einlenken zu bewegen, aber Reiji kochte noch immer vor Wut.

»Genug jetzt, Reiji«, warnte Andahai. »Shiori ist zu uns zurückgekehrt, und jetzt machen wir zusammen weiter. Verstanden?«

Als Reiji endlich nickte, atmete mein ältester Bruder erleichtert auf.

Hasho entdeckte mich in der Ecke. Er nahm mir meinen feuchten Umhang ab, hängte ihn zum Trocknen auf und legte mir stattdessen eine dünne Decke um die Schultern. »Komm mit nach draußen«, sagte er. »Lass Reiji sich erst mal beruhigen.«

Wir traten hinaus auf den Felsvorsprung, und ich sog die frische Luft ein. Unter uns raschelten die Bäume, und Grillen zirpten gegen den heulenden Wind an. Am Abendhimmel funkelten die Sterne, aber den Mond konnte ich nicht mehr sehen.

»Wir haben dich vermisst, Shiori«, sagte Hasho. »Reiji auch, aber du musst Geduld mit ihm haben. Der Fluch ist … schwierig für uns, und für ihn ganz besonders. Er weiß, dass du das Richtige getan hast. Er braucht nur länger als wir anderen, um das zu akzeptieren.«

Ich schaute zu meinem jüngsten Bruder hoch. Seine Augen waren noch genauso sanft wie immer, doch nun lag auch eine Traurigkeit darin, die früher nicht da gewesen war. Als ich sie sah, wurde mir noch schwerer ums Herz.

Hashos Schulter streifte meine. »Vielleicht wird dieser Fluch am Ende auch sein Gutes haben. So lernen wir sechs, zusammenzuarbeiten. Nun da wir dich gefunden haben, ist es nur noch eine Frage der Zeit, bis wir Raikama besiegen.« Er schenkte mir ein schwaches Lächeln. »Wir müssen zusammenbleiben, wenn wir ihren Zauber brechen wollen.«

Als wir in die Höhle zurückkehrten, ging ich mit beherzten Schritten auf Reiji zu. Er stand an der Feuerstelle, zog ein mürrisches Gesicht und schaute zu, wie die Lotuswurzeln und Maronen im Topf vor sich hin köchelten. Als er mich sah, wandte er sich ab.

Ich ließ mich von dieser Geste nicht entmutigen, sondern stellte mich neben ihn und wartete ab, bis sich seine hochgezogenen Schultern nach und nach entspannten.

Reiji stieß einen leisen Seufzer aus. »Ich würde mir niemals wünschen, dass Vater dich verbannt, Schwester«, sagte er, »ob du nun magische Kräfte besitzt oder nicht.«

Das war keine Entschuldigung, aber fürs Erste reichte mir das.

Ich berührte seine Hand, um ihm zu signalisieren, dass ich verstanden hatte.

Hasho trat lächelnd zu uns. »Kommt, lasst uns deine Rückkehr feiern! Wir haben zwar nicht viel zu essen«, er zeigte auf die spärlichen Vorräte im hinteren Teil der Höhle – ein Sack mit zerdellten Orangen und eine Handvoll Maronen, »aber ab morgen werden wir uns doppelt anstrengen, da wir ja wissen, was du alles verdrücken kannst.«

Mir knurrte schon der Magen, aber der Eintopf, der auf dem Feuer kochte, war noch nicht fertig, und ich hatte Fragen.

Ich wies zuerst auf ihre Arme und Beine und dann auf die Sterne draußen. *Verwandelt ihr euch jede Nacht in Menschen zurück?,* fragte ich mit stummen Lippenbewegungen. Diese Frage beschäftigte mich schon die ganze Zeit. Ich hatte Angst gehabt, dass sie für immer Kraniche bleiben würden.

Benkai war derjenige, der mir antwortete. »Ja, aber das ist nicht so tröstlich, wie du vielleicht glaubst, Shiori. Wir sind zwar klüger als die meisten Kraniche, aber wenn du ein Vogel bist, fließen die Tage ineinander, und wir vergessen oft, dass wir in der Abenddämmerung eine andere Gestalt annehmen. Das ist vor allem während des Flugs gefährlich – schon häufiger wären wir fast vom Himmel gefallen …«

Er verstummte und schlang die langen Arme um seine Beine. *Aber wenn ihr Menschen seid, könnt ihr versuchen, nach Hause zu kommen.* Ich malte die Schriftzeichen für Mensch und Zuhause auf meine Handfläche. *Vater wird …*

»Vater wird uns nicht erkennen. Niemand erkennt uns. Der Fluch liegt auch dann über uns, wenn wir Menschengestalt haben. Wenn wir irgendwie darauf verweisen, wer wir wirklich sind, verwandeln wir uns zurück in Kraniche.«

Dasselbe galt für mich – auch über mir lag der Fluch. Ich hatte versucht, diesem Wächter meinen Namen aufzuschreiben, doch Raikamas Schlangen hatten mich gewarnt.

»Wir haben keine Hoffnung mehr, Vater verständigen zu können«, sagte Andahai ernst. »Je näher wir unserem Zuhause kommen, desto mächtiger wird der Zauber unserer Stiefmutter. Dann verwandeln wir uns auch nicht zurück, wenn der Mond aufgegangen ist.« Mein Bruder klang düster. »Außerdem hat Raikama angeordnet, dass die Wachen auf jeden Kranich schießen sollen, der sich in die Nähe des Palasts wagt.«

»Yotan hat es letztes Mal fast erwischt«, sagte Reiji, und seine Kiefermuskulatur spannte sich an. »Er hat einen Pfeil in den Flügel bekommen.«

Ich bekam ein schlechtes Gewissen und ließ die Arme hängen.

»Mach dir keine Sorgen deswegen«, beeilte Yotan sich zu sagen. »Das ist Wochen her, und mir geht's schon viel besser.«

Hasho drückte mir eine Schale mit Essen in die Hand. »Iss. Das heitert dich immer auf.«

»Ja, lasst uns heute Nacht feiern, dass wir wieder vereint sind«, sagte Andahai. »Nun da du wieder da bist, müssen wir endlich nicht mehr Hashos Kochkünste ertragen.«

Mein jüngster Bruder verzog das Gesicht. »Diese Aufgabe trete ich sehr gern an dich ab, Shiori. Jetzt kannst du endlich kochen lernen.«

Ich nickte stumm und fing an zu essen. Meine Brüder hatten ja keine Ahnung, dass ich den halben Herbst in der Seeschwalbe geschuftet hatte. Ich hatte mich so sehr verändert seit unserem letzten Zusammensein. Und selbst nach den wenigen gemeinsamen Stunden konnte ich schon sagen, dass das auf sie ebenfalls zutraf.

Das Abendessen bestand aus allem, was meine Brüder an Vorräten hatten: Lotuswurzeln und Maronen und irgendwelche unappetitlichen braunen Fleischstückchen, deren Herkunft ich nicht bestimmen konnte. Die Haut war glitschig und fest – wenn ich nicht so verhungert gewesen wäre, hätte ich sie vermutlich gleich wieder ausgespuckt. Aber das Fleisch selbst schmeckte nicht schlecht. Wie eine Mischung aus Vogel und Fisch.

»Frosch«, sagte Yotan freiheraus, als ich darauf herumkaute. Er grinste. »Wir dachten, das ist dir bestimmt lieber als Würmer und Spinnen.«

Ich zwang mich, herunterzuschlucken, was ich im Mund hatte. *Lecker*, log ich mit einem Lächeln.

Während wir aßen, flog Kiki von einem Bruder zum anderen.

Die Zwillinge hatte sie bereits um den Finger gewickelt, und ein-, zweimal ertappte ich Reiji dabei, wie seine Miene sich aufhellte, auch wenn er immer schnell wieder missmutig dreinblickte, sobald ich ihn anschaute.

Nur Andahai saß abseits und drehte eine Orange in den Händen. Er hatte kaum etwas gegessen.

Was ist los?, fragte ich ihn mit Gesten. Es war sonst gar nicht seine Art, Melancholie auszustrahlen.

»Nichts«, antwortete Benkai für ihn, aber ich bemerkte, wie meine beiden ältesten Brüder einen Blick wechselten.

Ich sah mich gerade nach einem Stöckchen um, um in den Staub zu schreiben, als Benkai mich an der Schulter berührte. »Er ist einfach nur erleichtert, dass du wieder da bist.«

Ich betrachtete Andahai. Es war Jahre her, seit ich meinen ältesten Bruder in anderen Kleidern gesehen hatte als in seinen kostbaren prinzlichen Seidengewändern. Er war der Kronprinz, der Vaters Reich erben würde. Der Bruder, der einmal die Verantwortung für das gesamte Land tragen würde, der uns beschützte und zuhörte, der Streit zwischen uns schlichtete und unsere Wunden versorgte.

Zum ersten Mal seit langer Zeit sah er hauptsächlich wie mein Bruder aus und erst auf den zweiten Blick wie der Kronprinz. Der schwer deprimiert war, weil er nichts tun konnte, um uns von Raikamas Fluch zu befreien.

Ich nahm mein Essen mit und setzte mich neben ihn.

Der Fluch, gestikulierte ich, indem ich meine Hände zu Schwingen zusammenlegte. *Ich möchte mehr darüber hören.*

»Nicht heute Nacht«, sagte Benkai, klug wie immer. »Heute Nacht feiern wir, in Ordnung, Shiori? Unsere Stiefmutter hat uns schon genug Kummer gebracht. Wir dürfen nicht zulassen, dass sie uns diese kostbare Stunde der Freude auch noch vergällt. Also, kein Wort mehr über den Fluch.«

Kein Wort mehr. Das war leichter für mich, als sie dachten.

Wie immer war es Hasho, der mich tröstete. Er rückte näher zu mir hin und bot mir die Hälfte seines Essens an, was ich so lange ablehnte, bis er es in mein Schälchen schob. »Wir haben Wochen damit zugebracht, diese Höhle für dich auszustaffieren, Shiori«, sagte er leise. »Wir haben nie die Hoffnung aufgegeben, dich zu finden. Und jetzt haben wir es geschafft.«

Und jetzt habt ihr es geschafft, wiederholte ich.

Von diesem Moment hatte ich viele Wochen lang geträumt; davon, wie froh ich sein würde, wenn meine Brüder und ich wieder beisammen waren. Aber jetzt, wo das endlich Wirklichkeit geworden war, konnte ich nicht feiern.

Sie lächelten mich an, die Holzstäbchen klapperten rhythmisch gegen die flachen Steine, die meine Brüder als Teller benutzten, und Yotan blies auf einer Flöte, die er selbst angefertigt hatte. Aber obwohl ich ihr Lächeln tapfer erwiderte, wurde ich das Gefühl nicht los, dass irgendwas nicht stimmte.

Meine Brüder verheimlichten mir etwas. Und sie hatten Angst, mir davon zu erzählen.

Wenn sie nur gewusst hätten, dass es mir genauso ging.

Ich presste die Lippen zusammen und tat das, was mein Fluch mir befahl. Was auch immer ihr Geheimnis sein mochte, ich wusste, dass meines schlimmer war.

Die Nacht verging schnell. Ich erinnerte mich gar nicht daran, eingeschlafen zu sein, wurde aber wach, weil meine Brüder sich rührten. Sie hatten sich grob gemachte Beutel um den Hals gehängt und gingen auf Zehenspitzen zum Ausgang der Höhle.

Ich sprang auf und lief hinter ihnen her. *Ihr geht?*

»Es wird gleich hell«, erklärte Hasho mir. »Wir werden bis

Sonnenuntergang weg sein – wir wollen etwas auftreiben, womit du schreiben kannst, und versuchen, Neuigkeiten in Erfahrung zu bringen. Bleib hier und entferne dich nicht zu weit von der Höhle.«

Ich hielt Hasho am Ärmel fest. *Nehmt mich mit.*

»Ohne sie sind wir schneller«, sagte Andahai, als mein jüngster Bruder zögerte.

Hashos Miene drückte Bedauern aus. »Warte auf uns. Wir reden heute Abend.«

Die Sonne blinzelte über den Horizont, und kaum, dass das erste Licht auf ihre Haut fiel, begann ihre Metamorphose. Ihre Menschenaugen wurden zu perlenartigen schwarzen Vogelaugen und ihre Haut überzog sich mit Gefieder. Schließlich verwandelten ihre Arme sich in lange Schwingen und ihre Rufe »Bis heute Abend, Shiori!« in die Schreie und Fanfarenklänge von Kranichen.

Ich folgte ihnen aus der Höhle und beobachtete, wie meine Brüder sich von dem Felsvorsprung in die Luft erhoben. Sobald sie verschwunden waren, stampfte ich aus Wut, dass ich allein zurückbleiben musste, mit dem Fuß auf.

Kiki landete auf meiner Schulter. Sie unterdrückte ein Gähnen. *Geht das jetzt jeden Tag so? Ich hätte noch ein paar Stunden Schlaf vertragen können, ohne all das Gekreische.*

Ich grinste sie spöttisch an. *Du hast doch die ganze Nacht geschlafen.*

So ist das, wenn man fast gestorben ist. Sie zuckte mit einem Flügel. Kiki erstaunte mich immer wieder mit ihrer Lebendigkeit. *Hattest du keine Lust, sie zu begleiten?*

Ich durfte nicht. Sie haben gesagt, ich soll mich ruhig verhalten und ausruhen. Und dass wir uns abends unterhalten würden. Ich stampfte erneut mit dem Fuß auf.

Nur Felsen konnten stilles Verharren für eine Tugend halten. Die Dämonen sollten mich holen, wenn ich es auch tat.

Schon nach einer Stunde wurde mir langweilig. Meine Brüder hatten einen kleinen, aber praktischen Wohnbereich in der Höhle geschaffen: In der Mitte befand sich eine mit Steinen eingefasste Feuerstelle – vermutlich Wandeis Werk – und ein kleiner Stapel Brennholz. Daneben standen ein fast leerer Sack Reis und der kaputte Topf, den wir letzte Nacht benutzt hatten, um Maronen zu kochen. Sogar ein oder zwei Bücher mit vergilbten, verwitterten Seiten gab es. Aber lesen war das Letzte, was ich jetzt wollte.

Ich übte, mit dem Dolch des Wächters auf ein Holzbrett zu zielen, und ließ mich nicht beirren, auch wenn ich nur wenige Male traf. Mir Raikamas Gesicht als Zielscheibe vorzustellen, half ungemein.

Am späten Vormittag hielt ich es nicht mehr aus. *Ich gehe ein bisschen spazieren,* verkündete ich Kiki.

Deine Brüder haben doch gesagt, du sollst dich nicht zu weit von der Höhle entfernen.

Solange ich weiß, wie ich zurückkomme, kann ich ja nicht zu weit weg sein.

Die Höhle lag nicht so hoch in den Bergen, wie ich gedacht hatte. Der Felsvorsprung war schmal, aber es gab einen Pfad, der bergab führte. Während ich hinabstieg, achtete ich mit einem Auge darauf, nicht den Halt zu verlieren. Mit dem anderen hatte ich die Landschaft unter mir im Blick.

Der Wald erstreckte sich bis zum Horizont, und ich konnte weder ein Dorf noch eine Stadt ausmachen, nur den Baiyun-Fluss, wenn ich mir das aus dem Unterricht zur Länderkunde richtig gemerkt hatte. Wo auch immer meine Brüder hingeflogen waren, es musste ziemlich weit weg sein.

Das Wasser floss ruhig dahin, und ich wünschte mir, ich hätte mein kleines Boot nicht verloren – vor allem wegen des Fischernetzes darin. Wenn meine Brüder mich auch künftig tagsüber hier zurücklassen würden, hätte ich damit wenigstens Forellen oder

Karpfen fürs Abendessen fangen können. Das wäre besser gewesen als dieses Frosch-Mahl, das Hasho gekocht hatte.

Ich kniete mich hin, hielt die Hand ins Wasser und staunte, wie kalt es war.

Da, wo ich die Fingerspitzen eintauchte, kräuselte es sich, aber als die Oberfläche wieder glatt war, konnte ich mich darin spiegeln. Es war nicht das erste Mal, dass ich mich sah, seit Raikama mich verflucht hatte, aber jedes Mal erkannte ich mich selbst ein bisschen weniger wieder.

Trotz der Schale auf meinem Kopf bemerkte ich, dass ich jetzt älter aussah. Meine Mundwinkel bogen sich nicht mehr so bereitwillig nach oben wie früher, und meine Schultern waren breiter und fester geworden von der monatelangen schweren Arbeit.

Ich war nicht mehr das Mädchen, das die Augen über ihre Brüder verdrehte, oder wegen Reiskuchen und Zuckertieren am Stiel in Verzückung geriet. Jetzt trug ich stets einen Dolch bei mir, selbst in meinen Träumen.

Ich zog meine Schuhe aus, watete in den Fluss und bohrte meine Zehen in den Schlamm.

Seryu, rief ich in Gedanken und wartete.

Ich wartete, bis ich vor lauter Kälte meine Knöchel nicht mehr spürte und die Fische ankamen, um an meinen Zehen zu knabbern. Kiki umkreiste mich nah über dem Wasser und neckte die Fische, bis einer ihr beinahe einen Flügel abgebissen hätte.

Ich versuchte es noch einmal: *Seryu?*

Stille.

Was erwartete ich auch? Dass der Drache aus dem Wasser geschossen kam, sobald ich ihn rief?

Seryu befand sich in den Tiefen der Taijin-See und rekelte sich wahrscheinlich faul in einem Palast aus Muscheln und Perlen. Er hatte mir schließlich gesagt, dass er nicht vor dem Frühling zurückkehren würde.

Ich kam mir töricht vor und wandte mich ab, um zurück zur Höhle zu gehen; fast wünschte ich mir, sie nie verlassen zu haben.

Meine Brüder kehrten mit den Schnäbeln voller Fisch und einem Korb zurück, der von Salat, Mandarinen und halb angebissenen gedämpften Teigtaschen überquoll. Sie hatten mir weder Papier noch einen Pinsel oder Tusche mitgebracht, dafür aber neue Kleider – einen Umhang, zwei unterschiedliche Socken und Handschuhe für den harten Winter, der vor uns lag.

Ich schaute sie mit offenem Mund an und zeigte auf ihre eigenen, völlig zerfetzten Kleider.

Hasho zuckte die Achseln. »Uns sieht ja nachts niemand.«

Mich sieht tagsüber auch niemand, dachte ich.

Ich hatte den ganzen Tag auf ihre Rückkehr gewartet und konnte es kaum erwarten, die Antworten auf meine Fragen zu hören. Da wir weder Pinsel noch Tusche hatten, musste ich erfinderischer sein, um mit ihnen zu kommunizieren. Ich besprenkelte einen Flecken Erde mit Wasser und strich den Schlamm glatt.

Ich hatte seit Monaten nichts mehr geschrieben, und meine Hand zitterte, als ich die Spitze meines Dolchs in die feuchte Erde drückte.

Und wenn ihr mich nach Hause bringt?
Auf mich werden die Wachen nicht schießen.

Als sie das lasen, verschwand das Lächeln aus den Gesichtern meiner Brüder. »So einfach ist es nicht, Schwester.«

Ich zog verwirrt die Stirn kraus. Was war nicht so einfach? Wir waren endlich wieder zusammen, nachdem wir fast den gesamten

Herbst voneinander getrennt gewesen waren. Sie konnten fliegen, was bedeutete, dass wir den Palast leicht innerhalb weniger Tage erreichen konnten. Warum widerstrebte ihnen das so?

»Unsere Stiefmutter hat uns die Sache noch ein bisschen mehr erschwert. Erstens würde Vater uns nicht mehr erkennen, selbst wenn wir in unserer menschlichen Gestalt direkt vor ihm stünden.«

Mir kam die Galle hoch. Dieser Traum, in dem meine Stiefmutter mit ihren glühenden gelben Augen direkt in Vaters geblickt hatte … War das real gewesen?

Wie können wir sie besiegen?
Gibt es einen Weg, ihren Zauber zu brechen?

»Ja, aber das wird nicht leicht«, antwortete Andahai und rieb sich sein schmales Kinn. »In den letzten beiden Monaten haben wir jeden Tag nach dir gesucht. Wir hatten keine Ahnung, wohin Raikama dich geschickt hatte. Wir haben uns aufgeteilt und sind nach A'landi und Agoria geflogen, selbst nach Balar.«

»Dich haben wir nirgends finden können«, setzte Benkai den Bericht fort. »Aber wir haben einen Zauberer getroffen – und der hat erklärt, dass wir den Fluch nur brechen können, wenn wir unsere Stiefmutter ihrer magischen Fähigkeiten berauben.«

Ich hätte laut geschnaubt, wenn ich gedurft hätte. Das brachte uns nicht gerade weiter.

Aber wie?

Andahai zögerte, und das beunruhigte mich. Sonst war mein ältester Bruder nie um Worte verlegen. Dass er nervös war, machte auch mich nervös.

Er straffte die Schultern, aber als ich sah, wie er die anderen anschaute, sank mein Mut. Ich ahnte schon, dass mir seine nächsten Worte nicht gefallen würden.

»Wie es aussieht, befindet Raikama sich im Besitz einer Drachenperle«, sagte er langsam. »Und du, Shiori, wirst sie ihr stehlen müssen.«

Kapitel 14

Die Worte meines Bruders hallten durch meinen Kopf, und mir wurde schummrig.

Aber es waren weder Angst noch Schrecken, die mich kurzzeitig so aus der Bahn warfen. Nein, es war die plötzliche Klarheit, mit der mir alles vor Augen stand. An dem Tag, an dem ich Raikama zu den Tränen von Emuri'en gefolgt war, hatte ich herausfinden wollen, aus welcher Quelle sich ihre Magie speiste. Und ich hatte sie gesehen – die mysteriöse zerbrochene Kugel, die meine Stiefmutter in ihrer Brust verbarg und die geleuchtet hatte wie eine dunkle Perle im Sonnenlicht.

Das war also eine *Drachen*perle gewesen.

Ich tastete nach meinem Herzen, in dem das längst vergessene Bruchstück von Seryus Perle lag. Dann erhob ich mich und ließ meine Hände schnell umeinanderkreisen, um zu fragen: *Und wie soll ich die stehlen?*

»Setz dich, Shiori«, sagte Andahai und bedeckte den Schlamm mit seinen Fingern, bevor ich wieder etwas hineinschreiben konnte. »Lass uns erst zu Ende erzählen.«

Also setzte ich mich wieder hin und hielt meinen Dolch fest umklammert, während ich all die Fragen unterdrückte, die zu stellen es mich drängte.

»Du musst ein Netz aus Sternenkraut knüpfen«, sagte Andahai. »Das ist das Einzige, was mächtig genug ist, um die Magie eines Drachen zu besiegen.«

Ich runzelte die Stirn. Ich hatte die kiatanischen Legenden und Märchen nie besonders eifrig studiert, aber *diese* Geschichte kannte ich.

»Das Sternenkraut wächst auf dem Gipfel des Rayuna-Bergs, inmitten der Taijin-See«, fuhr mein Bruder fort, ohne auf meine bekümmerte Miene zu reagieren. »Niemand hat es je geschafft, in seine Nähe zu gelangen, geschweige denn, es zu berühren – nicht ohne Magie.«

Ich schaute meine anderen Brüder an, die allesamt zu Boden blickten. Wir dachten alle das Gleiche. Unzählige Narren hatten bereits versucht, Sternenkraut zu pflücken, aber es hatte messerscharfe Blätter, und man sagte, die bloße Berührung seiner Dornen fühle sich an, wie in Feuer zu greifen. Noch gefährlicher war jedoch der Drachenkönig, der den Rayuna bekanntlich höchstpersönlich bewachte. Jeder, der beim Pflücken dieser Nesselart erwischt wurde, war ihm auf Gedeih und Verderb ausgeliefert.

»Aber wir können ja fliegen«, sagte Andahai, »und du … Raikama hat gesagt, du hättest Magie im Blut.«

Bei der Erwähnung unserer Stiefmutter blickte ich verwundert auf.

»Das war doch nicht gelogen, oder?«, fragte Yotan.

Ich zog eine Grimasse. *Nein.* Allerdings wusste ich nicht so ganz, wie uns das bei dieser Aufgabe weiterhelfen sollte.

»Dann müsstest du in der Lage sein, das hier zu nutzen.« Benkai hielt mir eine ausgeleierte, kastenförmige Korbtasche mit einem stabilen Schulterriemen und zwei hölzernen Schnallen hin. Sie war schlicht und unauffällig, eine alte Tasche, wie jeder arme Dorfbewohner sie haben könnte. Aber als ich die Klappe anhob, sah ich, dass sie mit dunklem Holz ausgekleidet war. Walnussholz, tippte ich.

»Die hat der Zauberer uns geschenkt. Er sagte, dass ihr Fassungsvermögen unendlich ist und nur Magiebegabte ihren Inhalt sehen können. Sie wird dir helfen, die Kraft des Sternenkrauts zu bewahren, während du das Netz knüpfst.«

Ich warf die Tasche zur Seite.

Und das Ding befand sich rein zufällig in seinem Besitz?
Wer ist denn dieser Zauberer überhaupt?

»Meister Tsring ist ein berühmter Seher aus A'landi.« Benkai machte eine Pause und legte den Korb wieder in meinen Schoß. »Er hat uns aufgesucht, um uns zu helfen. Wir hatten gehofft, dass er uns sagen kann, wo du dich aufhältst.« Sein Blick fiel auf die Schale auf meinem Kopf. »Aber er meinte, deine Magie sei blockiert.«

Das stimmte zwar, trotzdem mochte ich diesen Meister Tsring ebenso wenig, wie ich ihm traute.

Und was will er als Gegenleistung?
Die Perle, wenn wir sie haben?

»Er will das Netz«, antwortete Hasho. »Wenn wir den Fluch gebrochen haben, können wir ohnehin nichts mehr damit anfangen. Also ist es ein fairer Handel.«

Wohl kaum. Ich verschränkte die Arme. Ein Blick zu Reiji, der am wenigsten vertrauensselig war von meinen Brüdern, verriet mir, dass dies auch unter ihnen schon zu Streit geführt hatte.

»Der Zauberer soll erst später unsere Sorge sein«, sagte Andahai entschieden. »Jetzt müssen wir uns zunächst mal auf das Sternenkrautnetz konzentrieren. Bist du bereit, diese Aufgabe anzugehen, Shiori?«

Was hatte ich denn für eine Wahl?

Ja, bin ich. Ich schob mir den Trageriemen der Tasche über die Schulter. *Natürlich bin ich das.*

»Warte!«, sagte Wandei. Er war der Einzige, der noch nichts zu alldem gesagt hatte. »Du hast uns noch nicht erzählt, warum du nicht sprechen darfst, Schwester.«

Ich schloss die Augen und wünschte mir, er hätte nicht gefragt.

Ich zeigte mit dem Dolch erst auf meine Kehle, dann auf meine Brüder und sagte stumm:

Weil ihr sonst sterben müsst. Für jedes Wort, das ich sage, jeden Laut, den ich von mir gebe, stirbt einer von euch.

Meine Brüder wurden aschfahl. Sie wechselten Blicke untereinander und verständigten sich über etwas, was sie nicht aussprachen. Ein untrügliches Zeichen dafür, dass sie mir tatsächlich etwas verheimlichten, war Andahais finstere Miene. Er stieß Benkai mit dem Ellenbogen an und schüttelte den Kopf.

Was verbargen sie?

»Vielleicht verlangen wir zu viel von dir, Shiori«, sagte Andahai langsam. »Dieses Netz zu knüpfen, wird schmerzhaft sein; du wirst große Qualen leiden. Ich möchte deine Bürde nicht noch vergrößern.«

Ich sprang auf. *Meine Bürde?* Ich gestikulierte wild. *Eure Körper werden jeden Morgen auseinandergerissen, wenn ihr euch in Kraniche verwandelt.* Ich hatte mitbekommen, wie Hasho versucht hatte, einen Schrei zu unterdrücken, als sich Raikamas Fluch an ihm vollzog. Und ich hatte Yotan erbleichen sehen, als morgens die Dämmerung anbrach.

Und ich? Trotz all meiner Klagen musste ich nichts weiter tun, als eine alberne Schale auf dem Kopf zu tragen und den Mund zu halten.

Mein Fluch war, verglichen mit ihrem, ein Kinderspiel, und ich würde frohen Herzens jede Bürde auf mich nehmen, wenn ihnen das Erleichterung verschaffte.

»Lasst uns bis morgen warten«, sagte Hasho. »Wir brauchen nichts zu überstürzen, um den Fluch zu brechen.«

Wir brauchen nichts zu überstürzen? Ich riss den Kopf hoch, weil ich sicher war, dass das gelogen war, und schaute Hasho finster an. Mein jüngster Bruder war früher derjenige gewesen, dem ich meine Geheimnisse anvertraut hatte. Was verheimlichte er jetzt vor mir?

Reiji ergriff das Wort, seine Nasenlöcher blähten sich auf. »Wir müssen es ihr sagen. Es wäre falsch, zum Rayuna aufzubrechen, ohne dass sie Bescheid weiß.«

»Reiji«, ermahnte Andahai ihn. »Wir waren uns doch einig …«

»*Du* hast uns gezwungen, dir zuzustimmen. Sie muss es wissen.«

Ich packte Hashos Arm. *Sagt es mir.*

Hasho hielt den Blick gesenkt, was kein gutes Zeichen war. »Wir …«, stammelte er, »wir haben dir erzählt, dass wir Raikamas Macht mit einem Netz aus Sternenkraut schwächen und ihr die Perle abnehmen müssen, um den Fluch zu brechen.«

Ja. Ich wurde langsam ungeduldig. *Das weiß ich doch alles schon.*

»Wir haben dir noch nicht erzählt, was du tun musst, sobald du die Perle hast«, sagte Andahai, sein schmales Gesicht wirkte müde und angestrengt.

Jetzt war ich gespannt.

»Du musst sie in deinen Händen halten«, sagte er langsam, »und den wahren Namen unserer Stiefmutter aussprechen.«

Ihren wahren Namen? Ich runzelte die Stirn. Das war doch leicht. Ich konnte einfach Vater fragen, sobald wir mit dem Netz in den Palast zurückgekehrt waren.

Aber dann dämmerte es mir. Ich musste Raikamas wahren Namen laut *aussprechen.*

Doch da ich nicht reden durfte, konnte ich den Fluch, der auf meinen Brüdern lag, auch nicht brechen. Solange ich diese verdammte Schale auf dem Kopf trug, war jedes Wort, das ich sagte, tödlich.

Mir stockte der Atem bei dem Gedanken. Einer von ihnen würde sterben müssen.

Ich stach meinen Dolch in den Schlamm. Die Grausamkeit Raikamas entsetzte mich.

»Wenn es so weit ist, werden wir alle bereit sein, das Risiko auf uns zu nehmen«, sagte Benkai rasch. »Nicht wahr, Brüder?«

Aber ich nicht!, rief ich in Gedanken und schüttelte die Fäuste. Dann schoss ich hoch, nur, um sofort wieder zu Boden zu sinken. *Ich nicht.*

»Jetzt ist nicht der richtige Zeitpunkt, zu verzagen, Shiori«, sagte Yotan und legte einen Arm um meine Schulter. Aber selbst er, dessen Augen so häufig fröhlich funkelten, wirkte resigniert.

In dem Versuch, mich mit Essen aufzuheitern, schob er mir den Rest der Mahlzeit von gestern hin, aber ich stocherte nur wie benommen darin herum.

Andahai nahm mein Schweigen zum Anlass, fortzufahren: »Wir sechs werden so viele Informationen über Raikamas Namen zusammentragen, wie wir können«, sagte er. »Du konzentrierst dich auf die Herstellung des Netzes. Und im Frühling fliegen wir dann wieder nach Gindara und brechen den Zauber unserer Stiefmutter.«

Im Frühling? Ich blinzelte zu ihm hoch und schrieb dann mit dem Stiel meines Löffels in den Schlamm:

Sind wir dann schon fertig?

»Es bleibt uns keine andere Wahl«, sagte Benkai mit finsterer Miene. »Wir befinden uns im Krieg, Shiori. Mit A'landi.«

Die Worte dröhnten in meinen Ohren. *Im Krieg?*

»Jetzt, wo wir verschwunden sind, hat Vater keine Erben mehr, und Raikama hat keine eigenen Kinder. Der Großkhan der nördlichen Staaten von A'landi hat erklärt, Kiatas Thron sei reif für die Eroberung, und einige von Vaters mächtigsten Verbündeten bestochen, damit sie sich gegen ihn wenden. Vater hat alle einflussreichen Lords aufgefordert, nach Gindara zu kommen und ihren Treuschwur ihm gegenüber zu erneuern.«

Ich schaute in die ernsten Mienen meiner Brüder. Gestern erst waren wir uns fröhlich um den Hals gefallen. Wie schnell war nackte, schreckliche Angst an die Stelle unserer Freude getreten.

Niemand würde ihn verraten.
Alle bedeutenden Familien sind ihm treu ergeben.

Benkais Miene stimmte mich nicht gerade hoffnungsfroh. »Gier ist ein enormer Antrieb«, sagte er leise. »Außerdem heißt es, der Großkhan habe einen Zauberer an seiner Seite.«

»Er wird der Wolf genannt«, sagte Andahai, und ich zuckte zusammen, da ich den Namen kannte. »Du hast schon von ihm gehört?«

Er stand in einem Brief, den ich gefunden habe.
Er muss für den Großkhan bestimmt gewesen sein.

Bis auf den Teil des Schriftstücks, den ich nicht verstanden hatte, schrieb ich ihnen auf, woran ich mich noch erinnern konnte.

»Weißt du denn, wer ihn geschrieben hat?«

Ich schüttelte traurig den Kopf, aber ich konnte mir vorstellen, dass er von einem Lord stammte, der Vater verraten hatte. Ich nahm einen Löffel voll Essen und schluckte schwer.

Erzählt mir von dem Wolf.

»Meister Tsring hat uns vor ihm gewarnt«, sagte Andahai. »Der Wolf war sein Schüler, bevor er seine wahre Natur offenbarte. Er ist ruchlos und grausam und sehr clever.«

Aber warum sollte er hierherkommen?
Er hätte doch keine magischen Kräfte mehr, sobald er Kiata betritt.

»Um gefährlich zu sein, braucht man keine Magie, Shiori«, antwortete Benkai. »Ein entsprechender Ruf ist alles, was man benötigt, um Angst zu verbreiten. Und Angst ist eine mächtige Waffe.«

»Vielleicht löst sich der Schutz, der Kiata umgibt und die Magie fernhält, auch langsam auf«, gab Wandei zu bedenken. »Die Götter schweigen seit Jahrhunderten. Möglicherweise haben sie ja entschieden, dass es an der Zeit ist, die Magie nach Kiata zurückkehren zu lassen. Schaut euch doch nur unsere Stiefmutter an – und dich.«

Mir wurde sofort übel. Meine Finger fühlten sich steif an und ich legte den Löffel weg. Der Appetit war mir vergangen.

»Aber mach dir keine Sorgen«, sagte Hasho, der sich alle Mühe gab, mich zu trösten. »Mit etwas Glück bekämpfen die Staaten von A'landi sich gegenseitig, und der Großkhan vergisst uns darüber. Zumindest wird der Winter Vater mehr Zeit verschaffen, um sich zu wappnen.

Und mir verschafft er Zeit, um den Fluch zu brechen, dachte ich.

Wenn jemand eine seherische Gabe gehabt hatte, dann Mama – denn sie hatte mich Shiori genannt, was »Knoten« bedeutete. Ein Symbol dafür, dass ich das Letzte von sieben Kindern war – dasjenige, das für den Zusammenhalt meiner Brüder sorgen würde, auch wenn das Schicksal uns auseinanderzutreiben versuchte.

Wir waren sieben, und sieben war eine Zahl der Stärke. Eine

ungerade Zahl, die sich nicht gleichmäßig teilen ließ; als Personenanzahl groß genug, um viele Gefahren zu bestehen, aber klein genug, um zusammenzuhalten.

Ich schob den Trageriemen der Korbtasche wieder über meine Schulter und schaute jeden einzelnen von meinen Brüdern direkt an.

Was auch immer nötig war, um Raikama zu überwinden und die Flüche zu brechen, mit denen sie uns belegt hatte – ich würde es tun. Selbst wenn ich Monate oder Jahre dafür brauchte; selbst wenn ich mir den Zorn der Götter zuzog und mir die Drachen zu Feinden machen musste.

Bringt mich zum Rayuna-Berg.

Kapitel 15

Am nächsten Tag machten wir uns auf den Weg zum Rayuna.

Nachdem ich Kiki sicher in meinem Ärmel verborgen hatte, hielt ich mich am Rand des aus Reisig und Zweigen geflochtenen Holzkorbs fest, den Wandei für meinen Transport angefertigt hatte. Das war zwar sicherer, als mich an ihre Hälse zu klammern, trotzdem wurde mir immer leicht schummrig, wenn wir durch die Wolken tauchten.

Vier meiner Brüder hielten die Seile in ihren Schnäbeln, an denen der Korb befestigt war, während einer vorausflog und die Richtung vorgab und einer hinten blieb, um alles im Blick zu behalten. Wir waren so hoch oben, dass die Flüsse auf der Erde wie blaue Bänder aussahen und die Berge wie Knitterfalten.

Unterwegs erzählten meine Brüder mir – übersetzt von Kiki –, was sie über Sternenkraut wussten und über die Drachen, die es hüteten.

Drachen waren nicht immer Vorboten des Glücks gewesen, die in der Regel nur selten an Land kamen. Vielmehr waren sie launenhaft und brutal gewesen und nutzten ihre Macht gern dazu, Chaos in den Meeren zu stiften. Und das Schlimmste von allem: Sie hatten nie irgendwem für irgendwas Rechenschaft ablegen müssen – nicht einmal den Göttern.

Um ihre Stärke zu bändigen, hatten die Götter das Sternenkraut erschaffen, das drei magische Kräfte in sich vereinte: Schicksalssträhnen aus dem Haar der Gottheit Emuri'en, das Blut der Sterne von Lapzur – aus dem Zauberer ihre Macht bezogen – und Dämonenfeuer von den Tambu-Inseln, der Geburtsstätte der Dämonen.

Als Sternenkraut noch überall in Lor'yan wild wuchs, zogen die Drachen sich ins Meer zurück und hielten sich dort versteckt, bis die Götter sie anflehten, ihnen dabei zu helfen, Kiata von Magie zu befreien und die Dämonen in den Heiligen Bergen einzukerkern. Als Gegenleistung für ihre Unterstützung forderte der Drachenkönig, das Sternenkraut solle künftig nur noch auf dem Gipfel des Rayuna wachsen. Und dort hielt er seither persönlich nach Dieben Ausschau, die es stehlen könnten.

Dieben wie meine Brüder und ich. Ich betete bei den Ewigen Höfen, dass wir – sechs Kraniche und ein Mädchen ohne Magie – so unbedeutend waren, dass wir ihm gar nicht auffielen.

Da!, rief ich, nach vorn zeigend. *Ich sehe ihn.*

Über dem Gipfel des Rayuna stieg Rauch auf, der so dicht wie Wolken war. An den Hängen floss geschmolzenes Gestein hinab wie flüssiges Gold, und der Wind blies dort oben so kräftig, dass meine Brüder gezwungen waren, mich ein Stück weiter unten abzusetzen.

Ich ließ meinen Blick über den Gipfel schweifen und überschlug im Kopf die Anzahl der schimmernden Sternenkraut-Büschel. Sie bedeckten zu Hunderten, wenn nicht Tausenden die Spitze des Bergs. Ich musste mich beeilen, um vor der Dämmerung fertig zu werden – bevor meine Brüder sich wieder in Menschen verwandelten. Der Rayuna war kein Ort, an dem man stranden wollte.

Hasho näherte sich mir. Die schwarzen Spitzen seiner Flügel sahen auf dem schneeweißen Gefieder wie breite Pinselstriche aus.

Falls du es dir irgendwann anders überlegst, Shiori, lass es mich wissen, übersetzte Kiki für mich. Bevor mein Vogel mir auch den Rest von Hashos Botschaft überbrachte, blickte Kiki misstrauisch den Hang hinab. *Dann trommle ich deine Brüder zusammen, und sie bringen dich nach Hause.*

Ich schüttelte den Kopf. Ich würde meine Meinung nicht ändern.

Er will auch wissen, ob du möchtest, dass einer von ihnen bei dir bleibt.

Hier auf dem Rayuna, wo überall wilde Magie wucherte, wagte ich es nicht, mich beim Nesselpflücken auch noch von jemandem begleiten zu lassen. Schon gar nicht von meinen Brüdern.

Ich schüttelte entschieden den Kopf und reichte Kiki an Hasho weiter. Hätte ein Papiervogel missbilligend die Stirn runzeln können, dann hätte sie es in diesem Moment getan. Sie flatterte sofort zurück auf meine Schulter und zischte: *Ich komme mit.*

Aber …

Ich bin ein Papierkranich, Shiori, kein echter. Wenn etwas passiert, kannst du mich neu falten und wieder zum Leben erwecken.

Nicht ohne meine Magie, wollte ich antworten, nickte aber, um ihr keine Angst zu machen. Ich hängte mir meine Korbtasche um und empfand Kikis Anwesenheit als seltsam tröstlich, als ich mit dem Aufstieg begann.

Es war kein schwieriger Weg, aber die Asche machte den Boden rutschig. Gelegentlich stieß ich mit den Schuhen an Gegenstände, die zu spröde waren, um Steine zu sein, und zu hohl für Zweige. Ich betete, dass es keine Knochen waren.

Ich hatte bereits die Hälfte der Strecke geschafft, als der Boden plötzlich zitterte und ich stolpernd gegen einen Felsen stieß.

Bei den Strähnen von Emuri'en!, rief Kiki aufgeregt. *Das war doch nicht etwa der Drachenkönig, oder?*

Nein, das ist nur ein Beben. Ich stützte mich ab, bis es aufhörte. *Glaube ich jedenfalls.*

Kiki schlug schneller mit den Flügeln und entging nur knapp

einem Strahl Lava, der aus einem der Felsen schoss. *Dieses ganze Feuer hier versengt mir noch den Schwanz! Was habe ich mir nur dabei gedacht, dich zu begleiten? Beeil dich, Shiori! Ich will hier keine Minute länger bleiben als nötig.*

Die Nesseln zu finden, war nicht schwer. Ihre silbrig-grünen, mit dunkelroten Adern durchzogenen Blätter waren gezackt und ihre Dornen wie scharfe Zähne. Sie wuchsen büschelweise überall rund um den Gipfel. Das Dämonenfeuer ließ die dicken, im starken Wind schwankenden Stängel erglühen. Dass sie unter solchen Bedingungen überleben und sogar prächtig gedeihen konnten, erinnerte mich daran, dass sie keine gewöhnlichen Nesseln waren.

Vorsichtig näherte ich mich dem ersten Büschel. Von Weitem leuchteten die Nesseln nicht heller als die Ströme geschmolzenen Gesteins, die zischend den Hang hinabflossen. Aber je näher ich herankam, desto intensiver strahlte das Sternenkraut. Hitze schlug mir ins Gesicht, und ich benutzte die Schale auf meinem Kopf wie einen Schild. Trotzdem brannten mir die Augen.

Deine Brüder haben gesagt, du musst das nicht tun, erinnerte mich Kiki. *Ich kann ihnen Bescheid sagen, wenn du …*

So schlimm ist es gar nicht, log ich und setzte ein Lächeln auf. *Nur, als ob man tausend Zwiebeln schneidet.*

Trotz meines schlechten Scherzes und meiner tapferen Worte war ich starr vor Angst. Mein Herz schlug heftig in der Brust und ich spürte einen pulsierenden Schmerz, der so heftig war, dass mir das Atmen wehtat.

Das war das winzige Stück von Seryus Perle, das nun zum ersten Mal unter meinem Kragen hervorleuchtete – eine Warnung, nicht weiterzugehen.

Das Sternenkraut wehrt die Macht der Perle ab, begriff ich.

Kann sie uns helfen?, schaltete sich Kiki in meine Gedanken ein.

Nein, solange ich verflucht war, hatte ich keinen Zugang zu

ihrer Magie, aber das brauchte ich auch gar nicht. Ich musste grinsen. Wenn mein winziges Stück von einer Perle schon wehtat, wenn ich nur in die Nähe des Krauts kam, was würde es dann erst mit Raikama machen?

Ich wickelte mir den Trageriemen meiner Tasche um die Hand, nahm meinen Dolch und hieb auf die Nesseln ein.

Die Klinge hätte genauso gut gegen einen Stein stoßen können. Nicht eine Nessel gab nach. Nicht mal ein einziges Blatt löste sich.

Frustriert und atemlos taumelte ich zurück. Sogar mit der umwickelten Hand schmerzte meine Haut so sehr, als steckten tausend glühende Nadeln darin. Ich ballte sie zur Faust und versuchte, den aufflammenden Schmerz zu unterdrücken.

Kiki umflatterte mich hektisch. *Shiori, Shiori! Bist du verletzt?*

Nein. Ich sog die Luft ein und wickelte den Riemen wieder ab, während ich erneut auf den Sternenkraut-Busch zuging. *Ich glaube, ich muss sie mit der Hand ausreißen.*

Mit der Hand? Nein, Shiori, das ist bestimmt …

Ich hörte nicht auf Kikis Warnung. *Angst ist bloß ein Spiel,* sagte ich mir im Kopf immer wieder vor. *Du gewinnst, indem du es spielst.*

Ich riss an dem nächstgelegenen Stängel.

Aus meiner Kehle löste sich ein Schrei, und fast wäre er mir über die Lippen gekommen, doch ich biss die Zähne zusammen und würgte ihn ab, ehe er meinen Mund verlassen konnte. Durch meine Zähne strömte Blut, und mir verschwamm alles vor den Augen; ich sah nur noch sechs tote Schwäne am Strand.

Als ich schließlich wieder Atem geschöpft hatte, war mein Gesicht nass von Tränen. In Frau Dainans Küche hatte ich mir häufig wehgetan, aber der durch die Berührung des Sternenkrauts ausgelöste Schmerz war mit nichts zu vergleichen, was ich bisher in meinem Leben gespürt hatte. Die gezackten Blätter schnitten mir ins Fleisch wie Messer, und die Dornen – die Dornen anzufassen war, wie in Feuer zu greifen.

Aber es funktionierte. Silbrige dünne Wurzeln, die wie Spinnweben aussahen, brachen aus der Erde hervor. Ich warf die Pflanze mit allem Drum und Dran in meinen Beutel.

Das Brennen hörte auf, sobald ich das Sternenkraut losließ. Ich ballte die Faust, öffnete sie wieder und betrachtete die Brandwunden auf meiner Handfläche.

Lass gut sein, Shiori, bettelte Kiki. *Wenn du weitermachst, stirbst du am Ende noch.*

Das nächste Mal ist weniger schlimm, versicherte ich ihr, obwohl ich wusste, dass das gelogen war.

Der Schmerz nahm nicht ab in seiner Intensität. Er wurde stärker.

Ich riss meinen Ärmel ab und stopfte ihn mir in den Mund. Meine Stimme war – seit Monaten unbenutzt – zwar in meiner Kehle verkümmert, doch ich wollte kein Risiko eingehen. Jedweder Laut war ein Todesurteil für meine Brüder.

Ich ignorierte Kikis Proteste und nahm es mit dem zweiten Nesselbüschel auf. Diesmal zog ich an einem größeren und nahm beide Hände, um die Wurzeln aus der Erde zu lösen. Damit ich ein Netz knüpfen konnte, das groß genug war, um Raikamas Perle einzufangen, würde ich Hunderte brauchen.

Jedes Mal, wenn ich eine der Nesseln herausrupfte, dachte ich an meinen Vater, meine Brüder, mein Land. Ich stellte mir meinen von tiefem Kummer erfüllten Vater vor, der niemandem mehr trauen konnte und davon überzeugt war, dass einer seiner Kriegsherren seine Kinder gefangen hielt, während es in Wahrheit die Person war, auf die er sich voll und ganz verließ – Raikama.

Ich durfte nicht zulassen, dass Raikama gewann.

Irgendwann gab Kiki es auf, mich vom Pflücken abhalten zu wollen, sondern ermahnte mich stattdessen, eine Pause zu machen. Das musste ich tatsächlich tun, ob ich wollte oder nicht. Allzu oft taumelte ich zur Seite und musste würgen, weil mir übel war vor Schmerzen, oder ich musste innehalten, um meine von blutigen Wunden überzogenen Hände an meinen Körper zu pressen.

Ich stopfte die Nesseln in meine Tasche. Inzwischen hatte ich wohl genug geerntet, um über ein Dutzend Taschen damit zu füllen, aber der Zauberer hatte nicht gelogen, was das endlose Fassungsvermögen der Tasche betraf.

Anschließend kroch ich ein Stück von den Nesseln weg und blies auf meine Hände. Die Perle pulsierte noch immer in meiner Brust, aber ich war fast fertig.

»Shiori!«

Ich erstarrte. Diese Stimme hätte ich überall erkannt. Aber nein, das konnte nicht sein.

»Shiori«, knurrte Seryu. »Was machst du denn auf dem Rayuna?«

Jetzt drehte ich mich um und suchte ihn zwischen den Nesseln.

Hinter dir. Im Wasser.

Kiki flatterte vor einem Felsenbecken herum, in dem heißes Wasser blubberte und aus dem alle paar Minuten kleine Geysire aufstiegen.

Ich konnte Seryu nicht sehen, aber unsere Seelen hatten sich verbunden und ich hörte ihn, als ob er neben mir stünde.

»Du musst diesen Ort verlassen«, sagte er.

Ich kann nicht. Geh weg, Seryu. Es sei denn, du bist gekommen, um mir zu helfen.

»Bei was zu helfen? Warum bist du hier?«

Sie ist mit einem Fluch belegt worden, mischte Kiki sich ein.

»Einem Fluch?«, rief der Drache aus. »Was für ei…?«

Das darf ich dir nicht sagen, unterbrach ich ihn. *Sonst tötet sie meine Brüder.*

»Wer? Deine Stiefmutter? Sie kann dich nicht für deine Gedanken bestrafen, Shiori. Was ist das für ein Fluch?«

Raikama hat ihre Brüder in Kraniche verwandelt, plapperte Kiki aus, *und die einzige Möglichkeit, den Fluch zu brechen, ist …*

Ich hielt Kiki den Schnabel zu. *Das reicht. Den Rest erzähle ich ihm.* Ich schluckte schwer, weil ich wusste, dass meinem Freund nicht gefallen würde, was ich ihm als Nächstes erzählen würde.

… ein Drachennetz zu knüpfen.

Ich spürte, wie Seryu erstarrte. »Also bist du wirklich wegen des Sternenkrauts hier.« Seine Stimme klang gepresst. »Aber welchen Drachen willst du denn damit fangen?«

Keinen Drachen. Meine Stiefmutter. Sie hat eine Drachenperle.

»Eine Drachenperle?«, wiederholte Seryu. »Das ist unmöglich. Kein Mensch besitzt eine Drachenperle.«

Du hast mir doch einen Teil von deiner gegeben.

»Nur ein kleines Stückchen davon. Und auch damit bin ich schon ein gewaltiges Risiko eingegangen. Kein Drache würde mehr davon herschenken, nicht ohne Großvaters Erlaubnis. Sie muss gestohlen worden sein.« Er machte eine Pause, so als wollte er mich daran erinnern, wo ich war. »Du bist seit Jahrhunderten der erste Mensch, der sich hierherwagt.«

Er stieß ein leises Knurren aus, und ich war froh, dass ich ihn nicht sehen konnte. »Du verschwindest jetzt besser. Wenn mein Großvater merkt, dass jemand Sternenkraut stiehlt, wird er wütend. Ich werde versuchen, ihn abzulenken, aber vielleicht ist es schon zu spät. Du musst gehen. Sofort.«

Ich raffte mich auf. *Warte, Seryu. Wann sehe ich dich wieder?*

»Wenn die Flut am höchsten steht, erreicht auch meine Drachenmagie ihre höchste Kraft. Bleib nach dem nächsten Vollmond am nächstgelegenen Fluss stehen und ruf nach mir. Dann komme ich zu dir. Und nun beeil dich, verlasse diesen Ort.« Seine Stimme hatte einen ängstlichen Unterton. »Mit dem Zorn meines Großvaters ist nicht zu spaßen.«

Kaum war er verschwunden, zuckte mit ohrenbetäubendem Lärm ein Blitz über den Himmel.

Und der Berg stieß ein lautes Grollen aus.

Kapitel 16

Flammen schossen in die Höhe und Dampf stieg zischend auf. Dann erbebte die Erde, schwarze Felsblöcke kullerten wie schwerelos umher und rollten – mich mit sich reißend – abwärts.

Brüder!, rief ich in Gedanken. Kiki schoss von meiner Schulter hoch und flog davon, um sie zu suchen.

Ich rutschte nach unten und tastete dabei nach irgendeinem Halt. Doch der Berg rutschte mit mir. Ganze Türme aus Gestein fielen in sich zusammen, während der Boden weiter bebte und Rauchschwaden in den Himmel hochzogen.

Unten im Berginneren brodelte Lava, die wie flüssige Sonne leuchtete. Ich wünschte, ich hätte nicht hineingeschaut. So mächtig Seryus Perle auch war, ich glaubte nicht, dass sie mich zu neuem Leben erwecken konnte. Nicht, solange ich diese Schale auf dem Kopf trug. Und *vor allem* nicht, wenn ich schmolz.

Meine Brüder kreisten laut kreischend über mir, doch sie befanden sich über den Rauchwolken. Ich war schon zu tief den Berg hinabgerutscht, als dass sie mich noch hätten entdecken können.

Ich rollte auf den Bauch und legte meinen Arm um abbröckelndes Felsgestein. Doch meine Hände taten zu weh, um mich länger festzuhalten. *Kiki*, rief ich, *Kiki!*

Nie war ich dankbarer für meine Verbindung mit dem magischen Vogel gewesen als in diesem Moment. Ich konnte förmlich spüren, wie sie durch den Rauch auf mich zu flatterte und dabei laut schrie, damit meine Brüder ihr folgten.

Sie brachen durch die Wolken und kämpften sich durch sengend heiße Winde. Ihre weißen Flügel hoben sich hell von der Asche und dem Feuer in der Luft ab.

Hasho und Reiji packten mich am Kragen und zogen mich in den Korb. Aber als wir im Schlingerkurs vom Rayuna davonflogen und den Berg weit hinter uns ließen, glaubte ich in meinem Delirium das wie Donnergrollen klingende Knurren eines Drachen zu hören.

Wir flohen – im Wettlauf mit dem Gewitter – über die Taijin-See. Blitze peitschten durch den Himmel und nicht weit hinter uns rumpelte der Donner. Dann setzte der Regen ein.

Er fiel aus prallvollen Wolken und jeder Tropfen war so schwer wie ein Reiskorn. Unglücklicherweise sammelte sich das Regenwasser in meinem Korb und brachte meine Brüder immer mehr ins Taumeln. Ihre Flügel knickten ein, während sie alles gaben, um mich weiter durch das Gewitter zu tragen.

Wir verloren an Höhe, und die Seile, an denen mein Korb hing, verdrehten sich, während meine Brüder gegen den Wind ankämpften.

Ich achtete nicht länger auf den brennenden Schmerz in meinen Fingern, sondern klammerte mich panisch an die Ränder des Korbs.

Lasst uns nicht sterben. Ich bin ein viel zu junger Vogel, um schon zu sterben, flehte Kiki jeden Gott an, den sie kannte. Ich jedoch konnte nichts anderes tun, als aufs Meer hinunterzustarren. Da unten schoss etwas durchs Wasser, eine lange, schlangenartige Kreatur.

Dann erklang ein welterschütternd lauter, krachender Donner, der die Wellen aufpeitschte und die Windstärke verdoppelte. Wandei und Yotan ließen vor Schreck die Seile los, die meinen Korb hielten. Eine Sekunde, die die längste meines Lebens war, hing ich schutzlos im brutalen Wind, während der Korb unter meinen Händen auseinanderzubrechen drohte. Die Wellen warfen sich gierig hin und her, und als die Zwillinge die Seile wieder aufnahmen, zitterte ich vor Angst am ganzen Körper – weil mir etwas dämmerte.

Das war kein Donner, begriff ich, den Blick weiter auf das Wasser unter mir geheftet.

Es war das wütende Gebrüll eines Drachen.

Seine Tasthaare waren weiß und gezackt, wie Gewitterblitze, und in dem Blick aus seinen riesigen eiskalten Augen lag eine tödliche Drohung.

Nazayun, der Drachenkönig.

Er erhob sich in all seiner furchterregenden Pracht aus den Tiefen der Taijin-See – ein gigantisches Ungeheuer mit violetten und saphirblauen Schuppen. Benkai stieß ein schrilles Kreischen aus, als der Drache mit seinen Klauen nach uns schlug.

Meine Brüder gingen in den Sinkflug und entkamen dem Angriff des Drachenkönigs nur knapp.

Er will die Nesseln wiederhaben, rief Kiki. *Wenn du sie ihm nicht zurückgibst, tötet er dich!*

Aber König Nazayun gab mir nicht wirklich die Gelegenheit, ihm die Nesseln zurückzugeben. Er setzte seine Attacken unbarmherzig fort, und meine Brüder konnten ihnen stets nur mit Mühe ausweichen. Wir würden es nicht lange schaffen, dem Drache zu entwischen – nicht, solange meine sechs Brüder mich tragen mussten.

Ich zupfte an Yotans Flügel. Und an Wandeis. Trotz ihrer vielen Streitigkeiten standen die Zwillinge einander näher als jedem anderen von uns Geschwistern. Selbst jetzt bewegten sie ihre Flügel im Einklang miteinander.

Ich zeigte auf den Drachenkönig. *Bringt mich zu ihm.*

Kiki setzte an, meinen Wunsch zu übersetzen, reckte dann jedoch erschrocken den Schnabel hoch. *Was bei den Göttern, Shiori? Nein!*

Aber ich hörte gar nicht zu, sondern schlang bereits einen Arm um Yotans Hals und den anderen um Wandeis.

Das war eine waghalsige Aktion. Ich konnte Andahais wütende Proteste hören, als Wandei und Yotan mich aus dem Korb hoben und meine Beine über dem schäumenden Wasser baumelten. Kikis spitze Schreie waren etwas schlechter zu ignorieren.

Das ist Wahnsinn, Shiori. Denk doch mal an mich. Wenn du stirbst, sterbe ich auch! Waren wir uns nicht einig, dass Vorsicht das Credo der Klugen ist? Shiori!

Ich drückte die Flügel meines Papiervogels zusammen und stopfte ihn zur Sicherheit in meinen Ärmel. Dann nickte ich meinen Brüdern zu und sprang auf den Kopf des Drachenkönigs.

Ich landete auf einem seiner Hörner und rutschte daran entlang auf seine Augenbrauen. Schmerz durchzuckte meine Hände, als ich mich an seinen borstigen goldenen Haaren festhielt, die so dicht waren wie ein Bärenfell. Bevor ich den Halt verlor, klappte ich meine Tasche auf. Licht fiel direkt in die hellen Augen des Drachen und blendete ihn.

Ich brauche ein Netz aus Sternenkraut, um einen schrecklichen Fluch zu brechen, rief ich in meinen Gedanken, nicht sicher, ob er mich verstehen konnte. *Einen Fluch meiner Stiefmutter, der Namenlosen Königin. Bitte, sie hat eine Drachenperle in ihrem Herzen, und die brauche ich, um meine Brüder zu retten – diese sechs Kraniche. Gewährt uns einen sicheren Rückflug über die Taijin-See. Ich gebe das Sternenkraut zurück, wenn ich den Fluch gebrochen habe.*

Ich zog meinen Kragen nach unten, um ihm das leuchtende Bruchstück von Seryus Perle in meinem Herzen zu zeigen.

König Nazayuns riesige Augen wurden noch größer, als er sie erkannte, und das Wasser um uns herum schäumte. Einen Moment lang dachte ich, meine Strategie wäre aufgegangen.

Aber da hatte ich mich getäuscht.

Mit lautem Gebrüll tauchte er wieder ins Meer hinab und riss mich mit.

Nichts hätte mich auf die Macht des Drachenkönigs vorbereiten können. Ich rutschte von seiner Braue, und meine ängstliche Miene spiegelte sich in seinen glänzenden saphirblauen Schuppen, bevor ich in den freien Fall überging. Wellen türmten sich über dem Drachen auf wie Berge. Der Wind schleuderte mich übers Meer.

Ich wappnete mich für den Aufprall, aber er blieb aus.

Unter meinem Rücken knackte ein hölzernes Geflecht, während mich gefiederte Schwingen mit starken Schlägen aus der unmittelbaren Gefahr retteten.

Dein Bruder Andahai sagt, dass das sehr dumm von dir war, meldete sich Kiki zu Wort, als ich mich in dem Korb auf den Bauch rollte.

Doch ihr blieb keine Zeit, mir weitere Vorhaltungen zu machen. Benkai lenkte uns in den Gegenwind, und wir sausten über die Taijin-See hinweg in dem Versuch, dem Drachenkönig zu entkommen, bevor er merkte, dass ich noch lebte.

Aber als die Wolken abzogen und die Sonne zum Vorschein kam, zeigte sich eine neue Gefahr.

Die Sonne war bereits im Sinken begriffen und der Einbruch der Dunkelheit nur noch wenige Minuten entfernt. Wenn meine Brüder nicht rechtzeitig das Land erreichten, würden sie sich in der Luft über dem schäumenden Meer zurückverwandeln.

Wir mussten schnell handeln. Das Wichtigste war meine Tasche mit dem Sternenkraut. Benkai war der athletischste von meinen Brüdern und in seiner Kranichgestalt der schnellste und stärkste Flieger. Ich schob den Tragriemen in seinen Schnabel und bedeutete ihm, dass er die Tasche ans sichere Land bringen sollte.

Er zögerte nicht. Sein Hals senkte sich ein wenig ab unter dem Gewicht der Tasche, als er in Richtung Küste vorauseilte. Er würde es schaffen. Ich wusste es.

Nur was uns andere anging, war ich mir nicht so sicher.

Blitze, lang und krumm wie Drachenklauen und von Nazayun höchstpersönlich geschickt, verfolgten uns. Sie rasten über den Himmel, und einige von ihnen schlugen so dicht neben uns ein, dass ich den Rauch riechen konnte, den sie hinterließen.

Vor uns tauchte die Küste auf, und ich konnte die Ufer der Taijin-See sehen, deren Wellen schäumend an den Kiesstrand schlugen. *Nur noch ein paar Sekunden Licht,* betete ich.

Aber die Sonne erhörte mich nicht; sie streckte ihre bernsteingelben, in den schläfrigen Glanz der aufgehenden Sterne getauchten Arme ein letztes Mal über dem Meer aus und ließ das Wasser schimmern. Dann verschwanden die letzten Reste des Tageslichts hinter dem Horizont, und als die Nacht hereinbrach, stürzten wir vom Himmel.

Angst schnürte mir die Kehle zu. Der Wind schleuderte mich aus meinem Korb, und ich hörte mich in meinem Kopf schreien. Meine Brüder trudelten in alle Richtungen durch die Luft davon, und das Mondlicht erhellte die zerfließenden Konturen ihrer Gesichter, während ihr Kreischen sich in menschliche Schreie verwandelte.

Hasho versuchte mich festzuhalten. Ich klammerte mich in sein Gefieder, doch er zuckte unkontrollierbar, als der dunkle Fluch meiner Stiefmutter seinen Körper in Besitz nahm.

Seine Augen wurden hohl, die Beine krümmten sich und das

Gesicht war vom Schmerz verzerrt. Sein langer schwarzer Schnabel schrumpfte auf die Größe bleicher Lippen und einer leicht gebogenen Nase, die zarten Vogelknochen nahmen die kompaktere Struktur menschlicher Knochen an und die Muskeln verdichteten sich zu Armen. Er schnappte laut nach Luft, so als könnte er nicht atmen.

Als wir die Wasseroberfläche durchbrachen, war seine Verwandlung noch nicht abgeschlossen. Und ich wusste, dass es bei den anderen nicht anders war.

Nur einen Wimpernschlag, bevor das Meer mich verschlang, holte ich noch einmal tief Luft.

Es war ein Wunder, dass meine Knochen heil blieben. Jedenfalls fühlten sie sich so an. Ich wusste nicht, wie tief ich ins Wasser einsank. Unheimliche Mondlichtschlieren erhellten das Wasser und glitten über meinen Körper wie Geister.

Ich fuchtelte wild mit den Armen und fing instinktiv an zu strampeln, um schneller nach oben zu kommen. Mein Kopf wurde gleichzeitig immer leichter und schwerer, während ich zur Oberfläche schwamm. Meine Lunge zog sich zusammen und mein Herz schlug wie verrückt, um mich am Leben zu halten.

Ich strampelte heftiger. Aus dem Augenwinkel sah ich, wie Reiji versuchte, sich an Treibgut auf dem Wasser festzuhalten. Als ich ihn packte, zuckte Schmerz durch meine Hände.

Ich schob meinen Arm unter sein Kinn und brachte uns beide mit kräftigen Schwimmzügen an die Küste, wo Kiki und meine anderen Brüder bereits auf uns warteten.

Die Zwillinge nahmen Reiji und mich in Empfang, aber Andahai und Hasho kauerten neben Benkai. Mein zweiter Bruder war auf dem Sand zusammengebrochen.

Ich lief zu ihm hin. *Benkai!*

Hasho hob seinen Oberkörper an, und Andahai schüttelte ihn, bis Benkai schließlich Sand und Meerwasser ausspuckte.

Ich war nicht die Einzige, die erleichtert auf den Sand niedersank.

»Du hast uns ganz schön Angst eingejagt, Bruder.« Andahai boxte Benkai in die Schulter. »Wir dachten schon, du wärst gestorben.«

Benkai rang sich ein Lächeln ab. »Um mich zu *töten,* muss schon ein anderer kommen als der Drachenkönig.« Meerwasser tropfte aus seinem Haar auf das dünne Gewand, das über seinen Schultern lag. »Aber wenn wir uns für eine Weile von der Taijin-See fernhalten, habe ich nichts dagegen.«

Ich warf die Arme um ihn, zog ihn an mich und lachte stumm.

»Du bist verletzt«, sagte Hasho; er hatte gesehen, wie ich vor Schmerz zusammenzuckte, als ich Benkai wieder losließ. Er nahm meinen Arm. »Benkai, schnell. Komm und sieh dir das mal an.«

Da ist nichts. Ich verbarg die Hände hinter dem Rücken, weil ich nicht wollte, dass meine Brüder sie zu Gesicht bekamen, aber Benkai blieb hart.

»Zeig sie mir, Shiori.«

Widerstrebend streckte ich meine Handflächen aus, und Hasho und Benkai schnappten nach Luft, als sie sie sahen.

Heute Morgen hatte ich noch die Hände eines jungen Mädchens gehabt. Schwielig von der harten Arbeit in der Seeschwalbe und mit ein paar Brandwunden vom Kochen, die noch nicht ganz verheilt waren – aber ansonsten glatt und makellos. Jetzt war meine Haut entzündet und von silbernen und roten Adern durchzogen, die wie die Adern in den Blättern des Sternenkrauts aussahen. Der brennende Schmerz hatte nachgelassen, aber die Finger zu krümmen, tat immer noch so weh, dass ich die Zähne zusammenbeißen musste.

Das geht vorbei, bedeutete ich ihnen mit einem Achselzucken. *Es wird schon besser.*

Aber Hasho glaubte mir nicht; er zerriss sein Hemd und umwickelte meine Hände damit. Dann hielt er mich an den Schultern fest und lächelte.

Was ist los?, fragte ich stumm die Lippen bewegend. *Habe ich Seetang im Haar?*

»Du siehst aus wie sie«, sagte Hasho und betrachtete mich voller Stolz. »Wie Mama.«

War das so? Das hatten meine Brüder nie erwähnt.

»Nur ein bisschen«, erwiderte Benkai. »Mama war schöner. Und bei Weitem nicht so kopflos.«

Ich schaute ihn wütend an, doch auf seinem Gesicht erschien ein leises, wohlwollendes Grinsen. »Du bist du, Shiori. Der Knoten, der uns zusammenhält, ob wir wollen oder nicht.«

Dann machten er und meine Brüder etwas, was sie noch nie zuvor getan hatten: Sie verneigten sich respektvoll vor mir.

Hoch mit euch, befahl ich stumm und bedeutete ihnen, sich wieder aufzurichten. *Also ehrlich – Kiki, kannst du ihnen mal sagen, dass sie das lassen sollen?*

Mein Papiervogel legte neckisch den Kopf schief. *Es steht mir nicht zu, den Prinzen von Kiata zu sagen, was sie zu tun oder zu lassen haben.*

Ach, aber der Prinzessin schon?

Der Prinzessin schon.

Die Blitze waren verschwunden, und zurück blieben nur gezackte Narben am bestirnten Flickenteppich der Nacht.

Ich suchte den Himmel nach Sternbildern ab, die ich kannte. Es waren nicht viele: das Kaninchen – ein Freund von Imurinya, der Monddame; Pfeil und Bogen eines Jägers, die Imurinyas Mann gehörten; und der Kranich, der heilige Schicksalsbote.

Der Kranich war eine Konstellation aus sieben Sternen nordöstlich vom Mond. Ich zog seine Kontur mit dem Finger nach, so wie ich es als Kind gemacht hatte. Vater hatte diese sieben Sterne nach uns sieben Kindern benannt.

Andahai, Benkai, Reiji, Yotan, Wandei, Hasho – und Shiori.

»Egal, wohin das Leben euch führt«, sagte er dann, »ihr werdet sein wie diese Sterne – verbunden durch das Licht, das ihr zusammen ausstrahlt.«

Und obwohl es kalt war an dem Strand und wir alle von Regen und Meerwasser durchnässt waren, wurde mir in diesem Moment so warm wie seit langer, langer Zeit nicht mehr.

Kapitel 17

Wenn der Fluch irgendetwas Gutes mit sich gebracht hatte, dann, dass meine Brüder und ich innerhalb einer kurzen Woche wieder eng zusammengewachsen waren, so eng, wie wir als Kinder gewesen waren.

Obwohl der Winter über unserer kleinen Höhle heraufzog und der Himmel grau und düster war, war unsere Laune alles andere als schlecht. Yotan und Benkai erzählten am Feuer Gespenstergeschichten, Wandei jagte hinter Kiki her und versuchte, sich eigene Vögel aus Brennholz zu schnitzen, und ich führte die Aufsicht, während Andahai und Hasho kochten.

Manchmal tauschten wir uns beim Essen über unsere frühesten Erinnerungen an Raikama aus. Ich konnte wenig zu dem Thema beitragen – schließlich war ich die Jüngste und hatte deshalb die verschwommensten Erinnerungen. Aber ich schwieg auch aus Scham; von uns sieben Geschwistern war ich diejenige gewesen, die Raikama in ihrer ersten Zeit in Kiata am meisten lieb gewonnen hatte, was ich gern für immer ungeschehen gemacht hätte, wenn ich gekonnt hätte.

Vielleicht hatte ich das ja auch bereits. Es war seltsam, aber ich konnte mich kaum noch daran erinnern, warum ich meine Stiefmutter je geliebt hatte. Es war, als hätte jemand diese Erinnerungen in Sand verwandelt, der dann aus meinem Leben herausgerieselt war. Und ehrlich gesagt war es wahrscheinlich auch besser so. Ich vermisste sie nicht.

»Sie ist nicht aus Kiata, so viel wissen wir«, sagte Wandei. »Wenn Vater sie in der Fremde kennengelernt hat, muss er von Schiffen begleitet worden sein. Und einer ganzen Schiffsmannschaft. Also muss es auch Berichte über ihre Ankunft oder zumindest ihren Geburtsort geben«, folgerte er.

»Eine so schöne Frau kann nicht einfach aus dem Nichts aufgetaucht sein«, stimmte Yotan ihm zu.

Ihr vergesst, dass sie eine Magierin ist, schrieb ich in die Erde. *Vielleicht war sie ja nicht immer schön.*

»Aber sie hatte doch ziemlich sicher einen Namen. Eine Familie. Ein Zuhause.« Hasho hielt inne. »Das ist ein Anfang.«

Ja, das war es, aber mich beschäftigte das Ende viel mehr. Ein oder zwei Tage nachdem wir vom Rayuna zurückgekehrt waren und der Schmerz in meinen Händen nachließ, ging ich zu Benkai und bat ihn, mich im Gebrauch meines Dolchs zu unterweisen.

Schließlich hatte ich mir den Dolch nicht von dem Wächter geben lassen, um Maronen damit zu schälen oder Sternenkraut zu ernten. Benkai war ein hoher Wächter und meine fünf anderen Brüder geübte Krieger – eines nicht allzu fernen Tages würden wir in den Palast zurückkehren, nach Hause, wo Raikamas mächtige Magie wirkte.

Unterrichte mich, bat ich Benkai stumm.

Andahai trat zwischen uns. »Gegen Raikama wirst du mit einem Dolch nicht viel ausrichten. Sogar Benkai hat es nicht geschafft, sie zu treffen, als wir versucht haben, gegen sie zu kämpfen.«

»Lass lieber deine Hände abheilen, damit du mit der Arbeit an dem Sternenkrautnetz anfangen kannst«, sagte auch Yotan. »Das ist unsere beste Möglichkeit, sie zu besiegen.«

»Ruh dich aus, Shiori.«

»Ihr verhätschelt sie ja alle, als wäre sie eine Seidenraupe«, mischte Reiji sich ein. »Dabei hat sie dem Drachenkönig gerade sein Sternenkraut geraubt. Sie versteht es, mit einem Messer umzugehen!« Er stand auf und klopfte den Staub von seiner Hose. »Ich werde sie unterrichten.«

Die anderen und ich schauten ihn erstaunt an. Von *ihm* hatte ich am wenigsten erwartet, dass er meine Partei ergriff.

Ohne ein weiteres Wort führte er mich in den hinteren Teil der Höhle, und unser Training begann. Irgendwann kam Benkai dazu, und gegen Ende der Nacht lieferten wir uns einen Übungskampf.

»Du bist stärker geworden, Shiori«, bemerkte Benkai verblüfft, als ich mich gegen ihn behauptete.

Zwei Monate harter Arbeit für Frau Dainan, während derer ich Kohlköpfe und Melonen mit ihren stumpfen Messern zerteilen und in der Kälte Brennholz hacken musste, waren nicht umsonst gewesen.

Schade, dass all das mich nicht auch darauf vorbereitet hatte, mit den Schmerzen umzugehen, die ich mir bei der Sternenkrauternte eingehandelt hatte.

Am nächsten Tag, als meine Brüder aufbrachen, um Vorräte für den Winter zu sammeln, machte ich mich schließlich an die Arbeit und verteilte das Sternenkraut in der ganzen Höhle, um zu überlegen, wie ich vorgehen würde.

Keine Klinge konnte die Nesseln durchbohren, geschweige denn zerschneiden. In ihrer jetzigen Form konnte ich die Stängel aber nicht verknüpfen, um ein Netz daraus zu fertigen, und zusammennähen konnte ich sie mit Sicherheit auch nicht – nicht, wenn sie noch ihre Dornen und messerscharfen Blätter trugen.

Eine Vereinigung von drei magischen Kräften, rief ich mir immer wieder in Erinnerung, nachdem ich mir stundenlang mit Kiki den Kopf zermartert hatte. Auch wenn diese verfluchten Nesseln angeblich aus drei magischen Dingen erschaffen worden waren, konnte ich nur eine erkennen – das Dämonenfeuer, das gleißend helle Licht, das alle Stängel umhüllte. Aber wo waren dann die Schicksalssträhnen und das Blut der Sterne?

Versuch doch, die Blätter und Dornen abzutrennen, schlug Kiki vor. *Sonst kannst du das Sternenkraut ja kaum anfassen.*

Das war nicht so einfach, wie Rosen zurückzuschneiden, so viel stand fest. Die Dornen und Blätter waren wie Zähne und Klauen. Die Blätter zu entfernen, war die leichtere Aufgabe, da sie nach einigen Hieben mit meiner Klinge abrissen. Solange ich darauf achtete, ihre gezackten Ränder nicht zu berühren, blieben meine Finger für gewöhnlich unverletzt. Die Dornen dagegen waren von einer störrischen Magie. Sie ließen sich erst abtrennen, nachdem ich mit Steinen auf ihnen herumgehämmert hatte, und das war eine langwierige, beschwerliche Arbeit.

Doch ich wurde tatsächlich dafür belohnt. Dämonenfeuer umgab zwar jede einzelne Sternenkrautranke wie ein Panzer, aber sobald das letzte Blatt entfernt und der letzte Dorn abgetrennt war, verwandelten sich die Pflanzen. Das Dämonenfeuer sank in den faserigen Stängel ein, und das blendende Licht verlor an Intensität. Innerhalb von Minuten wurde das Sternenkraut zu einem Gebinde aus lockeren Fäden, die violett, blau und silbrig schimmerten wie Sternenstaub vor dem Abendhimmel.

Das Blut der Sterne.

Halb ehrfürchtig, halb ungläubig hielt ich die Fäden in meinen geschundenen Händen. Für diesen einen dünnen Strang hatte ich den ganzen Tag gebraucht. Um ein Netz daraus zu knüpfen, waren noch Hunderte weitere Stränge nötig. Bei der momentanen Geschwindigkeit würde ich bis tief in den Winter hinein dafür schuften müssen.

Doch ich hatte gelernt, mich auch an den kleinsten Siegen zu erfreuen. Als meine Brüder an diesem Abend zurückkehrten, präsentierte ich ihnen meine Ergebnisse. Wir feierten, indem wir

Maronen rösteten, Wasseryams aßen und die Sterne zählten, bis wir eingeschlafen waren.

Wenn solche guten Zeiten doch endlos hätten anhalten können.

Aber je mehr Tage vergingen, desto nachdrücklicher meldete sich mein altes Selbst zurück. Mehr als einmal hätte ich Andahai um ein Haar laut angegiftet, herzhaft über einen Witz von Yotan gelacht und sanft mit den Nestlingen geturtelt, die Hasho mit in die Höhle gebracht hatte.

Meine Stimme, die zu vergessen ich mir in der Seeschwalbe antrainiert hatte, saß mir neuerdings gefährlich locker in der Kehle. Aber ich durfte auf keinen Fall sprechen.

Ich fing an, so zu tun, als würde ich schlafen, wenn meine Brüder abends zurückkamen, und als wäre ich nicht interessiert, wenn sie anboten, mit mir in die Wolken zu fliegen. Ich zog mich gleich nach dem Abendessen zurück, lachte nicht über Yotans Witze und erzählte Benkai und Reiji, ich wäre zu müde für Übungskämpfe.

Wenn ich allein war, war es einfacher zu schweigen. Und auch, an dem Sternenkrautnetz zu arbeiten.

Meine Hände heilten über Nacht immer gerade so weit, dass ich am nächsten Tag die Arbeit wieder aufnehmen konnte. Ich ging vorsichtig mit den Nesseln um, um möglichst wenig in Mitleidenschaft gezogen zu werden. Aber wenn ich mich mutig fühlte, übte ich, die Dornen und Blätter zu berühren und dabei lautes Nach-Luft-Schnappen und Schreie im Keim zu ersticken.

Der Schmerz wird nicht weniger intensiv, ermahnte ich mich selbst, wenn ich zusammenzuckte. *Also musst du stärker werden.*

Von diesem Training wurde meine zarte Haut mit der Zeit immer dicker und widerstandsfähiger, und am Ende des Monats konnte ich einen Stängel Sternenkraut anfassen, ohne einen Laut von mir zu geben. Aber nur meine Haut unempfindlich zu machen und meine Stimme im Griff zu haben, würde nicht ausreichen. Wenn ich unseren Fluch brechen wollte, musste ich insgesamt stärker werden. Vor allem mein Herz.

An jenem Abend stellte ich mich draußen vor die Höhle, um den Mond zu betrachten. Er war im Laufe des Monats immer runder worden. Bald würde er voll sein, und ich würde Seryu wiedersehen. Ich hoffte, dass er von seinem Großvater etwas in Erfahrung gebracht hatte, das uns helfen konnte.

»Du pflegst Umgang mit einem Drachen?«, rief Andahai aus, als ich meinen Brüdern von dem bevorstehenden Treffen schrieb. »Hast du vergessen, dass es ein Drache war, der uns beinahe umgebracht hat?«

Das war Seryus Großvater, sagte ich mit stummen Lippenbewegungen, aber mein ältester Bruder verstand es nicht. Er wollte es nicht verstehen.

Ich versuchte es erneut, indem ich in den Schlamm zu schreiben begann: *Er kann helfen …*

Aber Andahai riss mir das Stöckchen aus der Hand. »Du triffst dich nicht mit ihm!«, befahl er. »Deine Gründe sind mir egal. Ein Drache ist nur sich selbst treu. Wir können niemandem trauen.«

Auf der Suche nach einem Verbündeten schaute ich meine anderen Brüder an, aber nicht einmal Hasho sprang mir bei.

»Meine Entscheidung steht fest, Shiori«, beharrte Andahai. »Du gehst da nicht hin.«

»Andahai hat recht«, sagte Benkai sanft. »Für uns muss die oberste Priorität sein, Raikamas Namen herauszufinden. Aber vielleicht können wir dich ja begleiten, wenn wir zurück sind.«

Ich riss den Kopf hoch. Das klang so, als würden sie mehr als einen Tag wegbleiben.

»Wir kommen erst in einer Woche wieder«, bestätigte Benkai. »Vielleicht auch noch später, wenn unsere Reise uns über die Grenzen von Kiata hinausführt.«

»Es ist reichlich Essen für dich da«, sagte Yotan, um mich aufzuheitern. »Und du hast ja mit den Nesseln mehr als genug zu tun.«

Wo wollt ihr denn hin?

»Wir fangen im Süden an«, erklärte Andahai. »Schlangen sind Kaltblüter. Es ist unwahrscheinlich, dass Raikama aus dem Norden stammt.«

Eine berechtigte Vermutung. Dennoch schmerzte es mich, dass sie mich nicht an ihren Überlegungen beteiligt hatten. Ich griff nach dem Stock, um ihnen weitere Fragen zu ihrer Route zu stellen, aber Andahai kam mir zuvor. Offenbar ging er davon aus, dass ich sie bitten wollte, mich mitzunehmen.

»Mit dir sind wir nur langsamer. Wandei hat keine Zeit mehr, einen neuen Korb für dich herzustellen. Bleib in der Höhle und versteck dich.«

Mich verstecken? Ich verschränkte gleichermaßen verärgert wie beleidigt die Arme und schlug mit den Fäusten gegen meine Brust. *Ich kann mich selbst verteidigen.*

»Vielleicht gewinnst du gegen Reiji, aber Benkai lässt dich gewinnen. Und Banditen werden das nicht tun.«

Hasho stimmte zu. »Versprich uns, dass du in der Höhle bleibst.«

»Wir haben für alles gesorgt, was du brauchst«, sagte Andahai. »Essen, Wasser, ein Platz, an dem du an dem Netz arbeiten kannst. Verlass diesen Ort nur im äußersten Notfall. Mit Drachen herumzutollen, ist kein solcher Notfall.«

Ich hatte nicht den ganzen Weg zurückgelegt, um in einer Höhle zu versauern und von Sonnenaufgang bis Sonnenuntergang ein Netz aus Sternenkraut zu knüpfen. Ich war hierhergekommen, um den Fluch zu brechen.

In mir flammte Wut auf, doch ich verneigte mich, dankte meinen Brüdern für ihre Umsicht und schenkte ihnen mein sanftmütigstes Lächeln.

Nicht einer von ihnen bemerkte, dass ich kein Versprechen abgegeben hatte.

Am Morgen nahm ich, sobald meine Brüder fort waren, die Korbtasche und eilte zum Fluss hinunter, um Seryu zu treffen.

Hast du nicht gehört, was deine Brüder gesagt haben?, rief Kiki, die hinter mir herflatterte. *Bleib in der Höhle!*

Ich hüpfte über einen herabgefallenen Ast und sprang dann in einen Haufen oranger und gelber Blätter. *Hast du wirklich gedacht, ich würde auf sie hören? Raikama hat eine Drachenperle, wer könnte uns besser helfen als ein Drache?*

Götter, auf dem Rayuna-Berg war alles so schnell gegangen, dass ich nicht mal die Chance gehabt hatte, Seryu von dem schlimmsten Teil des Fluchs zu erzählen, nämlich dass ich Raikamas echten Namen aussprechen musste – und dadurch einen meiner Brüder verlieren würde.

Ich rannte weiter. *Seryu kann uns helfen, das weiß ich.*

Heute nicht, flehte Kiki. *Die Sperlinge haben mir erzählt, heute Morgen hätte es ein Gefecht im Wald gegeben. Soldaten.*

Soldaten? Ich wurde langsamer und musterte die Bäume, die sich im Wind wiegten. Das Rascheln und Herumwirbeln des Laubs kam nur von Eichhörnchen und spielenden Füchsen. *Sind das Männer meines Vaters?*

Manche ja, manche nein.

Wo sind sie jetzt?

Kiki flog höher und zwitscherte den anderen Vögeln etwas zu. *Südlich von uns.*

Ich entspannte mich. *Dann können wir ihnen ja nicht begegnen, wenn wir nach Westen gehen, wo der Fluss ist.*

Nein!, erwiderte Kiki aufgeregt. *Wenn du weiter zum Fluss läufst, kommst du ihnen immer näher. Sie sind auch in Bewegung, Shiori. Du solltest umdrehen und zurück zur Höhle gehen.*

Und auf mein Treffen mit Seryu verzichten? Ich schüttelte den Kopf. Auf keinen Fall – ich hatte zu viele Fragen an den Drachen. *Hör auf, dich zu sorgen, Kiki. Ich passe schon auf.*

Im Laufe der letzten Wochen hatten die Bäume ihr prächtiges Blätterkleid abgelegt, der Frost färbte die Äste grau und das Laub lag in braunen und dunkelorangen Schichten auf der Erde. Der Wald sah nun völlig verändert aus, aber ich kannte den Weg ja. Der Fluss führte heute mehr Wasser, und ich folgte dem Rauschen der Stromschnellen, bis ich schließlich an sein Ufer gelangte.

Seryu!, rief ich in Gedanken. *Ich bin hier!*

Kein Anzeichen von dem Drachen. Weil er keine genaue Zeit für unser Treffen genannt hatte, kniete ich mich auf den weichen Waldboden, warf Steinchen in den Fluss und betrachtete die blau gefleckten Eidechsen auf den Felsen neben mir. Kiki schwebte besorgt über meinem Kopf.

Willst du dich nicht mal beruhigen?, fragte ich. *Ist doch keiner hier.*

Ich legte mich ins Gras. Wenn Seryu den ganzen Tag brauchte, um hierherzukommen, würde *ich* ein Nickerchen machen und meinen müden Fingern eine Pause gönnen.

Eine Eidechse kroch auf meinen Bauch und sprang dann auf die Tasche.

Du hast wohl Hunger, was?, fragte ich sie stumm. *Ich auch. Ich hätte vorausdenken und mir eine Kleinigkeit einpacken sollen.*

Ahornblätter mit braun werdenden, spröden Rändern wirbelten herum und legten sich auf mein Gesicht. Ich blies sie von meiner Nase und wollte mich auf die Seite drehen, aber die Eidechse saß noch immer auf meiner Tasche. Sie hatte ihre Muskeln angespannt und riss plötzlich den Kopf hoch, aber das war auch die letzte Bewegung, die sie in ihrem Leben vollführen sollte.

Eine Schlange schlug zu und verschlang die Echse in einem Bissen.

Ich kam blitzartig auf die Ellenbogen hoch und trat vor Angst um mich.

Die Schlange kam ruckartig auf mich zu, reckte dabei den marmorierten Kopf hoch und fixierte mich mit ihren runden gelben Augen.

»Shiori«, zischte sie.

Ich erstarrte.

»Hier versteckst du dich also.« Die Schlange ließ ihre dünne, gespaltene Zunge herausschnellen. Ihr Blick flog zu der verzauberten Tasche neben meiner Hüfte. »Ihre Brillanz möchte dich warnen, den Fluch, den sie ausgesprochen hat, nicht zu beeinflussen. Es sind Ereignisse im Gange, von denen du nichts verstehst.«

Ich stach mit meinem Dolch nach ihr und sprang auf, als sie zurück unter das Laub tauchte.

Ohne zu wissen, in welche Richtung ich lief, rannte ich durch das Meer aus Orange, Grau und Braun davon. Kiki rief etwas, aber mein Puls hämmerte zu laut in meinen Ohren, als dass ich es hätte hören können. Ich vermutete, sie wollte mich anfeuern, schneller zu laufen. Erst als meine Beine langsam müde wurden und meine Lunge brannte, warf ich einen Blick zurück.

Die Schlange war den Göttern sei Dank nirgends zu sehen. Ich lehnte mich an einen Baumstamm, um Atem zu schöpfen.

Das war knapp, hauchte ich stumm und erwartete, dass Kiki lachen würde. Aber sie war nicht da.

Kiki?, rief ich und wirbelte herum. Ich achtete nicht darauf, wo ich hintrat, und stolperte. Über eine Leiche.

Entsetzt wich ich zurück.

Zwei trübe Augen schauten, noch immer schreckgeweitet, in den Himmel hoch. Leuchtend rotes Blut trat aus einer sauberen

Schnittwunde im Unterleib aus und verteilte sich auf dem toten Laub. Er war noch nicht lange tot; bisher hatten weder Vögel noch Insekten die Leiche entdeckt.

Shiori!, kreischte Kiki plötzlich von irgendwoher. *Die Soldaten!*

Zweige knackten. Schritte bahnten sich knirschend einen Weg durch das Laub am Boden.

Ich erstarrte. Die Knie aneinandergedrückt, hockte ich mich hinter einen Busch. Doch ich vergaß meinen Atem. Er bildete eine aufsteigende Wolke in der Luft, die mich verriet.

»Wer da?«, rief unweit von mir ein Mann.

Die Rufe kamen näher und plötzlich war ich wie gelähmt, denn allmählich wurde mir klar, was passiert war: Ich war in die falsche Richtung gelaufen. Jetzt konnte ich den Fluss nicht mehr hören und – oh nein! Ich verfluchte mein Pech.

Ein Pfeil schoss zwischen den Bäumen hindurch und sauste so nah an meinem Ohr vorbei, dass ich kurzzeitig taub wurde.

»Es ist ein Mädchen, Lord Hasege!«

Ich rannte los wie der Blitz, wobei mein Herz doppelt so schnell raste wie ich.

Es sind vier!, kreischte Kiki. *Pass auf, hinter dem Busch!*

Ein Soldat sprang gebückt heraus und versuchte, mir mit seinem Messer ins Bein zu stechen. Mein erster Impuls war, zu schreien, aber zum Glück brachte ich vor lauter Panik keinen Ton heraus. Ich entging ihm nur knapp.

Da ist noch einer! Neben dir!

Ein weiterer Soldat tauchte wie aus dem Nichts auf und schlug mich zu Boden. Alles ging so schnell, dass ich die Erde auf der Zunge schmeckte, bevor ich den Schmerz am Kopf spürte, aber ich richtete mich schnell wieder auf.

Ich schlug mich in die Büsche, rutschte über Blätter und rollte kleine Erdhügel hinunter. Es fühlte sich an, als wäre ich bereits seit

Stunden auf der Flucht, aber trotzdem hatte ich immer noch den Toten vor Augen, der unter dem Laub lag. Es konnte nicht mehr als eine Minute vergangen sein, als ich wieder Schritte hörte.

Es waren vier, genau wie Kiki gesagt hatte. Nur waren sie keine Soldaten, denn sie trugen Federn an den Helmen und Lederrüstungen. Sie waren Wächter.

»Wenn dein Gegner dich bezwungen hat, flieh«, hatte Reiji mir während unseres Unterrichts beigebracht. »Benkai würde dir zwar sagen, dass du bleiben und weiterkämpfen sollst, aber beim Gewinnen geht es nicht um Ehre. Es geht darum, zu überleben, um danach erneut kämpfen zu können.«

Ich versuchte es. Aber der Größte von ihnen – der Anführer – war schnell. Und auch stark. Als seine Schwertspitze auf mein Gesicht zusauste, konnte ich gerade noch ausweichen. Aber weil mir das gelungen war, wurde ich unachtsam. So übersah ich, dass er den Fuß hob und mich mit einem Tritt auf den Rücken warf.

Die Erde erbebte unter mir, und ich biss mir von innen auf die Wange, um nicht laut aufzuschreien vor Schmerz. Nachdem ich mich aufgerappelt hatte, zeigten drei Pfeile auf meinen Kopf. Der Anführer schob seinen Helm hoch.

Takkan.

Sein Blick war genauso unbarmherzig wie beim letzten Mal. Schwarze, harte, unnachgiebige Augen. Und ein schiefes Grinsen, das so kalt wirkte, dass mir das Blut in den Adern gefror. Doch irgendetwas war anders. Seine Rüstung war schlicht und schmucklos – er trug kein tiefblaues Kettenhemd, und auf seiner Schwertscheide prangte kein Bushian-Wappen.

»Lasst eure Waffen oben«, befahl er seinen Männern, die mich umringten. Es waren drei weitere Wächter, aber zu meiner Enttäuschung gehörte der freundliche Soldat aus der Seeschwalbe nicht zu ihnen.

»Dich kenne ich doch: Du bist das Küchenmädchen, das sich

nicht verneigen wollte«, rief Takkan höhnisch. »Dein Auftauchen hier ist verdächtig, Dämon. Ich wusste, dass du keine Köchin bist.«

Er hob mich am Kragen hoch und zwang mich, die herumliegenden Leichen zu betrachten. »Schau dich mal um: Deine Begleiter sind tot. Und du wirst es auch bald sein.«

Aus den Oberkörpern der Toten ragten Pfeile, die leuchtend rote, tödliche Wunden gerissen hatten. Alle sieben trugen Braun, um sich im Wald zu tarnen. Attentäter.

Alles war laut; die Bäume raschelten im Wind, und mein Puls dröhnte mir in den Ohren. Ich trat um mich und versuchte vergeblich, mich loszumachen. *Ich gehöre nicht zu ihnen.*

Takkan verstand mich nicht. Und seine Männer genauso wenig.

»Ich kann nicht mal ihr Gesicht sehen«, grummelte einer von den Wächtern. »Kann sie nicht sprechen?«

Takkan drückte meinen Kiefer so fest zusammen, dass es wehtat, und schüttelte mich. »Wo ist mein Cousin, Dämon? Sprich oder dieser Atemzug wird dein letzter sein!«

Meinte er den Soldaten aus der Seeschwalbe?

»Sie sieht nicht so aus, als gehörte sie zu den A'landiern«, sagte ein anderer Wächter und musterte mich. Er war der Älteste von den vieren und hatte seine zinngrauen Haare zu einem Knoten zusammengebunden. »Wir sollten sie laufen lassen.«

»Sie laufen lassen? Ich hab das kleine Biest schon mal getroffen.« Takkan schüttelte mich erneut, diesmal fester. »Wo ist Takkan?«

Ich blickte verdutzt hoch. Ich hätte schwören können, dass er mich gerade gefragt hatte, wo Takkan war.

Aber du bist doch Takkan, dachte ich völlig verwirrt.

»Das Mädchen ist ein Wildling und keine Attentäterin«, sagte der ältere Wächter erneut. »Wir haben keine Zeit für so was, Hasege. Lass sie los und lass uns weiterziehen.«

Hasege?

Aber wie auch immer dieser falsche Takkan wirklich hieß, es war mir egal. Ich riss einen Pfeil aus seinem Köcher und zog die Spitze quer durch sein Gesicht.

Hasege schrie auf, und ich rammte ihm meine Schale gegen den Schädel. Nie hatte sie sich als nützlicher erwiesen. Er ließ mich fallen, und ich schnappte mir meinen Dolch und versuchte mich davonzumachen.

Doch ich war nicht schnell genug. Er packte mich am Handgelenk und drückte zu, bis ich die Schmerzen nicht mehr aushielt und den Dolch fallen ließ.

Er fing ihn mit seiner anderen Hand auf. Blut tropfte von seinem Kinn und verfing sich in seinem dunklen Bart. Hasege drückte mir die Klinge meines Dolchs an den Hals und lachte auf einmal laut auf.

»Seht mal, was wir hier haben!«, rief er, auf die Waffe zeigend. »Das ist Takkans Dolch.«

Takkans Dolch? Meine Gedanken wirbelten wild durcheinander. Aber das ... das hieß, dass der freundliche Wächter in der Seeschwalbe ... Lord Bushians Sohn war. Mein Verlobter.

Mein Kopf schmerzte zu sehr, als dass ich mir in diesem Moment einen Reim auf all das hätte machen können, und dass Hasege die kalte, scharfe Klinge noch tiefer in meine Haut drückte, machte es nicht besser. »Also hast du ihn *doch* gesehen!«

Ich trat nach den drei Wächtern, da ich wusste, dass jeder Versuch, mich verständlich zu machen, sinnlos war. Aber ich war verzweifelt genug, es trotzdem zu probieren. *Er hat ihn mir geschenkt.*

Der Ältere, der vorgeschlagen hatte, mich laufen zu lassen, runzelte die Stirn. »Sie hat Takkans Wappen.« Der Wächter zeigt auf die Troddeln an dem Dolch, die ich für sinnlose Dekoration gehalten hatte. »Sie steht unter seinem Schutz.«

Haseges Miene verfinsterte sich. »Warum sollte er eine Spionin schützen? Das kann nicht sein. Wahrscheinlicher ist, dass sie ihm das Amulett gestohlen hat.«

»Wir sollten sie laufen lassen.«

Das Wappen baumelte als verschwommen blauer Gegenstand vor mir, und zum ersten Mal schaute ich es mir genauer an. All die Wochen hatte ich es ignoriert und nur Augen für den Dolch gehabt, und mir war nie aufgefallen, dass auf der Rückseite des silbernen Schilds Takkans Name und Familienwappen eingraviert waren: ein Kaninchen auf einem Berg, umringt von fünf Pflaumenblüten und darüber ein weißer Vollmond.

Bei den Göttern, es stimmte. Der Wächter aus der Seeschwalbe war tatsächlich Takkan gewesen! Aber wenn Lord Bushians Sohn mich unter seinen Schutz gestellt hatte, konnte kein Wächter mir etwas antun, ohne gravierende Konsequenzen fürchten zu müssen.

Haseges Blick wurde hart. Eine Sekunde zu spät begriff ich, dass er nicht vorhatte, mich laufen zu lassen. Als ich losrannte, ergriffen seine Männer mich. Ich schlug und trat um mich, aber sie banden mir die Hände zusammen und stopften mir einen Knebel in den Mund.

Dann warfen die Wächter mich zu Boden. Ich prallte gegen einen Felsen und zuckte zusammen vor Schmerz. Während der Wind heulte und ihre Klingen aufblitzten, wurde ich mucksmäuschenstill und wartete auf den Schlag, der mein Leben beenden würde.

Doch er blieb aus. Irgendwer warf mich auf ein Pferd. Aber noch bevor ich richtig darauf zu liegen kam, schlug Hasege mit dem Knauf seines Schwerts gegen die Schale auf meinem Kopf – und es wurde schwarz um mich.

Kapitel 18

»Du sagst, ihr habt sie im Wald gefunden?«, sagte eine Frauenstimme.

»Ja, Herrin. Nördlich vom Baiyun-Pass«, antwortete ein Mann. Und nach einer kurzen Pause fügte er an: »Sie hat Hasege ...«

»Einen Schnitt im Gesicht zugefügt. Ja, ich kenne die Geschichte.«

Als die Stimmen näher kamen und Schritte durch den Zugang zum Kerker hallten, horchte ich auf. Seit meiner Ankunft an diesem trostlosen Ort war fünfmal ein neuer Tag angebrochen, aber ich hatte die männliche Stimme sofort erkannt. Sie gehörte dem Wächter, der sich gegenüber Hasege und seinen Spießgesellen im Wald für mich eingesetzt hatte.

Ich presste mein Ohr an die Wand meiner dunklen Zelle, um besser hören zu können, was gesagt wurde.

Die Frau schnaubte missbilligend, ein Laut, der tiefer klang als ihre Stimme. »Sag mir die Wahrheit, Oriyu. Glaubst du wirklich, sie könnte eine Spionin sein?

»Eher nicht. Sie trug Lord Takkans Amulett bei sich ...«

»Ja, und keiner von euch hat sich die Mühe gemacht, es mir zu sagen! Und nun lass mich zu ihr. Ich möchte mit ihr reden.«

Die Tür öffnete sich mit lautem Gerassel, und ich betrachtete die Frau aus dem Schutz meiner Schale heraus. Ob das Lady

Bushian war? Im schwachen Licht ihrer Kerze konnte ich ihr Gesicht nicht gut erkennen, aber ich sah eine kräftige, in schlichten blauen Brokat gehüllte Gestalt, die sich ein dickes wollenes Schultertuch umgelegt hatte. Ihr fest zusammengebundenes, gewachstes Haar war grau meliert, und an einem ihrer Handgelenke schimmerte ein Armband aus heller Jade. Aber besonders fiel mir die Tasche auf, die sie über der Schulter trug.

Meine Tasche.

»Du schläfst nicht«, sagte sie, als sie sah, dass meine Finger zuckten. »Setz dich auf. Und tu nicht so, als würdest du mich nicht verstehen; die Wachen haben mich bereits darüber informiert, dass du schlauer bist, als du aussiehst.«

Ich erhob mich gehorsam, nur um mich sofort auf meine Tasche zu stürzen.

Oriyu trat mir in den Weg, und ich fiel über meine gefesselten Beine. »Bevor du deine Tasche zurückbekommst, musst du mir zuerst ein paar Fragen beantworten.«

Ich sank kraftlos gegen die Wand. Seit Tagen schon wartete ich darauf, dass mich jemand verhören oder auspeitschen würde, weil ich Haseges Gesicht entstellt hatte. Aber bislang war niemand erschienen. Ich war komplett vergessen worden und hatte Glück, wenn die Wachen daran dachten, mir einmal am Tag eine Mahlzeit zu bringen. Der Hunger war quälender gewesen als das Warten.

Aber jetzt sollte ich plötzlich befragt werden?

»Ich habe schon gehört, dass du nicht sprechen kannst«, sagte Lady Bushian. »Also antwortest du mit einem Nicken oder Kopfschütteln. Verstanden?«

Ich nickte einmal. Zufrieden wies Lady Bushian auf meine Hand- und Fußfesseln. Oriyu löste aber nur die, die meine Füße zusammenbanden.

»Steh auf und folge mir«, sagte die Lady dann und raffte ihre

Röcke hoch. »Das hier ist wohl kaum der angemessene Ort für eine Befragung.«

Da ich ohnehin keine andere Wahl hatte, wankte ich hinter ihr her.

»Also, wie eine Spionin siehst du wahrhaftig nicht aus«, sagte sie, während Oriyu die Gefängnistür aufschloss.

Sonnenlicht stach mir in die Augen, und ich legte mit klappernden Zähnen die Arme um mich selbst. Die brutale Kälte, die mir entgegenschlug, überraschte mich. Und diese Berge! Ich erkannte nicht einen davon. Also musste ich weiter von meinen Brüdern entfernt sein, als ich gedacht hatte.

Ich durchsuchte mein Gedächtnis nach Wissen aus meinen Unterrichtsstunden zur Länderkunde, doch als ich die mit Stickereien versehenen Banner erblickte, die von den Schlossmauern herabhingen, wusste ich sofort, wo ich war. An genau dem Ort, den ich wie nichts anderes fürchtete: auf Schloss Bushian, der kaiserlichen Festung von Iro.

Das Bollwerk des Nordens sah genauso aus, wie ich es mir vorgestellt hatte: düster und trostlos, mit kahlen Innenhöfen und verdorrten Gärten, die ein ödes Schloss mit grauen Dächern umgaben. Selbst die Luft roch schwer nach Sandstein und Holzrauch. Meine Hoffnung auf ein Entkommen von hier schmolz, als wäre sie aus Eis.

Wir wollten gerade eines der Wachhäuser der Festung betreten, als ein junges Mädchen mit Zöpfen auf uns zugerannt kam. Aus ihren Taschen lugten Kakifrüchte hervor, und ihre Wangen waren vor Aufregung gerötet.

»Ist sie das, Mama?«, rief sie. »Ist das das Mädchen, das …«

»Megari!«, unterbrach Lady Bushian sie streng. »Ich erinnere mich sehr genau, dir gesagt zu haben, dass du im Schloss bleiben sollst. Du erkältest dich hier draußen. Und du solltest dich ausruhen.«

»Aber ich kann mich doch nicht *den ganzen Tag* ausruhen.« Megari strahlte mich an. »Ich wollte das Mädchen kennenlernen, das gegen Hasege gekämpft hat. Darf sie mit uns Mittag essen?«

Lady Bushian machte sofort ein böses Gesicht. »Wer hat dir das denn erzählt?«

Megari grinste Oriyu an, der wegschaute und seinen Helm zurechtrückte. »Oriyu hat es mir erzählt. Und er hat auch gesagt, dass sie Takkans Dolch bei sich hatte. Bitte, Mama, darf sie mitessen?«

»Das wäre wohl kaum angemessen.«

»Aber sie hat Hunger! Hast du doch, oder?« In Megaris Augen funkelte der Schalk. Sie sah nicht älter aus als zehn, und der Saum ihres Kleids klebte voller Matsch. Ich mochte sie auf Anhieb.

Als ihre Mutter gerade nicht hinschaute, antwortete ich Megari mit einem knappen Nicken. Ich war nicht hungrig. Ich war am Verhungern.

Megari versuchte, eine ihrer Kakifrüchte in meinen Umhang zu schieben, aber Oriyu warf uns einen strengen Blick zu.

»Ich besorge dir später welche«, flüsterte sie und folgte uns ins Wachhaus, bevor Lady Bushian es ihr verbieten konnte.

Drinnen saß eine junge Frau steif auf einem Holzhocker. Sie hielt einen scharlachroten Schirm umklammert und war bis auf einen tiefschwarzen, mit Bergen bestickten Gürtel vollkommen in Weiß gekleidet. Ihr rundes Gesicht war gepudert und wurde durch ein Muttermal auf der rechten Wange akzentuiert; es wirkte freundlich – aber sobald sie den Blick hob, sah ich, dass ihre Augen scharf wie Dornen waren.

»Zairena?«, hauchte Megari und drehte sich ihrer Mutter zu. »Was macht *sie* denn hier?«

Lady Bushian schaute sie wütend an. »Benimm dich, Megari, sonst schickt Oriyu dich wieder auf dein Zimmer.«

»Ist das die Diebin, die zu treffen Ihr mich gebeten habt?«, fragte Zairena spröde. »Das Kind, das Takkans Amulett gestohlen hat?«

Ich zog die Augen zusammen. Kind? Ich war höchstens ein Jahr jünger als sie. Und ich hatte das Amulett nicht *gestohlen.*

»Oriyu gibt an, Takkan hätte es ihr geschenkt«, erwiderte Lady Bushian knapp. »Wann und warum werden wir bald herausfinden. Hasege behauptet, dass sie zu den Attentätern gehört, denen er im Wald von Zhensa begegnet ist, aber mein Neffe ist wohl kaum eine vertrauenswürdige Nachrichtenquelle. Ich frage dich das nur sehr ungern, Zairena, aber kommt sie dir bekannt vor?«

Zairena beugte sich vor, stützte ihr Kinn auf den Schirm und musterte mich eingehend. »Nein, nein. Eine mit so einer komischen Schale auf dem Kopf wäre mir in Erinnerung geblieben. Ich vertraue darauf, dass alle Banditen, die meine Eltern überfallen haben, inzwischen tot sind. Lord Sharima'en findet immer einen Weg, die Bösen zu bestrafen.« Sie machte eine Pause. »Aber vielleicht hat sie *doch* etwas Boshaftes an sich. Hasege hat mir von dem Mädchen erzählt. Er meinte, sie hätte versucht, ihn umzubringen.«

»Nein, hat sie nicht!«, mischte Megari sich ein. »Sie ist keine Attentäterin, Mama. Sie kann gar keine …«

Lady Bushians Schultern spannten sich an. »Ich werde über das Schicksal dieses Mädchens entscheiden«, sagte sie und zog einen Dolch hervor. Takkans Amulett baumelte an dessen Heft, Matsch verkrustete das seidene Band.

»Mein Sohn hat mir vor zwei Wochen gesagt, dass er mit Hasege auf die Jagd geht. Aber er hat fünf der besten Wächter von Iro mitgenommen. Was kaum die angemessene Begleitung für einen simplen Jagdausflug ist.«

»Takkan war noch nie ein guter Lügner«, murmelte Megari.

»Ihr Weg führte sie tief in den Wald von Zhensa, wo ihnen Attentäter auflauerten. Im Zuge der Kampfhandlungen wurden sie getrennt, und Takkan ist nicht zurückgekehrt.« Lady Bushian betrachtete mich kühl. »Und in dem Wald, in dem Takkan verschwunden ist, hat mein Neffe nun dich entdeckt – und das hier.« Sie schwenkte das Amulett vor meiner Nase. »Hast du es meinem Sohn gestohlen?«

Ich schüttelte heftig den Kopf.

»Soll ich dir glauben, dass er es dir geschenkt hat?«

Wenn man es genau nahm, hatte ich Takkans Dolch haben wollen, nicht das Amulett. Ich schluckte schwer.

Ja, hat er. Ich nickte entschlossen.

»Wann?«

Das war eine Frage, die ohne Zuhilfenahme meiner Stimme sehr viel schwerer zu beantworten war. *Vor vier, fünf Wochen, vielleicht auch sechs.*

»Warum?«

Ich schürzte die Lippen, dann machte ich eine Schöpf-und-Rühr-Bewegung. *Er mochte mein Essen.*

Lady Bushian schüttelte den Kopf; sie verstand mich nicht.

»Sie hat ihm zu essen gegeben«, erriet Megari, als ich meine Hände zusammenlegte und so tat, als würde ich trinken. »Sie hat für ihn gekocht.«

Lady Bushian zog eine Augenbraue hoch, als ich diese Vermutung mit einem Nicken bestätigte. »Du hast für ihn gekocht«, wiederholte sie.

Suppe, sagte ich stumm und tat so, als tränke ich aus einer Suppenschale.

Das schien Lady Bushian zu verstehen. Sie umfasste den Dolch ihres Sohnes fester.

Oriyu ergriff das Wort: »Sie war allein, als wir sie fanden. Hasege … hat sie attackiert, obwohl ich dagegen war. Sie hat sich nur verteidigt, als sie ihm ins Gesicht geschnitten hat.«

»Ich verstehe.« Lady Bushian hatte dieselben Augen wie ihr

Sohn. Ihre Tiefgründigkeit konnte man leicht übersehen. »Was sagtest du, war ihr Name?«

»Hasege hat sie Lina genannt.«

»Lina«, wiederholte Lady Bushian. »Ein einfacher Name. Aber es fällt mir schwer zu beurteilen, ob sie auch ein einfaches Mädchen ist. Aber das wird die Zeit wohl zeigen. Löse ihre Fesseln, Oriyu.«

Als der Wächter meine Fesseln zerschnitt, verzog Zairena den Mund, als hätte sie auf etwas Saures gebissen.

»Seid Ihr sicher, dass es klug ist, sie hierzubehalten, Lady Bushian?«, sagte sie mit leiser Stimme. »Irgendetwas kann mit ihr doch nicht stimmen.«

Sie starrte auf die Schale auf meinem Kopf, womit klar war, was genau ihr komisch vorkam. »Was, wenn sie Umgang mit dunklen Geistern pflegt und Unglück über das Schloss bringt?« Sie drehte ihren Schirm. »Ich wollte es vorhin nicht gleich sagen, aber Hasege hat mich gewarnt, dass sie … dass sie ein Dämon sein könnte.«

Megari schnaubte, womit sie uns an ihre Anwesenheit erinnerte. »Hasege würde seine eigene Mutter als Dämonin bezeichnen, wenn es ihm gelegen kommt. Es gibt keine Dämonen in Kiata.«

»Da irrst du dich«, warnte Zairena das Mädchen. »Alle Dämonen sind in den Heiligen Bergen eingeschlossen, und auch wenn sie da nicht rauskönnen, treten sie mit den Schwachen in Kontakt und zwingen sie, ihre bösen Taten auszuführen. Ich habe die Befürchtung, dass dieses Mädchen besessen sein könnte.«

»Das ist doch Unsinn.«

»Behandele Ältere mit Respekt, Megari«, ermahnte Lady Bushian ihre Tochter. Dann wandte sie sich Zairena zu und beruhigte sie: »Ich vertraue meinem Sohn mehr als meinem Neffen. Takkan hat erwähnt, dass er im Dorf Tianyi eine Köchin getroffen hat. Allerdings hat er nicht erwähnt, dass sie nicht sprechen konnte.«

»Sie kann nicht sprechen?« Zairena berührte das Muttermal

an ihrer Wange. Ihre Stimme triefte vor Mitleid. »Ich verstehe. Es sieht Takkan wirklich ähnlich, dass ihm so ein Mädchen leidtut. Er hat Eure Barmherzigkeit und Eure Großzügigkeit.«

»Ja, und ich dachte, er hätte auch meine Aufrichtigkeit geerbt«, erwiderte Lady Bushian trocken. »Aber wie es aussieht, geht er bei seiner Schwester in die Lehre.«

»Er ist ein sehr schlechter Schüler, Mutter«, meldete sich Megari zu Wort. »Du hast nichts zu befürchten.«

»Ist das so?« Lady Bushians Lippen bildeten eine dünne Linie. »Nun, das sehen wir ja, falls – *wenn* er zurückkommt.«

Das Wörtchen *wenn* klang sehr gepresst, was mich trotz meiner Entschlossenheit, gleichgültig zu bleiben, ein wenig in Sorge versetzte. Meine eigene Mission war zu dringlich, um mich auch noch mit Takkans Schwierigkeiten zu befassen, aber jetzt, wo ich wusste, dass er der nette Wächter aus der Seeschwalbe gewesen war, wollte ich natürlich auf keinen Fall, dass ihm etwas zugestoßen war.

Lady Bushian fasste sich und wandte sich an mich. »Der Winter steht vor der Tür, und du wirst hierbleiben, bis er vorbei ist. In der Küche, so lautet meine Entscheidung. Oriyu wird dich zur Unterkunft für die Dienerschaft führen. Und jetzt geh.«

Ich rührte mich nicht von der Stelle. Nicht eher, bis ich meine Tasche wiederbekam.

»Die Tasche, Lady Bushian«, sagte Oriyu. »Ich glaube, sie möchte sie zurückhaben.«

»Was ist denn da drin?«, fragte Zairena.

»Nichts«, antwortete Lady Bushian stirnrunzelnd. »Absolut nichts.«

Den Göttern sei Dank hatte der Zauberer nicht gelogen, was die magischen Kräfte der Tasche betraf. Ich riss Lady Bushian die Tasche förmlich aus der ausgestreckten Hand. Dann drückte ich sie an mich und musste mich arg zusammenreißen, um nicht gleich nachzuprüfen, ob die Nesseln noch darin lagen.

»Armes Kind«, sagte Zairena kopfschüttelnd, als ich die Tasche umklammert hielt. »Sie muss sehr an ihr hängen ... vielleicht ist sie das Einzige, was sie noch hat auf der Welt.«

Ich lockerte meinen Griff. Ich durfte nicht zeigen, wie wichtig die Tasche für mich war. Schließlich wollte ich vermeiden, dass sie Misstrauen erweckte.

Zairena tätschelte meine Schulter und kam mir so nahe, dass ich den Räucherstäbchengeruch in ihren Kleidern bemerkte. »Du bist nicht allein, Lina. Ich weiß, wie du dich fühlen musst.«

Bevor ich sie wegstoßen konnte, zog sie sich zurück und wandte sich an Lady Bushian: »Erlaubt mir, Lina in die Küche zu bringen und sie den Mägden und Köchen vorzustellen.« Sie legte ihren Umhang um meine Schultern. »Sie sieht aus, als könnte sie eine zünftige Mahlzeit vertragen, und das ist das Mindeste, was ich für sie tun kann.«

»Bist du sicher?«

»Aber ja, es macht überhaupt keine Umstände.«

»Aus dir ist so eine großherzige junge Dame geworden«, lobte Lady Bushian. »Megari würde gut daran tun, sich ein Beispiel an dir zu nehmen.«

Megari verdrehte die Augen, und ich tat im Schutz meiner Schale dasselbe. Wenigstens war ich nicht die Einzige, die eine hinterlistige Schlange erkannte, wenn sie eine vor sich hatte.

Wie aufs Stichwort zeigte sich ein fieses Grinsen auf Zairenas Lippen, sobald wir allein waren.

»Du hast Lady Megari verhext«, sagte sie, öffnete ihren Schirm und hob ihn in die Höhe. »Aber bei mir funktioniert das nicht.« Sie drehte sich auf dem Absatz um und zeigte auf das Gebäude auf der anderen Seite des Schlosses. Aus dem Schornstein stieg Rauch auf, und durch die Fenster sah man das Feuer im Ofen brennen.

»Da hinten wirst du arbeiten«, sagte sie, dann drehte sie sich abrupt um und führte mich zu einem Lagerhaus aus Backstein unweit des Kerkers. Davor wartete ein Diener mit einem Holzeimer, einer gefalteten Decke und einem Stapel Kleider – meiner neuen Uniform, wie ich vermutete. Nach einer hastigen Verbeugung in Zairenas Richtung drückte er mir die Sachen in die Arme und eilte zurück zum Schloss.

Zairena öffnete die Hintertür des Lagerhauses und wies genüsslich auf den Keller. »Da ist dein Schlafplatz.«

Alles in mir sträubte sich. Das war nicht die Unterkunft für die Dienerschaft, von der Lady Bushian gesprochen hatte.

Im Inneren des Gebäudes führte eine schmale Holztreppe zu einer höhlenartigen Kammer, in der Säcke voller Reis und – dem Geruch nach zu urteilen – Fässer mit gepökeltem Fisch lagerten. Es gab weder eine Schlafunterlage noch einen Ofen, nicht mal eine Stelle, wo ich Wasser kochen konnte.

Zairena zog eine dünne, angemalte Augenbraue hoch. »Was, hast du gedacht, dass du im Schloss bei den anderen Dienstboten untergebracht wirst? Wir wollen doch nicht, dass du Unheil ins Schloss bringst. Außerdem will dir mit diesem Ding da auf dem Kopf ohnehin niemand nahe sein.« Sie machte eine Pause. »Außer den Ratten natürlich; jetzt, wo es draußen kalt geworden ist, kommen sie gern hier herein.«

In mir stieg Wut auf. Ich war nicht dumm: Ich würde hier unten schrecklich frieren. Wahrscheinlich sogar krank werden und sterben.

»Jetzt sieh zu, dass du dich wäschst«, befahl Zairena, die Schirmspitze in den Boden stechend. »Chiruan erwartet dich in der Küche.«

Waschen? Womit denn?

Es gab kein Wasser, nur Fässer mit frisch gefangenem Fisch zwischen denen, die bereits gepökelt und getrocknet worden waren. Der Gestank war widerlich.

Ehe sie ging, nahm sie mir ihren Umhang wieder ab. »Den wirst du jetzt nicht mehr brauchen.«

Sofort drang mir die Kälte bis in die Knochen, und Zairena schloss die Kellertür und ließ mich im Dunkeln zurück.

Wenigstens ruhig war es hier. Und abgeschieden.

Ich warf einen Blick in meine Tasche. Sofort drang Licht heraus und erhellte den Raum. Es war noch alles da; die zarten Sternenkrautstängel funkelten, als wären sie mit dem Blut der Sterne gesprenkelt, und in den unverarbeiteten Nesseln brannte noch immer das Dämonenfeuer.

Vorsichtig erkundete ich meine neue Unterkunft. Als ich mit den Händen die Wände berührte, blieben Spinnweben daran kleben, und ich schüttelte sie angewidert ab.

Ratten quiekten, durch die Dunkelheit ermutigt, und ich stolperte gegen eins der Fischfässer. Bei den Dämonen, ich hasste Ratten. Nicht so sehr wie Schlangen, aber beinahe.

Ich öffnete die Tasche ein Stück weiter. Nun erhellte grelles Licht den Raum, und die Ratten flitzten – verängstigt durch die dunkle Magie, die ich mitgebracht hatte – davon. Ein kleiner Triumph.

Beim Umziehen zitterte ich vor Kälte. Es war noch Tag, und trotzdem war es schon eisig hier unten. Das versprach nichts Gutes für die Nacht. Oder den Rest des Winters.

Draußen hörte ich ein Rascheln, und etwas schabte an der Wand entlang.

Kiki?, rief ich.

Nein, es war bloß ein gewöhnlicher Vogel. Wahrscheinlich ein Rabe oder eine Krähe.

Ich machte mir große Sorgen. Ich hatte sie die ganze Woche in Gedanken zu mir gerufen, doch Kiki hatte nie geantwortet. Hatte Hasege sie entdeckt und zerstört? Oder war sie auf der Suche nach Hilfe zu meinen Brüdern geflogen?

Bei den Haarsträhnen von Emuri'en, ich hoffte, sie war in Sicherheit.

Ich klappte meine Tasche zu und lief zurück zur Treppe, bevor das vom Sternenkraut ausgehende Licht ganz erloschen war und die Ratten wieder den Mut fanden, herauszukommen.

Auf der obersten Stufe drehte ich mich noch einmal um. Meine Augen gewöhnten sich allmählich an die Dunkelheit und ich hörte die herumhuschenden Kakerlaken und Ratten. Ungeziefer, unerträgliche Kälte und üble Gerüche – damit konnte ich umgehen. Dies war ein Ort, an dem sich niemand gerne aufhielt, auch keine Wachen oder Dienstmägde. Niemand würde in den Keller kommen, schon gar nicht nachts.

Zairena ahnte nicht, dass sie mir einen Rückzugsort geschenkt hatte, einen neuen Arbeitsplatz. Bis ich eine Möglichkeit gefunden hatte, mich wieder mit meinen Brüdern zu vereinen, würde ich mich damit begnügen müssen.

Kapitel 19

Die Verheißung von Wärme und Essen ließ mich in die Küche eilen. Das hölzerne Gebäude verstrahlte Hitze, die Köche im Inneren riefen im Befehlston nach Sesamöl und Ingwer, und Dienstboten hielten ein Schwätzchen, während sie Lacktabletts, Porzellantassen und Kupferkessel stapelten. Aber als ich eintrat, wurde es still. Die Dienstboten ließen ihre Teller fallen und schwenkten Glücksbringer, die Dämonen abwehren sollten; die Köche legten Deckel auf die Tontöpfe und griffen nach ihren Messern.

Zairena hatte meine Ankunft anscheinend angekündigt.

Ich reckte mein Kinn hoch. Sollte sie ruhig versuchen, mir das Leben schwer zu machen. Ich würde ohnehin nicht lange hierbleiben.

Nur der oberste Koch Chiruan richtete das Wort an mich. »Wenn Lady Zairena uns nicht gewarnt hätte, dass du ein Dämon bist, würde ich annehmen, du bist ein Fisch«, grummelte er und warf mir einen Waschlappen zu. Der klein gewachsene, dicke Mann hatte die Statur eines Fasses, die Robustheit eines Ziegelsteins und den Bauch eines Bären. Stark war er auch, und der Lappen landete klatschend auf meinem Arm. »Du stinkst, Mädchen.«

Ich roch an meinen Händen. Er hatte recht. Ich stank wirklich.

Nachdem ich mir die Hände abgewischt hatte, warf er mir – wieder mit viel Schwung – einen Beutel mit Reisröllchen zu, die mit getrocknetem Schilfgras umwickelt waren. »Iss schnell was und mach dich dann an die Arbeit.«

Ich zog mich in eine Ecke zurück und schlang die Mahlzeit herunter, wobei ich vor allem die kleinen Stückchen gepökeltes Schweinefleisch und den eingelegten Kohl genoss. Schon bald war alles vertilgt, dabei war mein Hunger erst halb gestillt. Aber bis zum Abendessen würde es nichts mehr geben.

Meine Arbeit unterschied sich nicht allzu sehr von der in Frau Dainans Wirtshaus: Ich fegte die Küche und die Speisekammer, spülte das Geschirr und kratzte angebrannten Reis von den Topfböden. Als Chiruan mich rausschickte, um Brennholz zu holen, suchte ich die Festung nach einem Ausgang ab.

Schloss Bushian war eine der kleinsten Festungen von Kiata – ich konnte das gesamte Gelände in einer halben Stunde einmal umrunden –, aber dank ihrer Lage oben auf einem zerklüfteten Berg war es auch eine der am besten geschützten Anlagen. Bis auf die Ostseite, wo das Schloss an den Baiyun-Fluss grenzte, war es von hohen Steinmauern umgeben. Außerdem verfügte es über mit Bogenschützen ausgestattete Wachtürme und zwei sehr gut bewachte Tore – eines auf der Nord- und eines auf der Südseite.

Hier herauszukommen, würde nicht einfach werden. Aber bei dieser Kälte im Wald von Zhensa zu überleben, war die viel größere Herausforderung. Schon jetzt legte sich der Frost auf meine Holzeimer.

Der Winter war gekommen.

Eines Morgens war die Küche praktisch leer, als ich zur Arbeit erschien, nur Chiruan stand am Herd und dämpfte einen Kuchen über dem Feuer. Er roch himmlisch, warm und süß, und in der Luft lag ein zarter Ingwergeruch.

»Kakifruchtkuchen, das ist die Leibspeise von Lady Megari«, sagte Chiruan, schnitt drei Scheiben ab und legte sie auf einen blauen Porzellanteller. Diesen stellte er dann neben einen mit blühenden Pflaumenzweigen hübsch dekorierten Obstkorb auf ein Holztablett.

»Sie war in den letzten Tagen krank, aber wenn sie Kuchen bestellt, ist das ein Zeichen dafür, dass sie auf dem Weg der Besserung ist. Sie hat übrigens ausdrücklich darum gebeten, dass *du*, Fischmädchen, ihn ihr bringst.«

Er sagte das ohne jede Kränkung oder Wertung, was mich erstaunte. Ebenso wie Megaris Bitte. *Ich?*

»Ich bin nicht in der Position, Lady Megari Fragen zu stellen, sondern dazu da, ihr ihre Wünsche zu erfüllen. Ihr Zimmer liegt im obersten Stockwerk des Schlosses, im östlichen Flügel, linker Flur. Sie müsste um diese Zeit dabei sein, auf ihrer Laute zu üben. Folge also der Musik, dann kannst du dich nicht verlaufen.«

Chiruan wandte seine Aufmerksamkeit wieder den pfeifenden Kesseln über dem Feuer zu. Die waren für das Abendessen, vermutete ich.

»Trödele nicht herum«, sagte er scharf. »Das entbindet dich nicht von deinen sonstigen Pflichten, und wenn die Mägde dich auf ihrem Rückweg aus dem Obstgarten sehen, werde ich dich nicht in Schutz nehmen.«

Ich nahm das Tablett und nickte, um zu zeigen, dass ich verstanden hatte.

»Wickel dir ein Tuch um den Kopf, damit die Wachen die Schale nicht sehen. Dann stellen sie weniger Fragen.«

Chiruans Vermutung erwies sich als richtig. Die Wachen kontrollierten zwar mein Tablett mit dem Kuchen, doch es stellte niemand meine Anwesenheit im Schloss infrage.

Die Flure waren schmal – kaum breit genug, dass zwei Personen nebeneinander herlaufen konnten – und die holzvertäfelten Wände schmucklos, ganz anders als die vergoldeten Türrahmen und die Wandmalereien im kaiserlichen Palast.

Während ich den leisen Klängen einer Mondlaute nach oben

folgte, fiel mein Blick durch eine offene Zimmertür. In dem Raum standen zwei Stickrahmen, ein Webstuhl und ein Spinnrad – was mich sofort an Raikamas altes Nähzimmer denken ließ.

»Hier entlang!«, rief Megari, die aus ihrem Zimmer am Ende des Flurs herausschaute. »Ich hab schon gedacht, du hättest dich verlaufen.«

Ich eilte zu ihr und stellte das Tablett auf einem ihrer lackierten Tische ab. Megari sah mir mit hinter dem Rücken verschränkten Händen neugierig zu. Ihre Wangen waren leicht gerötet, aber ihr Atem ging schnell und sie hatte dunkle Schatten unter den Augen. Ich hoffte, der Kuchen würde helfen, sie gesund zu machen.

»Warte, geh noch nicht weg«, sagte sie, als ich mich zur Tür drehte. »Ich wollte schon die ganze Woche mit dir sprechen.«

Ich verneigte mich und zeigte auf das Küchengebäude. *Chiruan wartet auf mich.*

»Setz dich, setz dich«, beharrte sie. »Das ist ein Befehl.«

Megari wartete, bis ich auf eines ihrer Seidenkissen herabsank. Wenn ich nicht so große Angst gehabt hätte, auch hier meinen Fischgeruch zu verbreiten, wäre ich wohl auf der Stelle eingeschlafen.

Sie griff nach der dicksten Frucht in dem Korb. »Nimm dir eine Kakifrucht. Dieses Jahr sind sie besonders süß. Ich muss es wissen, sie sind schließlich meine Leibspeise. Nimm dir auch von dem Kuchen.«

Danke. Ich steckte die Frucht in meine Tasche, aber das Kuchenstück verschlang ich in drei großen Bissen. Mein Magen knurrte so laut, dass ich dankbar war, dass der Fluch nur das Sprechen unter Strafe stellte und nicht die Laute, die meine übrigen Organe hervorbrachten. Andernfalls wären meine Brüder längst tot gewesen.

»Iss noch ein Stück«, sagte Megari. »Mutter und Vater sagen

immer, Mut ist eine hervorstechende Eigenart der Bushians, aber in Zeiten wie diesen wünschte ich, wir würden eher dazu neigen, zu Hause zu bleiben und Tee zu trinken. Dann würde mein Dummkopf von einem Bruder nicht dafür sorgen, dass wir hier sitzen und uns den Kopf zermartern, was mit ihm ist.«

Ich hörte auf zu kauen. Schluckte.

»Nein, du musst weiteressen. Ich stopfe mich schon die ganze Zeit mit Kakifrüchten und Kuchen voll, um mich von meiner Sorge um Takkan abzulenken. Aber das sollte ich nicht tun. Mir Sorgen machen, meine ich.« Megari richtete sich gerade auf, aber ihre Schultern zitterten leicht. »Er hat mir versprochen, dass er vor dem Winterfest zurück ist, und er bricht nie ein Versprechen. Dazu hat er viel zu viel Angst vor mir.«

Ich lächelte aufmunternd, wusste ich doch allzu gut, was es hieß, wenn man sich Sorgen um Brüder machte.

Als ich das letzte Mal mit Takkan gesprochen hatte, hatte er mich eingeladen, mit nach Iro zu kommen. Es sei sehr schön dort, hatte er geschwärmt und es offensichtlich kaum erwarten können, nach Hause zu kommen. Freiwillig blieb er gewiss nicht fern. Nicht, ohne seiner Familie eine Nachricht zu schicken.

Es sei denn, ihm war etwas Schreckliches zugestoßen.

»Aber seit du hier bist, geht es mir schon besser,«, sagte Megari jetzt wieder etwas munterer. Ihre schmalen Schultern zitterten noch, aber sie drückte eine ihrer Puppen an sich. »Ich glaube, ich weiß, warum er dir sein Amulett geschenkt hat. Du bist wie ein Mädchen aus einer seiner Geschichten.«

Mein Lächeln wurde neugierig. Seine Geschichten? Takkan war mir nicht wie jemand erschienen, der sich Geschichten ausdachte, aber was wusste ich schon über meinen ehemaligen Verlobten? Ich hatte ja nicht mal kapiert, dass sein Rohling von einem Cousin unter seinem Namen reiste.

»Ich betrachte es als meine Pflicht, ein Auge auf dich zu haben, bis er zurückkommt«, sagte Megari. »Nur die Götter wissen, was für schreckliche Lügen Hasege und Zairena wegen dieser Schale auf deinem Kopf über dich verbreitet haben. Du kannst sie nicht abnehmen, oder?«

Ich verzog den Mund, um das Offensichtliche zu bestätigen.

»Was für ein Pech.« Das Mädchen seufzte. »Es ist merkwürdig, weißt du – Zairena war nicht immer so abscheulich, im Gegenteil zu meinem Cousin. Aber jetzt sind sie wie zwei Blüten an demselben faulen Zweig.«

Megari stand auf. »Mama hat Hasege weitgehend unter Kontrolle, aber Zairena könnte das ganze Schloss in Brand stecken, und Mama würde ihr keine Vorwürfe machen.«

Ich breitete fragend die Arme aus. *Aber warum ist das so?*

»Weil ihre Eltern im Wald von Zhensa von Banditen getötet wurden. Mama war am Boden zerstört – Lady Tesuwa war ihre beste Freundin.«

Das erklärte die weißen Gewänder; Zairena war in Trauer.

»Wie ich hörte, wurdest du auch im Wald von Zhensa gefunden«, sagte Megari und öffnete ihre Schreibtischschublade. »Warst du auf dem Weg nach Hause?«

Ich wusste nicht, wie ich die Frage so beantworten konnte, dass sie mich verstand.

Sie nahm ein Blatt Papier heraus und bot mir Pinsel und Tusche an, die schon bereitstanden. »Kannst du schreiben? Wenn du mir sagst, woher du kommst, kann ich Oriyu bitten, dich zurückzubringen. Oder du zeigst es mir auf einer Landkarte.«

Ich zögerte. In der Seeschwalbe hatte ich erwogen, Takkan zu offenbaren, wer ich war, aber Raikamas Fluch hatte mich daran gehindert. Meine Stiefmutter konnte nicht wissen, dass ich mich in Iro aufhielt. Wagte ich, es bei Megari noch einmal zu versuchen?

Mein Handgelenk verkrampfte sich, und die Brandwunden

von dem Sternenkraut auf meiner Haut machten es mir schwer, etwas so Feines wie einen Pinsel zu halten, aber ich ignorierte den Schmerz.

Ich bin

Ich hob die Hand vom Papier und wagte nicht, weiterzuschreiben. Diese beiden unschuldigen Worte waren ein Test, und ich wartete mit dem Pinsel über dem Blatt. Nichts passierte, keine Unheil verkündenden Schatten erschienen. Keine Schlangen.

War ich endlich außerhalb von Raikamas Reichweite?

Entschlossen tauchte ich den Pinsel in die Tusche. Es gab so viel zu sagen. Ich konnte Megari auftragen, mich zu meinen Brüdern zu bringen, oder ihr mitteilen, dass meine Stiefmutter eine Magierin war. Oder dass meine Brüder in Kraniche verwandelt worden waren …

Aber als ich weiterschreiben wollte, verschmierte die Tusche, zerfloss auf seltsame Art … und nahm die nebulöse Gestalt einer schwarzen Schlange an.

Mir rutschte der Pinsel aus der Hand.

Tut mir leid, sagte ich stumm und tupfte die kostbaren Seiten mit meinem Ärmel trocken. Die Schlange war verschwunden, aber die Tusche auf dem ganzen Schreibtisch verteilt.

»Ach, das sind doch nur ein paar Kleckse«, sagte Megari.

Aber es waren nicht einfach nur Kleckse. Ich ballte die Fäuste und in mir kochte der Zorn hoch. Also konnte ich Vater nicht schreiben und Megari nicht um Hilfe bitten. Ich war nirgends vor Raikamas Fluch sicher.

Die Schlange stand mir noch lebhaft vor Augen, und ich eilte zu dem Tablett, das ich heraufgetragen hatte. Ich musste gehen, zurück in die Küche, aber plötzlich öffneten sich die Türen, und Zairena kam mit einer Kanne voll dampfendem Tee herein.

»Na, isst du wieder Kuchen, Megari?« Sie ging an mir vorbei, als würde ich gar nicht existieren. »Hast du Kakifrüchte nicht langsam mal satt? Kakifruchtkuchen, Kakifruchtsuppe, Kakifruchttee. Als du das letzte Mal so viel gegessen hast, warst du tagelang krank.«

»Ich war müde, nicht krank«, entgegnete Megari ausdruckslos. »Und Kakis sind nun mal mein Lieblingsobst.«

»Ja, und ich würde sagen, du hast jetzt genug davon gegessen.« Zairena betrachtete mit gerümpfter Nase die Krümel auf dem Teller. »Außerdem: Was versteht ein A'landier wie Chiruan schon von der Zubereitung von Süßspeisen? Die einzigen Desserts von dort, die man essen kann, kommen aus Chajinda.«

Zairena stellte ihr Tablett ab und schenkte Megari eine Tasse Tee ein. »Vielleicht lasse ich, wenn der Winter vorbei ist, mal Affenkuchen herbringen. Ein Stück Heimat könnte ich gut gebrauchen.«

Affenkuchen waren die berühmteste Süßspeise aus Chajinda. Selbst meine Brüder, die sonst nicht viel für Süßes übrighatten, hielten beim Sommerfest an den Ständen stets Ausschau danach. Ich mochte sie auch. Sie erinnerten mich an die Kuchen, die meine Mutter immer gemacht hatte. Kuchen, die ich wohl niemals mehr bekommen würde.

Megari ließ vorsichtig ihre Mondlaute sinken. »Machst du das wirklich?«

»Ja, aber nur, wenn du deinen Tee austrinkst. Du bist auf dem Weg der Besserung, Megari, jedenfalls solange du dein Gemüse aufisst und aufhörst, wildfremde Mädchen in dein Zimmer einzuladen.«

Ich hatte die Tusche inzwischen fertig aufgewischt, und Zairena bedachte mich mit einem wütenden Blick. »Sie ist eine Dämonenanbeterin. Hast du nicht gehört, was deine Mutter gesagt hat?«

Megari schlug einen lauten, schiefen Ton auf ihrer Laute an. »Meine Mutter hat so etwas nie gesagt. Das war Hasege.«

»Was auf dasselbe herauskommt.«

»Hasege ist ein Einfaltspinsel. Früher fandst du das übrigens auch.«

»Als ich so alt war wie du«, erwiderte Zairena knapp. »Dann habe ich gelernt, anderen mit mehr Respekt zu begegnen. Hasege riskiert da draußen sein Leben, um deinen Bruder zu finden. Vielleicht ist er Takkans einzige Hoffnung, lebend wieder nach Hause zu kommen.«

Megaris Schultern sanken herab, und Zairena füllte ihre Tasse auf. »So ist es brav. Und jetzt übe weiter auf deiner Laute. Ich sorge dafür, dass Lina wieder in die Küche kommt.«

Bevor Megari widersprechen konnte, zog Zairena mich an der Schärpe und zerrte mich aus dem Zimmer.

Kaum waren wir am Ende des Flurs angelangt, holte sie die Kakifrucht aus meiner Tasche. »Na, stehlen wir schon wieder?«

Sie hob die Hand, um mir ins Gesicht zu schlagen, aber Ohrfeigen hatte ich mir von Frau Dainan schon genug gefallen lassen. Ich packte ihr Handgelenk und hielt es fest, und ihre Augen weiteten sich vor Schreck.

So standen wir erstarrt mitten in dem engen Flur. Ich reckte mein Kinn hoch und forderte sie heraus, die Wachen zu rufen.

Dann ließ sie die Kakifrucht fallen, was ich nicht erwartet hatte. Sie landete hart auf dem Holzboden, und Zairena zertrat sie mit all ihrer Kraft. Als sie den Fuß wegzog, blieb nur ein Brei aus Fruchtfleisch zurück.

Verblüfft ließ ich ihren Arm los, und sie wirbelte in dem stillschweigenden Wissen, dass sie gewonnen hatte, auf dem Absatz herum und ließ mich stehen.

An diesem Abend fiel Schnee. Er erinnerte mich daran, dass mein Geburtstag, der erste Tag des Winters, in jener Woche verstrichen war, als man mich im Schlosskerker gefangen gehalten hatte. Sonst hatte ich, sobald das Herbstfest vorbei war, immer schon die Tage und Wochen bis dahin gezählt, aber dieses Jahr hatte ich es vollkommen vergessen.

Ich schloss die Augen, stellte mir vor, zu Hause zu sein, und fantasierte das festliche Bankett herbei – die Musiker und die Tänzer, den Duft von Pinien und Zedern, der durch den ganzen Palast wehte, die schneebedeckten Dächer. Ich sah vor mir, wie ich in einer festlichen, mit dicken Kissen aus Seidensatin ausstaffierten Sänfte dort ankam. Ich trug eine scharlachrote Jacke mit einer langen Brokatschärpe und einen Kopfputz, in den seidene Pflaumenblüten und all die Blumen des Winters hineingeflochten waren. Und das Essen …

Geschmorter Kürbis mit Schweinefleisch und Ingwer, Reiskuchen mit pürierten roten Bohnen, in süßem Wein marinierter Wolfsbarsch mit sauer eingelegten Karotten … All das stand so klar vor mir, dass ich die Gerichte förmlich schmecken konnte. Aber mein Bauch ließ sich nichts vormachen, und meine Gästeschar bestand in diesem Jahr aus Ratten, die fiepend um meine Schlappen herumliefen.

Zur Feier des Tages tat ich das Sternenkraut beiseite und gönnte meinen Händen einen Tag Ruhe.

Vor wenigen Monaten erst hatte ich alle noch ständig daran erinnern müssen, dass ich sechzehn war und kein Kind mehr. Aber ich bezweifelte, dass, wenn ich je wieder nach Hause kam, noch mal irgendwem der Fehler unterlaufen würde, mich für jünger zu halten, als ich war. Diese letzten Monate waren mir wie Jahre erschienen, und ich konnte kaum glauben, dass ich erst siebzehn war.

Mitten in der Nacht kitzelte mich etwas an der Nase. Ich schlug danach, weil ich dachte, es wäre eine Fliege.

Ist das deine Art, mich zu begrüßen, Shiori, wo ich doch den ganzen weiten Weg zurückgelegt habe, um dir nachträglich zum Geburtstag zu gratulieren?

Kiki!

Ich schoss hoch. Mein kleiner Vogel ließ sich auf meiner Hand nieder, und ich drückte ihn sanft an meine Brust. *Ich hab dich so vermisst.*

Ich bin dir gefolgt, aber – sie zeigte mir ihren Flügel, der umgeknickt war. *Von dem Sturm.*

Oh, du Armes! Ich strich die Falte heraus und fuhr mit dem Daumen über die silbrig-goldenen Linien auf ihrem Flügel, die so zart waren, dass sie wie Federn aussahen. *Bitte schön, jetzt ist er wieder so gut wie neu.*

Kiki schlug dankbar mit den Flügeln, aber als sie weitersprach, zitterte ihre Stimme. *Ich hatte schon Angst, dieser Grobian von Wächter hätte dich umgebracht.*

Hat er nicht, den Ewigen Höfen sei Dank. Aber du wirst nie erraten, wo er uns hingebracht hat.

Sie verrenkte ihren Hals. *In ein Fischgeschäft?*

Ich lachte stumm. *Willkommen zu meinem nachträglichen Geburtstagsbankett,* dachte ich in meinem festlichsten Tonfall, *dieses Jahr anberaumt im edlen Fischkeller von Schloss Bushian.*

Das hier ist Schloss Bushian?, rief sie aus.

Absurd, oder?, dachte ich sarkastisch. *Aber ich danke Emuri'en, dass du hier bist. Ich könnte nämlich jemanden gebrauchen, der mir hilft, hier rauszukommen.*

Raus? Die Kälte wird dich umbringen, Shiori. Du solltest hierbleiben, bis der Winter vorbei ist. Bleibe hier, knüpfe das Netz fertig und tu dich dann im Frühjahr wieder mit deinen Brüdern zusammen.

Es ist noch Zeit, beharrte ich. *Der Wald von Zhensa liegt direkt vor Iro. Allzu weit können sie nicht weg sein.*

Der Wald von Zhensa heißt nicht ohne Grund »der Wald, der nirgends endet«. Kiki schmiegte sich in meine Haare, ihre Stimme war direkt an meinem Ohr. *Denk doch mal nach, Shiori. Was nützt es denn, wenn du dich wieder mit deinen Brüdern zusammentust, bevor das Netz fertig ist?*

Sie suchen gewiss nach mir …

Ich werde unter den Tieren des Waldes die Nachricht verbreiten, dass es dir gut geht, unterbrach sie mich. *Deine Brüder sollten Raikamas wahren Namen herausfinden, anstatt sich Sorgen zu machen, wie sie für deine Sicherheit sorgen können. Du lenkst sie nur ab und sie dich.*

Wie sollten sie mich denn ablenken?

Sieh dir deine Hände an. Kiki strich mit einem Flügel über die Narben auf meiner Handfläche, und selbst diese zarte Berührung ließ mich zusammenzucken. *Meinst du, du kannst das Sternenkrautnetz fertig knüpfen, ohne einen Laut von dir zu geben?*

Ja. Ich nickte standhaft. *Das schaffe ich.*

Das kommt daher, dass du einen starken Willen hast. Aber um den Fluch zu brechen, wirst du mehr als das brauchen. Du wirst auch ein starkes Herz brauchen. Trotz all der Freude, die deine Brüder dir bereiten, könntest du nachts weder mit ihnen lachen noch mit ihnen reden. Und tagsüber, wenn sie wieder Kraniche wären, würde dich ewig ein schlechtes Gewissen quälen. Es würde dir schlecht gehen, und das Letzte, was dir dann in den Sinn käme, wäre die Arbeit am Sternenkrautnetz. Sie bewegte die Flügel, um ihren Zweifel zu unterstreichen. *Außerdem: Möchtest du wirklich den ganzen Winter in dieser Höhle zubringen?*

Tief im Inneren wusste ich, dass sie nicht ganz unrecht hatte. Jetzt, wo der Winter gekommen war, würde es in der Höhle noch kälter sein als in meinem Keller. Aber ich war fest entschlossen, meine Brüder wiederzufinden und zusammen mit ihnen unseren Fluch zu brechen. Davon würde mich nichts abbringen.

Glaubst du denn, die Festung ist kein Gefängnis? Oder dass meine Aufgaben hier keine Ablenkung sind?, erwiderte ich. *Hier behandeln mich alle wie ein Monster, Kiki. Und ich kann nicht mal zum Fluss gehen, um Seryu zu suchen. Ich werde nicht hierbleiben, nicht, solange noch eine Chance besteht.*

Kiki schnaubte. *Stures Mädchen. Das ist eine schlechte Idee, lass es dir gesagt sein. Wenn du zu fliehen versuchst, ist das Beste, was dir passieren kann, dass du wieder im Kerker landest. Sag nicht, ich hätte dich nicht gewarnt.*

Werde ich nicht, antwortete ich stumm und zog die Decke über die Schultern.

Ich war jetzt siebzehn. Und klug genug, um zu wissen, dass ich für meine Entscheidungen einzig und allein mich selbst zur Rechenschaft ziehen konnte.

Kapitel 20

Das Glück der Drachen war nicht auf meiner Seite. Am nächsten Tag und am Tag danach schneite es ununterbrochen, dann kam Regen und verwandelte die Welt in Matsch, während der Wind heulend durch die geduckten Bäume draußen vor meinem Keller fuhr.

Aber nicht das Wetter hielt mich davon ab, das Schloss zu verlassen. Das wahre Problem waren die Tore. Ich hätte nur eine winzige Öffnung zum Hindurchschlüpfen gebraucht, aber die Eisentore blieben fest verschlossen und verriegelt.

Wer sollte bei dem Sturm auch in die Festung kommen oder rauswollen?, fragte Kiki geziert.

Aber ich gab trotzdem nicht auf, und am dritten Abend wurde meine Geduld belohnt.

Ich bearbeitete gerade meine Nesseln, schlug die gezackten Blätter ab und schnippelte an den heißen Dornen herum, als plötzlich die Trommel geschlagen wurde.

Zuerst hielt ich das Geräusch für Donnergrollen. Aber das Trommeln wurde rhythmisch und ließ die Mauern erbeben. Ich legte die Arbeit nieder, um zu lauschen.

Drei weitere Schläge. Stille. Dann wurde weitergetrommelt, diesmal schneller.

Ich setzte mich auf und meine Muskeln spannten sich an. *Hörst du das, Kiki?*

Kiki hüpfte von meiner Schulter und quetschte sich durch eine Mauerritze, um hinauszuspähen. Auf den Wachtürmen wurden Fackeln entzündet. *Ich weiß nicht, was das zu bedeuten hat, aber die Wachen lassen die Brücke herab. Irgendetwas geht hier vor sich.*

Was für ein Glück! Wenn die Wachen die Brücke herabließen, bedeutete das, dass jemand kam. Das konnte unsere Gelegenheit zur Flucht sein. Ich sammelte hastig die Nesseln ein, stopfte sie in die Tasche, hängte sie mir um den Hals und schlüpfte hinaus.

Hast du einen Plan oder rennst du einfach drauflos?, fragte Kiki bissig.

Ich habe einen Plan. Na ja, zumindest so grob. Du kennst doch den Stall, an dem ich jeden Tag auf dem Weg zur Küche vorbeikomme? Daraus stehle ich ein Pferd und reite hinaus, während das Tor geöffnet ist.

Das ist ein miserabler Plan!, rief Kiki aus. *Sie werden dich mit Pfeilen durchsieben, noch ehe du zum Tor hinaus bist.*

Ich muss es versuchen.

Im Schutz der Dunkelheit huschte ich über verwaiste Höfe und versteckte mich in einer Nische, als sich vor mir etwas bewegte.

Genau wie Kiki gesagt hatte. Da waren Wachen, Soldaten, sogar Wächter – und alle rannten zum Nordtor. Einige hatten sogar ihre Pferde dabei.

Sie bewegten sich schnell, und das Tor öffnete sich bereits mit lautem Getöse, die schweren Eisentüren kratzten über den Boden. Bogenschützen sprangen von den Wachtürmen, und Reiter sicherten die Festungsmauern, während heftiger Regen den Boden aufweichte.

Jenseits des Tores herrschte absolute Finsternis.

Jetzt musste auch ich einsehen, dass das eine miserable Idee gewesen war.

Begreifst du es jetzt?, fragte Kiki harsch. *Hast du geglaubt, du könntest bei dem Wetter einfach so aus dem Tor hinausspazieren? Lass uns zurück in den Keller gehen, ehe dich jemand sieht. Komm jetzt!*

Geschlagen biss ich mir auf die Lippe und zögerte nur einen kurzen Moment, bevor ich mich aufrappelte und auf den Weg zurück in den Fischkeller machte.

Hinter mir zogen die Wachmänner unter lautem Geschrei das Tor weit auf. »Macht Platz – Lord Takkan ist zurück!«

Mein Puls beschleunigte sich, während meine Schritte langsamer wurden. Takkan war wieder da?

Pfeile flogen sirrend durch die Luft, auf die Festung zu. Ich konnte sie im Licht der Fackeln nur als kurze Blitze erkennen. Dann landeten sie, schlugen gegen die steinernen Mauern des Schlosses und hagelten auf die Dachziegel. Mehr als nur ein paar hüpften auch über den Boden und blieben nicht weit von meinen Füßen entfernt liegen.

Ich sprang erschrocken zurück. Die Festung wurde angegriffen!

Kiki suchte in einem der Wachhäuser Schutz. Während mein Vogel sich auf den Holzlamellen über dem Fenster versteckte, kauerte ich mich vor die Tür, kniff die Augen zusammen und versuchte mir einen Überblick über das Geschehen zu verschaffen.

Ein Pferd kam durchs Tor gestürmt, und der Reiter schrie etwas, was ich nicht verstand. Auf dem Ross saßen zwei Männer, und ich glaubte, Takkan zu erkennen, war mir aber nicht sicher.

Der Sturm wurde stärker, und die Wächter beeilten sich, das Tor wieder zu schließen. Von draußen drängten sich jedoch weitere Reiter hindurch, deren Pferde auf dem nassen Boden stampften, dass das Regenwasser nur so spritzte.

Attentäter.

Es mussten mehr als ein Dutzend sein, die Klingen ihrer Waffen blitzten.

Der Regen prasselte auf meinen Kopf und übertönte die Kampfgeräusche. Ich krabbelte ins Innere des Wachhauses und drückte meine Wange gegen einen Pfeiler. Draußen stürzten Männer zu Boden. Laternen gingen zu Bruch.

In mir kroch die Angst hoch, und Kiki verbarg sich in meinen Haaren. *Ich hätte nie gedacht, dass ich das mal sagen würde, Shiori, aber ich vermisse den Fischkeller.*

Ich nahm einen Hocker, brach eines seiner Beine heraus, um es als Waffe zu benutzen, und ging unter dem Fenster in Deckung. Vorbeifliegende Pfeile ließen die Laternen flackern; sie waren so nah, dass ich sie durch den Regen zischen hören konnte.

»Zu Hilfe!«, schrie draußen ein Wächter. »Oriyu? Hasege?«

Sein Schrei verhallte in dem Sturm, den Alarmglocken und dem Kampflärm, aber ich hatte ihn gehört. Ich spähte hinaus und sah das Pferd, das vorhin durchs Tor hereingestürmt war. Aus seiner Flanke ragte der Schaft eines Pfeils, und der Wächter war dabei, seinen Begleiter vorsichtig vom Rücken des Tieres herunterzuziehen.

»Zu Hilfe! Lord Takkan ist verwundet!«

Meine Zehen krümmten sich in meinen Schlappen. Ich musste etwas tun. Ich musste helfen.

Nein, Shiori, nicht! Kiki zupfte mich an den Haaren.

Aber ich rannte bereits nach draußen. *Hier,* ich winkte dem Krieger zu und nahm Takkans Beine. Dann bewegten wir uns – den Pfeilen und den im Sturm herumfliegenden Steinen ausweichend – langsam Richtung Wachhaus.

Wir legten Takkan auf einer Matte ab, sein Gesicht war schmerzverzerrt.

Ich versuchte, ihn zu fragen, was passiert war, aber ohne Erfolg.

»Steh nicht bloß da rum, Mädchen«, blaffte der Wächter mich an. »Hilf mir, ihm die Rüstung auszuziehen!«

Ich gehorchte. Zuerst zog ich Takkan die Stulpen und die Stiefel aus, dann nahm ich ihm das Schwert ab und ließ meine Finger dabei kurz über die Gravuren an dessen Heft gleiten. Sein Familienwappen, so viel konnte ich selbst in der Dunkelheit ertasten. Ein Vollmond umgeben von Pflaumenblüten.

Behutsam entfernten wir die stählerne Rüstung und die Lederpolsterung von Takkans Oberkörper. Als ich das Blut sah, schlug ich die Hand vor den Mund. Es leuchtete in dem trüben Licht, und es war so viel … so viel, dass ich gar nicht erkennen konnte, wo es herkam.

Der Wächter stöhnte erschreckt auf. »Es ist schlimmer, als ich befürchtet habe«, sagte er mit rauer Stimme und versuchte, die Blutung mit seinen Händen zu stoppen. Die Verletzung war direkt links neben Takkans Herz, eine tiefe Stichwunde. »Du musst einen Arzt holen gehen! Sag Lady Bushian …«

In dem Moment bohrte sich ein Pfeil in einen der Holzbalken über unseren Köpfen, und ich zuckte zusammen vor Schreck. Was aber nur an der Überraschung lag. Doch ich fasste mich schnell wieder und zog den Pfeil heraus.

»Das bringt doch nichts. Wenn du da rausgehst, kommst du nicht weit. Bleib hier.«

Der Wächter war selbst ebenfalls verwundet, wie an den Rissen in seiner Rüstung und dem Blut, das auf seinem kahlen Schädel klebte, zu erkennen war. Aber seine Verletzungen waren weniger schwer als Takkans. Er rollte Takkan vorsichtig auf meinen Schoß und stellte eine kleine Laterne neben uns. »Sorg dafür, dass diese Seite in einer erhöhten Position bleibt, und halt den Druck auf die Wunde aufrecht, während ich Hilfe hole. Sein Leben hängt davon ab, hast du verstanden?«

Ja. Ich merkte nicht mal, wie er den Raum verließ. Rund um Takkans Wunde, auf die ich meine Hand presste, sammelte sich Blut; es war leuchtend rot und schien unerschöpflich zu sein. Der strenge Kupfergeruch in der Luft ließ meinen Magen rebellieren.

Jedes Mal, wenn ich den Druck auf die Wunde erhöhte, stöhnte Takkan auf, was mich zugleich erleichterte und bekümmerte. Ich beauftragte Kiki damit, Regenwasser mit ihren Flügeln aufzufangen und dann auf seine trockenen Lippen zu träufeln, wünschte mir aber, ich könnte mehr für ihn tun.

Das ist doch der Radieschen-Freund, oder?, zwitscherte Kiki. *Sieht aber ganz schön verändert aus.*

Ich strich Takkan die Haare aus dem Gesicht, seine Wange fühlte sich feucht und kalt an. Er wirkte jünger, als ich ihn in Erinnerung hatte; seine Haare waren geschnitten, Wangen und Kinn rasiert. Er war auf jeden Fall gut aussehend, wenngleich er den meisten Mädchen bei Hofe wohl zu markant gewesen wäre. Wäre er nicht ausgerechnet Lord Bushians Sohn gewesen, hätte sogar *ich* ihn gut aussehend gefunden. Aber an unseren Blutlinien konnten wir nun mal nichts ändern.

In Tianyi hatte ich ihn als einen Fremden betrachtet. Als einen pflichtbewussten Wächter, der es sich zur Aufgabe gemacht hatte, die Kinder des Kaisers zu suchen – wie es offenbar viele andere im ganzen Reich taten.

Jetzt sah ich ihn zum ersten Mal als den, der er war: Takkan, mein Verlobter, der junge Mann, den ich gehasst hatte – einfach für seine bloße Existenz.

Wie oft hatte ich ganz egoistisch und grässlicherweise dafür gebetet, dass er sterben würde – dass sein Schiff auf dem Meer verloren gehen oder er in einen Brunnen fallen würde –, nur damit ich ihn nicht heiraten musste?

Vielleicht hatte ich es ja wirklich *verdient*, diese Schale auf dem Kopf zu tragen und nie mehr sprechen zu dürfen. Und auch fern von meiner Familie zu sein, ohne große Hoffnung, je wieder nach Hause zurückkehren zu können.

Ich gab ihm ein paar Klapse auf die Wangen, damit er wieder zu sich kam. *Komm, Takkan. Du darfst nicht sterben. Nicht hier, nicht auf meinem Schoß. Du musst leben – leben, und wenn ich meinen Fluch breche, kann ich Vater bitten, unsere Verbindung zu lösen. Dann kannst du heiraten, wen immer du willst. Du würdest nicht wollen, dass dein Schicksal mit meinem verknüpft ist, da bin ich sicher.*

Ich beugte mich über ihn und presste die Hand noch fester auf seine Wunde. *Du wirst eine nette junge Dame finden, die den Schnee mag und Kaninchen und Wölfe und was immer ihr Menschen aus dem Norden gut findet. Komm jetzt,* bettelte ich. *Bitte stirb nicht.*

Unser beider Leben hätte an Ort und Stelle zu Ende sein können, wenn Kiki den Attentäter nicht entdeckt hätte, der sich im Schutz der Dunkelheit anschlich.

Shiori!, schrie sie.

Ich griff nach Takkans Schwert, hatte aber keine Zeit mehr, blankzuziehen, ehe der Mann mich attackierte.

Ich prallte rücklings gegen die Wand, und die Klinge meines Gegners schlug scheppernd gegen meine nutzlose Schwertscheide. Ich hielt das Heft fest umklammert und versuchte mit aller Kraft, ihn zurückzuschieben. Meine Finger waren rutschig von dem Blut, meine Ellenbogen bohrten sich in die Wand. Das Gesicht meines Gegners konnte ich nicht sehen, doch ihm musste klar sein, dass ein weiterer Hieb genügen würde, um mich zur Strecke zu bringen.

Kiki!

Mein Vogel wusste schon, was zu tun war. Sie hüpfte auf die Nase des Attentäters und hielt ihm mit den Flügeln die Augen zu.

Der Mann hieb wild um sich, und ich ging in Deckung. Sein Schwert schlug gegen die Schale auf meinem Kopf – die sich als nützlicher Schild erwies. Er hieb durch die Luft, traf aber nur die Wand, wo die Klinge zwischen zwei Holzlatten stecken blieb.

Aber ich freute mich zu früh. Als Kiki wieder neben mich flatterte, nahm der Mann eine der Latten und schlug mich damit nieder.

Ich spürte, wie er seine Hände um meinen Hals legte, und bekam Panik. Alles Treten und Um-mich-Schlagen war vergeblich. Mir ging die Luft aus, vor meinen Augen tanzten weiße Flecken, und plötzlich fühlte ich mich in die Vergangenheit katapultiert – ich saß in der Falle, ertrank wieder in dem Heiligen See. War dem Tod nah.

Da stöhnte Takkan auf einmal in der Ecke. Er trat gegen die Laterne, die auf den Boden fiel und scheppernd zu mir hinrollte.

Ihr rostiger Griff war das Schönste, was mir je unter die Finger gekommen war. Ohne zu zögern, knallte ich meinem Gegner die Laterne gegen den Kopf.

Die Flammen breiteten sich rasch auf seinem Umhang aus. Er schrie auf und rannte in den Regen hinaus. Und es dauerte nur wenige Sekunden, bis ihn ein Pfeil in den Rücken traf und er tot zusammenbrach.

Große Götter, beinahe wäre auch ich zusammengeklappt. Ich atmete tief durch, um mich von dem Schreck zu erholen. Da fiel es mir wieder ein: Takkan war aufgewacht! Ich kroch zu ihm zurück und bekam Angst, als ich sah, dass seine Wunde durch die Bewegung noch weiter aufklaffte. Blut tropfte auf den Boden, und als ich ihn wieder auf meinen Schoß zog, nahm er meine Hand und drückte sie schwach.

»Verschließen«, flüsterte er. »Verschließ sie.«

Dann schloss er die Augen wieder, und ich unterdrückte einen stummen Schrei. Die Blutung würde nicht aufhören, ganz gleich, wie fest ich auf die Wunde drückte.

Bei den Dämonen, was sollte ich bloß tun?

Ich wirbelte herum und schaute mich um, ob es hier irgendetwas gab, das mir nützlich sein konnte. Schwerter in allen Größen, ein Wetzstein, ein kleiner Krug mit Reiswein unter einer der Decken. Was war ein Wächterhaus ohne Arzneien oder Vorräte? Ich durchsuchte Takkans Taschen. Nichts.

Sein Tornister, Shiori!

Sein Tornister – die Tasche, die ich durchsucht hatte, als er in der Seeschwalbe gewesen war. Waren da nicht Nadel und Faden drin gewesen?

Mit zitternden, blutbeschmierten Händen wühlte ich darin herum. Die kupferne Zunderbüchse, seine Kalebasse … Ich warf die Sachen hinter mich. Da! Beinahe hätte ich sie übersehen – eine Knochennadel, die in einer Musselinrolle steckte. Zum ersten Mal in meinem Leben gelang es mir, den Faden beim ersten Versuch durchs Öhr zu ziehen. Dann hielt ich die Nadel zwischen den Fingern, und mein Herz raste, als ich die Ränder von Takkans Wunde zusammenschob.

Regen drang durch die Ritzen im Holzdach und tropfte mir auf den Kopf, während ich meine Ärmel aufrollte. In letzter Minute stopfte ich Takkan meine Schürze in den Mund.

Ich hatte keine Ahnung von dem, was nun folgen sollte, aber irgendwie musste ich die Wunde reinigen. Also entkorkte ich den Krug, goß Reiswein über die Wunde und drückte Takkans Hand, als er zusammenzuckte. Ich war sicher, dass ich ihm gerade wahnsinnige Schmerzen zugefügt hatte, aber er hatte allenfalls ein leises Winseln von sich gegeben. Er wusste sich still zu verhalten, wie ich.

Die klaffende Wunde vor mir musste verschlossen werden, auch wenn ich so etwas noch nie zuvor getan hatte. Zudem hatte ich noch nie eine besonders ruhige Hand gehabt, und nach der wochenlangen Schinderei mit dem Sternenkraut waren meine Finger noch ungeschickter als sonst. Aber ich bezweifelte, dass Takkan Wert darauf legte, möglichst schön zusammengeflickt zu werden.

Der erste Stich war der schwerste. Durch Haut zu stechen, war nicht mit Seidenstickerei zu vergleichen. Haut war dicker als

Stoff, glitschiger und empfindlicher. Takkans Finger zuckten, ein tröstliches Zeichen dafür, dass ich ihn nicht umbrachte.

Während ich so arbeitete, sang ich wieder mein kleines Lied.

Die Channari vom Land
näht gern mit der Hand

Flickt, flickt, flickt,
stets mit flinkem Stich

Atme ein und aus und ein,
dann sollst bald
gesund du sein.

Meine spontanen Verse waren zwar nicht gut, aber der Rhythmus half mir, Ruhe zu bewahren und nicht aufzugeben, auch wenn meine Finger bebten und ständig von der Nadel abrutschten. Ich hatte aufgehört zu zählen, wie oft das schon passiert war.

Aber irgendwann hatte ich es geschafft. Der Faden war völlig verschmiert, und durch die Naht sickerte weiterhin Blut, aber längst nicht mehr so viel wie vorher.

Takkans Herz pochte noch unter meiner Hand. Und mit jedem Schlag stabilisierte sich sein Puls.

Emuri'en sei Dank hatte ich ihn nicht umgebracht.

Ich lehnte mich zurück und sackte in mich zusammen. Draußen hatte es aufgehört zu regnen. Die Kampfhandlungen schienen vorbei zu sein, und über die Festung hatte sich eine unheimliche Stille gelegt. Nachdem ich lange Minuten hindurch kaum zu atmen gewagt hatte, stieß ich einen Seufzer der Erleichterung aus, aber nur Sekunden später blieb mir erneut die Luft weg vor Schreck.

Ich hörte Schritte.

»A'landische Attentäter«, sagte jemand mit schroffer Stimme. Ich blieb ganz still sitzen, um besser lauschen zu können, und hielt den Blick starr auf die Gestalt in Rüstung gerichtet, die draußen in der Dunkelheit stand. »Sie sind Takkan und Pao nach Iro gefolgt.«

Shiori, ist das …

Kiki brauchte den Satz nicht zu beenden. Mir wurde ganz schlecht vor Angst.

Als er auf das Wachhaus zukam, wurde sein Gesicht vom Licht einer Fackel erhellt. Es war Hasege.

»Einer wurde gefangen«, fuhr er fort, während er sein Schwert durch die Luft schwenkte, um das Blut davon abzuschütteln. »Aber statt zu reden, hat er sich lieber in die Arme von Lord Sharima'en begeben. Wo ist mein Cousin?«

Ich hörte auf zu lauschen und griff nach meiner Tasche. Ich konnte nicht riskieren, mit dem Sternenkraut gesehen zu werden, schon gar nicht von Hasege.

»Du da!«, rief er, als ich aus dem Fenster floh. »Bleib stehen!«

Ich rannte so schnell ich konnte und sprang über die großen Pfützen in den Innenhöfen hinweg. Der Regen hatte die Fackeln längst ausgehen lassen, und so kehrte ich in fast völliger Dunkelheit in meinen Keller zurück.

Stunden später schickte ich Kiki los, um zu erkunden, was es Neues von Takkan gab.

Aber sie kehrte unverrichteter Dinge zurück.

Kapitel 21

Takkan war nicht tot. Noch nicht.

So viel konnte ich am nächsten Morgen in Erfahrung bringen. Alle paar Stunden brachten die Diener ihm Suppe ans Bett. Ein dickflüssiges Kräutergebräu, das unangenehm roch und die Augen tränen ließ. Den langen Gesichtern, die die Diener jedes Mal bei ihrer Rückkehr zogen, war zu entnehmen, dass es nicht viel nützte.

Aber das war auch schon alles, was ich über seinen Zustand herausfand; in der Küche war es still geworden nach Takkans Heimkehr. Man hörte nur wenig Tratsch und noch weniger ernst zu nehmende Nachrichten – was mich bedrückte, aber gleichzeitig auch beruhigte. Wenn es keine Neuigkeiten gab, bedeutete das, dass er auch nicht starb. So hoffte ich.

Ich lenkte mich mit Arbeit ab. Der Sturm war schlimmer geworden, weshalb ich weniger häufig in den Lagerhäusern zu tun hatte und mehr Zeit in der Küche verbrachte. Mehrmals bot ich an, meine Suppe für Takkan zu kochen, doch niemand verstand mich, also versuchte ich mich anderweitig nützlich zu machen. Aber ganz gleich, wie schnell ich mit Wischen oder Schrubben fertig war, Chiruans glotzäugige Köche Rai und Kenton ließen mich nie auch nur in die Nähe ihrer Arbeitstische, nicht mal, um Reis zu waschen.

»Dieser Reis wird die Lippen von Lady Bushian und ihrer Familie berühren«, blaffte Rai mich an. »Wir können doch nicht riskieren, dass er nach Fisch stinkt.«

Und als ich den Fisch waschen wollte, rissen sie mir auch den aus den Händen. »Mag sein, dass sie dich in Tianyi haben kochen lassen, aber hier nicht. Dies ist das Haus eines hohen Herrn, Lina. Wir dürfen nicht zulassen, dass du seine Mahlzeiten mit deinem schmutzigen Geist verunreinigst.«

Chiruan schaute von seiner Ecke aus missbilligend zu, sagte aber nie etwas.

Am schlimmsten war es beim Mittagessen, wenn alle anderen Diener sich an dem langen Tisch im Vorraum versammelten. Denn immer, wenn ich hinging, um mein Essen zu holen, wedelte Rai mit den Händen herum, um mich zu verscheuchen.

»Dämonen brauchen nichts zu essen«, sagte er. »Schon gar kein Fleisch oder Gemüse.«

Kenton war genauso fies. »Willst du eine Extraportion, Lina? Kannst du haben«, sagte er und gab kichernd eine Kelle voll Wasser in meine Schale.

Ich schaute ihn wütend an, presste die Lippen zusammen und sog meine Wangen nach innen, um eine monsterhafte Grimasse zu machen, die die Köche vor Angst erstarren ließ. Das war meine kleine Rache an Rai und Kenton. Oft stellte ich mir vor, wie ich sie in Klebreis rollen und in den Fischkeller sperren würde – als Angebot an die Ratten.

Ich saß allein am Tisch, als Chiruan eine Schüssel mit gedämpftem Reis vor mich hinstellte und dazu einen kleinen Teller mit Karotten und Pilzen und eine Schale mit Suppe.

»Aber glaub nicht, dass ich Mitleid mit dir habe, Fischmädchen«, brummte er barsch.

Gerührt von dieser unerwarteten Geste starrte ich ihn an. *Danke.*

»Aber Chiruan!«, protestierte Kenton. »Lady Zairena hat gesagt …«

»In dieser Küche habe ich das Sagen!«, brüllte Chiruan zu unser aller Erstaunen. »Nicht Zairena. Und auch nicht Hasege. *Ich*. *Ich* bestimme, was Fischmädchen tut oder lässt. Ist das klar?«

»Klar«, murmelten alle, und das Mittagessen begann.

Nachdem ich drei Bissen gegessen hatte, tauchte draußen eine Lady mit einem scharlachroten Schirm auf und näherte sich der Küche. Zum Schutz vor dem Regen hatte sie sich den Kopf mit Schals umwickelt. Ich hielt den Atem an und hoffte, dass es nicht …

Doch. Es war Zairena.

»Schnell!«, flüsterten die Diener. »Schließt die Fenster!«

Alle stoben auseinander. Sie schienen den Grund ihres Besuchs zu kennen und eilten in den Vorratsraum, um Zutaten zusammenzusuchen, während Rai und Kenton eine Teekanne, ein Sieb und einen steinernen Mörser herbeiholten.

»Lady Megari muss sich wieder unwohl fühlen«, murmelte Chiruan und stellte seine Schüssel ab. In der Küche hatte sich Rauch gesammelt, und er fachte die Flammen an. »Das Mädchen hat in letzter Zeit eine schwächere Konstitution als ein Schmetterling. Eine Schande, wo sie doch so einen starken Willen hat.«

Ich wollte eines der Fenster öffnen, aber Chiruan bremste mich. »Lass es zu. Lady Zairena sagt, die Luft von draußen ruiniert ihren Tee.« Er blies die Backen auf und zeigte damit eine Mischung aus Verärgerung und Respekt. »Es ist ein spezielles Gebräu, dessen Herstellung sie bei den Priesterinnen in Nawaiyi gelernt hat. Es wirkt Wunder bei Lady Megari.«

Ich zog unter meiner Holzschale skeptisch eine Augenbraue hoch. Nawaiyi war zwar berühmt für seinen Heil-Tempel, aber ich konnte mir nur schwer vorstellen, dass dessen fromme Priesterinnen ausgerechnet Zairena in ihre Künste eingeweiht hatten.

Zairena trat durch die Schiebetüren ein und ging zu den Bronzekesseln, die über dem Herd hingen. An ihrem Handgelenk baumelte ein kleiner Beutel, dessen Inhalt sie in den Mörser gab und zerrieb, bevor sie ihren Spezialtee aufgoss. Ich kannte keinen Tee, der die Aufmerksamkeit von fünf Mägden erforderte.

»Der ist für Lady Megari«, instruierte sie eine von ihnen. »Und bring mir eine Schüssel. Nein, doch nicht die, du Närrin!« Sie schob das Mädchen aus dem Weg. »Eine mit Deckel.« Sie stellte sie mit dramatischer Geste auf ein Tablett. »Die ist für Lord Takkan.«

Für Takkan?

»Wart Ihr bei ihm, Lady Zairena?«, fragte eine der Mägde besorgt. »Geht es ihm besser?«

»Er verliert immer wieder das Bewusstsein«, murmelte sie gerade so laut, dass ich es hören konnte. »Sein Fieber sinkt, aber er will nichts zu sich nehmen. Nicht mal Wasser. Lady Bushian ist ganz aufgelöst.«

Mich befiel große Sorge, und ich spähte über meine Schulter, um zu sehen, welche Speise Zairena ihm zubereitete. Eine Suppe, wie es aussah.

»Chiruan, hast du noch mehr getrocknete rote Datteln und Gabelwurz?«

Chiruan verschwand im Vorratsraum und kam mit einer großen, rot lackierten Schachtel zurück, die ich schon ein- oder zweimal neben ihm hatte stehen sehen. Eine Wolke aus Düften, die mir vage bekannt vorkamen, wehte durch die Luft: Die Schachtel enthielt Gewürze und Kräuter aus allen Teilen Lor'yans.

Ich machte den Fehler, meine Neugier nicht gut genug zu verbergen. Rai erwischte mich beim Zuschauen und verstellte mir die Sicht. »Die Schachtel vom Alten scheint es dir ja angetan zu haben. Müssen wohl die Gewürze sein.«

Kenton kicherte. »Er hat einige da drin, aus denen man den perfekten Weihrauch gegen Dämonen wie dich machen könnte.«

Ich ignorierte die Köche und hockte mich neben die Eimer, um weiterzuputzen.

»Ich brauche keine weitere Hilfe«, sagte Zairena zu Chiruan und dem übrigen Personal. Dann krempelte sie die Ärmel hoch und rührte in ihrem Topf. »Ich habe euch lange genug gestört. Geht und esst weiter.« Eine Pause. »Nur du nicht, Lina. Komm her.«

Ich erhob mich langsam.

Zairena rührte mit einem selbstgefälligen Grinsen in ihrem Topf. »Wie ich hörte, warst du in Tianyi für deine Suppe berühmt. Ich koche eine Brühe für Takkan, die seinen Appetit anregen wird. Eine, die leichter ist als diese ganzen Kräutersuppen, die Chiruan zuletzt ins Schloss geschickt hat.«

Ihr Löffel schlug gegen die Seitenwände des Topfs, ein unangenehmes Geräusch. Aber das war nicht der Grund, warum ich zusammenzuckte. Wollte sie tatsächlich, dass ich ihr half?

»Du weißt ja, wie heiß es in der Küche wird, wenn man an einer Suppe arbeitet. Mich quält schon jetzt schrecklicher Durst.« Ihr Blick landete auf meinem Essen auf dem Tisch, das kalt wurde und praktisch noch unberührt war. »Wärst du so nett, mir frisches Wasser zu holen?«

Frisches Wasser? Ich ging zu dem Wasserbehälter hinter dem Herd.

»Nein, nein. Das Wasser da ist warm – und schmutzig von den Kohlestückchen und dem Reis, der darin herumtreibt. Ich möchte kaltes, sauberes Wasser. In dem Brunnen im südöstlichen Bereich der Innenhöfe gibt es welches, das ich ganz besonders frisch finde. Davon bring mir ein paar Eimer her, ja?«

Konnte sie das ernst meinen? Es regnete so stark, dass die Eimer schon mit Regenwasser gefüllt sein würden, ehe ich diesen Brunnen erreichte. Aber niemand legte ein Wort für mich ein.

»Warum ziehst du so ein Gesicht, Lina? Einer wie dir sollten Regen und Kälte doch nichts ausmachen.«

Widerwillig raffte ich meine Röcke hoch und gehorchte.

Ich war kaum vor die Tür getreten, da waren meine Kleider auch schon tropfnass. Da das Gewitter schlimmer wurde, suchte ich in den Ställen Zuflucht und stieß dabei mit der Hüfte gegen einen mit Wasser gefüllten Pferdetrog. Darin schwamm Stroh herum, und ich schnaubte leise.

Götter, wie befriedigend wäre es, wenn ich Zairena einen Eimer Pferdewasser ins Gesicht schütten würde!

Aber als ich mich innerlich schon dafür wappnete, wieder in den Regen hinauszutreten, entstand plötzlich ein Strudel in dem trüben Wasser und eine vertraute Stimme drang daraus hervor. »Nur für Euch, Prinzessin, ertrage ich die Demütigung, meine Stimme aus einem Pferdetrog zu erheben.«

Das war die letzte Stimme, die zu hören ich hier erwartet hatte, vor allem aus diesem Gefäß, und ich zuckte erschrocken zusammen.

Aber tatsächlich, es war Seryu! Seine rubinroten Augen funkelten durch das im Wasser treibende Heu, und seine grünlich schimmernden Haare wirkten tröstlich vertraut.

»Du bist schwerer zu finden als die Söhne des Windes, weißt du das?«, klagte der Drache. »Ich hatte schon Sorge, Großvater hätte seine Meinung geändert und einen Blitz in die Höhle deiner Brüder entsandt. Aber plötzlich stellt sich heraus, dass du dich in einem Schloss einquartiert hast.«

Öfter mal was Neues, antwortete ich ihm durch meine Gedanken, als ich mich wieder einigermaßen gefasst hatte. *Ich weiß mir eben zu helfen.*

Ich legte einen Finger an die Lippen und schaute mich um, um mich zu vergewissern, dass wir allein waren. *Tut mir leid, dass ich dich am Fluss versetzt habe. Ich bin Soldaten in die Arme gelaufen.*

»Ich weiß«, antwortete er. »Zuerst war ich verärgert, bis ich gehört habe, dass deine Brüder dich suchen. Wer hätte gedacht, dass sechs Kraniche so laut schreien können, und das über die Taijin-See hinweg?«

Das war seltsam; Hasege hatte mich zwar weit entfernt von unserem Versteck im Wald gefangen genommen, aber wenn ich mich anstrengte, konnte ich vom Schloss aus den Wald von Zhensa sehen. *Warum finden sie mich denn nicht?*

»Ja, warum?« Die Anspannung in seiner Stimme war mit Händen zu greifen. »Die Magie deiner Stiefmutter ist stark, viel stärker, als ich dachte. Wenn deine Brüder Menschengestalt haben, schickt sie Schlangen los, die sie davon abhalten sollen, sich Hilfe zu suchen. Und wenn sie Kraniche sind, bringen starke Winde sie immer wieder von ihrem Kurs ab und treiben sie hinaus aufs Meer. Und zwar jedes Mal, wenn sie kurz davor sind, dich zu finden.«

Ich ballte die Fäuste. Wusste ich doch aus eigener Erfahrung, wie gefährlich starker Wind für meine Brüder sein konnte.

»Ich habe versucht, mit ihnen Kontakt aufzunehmen«, fuhr Seryu fort. »Mit zweien von ihnen ist mir das auch beinahe gelungen. Mit dem Jüngeren, der mit Tieren redet, auch wenn er sich in einen Menschen zurückverwandelt hat.«

Hasho.

»Und mit dem Hübschen. Dem, der ein guter Jäger ist.«

Benkai. Ich atmete auf, erleichtert zu hören, dass meine Brüder wohlauf waren. *Du hast sie beobachtet.*

»Nur, wenn sie übers Meer fliegen. Ich habe keine Verbindung zu deinen Brüdern, und sie haben keine Magie im Blut, das macht es schwer, mit ihnen zu kommunizieren.«

Aber du versuchst es weiter? Versprich mir, dass du es versuchst!

»Ein Drache macht einem Menschen keine Versprechungen«, erwiderte Seryu spitz. »Schon gar nicht, wenn dieser Mensch auch noch Sternenkraut vom Rayuna stiehlt, ohne mir etwas davon zu sagen.«

Es tut mir leid, Seryu. Wirklich. Ich machte eine Pause, stützte mich auf den Pferdetrog und beugte mich näher zu der Spieglung im Wasser herab. *Aber bitte, Seryu. Wenn du einem Menschen nichts versprechen kannst, dann versprich es einer Freundin.*

Das Wasser blieb still. Dann schnaubte Seryu, was für mich ein Zeichen dafür war, dass er eingelenkt hatte. »Die anderen müssen recht haben. Stell dir vor, ich, Großvaters Liebling, bekomme den Großteil seines Ärgers ab! Und das für einen Menschen!« Dann fügte Seryu mit sanfter Stimme an: »Ich muss dich wirklich sehr mögen.«

Meine Wangen wurden heiß, und ich verspürte eine Riesenerleichterung. Ich hätte den Drachen umarmt, wenn er leibhaftig da gewesen wäre, aber das war er nicht. *Danke!*

»Danke mir noch nicht.« Seine roten Augen funkelten. »Deine Stiefmutter wird andere Wege finden, um mich zu behindern. Ihre größte Macht besteht darin, andere nach ihrer Pfeife tanzen zu lassen.«

Das wusste ich bereits. Und ich erinnerte mich an den Gelbstich in ihren Augen, wenn sie von ihrer Macht Gebrauch machte. Ich fragte mich, wie oft sie meine Brüder mithilfe ihrer Magie dazu gebracht hatte, sie zu lieben, und meinen Vater, ihr zuzuhören. Ich erschauderte und betete, dass dieser Trick bei mir nie funktioniert hatte.

»Allmählich glaube ich, sie hat wirklich eine Drachenperle«, fuhr Seryu fort.

Ja, hat sie! Ich verschränkte die Arme. *Ich hab sie selbst gesehen. Sie bewahrt sie in ihrem Herzen auf, wie du. Damit hat sie meine Brüder auch in Kraniche verwandelt* – ich berührte die Schale aus Walnussholz auf meinem Kopf – *und mich zum Tragen von dem hier verflucht.*

»Ich hab mich schon gefragt, was das ist«, bemerkte Seryu trocken. »Ich dachte schon, das wäre einfach ein komischer Menschenhut. Nun, das erklärt, warum deine Magie gedämpft und unsere Verbindung durch die Perle so schwach ist.«

Ja, aber das ist noch nicht alles. Ich darf weder sprechen – noch irgendwen darüber informieren, wer ich bin, nicht mal schriftlich.

»Dann mach ich das für dich.«

Nein, nur du und Kiki dürft es wissen, weil wir miteinander verbunden sind. Sonst niemand. Ich möchte nicht riskieren, dass Raikama meine Brüder bestraft.

Das Wasser verwirbelte, sodass ich Seryus Miene nicht erkennen konnte. »Erzähl mir von der Perle.«

Sie war wie ein Tropfen aus Nacht, erinnerte ich mich, *dunkel und zerbrochen. Und als sie ihre Macht anrief, verwandelte ihr Kopf sich in den einer Schlange.*

Das Wasser beruhigte sich wieder, während Seryu über diese Informationen nachdachte. »Das muss dann ihr wahres Gesicht sein«, murmelte er. »Eine Drachenperle kann man nicht belügen, vor allem dann nicht, wenn sie einem nicht gehört. Aber von einer Perle, die dunkel ist und zerbrochen, habe ich noch nie gehört.«

Vielleicht kennt dein Großvater so etwas. Könntest du ihn fragen, ohne ihm etwas von meinem Fluch zu erzählen?

»Er wird nicht mit mir sprechen«, sagte Seryu. »Als ich es das letzte Mal versucht habe, hat er mir meine Tasthaare abgeschnitten und mich in einen Strudel geworfen. Aber bestimmt ärgert ihn bald jemand anders. Und in der Zwischenzeit suche ich nach deinen Brüdern und schicke sie her, damit sie dich holen.«

Nein, tu das nicht! Kaum hatte ich das gedacht, war ich darüber ebenso erstaunt wie Seryu. Zu Beginn der Woche war ich noch bereit gewesen, mein Leben zu riskieren, um wieder mit meinen Brüdern zusammenzukommen. Aber allmählich sah ich ein, dass

Kikis Argumente, warum ich in der Festung bleiben sollte, durchaus bedenkenswert waren.

Sie haben ihre Mission. Ich habe meine. Ich schluckte. *Wir stehen uns besser, wenn wir vorerst getrennt bleiben.* Das konnte ich leichter eingestehen, als ich erwartet hatte, ganz ohne Schuldgefühle und Herzensleid. *Vielleicht stehen wir uns auch besser, wenn wir diesen Fluch niemals brechen.*

»Was redest du denn da?«

In diesem Moment wusste ich es selbst nicht mehr. Ich war übermüdet, von der Sorge um Takkan und meine Brüder, gebeutelt und körperlich erschöpft von der Arbeit an dem Sternenkrautnetz und in der Küche. Ich hatte mich eine ganze Weile gezwungen, nicht über unseren Fluch nachzudenken, aber jetzt, wo ich frierend im Stall stand, mit durchnässten Gewändern und geschwächter Willenskraft, stiegen die dunkelsten Ängste in mir auf.

Ich muss den wahren Namen meiner Stiefmutter aussprechen, um unseren Fluch zu brechen. Aber wenn ich auch nur ein Wort sage, wird einer meiner Brüder sterben.

»Das ist wirklich eine unangenehme Zwangslage«, antwortete der Drache.

Hilf mir, Seryu. Schaffst du es, diese Schale von meinem Kopf zu entfernen? Nur so kann ich meine magischen Fähigkeiten wiedererlangen.

Die Wasseroberfläche kräuselte sich, und ich spürte, wie eine unsichtbare Kraft die Schale auf meinem Kopf berührte. Sie zerrte daran und zerrte, bis Seryu schließlich stöhnend aufgab.

»Lass mich nachdenken, Shiori«, murmelte er dann. »Knüpfe du das Netz fertig, bevor mein Großvater es sich anders überlegt und doch noch deinen Tod fordert. Wenn ich etwas Neues über deine Stiefmutter in Erfahrung gebracht habe, rufe ich Kiki zu mir. Bis zum Frühjahr muss ich im Wasser bleiben, und es wäre besser, wenn du zum Fluss kommen könntest. Schaffst du das?«

Der Fluss befand sich außerhalb der Festungsmauern. Ich wusste nicht, ob ich mich rausschleichen konnte, würde aber schon einen Weg finden. Ich nickte.

»Versuch, dir bis dahin keinen Ärger einzuhandeln, ja?«

Warum glaubst du, dass ich das tun könnte?

»Du hast recht. Genauso gut könnte ich eine Motte bitten, nicht in die Flamme zu fliegen.«

Das war nur ein Scherz, aber ich war gerade nicht in der Stimmung für Scherze.

Ohne mich zu verabschieden, verließ ich Seryu, um zum Brunnen zu gehen, und eilte dann – mit Eimern, die ebenso schwer waren wie mein Herz – zurück zu Zairena.

An diesem Abend wurde Zairenas Suppe nach dem Essen in die Küche zurückgebracht. Unberührt.

Wenn man bedachte, wie sie mich behandelt hatte, hätte ich mich über ihren Misserfolg freuen sollen, aber dazu machte ich mir zu große Sorgen um Takkan. Er würde sterben, wenn er nicht wieder zu Kräften kam.

Die Küche war in Aufruhr. Rai und Kenton hatten den Auftrag, alle Lieblingsspeisen von Takkan zuzubereiten, und Chiruan rührte wieder seine Kräutersuppe. Wann immer ich zum obersten Koch hinschaute, hatte er seine lackierte Schachtel neben sich stehen und war über Rezepte und Kräuter gebeugt. Aber keines von ihnen schien zu wirken.

Bei den Dämonen, ich musste etwas tun.

Du hast doch schon was gemacht, sagte Kiki in dieser Nacht, als wir allein im Fischkeller waren. *Um ein Haar hättest du sogar dein Leben verloren.*

Ich habe um ein Haar mein Leben verloren, weil ich versucht habe zu fliehen, erinnerte ich sie. *Nicht, weil ich Takkan geholfen habe.*

Warum machst du dir eigentlich so viel aus ihm? Weil er dein Verlobter ist?

Ich starrte mein freches, kleines Vögelchen wütend an. *Damit hat das als Allerletztes zu tun,* erwiderte ich streng. *Ich mache mir nichts aus ihm. Aber wenn er wirklich verwundet wurde, während er nach mir und meinen Brüdern gesucht hat … dann muss ich doch wenigstens versuchen, sein Leben zu retten.*

Du hast ja in den letzten Monaten ein richtiges Gewissen entwickelt, Shiori.

Heißt das, dass du auch eins entwickeln wirst?

Mein Vogel tschilpte verärgert. Aber sie antwortete nicht, und ich eilte aus dem Keller in den Vorratsraum. Nur durch meine nächtlichen Ausflüge in die Küche hatte ich in den letzten Wochen die mickrigen Essensrationen überlebt, die Rai und Kenton mir zuteilten. Aber heute würde ich zum ersten Mal etwas kochen.

Im Augenblick gab es nicht alle Zutaten, die ich brauchte – keinen Weißkohl und keine Zwiebeln, und auch der Vorrat an Karotten war spärlich –, aber ich kam auch so zurecht. Takkan hatte vermutet, dass es nicht mit rechten Dingen zugegangen war, als ich die Suppe für ihn gekocht hatte, aber er lag falsch. Ich besaß keine magischen Fähigkeiten mehr. Ich konnte nur harte Arbeit und Sorgfalt beisteuern. Beides brauchte ich jetzt mehr denn je. Und ein bisschen Glück konnte auch nicht schaden.

Ich entfachte ein Feuer, und die Funken flogen, während die Flammen die Küche erhellten. Dann stellte ich scheppernd den Topf auf den Herd und machte mich an die Arbeit.

Kapitel 22

Ich hatte nun schon zum dritten Mal heimlich Chiruans Suppe gegen meine eigene ausgetauscht – immer nur so viel, wie in eine Schüssel passte, damit niemand Verdacht schöpfte. Sie wurde auf einem mit Takkans Lieblingsspeisen überladenen Tablett ins Schloss gebracht. Jedes Mal, wenn die Dienerinnen zurückkamen und mit einem Kopfschütteln anzeigten, dass er nichts davon gegessen hatte, verließ mich der Mut, doch ich gab nicht auf. Ich würde so lange weitermachen, bis es funktionierte – oder ich erwischt wurde.

Am vierten Morgen kamen die Dienerinnen nicht zurück. An ihrer Stelle stürmte ein Wächter in die Küche, dessen Stiefel mit dem über Nacht gefallenen Schnee bedeckt waren.

Es war Pao, der Wächter, der mir Takkan im Wachhaus anvertraut hatte. Sein Haar war so kurz, dass er praktisch kahl war, und an seinem stoppeligen Kinn klebte Reis – allerdings traute sich niemand, ihn darauf hinzuweisen. Anscheinend hatte man ihn direkt vom Frühstück hergeschickt.

»Wer hat die Suppe von Lord Takkan gekocht?«, fragte er.

»Das war ich.« Chiruan verschränkte die Arme und runzelte besorgt die Stirn. »Was ist damit?«

Pao ignorierte ihn. »Ich frage noch mal: Wer hat die Suppe von Lord Takkan gekocht?«

Schweigen senkte sich über die Küche. Die Spüler hörten auf, ihre morgendliche Suppe zu schlürfen, die Köche legten ihre Messer hin, und Chiruan wischte sich die Hände an seiner Schürze ab.

Ich legte langsam meinen Scheuerlappen beiseite und trat vor.

»Zurück«, sagte Chiruan und winkte mich weg. »Ich brauche keinen Sündenbock. Das ist meine Küche.«

Aber ich zog mich nicht zurück, sondern reckte mein Kinn hoch, um Pao zu verstehen zu geben, dass ich es gewesen war.

Am Ausdruck der tiefliegenden Augen des Wächters merkte ich, dass er mich wiedererkannte. »Du!« Er sagte nichts darüber, was mich erwartete. »Komm mit.«

Mein Herz raste. Vielleicht war die Suppe gar nicht bei Takkan angekommen, oder vielleicht hatte sie bei ihm eine Magenverstimmung ausgelöst. Wurde ich gerufen, weil er sich an einer übersehenen Fischgräte verschluckt hatte? Hatte ich ihn umgebracht?

Während mich Pao ins Schloss eskortierte, gingen mir lauter Schreckensszenarien im Kopf herum. Der Weg durch die langen, sich endlos hinziehenden Gänge verstärkte meine Beklommenheit noch. Schließlich hörte ich die trällernde Stimme von Lady Bushian, die wahrscheinlich aus dem Speisezimmer drang. Pao bedeutete mir, vor der Tür zu warten.

»Wann gibst du endlich diese lächerliche Suchaktion auf?«, sagte sie in vorwurfsvollem Tonfall. »Du wärst beinahe ums Leben gekommen. Und erzähl mir nicht, dass es ein Jagdunfall war!«

Die gemurmelte Antwort konnte ich nicht verstehen. Ich hoffte, dass sie von Takkan kam.

»Wenn du gewollt hättest, dass ich mich nicht aufrege, dann wärst du besser nicht ohne meine Erlaubnis losgezogen! Darüber, dass du Haseges Rüstung gestohlen hast, um auf deiner manischen Suche nach Prinzessin Shiori die Nördlichen Inseln zu durchkämmen, habe ich ja noch geflissentlich hinweggesehen.

Aber dann ziehst du kaum zwei Wochen später schon wieder los, ohne mir etwas zu sagen? Und das alles nur, weil du in der Nähe des Dorfs Tianyi ein Schläppchen gefunden hast?«

Mein Herz krampfte sich zusammen. Es war Takkan, und das war *mein* Schläppchen gewesen.

»Ich würde das lieber nicht beim Frühstück besprechen, Mutter. Bitte.«

»Glaubst du etwa, dass A'landis Attentäter so nachlässig wären, ein Schläppchen auf offenem Feld liegen zu lassen?«, bohrte Lady Bushian nach. »Sie versuchen, dich aus der Deckung zu locken. Dich umzubringen – was sie ja beinahe auch geschafft hätten.«

»Sie haben gar keinen Grund, mir nach dem Leben zu trachten«, sagte Takkan ruhig. »Es sei denn, sie denken, ich hätte etwas gefunden.«

»Ja, Pao hat mir von dem Brief erzählt, den du gefunden hast. Und er hat auch erzählt, dass du ihn bei einem *weiteren* Attentäter entdeckt hast, der dich töten wollte.«

Ich warf Pao einen Blick zu, der verlegen von einem Fuß auf den anderen trat.

»Es ist mir egal, was in dem Brief gestanden hat. Oder ob er so wichtig war, dass der Kaiser ihn sofort lesen musste.«

»Mutter …«

»Die Kinder des Kaisers sind tot. Das hat sogar Seine Majestät selbst inzwischen akzeptiert.« Lady Bushian knallte irgendetwas auf den Tisch. »Kannst du dir vorstellen, wie es mir ging, als du halb tot nach Hause gebracht wurdest? Du wirst nicht weiter nach der Prinzessin suchen – ich verbiete es dir! Habe ich dein Wort, Takkan?«

Pao klopfte und übertönte damit Takkans Antwort. An seiner Stelle hätte ich das Speisezimmer nicht ausgerechnet in diesem Moment betreten, aber der Wächter stieß die Doppeltür auf und ich hatte keine andere Wahl, als ihm zu folgen.

Drinnen saß Takkan am Kopf des Tisches, die Hände um seine Suppenschale gelegt. Er war blass und wirkte insgesamt mitgenommen und erschöpft. Aber er sah besser aus. Viel besser.

Ich verbeugte mich zuerst vor Lady Bushian, dann vor Takkan, der mir ein freundliches Lächeln schenkte. »Dachte ich mir doch, dass ich diese Suppe schon mal gegessen habe.«

Megari kippte seine Schale leicht in meine Richtung, sodass ich sehen konnte, dass sie leer war.

»Sonst hat er die ganze Woche nichts gegessen«, sagte sie und machte dann Takkans tiefe Stimme nach: »Suuuuppe. Fiiiiischsuuuuuppe!« Sie lachte, als er eine Grimasse schnitt. »Ich hoffe, du hast einen großen Topf davon gekocht, Lina. Wenn er so weitermacht, trinkt er ihn in einem Zug aus.«

Ich hatte keine große Portion gekocht, aber das ließ sich leicht ändern. Ich neigte freundlich den Kopf und drehte mich zu Pao um. Takkan ging es wieder gut, und mein Unternehmen hatte Erfolg gehabt, der junge Lord hatte mir sogar höchstpersönlich gedankt. Ich nahm an, dass Pao mich nun zur Küche zurückbringen würde.

Aber noch war es nicht so weit.

»Ich hatte Pao gebeten, dich hierherzubringen«, sagte Takkan immer noch lächelnd, »aber er hat die Angewohnheit, Befehle allzu ernst zu nehmen. Ich hoffe, er hat dir keine Angst eingejagt.«

Pao deutete ein Lächeln an. »Herr, wenn Ihr gesehen hättet, wie sie Euch zusammengeflickt hat – *ich* war es, der es mit der Angst zu tun bekommen hat.« Er musterte mich. »Ich nehme an, du kochst besser, als du nähst.«

Aus Zairenas Richtung kam ein Schniefen, und ich neigte den Kopf.

Ja, das stimmt.

»Ich danke dir auch, Lina«, sagte Lady Bushian, streifte mich aber nur mit einem kurzen Blick. »Wir sind dankbar für deine Hilfe.«

»So ist es, Lina.« Zairena blickte auf. »Warum nimmst du dir nicht ein paar Kakifrüchte mit, wenn du gehst?«

Das war eine Verabschiedung, und zwar eine, die ich mit Freuden hinnahm. Ich hatte für Takkan getan, was ich konnte. Jetzt konnte unsere Verbindung wieder gelöst werden.

»Das wird nicht nötig sein.« Takkan zeigte auf den langen, lackierten Tisch. »Frühstücke mit uns und iss, so viel du möchtest.«

Ich? Erschrocken warf ich Pao einen Blick zu. Der hob sein Kinn kaum merklich, so als wollte er sagen: *Nur zu!*

Ich setzte mich auf den freien Platz neben Zairena und nahm mich zusammen, um mich nicht an ihrem gequälten Lächeln zu weiden. Wenigstens das von Takkan war aufrichtig.

»Mir fällt gerade auf, dass ich mich dir nie richtig vorgestellt habe«, meinte er. »Ich bin Bushian Takkan aus Iro.«

Ja, ich wusste schon, dass er und Hasege ihre Identitäten vertauscht hatten, um mögliche Attentäter in die Irre zu führen. Allerdings wusste ich nicht, warum die A'landier es auf ihn abgesehen hatten. Lady Bushian hatte unterstellt, es hinge damit zusammen, dass Takkan nach mir, der Prinzessin, suchte. Aber ich spürte, dass da noch mehr war.

»Lina«, begann Takkan und riss mich aus meinen Gedanken, »meine Mutter und meine Schwester hast du ja schon kennengelernt. Und das ist Tesuwa Zairena, unser Gast.«

Zairena stand plötzlich auf. »Bitte entschuldigt mich. Mir fällt gerade ein, dass ich den Göttern noch nicht für Takkans Genesung gedankt habe.« Das war eindeutig ein wenig überzeugender Vorwand, aber sie griff trotzdem unbeirrt nach ihrem Schirm. »Ich beeile mich; aber es macht mich unruhig, wenn ich ihnen nicht meinen Dank bezeige.«

»Geh nur, Zairena«, warf Lady Bushian ein. »Wir warten hier auf dich.«

Mir fiel es kaum auf, dass sie ging. Meine Aufmerksamkeit galt dem Essen, und ich musste mich sehr zurückhalten, um mich nicht darauf zu stürzen. Ich nahm mir ein wenig von jedem Gericht: einen Klecks gedämpfte Eiercreme, einen Löffel geschmorte Lotuswurzel und fünf oder sechs eingelegte Bambussprossen. Ich tat so, als würde ich nicht merken, wie Takkan sich über meine Völlerei amüsierte, während seine Mutter die Nase rümpfte.

»Das ist schon das dritte Mal heute Morgen, dass sie zum Beten geht«, bemerkte Megari. »Vielleicht wäre es bequemer, wenn sie ihre Mahlzeiten gleich im Tempel einnehmen würde.«

»Megari!«, tadelte Lady Bushian ihre Tochter. »Und du, Takkan – es war ihre schnelle Reaktion, die dich gerettet hat. Sie hat die ganze Nacht damit verbracht, deine Wunden neu zu vernähen, und das mit geschlossenen Augen, um ihren Anstand zu bewahren. Kannst du dich nicht erinnern?«

Ich erinnerte mich daran, Takkans Wunden genäht zu haben – das leuchtend rote Blut hatte seine Brust so reichlich bedeckt, dass ich die Haut darunter kaum erkennen konnte. Wenn *ich* die Augen geschlossen hätte, um meinen Anstand zu wahren, dann wäre er gestorben.

»Sie ist so tugendhaft, sie sollte Priesterin sein«, murmelte Megari. »Können wir sie nicht einfach dem Tempel in Iro zum Geschenk machen? Bestimmt würde sie sich freuen, nicht ständig dort hin- und wieder zurücklaufen zu müssen. Und warum muss sie jedes Mal diesen Schirm mitnehmen?«

»Der Schirm ist gegen den Regen«, erklärte Lady Bushian schroff. »Und wenn du weiter solche Reden führst, sorge ich dafür, dass *du* zu den Göttern beten gehst. Du weißt doch, dass Zairenas Eltern während eines Unwetters gestorben sind. Es ist völlig nachvollziehbar, dass sie alles verabscheut, was sie an diesen schlimmen Tag erinnert.«

»Aber sie nimmt ihn sogar mit, wenn es gar nicht regnet«, protestierte Megari. Sie zupfte an Takkans Ärmel. »Das ist dir doch auch aufgefallen, oder?«

»Nicht jeder liebt die Sonne so wie du, Megari«, antwortete er. »Aber Zairena könnte etwas Sonnenlicht durchaus nicht schaden. Seit wir sie zuletzt gesehen haben, ist sie sehr blass geworden.«

»Das ist Puder«, schnaubte Lady Bushian. »Und als du sie zuletzt gesehen hast, wart ihr alle Kinder und habt wie unzivilisierte Wilde Jagd auf Kaninchen gemacht. Zumindest Zairena hat so viel Verstand, das inzwischen zu lassen.« Lady Bushian schaute missbilligend und konzentrierte sich dann wieder auf Takkan. Sie sorgte sich wortreich um seinen gesundheitlichen Zustand und nahm mich nur zur Kenntnis, wenn es gar nicht anders ging. Dabei bemühte sie sich stets, die Schale auf meinem Kopf nicht anzusehen.

Ich war erst halb mit dem Frühstücken fertig, als Zairena zurückkam – viel zu früh, um es zum Tempel und wieder zurück geschafft haben zu können. Ich fragte mich, wo sie wirklich gewesen war.

»Du hast solche Hochachtung vor den Göttern, Zairena«, begrüßte Lady Bushian sie. »Wenn meine Kinder nur so fromm wären! Bestimmt hat Ashmiyu'en dich erhört und für Takkans schnelle Erholung gesorgt.«

Zairena genoss dieses Lob sichtlich und berührte ihre Wange. »Die Göttin des Lebens ist mitfühlend. Die Priesterinnen haben mir beigebracht, sie mehr als alle anderen zu verehren.«

»Wir sollten aber auch Lina danken«, sagte Takkan. Sein Blick suchte meinen, und er schaute mich lange an. »Ohne sie wäre ich bis zum Eintreffen der Arztes bereits tot gewesen.«

Die Bestimmtheit seines Tonfalls raubte mir den Atem. An was konnte er sich aus dieser Nacht noch erinnern? Er war lange genug bei Bewusstsein gewesen, um den Angreifer abzuwehren. Hatte er mitbekommen, wie Kiki um mich herumgeflattert war und mich zu beruhigen versuchte, während ich mit zitternden Fingern seine Wunde schloss?

»Ich verdanke dir mein Leben«, sagte er und neigte den Kopf in tief empfundener Dankbarkeit. Dann wandte er sich an seine Mutter. »Ab sofort ist Lina hier mein Gast, sie kann kommen und gehen, wie es ihr beliebt.«

Ich schnappte nach Luft. *Was?*

»Dein Gast?«, wiederholte Zairena, die genauso überrascht war wie ich. »Sie ist … eine Köchin. Und, nicht zu vergessen, Haseges Gefangene.«

»Wenn mein Vater bei Hofe ist, habe ich in diesem Schloss das Sagen«, erwiderte Takkan in deutlich harscherem Ton. »Nicht Hasege.«

»Soll sie denn auch mit uns essen?«, brach es aus Zairena hervor, »und im Schloss übernachten?«

»Du redest über sie, als wäre sie ein Ungeziefer«, warf Megari ein. »Dass sie nicht sprechen kann, heißt nicht, dass sie dich nicht versteht, weißt du?«

»Megari!«, rief Lady Bushian streng.

»*Sie* ist diejenige, die unhöflich ist, nicht ich.«

Aus Zairenas dunklen Augen sprach Bedauern. »Verzeiht mir meinen Ausbruch. Ich bin aus Sorge um Takkans Erholung ganz außer mir.« Sie warf mir ein derart süßliches Lächeln zu, dass ich auf die Porzellankante meiner Tasse beißen musste und mir wünschte, sie würde sich an einer Gräte verschlucken.

»Was ich meinte, ist nur – vielleicht wäre es für Lina doch angenehmer, bei der Dienerschaft zu bleiben. Immerhin ist es das, woran sie gewöhnt ist.«

Ach so? Ich sah sie keck an. *Woher soll ich wissen, wie es bei der Dienerschaft ist? Schließlich schlafe ich die ganze Zeit zwischen Fässern voll totem Fisch.*

In Zairenas Worten lag eine Drohung. Ich wusste, sie erwartete von mir, dass ich Takkans Angebot ablehnte. Jede wohlerzogene Dienerin hätte sich verbeugt und bescheiden gesagt, es sei Belohnung genug, mit Höhergestellten am Frühstückstisch sitzen zu dürfen.

Aber ich war nicht ihre Dienerin. Und Angst hatte ich vor Zairena schon gar nicht.

»Ganz nah bei meinem Gemach ist ein Zimmer frei«, schlug Megari vor, »es ist das wärmste im ganzen Schloss.«

Mehr brauchte es nicht, um mich zu überzeugen. Ich wollte kein Gast in diesem Schloss sein, wollte an keinen Mahlzeiten teilnehmen und mein Kommen und Gehen überwachen und analysieren lassen. Wollte Takkan nicht näher sein, als ich es ohnehin schon war. Aber nach der Zeit im Fischkeller wäre ich freiwillig in ein Bett aus glühenden Kohlen gegangen, nur um mir nicht in der Nacht die Finger abzufrieren. Ich nickte.

In dem Bewusstsein, dass Zairena mich finster anstarrte, griff ich nach einer der Kakifrüchte in der Mitte des Tisches und biss herzhaft hinein.

Mein neues Zimmer lag tatsächlich in unmittelbarer Nähe zu dem von Megari. Das Dekor bestand aus cremefarbenen Kissen, die mit blauen und grünen Seidentüchern bedeckt waren, einem aus Fichtenholz geschnitzten Schreibtisch und einem Rollbild aus gepressten Ginkoblättern. Es gab ein kreisrundes Fenster mit Blick auf den Kaninchenberg, der so hieß, weil seine beiden Gipfel, wenn sie mit Schnee bedeckt waren, an Kaninchenohren erinnerten. Es fühlte sich luxuriös an, die Arme ausstrecken zu können, ohne dabei eine Wand zu berühren, und zu atmen, ohne sich wegen Fischgestanks übergeben zu wollen. Und das Beste von allem: Es gab hier keine Ratten.

Hatte ich überhaupt schon jemals in einem so großen Zimmer geschlafen? Das Leben, das ich einst geführt hatte – mit drei Gemächern nur für mich und einem eigenen Raum, der lediglich als Kleiderschrank diente –, kam mir wie ein ferner Traum vor.

Bist du nicht froh, dass du geblieben bist?, fragte Kiki. *Stell dir vor, du hättest in den zugigen Keller zurückgemusst! Oder in die Höhle deiner Brüder.*

Es ist schön hier, gab ich zu.

Großzügig von deinem Radieschen-Freund. Ich fange schon an, ihn zu mögen.

Ich verzog den Mund. *Du bist ganz schön wankelmütig. Ich glaube mich an jemanden zu erinnern, der es für Zeitverschwendung hielt, ihm eine Suppe zu kochen.*

Kiki sank in ein Kissen und schmiegte sich an die weiche Seide. *Ich konnte ja nicht ahnen, dass er so großmütig ist. Vielleicht hättest du ihn damals doch heiraten sollen.*

Das hat mit Großmut nichts zu tun, dachte ich widerstrebend. *Ich habe ihm das Leben gerettet, und er erweist mir Dankbarkeit. In seiner Position hätte ich dasselbe getan.*

Ach, wirklich? Und hättest du dir auch einen Silbermakan geschenkt? Ich kann mir nicht vorstellen, dass du eine Diebin belohnen würdest, Shiori.

Ich habe ihm leidgetan. Deswegen hat er mir Geld gegeben.

Wie du meinst. Ich sage ja nur, dass er nicht so ganz wie der Barbar wirkt, als den du ihn immer dargestellt hast.

Ich ging nicht weiter auf sie ein und verstaute meine Strohtasche unter dem Bett. Dann durchsuchte ich die Schränke. Sie enthielten eine Auswahl von Kleidern, die eine Dienerin zusammengestellt haben musste, während ich beim Frühstück war. Ich entdeckte ein einfaches blaues Kleid und eine grün-braune Schärpe, die mir sehr gut standen.

Es war der weichste und sauberste Stoff, den ich seit Monaten getragen hatte. Nachdem ich mich umgezogen hatte, kämmte ich mir die Knoten aus den Haaren und ließ mich erschöpft auf den nächstbesten Stuhl sinken. Ich wäre beinahe eingeschlafen, aber dann fiel mir auf dem Schreibtisch ein schlanker Schreibpinsel ins Auge.

Es gab auch Stangentusche sowie einen Reibstein, auf dem ich die Tusche mit Flüssigkeit mischen konnte, aber komischerweise kein Papier. Das war enttäuschend, vielleicht aber auch besser so. Nach dem, was in Megaris Zimmer passiert war, wusste ich, dass ich besser nicht versuchte, schriftlich um Hilfe zu bitten.

Auf der anderen Seite meiner mit Papier bespannten Schiebetür erschien eine Silhouette. Als ich erkannte, um wen es sich handelte, sprang ich auf und verbeugte mich.

»Keine Verbeugung«, sagte Takkan, »bitte!«

Seit dem Frühstück hatte sein Gesicht wieder ein wenig mehr Farbe bekommen, aber er roch nach Arzneien – nach Ginko und Ingwer und Orangenschalen.

Langsam betrat er mein Zimmer. »Ich muss dich warnen, dass Megari sich bestimmt in dein Zimmer schleichen wird.«

Ich rieb mir die Hände. *Weil es warm ist?*

»Wegen der Aussicht.« Er nahm auf einem Hocker vor meinem Kohlebecken Platz und betrachtete den Berg draußen. In seiner Stimme schwang Stolz mit. »Wunderschön, findest du nicht auch, Lina?«

Die Gipfel des Kaninchenbergs waren mit Schnee gepudert und noch weißer als die Wolkenbänder am Himmel. Ehrlich gesagt sah der Berg weniger nach einem Kaninchen als nach einem Ei mit Ohren aus. Aber vielleicht hatte ich auch einfach nur immer noch Hunger.

»Am schönsten ist es, wenn der Mond genau zwischen den Gipfeln steht.« Takkan zeigte mit dem Finger darauf. »Wenn du Glück hast, spiegelt sich das Mondlicht unten im Baiyun-Fluss und erhellt das ganze Tal. Wir sagen immer, das passiert, wenn Imurinya auf uns hinunterschaut.«

Imurinya, die Monddame. Der Legende nach hatte sie ihre Kindheit auf dem Kaninchenberg verbracht. Im Palast hatten Gemälde von ihr gehangen, bis Raikama sie entfernen ließ.

»Legenden enthalten Spuren der Magie«, sagte meine Stiefmutter immer. »Am besten vergisst man sie.«

Jetzt verstand ich, warum sie Märchen verabscheute. Mit all ihren Schlangen und bösen Kräften hätte sie selbst geradewegs einem entstammen können.

»Niemand scheint eine allzu hohe Meinung von Iro zu haben«, fuhr Takkan fort, »besonders im Winter: ›Die Leute sind zu schroff, das Klima ist zu kalt, das Essen zu fade.‹ Vielleicht stimmt das ja alles, aber man lernt diesen Ort zu lieben … wenn man ihm die Gelegenheit gibt.«

Ich lächelte höflich. Jeder hielt seinen Heimatort für den schönsten. Und selbst wenn meine Aussicht großartig war, so bewegte oder beeindruckte sie mich trotzdem nicht. Ich sah nur Schnee. Endlosen Schnee, der die winzige Stadt unten im Tal und den Wald dahinter bedeckte.

»Immer noch nicht überzeugt?«, fragte Takkan. »Für ein Mädchen aus Tianyi bist du wirklich schwer zu beeindrucken. Du kommst ursprünglich von woanders, oder?« Er hielt inne. »Wenn du es mir verrätst, könnte ich dir helfen, nach Hause zurückzufinden.«

Ich starrte zu Boden und schüttelte halb den Kopf. Das hier war jetzt erst mal mein Zuhause.

»Dann bleib, solange du willst. Aber mir ist wohler zumute, wenn ich dir das hier zurückgebe.« Takkan bot mir seinen Dolch dar. Das vertraute blaue Emblem – wieder gereinigt und poliert – baumelte an seinem Heft. Sein Tonfall wurde ernster. »Man hat mir gesagt, Hasege hätte vermutet, dass du ihn gestohlen hast.«

Er presste die Lippen aufeinander, und Zorn flackerte in seiner Miene auf. »Was er getan hat, ist unverzeihlich. Wir haben ihn fortgeschickt.«

Ich zuckte die Achseln, um ihm zu zeigen, dass ich keine Angst vor Hasege hatte. Die einzige Person, vor der ich mich wirklich fürchtete, war Raikama.

Als ich den Dolch auf den Tisch legte, zögerte Takkan. »Eine Sache noch«, begann er und griff in seine Tasche. Er hielt mir ein fadengebundenes Buch hin. Es war neuer und feiner als das Skizzenbuch, das ich in seinem Tornister gefunden hatte. »Das ist eins von meinen. Ich male gerne … wie dir ja nicht verborgen bleiben konnte, als du mein Zimmer durchsucht hast.« Ein schwaches Lächeln. »Ich dachte, du hättest vielleicht Verwendung dafür.«

Ich nahm das Buch mit beiden Händen entgegen. Alle Seiten darin waren leer, und an seinem Rücken befand sich ein zusammengerollter Beutel mit Zugband, groß genug, dass eine Flasche mit Tusche und ein Pinsel hineinpassten. Diese Aufmerksamkeit Takkans erweichte mein Herz. Nur ein wenig.

Danke.

»Ich weiß noch, wie du in der Seeschwalbe versucht hast, mir deinen Namen aufzuschreiben. Willst du es jetzt tun? Deinen richtigen Namen?«

Ich zog die Schultern zusammen, und Takkan nahm seine Bitte schnell zurück.

Falls er enttäuscht war, konnte er es gut verbergen. »Es steht dir zu, die Geheimnisse deiner Vergangenheit zu bewahren. Ich werde dich nicht mehr danach fragen. Aber ich hoffe, dass du zumindest ein paar deiner Gedanken mit mir teilst.«

Jetzt war es an mir zu zögern. Solange ich keine Anspielungen auf meine Vergangenheit machte, würden aus meinem Pinsel keine Tuscheschlangen herauskriechen – das zumindest hatte ich am Fluch meiner Stiefmutter verstanden. Alles andere war erlaubt.

Warte. Ich hatte eine Bitte.

Ich schrieb langsam, meine Schriftzeichen waren unsauber und beinahe unlesbar. Ich hatte noch nie eine schöne Handschrift, ganz egal wie oft meine Lehrer mich üben ließen und meine Brüder sich darüber lustig machten. Doch mit meinen geschwollenen Fingern war es noch schlimmer.

Möchte in Küche arbeiten.

»Du willst weiterhin in der Küche arbeiten?«

Ich nickte heftig.

»Wer bin ich, dir diesen Wunsch abzuschlagen?«, meinte er amüsiert. »Ich habe den Eindruck, Lina, dass du, selbst wenn ich dir befehlen würde, jeden Tag und jeden Abend mit uns zu essen, trotzdem irgendwie einen Weg fändest, zu tun, was dir beliebt.«

Das stimmte.

In einem Anflug meines alten Schalks antwortete ich:

Radieschen kochen. Bergeweise.

Als sein Lachen mein neues Zimmer erfüllte, war ich für einen Moment lang froh, in Iro geblieben zu sein.

Aber mein Verbleib auf Schloss Bushian war ein Mittel zum Zweck. Sobald mein Netz fertig war, würde ich diesen Ort verlassen. Sehr bald würde der Frühling anbrechen, redete ich mir selbst ein – in dem vollen Bewusstsein, dass das eine Lüge war. Wenn es eine Sache gab, die ich über den Norden wusste, dann, dass die Winter hier lang waren.

Sehr lang.

Nachdem ich mit einem angemessenen eigenen Zimmer in der Festung willkommen geheißen worden war, hatte ich eigentlich nicht damit gerechnet, dass ich meinen stinkenden Fischkeller vermissen würde.

Mir stand jederzeit warmes Wasser zur Verfügung, ein bronzenes Kohlebecken hielt das Zimmer warm, und ich hatte Schränke voller Umhänge und Kleider.

Diese Wendung meines Geschicks hätte mich eigentlich freuen sollen.

Aber nein.

In der ersten Nacht öffnete ich, sobald alle anderen schliefen, naiverweise meine Tasche, und es war, als hätte ich ein Dämonenfeuer entfesselt: Das gleißende Licht des Sternenkrauts strömte heraus, schien durch meine mit Papier bespannten Türen und erhellte so die dunklen Flure.

Schwer atmend klappte ich sie schnell wieder zu.

Was hatte ich mir dabei nur gedacht? Dass niemand das Licht bemerken würde? Dass niemand hören würde, wie ich die Dornen bearbeitete? Die Wände waren dünn; ich konnte hören, wie Megari auf ihrer Laute übte, obwohl sie sich auf der anderen Seite des Flurs befand.

Die Nesseln verströmten Magie, Strahlen aus Dämonenfeuer und farbige Blitze aus dem Blut der Sterne. Wenn irgendwer das Sternenkraut fand, würde ich eingekerkert und sehr wahrscheinlich hingerichtet werden. Mir wurde klar, dass ich leider wohl doch in den Keller zurückkehren musste.

Mich aus dem Schloss zu schleichen, war leichter, als ich dachte. Pao übersah geflissentlich mein Kommen und Gehen. Anscheinend hatte ich sein Vertrauen gewonnen. Entweder das, oder er dachte, dass ich Suppe kochen ging. Das war im Prinzip eine richtige Annahme, denn ich brachte stets den Geruch von Kabeljau und Makrele mit zurück.

Ich blieb bis tief in die Nacht im Keller und arbeitete, bis meine Finger so steif waren, dass ich sie nicht mehr zur Faust ballen konnte. Kiki half, indem sie mir ihren Schnabel in die Wange bohrte, damit ich nicht einschlief.

Ich wurde immer schneller. In dieser Nacht schaffte ich es, vier Strähnen Sternenkraut aus ihrer Panzerung zu lösen, so viele wie nie zuvor. Ich flocht die schillernden Fäden zusammen und legte sie dann vorsichtig in meine Tasche. Dann wandte ich mich einem fünften Stängel zu.

Erst als die Kälte den brennenden Schmerz in meinen Händen betäubt hatte und ich die Augen keine Sekunde länger mehr offen halten konnte, schleppte ich mich endlich ins Schloss zurück und sank in tiefen Schlaf.

Kapitel 23

Am nächsten Tag wurde ich von allen, die mich hinter meinem Rücken als Dämonin bezeichnet hatten – den Köchen, den Dienerinnen, den Spülern –, herzlich begrüßt. Rai und Kenton hießen mich mit einer neuen, frisch gewaschenen und gebügelten Schürze in der Küche willkommen. Beim Mittagessen fand ich in meiner Schale Süßigkeiten und Fleischspieße vor.

»Also war es unsere Lina, die den jungen Lord gerettet hat.«

»Gut gemacht, gut gemacht!«

»Wir haben wirklich geglaubt, du wärst eine Dämonenanbeterin. Lady Zairena war so überzeugend … Wir hoffen, du nimmst es uns nicht übel!«

Nein, ich nahm es nicht übel. Aber ich sammelte ihr Lob und ihr Lächeln, legte sie in einen imaginären Topf und verschloss ihn mit einem Deckel. Bei Hofe aufzuwachsen, hatte mich gelehrt, wahre Freunde von denen zu unterscheiden, die mich sofort im Stich lassen würden, wenn sich mein Glück einmal wendete.

Nur Chiruan sagte gar nichts. Er bot mir eine Schüssel mit eingelegtem Kohl und Schweinehack auf Reis an, genau wie allen anderen, schwieg aber, bis wir mit dem Essen fertig waren.

Mir nur allzu bewusst, dass er mich kritisch beäugte, stand ich auf und ging zu meinem Hocker in der Ecke zurück, um ein paar Fische zu entgräten. Chiruan folgte mir.

»Geh wieder ins Schloss zurück«, begann er. »Du bist jetzt ein Ehrengast. Was machst du immer noch hier? Und du hast Fische in der Hand, die anzufassen ich dir nicht erlaubt habe!«

Ich beachtete ihn kaum, sondern legte meinen Fisch in den neben mir stehenden Eimer und griff nach dem nächsten. Ich konnte seine Frage nicht beantworten, weder mit Gesten noch mit meiner Mimik.

Jede Nacht arbeitete ich bis zur Erschöpfung an dem Sternenkraut. Selbst wenn die Dornen in feinen Staubhäufchen abfielen, blieben manchmal ein paar nadeldünne Stacheln an den nackten Ranken hängen und bereiteten mir eine schmerzhafte Überraschung, wenn ich danach griff. Ehe ich zu Bett ging, musste ich sie erst einmal aus meinen Fingern zupfen. Und wenn ich dann endlich schlief, kamen die Albträume. Vom Himmel stürzende Kraniche mit menschlichen Augen und menschlichen Schreien. Mädchen mit Schlangengesichtern. Zerbrochene Perlen, die ganze Königreiche verschlangen. Solche Bilder verfolgten mich während meiner dringend benötigten Nachtruhe.

Nur in der Küche war ich frei davon.

Ich würde sie nicht aufgeben.

Obwohl er meine Augen nicht sehen konnte, schien Chiruan zu begreifen. Er nahm mir den Fisch ab und reichte mir ein Tuch, damit ich mir die Hände abwischen konnte. »Du kannst den Reis waschen«, war alles, was er sagte.

Und so, mit dieser einfachen Aufgabe, begann ich meine Lehrzeit in der Küche.

Wenn ich gekonnt hätte, hätte ich meine gesamte Zeit damit verbracht, von Chiruan zu lernen. Über die nächsten Tage bekam ich neben dem Reiswaschen weitere Aufgaben zugeteilt: Ingwer schneiden, Sieben-Gewürze-Pulver mischen, Eiercreme aufschlagen und Brot dämpfen. Eine Woche später lernte ich schon, wie man Nudeln macht, und merkte, dass das Teigkneten meinen schmerzenden Händen guttat. Ich liebte meine Arbeit und konnte nicht aufhören, Kiki davon zu erzählen.

Doch die Küche lenkte mich auch von meiner eigentlichen Aufgabe ab. Ich hatte ungefähr die Hälfte des Sternenkrauts von Dornen befreit und die Blätter von den Ranken abgeschnitten. Das bedeutete, dass das Schlimmste bald vorbei war und ich damit anfangen musste, es zu spinnen.

Während meiner ersten Woche im Schloss hatte ich in Lady Bushians Gemächern ein Spinnrad erspäht. Jeden Nachmittag versammelte sie sich dort mit ihren Freundinnen, um zu malen, Mahjong zu spielen und Megari beim Mondlautenspiel zuzuhören.

Ich war nie eingeladen worden. Eines Tages blieb ich nach dem Mittagessen jedoch so lange im Speisezimmer, bis Lady Bushian nichts anderes übrig blieb, als mich aus Höflichkeit zu fragen, ob ich mit nach oben kommen wollte.

Als Oriyu die Doppeltür zu ihren Gemächern aufstieß, konnte ich meine Ungeduld kaum mehr beherrschen. Das Spinnrad war noch da – es stand zwischen zwei mit Kaninchen und dem Mond bemalten großen Wandschirmen.

»Das gehört Zairena.« Lady Bushian war meiner Blickrichtung gefolgt. »Schön, nicht wahr? Es ist aus Birken- und Ulmenholz geschnitzt. Das Spinnrad hat ihr ihre Mutter vermacht. Zairena scheint auch deren Talent zum Spinnen geerbt zu haben, aber ich war nie gut in solchen Handarbeiten.«

Ich auch nicht, dachte ich, während ich zur Seite trat, damit Oriyu Lady Bushian in das Zimmer geleiten konnte. Doch sie blieb stehen. In ihrer Miene zeichnete sich etwas ab, das mich an Takkan erinnerte, wenn er eine unangenehme Wahrheit aussprechen musste.

»Einen Augenblick, Lina«, begann sie leise. »Es freut mich, wie sehr meine Kinder dich mögen, und du bist hier im Schloss herzlich willkommen. Aber ich bin erleichtert, dass du weise genug warst, weiterhin deine Pflichten in der Küche zu erfüllen.«

Ich hielt inne. Was wollte sie mir damit sagen?

»Was ich meine, ist, dass du mein Gast bist, weil Takkan glaubt, du hättest ihm das Leben gerettet. Und als mein Gast möchte ich dich bitten, nicht deine Stellung aus den Augen zu verlieren.«

Hitze strömte in meine Wangen, die rot anliefen. *Nicht meine Stellung aus den Augen verlieren?*

Sie sprach mit gleichmäßiger Betonung; aber das Ganze klang zu einstudiert, als dass es natürlich sein konnte. »Man hat mir zugetragen, dass du Megari in ihren Gemächern besuchst ...«

Nur ein einziges Mal!, dachte ich. *Und nur auf Einladung.*

»... und dass Takkan bei dir war.«

Ich biss mir auf die Lippe, um nicht die Beherrschung zu verlieren. Was für eine absurde Situation! Glaubte sie etwa, ich wollte ihren Sohn verführen? Allein der Gedanke hätte mich beinahe zu einem Schnauben veranlasst. Meinen ehemaligen Verlobten – einen Lord dritten Ranges – für mich zu gewinnen und in dieser unerträglich kalten Einöde leben zu müssen, war ungefähr das Letzte, was ich wollte. Ich musste einen Fluch brechen und hatte eine Heimat, in die ich zurückkehren wollte.

Trotzdem stieg mir die Schamesröte ins Gesicht. *Hör dir doch mal selbst zu, Shiori*, dachte ich. *Du kannst von Glück sagen, dass dieser »Lord dritten Ranges« dich aufgenommen hat. Sonst wärst du noch immer in der Seeschwalbe. Oder an einem noch schlimmeren Ort.*

Lady Bushian führte meine Niedergeschlagenheit offenbar auf ihren Tadel zurück, denn sie seufzte.

»Ich will nicht zu streng klingen«, sagte sie etwas weniger kühl als zuvor. »Iro ist eine kleine Festung, in deren Mauern sich Neuigkeiten schnell herumsprechen. Angesichts deiner … ungewöhnlichen Umstände solltest du vorsichtig sein. Um deiner selbst willen. Habe ich mich verständlich ausgedrückt?«

Um meiner selbst willen. Ihr ging es doch nur darum, dass ihre Kinder in Iro nicht dabei gesehen wurden, wie sie sich mit einem Mädchen abgaben, das wie eine Dämonenanbeterin aussah.

Ich musste mich sehr zusammennehmen, um ruhig zu bleiben, nickte dann aber.

Keine Sekunde zu früh traf Zairena mit einem Korb voller Kakifrüchte und mehreren Freundinnen von Lady Bushian im Schlepptau ein. An ihrem selbstgefälligen Lächeln erkannte ich, dass sie alles mitangehört hatte. Ja, ich wäre sogar zu einer Wette bereit gewesen, dass sie ihren Anteil an Lady Bushians Vorwürfen hatte.

Doch ich verstand nicht, warum sie das tat. Wenn sie mit Takkan redete, waren weder ihre Wangen gerötet noch lächelte sie schwärmerisch – alles Anzeichen, die ich bei den Mädchen bemerkt hatte, die mit Yotan flirteten, oder bei den Jungen, die Benkais Aufmerksamkeit suchten. Oder hatte sie tatsächlich Angst, dass ich eine Dämonenanbeterin war? Ein paar der Mädchen bei Hofe waren bei den Hohepriesterinnen in die Lehre gegangen und unerträglich frömmelnd zurückgekehrt. Allerdings wirkte Zairena zu eingebildet, um übermäßig religiös zu sein.

Vielleicht konnte sie mich einfach nur nicht leiden, weil sie nicht mehr der einzige Ehrengast auf der Festung war.

»Das sind die letzten aus der vorigen Saison«, sagte sie und stellte den Korb auf einen Beistelltisch. »Ich dachte, wir könnten alle einen Imbiss gebrauchen.«

Die anderen Damen standen sofort auf und bedienten sich. »Wie aufmerksam, Zairena!«

»Nehmt, so viele Ihr mögt. Ich habe für die liebe Megari schon ein paar beiseitegelegt.«

Während alle Zairena für ihre Großzügigkeit dankten, ließ ich mich auf einen Stuhl fallen, zu verärgert, um etwas zu essen. Niemand sah mich an, was nur bestätigte, dass sie alle Lady Bushians demütigende Bemerkungen mitgehört hatten.

»Ich habe auch für dich welche aufgehoben, Lina«, sagte Zairena und reichte mir ein paar Kakifrüchte, die in ein gestreiftes Baumwolltuch gewickelt waren. Sie lächelte ein wenig zu freundlich. »Ein verspätetes Willkommensgeschenk im Schloss.«

Ich schob ihr Geschenk zur Seite, während Lady Bushian Zairena zum Spinnrad geleitete.

»Zeig uns doch mal, woran du gerade arbeitest«, sagte sie. »Wir sind alle neugierig zu sehen, was dir die Priesterinnen in Nawaiyi beigebracht haben.«

Auch ich beugte mich interessiert vor.

Zairena rollte ihre Ärmel hoch und setzte sich ans Spinnrad. Sie trieb es ein paarmal an, bevor sie mit der freien Hand strohfarbene Fasern einlaufen ließ. Nach und nach begann sich ein golden schimmerndes Garn abzuspulen. Lady Bushians Freundinnen schnappten vor Begeisterung nach Luft.

»Das ist auf jeden Fall schön«, sagte eine, »aber warum kaufst du das Garn nicht einfach auf dem Markt? Das wäre doch viel einfacher.«

»Ja, das wäre es«, stimmte Zairena zu, »aber nicht, wenn es um goldene Fäden geht. Diese Farbe ist heutzutage, wo uns vielleicht ein Krieg mit A'landi bevorsteht, nur schwer aufzutreiben. Der Fuhrwagen meines Vaters transportierte eine Lieferung genau dieser Farbe, als wir so brutal angegriffen wurden.« Sie schluckte sichtlich, und ihr rundes Gesicht wurde blasser. »Wenn ich am Spinnrad meiner Mutter sitze, fühle ich mich ihnen näher.«

»Was hast du denn mit dem Garn vor, wenn du fertig bist?«

Zairena hielt die Spule hoch, und ihre Stimme füllte sich mit Stolz. »Ich werde es an die Namenlose Königin schicken.«

Bei der Erwähnung Raikamas horchte ich auf.

»Der Kaiser persönlich hat erfahren, was meinen Eltern zugestoßen ist. Nach seinem eigenen Verlust hatte er wohl Mitgefühl mit mir und hat Ihrer Brillanz von meinen Garnen erzählt. Jetzt hat sie vierzig Spulen bei mir bestellt, um daraus neue festliche Gewänder herzustellen. Deswegen muss ich den ganzen Tag lang spinnen, damit ich den Palast noch vor dem Winterfest beliefern kann.«

Vierzig Spulen goldenes Garn – für neue festliche Gewänder? In all den Jahren, in denen ich mit Raikama zusammengelebt hatte, war mir nie aufgefallen, dass sie sich für Kleidung interessiert, ganz zu schweigen davon, dass sie höchstpersönlich etwas gekauft hätte. Auf jeden Fall kein Garn, egal ob golden oder nicht.

Zairena log.

Ich war mir sicher, aber ich sagte nichts. Stattdessen schaute ich ihr dabei zu, wie sie das Spinnrad bediente, und versuchte mir einzuprägen, wie sie es mit der einen Hand antrieb, mit der anderen die Fasern einlaufen ließ und so ein feines, seidiges Garn herstellte.

Das sieht gar nicht so schwer aus, dachte ich und ahmte ihre Handbewegungen im Schutz meiner Ärmel nach. *Wie schnell es sich dreht! Ich könnte in ein paar Nächten fertig werden.*

»Kommt, möchtet Ihr es auch einmal versuchen?«, fragte Zairena und erhob sich, damit Lady Bushians Freundinnen sich am Spinnrad abwechseln konnten.

»Wunderbar, es ist, als würde man Gold spinnen!«

Zairena strahlte angesichts des Lobs. »Wenn ich etwas Garn übrig behalte, webe ich Schärpen für euch alle!«

Wie es klang, war sie gerade großzügig gestimmt. Ich stand auf und trat zu der Gruppe, die das Spinnrad belagerte.

Darf ich es einmal versuchen?, fragte ich gestikulierend.

Man musste Zairena zugutehalten, dass ihr Lächeln nicht

verrutschte. »Ich würde es für dich nicht empfehlen, liebe Lina. Spinnen ist eine feine Handarbeit, man braucht flinke Finger.« Sie zeigte ostentativ auf meine Hände, und selbst Lady Bushian schreckte angesichts meiner Narben zurück.

»Ich möchte dir die Schmerzen ersparen.«

Meine Finger hatten schon so viel mitgemacht, dass sie überhaupt keinen Schmerz *spüren* würden, aber das konnte ich ihnen nicht mitteilen. Zairena hatte eine Stimme, ich nicht.

Ich nickte schroff und kochte innerlich, während Zairena ein Nesseltuch über ihr Spinnrad breitete. Die Zeit des Müßiggangs war vorbei, und das keinen Augenblick zu früh.

»Wenn deine Hände verheilt sind, kannst du ja vielleicht etwas anderes für die Gemahlin des Kaisers machen«, schlug Lady Bushian freundlich vor. »Ihre Brillanz hat den ganzen Herbst um die verschwundenen Kinder getrauert.«

Die Ironie ihrer Bemerkung brachte mich beinahe zum Lachen, auch wenn sie gut gemeint gewesen war. Doch ich riss mich zusammen, schüttelte heftig den Kopf und stand auf, um zu gehen.

»Lina, vergiss deine Kakifrüchte nicht!«, rief Zairena und legte mir das Päckchen in die Arme. Sie winkte Oriyu zu, der an der Tür wartete. »Bring das Spinnrad in mein Zimmer zurück!«

Angesichts dieser Bitte runzelte Oriyu verärgert die Stirn. Der Wächter war kein Dienstbote, und es gehörte nicht zu seinen Pflichten, Gegenstände von einem Zimmer in ein anderes zu transportieren. Aber ich hatte das Gefühl, dass es Zairena nicht entgangen war, wie genau ich sie beim Spinnen beobachtet hatte. Wahrscheinlich wollte sie mich mit dieser Aktion nur piesacken. Ich musste in ihrer Gegenwart vorsichtiger sein.

Als der Wächter es wegschleppte, warf ich einen letzten Blick auf das Spinnrad. Ich würde noch früh genug eine Gelegenheit finden, es zu benutzen.

Kapitel 24

Vier Kakifrüchte.

Jede davon war fest und prall und wunderbar reif, aber dass Zairena mich beleidigen wollte, war kaum zu übersehen. Denn jedes Geschenk, das aus vier Teilen bestand, brachte zum Ausdruck, dass man dem Empfänger Pech an den Hals wünschte.

Früher hatte ich solchen Aberglauben verlacht, aber das war vor Raikamas Fluch gewesen. Jetzt hatte ich alles Glück nötig, das ich bekommen konnte.

Ich schlug die Früchte wieder in Zairenas Baumwolltuch ein und hängte es mir über die Schulter, denn ich wollte nichts mit ihnen zu tun haben.

Ich lege sie beim Tempel ab, beschloss ich, als ich dessen spitzes Ziegeldach auf der anderen Seite des Innenhofs erblickte. Er war klein und unbewacht. Am Eingang standen zwei steinerne Feuerschalen, und dunkelrote Säulen flankierten die Holztreppe. *Oder ich bringe sie zurück in den Vorratsraum.*

Die Wettergötter nahmen mir die Entscheidung ab. In der Ferne grollte ein Donner und drohte Regen an. Ich suchte unter dem schräg abfallenden Vordach des Tempels Schutz.

Als ich die Stufen hinaufging, flog das Tor auf. »Lina!«

Vor Überraschung, Takkan hier zu sehen, ließ ich die Kakis fallen und sie kullerten die Stufen hinunter.

So viel zu meiner Opfergabe. Ich glaubte zwar nicht, dass der Sturz sie *so* sehr mitgenommen hatte, aber jede einzelne wies Druckstellen auf, und ihre bernsteinfarbene Haut war von dem Aufprall fast schwarz angelaufen.

Takkan kniete sich hin und half mir beim Aufsammeln der Früchte. »Eine Opfergabe für die Götter?«

Eigentlich waren sie dazu gedacht. Ich verzog den Mund, mein Ausdruck für Sarkasmus.

Hastig schnappte ich mir die Kakis, verbeugte mich und ging die hölzernen Stufen wieder hinab. Lieber wurde ich nass geregnet, als zusammen mit Takkan im Tempel zu bleiben.

»Lina, warte …«

Ich wedelte mit den Händen Richtung Altar und verneigte mich, um meine Ehrerbietung auszudrücken. *Ich will deine Gebete nicht stören.*

Meine Geste wurde von einem Donnerschlag unterstrichen, und Takkan blickte hoch. Die Wolken waren plötzlich viel dunkler. Und auch schwerer, so als hätten sie vor der Schlacht ihre Rüstungen angelegt.

»Die Drachen sind zum Spielen draußen«, sagte er, als sich aus dem Himmel die ersten Regentropfen lösten. »Du kommst besser wieder in den Tempel, bis sie genug haben.«

Ich zögerte. *Was soll das bedeuten?*

Er lachte kurz auf. »Das ist eine Geschichte, die ich Megari immer erzählt habe.«

Neugierig geworden, blieb ich in der Nähe der Tür stehen und gestikulierte mit den Händen. *Erzähle es mir.*

»Wie jeder weiß, bringt es Glück, wenn man einen Drachen sieht. Ich habe ihr erzählt, Blitze kämen davon, dass die Drachen am Himmel kratzen und dass der Donner ihr Geschrei beim Spielen sei.« In Takkans dunklen Augen blitzte der Schalk. »Ich hoffte, sie so davon abbringen zu können, mitten in der Nacht in mein

Zimmer zu stürmen und zu verlangen, dass ich sie unterhalte und Geschichten erzähle. Aber das ging gründlich schief. Seitdem kommt sie bei jedem Gewitter in mein Zimmer und zählt die Blitze und Donnerschläge. Sie sammelt Glück, damit sie sich einen kürzeren Winter wünschen kann.«

Ich unterdrückte ein Lachen und lächelte stattdessen.

»Gefällt dir die Geschichte?«

Obwohl ich es nicht wollte, war es so. Das klang wie ein Streich, den Yotan mir gespielt haben könnte.

»Ich glaube, das ist gerade das erste Mal, dass ich dich wirklich lächeln gesehen habe, Lina.« Er neigte den Kopf zur Seite und grinste schief. »Abgesehen von dem Mal, als ich dir den Silbermakan gegeben habe.«

Woran erkennst du das?

»Wenn du froh bist, hast du ein Grübchen«, sagte er, als er meine fragende Miene sah. Er tippte sich mit dem Finger auf die linke Wange, um es mir spiegelbildlich zu zeigen.

Es beeindruckte mich, dass ihm das aufgefallen war. War es normal, dass er solche Dinge bemerkte?

Die Regenspritzer verwandelten sich in fette Tropfen, die auf das Tempeldach trommelten. Wegen der Kälte taten die verschorften Stellen an meinen Händen weh, und ich wickelte mein Tuch fester darum, damit ich mich nicht kratzte.

»Komm rein«, sagte er und öffnete die Tür weiter, »bevor der Regen schlimmer wird.«

Das war keine gute Idee. Ich fuchtelte mit den Händen herum, da ich nicht so recht wusste, was ich mit ihnen machen sollte. *Chiruan …*

»Komm rein«, wiederholte er, denn er verstand meine Gesten nicht. »Wo du schon mal da bist – ich wollte dich etwas fragen.«

Meine Hände sanken herab. Neugier war meine größte Schwäche.

Der Regen prasselte auf das Dach, als ich ihm in den Tempel folgte. Räucherstäbchen brannten, und der Weihrauch stieg mir in die Nase. Ich warf einen Blick auf die Opfergaben auf dem Altar – geriffelte Weinflaschen, Gefäße mit gekochtem Reis, Schüsseln mit Kakifrüchten und unreifen Pfirsichen, die Kupfermünzengehänge und bestickten Amulette, die Geister und verlorene Seelen abwehren sollten.

Auf einem der zeremoniellen Tische lag das rosa Schläppchen, das er in der Nähe von Tianyi gefunden hatte. *Mein* Schläppchen. Und daneben der Wandteppich, den ich als Entschuldigung gestickt hatte.

»Dieser Teppich wurde von Prinzessin Shiori hergestellt«, erklärte Takkan. »Als Entschuldigung dafür, dass sie nicht zu unserer Verlobungsfeier erschienen ist.«

Ich wusste, was das war. Ich hatte nur nie damit gerechnet, den Wandteppich je wiederzusehen.

Gefühle überwältigten mich. Ich wollte die Kranichaugen berühren, mit denen ich mich beim Sticken so schwergetan hatte. Sie sahen aus wie kleine schwarze Knollen, einige zu dick gestickt, andere zu dünn. Die Köpfe mit ihren roten Kronen hatten unterschiedliche Größen, manche waren schief, andere asymmetrisch, und wieder andere saßen auf krummen Hälsen. Ich war noch nie eine große Künstlerin gewesen, und das sah man dem Teppich an.

Das Einzige, woran ich während der Arbeit gedacht hatte, war, dass ich Seryu wiedersehen wollte und wann er mir seine nächste Magie-Lektion erteilen würde.

Ach, was würde ich dafür hergeben, um in diese Zeit zurückkehren zu können! Meinen immer widerstrebenden Vater zu umarmen und über meine Mutter auszufragen. Meine Brüder so laut lachen zu hören, dass es vom anderen Ende des Flurs bis in meine Gemächer schallte.

»Und das hier«, sagte Takkan und nahm das Schläppchen in

die Hand, »hat sie an dem Tag getragen, als man sie das letzte Mal gesehen hat. Ich habe ihn in der Nähe des Dorfs Tianyi gefunden, Hunderte von Meilen und ein Meer vom kaiserlichen Palast entfernt. Nicht weit von der Seeschwalbe übrigens.«

Seine Stimme war zu einem Flüstern geworden. »Hast du sie vielleicht gesehen ... als du da warst?«

Langsam verlor ich die Fassung. War es das, was er mich hatte fragen wollen? Ich biss mir auf die Lippe. Es wäre einfach gewesen, ihn zu belügen, aber das wollte ich nicht.

Ich senkte den Blick und stellte mich dumm.

»Natürlich hast du das nicht. Tut mir leid, dass ich gefragt habe.« Takkan legte das Schläppchen weg. »Es ist nur so merkwürdig, dass niemand weiß, was mit ihr passiert ist. Ob sie und ihre Brüder gefangen genommen oder von unseren Feinden aus Kiata entführt worden sind.«

Warum interessierte er sich so sehr dafür, was mir zugestoßen war? Lady Bushian hatte es als Besessenheit bezeichnet, dabei hatten wir nie miteinander gesprochen. Und ich hatte ihn brüskiert, indem ich nicht zu unserer Verlobungsfeier erschienen war. Weshalb riskierte er also auf der Suche nach mir sein Leben?

Schau genauer hin, wünschte ich mir, sagen zu können. *Ich bin hier. Ich bin hier, Takkan.*

Aber ich kannte die Macht des Fluchs meiner Stiefmutter. Selbst wenn er der aufmerksamste Mann von ganz Kiata war, würde er doch immer nur ein Mädchen sehen, dessen halbes Gesicht unter einer Holzschale verborgen war.

Ich nahm meinen Schreibpinsel und enthüllte meine Hände gerade weit genug, um zu schreiben:

Warum Attentäter hinter Euch her?
Wegen Suche nach Prinzessin?

Er schaute mich an und sein Blick war kälter als je zuvor. »Erinnerst du dich an den Brief, den du in meinem Tornister gefunden hast?«

Wie sollte ich den vergessen? Er hatte mir deswegen beinahe die Kehle durchgeschnitten. Während er mir erzählte, was er wusste, zupfte ich an einer Ecke meines Tuchs herum: Takkan hatte den Brief bei einem Spion aus A'landi gefunden, bei jemandem, der mir und meinen Brüdern Böses wollte.

»Ich konnte ihn zurückverfolgen«, sagte Takkan schließlich, »und die Spur führte zu Lord Yuji.«

Lord Yuji! Ich war so überrascht, dass mir die Knie zitterten. Wenn ich mich nicht an den Altar gelehnt hätte, wäre ich vielleicht über meine eigenen Füße gestolpert.

»Ich bin aus Iro abgereist, um Seiner Majestät davon zu berichten«, fuhr Takkan fort. »Und bei der Gelegenheit gingen Yujis Attentäter auf mich los. Sie haben mir im Wald von Zhensa aufgelauert und hätten mich beinahe getötet. Wenn du und Pao nicht gewesen wärt, wäre es ihnen mit Sicherheit gelungen.«

Während ich diese Nachricht verdaute, wallte Wut in mir auf. Also *das* war der Grund, aus dem Yuji Takkan nach dem Leben trachtete. Der Kriegsherr hatte mich immer an einen Fuchs erinnert, so wie Raikama einer Schlange ähnelte. Bei den Dämonen – was, wenn sich die beiden gegen meinen Vater verschworen hatten …?

»Bald wird ganz Kiata über den Verrat von Yuji Bescheid wissen«, stieß Takkan mit gepresster Stimme hervor. »Und Shiori …«

Ich hob den Kopf. *Was ist mit Shiori?*

»Der Brief, den ich gefunden habe, war nur ein Fragment, doch Yuji erwähnte darin, dass die verschollenen Prinzen und die Prinzessin den Palast *verlassen* hätten. Er schrieb nicht, dass sie tot seien.«

Ja, daran erinnerte ich mich auch.

»Deshalb glaube ich, dass sie lebt«, sagte Takkan leise und wandte sich zu den Statuen der sieben großen Götter um. »Ich bete jeden Tag dafür. Der Verlust seiner Kinder hat den Kaiser bereits gebrochen. Ich bete, dass sie gefunden werden, bevor auch Kiata zerbricht.«

Ich nickte, um meine Zustimmung zu bekunden, doch unter meiner Schale wurden mir die Augen feucht. Ich stellte mir Vater vor, halb vom Schmerz zerrissen und halb von meiner Stiefmutter verhext. Der Gedanke machte mir das Herz schwer.

Ihr Götter, schützt meinen Vater, betete ich. *Ihr Götter, schützt Kiata. Schützt sie und bewahrt sie. Wenn schon jemand leiden muss, dann lasst es mich sein. Aber nicht meine Familie, nicht mein Land.*

Über den Tempel legte sich ein Mantel aus Dunkelheit. In Iro war es nie lange hell, und die Dämmerung hatte schon eingesetzt.

»Wie es aussieht, haben sich die Drachen wieder ins Meer zurückgezogen«, murmelte Takkan, als der Regen nachließ.

Ich hatte das Gewitter komplett vergessen. Nun machte ich mich daran, meine ramponierten Kakifrüchte einzusammeln, aber durch die Kälte waren einige der wunden Stellen an meinen Händen gefühllos geworden, und ich vergaß meine Vorsicht. Ein scharfer Schmerz fuhr durch meine Hand, und ich biss die Zähne zusammen, bis er verebbte.

»Was ist passiert?«, fragte Takkan besorgt. »Hast du dir wehgetan?«

Nein. Nein. Hastig nahm ich die Hände hinter den Körper und tat so, als würde ich erschauern, während ich sie schnell wieder umwickelte. *Nur die Kälte.*

»Du brauchst deine Hände nicht zu verstecken, Lina. Ich habe die Verbrennungen schon gesehen.«

Natürlich hatte er das.

Takkan legte den Kopf schief. »Darf ich?«

Ich zögerte, denn Zairenas Hohn war mir noch lebhaft im Gedächtnis. Was, wenn Takkan sich angeekelt fühlte?

Ja, was dann?, schalt ich mich selbst. *Was kümmert es dich, was er denkt? Was kümmert es dich, was irgendwer denkt?*

Es kümmerte mich *nicht*. Zum Beweis vor mir selbst riss ich das Tuch von meinen Händen herunter.

Gleichgültig. Takkan ist mir gleichgültig. Im Geiste sagte ich mir diese Losung immer wieder vor, doch mein Blick hing an seinem Gesicht, während er meine Finger genau betrachtete, das silbrige Netz aus Schnitten und Verbrennungen. Es bekümmerte ihn sichtlich, meine versehrten Hände anzusehen – mehr als die Schale auf meinem Kopf oder dass ich mich weigerte, zu sprechen. In der Art, wie er seine Stirn runzelte, las ich ein Dutzend Fragen. Doch seine Lippen verzogen sich nicht aus Abscheu, genauso wenig wie seine Augen von Mitleid erfüllt wurden. Ich glaube, ich hätte sein Mitleid auch nicht ertragen.

»Deine Finger werden nicht richtig abheilen«, erklärte er, »jedenfalls nicht, solange noch Stacheln drinstecken. Ich könnte sie dir jetzt entfernen, aber falls du dich lieber an unseren Arzt wenden möchtest …«

Nein. Ich wollte mich an keinen Arzt wenden. Ich wollte mich an überhaupt niemanden wenden.

Takkan runzelte die Stirn. »Lina«, sagte er bestimmt, »du hast die Wahl zwischen mir und einem Arzt. Sonst wirst du nicht in der Küche arbeiten – nicht, wenn deine Hände in diesem Zustand sind.«

Ich wurde ein wenig ärgerlich und verschränkte die Arme. *Erteilst du mir jetzt Befehle?*

»Sieh mich nicht so an. Es wird dir nicht guttun, wenn du mit so kaputten Händen kochst. Und je länger du dir nicht helfen lässt, desto länger brauchen sie zum Heilen.«

Er schaute mich eindringlich an. Eine Braue hatte er leicht

hochgezogen, als wollte er mich von weiterem Widerstand abbringen.

So ungern ich es zugab, aber er hatte recht. Ich hatte mein Bestes gegeben, um die Stacheln jede Nacht zu beseitigen, aber meine Finger konnten so präzise Arbeiten schon lange nicht mehr verrichten, sodass immer ein paar störrische Stacheln übrig blieben. Und die schmerzten mehr als die Schnitte und Verbrennungen.

Ich verzog den Mund und legte meine Hände flach vor ihm hin, damit er anfangen konnte. *Na los.*

»Willst du ein Taschentuch oder was anderes, zum Draufbeißen?«

Ich hätte am liebsten gelacht. Ein paar Dornen waren wohl kaum ausreichend, um mir ein Wimmern zu entlocken, von einem Schrei ganz zu schweigen. Stattdessen schüttelte ich den Kopf.

Er hielt meine Hand fest und zog die Stacheln langsam und geduldig heraus. Seine Hände arbeiteten so sanft, dass es beinahe kitzelte.

Ich schaute weg und beobachtete die Räucherstäbchen, die neben dem Altar brannten. Normalerweise machte mich ihr Geruch, eine rauchige Mischung aus Sandelholz und Jasmin, schläfrig, aber diesmal nicht. Nicht, solange die Stäbchen vor meinem Schläppchen und meinem Wandteppich qualmten. Nicht, solange Takkan meine Hände hielt. Ich sah ihn wieder an. Er war so auf seine Aufgabe konzentriert, dass er kaum auf mich achtete.

Lustig, dass ich mit den Jungen am Hof geflirtet hatte, indem ich mich so dicht neben sie setzte. Ihnen ein kokettes Lächeln zuzuwerfen oder mit dem Ellenbogen über ihren zu streifen, war mein Spiel bei Festlichkeiten und langweiligen Zeremonien gewesen, zu deren Besuch Vater mich gezwungen hatte. Es hatte mir Spaß gemacht, meine Wirkung auf sie zu testen – zu beobachten, ob sich ihr Atem beschleunigte oder sie rote Ohren bekamen, ob sie gleich damit anfingen, Gedichte aufzusagen, oder nach meiner

Hand zu greifen versuchten. Aber bei Takkan traute ich mich das nicht. Mit ihm war es kein Spiel.

Als er schließlich fertig war, zog er eine hölzerne Salbendose aus seiner Tasche, dieselbe Salbe, die er für seine eigenen Wunden bei sich trug. Mir stach ein vertrauter Geruch von scharfer Kräutermedizin in die Nase.

»Versuch mal das hier«, regte er an. »Creme dir jeden Morgen die Hände damit ein, und auch nachts, wenn die Schmerzen dich wach halten.«

Danke. Ich wandte mich zum Ausgang, begierig, hier endlich herauszukommen.

Draußen hatte sich der Regen in leichten, pulvrigen Schnee verwandelt. Das Festungsgelände wurde von Fackeln erleuchtet, deren Flammen wie Glühwürmchen im Wind flackerten.

»Warte, Lina«, sagte Takkan und kam mir nach. Alle vorherigen Anzeichen seines Stolzes waren verschwunden, und seine Stimme klang feierlich. »Mir wurde gesagt, du wärst mitten im Wald von Zhensa aufgefunden worden. Ich habe geschworen, dich nicht nach deiner Vergangenheit zu fragen, aber wenn dir jemand wehgetan hat oder du in Schwierigkeiten steckst … sag es mir. Bitte, verschließ dich nicht. Ich bin dein Freund.«

Wieder wurde mir schwer ums Herz, und ich war froh, dass er meine Augen nicht sehen konnte. Sie hätten mich sicher verraten. Langsam, ganz langsam nickte ich, kaum merklich.

Ich eilte nach draußen, wo der Schnee geräuschlos auf meine Schale fiel. Falls Takkan hinter mir herrief, konnte ich es nicht hören. Das Einzige, was ich wahrnahm, war das Knirschen des Schnees unter meinen Schuhen.

Auf dem ganzen Weg zur Küche verfolgte mich Takkans Versprechen. Wäre er nur der einfache Wächter aus der Seeschwalbe gewesen, hätte ich ihm sofort vertraut. Ich hätte seine Freundin sein wollen.

Es war zu spät, um diesen Ort zu verlassen und nach meinen Brüdern zu suchen. Was auch immer die Götter sich dabei dachten – mich nach Schloss Bushian zu bringen und wieder mit meinem ehemaligen Verlobten zu vereinen –, ich hatte keine andere Wahl, als es herauszufinden.

Kapitel 25

Iro wurde von einem Schneesturm heimgesucht, der mich eine ganze Woche kostete. Es machte mich verrückt, auf das Ende des Schneefalls warten zu müssen, und ich versuchte, die Nesseln in meinem Zimmer zu bearbeiten, indem ich das durchscheinende Papier meiner Türen und Fenster mit dunklem Stoff verhängte und meine Steine in ein Tuch hüllte, um das Geräusch zu dämpfen. Doch ich gab bald auf. Ich durfte nicht riskieren, bei meinem Tun entdeckt zu werden.

»Niemand darf das Schloss verlassen«, sagte Oriyu, als ich vorschützte, in die Küche zu müssen. Er rümpfte die Nase. »Nicht einmal du.«

Hast du gesehen, wie er die Nase gerümpft hat?, beklagte sich Kiki, als wir in unser Zimmer zurückgingen. *Als ob du nach Fisch riechen würdest!*

Ich rieche meistens nach Fisch, erwiderte ich in Gedanken und rieb mir die Hände.

Was ist denn mit dem Netten passiert?

Kaum, dass sie gefragt hatte, erspähten wir den armen Pao, der kläglich draußen im Sturm am Südtor Wache hielt. Der Schnee hatte sich in Graupel verwandelt, und Donner grollte vom Himmel herab.

Ich hatte es so eilig, in mein Zimmer zurückzukommen, dass

ich gar nicht merkte, dass funzliges Laternenlicht daraus hervordrang. Erst als ich vor meiner Tür stand, die einen Spaltbreit offen war, fiel es mir auf.

Da ist jemand drin!, warnte mich Kiki und flog zu ihrem Versteck hinter meiner Waschschüssel.

Ich knirschte mit den Zähnen, denn es ärgerte mich, dass mir ein kalter Schauer über den Rücken lief. Bei den Göttern, ich hoffte, es war nicht Zairena.

Ich legte eine Hand auf meinen Dolch und schob mit der anderen die Tür auf.

Eine Gestalt, die am Fenster hockte, schreckte hoch: »Lina!«

Diese Stimme erkannte ich sofort. *Megari?*

»Da bist du ja!«, rief sie. »Ich wollte den Schnee auf dem Kaninchenberg sehen, und du hast die beste Aussicht, aber du hast nicht auf mein Klopfen reagiert, und dann wurde das Unwetter immer schlimmer ...«

Es donnerte erneut. Diesmal so laut, dass die Fenster bebten. Kreischend hielt sich Megari die Ohren zu. Sie zitterte am ganzen Leib, als sie ihr Gesicht in meinem Kleid verbarg.

»Die Drachen sind wohl zum Spielen draußen«, stieß sie hervor, als es wieder blitzte.

Ich lächelte. Gut, dass Takkan mir diese Geschichte erzählt hatte. *Die Drachen sind zum Spielen draußen*, wiederholte ich und fragte mich, was Seryu davon halten würde.

Sanft zog ich Megaris Hände von ihren Ohren weg. Ich hob ihren Kopf an, sodass sie meine Lippen lesen konnte.

Es ist alles gut. Der Sturm kann dir nichts anhaben. Ich holte Papier heraus und fing an, im Laternenlicht ein Blatt zu falten.

Megari sah mir fasziniert zu, als nach und nach ein Kranich Form anzunehmen begann.

Ich setzte den Papierkranich auf meine Handfläche. *Gefällt er dir?*

»Ja! Bringst du mir bei, wie man das macht?«

Sie lernte schnell und klatschte begeistert in die Hände, als sie ihren ersten eigenen Kranich fertig hatte. Es donnerte wieder, diesmal weiter entfernt, und Megari schaute zum Fenster.

»Ich habe nicht immer Angst vor Gewittern«, sagte sie mit einem leichten Unterton von Stolz. Dann schwankte ihre Stimme. »Nur vor den ganz schlimmen. Takkan und ich haben das letzte zusammen angesehen – und ich habe alle Blitze gezählt. Wenn es donnerte, habe ich mir nicht mal die Ohren zugehalten!«

Als sie Takkan erwähnte, ließ meine Konzentration nach, und ich machte einen falschen Knick ins Papier. Ich war ihm in den letzten Tagen aus dem Weg gegangen. Manchmal traf ich ihn zu den Mahlzeiten, aber genau wie ich schwieg er die ganze Zeit. Komisch, er schien am meisten zu reden, wenn er mit mir allein war. Wahrscheinlich sorgte er aus Höflichkeit dafür, dass keine Stille eintrat. Schließlich war ich zurzeit nicht die beste Gesprächspartnerin.

Megari und ich saßen am Fenster und beobachteten die Blitze. Wir wetteten, wer vor dem nächsten Donnerschlag die meisten Kraniche falten konnte, und zählten die Blitzschläge.

Irgendwann fielen ihr die Augen zu, genauso wie die Flügel ihres letzten Vogels nach unten zeigten, denn sie vergaß, sie nach der letzten Faltung nach oben zu schieben. Ich fuhr ihr sacht mit der Hand über ihre Augen, so wie meine Mutter es getan hatte, wenn ich einschlafen sollte.

Leider hatte ich keine Schwester, aber wenn ich eine gehabt hätte, wäre sie hoffentlich wie Megari gewesen.

Ich küsste sie auf die Stirn und legte sie auf mein Bett. Während sie schlief, lehnte ich meinen Kopf ans Fenster und suchte den Himmel nach dem Sternbild des Kranichs ab, aber da waren zu viele Wolken. Also zählte ich auf sechs Blitze hoch – einen für jeden Bruder. Als ich bei Hasho ankam, fielen auch mir die Augen zu.

Beim Aufwachen merkte ich, dass jemand ordentlich eine Decke über mich gebreitet hatte. Sogar meine Füße waren bedeckt.

Vor mir stand Megari, vollständig angezogen.

»Der Schneesturm ist vorbei!«, erklärte sie mit der Mondlaute auf dem Rücken. »Steh auf! Frühstück ist schon vorbei!«

Als ich mich zur Seite drehte, machte sie die Fenster auf. Das Unwetter *war* vorbei, doch es hingen immer noch graue Wolkenfetzen am Himmel.

»Schau mal, schau, was den Sturm überstanden hat!«, rief sie und zeigte auf eine Gruppe rosarot blühender Bäume am Fluss. Ich musste die Augen zusammenkneifen, um sie zu erkennen, aber kaum, dass ich sie entdeckt hatte, stachen sie aus der schmelzenden Schneelandschaft hervor. »Siehst du? Das sind Pflaumenblüten! Ich wette, sie sind gerade erst aufgegangen. Komm, Lina! Es ist nicht weit – direkt vor Iros Toren, nur den Hügel hinunter. Wir können bis zum Mittagessen wieder hier sein!«

Besorgt neigte ich den Kopf zur Seite. *Was ist mit deiner Mutter?*

»Wir dürfen Mama nichts davon erzählen! Sie sagt sonst Nein, weil es zu kalt ist und da draußen Attentäter und Wölfe sind und tausend andere Gründe dagegen sprechen …«

Ich zögerte. *Wölfe?*

»Wir entfernen uns nicht weit genug vom Schloss für Wölfe.« Megari lachte mich wegen meiner Besorgnis aus und warf mir meinen Umhang über die Schultern.

»Komm schon, Lina!«, sagte sie und zog mich an der Hand zur Tür. »Wir werden die Ersten sein, die die Blüten sehen. Ich nehme meine Mondlaute mit und spiele, bis mir die Finger einfrieren. Das wird schön romantisch!«

Ich strich über ihre Zöpfe. Noch vor wenigen Monaten war ich genau wie sie gewesen. Jung und darauf aus, jeden Augenblick zu genießen, weil ich fürchtete, er könnte der letzte sein. Ungeduldig, denn ein Jahr kam mir wie eine Ewigkeit vor. Jetzt fühlte ich mich älter als der Mond.

Na geh schon, drängte mich Kiki, die sich hinter einer Vase streckte. *Der Ausflug wird dir guttun.*

Kommst du mit?

Um den ganzen Tag in deiner Tasche zu stecken?, schnaubte Kiki. *Ich glaube nicht.*

Megari zerrte immer noch an meinem Ärmel. *Ja, gut,* signalisierte ich mit den Lippen und schob mit dem Fuß meine Tasche unter das Bett.

»Jaa!«, rief sie und stieß einen Freudenschrei aus, der mir das Herz wärmte.

Gemeinsam suchten wir Pao, der uns aus der Festung herausließ. Wir hüpften den Hügel hinab und gerieten auf dem vereisten Boden immer wieder aus dem Gleichgewicht. Ich verlor den Überblick, wie oft wir hinfielen oder einander von gefrorenen Pfützen wegziehen mussten. Es war schon lange her, dass ich einen so sorglosen Moment verbracht hatte. Megaris Begeisterung war ansteckend, und ich grinste die ganze Zeit.

»Ich bin schon seit Monaten nicht in Iro gewesen«, meinte Megari und zeigte auf die unter uns liegende Stadt. »Es gibt eine Straße, die vom Schloss nach Iro führt, aber die ist voll Schnee und Eis. Ich hoffe, sie ist bis zum Winterfest wieder frei!«

Am Hang unterhalb der Festung verteilten sich einige Lager für die Soldaten, doch Iro selbst war kleiner und stiller, als ich erwartet hatte. Ich erblickte Händler, die ihre Waren über vereiste Wege karrten, und einen Mann, der geröstete Maronen verkaufte, doch auf den mit Schnee bedeckten Gassen war sonst kaum etwas los. Es gab keine herrschaftlichen Häuser, keine Märkte oder Bogenbrücken und auch keine Boote auf dem Fluss, der sich durch den Ort wand. Nur eine Handvoll roter Stadttore im blassen Sonnenschein.

All das hätte ich als Prinzessin Shiori gehasst.

Jetzt fand ich es idyllisch.

Ich streckte die Hände aus, um die von den Bäumen fallenden Schneeklumpen aufzufangen. Während sie in meinen Handflächen schmolzen, sah ich Kindern dabei zu, wie sie mit Stöcken in den Eisschollen auf dem Fluss herumstocherten. Der Anblick des Baiyun-Flusses ließ mich einen Moment zögern. Hatte Seryu sich endlich wieder mit seinem Großvater versöhnt? Ich hatte schon seit Wochen nichts mehr von ihm gehört.

»Da ist der Kaninchenberg!« Megari zeigte auf die schneebedeckten Gipfel über uns. »Die Legende sagt, dass jedes Kaninchen, das es bis nach ganz oben schafft, mit Imurinya auf dem Mond leben darf. Im Frühling gibt es hier im Tal Hunderte – *Tausende* – Kaninchen. Takkan und ich haben immer versucht, welche zu fangen, aber Mama hat uns nie erlaubt, eins aufzuziehen. Sie hat gesagt, das wäre zu viel Arbeit und dass wir dann bloß traurig wären, wenn Chiruan irgendwann Kanincheneintopf machen würde.«

Sie schwatzte weiter. »Wir durften auch nie auf die Gipfel steigen. Einmal, als Zairena zu Besuch war, haben wir versucht, sie mitzuschleppen, aber sie fand es so toll, den Kaninchen zuzugucken, dass wir es nicht bis nach oben geschafft haben. Wer hätte gedacht, dass sie eines Tages eine solche Schlange werden würde? Wenn sie noch wie damals wäre, hätte ich sie heute eingeladen, uns zu begleiten. Aber ich glaube, sie ist glücklicher, wenn sie an ihrem Spinnrad sitzen und diese blöden Garne für die Kaiserin fertigen kann.«

Gemahlin des Kaisers, korrigierte ich instinktiv in Gedanken. Und natürlich war ich insgeheim froh, dass Megari Zairena nicht eingeladen hatte.

»Außerdem macht es mit dir viel mehr Spaß«, sagte Megari und hakte sich bei mir unter. Wir näherten uns den Pflaumenbäumen. »Ich könnte mir vorstellen, dass alle Kaninchen zu dir kommen und auf deinen Hut zu springen versuchen, Lina. Der ist bestimmt toll, um den Schnee und die Sonne abzuhalten.«

Berührt von ihrer Fröhlichkeit, musste ich lächeln. *Allerdings, das ist er.*

»Auf dem Kaninchenberg wird es im Frühling ziemlich sonnig, und manchmal auch ganz schön voll, wenn alle kommen, um den Ausblick zu genießen. Aber er ist trotzdem mein Lieblingsplatz in Iro. Du wirst es gleich sehen. Wenn die Bäume blühen und die Berge grün werden, dann ist es hier wie in einem Traum. Takkan ist anscheinend der Einzige, dem Iro im Winter am besten gefällt.«

Wie das?

»Und zwar, weil er nur dann Zeit hat, an seinen Geschichten zu arbeiten. Sein ganzer Schreibtisch ist voll davon.« Sie zog verschwörerisch eine Augenbraue hoch. »Ich habe versucht, ihn zu überreden, dieses Jahr beim Winterfest eine davon vorzutragen, doch er ist stur wie ein Ochse. Aber ich wette, *du* könntest ihn überreden … wo du ihm doch das Leben gerettet hast.«

Jetzt merkte ich auf. Diesen Tonfall kannte ich doch! Ich hatte ihn im Grunde erfunden, wenn ich etwas von meinen Brüdern wollte.

»Ach, das fänden alle so toll! Es ist Tradition, dass einer von unserer Familie das Winterfest mit einer kleinen Aufführung eröffnet. Das ist unsere Art, die Leute von Iro glücklich zu machen. Vater hat Gedichte aufgesagt, und Mama hat getanzt. Jetzt spiele ich auf meiner Laute, und wenn wir Glück haben, trägt Takkan …«

Sie verstummte und schaute nervös auf die Bäume. Auch ich sah mich um. Wonach suchte sie?

Megari packte meinen Arm. »Da sind sie! Die Pflaumenblüten!«

Der Obstbaumhain war klein, höchstens ein Dutzend Bäume, doch er war wunderschön. Rosafarbene Blütenblätter segelten im Wind und landeten auf dem weichen, unberührten Schnee. Nicht weit von uns hörte ich das Gurgeln des Flusses – und ein wieherndes Pferd.

»Ihr seid spät dran«, sagte Takkan und klappte sein Skizzenbuch zu. »Du hattest doch gesagt, du wärst schon vor mir hier und würdest auf deiner Laute spielen.«

»Takkan!« Megari sprang in die ausgebreiteten Arme ihres Bruders. Er schwang sie durch die Luft, hielt dann aber auf halbem Wege inne, als er mich bemerkte.

»Ich habe Lina mitgebracht – ist dir das recht? Sie hat die Pflaumenblüten noch nie gesehen.«

Takkan begrüßte mich mit einem Lächeln. »Ist das so?«

Ich lächelte nicht zurück. Es machte mir nichts aus, ihn zu treffen, aber ich fragte mich, was Megari im Schilde führte.

Hinter den Bäumen wieherte und schnaubte sein Pferd. Es trat Schnee los, der in unsere Richtung driftete.

»Ruhig!«, befahl Takkan und versuchte das Tier zu besänftigen. »Was ist denn in dich gefahren, Admiral?«

Admiral blähte die Nüstern und zwinkerte ängstlich mit den Augen. Ich trat einen Schritt zurück, denn ich hatte den Eindruck, dass er auf mich reagierte.

»Ich hätte ein paar Kakifrüchte mitbringen sollen«, sagte Megari und streichelte die dicke Mähne des Pferdes. »Fein, fein, guter Junge.« Sie tätschelte ihn. »Ich versuche immer noch, Takkan dazu zu bringen, dich Lotusblüte zu nennen. Admiral ist so ein langweiliger Name!«

»Er ist ein Wächterpferd, Megari, kein Kaninchen.«

»Auch Wächterpferde haben eine Persönlichkeit! Siehst du, es gefällt ihm.«

»Ich glaube, er mag dich einfach nur.«

»Dann hat er einen guten Geschmack.«

Lachend kümmerte sich Takkan um Admiral, während Megari einen Arm um einen der Pflaumenbäume legte und im Kreis um ihn herumwirbelte. Sie schnappte nach sich lösenden Blütenblättern. Dann brach sie einen Zweig ab und reichte ihn mir. »Ein Andenken, Lina. Bis der Frühling da ist.«

Ich hielt mir die Blüten unter die Nase und sog ihren süßen Duft ein. Dann steckte ich den Zweig vorsichtig in meine Tasche.

»Manchmal wünschte ich, das Winterfest würde hier stattfinden und nicht in Iro«, seufzte Megari. »Kannst du dir die Lampions zwischen diesen Bäumen vorstellen? Na ja, auch am Fluss wird es malerisch genug sein, nehme ich an. Ach, es wird dir sehr gefallen, Lina! Es wird bestimmt so kalt, dass du deine Nase nicht mehr spürst, aber keine andere Nacht ist so wundervoll. Und dann gibt es auch noch Feuerwerk!«

»Ich dachte, du magst kein Feuerwerk?«, warf ihr Bruder ein.

»Tu ich auch nicht«, gab Megari zurück. »Es ist laut und alle anderen übertreiben mit ihrer Begeisterung. Aber ich bin bereit, mich um des Fests willen meinen Ängsten zu stellen. Im Gegensatz zu dir, Takkan. So viel dazu, dass Mut unser Motto ist.«

»Das hat mit Mut gar nichts zu tun«, antwortete Takkan streng. »Egal, wie oft du mich bittest, ich werde meine Meinung nicht ändern.«

Deine Meinung worüber ändern?, fragte ich mit Gesten.

Ehe Takkan sie daran hindern konnte, drehte sich Megari dramatisch um ihre eigene Achse und hüpfte auf einen Baumstumpf.

»Höre mich an, meine Freundin Lina! Mein Bruder, Bushian Takkan von Iro, der Attentätern und Banditen entkommen ist und tapfer im Dienste Kaiser Hanriyus gekämpft hat, ist schüchtern. Das ist er schon seit seiner Kindheit. Er hatte keine Freunde, nicht einmal Pao. Und er ist immer auf Bäume geklettert, um sich vor Menschenmengen zu verstecken …«

»Megari, komm da runter!« Takkan fuhr sich verlegen mit der Hand durch die Haare.

Ich wünschte mir, lachen zu können. In meinem Bauch kitzelte es, als ich meinen Drang unterdrückte. Stattdessen grinste ich so breit wie schon lange nicht mehr.

»Er hat außerdem Angst vor Ungeheuern. Achtköpfigen mit gestreiftem Fell und weißem Haar …« Megari sprang von dem Baumstumpf herunter und grinste schelmisch, während ihr Bruder knallrot anlief. »Weißt du noch, als Hasege gesagt hat, er hätte eins auf dem Dach gesehen? Danach hast du wochenlang Wache gestanden und nach einem Ungeheuer Ausschau gehalten, das du in deiner eigenen Geschichte erfunden hattest.«

»Das war ein böser Scherz«, sagte Takkan mit wachsender Verzweiflung. »Und ich habe keineswegs Angst vor Ungeheuern.«

»Auf jeden Fall hast du Angst, beim Fest zu singen.«

Megari war ganz schön frech, dachte ich und gluckste innerlich, weil Takkan die Verlegenheit ins Gesicht geschrieben stand. Er sah aus, als wünschte er sich, vom Fluss fortgeschwemmt zu werden.

Du kannst singen?

»Ob er singen kann?«, wiederholte Megari. »Die Priesterinnen haben immer gesagt, Takkan könne mit dem Klang seiner Stimme die Lerchen und Schwalben herbeirufen, genau wie ich mit meiner Mondlaute Stürme besänftigen kann.«

»Rein zufällig sagen dieselben Priesterinnen auch, dass aus Mamas Mund Diamanten sprudeln, wann immer sie Goldmakane spendet«, erwiderte Takkan trocken. Dann sah er mich an. »Sie übertreiben, Lina. Sehr sogar.«

Mit einem Kopfschütteln griff ich in meine Tasche und holte Schreibpinsel und Notizbuch hervor.

Ich will es hören. Bin noch nie einem singenden Wächter begegnet.

Ein Hauch von einem Lächeln umspielte Takkans Lippen. »Wie viele Wächter hast du denn so kennengelernt, Lina?«

Ich hob beide Hände, um Dutzende anzuzeigen. Hunderte. Das war die Wahrheit, aber Takkan dachte natürlich, ich machte Scherze.

Keiner singt. Keiner verdankt mir Leben.

Er stöhnte. Das war ganz schön gemein von mir, das wusste ich selbst. Glücklicherweise nahm er es mir nicht übel.

»Megari hat dich angestiftet, nicht wahr?«, fragte er mit einem Seitenblick auf seine Schwester.

Das Mädchen zuckte die Achseln. »Du sagst doch immer, dass die Geschichtsschreibung Iro übergeht. Also muss doch irgendwer von all den Schlachten singen, die wir geführt haben, damit man sich daran erinnert.«

»Ich habe die Lieder für dich geschrieben, Megari. Du bist die Musikerin, nicht ich.«

»Ach komm, Takkan, du hörst dich an, als würdest du lieber in die Schlacht ziehen, als ein kleines Lied mit mir zu singen. Weißt du, ich glaube nicht, dass Lina damit rechnet, dass sich Lerchen und Schwalben am Tempel versammeln. Jedenfalls nicht mitten im Winter.«

Ich nickte aufmunternd.

»Also gut«, lenkte er schließlich ein. »Wenn es euch glücklich macht, dass ich mit Bauchschmerzen vor mehrere Hundert Leuten trete und singe, dann ist das ein kleiner Preis, den ich zahlen muss. Ein Lied.«

Megari hüpfte begeistert auf und ab und klatschte dabei in die Hände. »Wir müssen aber üben, damit du dich nicht vor Lina zum Narren machst.«

»*Du* fängst besser mit dem Üben an, bevor es zu kalt wird«, sagte Takkan. »Wolltest du nicht unbedingt inmitten der Pflaumenblüten spielen, oder war das nur ein Trick, damit Lina und ich dich hierher begleiten?«

»Es war ein Trick, um dich zu überreden, beim Fest zu singen, Bruderherz. Ich wusste, dass du nicht Nein sagen würdest – nicht vor Lina.«

Megari schnappte sich ihre Laute und ließ sich auf einen umgekippten Baumstamm fallen. Sobald sie zu spielen begann, spiegelte sich pure Freude in ihrer Miene.

Ich lehnte mich an einen Baum und lauschte. Musik hatte mir nie besonders viel bedeutet. Die Zither spielen zu müssen, hatte mir ungefähr so viel Spaß gemacht wie das Nähen.

Aber das war ein Irrtum gewesen. Ich hatte die Musik unterschätzt.

Megari zupfte einen sehnsuchtsvollen Akkord, der mir so zu Herzen ging, als wären dessen eigene Saiten angeschlagen worden. Was würde ich nicht dafür geben, noch einmal zum Klang von Yotans Flöte tanzen zu können oder mit meiner Mutter in der Küche zu singen. Das waren glückliche Zeiten gewesen, so wie dieser Augenblick jetzt. Allzu bald würde auch Megaris Lied nur noch eine Erinnerung sein.

Takkan kam zu mir, lehnte sich an die andere Seite des Baums und hörte dem Spiel seiner Schwester zu. Oder war er schon die ganze Zeit da gewesen?

Als er merkte, dass ich ihn ansah, schaute ich schnell weg. Doch es war zu spät. Er kam um den Baum herum, bis wir nebeneinanderstanden.

Ich wollte gerade zu einem anderen Baum ausweichen, da flüsterte Takkan: »Dieses Lied erzählt eine Geschichte. Hörst du, wie Megari den Fluss imitiert?«

Sie strich mit den Fingern über die Saiten. Ja, das hörte sich an wie rauschendes und tröpfelndes Wasser.

»Das Lied handelt von einem Mädchen, das in einer Kastanienschale den Baiyun-Fluss hinuntergefahren ist«, sagte Takkan. »Sie war so groß wie eine Pflaume, so klein, dass sie sich mit Nadeln gegen Zikaden verteidigte und auf den Rücken von Milanen sprang, wenn sie vor ihren Feinden fliehen musste. Und auf dem Kopf trug sie einen Fingerhut, damit niemand merkte, dass sie in Wirklichkeit die Tochter der Monddame war.«

Einen Fingerhut auf dem Kopf? Ich verzog skeptisch den Mund. *Hast du dir das ausgedacht?*

»Gefällt es dir nicht?«

Ich zuckte die Achseln. Das ergab keinen Sinn. Warum hatte sie einen Fingerhut auf dem Kopf, wenn sie die Tochter der Monddame war?

»Ist nicht mein bestes.« Takkan lachte in sich hinein. »Aber manchmal frage ich mich, ob du nicht eine von ihnen bist, Lina. Eine Tochter des Mondes. Ich habe beschlossen, dass das der Grund ist, warum du nicht willst, dass irgendjemand deine Augen sieht. Ihre Helligkeit würde uns alle blenden.«

Er neckte mich, setzte seine Geschichten ein, um mich aus der Reserve zu locken. Und bei den Dämonen, es funktionierte sogar. Ich pflückte eine Blüte von meinem Ärmel und pustete ihre Blütenblätter in Takkans Gesicht. Das brachte ihn zum Lachen, und ich lächelte. Ich betrachtete die Tusche- und Kohleflecken an seinen hochgekrempelten Ärmeln, sein vom Wind zerzaustes Haar, das er sich ordentlich im Nacken zusammengebunden hatte, seine dunklen Augen, die irgendwie immer heller wirkten, je öfter ich sie sah. Kiki hatte recht. Er war gar nicht so ein Barbar, wie ich gedacht hatte.

Das bedeutete natürlich noch lange nicht, dass ich ihn mochte.

Aber es konnte ja nicht schaden, seinen Geschichten zu lauschen.

Als wir die Wölfe sahen, hatte es gerade wieder angefangen zu schneien. Sie strichen den Hügel hinab und pirschten mit blassen, erbarmungslosen Augen über die schneebedeckten Felsvorsprünge.

Megaris Griff um meinen Arm wurde fester. Wir bogen auf einen anderen Pfad ab, doch der Rest des Rudels war schon da und kam uns entgegen. Bald würden wir umzingelt sein.

»Lina«, sagte Takkan halblaut und reichte mir Admirals Zügel. Er griff nach seinem Bogen und dem Köcher mit vier blau gefiederten Pfeilen. »Bring meine Schwester ins Schloss.«

»Ins Schloss?«, wiederholte Megari. Sie ließ meinen Ärmel los. »Auf keinen Fall, du bleibst nicht hier zurück und …«

Takkan unterbrach sie, indem er sie hochhob und in den Sattel setzte.

Um Megaris willen stieg auch ich auf und drückte meine Fersen in Admirals Flanken, um möglichst schnell davonzureiten.

»Lina! Wir können Takkan nicht hier zurücklassen! Er ist verletzt. Du musst umkehren!«

Mein Verstand schrie dasselbe. Ich hatte Takkan noch nie im Kampf gesehen. Ich zweifelte zwar nicht an seinen Fähigkeiten und war mir sicher, dass ihn niemand zum Gegner haben wollte. Doch ganz gleich, wie begabt er als Krieger sein mochte, war er von seinen Verletzungen noch geschwächt. Er konnte sich nicht ganz alleine gegen ein ganzes Wolfsrudel verteidigen.

Ich sprang ab und gab Admiral mit einem Klaps zu verstehen, dass er Megari ohne mich zum Schloss zurückbringen sollte. Er würde ohne mein zusätzliches Gewicht schneller sein und kannte den Weg. Ich landete im Schnee, und Takkan half mir beim Aufstehen. Das Flackern in seinen Augen sagte mir, dass er mich für eine Närrin hielt, weil ich blieb.

Aber wenigstens war ich eine mutige Närrin.

Die Wölfe umringten uns. Sie knurrten, und in ihrem grauen Fell glitzerten Schneekristalle. Sie hatten so lange Reißzähne, dass sie aus ihren Schnauzen herausragten.

»Bleib dicht bei mir«, sagte Takkan, der seinen Rücken an meinen presste. Die Atmosphäre war bedrohlich und genauso angespannt wie die Bogensaite unter seinem Finger. Ich biss mir auf die Lippe, denn ich fürchtete mich mehr davor, laut zu keuchen, als davor, von ihren weißen Zähnen getötet zu werden.

Von der anderen Seite des Hügels ertönte ein Heulen. Dann griffen die Wölfe an.

Takkan verschoss mit der Genauigkeit eines talentierten Schützen seine Pfeile. Jeder Pfeil fand seinen Weg in den Bauch oder die Brust eines der Tiere. Wenn da nur vier Wölfe gewesen wären, hätten wir den Kampf gewonnen. Doch es kamen immer mehr aus dem Wald und den Hügel hinauf.

Takkan zog sein Schwert.

Ich war das wehrlosere Opfer, doch die Wölfe griffen mich nicht an. Sie heulten, wichen meinem Dolch aus und drängten mich ab. Sie interessierten sich ausschließlich für Takkan.

Sie würden ihn töten.

Im Kampf bewegten wir uns hügelaufwärts durch das Unterholz. In meinen Ohren rauschte der Puls. Ich griff einen der Wölfe an, die hinter Takkan her waren, doch seine kraftvollen Läufe stießen mich zur Seite, und ich taumelte nutzlos den Hang hinab.

Unterhalb von uns strich ein Wolf am Rand des Hügels hin und her. Auf den ersten Blick sah er genau wie alle anderen aus: borstiges, hellgraues Fell, wachsam gespitzte Ohren. Aber er war kleiner als die anderen Wölfe und verfolgte den Kampf aus der Distanz. Jedes Mal, wenn Takkan ein Mitglied seines Rudels tötete, stieß er ein schreckliches Heulen aus. Er war es, der mit seinem Geheul das Zeichen zum Angriff gegeben hatte.

Ich kroch durch das Gestrüpp auf ihn zu. An einem Vorderlauf trug er einen goldenen Reif – überaus seltsam.

Mit einem Satz hechtete ich auf seinen Rücken. Während er mich abzuschütteln versuchte, rutschten meine Füße über den Schnee. Reißzähne schnappten nach meinem Gesicht; die ganze Welt drehte sich, der Himmel verschwamm graublau vor meinen Augen, während der Wolf versuchte, mich gegen den Hang drücken. Doch ich hielt mich fest.

Er roch nach Rauch, und seine Augen hatten denselben trüben Gelbton wie die der anderen Wölfe, doch sie absorbierten das Licht auf eine Art, die mich stutzen ließ. Er knurrte und wollte mich abschütteln, aber ich blieb an ihm dran und fuchtelte blindlings mit meinem Dolch herum.

Er presste mich mit seinen Läufen in den Schnee und wollte mir mit seinen Krallen ein Ende bereiten. Doch ich stieß den Dolch tief in sein Fleisch, bis er auf Knochen traf, und drehte ihn dann um. Der Wolf stieß ein ohrenbetäubendes Heulen aus. Aus der Schnittwunde in seinem grauen Fell strömte Blut.

Ich erwartete, dass er mich aus Rache erneut anspringen würde, aber seine gelben Augen musterten mich nur. Sein Blick war furchterregender als der eines gewöhnlichen Wolfs. Und eigenartig berechnend.

Mit einem Peitschen seines Schwanzes wandte er sich um und sprang den Hügel hinauf. Mit einem Heulen forderte er den Rest der Meute zum Rückzug auf.

Takkan kam schwer atmend angerannt. Er hatte Blut im Gesicht, und sein Umhang war zerfetzt. Aber er war unverletzt, genau wie ich.

Erleichtert ließ er sein Schwert sinken. »Das war … die leichtsinnigste, dümmste … tapferste Aktion, die ich je gesehen habe.«

Hör auf zu reden. Ich zog ihn zu mir in den Schnee hinunter, und einen Augenblick lang lagen wir einfach da. Halb, um wieder zu Atem zu kommen, und halb lachend, weil wir wie durch ein Wunder überlebt hatten.

Kurz darauf näherte sich uns ein Pferd im Galopp. Es war Megari auf Admiral; die Schleife ihrer Schärpe hatte sich gelöst, während sie schnell auf uns zuritt. Ihr Gesicht war tränenverschmiert, doch ihre Miene war finsterer als die eines Wolfs. Sie sprang vom Pferd und warf ihrem Bruder eine Handvoll Schnee ins Gesicht.

»Wage es ja nicht, mich noch mal so wegzuschicken!«

»Um dich von den Wölfen fressen zu lassen?« Takkan hob die Arme, um sich vor den Angriffen seiner Schwester zu schützen. »Besser, ich werde gefressen, als dass Mama mich zu Hause umbringt. Du bist ihr Liebling, das weißt du doch.«

»Ich weiß.« Megari schlang die Arme um die Hüfte ihres Bruders. »Aber das ist nur, weil du so dumm bist.« Sie boxte ihn gespielt in die Rippen. »Sich auf ein Rudel Wölfe zu stürzen, wenn jeder mit etwas Verstand um sein Leben gerannt wäre!«

Bruder und Schwester lachten.

Auch meinen Lippen entwich der Geist eines Lachens. Es war kaum hörbar. Trotzdem wand sich aus dem Innern meiner Schale ein gefürchteter Schatten: Eine unsichtbare Schlange glitt in meine Tasche.

Ich fuhr mit der Hand hinein und zog den Zweig mit Pflaumenblüten heraus, den Megari mir gegeben hatte. Seine Blätter und Blüten waren schwarz geworden.

Alle Freude, die ich empfunden hatte, war wie ausgelöscht. Mein Herz wurde schwer. Einen herrlichen Augenblick lang hatte ich den düsteren Fluch vergessen, der auf mir lag.

Als Takkan und Megari nicht hinsahen, ließ ich den Zweig mit seinen verwelkten Blüten in den Schnee fallen.

Auf dem ganzen Heimweg lächelte ich nicht mehr.

Kapitel 26

Zu meinem Schrecken stellte ich fest, dass Hasege in die Festung zurückgekehrt war. Er stand neben Pao und bewachte die Tore. Takkan, Megari und mich begrüßte er mit finsterer Miene.

»Also stimmt es. Ihr habt euch mit dem Dämonenmädchen angefreundet.«

Takkans Antwort war die kühlste, die ich je von ihm vernommen hatte: »Du bist früher zurück als erwartet, Cousin.«

»Hast du den Verstand verloren, Takkan? Es gibt Krieg, und du schickst mich weg, während ich eigentlich das Schloss bewachen sollte – und das alles wegen dieser Dämonin?«

»Nenn sie noch einmal Dämonin, und du bist in Iro nicht mehr willkommen. Nie wieder.«

Hasege presste die Lippen aufeinander. Er konnte mich nicht anschauen, so als ob meine Anwesenheit ihn verunsicherte. Die Narbe, die er mir verdankte, leuchtete im violetten Abendlicht, schief, blass und hässlich.

»Ich warne dich, die Leute werden reden. Nach deiner gescheiterten Verlobung ist Iro bereits in Ungnade gefallen – oder warum, glaubst du, werden mehr Soldaten zur Festung Tazheni geschickt als hierhin? Und nun nimmst du noch diesen bösen Geist als Gast auf. Kein Wunder, dass man sich erzählt, die Prinzessin hätte dich verstoßen, weil du ihrer nicht wert warst.«

Ich atmete stoßweise, und in meiner Brust breitete sich eine Mischung aus Angst und Scham aus. Das war nicht der Grund, aus dem ich vor der Verlobung davongerannt war! War das wirklich, was die Leute sich erzählten?

Takkan neben mir war sichtlich angespannt. »Die Gerüchte aus Gindara sind mir völlig egal. Aber du solltest Shiori'anma mehr Respekt erweisen.«

»Den gleichen Respekt, den sie dir erwiesen hat? Ich kann nur hoffen, dass du während meiner Abwesenheit damit aufgehört hast, jedermanns Zeit mit der Suche nach ihr zu verschwenden. In dieser Hinsicht wäre dein Vater mit mir einig. Selbst Lord Yuji hat es aufgegeben.«

»Ach, wirklich?«, sagte Takkan grimmig. Er nahm seine Schwester bei der Hand, ging an Hasege vorbei und wandte sich an Pao. »Auf dem Heimweg sind wir Wölfen begegnet. Ich möchte, dass die Gegend ausgekundschaftet wird.«

»Wölfe?« Pao runzelte besorgt die Stirn. »Rund um Iro sind schon seit Jahren keine Wölfe mehr gesichtet worden.«

»Sie haben uns auf dem Hügel angegriffen, nicht weit vom westlichen Ufer der Flussmündung.«

Hasege lachte. »Du hältst jetzt wohl sogar schon Wölfe für Yujis Attentäter, was, Takkan? Das sind nur wilde Tiere, und du bist unverletzt entkommen. Du hast *wirklich* den Verstand verloren.«

Ich schaute Takkan an und fragte mich, ob er den kleinsten Wolf bemerkt hatte. Den mit dem goldenen Reif am Vorderlauf …

Takkans Blick war wie versteinert. »Wir können nicht ausschließen, dass Lord Yuji sie geschickt hat. Es mag ja sein, dass er die Suche nach Shiori'anma abgebrochen hat, aber er ist und bleibt ein Verräter. Und zwar ein gefährlicher.«

»Hasege und ich reiten hinaus und erkunden die Lage«, warf Pao schnell ein. Er stieß Hasege mit dem Ellenbogen an. »Komm.«

»Nein«, antwortete Hasege. »Ich gehe allein. Du eskortierst die Frauen ins Schloss.«

Das war nicht nötig. Lady Bushian war bereits am Tor und rannte auf ihre Tochter zu.

»Mama!«, rief Megari, »es war meine Idee! Ich wollte die Pflaumenblüten sehen und ...«

»Kein Wort mehr«, sagte Lady Bushian und warf mir einen Blick zu, der selbst einen Wolf zum Wimmern gebracht hätte.

Wie betäubt stapfte ich in mein Zimmer. Meine Kleider waren zerrissen und mein Rock durchnässt, aber ich konnte nicht aufhören, an den Angriff der Wölfe zu denken, und daran, wie die Pflaumenblüten verwelkt waren. Vor meinen Augen schien alles zu verschwimmen. Zu spät bemerkte ich, dass meine Schritte mich zu Zairenas Zimmer statt zu meinem geführt hatten.

»Habt Ihr schon gehört, dass Hasege zurückgekehrt ist?«, erzählte ihre Zofe gerade. »Möchtet Ihr ihn begrüßen? Er spricht draußen mit Takkan ...«

»Hasege kann warten.«

Zairena bemerkte mich an der Tür und öffnete sie weit. »Bist du gekommen, um dich zu verabschieden, Lina?«

Verabschieden?

»Du glaubst doch wohl nicht, dass du Megari in Gefahr bringen und trotzdem in der Gunst Lady Bushians bleiben kannst?« Zairena lachte. »Es würde mich nicht überraschen, wenn sie dich zur Abreise aufforderte.«

Ich biss die Zähne zusammen und ging weiter, doch Zairena stellte sich mir in den Weg.

»Wohin gehst du? Du kannst dich sowieso nicht verstecken – nicht, solange du diese Schale auf dem Kopf hast.« Sie ergriff den Rand der Schale und versuchte, sie mir abzunehmen.

Ich wand mich los und verfluchte innerlich die engen Flure der Festung. Ich war jetzt nicht in der Stimmung, mich mit ihr abzugeben. Meine Kleidung war durchnässt und meine Finger mussten dringend frisch verbunden werden.

Zairena trat beiseite. »Ah, ich habe wohl einen Nerv getroffen, nicht wahr?« Sie legte den Kopf schief und berührte das Muttermal auf ihrer Wange. »Was versteckst du unter dieser Schale, Lina? Ich hoffe nur, es ist den ganzen Ärger wert.«

Ich drängte mich an ihr vorbei. *Ärger* war ziemlich untertrieben.

Ich ging nicht mehr zu den Mahlzeiten im Schloss. Ich schwänzte sogar meine Lektionen bei Chiruan. Er hatte mir versprochen, Sieben-Gewürze-Tofu und Garnelen in seidiger Eiercreme zu kochen – zwei Gerichte, die zu meinen Lieblingsspeisen geworden waren. Doch seit meinem Ausflug zu den Pflaumenblüten fehlte mir die Kraft zum Lernen.

Verzweiflung stieg in mir auf und ich vergrub mein Gesicht in den Händen. Zahllose Nächte, in denen ich verzauberte Nesseln mit messerscharfen Blättern und brennenden Dornen bearbeitete, hatten es nicht vermocht, mir einen Ton zu entlocken. Doch in einem flüchtigen Augenblick mit Megari und Takkan hätte ich beinahe alles ruiniert.

Ich hätte um ein Haar meine Brüder umgebracht.

Als ich es leid war, in meinem Zimmer auf und ab zu gehen und allein am Fenster Trübsal zu blasen, streifte ich durch die Festung. Irgendwann fand ich einen versteckten Pavillon in den Gärten und suchte Trost auf dessen abgeschiedener Veranda. Bei all der Unruhe und dem drohenden Krieg mit A'landi schien der Pavillon vergessen worden zu sein, denn die steinernen Stufen, die hinauf zu den Türen führten, waren mit hohem Schnee bedeckt. Ich zündete die Feuerschale an, kauerte mich daneben und sah zu, wie die Laternen an den vereisten Dachtraufen im Wind schwankten.

Um mir die Zeit zu vertreiben, faltete ich Kraniche. Winzig kleine, nur ein Bruchteil der Größe von Kiki, denn Papier war knapp.

Du hast seit Ewigkeiten nicht mehr derart Trübsal geblasen, Shiori. Kiki schlug mit den Flügeln und wedelte mir Schnee auf die Nase. *Es ist doch nichts passiert. Niemandem ist was passiert. Warum bist du so traurig?*

Ich blickte nicht auf.

Kopf hoch! Sing doch dieses alberne Lied, das du immer trällerst. Du kannst hier nicht den ganzen Tag vor dich hin schmachten. Es gibt da einen Fluch, den du brechen musst.

Mein Sternenkraut war das Letzte, woran ich gerade denken wollte. Als ich Kiki mit einer Handbewegung verscheuchte, piepste sie empört und flog davon. Nach einer halben Stunde wurde ich nervös und packte meine Papiervögel ein, um nach ihr zu suchen. Doch dann kam sie wie aus dem Nichts angeflogen und verkroch sich im Korb, in dem ich das Papier für die Kraniche mitgenommen hatte. Im selben Moment kam eine vertraute Gestalt um die Ecke.

»Wie ich sehe, hast du den berühmten Moos-Pavillon entdeckt«, sagte Takkan. »Kein Wunder, dass ich dich nirgends finden konnte, wenn du dich im hintersten Winkel der Gärten versteckst. Ich dachte, du wärst in der Küche, aber Chiruan sagt, dass er dich seit gestern nicht gesehen hat.«

Hatte er nach mir gesucht? Ich runzelte die Stirn, blickte aber immer noch nicht auf. Nahm keine Notiz von ihm. Ich gab vor, mich auf meine Kraniche zu konzentrieren, um anzudeuten, dass ich alleine sein wollte.

»Das hier war ursprünglich als Teehaus gedacht«, fuhr Takkan fort, »aber dann hat meine Mutter den Plan verworfen. Jetzt ist es ein guter Ort, um in Ruhe nachzudenken – oder an einer Stelle, wo nur die Vögel zuhören, singen zu üben.« Ein mattes Lächeln. »Oder ein paar Vögel zu *falten.* Willst du dir etwas wünschen, wenn du tausend zusammenhast?«

Ich schluckte schwer und beantwortete seine Frage nur in Gedanken. Inzwischen hatte ich schon mehr als fünfhundert fertig. Anfangs war es meine Absicht gewesen, mir etwas zu wünschen. Etwas Albernes und Überspanntes. Aber inzwischen wusste ich, dass ich mich nicht auf irgendwelche alten Legenden verlassen konnte.

Nein, ich hatte sie für mich selbst gefaltet. Es war zu einer Angewohnheit geworden, damit meine Hände beschäftigt waren und ich mich ein bisschen weniger einsam fühlte, wenn Kiki unterwegs war, um meinen Brüdern von mir zu berichten.

Obwohl ich nicht reagierte, ließ sich Takkan von meinem Schweigen nicht beirren. Er griff in seinen Tornister und holte ein gefülltes Klebreisbällchen heraus, das mit Bambusblättern und Garn gewickelt war.

Ich hob den Kopf.

»Die nimmst du dir doch immer beim Abendessen«, sagte er und packte eines aus. Ich hatte es selbst gewickelt; das Garn überkreuzte sich überall an den falschen Stellen und schnitt zu fest in die Bambusblätter ein. So gern ich Klebreisbällchen auch aß, konnte ich sie doch immer noch nicht richtig zubereiten.

Mein laut knurrender Magen machte es mir schwer, Takkan weiterhin zu ignorieren. Also verdoppelte ich meine Aufmerksamkeit für die Kraniche und blickte nicht einmal auf, als er mir das Bällchen ein zweites Mal anbot.

Kiki arbeitete sich aus dem Kranich-Korb hervor, kletterte auf meinen Unterarm und kniff mich mit dem Schnabel. *Iss was, Shiori!*

Ich habe keinen Hunger.

Keinen Hunger? Und dafür habe ich mir all die Mühe gemacht, ihn zu finden und hierherzulotsen? Er hätte mich beinahe entdeckt!

Du hast ihn hierhingeführt? Ich tat so, als ob ich Schnee von meinen Ärmeln abklopfte. *Ich dachte, du würdest mir raten, ihn zu ignorieren.*

Wann soll ich dir denn so etwas geraten haben? Sie zwickte mich wieder, als ob ich dadurch wieder zur Vernunft kommen würde. *Du hast mich aus Hoffnung erschaffen, Shiori. Glaubst du etwa, du könntest den Fluch deiner Brüder brechen, wenn du verzweifelt bist? Also geh und verbring etwas Zeit mit ihm!*

»Was hast du da in deinem Ärmel versteckt, Lina?«, fragte Takkan gutmütig. »Wenn es Küchlein sind, dann nehme ich das Reisbällchen wieder mit.«

Mein Widerstand schmolz dahin, hauptsächlich, weil ich tatsächlich Hunger hatte. Ich nahm das Reisbällchen an und verschlang es in drei Bissen. Beim Kauen klebte der Reis an meinen Zähnen. Ich wischte mir den Mund ab und seufzte befriedigt.

»Tee?«

Nein. Ich würde mich nur einmal bestechen lassen.

Ich verschränkte die Arme und sah auf. Auch Takkan aß gerade ein Reisbällchen, und eine Kalebasse mit Tee stand auf der Bank neben ihm.

Er sah heute verändert aus. Anstelle seiner Rüstung trug er eine lange, dunkelblaue Jacke, die ich noch nicht kannte und die am Kragen über Kreuz geschlagen war. Dazu eine buchweizenfarbene Hose und eine schmale, schwarze Schärpe. So wirkte er weniger wie ein gestrenger Wächter, sondern eher wie jemand, der mein Freund sein wollte. Ich fragte mich, ob er uns als Freunde betrachtete.

»Ich hätte schon längst nach dir gesucht«, sagte er plötzlich, »aber ich war mit den Wächtern draußen, Wölfe jagen.«

Ich knüllte die Bambusblätter in meiner Faust zusammen. *Wölfe?*

»Wir haben ihren Unterschlupf gefunden«, fuhr Takkan fort. »Die anderen sind deshalb der Meinung, dass es sich um ganz gewöhnliche Wölfe handelt, an denen nichts verdächtig ist – und sie auf keinen Fall Bestandteil eines koordinierten Angriffs von Lord Yuji und seinen Verbündeten sind. Aber ich bin davon nicht so überzeugt.«

Er zog seine Kapuze vom Kopf und setzte sich auf die Stufe unter mir. »Du warst dabei, Lina«, sagte er sehr ruhig. »Ist dir an den Wölfen irgendetwas Ungewöhnliches aufgefallen?«

Erleichtert, dass er es auch bemerkt hatte, schürzte ich die Lippen. *An einem von ihnen, ja. Der kleinste, der mit den gelben Augen.* Ich griff nach meinem Knöchel und deutete so an, dass er einen Goldreif getragen hatte.

»Ich habe es auch gesehen«, murmelte Takkan, »und bekomme es nicht aus dem Kopf. An der Seite von Lord Yujis Verbündetem gibt es einen Zauberer, welcher ›der Wolf‹ genannt wird – und der seinem Herrn aufgrund des Amuletts, das dieser trägt, verpflichtet ist.«

Mir fiel wieder ein, wie Seryu mir erklärt hatte, dass die Zauberer den Schwur geleistet hatten, dem Besitzer ihres Amuletts zu dienen, ganz egal, um wen es sich handelte.

»Als ich das gegenüber den anderen Wächtern erwähnt habe«, fuhr Takkan fort, »glaubten sie, ich hätte den Verstand verloren, weil ich … weil ich fand, dass an dem Wolf, den wir gesehen haben, etwas merkwürdig war. Weil ich glaube, dass es sich um …« Er zögerte.

Magie handeln könnte? Ich fuhr mit einem Finger über meine Handfläche.

»Genau«, flüsterte er, »Magie.« Takkan holte tief Luft. »Ich weiß nicht viel über Magie, Lina, aber ich habe Geschichten aus den Ländern jenseits von Kiata gehört. Und in jeder davon sind die Zauberer durchtrieben, oft sogar noch mehr als ihre Herren. Mein Gefühl sagt mir, dass der Wolf nicht anders ist.«

Er lachte leise über sich selbst. »Hör mich nur an – ich gründe meine Vermutungen tatsächlich auf abstruse Geschichten, die mir von irgendwem zugetragen wurden. Ganz Kiata konzentriert sich darauf, die A'landier zu besiegen, und ich sitze hier und mache mir Gedanken über einen Wolf. Gut, dass ich nicht dem Rat des Kaisers angehöre oder der Oberkommandant der Armee bin. Kein Wunder, dass die anderen glauben, ich wäre verrückt geworden.«

Ich lehnte mich ein wenig näher zu ihm hin, um ihm zu verstehen zu geben, dass ich das nicht glaubte. Ganz und gar nicht.

Er senkte die Stimme. »Manchmal denke ich, dass die Magie Kiata niemals verlassen hat. Nicht gänzlich. Ich frage mich sogar, ob die Prinzen und die Prinzessin vielleicht verzaubert worden sind – das ist in meinen Augen die einzige Erklärung für ihr spurloses Verschwinden.« Er verzog skeptisch den Mund. »Aber vielleicht mache ich mir auch nur etwas vor. Der hiesige Winter kann einem schon mal den Verstand einfrieren.«

Plötzlich war mir kalt und ich erschauerte. Takkan ahnte nicht, wie nahe er der Wahrheit gekommen war. Meine Finger pressten den noch unfertigen Kranich zusammen, den ich in der Hand hielt.

Ich machte eine letzte Falte, breitete seine Flügel aus und zeigte ihn Takkan.

»Was ist das, eine Taube?«

Nein.

»Ein Schwan?«

Ich tippte den Kopf des Vogels an.

»Ein Kranich?«

Ja. Ich faltete ein weiteres Blatt zu einem Kranich. Dann noch eins und noch eins, bis ich sechs zusammenhatte, die ich in einem unregelmäßigen Kreis aufstellte. Mehr traute ich mich nicht, ihm anzudeuten.

»Sechs Kraniche«, meinte Takkan, »ich fürchte, ich verstehe dich nicht.«

Natürlich nicht. Es war unfair, ihn Rätsel raten zu lassen und ihm vorzumachen, dass am Ende der Mühen eine Belohnung wartete.

Schuldgefühle und Enttäuschung überwältigten mich. Ich nahm die Kraniche und warf sie hoch in die Luft. Sie flogen die Treppe hinab, und als sie im Schnee landeten, wiegten sich ihre Köpfe im Wind. Doch einer flog nicht und landete stattdessen auf meinem Arm. Als ich einen seiner Flügel ergriff, nahm Takkan den anderen. Unsere Fingerspitzen waren einander so nah, dass ich beinahe die Wärme seiner Haut spüren konnte.

Ich zog meine Hand weg und wandte mich dem Tee zu, den ich abgelehnt hatte. Er war inzwischen kalt geworden, schmeckte aber nicht bitter, als ich ihn trank. Er duftete immer noch, und der Nachhall seiner Restwärme beruhigte mich.

Takkan hatte den letzten Kranich auf seine Handfläche gesetzt. »Die bedeuten dir eine Menge, die Kraniche, nicht wahr?«

Diese Frage konnte ich immerhin beantworten. Ich nickte.

»Weißt du, wieso sie diese rote Krone haben?«

Nein. Erzähle es mir.

»Wie jeder weiß, war Emuri'en die Mächtigste der sieben Götter«, fing Takkan an. Seine Stimme wurde tiefer, während er Kiatas beliebteste Legende rezitierte. »Sie erschuf aus unseren Tränen das Meer und bemalte den Himmel mit ihren Träumen. Und ihr Haar überstrahlte jedes Licht und jeden Stern des Universums. Ihre Locken waren derart hell, dass die Sonne sie um eine Locke bat, die sie seither als Halskette trägt, um die Welt zu erleuchten.«

Takkans Stimme rollte wie die voll klingenden, tiefsten Töne einer Zither. »Nun, da die Erde Licht hatte, beobachtete Emuri'en die Menschen, die dort unten wohnten, und sie lernte sie lieben. Doch sie sah auch, dass die Menschen schwach waren – empfänglich für Gier und Neid. Jeden Morgen schnitt sie sich die Haare und färbte sie rot ein – in der Farbe der Macht und des Blutes –, um ihre Leuchtkraft etwas abzumildern, und band verschiedene Sterbliche aneinander, indem sie ihre Schicksale durch Liebe verknüpfte. Doch mit jeder Strähne, die sie abschnitt, wurde ihre Kraft immer schwächer, sodass sie die Wolken zu Hilfe nahm, um tausend Kraniche zu erschaffen – heilige Vögel, die ihr bei ihrem Werk helfen sollten.«

Takkan nahm die zwei Fäden, mit denen unsere Reisbällchen eingewickelt gewesen waren, und hielt einen vor den Schnabel des Papierkranichs.

»Im Laufe der Zeit gab sie so viel von ihrer Kraft ab, dass sie sich nicht länger im Himmel halten konnte und auf die Erde stürzte. Ihre Kraniche versuchten sie aufzufangen, doch bei diesem Versuch verschütteten sie Emuri'ens rote Farbe, sodass sie die purpurnen Kronen bekamen, die sie bis heute tragen.« Er senkte die Stimme. »Als Emuri'en das sah, lächelte sie ein letztes Mal und nahm ihnen das Versprechen ab, ihre Aufgabe fortzusetzen und Schicksale und Bestimmungen miteinander zu verknüpfen.

Die tausend Kraniche flogen gen Himmel und beteten für Emuri'ens Wiederauferstehung. Doch obwohl selbst die Götter die Rückkehrer ihrer Schwester wünschten, konnten sie sie nicht zurückholen. Stattdessen nahmen sie ihre letzte Haarsträhne und pflanzten sie in die Erde – in der Hoffnung, dass sie eines Tages wiedergeboren würde. Und das wurde sie, doch das ist eine andere Geschichte.«

Er hob einen zweiten Kranich vom Boden auf und steckte ihm den anderen Faden in den Schnabel.

»Bis zum heutigen Tag sind es die Kraniche, die die Fäden unserer Bestimmung tragen. Es heißt, dass jedes Mal, wenn sich zwei Menschen begegnen, sich auch ihre Fäden überkreuzen. Und wenn sie füreinander Bedeutung erlangen oder sich gegenseitig ein Versprechen machen, dann wird ein Knoten geknüpft, der sie miteinander verbindet.«

Er knotete die beiden Fäden an einem Ende zusammen und sprach leiser weiter. »Aber wenn sie sich verlieben, dann werden ihre Fäden an beiden Enden verknüpft und formen ein Ganzes.« Er verknotete die Fäden auch am anderen Ende und hielt den Fadenkreis hoch. »Und ihre Schicksale sind unwiderruflich miteinander verbunden.«

Damit war seine Geschichte beendet. Er hielt mir die verknoteten Fäden hin.

Ich zögerte. »Wenn das Schicksal aus ein paar Fäden besteht, dann trage ich eben eine Schere bei mir«, hatte ich immer zu meinen Hauslehrern gesagt, wenn sie uns von Emuri'en erzählt hatten. »Ich treffe meine eigenen Entscheidungen. Und zwar so, wie ich es für richtig halte.«

Eine Prinzessin konnte das so leichthin sagen, doch ich war keine Prinzessin mehr.

Zu spät griff ich nach dem Fadenkreis – ein Windstoß riss ihn von Takkans Fingern los.

Er fiel in den Schnee, und ich schnappte hastig danach, ehe der Wind ihn stehlen konnte. Doch entweder war ich zu langsam oder der Wind zu schnell. Unsere Schicksalsfäden flogen durch die Luft, flatterten über die Dächer hinweg und verloren sich dann in der Ferne.

Nur der Himmel wusste, was aus ihnen werden würde.

Kapitel 27

Ich befand mich gerade in der Küche, als ich einen Schrei hörte. Das schrille Geräusch übertönte den Lärm von Chiruans Hackmesser, das andauernde Zischen des Kessels und das Scheppern der Kochtöpfe, in denen die Köche gerade das Mittagessen zubereiteten.

Ich ließ mein Messer sinken und wischte es an meiner Schürze ab. *Was ist passiert?*, fragte ich Chiruan mit Gesten.

»Geh und sieh nach!«

Rasch schnappte ich mir meinen Umhang und rannte nach draußen. Im Garten gegenüber vom Nordtor hatte sich schon ein Menschenauflauf gebildet.

Als Ersten sah ich Hasege, der Zairena zwischen den Männern und Frauen hindurchführte. Sie hatte einen Fächer aus schwarzer Seide und perlenbesetzten Troddeln in der Hand und hielt ihn so, dass er ihr Gesicht mit Ausnahme der Augen verdeckte.

Hatte sie diesen Schrei ausgestoßen? Nein, das konnte nicht sein. Sie hielt das Kinn hochgereckt, hatte die Säume ihrer Ärmel säuberlich umgeschlagen und ging langsam, so als wollte sie zu einem Gebetsritual im Tempel.

Was macht sie hier?, fragte ich mich. *Was geht hier vor?*

Zairena faltete ihren Fächer zusammen und kniete sich hin. Das weiße Kleid war im Schnee wie eine Tarnung. Ich stellte mich auf die Zehenspitzen und behielt Kiki im Auge, die aus meinem Ärmel herausgeflogen war, um besser nachforschen zu können, was los war.

Dann sah ich es.

Im Schnee lag ein toter Wächter. Die schwache Wintersonne warf nur ein fahles Licht auf seinen leblosen Körper, und jemand hatte seine Augen mit einer schmalen Schärpe bedeckt, doch ich erkannte ihn sofort.

Mir schlug das Herz bis zum Hals. *Oriyu.*

Seine Adern hoben sich blau von seiner blassen Haut ab, und das graue Haar klebte an seinen Schläfen. Doch es waren seine Lippen, die meine Aufmerksamkeit auf sich zogen.

Seine Lippen, piepste Kiki. *Sie sind … sie …*

Schwarz. Ich verschränkte zitternd die Arme. Ich brauchte keine vier Jahre Lehrzeit bei den Priesterinnen von Nawaiyi, um zu erkennen, um welches Gift es sich handelte. *Vier Atemzüge.*

Zairena entfaltete ihren Fächer wieder und nickte Hasege ernst zu.

»Vier Atemzüge«, sagte sie in ihrem gewichtigsten Tonfall zu uns Übrigen. »Innerhalb einer Stunde, nachdem das Opfer davon getrunken hat, werden seine Lippen schwarz, und der Tod tritt kurz danach ein.«

Zairena wandte sich an die Zofe, die neben ihr stand und die den toten Wächter entdeckt haben musste.

»Geh jetzt zum Tempel. Reinige deinen Geist von diesem schrecklichen Mord. Ich komme mit – wir müssen dafür beten, dass Oriyus Seele Frieden findet und uns nicht als ruheloser Geist heimsucht.«

Die Menge teilte sich für die beiden, und ich ergriff die Gelegenheit, näher an die Leiche heranzukommen.

Ich hielt den Kopf gesenkt und schlängelte mich durch die Menschenschar, bis ich Takkan erblickte.

»Er wird heute Abend beigesetzt«, kündigte Hasege hinter mir schroff an. »Wir werden den Mörder finden. Und jetzt geht alle zurück an die Arbeit.«

Die Menge zerstreute sich, doch ich blieb. Die Wächter durchsuchten Oriyus Kleidung, und ich wollte wissen, was sie fanden.

Hasege wedelte mit einer Fackel vor meinem Gesicht herum. »Du bist hier nicht willkommen.«

»Lass sie durch«, sagte Takkan und trat zwischen uns. Seine Miene war von Trauer verzerrt, und seine sonst leichtfüßigen Bewegungen vom Kummer verlangsamt. Ich fühlte mit ihm. Oriyu war sein Freund gewesen. »Vielleicht fällt ihr etwas auf, das wir übersehen haben.«

»Vielleicht ist sie ja die Mörderin«, warf Hasege grob ein. »Sie ist nicht aus Iro und hat niemanden, der für sie bürgen kann. Und schaut euch die Schale auf ihrem Kopf an. Sie verbirgt doch etwas!«

»Ich habe dir schon einmal erklärt, dass sie unter meinem Schutz steht.«

Hasege senkte die Fackel und ließ mich passieren, doch es breitete sich ein unbehagliches Schweigen aus. Mir war klar, dass viele Wächter mit Hasege einer Meinung waren und mich nicht mochten. Sie starrten mich mit zusammengebissenen Zähnen misstrauisch an, als ich mich Oriyu näherte.

Immerhin Pao trat für mich beiseite.

»Er hatte vorletzte Nacht Feuerwache«, murmelte er. »Oriyu hatte schon seit Tagen nicht mehr geschlafen, deshalb habe ich seinen Dienst übernommen und ihm gesagt, dass er sich ausschlafen soll. Als er zu seiner nächsten Wache nicht erschien, nahm ich an, dass man ihn wieder auf die Suche nach den Wölfen geschickt hatte.«

Ich stützte mich mit den Händen im Schnee ab und sah mir Oriyus geschwärzte Lippen, zerknitterte Kleidung und die Teile seiner Rüstung, die ihm die anderen abgenommen hatten, ganz genau an. Nichts.

Ich atmete tief ein. In seiner Kleidung hing ein starker und merkwürdig süßlicher Geruch von Räucherstäbchen.

Ich winkte Pao zu und machte schnüffelnde Geräusche. Dann tat ich so, als schliefe ich ein. Damit versuchte ich zu erklären, dass man *Vier Atemzüge* auch einatmen konnte.

Gift einatmen und schlafen, schrieb ich in den Schnee.

Dann essen. Sterben.

Pao runzelte die Stirn. »Du glaubst, der Mörder hat Oriyu das Gift im Schlaf gegeben?«

Ich war mir nicht sicher, also zuckte ich die Achseln. Es war eine Vermutung.

Draußen in den Lagern kampierten Hunderte Soldaten, doch die Wächter verfolgten ganz genau, wer in der Festung ein und aus ging. Das würde es leichter machen, den Mörder ausfindig zu machen, es sei denn …

Vielleicht noch hier?, schrieb ich.

Als Pao meine Schlussfolgerung weitergab, blickten die anderen finster und runzelten die Stirn. Meine Ohren konnten ihren gemurmelten Diskussionen mühelos folgen: Was wusste ich, »ein schmales Hemd von einem Mädchen«, über Attentäter und Gift? Andere, noch kreativere Namen wurden mir gegeben, ehe Takkan die anderen mit einem wütenden Blick zum Schweigen brachte.

Er hatte sich bis jetzt nicht an ihren Spekulationen beteiligt. Seine dunklen Augen glänzten im Licht der Fackeln, als er die Leiche seines toten Freundes inspizierte.

Unter meinen Ärmeln breitete sich Gänsehaut aus. Ich war mir sicher, dass er an den Brief dachte, den er dem a'landischen Spion abgenommen hatte. Wenn Lord Yuji nun doch irgendwie in den

Besitz von *Vier Atemzüge* gelangt war, konnte er damit jede Menge Unheil anrichten.

Takkan bückte sich, wickelte Oriyus Tuch von dessen Hals und legte es ordentlich gefaltet an seiner Seite ab. Dann begann er, seinem Freund die Handschuhe und Unterkleidung auszuziehen.

»Takkan, was tust du da? Wir haben doch schon …«

Takkan ignorierte die Wächter. »Pao, halte bitte die Laterne.«

Vorsichtig untersuchte Takkan die Leiche und drehte sie auf die Seite. »Da!«, sagte er schließlich und zeigte auf ein Netz schwacher goldener Adern an Oriyus Armen. An seinem Nacken waren auch welche, die aber schon fast vollständig verblasst waren.

»Lina hat recht. Es sieht danach aus, als hätte Oriyu tatsächlich *Vier Atemzüge* eingeatmet, bevor er die tödliche Dosis bekommen hat.«

»Und was nützt uns diese Erkenntnis?«

Takkan erhob sich. »Wir riegeln alles ab«, befahl er. »Niemand betritt oder verlässt die Festung, bis wir den Mörder enttarnt haben.«

»Die Festung abriegeln?«, fragte Hasege ungläubig. »Willst du damit sagen, dass du tatsächlich diesem Mädchen Glauben schenkst? Nur ein Dummkopf wäre hiergeblieben.«

»Entweder ein Dummkopf oder jemand besonders Schlaues. Jemand, den wir kennen und dem wir vertrauen. Wir dürfen keine Risiken eingehen.«

»Dann schick doch wenigstens ein paar von uns los, um außerhalb der Festung auf Erkundung zu gehen«, schlug Hasege vor. »Oder vertraust du nicht einmal deinen eigenen Männern? Deinen nächsten Verwandten?«

»Wenn einer meiner nächsten Verwandten den Namen Bushian entehrt, dann hat er mein Vertrauen nicht verdient«, gab Takkan unterkühlt zurück.

Hasege warf mir einen hasserfüllten Blick zu. Er versuchte, seine Wut im Zaum zu halten, scheiterte jedoch. »Woher sollen wir denn überhaupt wissen, dass der Mörder *in* der Festung gewesen ist?«, knurrte er. »Vielleicht wurde Oriyu vergiftet, während er auf Wolfsjagd war. Eine vergebliche Mühe, die *du* angeordnet hast, weil du glaubst, Lord Yuji hätte eine Wolfsmeute geschickt, um dich zu töten.«

Takkans Miene verfinsterte sich. »Willst du damit sagen, dass ich für Oriyus Tod verantwortlich bin?«

»Aber, aber, Cousin. Ich werfe keinen Stein. Ich erwäge lediglich alle Möglichkeiten. Wie du selbst es ja auch gern machst.«

Takkan hielt dem Blick seines Cousins stand. »Dann lass uns einmal alle Möglichkeiten in Betracht ziehen. Warum sollte irgendjemand versuchen, Oriyu zweimal zu vergiften? Ihn erst in Tiefschlaf zu versetzen und ihm dann die tödliche Dosis zu geben?« Er sprach langsam, achtete auf jedes Wort. »Ich möchte wetten, dass der Mörder es auf jemand anderen abgesehen hatte und dass Oriyu aus Versehen dem Gift ausgesetzt wurde. Als der Mörder seinen Irrtum bemerkte, hat er ihn umgebracht – und gehofft, die Kälte würde alle Spuren von *Vier Atemzüge* auf Oriyus Haut auslöschen.«

»Dann denke ich, der Mörder hat Oriyu mit dir verwechselt«, argumentierte Hasege, »und stolpert jetzt in aller Ruhe zu Yujis Stützpunkt zurück, während wir hier nur unnütz zaudern und unsere Zeit verschwenden, anstatt ihn zu verfolgen.«

»Das war kein missglückter Mordanschlag auf mich«, sagte Takkan, der Oriyus Tuch aufhob. »Wir nehmen an, dass der Mörder tatsächlich ein Mörder *ist.* Man kann einen Menschen jedoch deutlich einfacher töten als mit *Vier Atemzüge*. Andere Gifte sind genauso tödlich und genauso schnell. Nein, *Vier Atemzüge* ist deshalb so einzigartig, weil es seine Opfer betäubt und man sie deshalb leichter gefangen nehmen kann.«

»Jemanden wie den Kaiser?«, fragte Pao.

»Oder seine Kinder.«

Ich erschauerte, als sich Haseges Mund zu einem zynischen Grinsen verzog. »Das kann nicht dein Ernst sein, Takkan, du bringst Oriyus Tod doch nicht etwa mit diesem Brief in Verbindung, der dir in die Hände gefallen ist?«

»Das kann kein Zufall sein.«

»Sagen wir, der Mörder ist tatsächlich noch in der Festung«, fuhr Hasege fort. »Auf wen hat er es dann abgesehen, wenn nicht auf dich?«

»Das werden wir erst erfahren, wenn wir ihn gefunden haben«, antwortete Takkan grimmig. Er hielt Oriyus Halstuch in die Höhe. »Oriyu hat normalerweise keine Räucherstäbchen abbrennen lassen. Damit fangen wir an. Wir finden heraus, woher der Geruch kommt. Befragt jeden hier in der Festung.«

Takkan wandte Hasege den Rücken zu und sprach die anderen Wächter an. »Mit wem der Mörder auch immer im Bunde ist, wir müssen ihn finden … bevor er den Nächsten tötet. Verstanden?«

Einer nach dem anderen verbeugten sich die Wächter und murmelten zustimmend. Ich warf Hasege einen Blick zu; seine Miene war versteinert und hinter seinen schwarzen Augen kochte es. Er verbeugte sich nicht.

Die Wächter zerstreuten sich. Drei von ihnen trugen Oriyu fort und die anderen folgten Takkan ins Schloss. Hasege ging allein die Tore ab, um anzuordnen, dass sie bis auf Weiteres geschlossen werden sollten.

Ich sah zu, wie seine Stiefel bei jedem seiner Schritte tief in den Schnee einsanken. Die Atmosphäre hatte sich verwandelt. Unbehagen und Misstrauen hingen über dem Schloss wie ein dunkler Schleier

Unter uns war ein Verräter.

In dieser Nacht war ich so wütend, dass ich die Kälte kaum spürte. Ich öffnete die Korbtasche, nahm die Nesseln heraus und breitete sie vor mir wie Feuerlocken aus. Nach all diesen Wochen hatte mein Körper sich verblüffenderweise an die Dornen gewöhnt, und obwohl meine Hände unter ihrer sengenden Hitze brannten und Blasen warfen, konnte ich den Schmerz inzwischen aushalten.

Das hieß jedoch nur, dass sich mein Kopf auf andere Dinge konzentrieren konnte – wie den Verräter hier im Schloss. Wie meine Stiefmutter.

Glaubst du, dass deine Stiefmutter etwas mit der Rebellion Lord Yujis zu tun hat?, fragte Kiki.

Sie muss damit zu tun haben, antwortete ich in Gedanken und pflückte einen Dorn vom Sternenkraut ab. *Warum sonst hat sie meine Brüder und mich aus Gindara verbannt? Um die Regentschaft meines Vaters zu stürzen. Vielleicht ist Yuji ihr Geliebter und sie hat die ganze Zeit geplant, ihn auf den Thron zu bringen.*

Doch kaum, dass ich das dachte, regte sich tief in mir Unsicherheit. Im Laufe der Jahre hatten viele Männer Raikama begehrt, aber sie stand mit unerschütterlicher Loyalität zu meinem Vater. Das hatte sie immer getan.

Oder dachte ich das nur, weil sie mich verzaubert hatte?

Natürlich hat sie das, dachte ich spöttisch. Sie hatte uns wahrscheinlich alle verzaubert, ihre Marionetten zu sein und sie zu lieben.

In meinem Herzen stieg ein Schmerz auf. Er war wie ein Geist in meinem Innern, die leere Hülle eines Gefühls, das in meiner Erinnerung an die Oberfläche kam und mich daran denken ließ, dass ich Raikama einst wirklich geliebt hatte – auch wenn ich nicht mehr wusste warum.

Weil das ein Teil ihres Fluchs war, rügte ich mich selbst. Ich ärgerte mich, dass ich meine Wut über Raikama hatte verrauchen lassen, selbst wenn es nur für einen Augenblick gewesen war.

Sie ist eine Schlange, erklärte ich Kiki mit Nachdruck. *Das hat sie mir sogar einmal selbst gesagt. Ich habe es damals nicht verstanden, aber jetzt tue ich es. Sie ist wie Gift, und sie versucht Kiata zu zerstören.*

Mein Papiervogel sah mich skeptisch an. *Und warum macht sie sich dann die ganze Mühe mit dir und deinen Brüdern? Warum hat sie euch nicht einfach umgebracht und gleichzeitig euren Vater gestürzt? Sie hat jedenfalls genug Macht, um das zu tun.*

Diese Frage beschäftigte mich auch schon seit Monaten. Sie war wie ein Stachel in meiner Hand, ein Stachel, den ich beim Versuch, ihn herauszuziehen, nur immer tiefer hineindrückte.

Sie ist wie Gift, wiederholte ich und weigerte mich, weiter über das Thema zu sprechen.

Doch innerlich begann ich zu zweifeln. Für einen sehr kurzen Moment hatte ich meinen Hass auf Raikama vergessen – zum ersten Mal, seit ich verflucht worden war. Ich hätte schwören können, dass der Fluch, der meine Erinnerungen umwölkte, sich in diesem Moment schwächer anfühlte.

Nein, das musste ich mir eingebildet haben. Warum sollte Raikama ihre Magie an meinen Erinnerungen einsetzen? Welche Antworten könnten sich in meiner Vergangenheit verbergen?

Es ergab keinen Sinn, doch ich konnte nicht aufhören, darüber nachzudenken. Ich konnte nicht damit aufhören, nach den Lücken in meinem Gedächtnis zu forschen. Und in dieser Nacht, in meinen Träumen, fing ich an, mich zu erinnern.

»Andahai hat erzählt, dass vorige Woche jemand versucht hat, Vater zu vergiften«, sagte ich zu Raikama, die ich allein in ihren Gemächern angetroffen hatte. Sie kämmte ihr Haar und summte etwas vor sich hin – bis sie mich erblickte. »Er sagt, dass du ein

Gegenmittel hergestellt hast, das ihn gerettet hat. Wie hast du das gemacht? Hast du dich deiner Schlangen bedient?«

Sie überlegte, auf die gleiche Art wie ich, wenn ich mich entscheiden musste, zu lügen oder die Wahrheit zu sagen »Ja, mithilfe meiner Schlangen. Manchmal, aber nicht oft, ist Gift das Heilmittel für Gift. Es ist getarnte Medizin.«

»Zeigst du sie mir? Ach, bitte! Hasho bringt ständig Kröten und Eidechsen mit nach Hause, aber Schlangen findet er keine. Und ich bin noch nie in deinem Garten gewesen.«

»Das wäre zu gefährlich, Shiori«, antwortete Raikama. »Einige meiner Schlangen sind wie gesagt giftig. Sie könnten einen Störenfried wie dich beißen.«

Das war ein gutmütiger Scherz, doch ihr Ton war angespannt. Ein rücksichtsvolleres Kind hätte das Thema gewechselt. Doch so ein Kind war ich nicht.

»Hast du nie Angst, dass sie dich beißen?«, fragte ich.

»Gift wirkt bei mir nicht. Meine Schlangen wissen, dass sie es gar nicht erst zu versuchen brauchen.«

»Und warum wirkt es bei dir nicht?«

Sie lachte neckisch. »Eines Tages wird dich deine Neugier ins Verderben führen, meine Kleine.«

»Warum?«, beharrte ich.

Sie hielt einen Moment inne. »Weil ich eine von ihnen bin«, antwortete sie schließlich und legte ihren Kamm hin. Ihre Augen waren rund und leuchtend. Und dann, als sie zwinkerte, wurden sie gelb – wie die einer Schlange.

Ich erwachte und sprang praktisch aus dem Bett. Diese Erinnerung hätte mir Angst machen sollen, doch auf eine seltsame und unverständliche Art tat sie das nicht.

Denn für einen flüchtigen Moment – fehlte Raikama mir.

Kapitel 28

Gegen Ende der Woche hob ich meinen Stein ein letztes Mal. Ich hielt ihn ausgesprochen feierlich hoch über die Nesseln. Dann schlug ich mit ihm auf den letzten Dorn, bis der mit einem Knacken abbrach.

Endlich war ich fertig. Das Schlimmste war vorbei. Kein eiskalter Fischkeller mehr, keine gezackten Blätter, keine brennenden Dornen. Durch das Sternenkraut schimmerte noch immer Dämonenfeuer wie das Nachzittern eines Blitzes, doch es blendete mich nicht mehr. Nun leuchtete jede Ranke mit überschäumendem Glanz, ein Kaleidoskop aus Licht und Farben.

Ich hätte sie den ganzen Tag lang anstarren können. Aber meine Arbeit war noch nicht getan.

Zurück in meinem Zimmer betastete ich die Sternenkrautfasern mit den Fingern. Sie fühlten sich rauer an, als sie aussahen, fast wie Stroh. Sie waren auch genauso locker wie Stroh. Ohne ihre Hülle aus Dämonenfeuer ließen sich die Stängel leicht voneinander trennen. Jetzt mussten sie wieder ineinander verdreht werden.

Ich musste sie spinnen.

Anfangs dachte ich, ich könnte aus einem Schreibpinsel meine eigene Spindel zusammenbauen. Ich wand die Sternenkrautfasern herum und herum in dem Versuch, Zairena mit ihrer Spindel nachzuahmen. Aber das war unmöglich. Der Faden wurde knotig und grob, und auf diese Art würde es Wochen oder sogar Monate dauern, bis ich mit der Arbeit fertig war.

Ich brauchte Zairenas Spinnrad.

Das Problem war nur, dass sie es in ihrem Gemach behielt, seit sie mich dabei ertappt hatte, wie ich es in Lady Bushians Räumen anstarrte.

Nichts würde sie mehr befriedigen, als wenn sie mich beim Spinnen magischer Nesseln erwischte, murmelte ich Kiki tonlos zu. *Sie findet sowieso, dass ich in den Kerker gehöre. Und stell dir erst einmal ihre Schadenfreude vor, wenn sie Aussichten hat, meinen Kopf auf einem Speer aufgespießt zu sehen.*

Was hast du denn für Alternativen?, fragte Kiki.

Nicht viele, gab ich zu, während ich mich für die Küche anzog. *Zunächst einmal werde ich ihr ein paar Kuchen backen.*

Kuchen?, echote mein Vogel und rümpfte den Schnabel. *Ist das dein Ernst, Shiori?*

Ja. Jedes Mal, wenn ich Hasho Ärger eingebrockt habe, konnte ich das bei ihm mit Essen wiedergutmachen. Essen ist das beste Friedensangebot.

Für dich vielleicht, sagte Kiki, immer noch skeptisch. *Jemand wie Zairena zieht wahrscheinlich Schmuck vor.*

Tja, für Schmuck habe ich kein Geld. Aber ich habe Zutritt zur Küche, und Zairena hat gesagt, dass ihr die Süßspeisen aus ihrer Provinz fehlen.

Also Kuchen.

Nicht einfach irgendwelche Kuchen. Affenkuchen.

Affenkuchen hießen so, weil die Schneeaffen dafür bekannt waren, sich aus dem Wald heranzuschleichen und sie zu stehlen. Sie waren klein, rund und orangefarben und mit Erdnüssen gefüllt, und wurden normalerweise am Stiel serviert. Ich hatte bei etlichen Sommerfesten den Händlern aus Chajinda dabei zugesehen, wie sie sie machten, und traute mir zu, ihre Rezepte nachzubacken.

Vielleicht traute ich mir etwas zu viel zu.

Ich nahm Karotten, um das Reismehl einzufärben, aber es sah am Ende eher pfirsichfarben als orange aus. Nachdem ich den Teig und die Erdnüsse mit einem Holzhammer bearbeitet hatte, war in einigen Küchlein zu viel Erdnuss, in anderen dagegen zu wenig. Auch das Backen der Kuchen war nicht einfach. Der Teig klebte immer wieder an der Pfanne fest, und statt ihn knusprig zu machen, verbrannte ich seine Außenseite.

Beim nächsten Versuch lernte ich aus meinen Fehlern und passte besser auf die Kuchen auf. Mutter hatte einmal eine ganz ähnliche Leckerei für mich gemacht, aber zu den Erdnüssen noch Kokosnuss hinzugefügt. Sie hatte meine Hände mit einem Holzlöffel über den Herd gehalten. »Sing das Lied einmal, dann wenden«, empfahl sie. »Sing es noch mal, und dann wieder wenden.«

Die Channari vom Meer
steht mit dem Löffel am Herd.

Rührt, rührt, rührt das Kraut,
Suppe für reine Haut.

Kocht, kocht, kocht, hurra,
Ragout für feines Haar.

Und für ein schönes Lachen?
Muss sie backen, backen, backen
mit Kokosnuss und Datteln.

Ich war fast damit fertig, den zweiten Schwung zu braten, als Takkan und Pao die Küche betraten. Auf ihren Umhängen lag frischer

Schnee, und die Kälte hatte Takkans Nase und Wangen gerötet – ein Anblick, den ich einnehmender fand, als mir lieb war.

»Ist es nicht noch ein bisschen früh für Nachtisch?«, begrüßte er mich. »Wie sollen Pao und ich denn nach einem Attentäter suchen, wenn du uns mit solchen Gerüchen in Versuchung führst?«

Er streckte die Hand über den Herd aus, doch ich gab ihm einen leichten Klaps darauf. *Die sind noch zu heiß!*

»Kann ich einen von denen haben?«, fragte Pao und zeigte auf den Stapel der Opferkuchen – die, die mir angebrannt waren.

Als ich ihm den ganzen Teller reichte, hätte er sich beinahe zu einem Lächeln hinreißen lassen. Beinahe.

»Jetzt hast du einen lebenslangen Verbündeten gewonnen«, scherzte Takkan, als Pao sich zum Essen in eine Ecke verzog. Pao fing an, mich an meine Brüder zu erinnern. Seine Ohren standen genauso ab wie die der Zwillinge, und sein Lächeln musste man sich ebenso schwer verdienen wie das von Andahai.

Aber was war mit Takkan? Ich hatte mir über meinen ehemaligen Verlobten immer noch keine endgültige Meinung gebildet. Irgendwie kam es mir falsch vor, ihn mit meinen Brüdern zu vergleichen.

Er kam zu mir und schaute in die Pfanne, und mit einem Mal war ich dankbar für das knisternde Feuer unter meinen Affenkuchen – eine glaubhafte Erklärung für die Hitze, die plötzlich über mein Gesicht zog.

Hast du schon eine Spur?, ließ ich ihn von meinen Lippen ablesen und deutete schnell auf Oriyus Halstuch, das Takkan sich über den Arm gelegt hatte.

»Nein, Pao und ich suchen noch. Wir haben jeden befragt, aber es hat nichts gebracht.« Er zeigte auf meine Kuchen. »Wie aufmerksam von dir, uns heute mit Leckereien ans Werk zu schicken.«

Die sind nicht für euch, begann ich, doch Takkan griff bereits nach einem Kuchen.

Dann schrie er laut auf. »Die sind heiß!«

Ich verschränkte die Arme und unterdrückte ein Lachen. *Das hast du nun von deiner Ungeduld.*

Takkan warf den Kuchen zwischen seinen Händen hin und her, um ihn abkühlen zu lassen. Schließlich biss er hinein und kaute.

Ich gestikulierte ungeduldig mit den Händen. *Und, wie ist er?*

»Wer ist denn jetzt ungeduldig?«, neckte er mich. Er hatte den Mund voll, sodass seine Worte gedämpft klangen. »Ich bin noch nicht mal mit dem ersten Bissen fertig. Ich brauche einen zweiten, um mir eine Meinung zu bilden.«

Er biss noch einmal hinein und setzte eine vollständig neutrale Miene auf, die nichts verriet.

Dann grinste er. »Einen guten Affenkuchen mochte ich schon immer.«

Ich entspannte mich. *Man erkennt sie als solche? Nicht zu süß? Nicht zu dick?*

Er verstand meine Fragen nicht, beantwortete sie aber indirekt, indem er sich einen zweiten Kuchen nahm. Ich ließ ihn in Ruhe essen, dann drängte ich ihn sanft vom Herd weg und zeigte auf Pao. *Teile mit ihm!*

»Für wen sind denn die anderen?«

Ich wedelte mit der Hand wie mit einem Fächer, um Zairena anzudeuten.

Takkan zog erstaunt eine Augenbraue hoch. »Zairena? Hat sie dich gebeten, ihr heute welche zu machen?«

Nein. Ich hob eine Schulter. *Wieso?*

»Sie hat gesagt, dass sie am besten schmecken, wenn man sie im Schnee isst.« Takkan hielt seinen Kuchen aus dem Fenster, und als Schneeflocken auf ihm landeten, stiegen kleine Dampfwölkchen von der gebratenen Oberfläche auf. »Affenschwänze!«

Ich lächelte. Sie sahen wirklich wie Affenschwänze aus.

Ich tat mich mit der Vorstellung schwer, dass Zairena ein so schalkhaftes Kind gewesen sein sollte, aber ich wusste aus eigener Erfahrung, wie sehr man sich nach einem schweren Verlust verändern konnte. Vielleicht würden wir wider Erwarten doch noch Freundinnen werden.

Takkan hielt mir den dampfenden Kuchen hin. Wer hätte gedacht, dass Zairena recht hatte? Der Schnee ließ die klebrige Kruste schneller fest werden und machte sie dadurch noch knuspriger.

Ich nickte zustimmend.

»So, ich nehme noch ein paar mit. Für Pao natürlich.« Er zwinkerte und stapelte Küchlein in seine Taschen. »Komm, ich begleite dich zum Schloss.«

Vor dem Wiedersehen mit Lady Bushian graute mir sogar noch mehr als vor dem Wiedersehen mit Zairena. Seit Megari und ich den Ausflug zum Kaninchenberg unternommen hatten, tat ich mein Bestes, um ihr aus dem Weg zu gehen. Ich wusste, dass sie mich beschuldigte, um ein Haar ihren Sohn und ihre Tochter umgebracht zu haben.

Deshalb war ich äußerst überrascht, als sie mich einlud, in ihre Gemächer zu kommen. »Du bist mir aus dem Weg gegangen, Lina«, sagte sie streng. »Du hast die Mahlzeiten ausgelassen und dich in eine Nische geduckt, wenn du mir auf den Fluren begegnet bist.«

Ich blinzelte im Schutz meiner Schale. War das so offensichtlich gewesen?

»Mut ist das Motto des Geschlechts Bushian.«

»Mutter …«, mischte sich Megari ein, »sie hat zusammen mit Takkan gegen die Wölfe gekämpft. Ich glaube kaum, dass du ihr eine Lektion über …«

»Sei still, Megari! Es sei denn, du willst als Nächste an die Reihe kommen.« Lady Bushian nahm wieder Haltung an und richtete ihren Blick erneut auf mich. »Das nächste Mal, wenn du meine Anweisungen nicht befolgt hast, kommst du nachher sofort zu mir. Ich werde mit der Zeit nicht weniger ärgerlich, ganz im Gegenteil. Und du hast *extremes* Glück, dass auch Takkan sich aus dem Schloss geschlichen hat. Wenn er nicht da gewesen wäre, als ihr von den Wölfen angegriffen wurdet … dann wäre heute keine von euch beiden unter diesem Dach. Habe ich mich verständlich ausgedrückt?«

Ich neigte den Kopf. Anscheinend hatte Takkan seiner Mutter nichts von dem Wolf mit dem Goldreif erzählt.

»Gut. Also, was hast du da? Kuchen? Hast du die gebacken, um mich gnädig zu stimmen?«

Ich lächelte nur, froh darüber, dass ich nicht antworten konnte.

»Komm, bring sie mit rein.«

Zairena saß an ihrem Webstuhl. Ein Hauch von Unzufriedenheit lag auf ihrem Gesicht, wahrscheinlich Unmut darüber, dass Lady Bushian mich am Ende doch nicht aus dem Schloss verbannt hatte. Ich stellte das Tablett vor sie und zwang mich zu einem Lächeln.

»Affenkuchen!«, rief Megari. Sie schnappte sich einen und stopfte ihn sich fast auf die gleiche Art in den Mund wie ihr Bruder. »Mmmh!«

Zairena nahm ein Küchlein und roch daran. »Die sehen wirklich wie Affenkuchen aus. Aber du musst noch eine Menge lernen, bis du das Rezept richtig kannst, Lina. Die Kanten sind angebrannt – und was ist das für eine Farbe? Affenkuchen sind orange, nicht rosa.«

Ich schob die Fensterläden auf. Weißes Licht erhellte das Zimmer und eine frische Brise wehte durch das Eisengitter herein. Zairena sprang auf und entfaltete sofort ihren Fächer, um ihr Gesicht zu schützen.

»Was tust du denn da?«, rief sie. »Draußen ist es eiskalt. Megari wird sich eine Erkältung holen!«

Ich legte verwirrt meinen Kopf schief und hielt die Kuchen aus dem Fenster – genau wie Takkan es mir gezeigt hatte.

»Affenschwänze!«, rief Megari.

Von den orangefarbenen Küchlein stieg Dampf auf. Megari schnappte sich zwei und reichte eines an ihre Mutter weiter und das andere an Zairena. »Esst sie schnell, bevor sie zu dampfen aufhören!«

Der Affenkuchen kraspelte zwischen Megaris Zähnen, doch Zairena wollte ihren nicht anrühren. »Ich ziehe es vor, Süßigkeiten zu meiden«, erklärte sie und legte endlich ihren Fächer wieder weg.

»Ich dachte, die sind deine Lieblingsspeise«, meinte Megari.

Zairena behielt die Fassung und nippte an ihrem Tee. »Menschen verändern sich. Abgesehen davon sind diese schon kalt.« Sie rümpfte ein klein wenig die Nase. »Seht sie euch doch an, ganz verbrannt und ungleichmäßig. Solche Kuchen würde ich nicht mal meinem Hund vorwerfen.«

»Du hast doch gar keinen Hund«, gab Megari zurück. »Und wenn du sie fallen gelassen hast, dann hast du sie früher immer aus dem Schnee aufgehoben und trotzdem gegessen.«

Lady Bushian warf ihrer Tochter einen mahnenden Blick zu.

Megari schniefte. »Na ja, dann haben wir anderen jeder einen mehr! Danke, dass du sie gebacken hast, Lina!«

Ich lächelte dem Mädchen zu. Doch als ich in meinen Kuchen beißen wollte, verließ mich der Appetit. Zairena log, was die Küchlein betraf, genau wie sie bei dem Garn für Raikama gelogen hatte.

Komische Sachen, um darüber Lügen zu erzählen – Kuchen und Garn. Wenn ich mich zum Lügen entschied, dann um die Wahrheit zu verbergen. Zairenas Verhalten wirkte dagegen beinahe so, als würde sie die Wahrheit gar nicht kennen.

Als wäre sie eine Schwindlerin.

Es war nur ein Bauchgefühl, sonst nichts. Zwar sollte ich besser keine voreiligen Schlüsse ziehen – andererseits war kluges Abwägen noch nie meine Stärke gewesen.

Ich habe dir ja schon gesagt, dass nicht jeder so begeistert auf Essen reagiert wie du, Shiori, sagte Kiki. Sie hüpfte auf meine Schulter, damit ich sie nicht zurückließ, während ich den Flur zu Zairenas Zimmer entlangstapfte. Sie zwickte in meine Haare, um mich von übereilten Handlungen abzuhalten. *Willst du nicht wenigstens bis heute Abend warten?*

Dann schläft sie doch – und zwar in ihrem Zimmer!, gab ich zurück.

Nicht jede Nacht. Nicht, seit Hasege zurückgekehrt ist.

Ich stolperte fast und sah meinen kleinen Vogel an. Was für eine Spionin sie doch war! *Bist du dir sicher?*

Jedenfalls sicherer als du, wenn du sie als Schwindlerin einstufst.

Und das erzählst du mir erst jetzt?

Ich habe es gerade von den Wächtern erfahren, flüsterte Kiki mir ins Ohr. *Ich verbringe nämlich nicht den ganzen Tag damit, den Menschen beim Tratschen zuzuhören.*

Aber das solltest du vielleicht, erwiderte ich und bog zu meinem eigenen Zimmer ab. *Das ist doch recht nützlich.*

Kiki warf mir einen missbilligenden Blick zu, doch ihre Papierbrust schwoll vor Stolz an.

Während Kiki die Wache in dieser Nacht auf eine neckische Verfolgungsjagd über das Festungsgelände lockte, schlich ich in Zairenas Zimmer. Es war doppelt so groß wie meins, den Kaninchenberg konnte man jedoch nur zum Teil sehen. Eines ihrer weißen Gewänder hing zum Trocknen über einem Wandschirm, und ihre schwarze Schärpe hatte sie achtlos auf einen Hocker geworfen. Auf ihrem kleinen Altar brannte vor Opfergaben aus Obst und Reiswein ein kräftig duftendes Räucherstäbchen; sie hatte die Namen ihrer Eltern auf Holzstücke geschrieben.

Ich wedelte den Rauch weg und baute mich vor ihren Truhen auf. Darin waren Briefe – die meisten von Zairenas Mutter an Lady Bushian – sowie Schriftrollen aus dem Tempel von Nawaiyi, in denen Zairena für ihre emsigen Studien belobigt wurde. Und ein Gemälde von ihr selbst.

Kiki flatterte herein, und ich warf ihr einen fragenden Blick zu, denn ich wollte ihre Meinung hören. *Seltsam, nicht wahr? Ein Gemälde von sich selbst dabeizuhaben?*

Sie ist eben ziemlich eingebildet, spottete Kiki, *überrascht dich das etwa?*

Nein, aber es war trotzdem verdächtig. Ich schaute mir das Bild genau an. Es sah auf jeden Fall nach Zairena aus. Dasselbe runde Kinn und die spitze Nase, der Zopf auf ihrem Rücken und das Muttermal auf der rechten Wange.

Es war zweifellos sie.

Entmutigt stellte ich das Bild zurück. Doch ich war mit meiner Suche noch nicht am Ende.

Ich wandte mich ihren Schubladen zu. Darin befanden sich Gläser voll Weidenrinde, die Megaris Leiden lindern sollte, Talismane und Amulette, die Dämonen abwehren und sichere Reisen garantieren sollten, ein Weihrauchtopf, eine Menge Schönheitsmittel sowie viel zu viele Halstücher und Fächer.

Und in ihren Truhen war sonst nur Garn, Garn und noch mehr Garn. Das goldene war schon an Raikama geschickt worden – Zairena hatte aus dem Packen der Kiste ein großes Theater gemacht und tagelang von nichts anderem gesprochen –, aber es war noch eine Flasche von der goldenen Farbe übrig.

Ich hielt sie hoch. Die Farbe *war* zwar leuchtend, aber das änderte nicht meine Meinung über Raikama. Meine Stiefmutter mochte ja ihre Tage am Stickrahmen verbringen, doch sie brachte ungefähr so viel Begeisterung für Näharbeiten auf wie ich für Schlangen.

Vorsichtig drehte ich den Verschluss der Flasche auf und roch daran. Der Inhalt roch penetrant nach konzentrierter Tusche mit einem kräftigen Schuss bitterem Tee. Keine Spur von Süße. Ich riss eine Seite aus meinem Schreibbuch und schmierte ein wenig auf das Papier.

Wenn das Gift ist, dann wird es früher oder später schwarz, erklärte ich Kiki. *Aber Hitze kann den Prozess beschleunigen – wie beim Kochen.*

Ich hielt die Seite nah an eine Kerze und wartete. Die Farbe trocknete und glitzerte; sie wurde glatt und nur noch goldener, aber nicht schwarz.

Kein Gift?, fragte Kiki.

Nein, bestätigte ich, gleichzeitig enttäuscht und erleichtert.

Also war Zairena nicht die Mörderin. Vielleicht trübte die Abneigung gegen sie mein Urteilsvermögen.

Auf jeden Fall war es nicht ganz umsonst gewesen, hier einzudringen. Zairenas Spinnrad stand, mit einem Musselintuch bedeckt, in einer Ecke des Zimmers.

Ich näherte mich ihm zögerlich. Wenn sie mich dabei ertappte, wie ich es für mein Sternenkraut benutzte, würde ich wieder im Kerker landen. Oder sie würden mich als Magierin verstoßen und verbrennen und meine Seele würde niemals Frieden finden.

Aber wenn ich die Nesseln nicht spann, würden meine Brüder für immer Kraniche bleiben. Und wenn ich mich zwischen dem Tod meiner Brüder und meinem eigenen entscheiden musste, würde ich, ohne zu zögern, meinen wählen.

Gut, dass ich meine Korbtasche gleich mitgebracht hatte. Ich nahm das Musselintuch vom Spinnrad und griff nach einer leeren Spindel.

Halt bitte Wache, befahl ich Kiki.

Das Letzte, was ich gebrauchen konnte, war Zairena, die mich in ihrem Zimmer beim Spinnen von Sternenkraut überraschte.

Kapitel 29

Fast jede Nacht schlich sich Zairena zu Hasege – und ich mich zum Arbeiten in ihr Zimmer. Am Ende der Woche war ich so müde, dass meine Augen brannten und ich praktisch keinen geraden Schritt mehr gehen konnte. Aber ich war beinahe so weit. Heute Nacht würde ich fertig werden.

Das Sternenkraut tanzte zwischen meinen Fingern hervor. Seine derben Fasern glitten auf das Rad und spulten sich auf der Spindel auf, wobei sie zu etwas Feinerem wurden. Zu etwas Magischem.

Während die Fasern sich zu einem endlosen Faden vereinigten, flocht sich eine rote Strähne in das Sternenkraut – Emuri'ens Schicksalssträhne. Als ich sie das erste Mal sah, jubelte mein Herz, und vor lauter Aufregung konnte ich nicht schlafen. Doch heute, in der letzten Nacht des Spinnens, war mein Herz schwer, und zwar aus Gründen, über die ich lieber nicht nachdenken wollte. Raikamas Fluch belastete mich zusehends, und ich wollte einfach nur fertig werden.

Ich war nachlässiger als üblich, vergaß, die Spule gegen eine leere zu tauschen, und manchmal glitten meine Finger vom Spinnrad ab, weil ich es mit dem Fuß ungleichmäßig antrieb. Das stetige Glühen der Nesseln strengte meine Augen an, doch meine Finger setzten die Arbeit fort, selbst wenn ich mit den Gedanken abschweifte. Als ich schließlich die allerletzte Ranke aus meiner

Tasche geholt hatte und die Spindel voller dickem und glänzendem Sternenkraut war, seufzte ich erleichtert und gönnte mir einen Augenblick, um meine Arbeit zu bewundern.

Dann deckte ich Zairenas Spinnrad wieder zu und beseitigte alle Spuren meines Eindringens. Der Weihrauchgeruch in ihrem Zimmer war so schwer, dass ich ganz schläfrig davon wurde. Ich rieb mir die Augen. *Kiki, bitte hilf mir.*

Kiki flog los, um eine heruntergefallene Sternenkrautranke aufzusammeln, und begann plötzlich erbärmlich zu piepsen. *Mein Flügel! Sieh nur, er ist ruiniert!*

Kikis Papierflügel war mit goldener Farbe besudelt, die in das silbrige und goldene Feder-Muster an den Kanten einzog.

Komm schon, das ist nicht das Ende der Welt. Ich wische die Farbe ab. Ich öffnete das Fenster, um eine Handvoll Schnee zu holen, und rieb ihn auf Kikis Flügel. Da erklangen auf den Holzdielen draußen vor dem Zimmer knarzende Schritte.

Ich hob Kiki hoch und presste mich mit dem Rücken gegen die Wand. Als sich die Schritte entfernten, eilte ich aus dem Zimmer und verfluchte die engen Flure des Schlosses.

Zairena stand an der Treppe. Kaum, dass sie mich hörte, drehte sie sich um und runzelte die Stirn. »Was schleichst du denn hier herum?«

Sie trug die Haare nicht in ihrem üblichen Zopf, sondern offen, ihre Ärmel waren zerknittert, und sie hatte leicht geschwollene Lippen. Ich reckte das Kinn angesichts ihres derangierten Aussehens. *Dasselbe könnte ich dich fragen.*

Ich strebte auf die Treppe zu, doch Zairena bewegte sich nicht. »Du hast im Nordgarten-Flügel nichts zu suchen. Warst du etwa in meinem Zimmer?«

Sie packte mein Handgelenk und schüttelte es, als hätte ich Schmuck gestohlen und ihn in meinen Ärmeln versteckt. »Lass mich sehen, was du da in der Tasche hast.«

Mein Herz schlug mir bis zum Hals. *Hier, mach sie doch selbst auf!*

Zairena schlug den Deckel meiner Tasche zurück. Das Innere war so leer wie die dunkle Seite des Mondes.

Ich hatte gehofft, das würde sie besänftigen, aber Zairena wirkte nur noch wütender. Sie schob mir die Tasche in die Hände. »Sei auf der Hut«, zischte sie, »üblicherweise hängen wir Diebe auf, aber ich würde dich lieber brennen sehen.«

Während sie davonstolzierte, schnallte ich ruhig meine Tasche wieder zu.

Soll ich ihr in deinem Namen die Augen auspicken?, fragte Kiki, die aus meiner Schale herausflog.

Keine schlechte Idee, gab ich zurück. *Aber nein, danke, das ist sie nicht wert.*

Sie jagt einem keine Angst ein, nicht wie deine Stiefmutter. Trotzdem habe ich kein gutes Gefühl, Shiori.

Ich gähnte, zu müde, um mich aufzuregen. Zairena hatte den ganzen Winter hindurch Drohungen ausgestoßen. Sie war wie eine Schlange ohne Gift; ihr Biss konnte nicht töten.

Doch er würde wehtun.

Als ich am nächsten Morgen wie gewohnt zur Arbeit in der Küche eintraf, stellten Rai und Kenton sich mir vor der Tür in den Weg. Sie standen da beisammen wie zwei Welse, mit langen und ungleichmäßigen Schnurrbarthaaren und zu wenig im Kopf, um selbst nachzudenken.

In den vergangenen Wochen hatten wir eine zivilisierte, wenn auch nicht unbedingt freundliche Art der Zusammenarbeit in der Küche entwickelt. Rai hatte mich sogar von seinem geheimen Zuckervorrat kosten lassen, und Kenton musste schließlich zugeben, dass meine Fischsuppe besser war als seine. Warum starrten sie mich also jetzt so komisch an?

»Wir brauchen dich heute nicht, Lina«, sagten sie schroff. »Geh zurück ins Schloss.«

Sie wollten schnell die Tür zumachen, doch ich schlüpfte zwischen ihnen hindurch und lief nach hinten, wo Chiruan gerade Eier kochte.

Er begrüßte mich mit einem seiner üblichen Grunzer. »Du gehst besser wieder«, sagte er, ohne hochzublicken. »Komm in einer Woche wieder, wenn sich die Lage beruhigt hat.«

Was ist denn los? Ich wurde immer verwirrter und bedeutete das mit Handgesten.

Er grunzte noch mal und seine Nasenlöcher weiteten sich. »Natürlich weißt du nicht, was passiert ist.« Er senkte die Stimme. »Die junge Herrin war gestern krank. Zairena schiebt das auf die Kuchen, die du gebacken hast. Du sollst die Küche nicht mehr betreten, ehe Megari wieder gesund ist.«

Sie meinte, ich hätte Megari vergiftet? Ich schüttelte heftig den Kopf. *Das ist lächerlich.*

Chiruan wandte sich der lackierten Schachtel mit seinen Gewürzen und Rezepten zu und streute eine Prise Pfefferkörner in eine Speise, die neben den Eiern köchelte. »Jetzt schau nicht so niedergeschlagen, Lina. Lady Bushian und Lord Takkan haben doch auch von den Kuchen gegessen. Ich bin mir sicher, dass sich zumindest der junge Herr für dich verbürgen wird.«

Chiruan schickte mich mit Gesten weg, doch ich blieb. Ich war nicht niedergeschlagen, ich kochte vor Zorn! Und war besorgt. *Wie geht es ihr?*, fragte ich, indem ich an meinen Haaren zupfte, um Megaris Zöpfe anzudeuten.

»Sie wird schon wieder. Sie hat einen empfindlichen Magen, solche Verstimmungen kommen und gehen bei ihr. Lady Bushian wird wissen, dass du nichts damit zu tun hast.«

Ich schäumte. All das nur, weil Zairena mich verdächtigte, in ihrem Zimmer gewesen zu sein?

»In ein paar Tagen ist das alles vorbei, Lina«, sagte Chiruan, der meinen Ärger als Angst missverstand. »Geh am besten zu Zairena und entschuldige dich für das, wodurch auch immer du sie gekränkt hast.«

Mich entschuldigen? Waren ihm seine Gewürze zu Kopf gestiegen?

»Ja, entschuldige dich. Diesen hohen Herrschaften muss man immer die Füße küssen und darf nie ihren Stolz verletzen. Und das trifft ganz besonders auf Lady Zairena zu.«

Ich presste die Lippen zusammen. *Auf gar keinen Fall.*

In einem ungewohnten Anfall von Mitgefühl fügte er hinzu: »Du arbeitest hart, Fischmädchen. Ich sorge dafür, dass niemand anders deinen Platz als Reiswäscherin einnimmt, solange du nicht da bist. Aber nun hör auf das, was ich dir sage, und beeil dich. Mach dir Zairena nicht zur Feindin.«

Ich warf meine Schürze in die Ecke und eilte davon. Allerdings nicht, um mich zu entschuldigen.

Chiruan hatte keine Ahnung – ich hatte reichlich Feinde. Einer mehr machte keinen Unterschied.

An den Holzstreben von Megaris Tür hingen Talismane, kleine Windspiele, die tönten und klimperten, als ich eintrat.

Takkan war schon da, er malte in einem seiner Bücher. Er schaute zur Begrüßung hoch und legte einen Finger an die Lippen. Megari schlief.

Ich näherte mich ihr auf Zehenspitzen und biss mir beim Anblick ihres kleinen, blassen Gesichts auf die Lippe. Sie hatte die Hände auf ihre Bettdecke gelegt und atmete langsam und geräuschlos. In ihrem Arm lag eine rundäugige Puppe mit Seidenblumen im Haar, die unter der Decke hervorlugte. Egal, wohin ich mich bewegte – die Puppe schien mich immer anzulächeln, genau wie ihre Besitzerin.

»Sie ruht sich aus«, flüsterte Takkan. »Ihr Magen hat sie geplagt, aber jetzt erholt sie sich schon wieder.«

Ich nickte, doch meine Schultern waren immer noch schwer. Langsam wandte ich mich um zum Gehen.

Takkan folgte mir. »Du wirkst bekümmert, Lina«, begann er, als wir draußen waren. »Ist es wegen der Gerüchte?«

Ich sah mit überraschter Miene zu ihm auf. Er hatte davon gehört?

»Ich weiß, dass sie falsch sind. Und meine Mutter weiß das auch.« Er klemmte sich sein Skizzenbuch unter den Arm. »Komm mit, ich möchte dir etwas zeigen.«

Pao bewachte die Türen, denen wir uns näherten – zwei Schiebeflügel, die mit einem vergoldeten Vollmond und dem Kaninchenberg aus Elfenbein verziert waren. Der Kopf des Wächters neigte sich überrascht zur Seite, als er mich sah, und eine Sekunde später verstand ich auch warum.

Takkan hatte mich zu seinen Gemächern geführt. Sie waren aufgeräumt und karg möbliert, anders als die von Megari. Sein Schwert hing an einem Gestell, seine Rüstung und sein Helm in einem offenen Schrank. Auf der linken Seite, direkt am Fenster, stand ein Schreibtisch, der von Büchern und hohen Papierstapeln umgeben war.

»Das ist es, was ich dir zeigen wollte«, sagte er und führte mich zu dem Schreibtisch. »Ich dachte, es würde dir gefallen.«

Auf einem niedrigen Tisch lagen fast ein Dutzend Gemälde, alle in Takkans ordentlichem Stil ausgeführt. Sie zeigten Szenen aus den beliebtesten Legenden Kiatas.

»Die sind als Geschenk für Megari gedacht, wenn ich genug

Geschichten zusammenhabe«, sagte er verlegen. »Aber wenn ich endlich fertig bin, ist sie wahrscheinlich schon zu alt dafür.«

Für Geschichten ist man nie zu alt, dachte ich und fuhr mit dem Finger über ein Bild von Emuri'en. Die Kraniche mit ihren roten Kronen, die meinen Brüdern erschreckend ähnlich sahen. Die unglaublich langen Haare, die Schicksale miteinander verbanden und sie manchmal auch veränderten.

Es war wunderschön.

Ich kniete mich hin und studierte die Gemälde eins nach dem anderen. Da war die Monddame mit ihrem Ehemann, dem Jäger, und auf einem anderen Lord Sharima'en, der Gott des Todes, mit seiner Gemahlin Ashmiyu'en, der Göttin des Lebens. Da waren Szenen von Drachen, die Schildkröten jagten, und von Bambusschnittern, denen im Gehölz magische Geister begegneten. Ein Bild jedoch passte nicht zu den übrigen.

Es lag am Ende der Reihe. Ich zupfte es vorsichtig heraus, während Takkan vom Fenster her mehr Licht hereinließ.

Er hatte ein Mädchen mit langem schwarzem Haar und einem reich verzierten zinnoberroten Gewand gemalt. Sie hielt einen Blumentopf mit einer Orchidee in der Hand, und über ihr flog ein porzellanblauer Winddrachen. Irgendetwas an dieser Szene ließ Trauer in mir aufsteigen, doch ich wusste nicht genau wieso. *Was ist das?*

Über Takkans Miene legte sich ein Schatten. »Das ist nicht für Megari.«

Für wen dann?, mimte ich.

Takkan holte tief Luft, ehe er mir antwortete. »Prinzessin Shiori.«

Der Name hallte in meinen Ohren wider. *Oh.*

Das Mädchen sah mir ähnlich. Sogar meine Brüder waren da, sechs junge Prinzen im Hintergrund. Ich ergriff einen der Pinsel auf seinem Tisch und schrieb auf ein Stück Papier:

Hast du sie gekannt?

»Ich hatte keinerlei Einfluss auf die Verbindung mit der Prinzessin«, erklärte Takkan steif. »Unsere Verlobung war schon arrangiert worden, als wir noch Kinder waren. Vater sagte immer, es sei für unsere Familie eine große Ehre, wenn man bedenke, dass wir nie so mächtig waren wie andere, die näher an Gindara lebten. Das Angebot kam überraschend, und wir konnten es nicht ablehnen.«

Hatte er sich gewünscht, es ablehnen zu können? Ich war genauso überrascht gewesen. »Ein Lord dritten Ranges?«, hatte ich mich mehr als einmal beklagt. »Wenn ich schon bis nach Iro geschickt werden soll, kann er dann nicht wenigstens eine kleine Residenz in Gindara haben, damit ich zu Besuch kommen kann?«

Schamvoll schob ich diese Erinnerung beiseite.

Takkan fuhr fort: »Ich hatte viel über sie gehört. Dass sie rebellisch und ungeduldig sei, nur Unfug im Kopf habe und eine begnadete Lügnerin sei. Doch jeder, der sie kannte, mochte sie. Es hieß, sie hätte Esprit und ein ansteckendes Lachen, dem niemand widerstehen könne.

Also schrieb ich ihr Briefe. Ich wollte sie kennenlernen, aber wie stellt man sich einer Prinzessin vor?« Er lachte, aber es war kein echtes Lachen. »Mutter schlug vor, dass ich Geschichten für sie schreiben solle, also habe ich es getan. Sie handelten von mir und dem Leben in Iro – mit kleinen Zeichnungen. Die Winter sind hier lang, deshalb hatte ich viel Zeit. Man hatte mir erzählt, dass Shiori neugierig sei, deshalb versah ich jede Geschichte mit einem Spannungsmoment, in der Hoffnung, dass sie mir zurückschreiben würde, weil sie wissen wollte, was als Nächstes passierte.« Während des Erzählens wurde Takkans Haltung immer angespannter, jetzt ließ er die Schultern sinken und den Kopf hängen. Leise fügte er hinzu: »Aber das hat sie nie. Ich glaube, sie hat meine Briefe nicht einmal geöffnet.«

Ich war für die Schale auf meinem Kopf dankbar, denn ich hätte ihm nicht in die Augen sehen können.

Natürlich erinnerte ich mich an die Briefe. Alle paar Monate brachten meine Zofen einen in mein Zimmer. Jeder Umschlag war dicker als der vorherige.

»Immerhin hat er eine schöne Schrift«, hatte ich gesagt, als ich meinen Namen das erste Mal in Takkans Handschrift sah. Doch ich las keinen der Briefe, machte sie nicht einmal auf. Teils aus einer Laune heraus, aber hauptsächlich … hauptsächlich hatte ich meine Zukunft nicht sehen wollen. Meine trostlose, furchtbare Zukunft, verheiratet mit einem nichtssagenden, grässlichen Lord.

Wenn ich jetzt in den Palast zurückkönnte, würde ich als Erstes diese Briefe hervorholen.

Wie unhöflich, formte ich mit den Lippen. *Du warst bestimmt wütend.*

»Ja, ich war wütend«, gab Takkan zu. »Ich hatte sogar vor, ihr das zu sagen, als ich sie traf, aber …« Er seufzte. »Sie hat dafür gesorgt, dass ich meine Meinung änderte.«

Ich runzelte die Stirn, weil ich mich beim allerbesten Willen nicht erinnern konnte, Takkan getroffen zu haben – außer, als wir Kinder gewesen waren, kaum alt genug, um uns überhaupt zu erinnern.

Wann bist du ihr begegnet?

»Meine Familie war in einem Jahr während des Sommerfests in Gindara. Ich versuchte, Shiori zu finden, um mich ihr vorzustellen, aber die Kinder des Kaisers waren beschäftigt. Es gab einen Wettbewerb – nur für sie, organisiert von Lord Yuji.« Bei der Erwähnung des Namens wurde Takkans Stimme schroff. »Er hatte den sechs Prinzen und der Prinzessin einen Monat vorher jeweils einen Topf mit Erde gegeben. In jeden war eine Orchidee gesät worden.«

Ich konnte mich daran erinnern. Es war ein Test – ob man einen gefestigten Charakter hatte, wie Yuji behauptete. Andahai, Benkai, Wandei und Hasho hatten bestanden; sie hatten die Pflanze jeden Tag gegossen, doch es hatte sich nicht einmal die kleinste Knospe gezeigt. Yotan hatte seinen Blumentopf in einem Streit mit Reiji zerbrochen, aber beide hatten es zugegeben und ebenfalls bestanden – wegen ihrer Aufrichtigkeit. Nur ich … ich hatte den Test nicht bestanden, weil in meinem Topf Orchideen blühten.

Sie waren violett, der gleiche Farbton wie die kostspieligen Farben, welche die Händler uns für die Winterkleidung schickten. Die Blüten leuchteten wie das Licht der Abenddämmerung. Ich weiß noch, wie überrascht – und begeistert – ich gewesen war, als sie so schön wuchsen. Aber ich hätte mich besser gefragt, warum sie schon so schnell Blüten entwickelt hatten und warum diese Blumen genau die Farbe und Form angenommen hatten, die ich mir vorgestellt hatte.

Heute wusste ich, dass das an meinen magischen Fähigkeiten gelegen hatte.

»In dem Topf war gar kein Samenkorn«, sagte Lord Yuji und zeigte grinsend seine kleinen Zähne, »sondern nur zerdrückte Orchideenblütenblätter ganz unten in der Erde. Das war ein Spiel, Shiori'anma. Aber ich werde dich nicht dafür verurteilen, dass du eine neue Pflanze in deinen Topf gepflanzt hast.«

»Aber das habe ich nicht«, protestierte ich.

»Gestehe es ein, dass du getäuscht hast, Shiori«, meinte Reiji. »Wir wissen doch, dass du die Lügenprinzessin bist.«

»Ich habe nicht getäuscht!«, schrie ich. Mein Gesicht wurde ganz heiß von dieser Schmach, und alle starrten mich an. »Ich lüge nicht!«

Keiner meiner Brüder glaubte mir. Nicht einmal Hasho.

Ich rannte weg, weigerte mich, vor den Augen des gesamten Hofstaats fälschlich beschuldigt zu werden. Im hinteren Teil des Innenhofs versteckte ich mich unter einem Magnolienbaum und knabberte an Küchlein, die ich in meinen Ärmeln versteckt hatte.

Es dauerte nicht lange, bis mir ein Junge, den ich nicht kannte, ein Taschentuch anbot. Er war dünn und schlaksig, seine Kleidung zu kurz, und seine Kopfbedeckung rutschte ihm vom übermäßig gewachsten schwarzen Haar. Wahrscheinlich der Sohn eines Höflings, dem man befohlen hatte, nach mir zu suchen, um sich bei meinem Vater beliebt zu machen.

Er wirkte amüsiert – und irgendwie auch ein bisschen erleichtert, dass ich nicht weinte, sondern aß.

»Affenkuchen?«, grüßte er mich. »Die sind dieses Jahr ausgesprochen gut, wenn auch ein bisschen krümelig.« Er berührte mit der Hand seinen Mund, um mir höflich anzudeuten, dass ich das Gesicht voller Krümel hatte.

Ich schnappte das Taschentuch, das er mir hinhielt, und wischte mir den Mund ab. Gerade wollte ich ihm befehlen, wieder zu gehen, da kniete er sich vor mich und sagte feierlich:

»Ich glaube dir das mit der Blume.«

Er hatte mich an meinem schwachen Punkt erwischt. Ich ließ die Schultern sinken. »Ich habe sie jeden Tag gegossen. Ich habe sogar mit ihr geredet, so wie unser Koch mit den Kräutern redet, damit sie schneller wachsen.«

»Lord Yuji hat dir einen üblen Streich gespielt.«

»Lord Yuji?«, wiederholte ich und wickelte mir beim Nachdenken eine Strähne um den Finger. »Warum sollte er mir einen Streich spielen? Er will, dass ich einen seiner Söhne heirate.«

Der Junge verzog das Gesicht und fragte dann zögernd: »Willst du denn den Sohn von Lord Yuji heiraten?«

»Ich will überhaupt niemanden heiraten!«, erklärte ich. »Aber

wenn schon, dann lieber einen von Yujis Söhnen als diesen unzivilisierten Trottel aus dem Norden. Wenigstens bin ich dann näher an zu Hause und kann so wenig Zeit mit meinem Ehemann verbringen wie möglich.«

»Aha. Also hat es nichts damit zu tun, dass du deinen Verlobten nicht leiden kannst.«

»Ich kann es nicht leiden, dass er existiert.« Ich schnaufte, faltete das Taschentuch und gab es ihm zurück. »Danke … ich habe deinen Namen gar nicht mitbekommen.«

Der Junge lächelte und wirkte gleich viel freundlicher. »Mein Name ist unwichtig.« Über ihm schwebte ein Winddrachen, der mit einem ausnehmend schönen Schwarm Kraniche bemalt war, die über einen Berg mit zwei Spitzen flogen. Er hielt ihn mir hin. »Gefällt er dir? Den habe ich selbst bemalt.«

»Sieht gut aus, fast so gut wie die von Yotan. Machst du bei dem Wettbewerb mit?«

»Dafür ist keine Zeit. Mein Vater und ich müssen noch vor Tagesanbruch abreisen. Wir leben weit weg von hier.«

»Für wen ist er dann?«

Er holte einen Pinsel hervor und begann zu schreiben. Seine Kalligrafie war sauber und präzise, aber ich war zu ungeduldig, darauf zu warten, dass er irgendjemandes Namen auf den Drachen schrieb. Ich war ohnehin schon von Lord Yujis Herausforderung aufgestachelt, deshalb nahm ich einfach seinen Drachen und rannte damit los.

Für einen Jungen mit so dünnen Beinen war er ganz schön schnell. Er holte mich rasch ein, und ich war so überrascht, dass ich vor Schreck den Drachen losließ.

Der Drachen stieg hoch auf und war bald außer Reichweite. Ich versuchte, ihm hinterherzuspringen, aber der Junge hielt mich zurück. »Lass ihn fliegen.«

Wir schauten zu, wie er weit über die Baumkronen aufstieg, und mir wurde schwer ums Herz, als der Drachen immer kleiner wurde, bis er nur noch ein Punkt am Himmel war. In meinen Augen stiegen Tränen auf, und ich hasste mich dafür, dass ich vor diesem Jungen heulte. Und dafür, dass ich den Drachen verloren hatte. Dass ich alles ruinierte, was ich anfasste.

»Es tut mir leid«, sagte ich und fühlte mich schrecklich.

Seine Augen waren dunkel und ernst. »Das braucht es nicht. Drachen sind zum Fliegen bestimmt – und manche steigen höher als andere.«

»Dann hat der hier Glück. Wir anderen sind an unsere Leinen gefesselt.« Ich seufzte erbärmlich und wischte mir die Augen. Dann wandte ich mich an den Jungen. Ich hatte vor, in einem gebieterischen Ton zu sprechen, aber meine Worte kamen zittrig und schuldbeladen heraus: »Du hast gesagt, er wäre ein Geschenk. Ich kann dir helfen, einen neuen zu bemalen. Ich bin zwar nicht besonders gut im Malen, nicht wie Yotan …«

»Das würde mich freuen«, sagte der Junge begeistert und legte seine merkwürdige Förmlichkeit teilweise ab.

Er lächelte wieder, jetzt noch freundlicher als eben, und trotz meiner Tränen konnte ich nicht anders, als zurückzulächeln. Ich verschränkte die Arme auf meinem Schoß, bereit mich zum Malen ins Gras zu setzen, als sich jemand von hinten näherte.

Der Junge spannte sich sofort an und wurde wieder schüchtern und reserviert. »Wenn ich noch mal darüber nachdenke, solltest du den Drachen am besten einfach vergessen.« Er verbeugte und empfahl sich, als Hasho uns erreichte. »Ich freue mich, dich endlich kennengelernt zu haben, Shiori'anma.«

Es war so lange her, und der Junge war Takkan gewesen! Er sah jetzt anders aus. Er war nicht mehr der schlaksige, schüchterne Junge mit zu viel Wachs im Haar. Allerdings war auch ich nicht mehr dasselbe Mädchen.

Ich lief rot an und holte tief Luft. Selbst meine Brüder hatten mir das mit der Blume nicht geglaubt. Warum dann Takkan, der mich praktisch nicht kannte, dessen Briefe ich ungelesen weggeworfen und dessen Freundschaft ich verschmäht hatte?

»Nachdem ich sie kennengelernt hatte«, fuhr Takkan fort, »habe ich ihr nie wieder geschrieben.«

Warum nicht?

»Weil ich die Antwort bekommen hatte, die ich wollte.«

Ich verkrampfte mich, denn ich war mir sicher, dass Takkan mich verabscheut hatte. Seine Antwort würde wehtun, das wusste ich, aber ich konnte nicht anders, als zu fragen:

Und wie lautete sie?

»Meine Eltern sehen die Ehe als eine Pflicht, die man gegenüber seiner Familie und seinem Land hat«, begann Takkan. »Ich dagegen finde, sie ist eine Pflicht gegenüber dem eigenen Herzen. Mit Essen nährt man seinen Magen, Gedanken nähren den Geist, doch Liebe ist es, die das Herz nährt. Ich hatte gehofft, dass meine Briefe dazu führen würden, dass Shiori und ich uns näherkommen und unsere Herzen erfüllen würden. Dass wir gemeinsam glücklich sein könnten. Und nachdem ich sie kennengelernt hatte, dachte ich, ja – ja, es könnte gelingen.«

Mein Herz schlug schneller und hüpfte in meiner Brust, tat Dinge, die ich bisher nicht für möglich gehalten hatte.

»Vielleicht habe ich mir etwas vorgemacht.« Takkan hielt das Gemälde mit mir und dem Winddrachen hoch. »Ich wollte ihr das hier nach unserer Verlobungsfeier schenken, aber sie hat sich entschieden, lieber in den Heiligen See zu springen, als mich zu treffen.«

Zum ersten Mal sah ich Takkan wirklich schmerzerfüllt.

Er zog die Schultern hoch. »Meine Familie wurde zum Gespött Gindaras, und ich habe zu meinem Vater gesagt, dass wir sofort abreisen sollten. Dass niemand mit einem guten Charakter, Prinzessin oder nicht, sich so respektlos verhalten würde.«

Er ließ das Bild sinken, sodass es wie welk in seiner Hand hing, und der Anblick versetzte mir einen Stich. Ich hatte Takkan sehr wehgetan, indem ich vor der Zeremonie weggerannt war. Nicht einmal hatte ich mich gefragt, wie es für ihn gewesen sein mochte, unverrichteter Dinge wieder abzureisen, nachdem er das ganze Land durchquert hatte, um mich zu treffen. Er musste sehr enttäuscht und verletzt gewesen sein.

»Als ich wieder zu Hause war, wünschte ich mir, ich hätte ihr wenigstens die Gelegenheit gegeben, sich zu erklären«, gestand Takkan. »Ich wünschte mir, ich hätte Gindara nicht im Zorn verlassen. Aber ich war zu stolz, um ihr noch einmal zu schreiben.«

Er legte das Gemälde weg und wandte mir den Rücken zu. »Und dann ist sie verschwunden«, sagte er leise, »und ich werde es für immer bereuen, dass ich nicht dortgeblieben bin. Vielleicht wären die Dinge dann anders gekommen für sie.«

Ich atmete ganz flach, und ehe ich sie zurückhalten konnte, traten Tränen in meine Augen. Ich wischte sie hastig weg, doch anscheinend hatte ich ein paar vergessen, denn Takkan bot mir sein Taschentuch an. Genau wie damals vor all diesen Jahren.

»Weinst du um die Prinzessin, Lina?«, fragte er sanft. »Oder um dich?«

Seine Frage ließ mich aufblicken. Mir fiel der Schreibpinsel aus der Hand, und Takkan und ich bückten uns gleichzeitig, um ihn aufzuheben. Wir hielten die beiden Enden des Pinsels fest und unsere Finger berührten sich.

Er sah auf unsere Hände herab. Meine zitterte, und er bedeckte sie mit seiner, um sie zu beruhigen.

»Ich wünschte, du könntest mit mir sprechen«, sagte er. »Manchmal, wenn ich sehe, wie du deine Lippen bewegst, möchte ich schwören, dass du es kannst. Und auch, wenn ich mich irre, wünschte ich, zumindest deine Augen sehen zu können.«

Sein Blick rüttelte mich auf, denn er war so eindringlich, dass es war, als sähe er mich durch meine hölzerne Schale hindurch an. Einen Moment lang hätte ich schwören können, dass er die Wahrheit wusste – dass ich Shiori *war.*

Doch dann wandte er den Blick ab, und der Moment war vorbei.

Mich überkam tiefe Enttäuschung. Er wusste es nicht, aber wie sollte er auch? Weder sah ich aus noch verhielt ich mich wie die sorglose Prinzessin, die er einmal vor so vielen Jahren getroffen hatte.

Er ließ den Pinsel los und den Kopf hängen. »Das hätte ich nicht sagen sollen, das war ungerecht dir gegenüber. Du sollst nur wissen, dass du mir etwas bedeutest, Lina. Ich konnte nicht für Shiori da sein, aber ich werde für dich da sein. Ob du mich brauchst oder nicht.«

Ich schluckte und starrte auf unsere Hände. Ich hätte den Kopf schütteln und ihm mitteilen sollen, dass ich gar nicht wollte, dass er für mich da war.

Aber ich tat nichts dergleichen. Auch wenn die Bürden, die ich trug, meine waren und nur meine, so war es doch sehr schön zu wissen, dass Takkan mir zur Seite stand.

Ich verschränkte meine Finger mit seinen und rückte ihm näher – so nahe, wie ich mich traute.

Ich wünschte mir, nie mehr loslassen zu müssen.

Kapitel 30

Begierig, die Arbeit wieder aufzunehmen, kehrte ich in die Küche zurück und ignorierte Rais und Kentons glotzäugige Blicke. Gegen Mittag hatten sie Zairenas Gerüchte bereits vergessen, und ich knetete Nudelteig, während eine Suppe schon auf dem Herd köchelte.

Alles war gut – so lange, bis Hasege in Begleitung zweier Wächter mit gezogenem Schwert in die Küche stürmte.

Im Gegensatz zu Zairena hatte er sich noch nie in der Küche blicken lassen, und ich bereitete mich innerlich darauf vor, dass sie ihn geschickt hatte, um mir das Leben schwer zu machen. Noch mehr Gerüchte, dass ich eine Dämonin sei, öffentliche Verächtlichmachung wegen der Schale auf meinem Kopf – was auch immer es sein würde, ich würde gewappnet sein.

Nur, dass Hasege nicht meinetwegen gekommen war. Zwar blitzte in seinen Augen Verachtung auf, als er mich bemerkte, aber sein böser Blick glitt über mich hinweg und zu den Köchen. Zu Chiruan.

»Deine Zeit ist um, alter Mann. Komm mit!«

In dem breiten Gesicht des obersten Kochs zeichnete sich Verwirrung ab. »Herr, ich bin mir bewusst, dass wir mit dem Abendessen heute spät dran sind und dass das Hühnchen gestern zu lange gegart war, aber …«

Stahl zerteilte die Luft, und Haseges Schwert landete an Chiruans Kehle.

»Ich sagte, du sollst mitkommen!«

Chiruan legte sein Hackmesser weg. »Erweist mir wenigstens so viel Ehre, mir zu sagen, was ich falsch gemacht habe.«

»Was du falsch gemacht hast?«, wiederholte Hasege lachend. »Also gut, es sollen alle hier hören. Du, Chiruan, bist des Mordes an Oriyu schuldig, dem ehrenwerten Wächter von Schloss Bushian.«

Ich schlug mir die Hand vor den Mund. Chiruan, ein Mörder? Das war unmöglich.

»H… H… Herr, Chiruan führt schon seit über dreißig Jahren die Küche von Schloss Bushian«, sagte Rai, der genauso schockiert war wie ich. »Er …«

»Er ist ein A'landier«, erinnerte uns Hasege.

»*Halb*-A'landier«, brachte Chiruan hervor. »Das ist Unsinn. Oriyu starb an *Vier Atemzüge*. Ich habe gar kein …«

»Das hier haben wir in deinem Zimmer gefunden.« Hasege hielt ein Fläschchen hoch, das wie ein Flaschenkürbis aussah, und spritzte seinen Inhalt in einen der Töpfe, die auf dem Feuer kochten. Innerhalb von Augenblicken erfüllte ein kränklich-süßer Geruch die ganze Küche, und der Inhalt des Topfs färbte sich schwarz, als ob jemand Ruß hineingeschüttet hätte.

Vier Atemzüge.

»Was sagtest du, alter Mann?«

Chiruan hustete und wandte sich ab. »Das gehört mir nicht.« Er wankte. »Wirklich nicht!«

»Es wurde in einem Beutel voller Gold gefunden«, führte Hasege aus, während einer der Wächter einen Beutel Goldmakane vorzeigte. »Viel zu viel Geld für einen ehrlichen, hart arbeitenden Koch wie dich.«

»Diesen Beutel habe ich noch nie zuvor gesehen …«

»Noch ein Wort, und du kannst dich von deiner Zunge verabschieden! Das Gleiche gilt für alle anderen, die diesen Mann verteidigen!« Hasege bewegte seine Klinge von Koch zu Koch, bis sie wieder an Chiruans Kehle ankam.

Alle wichen zurück und machten sich ganz klein, während Hasege und seine Wächter die Speisekammer durchsuchten. Ich zuckte zusammen, als Flaschen und Gläser zersprangen und Chiruans gewissenhaft komponierte Soßen und Kochweine rücksichtslos auf den Boden geworfen wurden.

Sie fanden Chiruans lackierte Schachtel.

»Mach das auf!«, befahl Hasege Rai und Kenton und zeigte auf das Schloss.

»Chiruan ist der Einzige, der den Schlüssel hat.«

»Es ist nichts«, flehte Chiruan. »Nur Gewürze und Rezepte. Die Schachtel befindet sich seit vielen Jahren im Besitz meiner Familie …«

»Bringt sie Lord Takkan zur Begutachtung«, befahl Hasege und schnitt den Riemen durch, mit dem der Schlüssel um Chiruans Hals hing. »Und werft Chiruan in den Kerker.«

Die Wächter gehorchten, aber ich wollte protestieren. Hasege schubste mich gegen eine Wand. »Aus dem Weg, Dämonin«, warnte er. »Es sei denn, du willst die Nächste sein.«

Ich behielt meine durcheinanderwirbelnden Gedanken für mich; ich war mir sicher, dass Chiruan verleumdet worden war. Nach einem langen Moment eisiger Stille verließ Hasege schließlich die Küche. Ich schleuderte meine Schürze in die Ecke und lief zum Schloss zurück.

Pao verstellte mir den Weg, als ich Takkans Gemächer betreten wollte. »Seine Lordschaft ist beschäftigt. Er ist gerade erst aus Iro zurück und darf nicht gestört …«

Ich streckte den Arm an ihm vorbei aus und klopfte fest an die Tür. Das war reichlich unverfroren, aber das war mir egal.

Als Pao mich von der Tür wegzerrte, erschien Takkan.

Er hatte seinen tiefblauen Umhang noch an, der in Falten von seinen Schultern herabhing. Er wirkte angestrengt, und seine Augen, die normalerweise seinen konzentrierten Willen ausstrahlten, waren müde.

»Lass sie rein.«

Pao warf mir einen gereizten Blick zu, dann ließ er mich los. Es würde mich einen ganzen Berg von süßen Bohnenkuchen kosten, seine Gunst zurückzugewinnen.

Chiruan!, gestikulierte ich wild. *Er wurde …*

»Ich weiß, dass dich das mitnimmt, Lina«, sagte Takkan. Seine Stimme verriet mehr Anspannung, als ich je bei ihm wahrgenommen hatte. »Aber die Beweise sind erdrückend: Chiruan hat einen Mann ermordet und Hochverrat am Kaiser und an Kiata verübt. Ich weiß, dass er dein Lehrer gewesen ist, und ich bin für seine Freundlichkeit dankbar, aber dieser Krieg hat dazu geführt, dass sich die Loyalitäten klar aufteilen. Manchmal ist die Wahrheit das schlimmste Gift, das man schlucken kann.«

Alles, was er sagte, ergab Sinn. Es war genau das Gleiche, was Andahai oder Benkai getan hätten, wenn jemand, dem sie vertrauten, sie verraten hätte. Und trotzdem konnte ich es nicht glauben.

Ich suchte nach einem Blatt Papier, um es ihm aufzuschreiben, aber dann sah ich Chiruans Schachtel.

Sie stand geöffnet auf Takkans Schreibtisch. Ich erkannte ihren glatten roten Lack, die mit Intarsien aus Abalone-Perlmutt dargestellten spielenden Kinder, die Spritzer von Öl und Soße, die Chiruan jeden Abend sorgfältig von dem Lack abwischte. Diesmal hatte er dazu keine Gelegenheit mehr gehabt.

Der Deckel lag mit herausgerissenem Seidenfutter auf dem Boden. Takkan hob ihn auf und hielt ihn vor eine Laterne. »Was liest du da, Lina?«

Ich schluckte schwer und spähte auf den Deckel. Auf die Innenseite des Deckels waren Zutatenlisten, Kochzeiten und -temperaturen sowie Varianten geschrieben worden.

Eine Liste trug den Titel »Gold. Zum Schlafen«.

Darunter: »Schwarz. Für den Tod«.

Das Blut wich aus meinem Gesicht und mir verschwamm alles vor den Augen. Also das hatte Takkan gemeint, als er von Beweisen sprach.

»Wir werden ihm erst dann den Prozess machen, wenn das Rezept bestätigt worden ist«, sagte Takkan und schloss die Schachtel wieder. »Aber es sieht nicht gut für ihn aus, Lina. Ein tapferer Mann ist gestorben. Wir sollten uns glücklich schätzen, seinen Mörder überführt zu haben, und beten, dass wir ein paar Antworten bekommen.«

Das alles war so schrecklich, dass meine Wangen brannten, aber ich nickte stumm.

Niemand außer Chiruan hatte Zugriff auf die Schachtel. Weder Rai noch Kenton noch irgendeiner von den Dienstboten. Ich wünschte mir, ich könnte Chiruan nach dem Grund fragen. Warum Oriyu? Warum hatte er Kiata so verraten?

Die Wächter würden die Antwort bald bekommen. Vielleicht ging es ja tatsächlich nur um so etwas Simples wie Geld. Ich dachte an die klimpernden Goldmakane in dem Hanfbeutel – Chiruans Lohn. Aber vielleicht ging es auch um mehr: eine Stellung im Palast, wenn Yuji den Thron bestieg. Einen anderen Grund konnte ich nicht ersinnen.

Spielt das überhaupt eine Rolle?, fragte ich mich. *Spielt es eine Rolle, warum dich jemand verrät?*

Ich dachte jetzt an Raikama, nicht an Chiruan.

Nein, sagte ich mir. Aber ich wollte es trotzdem wissen.

»Zügle deine Neugier, meine Kleine«, hatte Raikama mich immer geneckt, als ich klein war. »Wenn du dem Feuer zu nah kommst, wirst du dich nur verbrennen.«

Es mutete wie ein schlechter Scherz an, dass mir ausgerechnet meine Stiefmutter diese Warnung erteilt hatte. Ich brannte längst, und sie – Raikama – war es, die die Flammen entzündet hatte.

Nach Chiruans Verhaftung waren alle in der Küche wie Geister, halb da und halb nicht. Ich half Rai und Kenton, das von den Wächtern angerichtete Chaos zu beseitigen, dann schloss ich mich in meinem Zimmer ein. Sosehr es mich bekümmerte, ich konnte mich nicht mehr in die Geschehnisse hier in der Festung hineinziehen lassen. Meine Zeit in Iro näherte sich ihrem Ende, und ich musste noch eine letzte Aufgabe erledigen, ehe ich ging.

Ich verdeckte die Papierflächen meiner Fenster und meiner Tür. Dann breitete ich das Sternenkrautgarn auf meinem Schoß aus. Ein schimmernder Zopf aus Gold und Violett und Rot, wie die drei magischen Kräfte, aus denen er geflochten war. Dämonenfeuer, das Blut der Sterne und Emuri'ens Schicksalssträhnen. Nun musste ich nur noch ein Netz weben, um den Zauber meiner Stiefmutter zu besiegen.

Mach die Maschen nicht zu locker, empfahl Kiki, während meine Finger mit dem Sternenkrautgarn Knoten um Knoten knüpften.

Keine Sorge! Die Maschen hatten den Durchmesser meines kleinsten Fingers, schmal genug, dass Kiki hindurchschlüpfen konnte, doch keine von Raikamas Schlangen. Dessen war ich mir sicher.

Nun, ich bin nicht diejenige, die die Stirn runzelt. Was ist mit dir, Shiori? Solltest du dich nicht freuen, dass du bald fertig bist? Bald kannst du nach Hause!

Ja, es hätte mich zufrieden machen sollen, dass wir so kurz vor dem Ende dieser furchtbaren Reise standen. Doch wenn ich ehrlich war, wäre es mir lieber, wenn sie niemals endete.

Ich hatte nicht vergessen, welchen Preis wir für das Brechen unseres Fluchs würden zahlen müssen. Den ganzen Winter hindurch hatte ich das zu verdrängen versucht. Doch nun, da das Netz beinahe fertig war, ging es mir fast unablässig im Kopf herum.

Einer meiner Brüder würde sterben müssen.

Wieder und wieder quälte ich mich mit den verschiedenen Möglichkeiten. Dass ich nie wieder von Andahai gescholten werden würde. Niemals mehr Benkais ermunternde Worte hören, nie wieder mit Wandei Winddrachen bauen, mit Yotan lachen oder mit Reiji streiten würde. Meine Geheimnisse nie wieder Hasho anvertrauen würde.

Mit jedem Knoten, den ich knüpfte, schmerzte mein Herz ein wenig mehr. Während mein Netz immer größer wurde, glühte und pochte die kleine Perle in meiner Brust – manchmal so heftig, dass ich innehalten und nach Luft schnappen musste.

Bereitete Raikamas Perle ihr jemals Schmerz? Ich fragte mich, wie es für sie gewesen war, ihr Land zu verlassen und in den Palast zu ziehen. Allein und trübsinnig, belastet mit Geheimnissen, die sie mit niemandem teilen konnte.

Ich knirschte mit den Zähnen. Hatte ich gerade etwa tatsächlich Mitgefühl für meine Stiefmutter?

Ein wenig. Immer, wenn ich in ihre Gemächer gerannt kam, sah sie so glücklich aus, als wäre ich ihre einzige Freundin auf der ganzen Welt. Warum hatte sich das geändert? Was hatte dazu geführt, dass sie mich hasste?

Komm zur Vernunft, Shiori, ermahnte ich mich selbst und knüpfte weiter an dem Netz. *Raikama ist böse, weiter nichts. Es gibt nichts zu verstehen.*

Das sagte ich mir Nacht für Nacht, während ich an dem Netz arbeitete. So lange, bis ich die Enden des allerletzten Sternenkrautgarns verknotete.

Bis mein Netz schließlich und endlich fertig war.

Es war prachtvoll – lang und breit genug, um in alle Ecken meines Zimmers zu reichen. Dank des Dämonenfeuers verbreitete es ein schimmerndes Licht, wie Funken, und das Blut der Sterne machte es so lebendig, als hätte ich irgendwie alle Farben des Universums eingefangen. Und wenn ich jemandem weiszumachen versucht hätte, dass ich tausend Rubine zermahlen hatte, um es herzustellen, wäre das völlig glaubhaft gewesen, denn nur so ließ sich die Schönheit von Emuri'ens Schicksalsfäden beschreiben. Das Zusammenwirken der drei magischen Kräfte ließ das Netz in einem Licht erstrahlen, das ich mir für alle Ewigkeit hätte ansehen können.

Aber so schön es auch war, machte es mir keine Freude. Ich stopfte es in meine Tasche. Bis zu dem schrecklichen Tag, an dem ich es gegen Raikama einsetzen musste, wollte ich es nicht mehr sehen. Bis dahin wollte ich nicht einmal an meine Stiefmutter denken.

Doch wie es schien, konnte ich das nicht beeinflussen. In dieser Nacht kam im Schlaf eine lange verdrängte Erinnerung ungewollt wieder an die Oberfläche:

»Warum hast du die Schlange in Reijis Bett gelegt?«, fragte meine Stiefmutter. »Er hat einen Riesenschreck bekommen.«

»Den hat er verdient. Er hat meine Lieblingspuppe kaputt gemacht.«

»Nur, weil Reiji nicht nett zu dir war, heißt das nicht, dass du es ihm mit gleicher Münze heimzahlen musst. Und denk mal an die Schlange – die hättest du vielleicht auch verletzen können.«

»Oder sie hätte Reiji beißen können«, fügte ich boshaft hinzu.

»Shiori!«

»Ich kann Reiji nicht leiden«, sagte ich störrisch. »Und Schlangen sind mir egal. Sie sind die natürlichen Feinde von Kranichen.«

Raikama lachte. »Kraniche fressen Schlangen, nicht umge-

kehrt. Schlangen sind meine Freunde. Sie waren sogar einmal meine einzigen Freunde.«

»Sogar die Vipern?«, fragte ich. »Hasho hat gesagt, sie seien giftig.«

»Ganz besonders die Vipern. Sie haben mich praktisch großgezogen.«

Sie sagte das so ernsthaft, dass ich nicht wusste, ob sie einen Scherz machte. »Na, dann bist du die einzige Schlange, die ich gut leiden kann, Stiefmutter.«

Raikama wuschelte durch meine Haare. Von ihrem Gesicht ging ein Strahlen aus, so golden und glänzend wie das Mondlicht. Ich wollte gerade mit dem Finger darauf zeigen, da zuckte Raikamas Hand von meinem Kopf zurück. Innerhalb einer Sekunde war ihr Strahlen vorbei, so als hätte ich es mir nur eingebildet.

Genauso vorbei war es mit ihrer Unbeschwertheit. »Eines Tages wirst du das nicht mehr sagen«, bemerkte sie mit ernster Stimme. »Eines Tages wirst du mich verabscheuen.«

»Ich könnte dich nie hassen.«

»Das wirst du aber«, sagte sie nach einer Pause. »Eine Viper ist nun einmal giftig, ob sie will oder nicht.«

»Aber nicht alles Gift ist schlecht, manchmal ist es eine getarnte Medizin.«

Raikama zwinkerte verblüfft. »Was?«

»Das hast du mir doch selbst einmal erzählt, als jemand versucht hat, Vater mit einem vergifteten Brief zu töten. Weißt du das nicht mehr? Du hast aus dem Gift deiner Schlangen ein Gegenmittel hergestellt.«

Sie schaute mich an und ihre Lippen verzogen sich zu einem leichten Lächeln. »Du hast ein sehr gutes Erinnerungsvermögen.«

»Du hast ihn gerettet. Deshalb könnte ich dich niemals verabscheuen.« Ich hielt inne und probierte auf meiner Zunge ein Wort aus. Dann sagte ich es: »Mutter.«

Ihr Lächeln verschwand umgehend. »Ich bin nicht deine Mutter, Shiori. Du bist nicht mein Kind. Das wirst du niemals sein.«

Ehe ich sie davon abhalten konnte, berührte sie meine Augen, und ich vergaß diese Erinnerung für viele, viele Jahre.

Am nächsten Morgen tanzte Kiki auf meiner Nase herum und weckte mich, indem sie sich Schnee von ihren Flügeln abstreifte. *Seryu möchte sich heute Abend am Fluss mit dir treffen. Er hat Neuigkeiten.*

Kapitel 31

Ein einsamer Mond hing rund und leuchtend wie ein Drachenauge am Himmel. Frisch gefallener Schnee hatte die Luft abgekühlt und ließ wenig Raum für Zweifel, als ich mich zum rückwärtigen Teil der Festung schlich.

»Ein bisschen spät, um noch auszugehen, Lina«, sagte Pao und versperrte mir den Weg. »Es ist schon dunkel.«

Früher hatte es gereicht, wenn ich andeutete, dass Chiruan mich losgeschickt hatte, und Pao ließ mich gehen, wohin ich wollte. Doch Chiruan saß im Kerker. Ich hielt meine Fackel und meinen Korb hoch und mimte mit den Lippen einen Haufen Unsinn: *Pilze, Eis, Forellen, Fluss.*

»Langsam, langsam«, sagte Pao und lehnte sich nach vorne. Er grunzte. »Ich weiß nicht, wie Takkan das macht. Ich verstehe kein Wort von dem, was du sagst.«

Das ist genau der Sinn der Sache. Ich schüttelte den Korb vor seinen Augen und deutete in Richtung Küche. *Muss los!*

Pao räusperte sich. »Also gut, geh schon. Aber bleib nicht zu lange – sonst sage ich es Lady Bushian.«

Ich brauchte nicht zweimal gewarnt zu werden, sondern huschte schnell nach draußen. Über dem Fluss hing eisiger Nebel. Ich zitterte vor Kälte am ganzen Körper, als ich mich, mit Kiki auf der Schulter, ans Ufer hockte.

Im Wasser spiegelte sich verschwommen der Mond, und sein silbriges Licht schimmerte auf den Eisflächen. *Seryu, ich bin da.*

Ich stocherte mit dem Griff meiner Fackel in dem gefrorenen Fluss herum, bis das Eis brach und in Tausende, miteinander verbundene Risse zersprang. Ich wartete. Das Eis teilte sich, und zum Geräusch der darunter gluckernden und rauschenden Strömung erschienen zwei rubinfarbene Augen, so groß wie Wachteleier, die mich aus dem wirbelnden Wasser heraus anschauten.

»Du siehst besser aus als letztes Mal«, begrüßte mich Seryu, der im Wasser seine menschliche Form annahm. Wie immer waren auf seinen Wangenknochen schillernde Kiemen zu sehen, und unter seiner Seidenkleidung ragten jadegrüne Schuppen hervor. Doch er sah heute anders aus. Sein Haar war kürzer, reichte ihm nur bis zum Kinn, und zum ersten Mal fehlte der Schalk in seinem Blick.

»Besser genährt, und rosiger. Allerdings hat mir eine papierene Wichtigtuerin auch verraten, dass du in einem Schloss wohnst und von Kiatas besten Wächtern beschützt wirst. Du hast mir ja gar nicht erzählt, dass es sich bei einem davon um deinen Möchtegern-Verlobten handelt.«

Aus Seryus Stimme klang Verärgerung durch, und das verstand ich nicht. *Was macht das für einen Unterschied? Für ihn bin ich ein Niemand.*

»Du hast ja vielleicht eine Schale auf dem Kopf. Aber selbst ein Trottel wie Bushian Takkan kann sehen, dass du wohl kaum ein Niemand bist.«

Ich schaute den Drachen finster an. *Er ist kein Trottel. Wenn ich es nicht besser wüsste, würde ich denken, dass du eifersüchtig bist.*

»Ich? Eifersüchtig auf einen Sterblichen?«, spottete Seryu. »Mit solchen albernen Gefühlen halten wir Drachen uns nicht auf. Abgesehen davon bin ich der Enkel des Drachenkönigs. Ich habe jede Menge eigene Bewunderer.«

Wie das?, fragte ich. *Ich dachte, du tauchst fast nie auf.*

»Ihr Menschen seid nicht die Einzigen, die meine Größe zu schätzen wissen«, gab Seryu zurück. »Zu Hause zieht allein schon mein Ruf Dutzende, nein Hunderte Bewunderer an!«

Er seufzte bedauernd. »Aber du warst immer eine von meinen Lieblingen, Shiori«, gab er zu und wurde plötzlich wieder freundlicher. »Wenn du nicht so … so menschlich wärest, dann …«

Dann was?

»Ach, egal.«

Der Drache verhielt sich heute merkwürdig. Im einen Augenblick gereizt, melancholisch im nächsten. Ich verzog das Gesicht, denn ich ahnte, dass mir nicht gefallen würde, was er mir mitteilen wollte.

Ich kam zur Sache. *Das Netz ist fertig.* Am Fluss war es kalt, und ich wollte nicht erfrieren. *Kiki sagte, du hättest Neuigkeiten.*

»Zwei Drachentage reichen wohl kaum aus, um die Gunst meines Großvaters zurückzugewinnen«, sagte Seryu genervt.

Was meinst du damit?

»Ich habe keine Neuigkeiten, Shiori. Ich überbringe lediglich eine Botschaft von meinem Großvater.«

Ich erstarrte. *Worum geht es?*

»Er bedauert es, deine Knochen nicht in der Taijin-See verstreut zu haben«, meinte Seryu kühl. »Und er lässt dir versichern, dass der einzige Grund, weshalb deine Brüder, die auf der Suche nach dem Namen deiner Stiefmutter übers Meer fliegen, noch nicht zu Wellenschaum wurden, ihre Perle ist.«

Was ist denn mit Raikamas Perle?

»Er hat mir aufgetragen, dir zu sagen, dass er für den Fall, dass du deine Begegnung mit der Namenlosen Königin überlebst, ihre Perle verlangt. Sie gehört den Drachen.«

Aber gern, ich werde sie ihm geben – wenn er mir verrät, wie ich meinen Fluch brechen kann.

»Der Drachenkönig verhandelt nicht«, sagte Seryu mit einem Grollen. »Wenn wir uns das nächste Mal begegnen, hast du ihre Perle.«

Sein Bild verschwamm im Wasser und drohte zu verschwinden.

Warte, Seryu!

Jetzt waren nur noch seine roten Augen zu sehen, die stumpfer wirkten als je zuvor. »Ich kann dir nicht dabei helfen, den Fluch zu brechen. Ich habe es schon versucht. Aber du bist klug, ich bin sicher, du findest es heraus.«

Ich hatte es satt, klug sein zu müssen. Dinge verstehen zu müssen. Ich wollte einfach nur nach Hause und mit meiner Familie zusammen sein, aufwachen und glauben, dass all das hier nur ein schrecklich realistischer Albtraum gewesen war.

Ich kroch noch ein wenig näher an den Fluss heran, als wollte ich ihm etwas zuflüstern. Mir lag eine Sache schwer auf der Seele, die ich mit Seryu besprechen wollte: *Ich habe über meine Stiefmutter nachgedacht. Was, wenn … wenn es überhaupt kein Fluch ist? Was, wenn …* Ich fasste befangen an meine Schale, denn es kam mir albern vor, was ich sagen wollte. Aber für einen Rückzieher war es zu spät. *Was, wenn Gift manchmal getarnte Medizin ist?*

Im Wasser erschien jetzt wieder sein ganzes Gesicht. Seryu starrte mich an, als wären mir Hörner und Tasthaare gewachsen. »Du glaubst, sie hätte deine Brüder aus guten Gründen in Kraniche verwandelt?«

Ich weiß nicht, was ich glauben soll. Ich versuche nur den Grund zu verstehen. Warum hat sie es getan?

Er schnaufte. »Menschen! Immer wollt ihr den Grund für alles wissen. Was soll das ändern?«

Darauf hatte ich keine Antwort. Wie sollte ich auch, wo ich doch nicht einmal wusste, was es da zu wissen gab?

»Die Perle in ihrem Herzen ist nicht wie andere Drachenperlen«, erklärte Seryu. »Sie ist verdorben, und deshalb muss auch sie verdorben sein, weil sie sie besitzt. Das ist alles, was du wissen musst.«

Seryu hatte recht: Ihre Gründe konnten wohl kaum ihr Handeln rechtfertigen. Was sie meinen Brüdern und mir angetan hatte, war unverzeihlich. Nur ein grausames Herz konnte solch einen Fluch aussprechen.

Warum glaubte ich das dann nicht?

»Mach die Dinge nicht zu kompliziert«, sagte Seryu eindringlich. »Rette deine Brüder und bring dann die Perle zu meinem Großvater. Versprich mir das unter Freunden.«

Ich nickte benommen.

»Gut.« Er wirkte erleichtert. »Jetzt wird es Zeit für mich.«

Wir treffen uns also vorher nicht mehr?

»Ich wünschte, wir könnten, Prinzessin, aber nein. Du wirst mich ohnehin nicht vermissen – jetzt, wo deine Zuneigung sich auf den Abweg dieses wenig bemerkenswerten menschlichen Lords begeben hat.«

Ich konnte nicht verhindern, dass ich rot anlief.

»Ah, also hat Kiki es tatsächlich nicht erfunden!«

Takkan ist ein Freund. Und ich wünschte, du würdest damit aufhören, menschlich *wie eine Beleidigung zu benutzen. Ich bin menschlich, genau wie meine Brüder.*

»Ich habe nur gesagt, dass er wenig bemerkenswert ist.« Bevor ich es ihm heimzahlen konnte, glitt Seryu ins Wasser zurück. Als er wieder auftauchte, kräuselten sich seine federartigen grünen Augenbrauen. Ich fragte mich, was in seinem Unterwasser-Königreich vor sich ging, denn seine Haltung wurde plötzlich steif, so als würde er beobachtet.

»Ich lasse deinen Brüdern ausrichten, dass du das Netz fertig hast. Und sorg dafür zu überleben, bis wir uns das nächste Mal treffen.«

Das Wasser wurde still und er verschwand. Ich musste das Gewicht von Raikamas Fluch allein tragen.

Als ich zum Schloss zurückkehrte, war ich erschöpft, halb erfroren, und freute mich nur noch darauf, vor dem Kohlebecken zusammenzusinken. Doch ich vergaß meine Erschöpfung, als ich Megari in zusammengekrümmter Haltung vor meiner Tür vorfand. Sie war schrecklich krank.

»Lina«, sagte sie heiser. »Da bist du ja. Ich konnte nicht schlafen. Mein Magen!«

Sie war fahl im Gesicht, ihre Augen waren glasig und geschwollen und die Kraft in ihren Gliedern so schwach, dass sie sich kaum aufrecht halten konnte.

»Mein Magen«, stöhnte sie mit Erbrochenem auf den Lippen. »Hilf mir!«

Sie sackte apathisch und zitternd in sich zusammen. Ihr Puls wurde immer schwächer.

Mit wachsender Panik nahm ich sie in die Arme. *Halte durch, Megari,* dachte ich, während ich sie über den Flur trug. *Alles wird gut.*

Du bringst sie doch nicht etwa zu der feixenden Priesterin, oder?, rief Kiki aus meinem Ärmel heraus.

Doch das tat ich. Ich hasste es, das zugeben zu müssen, aber ich brauchte Zairenas Hilfe. Ich betete, dass sie heute Abend in ihrem Zimmer war. Ich klopfte an und hörte damit nicht auf, bis sie endlich öffnete.

»Bist du von Sinnen? Was erlaubst du dir …?«, setzte Zairena an, doch dann weiteten sich ihre Augen. »Megari!«

Sie winkte sofort dem Wächter am Ende des Flurs. »Bring Lady Megari in ihr Zimmer.«

Ich wollte ihr folgen, doch Zairena winkte mich weg. »Geh wieder schlafen. Du hast schon genug getan, und es muss ja nicht gleich die ganze Festung wissen, dass Megari krank ist.«

Doch ich ließ mich nicht fortschicken, sondern half dem Wächter, Megari wieder in ihr Bett zu legen.

Ich strich ihr über die Haare und wünschte mir, ich könnte ihr eine Geschichte erzählen. Stattdessen begnügte ich mich damit, leise ihre Mondlaute zu zupfen. Auf einem ihrer Tische stand ein Tablett mit halb gegessenen Mandarinen und getrockneten roten Datteln. Außerdem ein krümeliger Kakikuchen. Bei Emuri'ens Strähnen! Ich hoffte, dass sie nicht durch eine von Chiruans Süßspeisen krank geworden war.

Es fühlte sich an, als würde es Stunden dauern, bis Zairena mit Tee erschien. Als sie mich sah, setzte sie zu einer ihrer typischen abfälligen Bemerkungen an, aber ausnahmsweise überlegte sie es sich diesmal anders und reichte mir den Tee. Gemeinsam halfen wir Megari, davon zu trinken, indem wir die Flüssigkeit durch ihre aufeinandergepressten Lippen träufelten. Als die Tasse leer war, wurde Megaris Atmung langsam gleichmäßiger und sie schlief wieder ein.

»Morgen früh geht es ihr besser«, sagte Zairena.

Danke, gestikulierte ich aufrichtig. Vielleicht war Zairena ja doch eine Priesterin. Der Tee roch nach Ingwer, Fenchel und Kümmel – alles Zutaten, mit denen man Magenschmerzen linderte.

»Warte.« Zairenas Gesicht war müde, und an ihren Fingern klebten Tee und Kräuter. »Es war gut, dass du sie zu mir gebracht hast. Danke, Lina.«

Ich klapperte vor Überraschung über diese Friedensgeste – auch wenn sie widerwillig gemacht wurde – mit den Augenlidern.

Wer hätte das gedacht?, meinte Kiki, sobald wir allein waren. *Megari musste erst beinahe sterben, damit diese Viper endlich ihre Giftzähne einfährt. Glaubst du ihr?*

Ich ließ mich völlig fertig auf mein Bett fallen. Es spielte keine Rolle, ob ich ihr glaubte. Ende der Woche würde ich von hier verschwinden.

Und wenn es den Göttern gefiel, würde mein Winter in Iro bald nur noch eine Erinnerung an eine weit entfernte Vergangenheit sein.

Kapitel 32

Es gab nur zwei Abschiede, die mir etwas bedeuteten, und ich hatte keine Ahnung, wie ich sie angehen sollte.

Ich fing bei Megari an. Sie war wieder so fröhlich wie zuvor, und als ich sie besuchte, beschäftigte sie sich gerade mit der Frage, was sie zum Winterfest anziehen sollte.

Sie stand inmitten von Häuflein aus Seide und Satin – Gewänder, Schärpen und Schuhe waren überall auf dem Boden verstreut. »Lina!«, begrüßte sie mich und stakste durch das Chaos. Sie hielt mir zwei Bänder hin.

»Du musst mir helfen, ich kann mich nicht entscheiden, welche Farbe ich in meine Zöpfe flechten soll.«

Mein Blick verharrte auf dem scharlachroten Band, doch ich zeigte auf das blaue. Es hatte dieselbe Farbe wie das Wappen von Bushian, und außerdem passte es zu dem Kragen und den Ärmelaufschlägen des Kleids, das Megari trug.

»Ja, das hätte ich auch ausgewählt. Und, freust du dich auf heute Abend?«, fragte sie und zerrte mich zum Fenster. »Es wird spektakulär! Das beste Winterfest aller Zeiten.«

Ich hatte mir noch nie viel aus dem Winterfest gemacht. In Gindara war es ein so unwichtiges Ereignis, dass wir es meist mit unserer Neujahrsfeier zusammenlegten. Aber ich verstand, warum Megari derart begeistert war. Selbst vom Schloss aus konnte ich Hunderte Laternen auf den Dächern von Iro erkennen, die hin und her schwankten.

»Am besten finde ich die Eisskulpturen«, fuhr Megari fort. »Von hier aus kannst du sie nicht sehen, aber sie sind echt schön. Letztes Jahr hatten sie Drachen und Boote und ganze Gärten, die nur aus Eis bestanden! Wenn wir Glück haben, halten sie sich bis ins neue Jahr. Und dann ist bald endlich Frühling und ich kann dir die Kaninchen auf dem Berg zeigen.«

Ich schluckte und holte mein Schreibbuch aus der Tasche, um ihr die Abschiedsnachricht zu zeigen, die ich vorbereitet hatte.

Megari, ich verlasse …

Doch da ertönten Trommelschläge, ich zuckte vor Schreck mit der Hand, und die Seite riss ein, als von hinter der Festung auch noch ein Horn erklang.

Was ist los?, mimte ich.

Megari seufzte missbilligend. »Alle gehen auf die Jagd.« Einen Augenblick später hörte man Pferdegetrappel und das Öffnen der Tore.

Die Jagd?

»Es ist eine Tradition.« Megari nahm sich ihre Mondlaute und verzog das Gesicht, als sie eine stark verstimmte Saite zupfte.

»Wie viele Pfeile sie brauchen, um ihr Ziel zu treffen, sagt voraus, an wie vielen Tagen es nächstes Jahr schneien wird. Albern, ich weiß. Takkan hasst es, aber da Vater nicht hier ist, muss er die Jagd anführen. Schließlich ist er auch der beste Schütze. Sogar besser als Hasege.«

In meinem Magen bildete sich ein Knoten. Ich sprang zu Megaris Schreibtisch und begann hektisch zu schreiben.

Auf was machen sie Jagd?

Megari las meine Frage über meine Schulter hinweg laut vor und antwortete: »Normalerweise auf einen Elch oder einen Hirsch, aber beim Frühstück sagte Hasege, dass er über dem Wald wilde Kraniche kreisen gesehen hat …«

Ich wartete nicht, bis sie zu Ende gesprochen hatte, sondern ließ sofort den Pinsel fallen. Tusche spritzte auf meine Kleidung, und ich rannte zur Tür hinaus.

Ich wünschte mir, ich hätte Flügel. Der Schnee reichte mir bis zu den Knien, und sich den Berg hinab bis in den Wald durchzuarbeiten, war schon für sich genommen ein Kampf. Der Wind heulte und pfiff mir um die Ohren. Es war, als ob er mich verspottete: *Du schaffst es nicht mehr rechtzeitig zu deinen Brüdern.*

Alle paar Minuten flogen Pfeile in die Wolken hinauf. Mir lief ein Angstschauer über den Rücken, als ich sah, wie meine Brüder über den Bäumen kreisten. Ihre roten Kronen hoben sich deutlich vom grauen Himmel ab.

Fliegt weg von hier, Brüder!, schrie ich in meinem Kopf. *Flieht!*

Aber sie konnten mich nicht hören.

Schließlich fand ich im Schnee Hufspuren, die einen Pfad in den Wald hinein bildeten. Ich folgte ihnen und trat in die Vertiefungen, um schneller voranzukommen. Dabei dröhnte der Puls in meinen Ohren. Da waren sie – Takkan und seine Wächter. Pao hatte seinen Bogen himmelwärts gerichtet – auf meine Brüder! Ich warf mich vor sein Pferd.

»Halt!«, befahl Takkan, als die Pferde scheuten. Ihre Hufe waren mir so nah, dass sie mir Schnee ins Gesicht spritzten.

»Was zum …«, stieß Hasege hervor, als er mich erkannte. »Bist du wahnsinnig, Mädchen? Was erlaubst du dir, die Jagd zu stören?«

Takkan saß bereits ab, doch ich konnte nicht auf ihn warten. Ich sprang los, schnappte mir Paos Bogen und schleuderte ihn in den Schnee.

Ehe mich jemand aufhalten konnte, lief ich von Pferd zu Pferd und leerte verzweifelt die Köcher aller Wächter aus. Dann rannte ich mit einem Armvoll Pfeile los.

Brüder! Brüder!

Jetzt sahen sie mich. Hasho näherte sich mir, während die anderen vorsichtig im Wald landeten. Kiki entdeckte sie als Erste; sie standen unter einer Gruppe schneebedeckter Tannen.

Ich rang nach Luft. Das ganze Weiß überall machte mich ganz schwindelig. Mir war gar nicht bewusst, wie kalt mir geworden war, bis Hasho mit einem Flügel über meine Wange strich und ich es gar nicht spürte. Sanft hüllten meine Brüder mich in ihre Federn ein und brachten so Wärme in mein Blut zurück.

Ich ließ die Pfeile fallen und umarmte sie alle, sogar Reiji. Waren tatsächlich zwei Monate vergangen, seit ich sie zuletzt gesehen hatte? Wir hatten tausend Fragen aneinander, aber jetzt machte ich mir vor allem um ihre Sicherheit Sorgen. Rasch führte ich sie hinter die Bäume, damit die Jäger uns nicht sehen konnten.

Seid ihr verletzt?, fragte ich.

Nur Hasho, antwortete Kiki. Sie schoss hinüber zu meinem jüngsten Bruder, der mir die Unterseite seines Flügels zeigte.

Es war nur eine Schramme, doch ich erschrak trotzdem. Ich hockte mich hin, um Schnee auf die Wunde pressen zu können, aber Hasho schüttelte mich und den Schnee ab. Er krächzte aufgeregt, und ich wandte mich an Kiki.

Er sagt, du brauchst ihn nicht zu verhätscheln, übersetzte der Papiervogel. *Er macht sich mehr Sorgen um dich … Deine Brüder haben davon gehört, dass auf Schloss Bushian ein Mörder gefangen worden ist.*

Mir geht es gut. Ich wollte in diesem Moment nicht über Chiruans Verhaftung reden. *Das Netz ist fertig. Sag ihnen, dass ich bereit zur Abreise bin.*

Während Kiki sprach, sahen mich Benkais runde Augen forschend an. Er gab einen leisen Ton von sich.

Er sagt, dass du nicht so aussiehst, als seiest du bereit, übersetzte Kiki für meinen zweiten Bruder. *Seryu hat ihnen berichtet, dass kein anderer als dein ehemaliger Verlobter dich in Schloss Bushian aufgenommen hat.* Der Papiervogel legte den Kopf schief. *Er will wissen, ob das stimmt.*

Es stimmt.

Benkai öffnete den Schnabel, als wollte er sagen: *Aha, das erklärt eine Menge.*

Ich wusste nicht, warum mein Gesicht jetzt so heiß wurde. Oder warum ich es notwendig fand, Kiki zu sagen: *Ich dachte, sie würden erst morgen kommen.*

Sie sind früher gekommen, denn sie haben Neuigkeiten für dich. Aus Andahais Schnabel kam ein erregtes Trompeten, und Kiki flatterte mit den Flügeln, um ihn zum Schweigen zu bringen. *Sie haben Raikamas echten Namen herausgefunden.*

Ich hielt die Luft an. *Und zwar?*

Sie haben die ganze Zeit an den falschen Orten gesucht, fuhr Kiki fort, während Wandei, mein stillster Bruder, sich stolz ein wenig aufplusterte. *In A'landi, Samaran. Aber dann fiel Wandei wieder ein, dass dein Vater vor fünfzehn Jahren auf die Tambu-Inseln gereist ist. Er hatte ihn damals gebeten, etwas Teakholz mitzubringen – das verrottet nämlich nicht so wie Birke und Weide, und es eignet sich am besten, wenn man …*

Reiji mischte sich mit einem ungeduldigen Ruf ein, sodass Kiki hochflatterte. *Ich übersetze nur! Ich kann doch nichts dafür, wenn er abschweift!*

Sie warf meinen Brüdern einen wütenden Blick zu. Dann ließ sie sich auf Yotans Schulter nieder und gab den Rest der Geschichte weiter: *Kaiser Hanriyu war eingeladen worden, Tambu zu besuchen, gemeinsam mit allen übrigen Königen, Kaisern und Prinzen von Lor'yan. Deine Brüder haben in einem Kloster im Süden Aufzeichnungen darüber entdeckt. Sie sind dort so oft eingedrungen, dass die Mönche schon eine Kasserolle für Vogeleintopf bereitgestellt haben.*

Kiki schüttelte sich. *Vogeleintopf? Jetzt bin ich doppelt froh, dass ich aus Papier gemacht bin.* Sie rümpfte den Schnabel und fuhr dann fort: *In Tambu lebte ein Mädchen, von dem es hieß, dass es das schönste auf der Welt sei, und dein Vater sollte bewerten, welcher ihrer Verehrer ihre Hand verdiente. Am Ende wählte sie keinen ihrer Freier und kam stattdessen mit deinem Vater nach Kiata. Ihr Name war Vanna.*

Vanna. Ich dachte nach.

In der Sprache von Tambu heißt das »golden«. Kiki schnaubte. *Ein bisschen sehr offensichtlich, nicht wahr? Warum wurde sie nicht gleich Schlangenauge genannt, wenn sie schon so eindeutig sein wollten.*

Sei still, Kiki. Die Geschichte passte. Der Name auch – fast ein bisschen *zu* gut. Wie Ihre Brillanz.

Das war das letzte Puzzleteil. Sobald wir Raikama damit konfrontiert hatten, würden wir frei sein. Und dennoch war mein Magen vollkommen verkrampft vor Furcht. Als stünden wir davor, einen furchtbaren Fehler zu begehen.

Hasho zupfte an meinem Rock. Der Blick aus seinen Kranichaugen war auffallend klar.

Er will wissen, was nicht stimmt, sagte Kiki.

Ich reagierte nicht.

Sie haben gedacht, diese Neuigkeit würde dich glücklich machen. Sie wissen, dass du Angst vor dem hast, was danach geschieht, aber wir können deinem Vater die Kontrolle über Kiata nur zurückverschaffen, indem wir den Fluch brechen. Selbst wenn das heißt, dass einer von ihnen sterben muss – es ist ein Preis, den zu zahlen sie alle versprochen haben.

Es ist nicht nur das, gestand ich zögerlich ein. *Ich … ich habe Zweifel wegen Raikama bekommen. Warum hat sie sich die ganze Mühe mit diesem Fluch gemacht, wenn sie uns eigentlich alle tot sehen wollte? Mit ihren Fähigkeiten hätte sie uns leicht töten können.*

Andahai schnaubte wütend. *Jetzt ist keine Zeit zum Philosophieren,* las ich in seinem Blick. *Wir kennen ihren Namen und wir haben das Netz. Bald werden wir sie los sein, und Vater wird sie als das Monster erkennen, das sie in Wirklichkeit ist.*

Genau das hatten wir alle von Anfang an gewollt – wieso war ich dann unsicher?

Wisst ihr noch, als sie anfangs zu uns kam?, fragte ich. *Sie hat uns geliebt, als wären wir ihre eigenen Kinder. Weißt du noch, wie sie Vater davon überzeugt hat, dir das Pferd zu schenken, das du unbedingt wolltest, Andahai? Und, Wandei, wie sie uns geholfen hat, unseren besten Winddrachen zu bauen? Wir liebten sie.*

Meine Brüder schwiegen erst, doch dann kratzte Reiji mit seiner Kralle wütend im Schnee herum und klapperte mit dem Schnabel. Ich brauchte Kikis Hilfe nicht, um zu verstehen, was er sagte: *Natürlich haben wir sie geliebt – sie hat uns verzaubert. Aber willst du nach all diesen Jahren deine Stiefmutter auf einmal für einen guten Menschen halten? Kiata droht zu zerbrechen, und ich würde meine Flügel darauf verwetten, dass Raikama etwas damit zu tun hat.*

Meine Brüder begleiteten diese Aussage mit Flügelflattern und zustimmendem Gekrächze.

Aber dennoch … Ich gab meinen Widerstand auf, indem ich die Hände resigniert in den Schoß sinken ließ. Nichts, was ich sagte, würde sie umstimmen. *Denkt darüber nach, bitte.*

Der Schnee war in meine Kleidung hineingerieselt, und die

Kälte brannte an meinen Knien. Als ich gerade aufstehen wollte, legte sich ein schwerer Umhang über meine Schultern.

»Du bist wirklich schnell, Lina«, sagte Takkan.

Hinter mir wieherte Admiral, der an einen Baum gebunden war. Takkan machte zu den Kranichen hin eine entschuldigende Geste und neigte den Kopf. Er näherte sich ihnen vorsichtig, und mit einem Nicken gab ich meinen Brüdern zu verstehen, dass man ihm vertrauen konnte. Trotzdem schnappte Reiji mit dem Schnabel nach ihm, doch Andahai zog ihn am Flügel zurück.

»Ich bin allein«, sagte Takkan ruhig. »Ich habe die anderen nach Hause geschickt. Die Jagd ist vorbei.«

Er kniete sich hin und verband Hashos Flügel mit einem Stofffetzen seines Familienbanners. »Wir haben um diese Jahreszeit noch nie Kraniche zu Gesicht bekommen, sonst hätten wir niemals …«

Ich legte eine Hand auf seinen Arm.

Benkai musterte Takkan und mich kritisch. Ich konnte genau erraten, was er dachte: *Ist das etwa …*

Takkan, dein Verlobter?, vollendete Kiki aus dem Inneren meines Ärmels heraus Benkais Frage.

Gut gelaunt wie immer bewarf mich Yotan mit etwas Schnee. *Darf ich die Vermutung äußern, dass du ihn tatsächlich magst?*

Meinem Papiervogel machte diese ganze Unterhaltung entschieden zu viel Spaß. Sie übersetzte Hashos Spott: *Ich meine mich erinnern zu können, dass du Vater erklärt hast, im Norden lebten nur Ungeheuer.*

Meine Hand lag immer noch auf Takkans Arm, doch jetzt nahm ich sie so schnell weg, als hätte ich in eine Flamme gefasst. Meine Brüder trompeteten belustigt, und ich hätte ihnen am liebsten die Federn ausgerupft.

Er ist nur ein Freund, sagte ich mit einer wegwerfenden Handbewegung.

Das muss ja ein ziemlich guter Freund sein, wenn er extra einem Mädchen hinterherreitet, das eine Holzschale auf dem Kopf hat, sagt dein Bruder Reiji.

Kiki piepste spöttisch in meinem Ärmel, während ich finster dreinblickte. *Ja, er ist ein guter Freund.*

Andahai trat vor. Er war von allen am wenigsten belustigt. Ich brauchte Kiki nicht, um zu verstehen, was er sagte: *Dann mach schnell, verabschiede dich von ihm. Da du schon einmal hier bist und das Netz dabeihast, kannst du genauso gut gleich mit uns kommen.*

Takkans Lippen verzogen sich zu einem Lächeln. »Sechs Kraniche«, murmelte er. »Wie die, die du gefaltet hast.« Er bemerkte auch, wie die Vögel mich schützend in ihre Mitte genommen hatten. »Sie kennen dich.«

Ich war froh, dass ich nicht antworten konnte. Ich schluckte, denn ich war noch nicht so weit, um mich zu verabschieden.

»Was ist denn, Lina? Du siehst traurig aus.«

Ich *war* traurig. Trauriger, als ich je erwartet hätte – jetzt, wo ich die Aussicht hatte, diesen Ort zu verlassen. Takkan zu verlassen.

Sein Umhang lag schwer auf meinen Schultern, und ich wollte ihn gerade abnehmen, als Takkan sich zu mir beugte. »Hat meine Mutter dir schon von der Neuigkeit erzählt?«

Ich schüttelte den Kopf. Ich wusste nicht, ob ich noch mehr Neuigkeiten verkraften konnte. *Was ist passiert?*

Er schaute mich aufmerksam an. »Lord Yuji hat den Großkhan von A'landi ermordet und seinen Zauberer entführt. Der Wolf dient jetzt ihm, und Yuji stellt gerade eine riesige Armee auf, um Gindara zu besetzen.«

Vor Schreck krampfte sich mein Brustkorb zusammen, und ich bekam einen Augenblick lang keine Luft. Meine Brüder, die mich immer noch umstanden, fingen an zu krächzen, aber da sie alle durcheinanderredeten, war nichts davon zu verstehen.

Takkan beobachtete uns neugierig. Aber er gab nicht zu erkennen, was er dachte.

»Ich muss Schloss Bushian noch heute Abend verlassen«, sagte er.

Ich presste die Lippen zusammen. *Heute Abend?*

»Ja, während des Fests. Auf die Art ist es am unauffälligsten. Du siehst so erschrocken aus, Lina – mach dir keine Sorgen, das ist kein Abschied.«

Für mich war es das aber. Ich würde Iro jetzt verlassen – mit meinen Brüdern.

Ich trat einen Schritt zurück und meine Absätze versanken im Schnee. Wie sollte ich mich verabschieden? *Ich … ich muss …*

Andahai krächzte und schubste mich zu Takkan hin. *Geh zu dem Fest*, bedeutete er mir. *Geh schon, geh!*

Ich sah ihn überrascht an. Von all meinen Brüdern war er derjenige, von dem ich als Letztes Verständnis erwartet hätte.

Sie sagen, dass Hasho sich etwas ausruhen muss, übersetzte Kiki, während Benkai mir mit einem erhobenen Flügel seinen Segen gab. *Und dass es sicher nicht schadet, noch ein paar Stunden in der Festung zu bleiben. Abgesehen davon, wenn Takkans Information über Lord Yuji der Wahrheit entspricht, müssen sie die Rückkehr nach Gindara besser vorbereiten.*

Andahai trat vor, und Kiki übersetzte aus meinem Ärmel heraus: *Wir treffen uns hier heute Nacht wieder, nachdem Bushian Takkan abgereist ist.*

Ich versprach es. Mit bebendem Herzen umarmte ich meine Brüder und wandte mich Takkan zu. Er sah uns an, den Kopf fragend zur Seite gelegt. Aber er sagte nichts und hielt sich an sein Versprechen, mich nichts über meine Vergangenheit zu fragen.

Sie sind etwas ganz Besonderes für mich, erklärte ich, den Kranichen zuwinkend. Als sie davonflogen, legte ich die Hände auf mein Herz. *Es sind meine Brüder.*

Während ich mit Takkan zum Schloss zurückritt, fragte ich mich, wie viel er davon wohl verstanden hatte.

Kapitel 33

Ich zog mein bestes Gewand an, ein scharlachrotes mit einem Muster aus Päonien und Eisvögeln, dazu meine wärmsten Handschuhe. Abgesehen von der Schale auf meinem Kopf sah ich beinahe wieder wie mein altes Ich aus.

Allerdings machte ich meinen festlichen Aufzug teilweise zunichte, indem ich mir die Korbtasche über die Schulter schlang. Sie war schon recht mitgenommen und hatte Wasserflecken, sodass sie jeden Anschein von Eleganz, den ich haben mochte, gleich wieder aufhob. Natürlich wies mich Zairena gleich darauf hin, als ich sie auf der Schlosstreppe traf.

Sie rümpfte die Nase. »Musst du diese Tasche wirklich immer um den Hals tragen, egal, wohin du gehst?«

Unter normalen Umständen hätte ich sie in meinem Zimmer zurückgelassen, um solche Bemerkungen zu vermeiden, doch ich wollte unmittelbar nach dem Fest verschwinden und hatte dann keine Zeit, noch einmal zum Schloss zurückzukehren.

Ich zuckte mit den Schultern und steckte mein Halstuch in die Tasche, so als würde das ihre Frage beantworten.

Zairena schnalzte mit der Zunge. Anstelle ihrer Trauerkleidung trug sie heute ein blassblaues Kleid, dessen rosa Unterkleider ihre dazu passende Schärpe und ihre Ärmelaufschläge elegant ergänzten. Um die Schultern hatte sie sich Fuchsfelle gelegt, und ihre elfenbeinfarbenen Handschuhe ragten aus Glockenärmeln hervor. Sie leuchtete mit ihrer Laterne meine Tasche an.

»Hier, nimm lieber diese.« Zairena bot mir ihre Seidenhandtasche an. Sie hatte die gleiche Farbe wie mein Kleid, und ihr schimmernder Stoff war mit goldenen Wirbeln bestickt.

»Jetzt stell dich doch nicht so an, Lina – probiere es doch wenigstens mal aus!«

Ehe ich sie daran hindern konnte, tauschte sie meine Tasche gegen ihre Handtasche. »Siehst du, wie ein kleines Detail den Unterschied ausmacht? Du siehst ja schon beinahe hübsch aus, trotz dieser Schale auf deinem Kopf.«

Sie hatte recht. Die Seidenhandtasche hob sich so leuchtend von meiner Schärpe ab, als würde sie dort hingehören.

Zairena flüsterte mir ins Ohr: »Ich würde mich nicht wundern, wenn das auch Takkan auffiele.«

Ich schaute sie erschrocken an.

»Was denn?« Sie grinste. »Mich kümmert es nicht, dass er einen Narren an dir gefressen hat. Vielleicht war das von Anfang an das Missverständnis zwischen uns beiden. So, und nun gib acht, dass du die Tasche nicht schmutzig machst. Ich will sie nach dem Fest zurückhaben.« Sie zeigte mir die Zähne – ein Lächeln, das nicht ganz so freundlich rüberkam, aber wahrscheinlich das Äußerste war, was sie zustande bringen konnte.

Die Tasche war wirklich sehr schön, aber sie passte trotzdem nicht zu mir. Weder brauchte noch wollte ich Zairenas Hilfe dabei, hübsch auszusehen, und schon gar nicht dabei, Takkans Aufmerksamkeit zu erregen. Ich gab sie ihr mit einem Kopfschütteln zurück.

»Ganz wie du meinst«, sagte Zairena und schob mir meine eigene Tasche wieder über die Schulter.

Als sie außer Sicht war, warf ich Kiki oben auf den Dachsparren einen Blick zu. Neuerdings flatterte sie lieber von Balken zu

Balken, als in meinen Ärmeln halb zu ersticken. *Kommst du nicht mit?*, fragte ich.

Um dir zuzusehen, wie du Takkan bei seinem Gesangsvortrag anhimmelst?

Ich verschränkte die Arme. *Ich dachte, du hättest dich darauf gefreut.*

Musik macht mich schläfrig, antwortete Kiki und riss mit einem gespielten Gähnen den Schnabel auf. *Außerdem warte ich lieber hier, als mich wieder in deinem Ärmel zu verstecken. Bleib nur nicht zu lange. Vergiss nicht, dass du von deinen Brüdern erwartet wirst.*

Ich warf Kiki einen Kuss zu, eilte nach draußen und sprang auf einen der Karren, die nach Iro hinunterfuhren. Während wir den Hang hinunterrollten, betrachtete ich den Himmel. Die Wolken hatten rote und rosafarbene, aber auch ein paar violette Tupfer, so als wäre gleichzeitig Morgen- und Abenddämmerung.

Wenn die Sonne untergegangen war, würde der Mond nicht scheinen. Heute Nacht kehrte Imurinya in den Himmel zurück und wurde zum Geist ihrer Vergangenheit: zur Schicksalsgöttin. Ich betete nur, dass sie gnädig auf meines blicken würde.

Die Aufführungen beim Fest hatten schon früher am Tag begonnen, und alle vorderen Plätze im Theater waren belegt. Deshalb setzte ich mich zu Fremden auf eine Holzbank im hinteren Teil. Durch die Fenster wehte Schnee herein, der mich im Gesicht kitzelte. Im Hintergrund klingelten Glöckchen und von draußen hörte man das Schlagen der Trommeln.

Die ganze Stadt schien da zu sein. Im Theater waren bestimmt tausend Menschen, und alle trugen noch nicht angezündete Laternen bei sich, die gegen ihre Knie stießen. Vor ihren Füßen sprangen Kinder auf und ab, die begierig auf den Beginn der nächsten Darbietung warteten.

Die Sonne war fast untergegangen, doch von Westen her fiel ein letzter Lichtschein auf die Bühne, als Lady Bushian aufstand und die Bewohner von Iro auf dem Fest willkommen hieß.

»Heute feiern wir das Ende eines langen Winters und das Licht, das auf die Dunkelheit folgt. Schloss Bushian beteiligt sich mit einem Beitrag meiner Kinder, die die beliebteste Legende von Iro darbieten werden. Sie möchten euch allen die Ehre erweisen und euch für eure harte Arbeit, Loyalität und Eintracht danken.«

Sie verbeugte sich und rief dann Megari und Takkan auf der Bühne. Megari setzte sich steif auf einen Hocker, der für sie bereitstand, ordnete ihre üppigen blauen Röcke und nahm dann ihre Mondlaute zur Hand. Sie hob die Schultern an, und mit einer Abwärtsbewegung ihrer Hand spielte sie einen ersten Akkord.

Megaris Augen leuchteten, sie ging ganz in der Musik auf. Nun trat Takkan vor. »Als Emuri'en vom Himmel auf die Erde stürzte«, begann er, »da beteten tausend Kraniche für ihre Wiedergeburt. Und so geschah es – ein Menschenkind mit dem Namen Imurinya kam auf die Welt.«

Als die Kinder und Erwachsenen die Legende erkannten, die Takkan und Megari ausgesucht hatten, lächelten sie voller Begeisterung.

Takkan sang:

Imurinya glich keinem andren Kind.
Die Haut so silbern wie der Mond,
das Haar so schimmernd wie das Sternenlicht,
so strahlend, dass niemand sah ihre Not.

Bald erblühte sie zur Frau,
melancholisch und allein.

Nur die Kaninchen auf dem Berge
scheuten nicht ihr Strahlen.

Da kamen Könige und Prinzen,
erflehten ihre Hand.
Doch jeden bat sie um eine Gabe:
die Gabe der Glückseligkeit.

Sie brachten Schmuck aus Jade, Perlen, Kronen,
kostbar' Seide und Truh'n voller Gold.
Was soll mir all der Reichtum?, dacht' Imurinya.
Bin doch nur ein Mädchen hier vom Berg.

So schwand die Hoffnung ihr,
bis der letzte Freier sich ermannt',
ein bescheid'ner Jäger mit bescheid'ner Gab':
ein hölzern' Kamm, verziert mit Pflaumenblüten.

Er wurd' verlacht für seinen simplen Mut.
Doch Imurinyas sanfte Hand hieß alle schweigen.
Sie frug: »Wie schenkt der Kamm mir Glück?«

Der Jäger sprach: »Von den Kaninchen weiß ich,
dass hinter deinem Licht
die Augen dunkel sind von Sorge.
Ich hab' kein Gold, kein Königreich,
doch biete diesen Kamm, dein Haar zu halten,
dass ich deine Augen seh' und erleuchte sie mit Freud'.

Und so liebt' und ehelicht' ihn Imurinya.
Doch bald erfuhr der Himmel von ihrem Licht,
sodass die Götter Emuri'en erkannten.

Sie schickten Kranich', sie zu holen,
mit der Frucht der Unsterblichkeit
ihr die Göttlichkeit zu schenken,
doch Imurinya wollt nicht lassen den sterblichen Gemahl,
und er den Göttern nicht willkommen war.

Findig wie sie war, die Frucht sie teilte,
halb sie taucht' in des Jägers Mahl und halb in ihres.
So flogen sie wie eins zum halben Himmel,
zum Mond als ihrer neuen Statt.

Nur einmal im Jahr, in dies Winters Nacht,
die tausend Kranich' sie gen Himmel tragen,
und so ersteht Emuri'en für kurz,
Göttin des Schicksals und der Liebe.

Takkan senkte seine Stimme, und die letzten Töne seines Lieds waren so leise, dass niemand zu atmen wagte. Er hob seine Laterne, deren dickes blaues Papier mit Kaninchen und Kranichen und einem silbernen Mond bemalt war. Sein Blick schweifte durch die Menge, bis er mich fand. Er lächelte und atmete tief ein:

Zur Ehre ihres finst'ren Monds
wir leuchten ihr von hier,
dass unser Licht den Himmel streift,
so wie ihres uns're Erde.

Schließlich zupfte Megari den letzten Akkord.

Als die Menge noch einen Moment still verharrte, holte ich tief Luft, denn ich spürte einen sanften Schmerz in meiner Brust. Die Geschichte von Imurinya handelte von Liebe und Verlust und sie unterschied sich sehr von meiner, aber ich konnte nicht anders, als mitzufühlen. Auf ihre eigene Art war auch sie verflucht und konnte nicht nach Hause zurückkehren.

Sie gleicht eher Raikama als mir, dachte ich. Der Wettbewerb um Imurinyas Hand erinnerte mich an die Geschichte meines Bruders über Vanna und ihre Verehrer. Raikama hatte nie etwas über die Frau im Mond hören wollen, und jetzt fühlte ich mit ihr. War es vielleicht, weil Imurinya sie an ihr eigenes Schicksal erinnerte?

Ich schob den Gedanken beiseite. Heute war der Tag, einen Neubeginn zu feiern, nicht in der Vergangenheit zu verweilen.

Angeführt von Takkan hoben alle im Saal ihre Laternen und zündeten sie an, bis Imurinyas Licht selbst auf das Theater herabzulächeln schien. Die Platzanweiser öffneten die Türen, und wir konnten sehen, dass auch draußen die Laternen entzündet wurden und einen goldenen Schein auf den Fluss und den Hang des Kaninchenbergs warfen.

Und als durch die offenen Türen pulvriger Schnee hereinwehte und sich frisch und weiß um die zinnoberroten Pfeiler des Saals legte, wurde mir klar, dass Takkan immer recht gehabt hatte.

Iro war der schönste Ort auf der Welt.

Erst nach längerer Suche gelang es mir, Takkan aufzustöbern. Er legte gerade seine Rüstung an, während seine Schwester ihm die Satteltaschen mit Festessen vollstopfte. Als Megari mich erblickte, zupfte sie an seinem Ärmel.

»Da ist sie!«, rief sie und stieß Takkan mit einem breiten Grinsen an. »Bist du jetzt froh, dass du hiergeblieben bist, statt loszumarschieren und nach ihr zu suchen?«

Aus irgendeinem Grund sorgte Takkans verlegener Blick bei mir für Schmetterlinge im Bauch.

»Takkan war so froh, dass du gekommen bist«, fuhr Megari fort, die sich von der wachsenden Verlegenheit ihres Bruders nicht beirren ließ. »Er hat das Lied selbst geschrieben, wusstest du das? Allerdings nur den Text, die Musik ist von mir.«

Ich legte mir eine Hand aufs Herz. *Ich fand es großartig. Und alle anderen fanden das auch.*

»Das dachte ich mir, dass es dir gefallen würde.« Megari lächelte durchtrieben. »Der Laternenumzug hat gerade angefangen – ihr beide solltet hingehen und ihn euch ansehen. Wartet nicht auf mich – ich bin nach solchen Auftritten immer total ausgehungert.«

Sie rannte davon, ehe einer von uns sie aufhalten konnte.

»Jetzt kann ich mir vorstellen, wie sich meine Mutter wohl fühlt, wenn ich mit fliegenden Fahnen in die Schlacht ziehe«, scherzte Takkan.

Du reist schon ab? Ich zeigte auf Admiral.

»Sehr bald«, antwortete er in einem bedauernden Tonfall. Er räusperte sich und senkte seine Laterne, bis sie mit meiner auf derselben Höhe war. »Aber ich wäre nicht abgereist, ohne mich vorher zu verabschieden.«

Das machte mich glücklicher, als ich mir selbst eingestehen wollte.

Wir gingen nebeneinander her, und unsere Schritte glichen sich aneinander an, während das Lachen und die Trommeln vom Fest in meinen Ohren dröhnten. Wir gingen an einer Reihe von Eisskulpturen vorbei. Sie waren tatsächlich so prächtig, wie Megari gesagt hatte: Tiger und Schmetterlinge, Drachenboote und Kaiserinnen, die Phönix-Kronen trugen, sogar eine Nachbildung des Kaiserpalasts. Ich konnte mich nicht entscheiden, welche mir am besten gefiel.

Ausnahmsweise zog mich das Essen nicht an. Ich glitt dahin, genau wie die Laternen auf dem Fluss. Sie sahen alle wie kleine

Monde aus, rund und voll. An jede war oben ein roter Faden gebunden – etwas, was ich aus all den Jahren, in denen ich das Winterfest in Gindara gefeiert hatte, nicht kannte. Ich blieb stehen und zeigte darauf.

»Das ist eine hiesige Tradition«, erklärte Takkan. »Wenn du an deine Laterne einen roten Faden bindest und sie auf den Fluss setzt, werden die heiligen Kraniche deinen Schicksalsfaden zu dem Menschen tragen, der für dich bestimmt ist.«

Eine schöne Geschichte, allerdings nicht gerade plausibel. Wenn es so wäre, würde sich jeder im ganzen Königreich nach Iro aufmachen und seine Laterne auf dem Baiyun-Fluss schwimmen lassen.

Vielleicht dienten solche Legenden auch nur dazu, Hoffnung zu machen.

»Das Winterfest feiern wir zu Ehren von Emuri'en«, fuhr Takkan fort. »Nicht nur, um den Mond zu verehren; es war immer ein Abend, an dem Menschen einander begegnen und sich vielleicht verlieben sollten.«

Ich wandte den Blick nicht vom Wasser ab. Die Oberfläche glitzerte im Laternenlicht. Und ich ignorierte, dass mein Puls ein wenig schneller ging.

»Hast du jemals den Vollmond über dem Kaninchenberg gesehen? Wir sagen, das ist, wenn …«

Imurinya auf uns herabsieht, mimte ich mit den Lippen. Doch ich ließ die Schultern bedauernd sinken. Nein, das hatte ich noch nie gesehen.

»Kann sein, dass sie heute nicht auf uns herabsieht«, sagte Takkan und hob seine Laterne in Richtung des Bergs. »Aber ich würde sagen, dass es trotzdem ziemlich spektakulär aussieht.«

Mein Blick folgte der Richtung, in die er zeigte, und mir stockte der Atem. Da stand zwar kein Mond, aber das Licht des funkelnden Baiyun-Flusses erleuchtete die beiden Gipfel, und der Wind hatte einige Laternen davongetragen, die jetzt vor dem Berg durch den Nachthimmel glitten wie kleine Sonnen.

Er kniete sich ans Ufer, und ich tat es ihm nach. »Wahrscheinlich macht mich das Mondlicht trunken, sonst würde ich das vielleicht gar nicht sagen … aber nachdem ich dich in der Seeschwalbe zurückgelassen hatte, da … da konnte ich nicht aufhören, an dich zu denken. Ich wusste gar nichts über dich, aber ich hatte noch nie jemanden kennengelernt, der so entschlossen war – oder so frech. Nicht einmal Megari.« Er lachte, wurde dann aber wieder ernst. »Irgendwie wusste ich, dass wir uns wiedersehen würden. Es war, als spürte ich, wie sich unsere Fäden überkreuzten. Aber als du nach Iro gekommen bist, wirktest du verändert. Trauriger, mehr in dich gekehrt. Wenn Pao und ich im Schloss unterwegs waren, habe ich in der Küche immer nach dir Ausschau gehalten. Ich wollte dich zum Lächeln bringen.«

Daran erinnerte ich mich. Jedes Mal, wenn ich ihn auf dem Gelände sah, hatte ich langsamer gearbeitet und war froh gewesen, dass er mit jedem Tag wieder ein wenig mehr Kraft zurückgewann.

»Aber ich habe schnell gemerkt, dass ich mit dem Essen nicht konkurrieren konnte.«

Meine Schultern zuckten vor stillem Lachen. *Das können nur wenige Menschen.*

»Aber meine Geschichten haben dir gefallen. Das habe ich auch gemerkt.« Er tippte mit seiner Laterne so sanft gegen meine, dass meine Knie ganz schwach wurden. »Vielleicht waren sie ja mein Holzkamm. Wenn ich auf diese Weise deine Augen mit Glück füllen könnte, würde ich dir von früh bis spät nur Geschichten erzählen.«

Ich streckte einen Arm aus und hakte mich bei ihm unter – keine Ahnung, was mich dazu trieb. Vielleicht war es die Geschichte, die Schönheit der Laternen um uns herum, oder vielleicht sogar die Kälte, die meine Sinne betäubte, aber das Verlegenheitsgefühl kam einen Augenblick zu spät herangeschwappt. Ich versuchte, mich loszumachen, aber Takkan gab mich nicht frei. Er zog mich näher an sich, und meine Schulter verschmolz mit seiner.

Ich dachte, er würde mich küssen. Große Götter, ich *wollte*, dass er mich küsste.

Aber genau in diesem Moment begann das Feuerwerk, schoss in den Himmel hinauf und schimmerte zwischen den Sternen. Vor dem Hintergrund dieses Freudenfeuers setzten wir unsere Laternen auf den Fluss und sahen ihnen dabei zu, wie sie mit hundert anderen davontrieben. Ein paar von ihnen trug der Wind davon und erleuchtete das Wolkenmeer. Das alles war so schön, dass ich mich nicht einmal zu zwinkern traute. Ich wollte diesen Moment in meine Erinnerung einbrennen.

»Wirst du noch hier sein, wenn ich zurückkomme, Lina?«

Takkan sprach so leise, dass ich ihn beinahe nicht gehört hätte.

Ich spürte einen Kloß in der Kehle, der sich heiß und wund anfühlte. Ich wandte mich von ihm ab und tat so, als würde ich unseren Laternen weiter dabei zusehen, wie sie davonschwammen.

Wie kommst du darauf, dass ich weggehen will?

Er konnte inzwischen gut von meinen Lippen ablesen. »Als ich dir damals in der Schenke angeboten habe, dich hierherzubringen, hast du es abgelehnt. Mir ist klar, dass Iro für dich nicht viel mehr ist als ein Ort, um den Winter zu verbringen, und doch kann ich nicht anders, als zu hoffen, dass du bleibst.«

Ich blickte zu Boden.

Mein Schweigen war verräterisch, aber Takkan beugte sich herab, bis unsere Köpfe auf gleicher Höhe waren. Seine Stimme bebte, als er weitersprach: »Ich würde niemals wollen, dass du allein bist, Lina, weder in Freude noch im Leid. Ich wünsche mir, dass dein Faden auf immer mit meinem verknotet ist.«

Jetzt sah ich ihn an und war dankbar, dass er die Verunsicherung in meinen Augen nicht sehen konnte.

Hatte ich unwissentlich meine Magie eingesetzt, um ihn zu solch einer Aussage zu zwingen? Er wusste nicht einmal, wer ich war. Wer ich *wirklich* war.

Statt zu antworten, legte ich meinen Kopf an seine Brust und klemmte meinen Kopf mit Schale und allem unter sein Kinn. Ich spürte, wie er den Atem anhielt, doch er sagte nichts. Er legte mir einen Arm um die Taille und hielt mich fest.

Mein Verstand befahl mir, augenblicklich zu verschwinden, ehe mir die Bergluft zu Kopfe stieg – ehe mir Takkan zu wichtig wurde. Aber dafür war es zu spät.

Ich wollte nichts anderes, als dass diese Nacht nie zu Ende ging. Als herauszufinden, dass unsere Fäden schon immer überkreuzt und miteinander verknotet gewesen waren. Was für eine Ironie, dass ich – ein Mädchen, das immer für sich selbst entscheiden wollte – mir nun nichts sehnlicher wünschte, als mich einfach dem Schicksal ergeben zu können. Ich schmunzelte still über mich.

Aller Wahrscheinlichkeit nach hätte ich niemals jemanden wie Takkan ausgewählt. Er war viel zu ernsthaft, zu gut. Jemand, der sich immer an die Regeln hielt, während es mir Spaß machte, sie zu brechen. Jemand, der am liebsten zu Hause blieb, während ich mich danach sehnte, so weit weg zu reisen, wie ich nur konnte.

Ich hätte ihm gnadenlose Streiche gespielt, dachte ich und lächelte bei der Vorstellung von uns beiden als Kindern.

Keiner meiner Brüder hätte einer Diebin, die sie zu berauben versucht hatte, seinen Schutz angeboten. Keiner von ihnen hätte Schönheit in einem einfachen Berg gesehen, und keiner wäre damit zufrieden gewesen, sein ganzes Leben im Norden zu verbringen, weit entfernt vom Hof und vom Krieg.

Ich wandte mich zu ihm und fuhr mit den Fingern über seine Wange. Bei unserer ersten Begegnung hatte ich sein Gesicht als gewöhnlich empfunden. Gerade Nase, braune Augen, spitzer Haaransatz. Einigermaßen gut aussehend. Aber jedes Mal, wenn ich ihn seither angeschaut hatte, wuchs er mir ein bisschen mehr ans Herz.

Nun sah ich in seinen Augen die Fruchtbarkeit sommerlicher Erde. Die Kälte hatte seine Nase entzückend gerötet, und seine Stimme war wie ein Lieblingslied, dessen ich niemals überdrüssig wurde. Schon komisch, wie er sich in mein Herz hineingestohlen hatte, wo doch ich an dem Tag, als wir uns trafen, die Diebin gewesen war.

Ich versuchte, seine Nase mit meiner Hand zu wärmen, doch Takkan griff nach meinen behandschuhten Fingern und führte sie an seine Lippen. Er hob mein Kinn an, und sein Atem kitzelte meine Nase.

Er würde mich küssen.

Endlich.

Erwartungsvoll schloss ich halb meine Augen und krümmte die Zehen in meinen Stiefeln. Nach Monaten, in denen ich mir vorgemacht hatte, dass Takkan mir nichts bedeutete, wollte ich jetzt bis zum Sonnenaufgang in seinen Armen bleiben. Ich wollte, dass er meinen Namen aussprach, meinen wirklichen Namen, und mir noch einmal erklärte, dass er wollte, dass ich in Iro blieb.

Bei den Dämonen, ich *wollte* bleiben.

Aber das konnte ich nicht. Megari sagte immer, ich sei wie ein Mädchen in einer von Takkans Geschichten. Wegen der Schale auf meinem Kopf hielt sie mich wahrscheinlich für umwoben von Rätseln und Zauberei. Sie hatte nicht unrecht, doch meine Magie hatte nur Unglück und Leid über meine Familie gebracht. Wenn ich eine Figur in einer Geschichte wäre, dann ganz sicher keine Heldin. Ich wäre der Heißsporn, der alles aus den Fugen bringt. Ich würde meine Fehler korrigieren müssen, einen nach dem anderen.

Ich hatte immer noch eine Menge Entscheidungen zu treffen. Hierzubleiben – egal, wie sehr ich das wollte – war die falsche.

Seine Lippen berührten beinahe meine, unsere Nasenspitzen stießen schon aneinander. Da wand ich mich ohne Vorwarnung aus seiner Umarmung. Wenn ich noch einen Augenblick länger hierblieb, brach mir vielleicht das Herz, und all die Mauern, die ich zu seinem Schutz errichtet hatte, würden einstürzen.

»Lina!«

Ich eilte davon, ohne mich umzusehen.

Emuri'en, sei uns gnädig, betete ich mit einem Seitenblick in den mondlosen Himmel. *Lass uns die Prüfungen bestehen, die wir vor uns haben. Knüpfe unsere Fäden nicht zusammen, nur um sie dann wieder zu zerschneiden.*

Das Letzte, was ich sah, als ich das Fest verließ, waren unsere beiden Laternen, die hinter einer Biegung des Flusses verschwanden.

Ich versuchte gerade, ein Pferd aufzutreiben, das mich in den Wald bringen sollte, als Kiki gegen meine Brust prallte.

Shiori!, kreischte sie und flatterte mit den Flügeln wie wild in meinem Gesicht herum. *Sieh nur, sieh!*

Jetzt nicht. Ich wehrte sie ab, denn ich war immer noch aufgewühlt über den Abschied von Takkan.

Mein Papiervogel war außer sich, seine Flügel flatterten durch mein Haar und an meinen Ohren. Sie schnappte mit dem Schnabel nach meinen Haaren und zerrte mich zur nächstgelegenen Laterne. *Sieh nur!*

Als sie über der Flamme herumtanzte, sah ich eine schwarze Tuschespur auf der Unterseite ihrer Flügel.

Was ist damit?, fragte ich müde. *Ich helfe dir morgen, es abzuwaschen.*

Schwarz, Shiori! Es war ursprünglich goldfarben, von der Far-

be auf Zairenas Garn. Du hast mir die mit Schnee abgewaschen, weißt du noch?

Jetzt wurde ich schlagartig aufmerksam. Ich untersuchte sie im Licht der Laterne. In der Tat, ihr Flügel war schwarz wie Tinte.

Vier Atemzüge.

Ich habe auf dem Garn gesessen, sagte Kiki schnell. *Dem Garn auf ihrem Spinnrad. Und …*

Sie musste nicht mehr sagen. Mir dämmerte etwas, und ich drehte mich auf dem Absatz um und ging in die Richtung, aus der ich gekommen war.

Zairena. Es war die ganze Zeit Zairena gewesen.

Kapitel 34

Ich kehrte zum Fest zurück. Mein Kopf pochte wie verrückt, während ich mich durch die Menge schob.

Zairena hatte Oriyu getötet. Ich musste Takkan finden, bevor er abreiste. Solange sie hier war, schwebte er in Gefahr.

Da ist er!, zwitscherte Kiki und zeigte mit einem Flügel auf einen Mann, der gerade die schmale Straße zum Schloss hinaufging. Im schwachen Laternenlicht sah die Gestalt von hinten wie Takkan aus. Gleiche Größe, gleicher Schritt, gleiche Rüstung. Doch als ich näher kam, fiel mir auf, dass die Schultern des Mannes breiter und seine Bewegungen schwerfälliger waren.

Hasege! Ich rannte ihm hinterher. Die Wächter mussten auch davon erfahren.

Zairena ist die Mörderin, versuchte ich ihm mit fliegenden Händen zu bedeuten.

Er verstand nicht. Sein Gesicht war röter als sonst. Er schien betrunken zu sein und seine aschgrauen Augen wirkten leer.

Ich gab es auf. *Wo ist Takkan?*

»Takkan?«, knurrte er. Er ging auf eins der Pferde zu. »Der hat gerade nach dir gesucht. Steig auf, ich nehme dich mit zum Schloss.«

Seine Hilfsbereitschaft überraschte mich. Ich zögerte, sein Angebot anzunehmen, denn ich misstraute ihm. *Er ist im Schloss?*

»Was?« Hasege gab ein Schnalzen von sich. »Du glaubst mir nicht, Lina? Sieh doch, meine Tante kehrt auch gerade zurück, um sich von Takkan zu verabschieden.« Er wies mit dem Kopf auf das Gefährt, mit dem Lady Bushian gerade den Hügel hinauffuhr.

Shiori … Auch Kiki war unsicher. *Ich traue ihm nicht.*

Das tat ich gleichfalls nicht, aber ich musste irgendjemandem Bescheid geben – wenn nicht Takkan, dann Lady Bushian –, und zu Fuß würde ich zu lange brauchen. Also sprang ich auf Haseges Pferd.

Die Lichter der Festung stachen wie hingepinselte Feuer aus dem Nachthimmel hervor. Als Haseges Pferd den Hügel hinaufgaloppierte, packte mich eine düstere Vorahnung.

Mein Fenster war erleuchtet. Aber ich hatte keine Kerzen angelassen.

Unter einem Baum blieb das Pferd abrupt stehen. Von den Ästen rutschte etwas Schnee auf meinen Umhang, und ich saß ab. Das Licht in meinem Zimmer machte mir mehr Angst als die jähe Kälte.

»Geh schon«, sagte Hasege und klopfte sich den Schnee ab. »Er wartet oben auf dich.«

Die Flure des Schlosses lagen im Dunkel und schienen länger zu sein als in meiner Erinnerung. Ich glaubte nicht, was Hasege über Takkan gesagt hatte, keinen Augenblick glaubte ich ihm, aber irgendetwas stimmte nicht. Mit polternden Schritten sprang ich immer zwei oder drei Treppenstufen auf einmal hinauf und rannte zu meinem Zimmer.

Die Tür stand offen.

Mit einer Hand am Dolch trat ich ein, unsicher, was mich erwartete. Mein Zimmer war leer und unberührt, abgesehen von den Kerzen auf meinem Tisch, die jemand angezündet hatte.

Ich hielt meine Tasche fest und dankte den Göttern, dass ich sie mitgenommen hatte.

Doch als ich gerade wieder gehen wollte, begann deren Strohhülle zu flimmern, so als würde ich zu schnell mit den Augen blinzeln. Das musste irgendetwas mit dem Licht zu tun haben. Das Stroh war von dem geschmolzenen Schnee feucht geworden, und ich wischte es mit den Händen ab, um das eigentümliche Leuchten zu beenden.

Da verschwand die Tasche in meinen Händen. An ihrer Stelle hielt ich einen seidenen Beutel.

Zairenas Handtasche.

Bei den Dämonen von Tambu!, fluchte Kiki.

Meine Korbtasche war nur eine Illusion gewesen, die der schmelzende Schnee weggewaschen hatte. Was bedeutete, dass meine eigentliche Tasche … mit dem Netz aus Sternenkraut …

Ich fing sofort an zu suchen, nahm mein Bett auseinander und warf die Decken auf den Boden. In meiner Panik überhörte ich die Stimmen, die sich über den Korridor näherten – und dann war es zu spät.

»Hat das nicht Zeit, bis Takkan zurück ist?«, fragte Lady Bushian mit lauter Stimme. »Ich verstehe nicht, was so wichtig sein soll, dass du mich während des Laternenanzündens vom Fest wegzerrst.«

»Ich habe versucht, dich zu warnen, liebe Tante.« Haseges Silhouette war durch die Papierwände deutlich zu erkennen, und das Kerzenlicht betonte die dunklen Panzerungen seiner Rüstung. »Aber die Einzige, die auf mich gehört hat, war Zairena.«

Zairena betrat mein Zimmer, blieb jedoch neben der Tür stehen, bis auch Hasege und Lady Bushian hereinkamen.

»Suchst du vielleicht das hier, Lina?«, fragte sie und hielt meine Tasche hoch.

Ohne nachzudenken, schnappte ich nach meiner Tasche. Das war eine dumme Idee. Hasege packte mich und presste meine Handgelenke mit eisernem Griff zusammen.

Zairena lächelte. Meine Verzweiflung spielte ihr in die Karten. »Bleib zurück«, sagte sie und dirigierte Lady Bushian von mir weg. Sie hob erneut die Tasche an. »In dieser Tasche befindet sich gefährliche Magie.«

Sie löste die Schnallen und öffnete die Klappe. Ich hielt den Atem an, obwohl ich sicher war, dass niemand das Sternenkrautnetz im Innern glitzern sehen würde. Aber womit ich nicht gerechnet hatte, war, dass der Schatten eines Wolfs aus der Tasche sprang.

Er rannte über die Wände und bleckte seine Zähne Lady Bushian entgegen, die so blass wurde, dass ich fürchtete, sie könnte ohnmächtig werden. Hasege ließ mich los und zog sein Schwert. Er zielte auf den Wolf, als dieser zu meinem Fenster strich. Dort krümmte und drehte sich die Kreatur, bis Zairena die Tasche endlich wieder schloss.

Mit einem Zischen verschwand der Wolf.

Mir rauschte das Blut in den Ohren. Wie … wie hatte Zairena das gemacht? Sie hatte doch wohl nicht …

»Magie«, stieß Hasege hervor. »Glaubst du mir jetzt, liebe Tante?«

Lady Bushian griff sich keuchend mit einer Hand ans Herz. »Was … was bei allen Göttern? Wie …?«

»Wie?« Zairena verschränkte dramatisch die Arme. »Lina ist eine Dämonenpriesterin, von Lord Yuji in Schloss Bushian eingeschleust, um seine Befehle auszuführen.«

Sie lügt, versuchte ich mitzuteilen, indem ich verzweifelt den Kopf schüttelte.

Aber ich sah Lady Bushians Miene an, dass Zairena gewonnen hatte. Egal, was ich sagte, ihr Trick mit dem Wolfsschatten hatte die beiden anderen von meiner Schuld überzeugt.

»Keine Angst«, sagte Zairena und berührte Takkans Mutter beruhigend am Ärmel. »Hasege und ich haben immer gespürt, dass in Lina eine böse Kraft steckt. Ich habe mich genau auf diesen Moment vorbereitet.«

Zu spät versuchte ich durch die offene Tür zu entkommen, Hasege stellte sich mir in den Weg. Er packte mich um die Taille und fixierte meine Arme so brutal, dass ich zusammenzuckte.

Kiki, dachte ich und zielte mit dem Ellenbogen auf Hasege, damit mein Vogel eine Chance hatte, noch schnell aus meinem Ärmel herauszukriechen. *Finde meine Brüder. Finde Takkan.*

Und dann sprang ich hoch und knallte meine Schale gegen Haseges Nase. Das reichte aus, damit Kiki unbemerkt davonschießen konnte.

Hasege schrie auf. »Verdammt, du …«

»Halt sie fest«, unterbrach Zairena und hinderte Hasege so daran, das Schimpfwort für mich auszustoßen, das ihm auf der Zunge lag. Sie griff sich in ihr Haar und zog eine vergoldete Spange heraus, deren Spitze beunruhigenderweise wie eine Sense geformt war. Ihre Augen glänzten.

»Dies haben mir die Priesterinnen von Nawaiyi geschenkt – eine uralte Nadel, mit der man früher Dämonen ausgetrieben hat. Unsere Lina gibt vor, stumm zu sein, aber ich frage mich, ob sie so nur ihr wahres Ich verbergen will. Wollen wir es einmal ausprobieren?«

Ohne Vorwarnung rammte Zairena die Nadel in meinen Knöchel. Mit einem Mal explodierten alle meine Nerven. Schmerz breitete sich bis tief in meine Knochen aus.

Ich riss mich zusammen und biss mir fest auf die Lippe. Das war nichts, redete ich mir selbst ein. Nach Monaten der Arbeit mit Sternenkraut war das gar nichts.

Doch Zairena war gnadenlos. Sie stach wieder und wieder zu. Manchmal wartete sie grausam zwischen zwei Stichen, als ob sie mir eine Gelegenheit zum Durchatmen geben wollte. Aber dann ging der nächste Stich noch tiefer. Die Zeit, die sie für ihre Armbewegung brauchte, reichte gerade noch aus, damit ich mich zusammenreißen und einen Schrei unterdrücken konnte.

Mir wurde beinahe schwarz vor Augen. Ich grub meine Fingernägel in Haseges Rüstung und kämpfte gegen die Ohnmacht.

»Genug, Zairena!«, rief Lady Bushian. »Das reicht!«

Mir liefen Tränen übers Gesicht. Ich konnte nicht länger aufrecht stehen, ja, ich spürte kaum noch meine Beine.

»Für sie gibt es keine Hoffnung«, erklärte Zairena mit einem Kopfschütteln. »Der Dämon verlässt sie nicht.«

»Was bedeutet das?«, fragte Lady Bushian leise.

In Haseges schwarzen Augen glitzerte es. »Das bedeutet, dass sie sterben muss. Sie muss verbrannt werden.«

»Verbrannt?«, wiederholte Lady Bushian erschrocken.

»Ja«, sagte Hasege. »Wir müssen es tun, sobald das Fest vorbei ist, denn sonst riskieren wir große Gefahr für Schloss Bushian.«

»Es ist die einzige Lösung, Lady Bushian«, stimmte Zairena feierlich zu.

Lady Bushian schaute mich an. *Ich bin es nicht,* formte ich verzweifelt mit den Lippen, *Zairena ist es.*

Doch Zairenas Trick mit dem Wolf hatte Lady Bushian gegen mich eingenommen. Für einen langen Moment schwieg sie. Und dann: »Was ist mit Takkan? Vielleicht sollten wir auf ihn warten …«

»Wir haben keine Zeit. Lord Yujis Armee rückt auf Gindara vor. Bald wird er den Dämon in Lina wachrufen, damit er ihm bei seinem Verrat hilft.«

Lady Bushians Schultern zuckten. Sie schaute mich nicht an, als sie mit einem Nicken ihr Einverständnis gab.

»Sagt es nicht Megari«, wandte sie sich an Hasege, als er mich wegbrachte. »Es würde ihr das Herz brechen, wenn sie wüsste, dass Lina uns alle so verraten hat.«

Durch das Fenster meiner Zelle im Kerker driftete Schnee und zerschmolz auf dem Kieselsteinboden zu kleinen Pfützen. Das war meine geringste Sorge, aber große Götter! Wenn das wirklich die letzte Nacht sein sollte, die ich hier auf Erden verbrachte, dann wollte ich sie wenigstens warm und trocken verbringen.

Zum tausendsten Mal versuchte ich die Tür einzutreten. Aber verflucht sei Zairena – die Nadel war keineswegs ein spezieller Kultgegenstand zum Austreiben von Dämonen gewesen. Sie war vergiftet, und die Taubheit in meinen Beinen hielt auch lange nach ihrem Angriff noch an. Ich konnte nicht wegrennen, selbst wenn ich die Möglichkeit dazu gehabt hätte.

Die Minuten wurden zu Stunden. Irgendwann gab ich es auf, gegen die Wände zu boxen, und hielt mir meine blutigen Fingerknöchel an die Wangen.

Es musste nach Mitternacht sein, als ich die Schritte hörte. Sie waren leicht und schnell, die eines Kindes.

Megari. Sie hatte einen kleinen Korb voll Papier mitgebracht – die Sorte, die im Tempel für die Wünsche benutzt werden. Aber keine Tusche.

»Die Wachen haben mir die Stangentusche und den Pinsel weggenommen«, sagte sie und fummelte an dem Talisman herum, den sie über den Korb gespannt hatte. Es war einer für Kraft und Schutz. »Papier ist kein großer Trost. Aber ich dachte … ich dachte, du möchtest vielleicht ein paar von deinen Vögeln falten. Ich falte auch welche, und gemeinsam bekommen wir dann vielleicht genug zusammen, um die Götter um deine Freilassung zu bitten.«

Ich wollte sie am liebsten umarmen, fasste aber stattdessen ihre Hände. Ihre Augen waren rot und entzündet; sie hatte um mich geweint.

»Ich habe versucht, Mama zur Vernunft zu bringen, aber sie hört nicht auf mich. Sie sagt, dass du eine Dämonin bist.« Ihre Stimme bebte. »Aber sobald Takkan aus Gindara zurückkommt, weiß ich, dass sie auf ihn hören wird.«

Ich biss mir auf die Lippe. Megari ahnte nicht, wie wenig Zeit mir noch verblieb. Ich würde morgen auf dem Scheiterhaufen sterben.

Zairena ist nicht die, die sie zu sein vorgibt, versuchte ich ihr mitzuteilen. *Sie ist Oriyus Mörderin. Nicht ich, nicht Chiruan. Sie ist die wahre Priesterin der Heiligen Berge.*

»Sprich langsamer, Lina, ich kann dich nicht verstehen.«

Ich griff nach dem Papier, doch im selben Moment öffnete sich scheppernd die Tür des Kerkers und Zairena trat ein. Sie hatte sich meine Korbtasche umgeschlungen und trug mit ernster Miene ein Tablett mit etwas, das nach vier mit Deckeln versehenen Schalen aussah.

»Du gehst jetzt besser, Megari«, sagte sie. »Lina braucht vor ihrem Martyrium morgen noch etwas Schlaf.«

Megari sah sie erschrocken an. »Was für ein Martyrium?«

»Stell jetzt keine Fragen. Geh, oder ich verrate Hasege, dass Pao dich hereingelassen hat.«

Zairena kniete sich vor die Gitterstangen meiner Zelle. »Was für ein lästiges Kind«, sagte sie, kaum, dass Megari außer Hörweite war. »Ich hatte gedacht, dass sie mein größtes Hindernis darstellen würde. Kannst du dir vorstellen, wie sehr es mich überrascht hat, dass du es warst, *Shiori*?«

Als ich meinen Namen hörte, stellten sich meine Nackenhaare auf. Sie wusste alles.

In ihren Augen lag ein boshafter Glanz, als sie sich an dem Tablett zu schaffen machte und die vier Schüsseln auf dem Boden anordnete.

»Ja, ich weiß Bescheid. Wir Priesterinnen der Heiligen Berge sind darin ausgebildet, Magie zu erspüren. Allerdings warst du … erstaunlich untalentiert. Ich hielt dich anfangs nur für ein kleines Steinchen in meinem Schuh, eine Kuriosität mit deiner Schale auf dem Kopf und dieser schmutzigen Tasche. Kaum meiner Aufmerksamkeit wert.« Sie machte eine Kunstpause. »Bis du angefangen hast, heimlich mein Spinnrad für das Sternenkraut zu benutzen.«

Sie nahm den Deckel von der ersten Schale ab und enthüllte eine glitzernde Ranke Sternenkraut.

»Ganz schön dreist von dir, einen ganzen Berg davon auf meinem Spinnrad zu verarbeiten. Und ich hatte noch gedacht, du würdest dich in mein Zimmer schleichen, um mein Garn zu stehlen.« Sie lachte selbstironisch. »Ich wollte dich dafür umbringen, genauso wie ich den neugierigen alten Oriyu getötet habe. Aber dann fand ich diese magische Ranke in deinem Zimmer, als du dich um Megari gekümmert hast. Wie ich höre, hilft das gegen Drachen.«

Ich schnappte nach meiner Tasche, aber Zairena wich mir schnell aus. »Mach dir keine Sorgen, Shiori'anma. Ich werde das Netz nicht Lord Yuji geben, diesem idiotischen Zauderer. Und auch nicht dem Wolf.« Sie tätschelte die Tasche. »Sobald er herausfindet, dass ich deinen Tod eingefädelt habe, sind wir die längste Zeit Verbündete gewesen.«

Ich krampfte meine Finger um die Eisenstangen und versuchte mich hinzustellen, doch meine Beine machten nicht mit.

»Möchtest du wissen, woher ich wusste, dass die Prinzessin Sternenkraut flechten würde?«, fragte Zairena.

Nein, das wollte ich nicht. Aber mir blieb nichts anderes übrig, als Zairenas selbstgefälligen Ergüssen zuzuhören.

»Der Wolf hat mir berichtet, dass er in A'landi deinen Brüdern begegnet ist. Er ist ihnen in Gestalt seines früheren Meisters, eines berühmten Sehers, gegenübergetreten.«

In mir zerbrach etwas und mir wurde plötzlich übel. Große

Götter! Es war also der Wolf gewesen, der meinen Brüdern geraten hatte, das Sternenkrautnetz herzustellen. Er hatte uns die Tasche gegeben, damit wir ihm das Sternenkraut vom Rayuna brachten. Damit ich ein Netz herstellte … mit dem man einen Schatz rauben konnte, der weit größer …

Raikamas Perle.

Mir wurde kalt.

»Ich weiß«, sagte Zairena mit gespieltem Mitgefühl. »Zauberer sind ein gieriges Pack, nicht wahr? Ich habe ihm *gesagt,* dass er auf die Perle der Namenlosen Königin verzichten und sich ganz auf dein Blut konzentrieren soll, aber er wollte beides.«

Mein Blut?

»Du wusstest nicht, dass du Kiatas Bluterbin bist, nicht wahr? Das kann man dir auch nicht vorwerfen. Ich vermute, dass selbst die Götter und die Drachen inzwischen längst vergessen haben, was das ist – und unter uns Sterblichen wird es als Legende abgetan. Aber deine Stiefmutter ist schlau, und ihre komische Perle muss ihr wohl die Kraft verliehen haben, dich als das zu erkennen, was du bist. Weise von ihr, dass sie ihre Talente vor dir verheimlicht hat. Sie dachte bestimmt, dass es für dich sicherer ist, wenn du es nicht weißt. Sie hatte beinahe recht. *Beinahe.*«

Mir schwirrte der Kopf; es fiel mir schwer, das alles zu begreifen.

Zairena lächelte. »Du musst wissen, dass die Magie, die du in deinem Blut hast, nur in Kiata vorkommt. Sie ist selten heutzutage, und es ist die einzige Magie, die die Dämonen aus ihrer Gefangenschaft in den Heiligen Bergen befreien kann. Aus genau diesem Grund hat dich der Wolf ausgesucht, und ich habe mitgespielt, damit er sein Wissen mit mir teilte. Du siehst ganz verwirrt aus. Zu Recht – ihr Narren habt unsere Geschichten verdreht und dabei vergessen, wofür wir in Wahrheit stehen.«

Aus ihrem Tonfall sprach jetzt tiefer Stolz. »Wir Priesterinnen sind nicht mit den Dämonen verbündet. Wir gehören zu den Heiligen Bergen. Es ist unsere Aufgabe, dafür zu sorgen, dass das Böse weiter in den Bergen gefangen bleibt. Und deshalb haben wir auf dich gewartet, Shiori'anma. Da du die Bluterbin bist, dürfen wir nicht zulassen, dass du lebst.«

Ihre Worte hallten in meinen Ohren wie Donner wider. Ich krabbelte so weit wie möglich von dem Gitter weg und tastete hinter mir nach einem losen Ziegel oder Steinchen – doch da war nichts außer Megaris Papier und Pfützen von geschmolzenem Schnee.

»Wenn du mir früher gebeichtet hättest, dass du die Prinzessin bist«, fuhr Zairena fort, »dann hätte ich dir einen ehrenvollen Tod zugestanden. Weniger schmachvoll als das, was Hasege geplant hat. Aber ich konnte *Vier Atemzüge* ja nicht mehr an dir anwenden, nachdem Chiruan doch schon deswegen überführt war ...« Sie hielt inne. »Aber trotzdem muss ich sagen, dass sich insgesamt alles sehr gut gefügt hat.«

Meine Finger krallten sich in den schmutzigen, feuchten Boden, und ich schleuderte ein paar armselige Kiesel auf Zairena. Doch mein Angriff traf sie kaum, denn die Kiesel landeten auf ihrem Tablett.

Die Priesterin unterdrückte ein Lächeln und kniete sich wieder hin. Sie wischte das Tablett mit einem Tuch ab und nahm dann den Deckel von der zweiten Schale: eine getrocknete Kakifrucht.

»Du hast dir wahrscheinlich schon gedacht, dass ich ein Talent für Gifte habe. Nimm, zum Beispiel, Megaris Lieblingsessen. Jetzt schau mich doch nicht so an, Lina – das war nur ein bisschen Elendswasser, nichts so Starkes wie *Vier Atemzüge*. Abgesehen davon hat sie immer so viele Fragen gestellt, dass ich gar keine andere Wahl hatte. Und das Gegenmittel habe ich ihr immer rechtzeitig gegeben. Dadurch habe ich mir das Vertrauen Lady Bushians erworben – und deins auch.«

Ich sah rot vor lauter Wut. Ohne die Gitterstäbe hätte ich Zairena wahrscheinlich an Ort und Stelle erdrosselt.

»Ach, warte nur – wenn ich erst mal fertig bin, dann wirst du dir *wirklich* wünschen, mich umzubringen.« Zairena knabberte kichernd an der Kakifrucht. »Vergiftete Kakis muss ich mir unbedingt merken. Ich wünschte, das hätte mit *Vier Atemzüge* auch geklappt.« Ein Seufzer. »Das ist das Lästige an dem Gift, der Geruch. Selbst Oriyu hat ihn bemerkt, als er in mein Zimmer kam. Am besten scheint es funktioniert zu haben, wenn ich den Geruch in Farbstoffen versteckt habe. Denn wer riecht schon an einer Schärpe, bevor er sie anzieht, nicht wahr, Prinzessin?«

Sie öffnete die dritte Schale: eine goldene Kordel, so wie man sie zum Binden einer Schärpe benutzt.

Ich schüttelte den Kopf, denn ich verstand nicht.

»Die war an deiner Schärpe, als du in Gindara in diesen See gesprungen bist«, erklärte Zairena. »Du hast ganz schön Glück gehabt – da war genug *Vier Atemzüge* drin, um dich tagelang schlafen zu lassen. Aber keiner von uns hat vorausgesehen, dass die Namenlose Königin es rechtzeitig erkennen würde. Sie hätte mich beinahe umgebracht.«

Die Welt schwankte, und ich konnte kaum noch hören, was Zairena sagte.

Die ganze Zeit über hatte Raikama mich zu schützen versucht! In meinem Kopf drehte sich alles, und trotzdem hatte ich noch nie so klargesehen. Die Antwort hatte schon die ganze Zeit auf der Hand gelegen.

Raikama hatte meine Magie durch ihren Fluch unterdrückt und mich zu schützen versucht. Sie hatte mich vor den Blicken aller versteckt, die mich kannten, damit der Wolf mich nicht fand!

»Nachdem du verschwunden warst«, plapperte Zairena weiter, »hat der Wolf mich zur Strafe nach Iro geschickt, damit ich hier warte – nur für den Fall, dass Takkan dich zufällig findet. Wer hätte damit gerechnet, dass du hier tatsächlich auftauchst? Ganz schön clever, diese Schale auf dem Kopf zu tragen und so zu tun, als könntest du nicht sprechen. Und die ganze Zeit hatte ich dich direkt vor meiner Nase.«

Ich hörte kaum noch hin. Mein Hass auf sie hatte den Siedepunkt erreicht, und ich stürzte mich auf sie.

Es war ein armseliger Versuch. Mit meinen betäubten Muskeln kam ich nicht weit, sodass ich gegen das Gitter knallte. Ich klammerte mich daran fest und holte nach ihr aus. Meine Ärmel hatten sich in den Pfützen in meiner Zelle mit Wasser vollgesogen, und das spritzte ihr jetzt ins Gesicht.

Zairena schreckte zurück. Von ihrer Stirn tropfte Wasser, sodass der Puder in weißen Rinnsalen herunterlief und sich um ihr Kinn herum sammelte. Auf ihrer Haut glitzerten goldene Flecken – Spuren von *Vier Atemzüge*.

Als sie sich das Wasser mit ihrem Ärmel abwischte, begann ihr Gesicht zu leuchten – genau auf dieselbe Art, wie meine Tasche geleuchtet hatte.

Zunächst verschwand ihr Schönheitsfleck. Dann begann sich der Rest ihrer Züge zu verändern. Ihr Mund wurde breiter, sie bekam tiefe Schlupflider, und ihr Gesicht alterte um viele Jahre.

Ich stieß ein stummes Keuchen aus, denn ich erkannte meine Zofe aus dem Palast wieder. Guiya.

»Erinnert sich Eure Hoheit?«, sagte sie, während sie die Schultern sinken ließ und zu zittern vorgab. Sie lachte. »Die echte Tesuwa Zairena ist zusammen mit ihren Eltern gestorben. Fragst du dich, ob ich eine Magierin bin? Nein, nein – meine Magie ist unbedeutend verglichen mit der Macht, über die du und deine Stiefmutter verfügen.«

Wasser, wurde mir klar. Das war der Grund, aus dem sie stets einen Schirm dabeihatte und sich gegen Regen und Schnee schützte. Es wusch die Illusion ab, enthüllte, wer sie wirklich war!

Dramatisch öffnete Guiya die letzte Schale auf dem Tablett. Darin war Asche.

Ich begriff nicht.

»Das sind die Überreste des Bluterben, der vor dir kam«, verriet sie mir. »Seine Asche wurde in den Heiligen Bergen aufbewahrt – sie enthielt die letzten magischen Kräfte in Kiata. Wir Priesterinnen haben sie über Jahrzehnte hinweg gehütet – bis wir von dir erfuhren.«

Mir drehte sich der Magen um, als Guiya sich die Asche ins Gesicht stäubte und wieder die Züge Zairenas annahm.

Sie legte die Deckel wieder auf die Schüsseln und erhob sich. »Du hattest wirklich das Glück der Drachen mit dir, Prinzessin. Aber du hast dein Glück jetzt aufgebraucht. Morgen finden die Heiligen Berge wieder ihren Frieden, und wir Priesterinnen werden für dich singen. Morgen fügen wir deinen Namen denen hinzu, die vor dir kamen. Wir werden uns noch jahrhundertelang an dich erinnern, zusammen mit den anderen, die die Götter entehrt haben.

Morgen wirst du sterben.«

Kapitel 35

Es war noch Nacht, als sie mich holen kamen. Durch die Gitterstäbe drang ein blasser Streifen Morgendämmerung, der Mond hing wie ein verzweifelter Splitter am Himmel.

Pao konnte mir nicht in die Augen schauen, während zwei andere Wächter mich auf den Karren hoben. Ich merkte, dass ihm Haseges Befehl, mich zu verbrennen, ganz und gar nicht gefiel. Vielleicht war das der Grund, weshalb er mir erlaubte, Megaris Korb mitzunehmen.

Als der Karren den Hügel hinunter und an Iro vorbei polterte, versuchte ich meine Hände zu befreien. Doch die Wächter, die neben mir saßen, merkten es und zogen drohend ihre Dolche, bis ich aufgab.

Es hatte ohnehin keinen Sinn. Das Seil war fest verknotet.

Den Rest der Fahrt verbrachte ich mit dem Versuch, Papiervögel zu falten, scheiterte jedoch die meiste Zeit. Meine Finger waren steif vor Kälte und das Seil scheuerte an meinen Handgelenken. Aber es war besser, als tatenlos auf dem Karren zu sitzen. Besser, als darüber nachzudenken, welches Schicksal mich erwartete.

Unten schaufelten Hasege und seine Männer Schnee und sammelten Holz. Die ganze Zeit über war ich tapfer gewesen, aber beim Anblick des Scheiterhaufens wurde mir bang ums Herz. Er war an der Schwelle zum Wald von Zhensa errichtet worden und von Baumstümpfen umgeben. Ich hätte mir keinen trostloseren Ort zum Sterben vorstellen können: auf einem Haufen aus Stroh und Zweigen in einem namenlosen Schneefeld.

»Lady Zairena hat empfohlen, dass wir den Ritus mindestens ein Li von Iro entfernt vollziehen«, sagte Pao ernst, als er bemerkte, dass ich ihn ansah. »Damit dein Geist nicht die Stadt heimsucht.«

Wir waren beinahe da, und er griff in seine Umhängetasche, aus der er eine Girlande aus Papiervögeln hervorzog. »Von Megari«, sagte er steif. »Da waren noch mehr, aber Lady Bushian hat das nicht erlaubt …« Er zögerte. »Sie sagen dir beide Lebewohl.«

Kummer schnürte mir die Kehle zu. Ich nickte. Pao legte mir die Girlande in den Schoß, und ich zählte sie, während der Wind ihre Flügel bewegte. Sieben Vögel. Die Zahl für Stärke.

Ich suchte den Himmel nach einem Lebenszeichen von meinen Brüdern oder von Kiki ab. Mit jeder Minute, in der sie nicht bei mir war, wurde mir schwerer ums Herz. In mir wuchs die Furcht, und ich zitterte am ganzen Körper, egal, wie sehr ich es zu kontrollieren versuchte. So konnte mein Leben doch nicht enden – allein, umgeben von Feinden.

Meine Brüder würden mir zu Hilfe kommen. Ganz bestimmt.

Der Wind trug das letzte Blatt Papier weg, das Megari mir gegeben hatte. Ich legte die Hände in den Schoß und umklammerte den Korb. Langsam kehrte Gefühl in meine Beine zurück, die aber von der Kälte sofort wieder betäubt wurden. Vielleicht erfror ich ja, ehe ich verbrannt wurde. Das wäre doch eine Ironie des Schicksals.

Guiya trug wieder Zairenas Gesicht zur Schau. Sie saß auf einer Schimmelstute an Haseges Seite, die Augen dunkel und undurchdringlich. Den Gurt meiner Korbtasche hatte sie sich absichtlich gut sichtbar um den Oberkörper geschlungen.

Wie sehr ich mir wünschte, sie in den Schnee schubsen und

ihre Illusion enthüllen zu können! Ihr das selbstgefällige Grinsen aus ihrem Gesicht zu wischen, ganz egal wie.

Hasege selbst fesselte mich an den Pfahl. Seile schnitten mir in die Hüfte und Knöchel. Als er sie so festzog, dass mir das Atmen schwerfiel, spuckte ich ihn an.

Er starrte mich an. »Was ist das? Noch mehr Magie?« Ehe ich ihn aufhalten konnte, warf er Megaris Vogelgirlande in den Schnee. Er versuchte mir auch den Korb wegzunehmen, aber ich ließ ihn nicht los. Seine Augen verengten sich zu grausamen Schlitzen. »Bringt mir die Fackel!«

Während sich ein Wächter mit der Fackel näherte, verlagerte ich mein Gewicht. Das unebene Holz kribbelte an meinen Füßen. Ich bemühte mich, meine Angst nicht zu zeigen, leider ohne Erfolg.

»Halt!«, schrie Pao. Er hatte die ganze Zeit mit zusammengebissenen Zähnen dagestanden. Ganz offensichtlich regte sich Widerspruch gegen das Todesurteil in ihm. »Herr, Ihr solltet das noch einmal überdenken.«

»Kommst du schon wieder mit deinen Einwänden, Pao?«, knurrte Hasege. »Wenn du nicht Manns genug bist, einen Dämon zu töten, dann verschwinde.«

Hasege wandte sich an die Wächter, die sich zur Urteilsverkündung versammelt hatten. »Dieses Mädchen hat Oriyu ermordet«, begann er. »Und den Mord Chiruan angehängt. Selbst Lady Bushian hat die Beweise ihrer bösartigen Natur gesehen. Wenn *sie* vor diesem Mädchen Angst hat, dann sollte jeder von uns sie ebenfalls fürchten.«

»Wir wissen nicht *sicher*, dass sie Oriyu ermordet hat«, hielt Pao dagegen. »Vielleicht hat ihr jemand anders diese ganze Sache in die Schuhe geschoben. Wir sollten besser abwarten, bis Lord Takkan zurück ist.«

»Abwarten?«, grollte Hasege. »Takkan ist schwach und lässt

sich von ihrer dunklen Magie zu leicht beeinflussen. Wenn wir auf ihn warten, ist Iro dem Untergang geweiht.«

Hasege hielt mir die Fackel dicht vors Gesicht. »Habt ihr euch nie gefragt, warum wir ihre Augen nicht sehen können? Das liegt daran, dass sie ein Dämon ist.« Er drehte sich zu seinen Männern um. »Ich weiß, dass ihr alle loyal zu Takkan steht, aber es ist unsere Pflicht als Wächter, Dämonen aus Kiata zu vertreiben. Wenn er dieses Scheusal schützt, verrät er die Götter.«

Die Männer tauschten Blicke aus. Sie waren Takkan treu ergeben, aber ihr Gehorsam den Göttern gegenüber stand über allem.

»Sie ist kein Scheusal«, brachte Pao vor. »Sie ist nur ein Mädchen.«

»Sie ist ein Dämon«, kreischte Zairena. »Das hier gehört doch ihr, oder nicht?«

Sie öffnete meine Tasche, und ein Schwarm von wilden Schattentieren sprang daraus hervor. Füchse und Wölfe, Bären und Tiger – einige davon von so grotesker Gestalt, dass sie keiner Kreatur ähnelten, die auf dieser Erde lebte.

Die Männer schnappten erschrocken nach Luft.

»Und, glaubt ihr mir jetzt?«, dröhnte Hasege, während Zairena die Tasche wieder zuklappte und ihre falschen Dämonen darin einschloss. »Sie muss sterben.«

Hasege hetzte die Männer weiter auf, doch ich hörte nicht mehr hin. Die Sonne ging auf; ihr Licht stach mir in die Augen, als ich den leeren Himmel absuchte. Kiki musste meine Brüder doch inzwischen gefunden haben!

Doch wann immer ich eine Bewegung wahrnahm, entpuppte sie sich als eine vom Wind getriebene Wolke. Kein einziger Kranich weit und breit.

Keine Brüder.

Ich schluckte meine Enttäuschung herunter. Was, wenn meine Brüder mir nicht zur Rettung eilten? Sollte ich etwa einfach dastehen wie Fleisch am Spieß, das darauf wartet, gebraten zu werden, während es sich an einem Korb nutzloser Papiervögel festhält?

Ich ließ den Korb fallen und machte mich an den Seilen zu schaffen, indem ich mich hin und her wand. Hasege hatte mich fest angebunden; ich konnte mich kaum rühren. Ich nagte an dem Seil um meine Handgelenke in der Hoffnung, es mit den Zähnen durchbeißen zu können. Aber die Fasern waren sehr fest; selbst, wenn ich den ganzen Tag Zeit hätte, würde ich meine Hände doch nicht befreien können.

Aber alles war besser, als Zairena bei ihren lauten Gebeten zuzuhören. Sie murmelte Fürbitten an die Götter, dass mein Geist bei Lord Sharima'en seinen Frieden finden und nicht mehr nach Iro zurückkehren solle, um dort Schaden anzurichten. Wieder wünschte ich mir, ich könnte ihr eine Handvoll Schnee ins Gesicht schleudern, um diese erbärmliche Illusion abzuwaschen. Aber die Priesterin war schlau genug, ausreichend Abstand zu mir zu halten.

Shiori!, rief Kiki von weit weg. *Shiori!*

Ich blickte mit stockendem Atem auf. Kiki war zu klein und zu weit entfernt, als dass ich sie hätte sehen können, doch sechs Kraniche durchstießen die Wolken. Ihre großen Schwingen leuchteten purpurrot im Morgenlicht, während sie auf mich zu glitten.

Meine Brüder!

Die Zweige unter meinen Füßen knirschten, und Zairena hielt mitten in ihrem Gebet inne, um mir einen Blick zuzuwerfen. Dann schaute sie zum Himmel und runzelte finster die Stirn.

»Schießt diese Vögel ab«, befahl sie. »Sie nutzt ihre dunkle Magie, damit sie ihr helfen. Schießt! Jetzt sofort!«

Kiki!, drängte ich, als die Wächter ihre Bogen zur Hand nahmen. *Sag ihnen, dass sie von hier verschwinden sollen!*

Reiji und Hasho ignorierten meine Botschaft. Sie gingen in den Sturzflug und schlugen Hasege die Fackel aus der Hand, ehe sie wieder in den Himmel aufstiegen. Als die Flamme im Schnee zischte, schnappte sich Kiki eins meiner verstreuten Papierblätter, das Funken abbekommen hatte.

In was für eine Lage hast du dich denn jetzt wieder hineinmanövriert?, fragte sie, als sie die Glut auf das Seil an meinen Handgelenken überspringen ließ.

Das Seil verschmorte langsam und lockerte sich. Überglücklich zog ich meine Hände heraus. *Du bist ein Genie, danke!*

Das war Wandeis Idee. Ganz schön klug, dein Bruder.

Gerade knotete ich das Seil um meine Hüfte auf, da fiel ein Schatten auf den Scheiterhaufen. Zairena.

Guiyas Illusion war so perfekt wie eh und je: gepudertes Gesicht, junge, scharfsichtige und glänzende Augen, das Muttermal auf ihrer rechten Wange. Die Priesterin hatte die Hand zur Faust geballt und warf nun eine Handvoll ihrer verfluchten Asche auf den Scheiterhaufen.

Aus der Asche stießen derart kraftvolle Flammen hervor, dass ihre Wucht mich nach hinten geschleudert hätte, wenn ich nicht noch an dem Pfahl festgebunden gewesen wäre. Sie hatten einen grässlich hellen Rotton, waren jedoch im Innern so schwarz wie der Rauch, den sie in den Himmel entweichen ließen. *Dämonenfeuer.*

Es breitete sich schnell aus – zu schnell –, leckte an den Zweigen unter meinen Füßen, kroch den Holzstapel hinauf und hüllte mich in eine Wand aus Flammen. In meiner Brust machte sich Panik breit. Ich knotete den letzten Knoten an meiner Hüfte auf und beugte mich zu meinen Knöcheln hinunter. Die Hitze wurde immer intensiver, und der Qualm war so dick, dass mir bei jedem Atemzug die Lungen schmerzten.

Doch das Feuer berührte mich nicht. Als ich mich hinhockte, um meine Füße zu befreien, wichen die Flammen vor meinem Gesicht zurück, so als würde mich ein imaginärer Schild schützen.

In meiner Brust glomm eine Lichtperle, schwach, aber pulsierend. Ich griff mir ans Herz. War es möglich, dass Seryus Perle Schutz gegen Dämonenfeuer bot?

Ich probierte es aus, indem ich mich zu den Flammen hinlehnte. Das Dämonenfeuer wich zurück, und die Perle leuchtete heller – heller als je zuvor. Doch in dem ganzen Durcheinander, in dem meine Brüder mit Haseges Männern kämpften, achtete niemand auf mich. Niemand außer Guiya.

Hastig riss ich das Seil von meinen Knöcheln los und befreite mich. Das Feuer teilte sich vor mir, als ich nach vorne fiel und versuchte, vom Scheiterhaufen hinunterzukrabbeln.

Beeil dich, Shiori!, rief Kiki. *Guiya, sie …*

Kiki brauchte den Satz nicht zu Ende zu sprechen. Guiyas vor mir aufragende Gestalt war nicht zu übersehen. Ihr Blick war auf das Licht fixiert, das in meiner Brust blitzte, und sie klappte meine Tasche auf und griff hinein.

Nein! Ich war nur noch zwei, höchstens drei Schritte vom Schnee entfernt. Ich sprang …

Das Netz flog aus Guiyas Händen und umfing mich schnell; dank seiner Magie klebte es förmlich an seinem Ziel. Das Bruchstück von Seryus Perle purzelte aus meiner Brust direkt in Guiyas wartende Hände.

Und wieder schoss das Dämonenfeuer in die Höhe. Seine Hitze warf mich zurück, tief in den Scheiterhaufen hinein. Der Qualm formte sich zu Klauen, die mich zu Boden drückten, als ich durch die Flammen zu fliehen versuchte.

Guiyas Lippen verzogen sich zu einem Grinsen, ihre Augen blitzten triumphierend. »Auf Nimmerwiedersehen, Eure Hoheit«, sagte sie und versuchte, das Netz von mir loszubekommen. Aber ich hielt es fest.

Sie lachte und zog sich ihre Kapuze über den Kopf. »Dann hole ich es mir eben, wenn ich zurückkomme, um deine Asche zusammenzufegen. Keine Angst, du bist nicht die Erste, die wir im Namen der Berge verbrannt haben. Es tut auch nicht weh – das ist das Geschenk der Priesterinnen für dich.«

Ehe irgendeiner der Männer begriff, dass sie Magie gebrauchte, saß Guiya auf dem nächstbesten Pferd und ritt Richtung Waldrand. Von dort aus, hinter den kahlen Bäumen, deren Zweige Hasege und seine Soldaten abgeschnitten hatten, um den Scheiterhaufen mit Brennmaterial zu bestücken, sah sie dabei zu, wie ich brannte.

Mir rannen heiße Tränen über die Wangen, und ich spürte, wie mein Haar mit einem schrecklich beißenden Geruch zu versengen begann. Der einzige Grund, warum ich noch nicht zu Asche verbrannt war, war das Netz aus Sternenkraut. Es bildete meinen einzigen Schild, doch es würde nur noch Augenblicke dauern, bis das Dämonenfeuer seinen Weg durch die Maschen des Netzes fand und meine Haut verkohlte.

Meine Brüder, die bis jetzt die Wächter abgelenkt hatten, schossen herbei, um mir zu helfen. Während sie über mir kreisten, flogen Pfeile in den Himmel und streiften ihre Flügel. Federn zerstoben und regneten auf meinen Scheiterhaufen, doch meine Brüder zogen sich nicht zurück. Sie stießen herab, um mich aus dem Feuer zu zerren. Andahai und Benkai hoben mich an, während Hasho mit seinen Flügeln die Flammen auf meiner Kleidung erstickte.

Aus dem Feuer tauchten Klauen aus Qualm auf, die sich um Andahais und Benkais Hälse krallten. Sie krächzten erschrocken und ließen mich fallen, sodass ich wieder gegen den Pfahl stürzte. Bei ihrem nächsten Versuch, mich hochzuziehen, wedelten meine Brüder Schnee ins Feuer, um es zu ersticken. Aber die Flammen schlugen nur immer höher.

Sag ihnen, dass sie von hier verschwinden sollen!, schrie ich Kiki zu. *Tu es! Das ist Dämonenfeuer. Sie können mir nicht helfen!*

Inzwischen waren die Wächter vorgerückt. Sie hatten ihre Schwerter gezogen und hieben damit nach meinen Brüdern. Benkai und Andahai mussten aufgeben. Ihre Schmerzensschreie machten mich beinahe taub. Doch Hasho blieb; seine Federn waren zerdrückt und seine Flügel von Pfeilen verschrammt. Er war so nah, dass ich Tränen in seinen Augen erkennen konnte.

Flieg davon, flehte ich ihn an und wandte mich ab, um meine eigenen Tränen zu verbergen.

Du solltest auch besser fliehen, dachte ich, an Kiki gewandt. *Flieg davon, solange du noch kannst.*

Wenn du stirbst, dann sterbe auch ich, antwortete mein Vogel. *Wenn du keine Angst hast, dann habe ich auch keine. Ich bleibe bei dir bis zum Ende, Shiori.*

Ich hielt sie und setzte sie unter meine Schale. Solange ich Kiki hatte, brauchte ich keine tausend Vögel.

Das Holz knisterte, und als das Feuer immer heftiger und höher aufloderte, verlor ich langsam das Gleichgewicht. Meine Lungen waren voller Rauch und die Hitze wurde unerträglich. Ich kniff die Augen zu und zwang mich, die Ruhe zu bewahren.

Ich dachte daran, wie ich beim Sommerfest Süßkartoffeln mit Honig gestohlen hatte, wie ich für Takkan Fischsuppe mit Radieschen kochte, wie ich mit Mama zusammen Kuchen backte. Vielleicht wartete sie ja im Himmel, um wieder welche mit mir zu machen, und ich würde das Rezept endlich richtig hinbekommen und sie wieder singen hören.

Kiki zuckte. *Shiori!*, flüsterte sie. *Sieh doch, sieh!*

Ich zwang mich, die Augen zu öffnen, doch der Rauch war zu dicht … Ich sah etwas Blaues aufblitzen und ein Glänzen von Stahl. Aber sonst nichts.

Dann hörte ich ihn.

»Lina!«, schrie Takkan. Seine Klinge fuhr hoch durch die Luft, und ich erblickte seine von den Flammen verzerrte Gestalt, die sich mir näherte. Hundert Schritte vom Pfahl entfernt wurde er von Hasege gestellt. Sie begannen einen Schwertkampf, ein tödliches Duell.

Neben mir war jetzt Pao dabei, Schnee ins Feuer zu schaufeln. Einer nach dem anderen begannen die Wächter, ihm zu helfen, doch die Flammen ließen sich nicht ersticken.

Ich reckte meinen Kopf himmelwärts und versuchte, von dem Qualm nicht zu husten. Das Dämonenfeuer züngelte an meinem Rücken empor und drang in meine Haut ein. Guiya hatte nicht gelogen, es tat nicht weh. Meine Haut wurde nicht einmal schwarz oder verkohlte – stattdessen griff das Feuer direkt auf mein Blut über. Ich spürte, wie mein Herz aufloderte …

Wir haben jeden Sommer Winddrachen gebaut, alle sieben zusammen, flüsterte ich mir selbst zu. Ich wünschte mir, ich könnte noch einmal einen Drachen bauen – mit meinen Brüdern und mit Takkan. Ich wünschte, ich könnte die Briefe lesen, die er mir geschrieben hatte.

»Lina!«, schrie Takkan erneut. Die Angst um mein Leben verlieh ihm plötzliche Kraft, und er überwältigte seinen Cousin mit einem stumpfen Schwerthieb in den Nacken. Als Hasege zusammenbrach, rannte Takkan zum Feuer.

Stirb, Shiori!, zischten die Flammen mit Guiyas Stimme. *Sonst stirbt er auch!*

Die Priesterin saß noch immer am Waldrand auf ihrem Pferd und betrachtete das Feuer. Sie hatte einen Bogen erhoben und zielte mit einem Pfeil genau auf Takkans Herz.

Überall um mich herum loderte das Feuer und raubte mir die Sinne. »Takkan!«, schrie ich. »Vorsicht!«

Der Schock, der sich in seiner Miene abzeichnete, war das Letzte, was ich sah, bevor die Schale auf meinem Kopf zersprang. Und das Feuer mich mit Haut und Haaren verschlang.

Kapitel 36

Als ich wieder zu mir kam, war ich mit glimmernder Asche bedeckt und meine Kleidung schwarz versengt. Auf meinem Schoß glitzerte das Sternenkrautnetz und beleuchtete die Rauchschwaden. Die Luft war so dick und die Welt so düster, dass ich mich fragte, ob ich mich überhaupt noch auf der Erde befand – so lange, bis sich in der Asche Formen abzuzeichnen begannen. Da war die Girlande aus Papiervögeln, die Megari für mich gemacht hatte, und das, was von ihrem Schutz-Talisman übrig geblieben war. Ich rollte mich zur Seite, um nach dem Talisman zu greifen, und begann sofort zu husten. Meine Lungen schrien nach Luft.

Gelobt seien die Götter!, piepste Kiki erleichtert, als sie durch den Qualm zu mir hinflog und auf meinem Bauch landete. *Es war so finster, dass ich schon dachte, wir beide wären tot!*

Ich setzte mich auf. Mein ganzer Körper zitterte, als ich mich aus dem Sternenkrautnetz freistrampelte. Neben mir lagen die beiden Hälften meiner zerbrochenen Holzschale, und ich fuhr mit den Fingern an meinen Kopf. Zum ersten Mal seit Monaten berührten sie mein Haar – eine dicke, raue Matte – anstelle der Schale.

Dann wanderten meine immer noch zitternden Hände zu meiner Kehle. Bei den Dämonen, ich hatte gesprochen! Angst stieg in meiner Brust auf und ließ mich aufspringen.

Deine Brüder leben, sagte Kiki, die meine Gedanken las. *Aber sie sind immer noch Kraniche. Anscheinend hast du nur deinen Teil des Fluchs gebrochen.*

Sie hatte recht. Ich hob ein Teil der Holzschale auf. Ich hatte mich inzwischen so an ihr Gewicht auf meinem Kopf gewöhnt, dass ich mich ohne sie merkwürdig leicht fühlte.

Es war gar nicht als Fluch gemeint, flüsterte ich, während die Schale in meinen Händen zu Staub zerfiel. *Es war ein Schutzschild. Einer, der meine Magie vor der Welt verbergen sollte … und mich zugleich davor schützen.*

Kiki landete auf meinem Arm. *Dich vor deiner eigenen Magie schützen?*

Ich nickte. *Meiner eigenen und der anderer. Die Schale ist zerbrochen, um mich vor Guiyas Dämonenfeuer zu bewahren. Denn sonst wäre ich jetzt ein Häuflein Asche.*

Aber wenn es die ganze Zeit gar kein Fluch gewesen ist, zwitscherte Kiki aufgeregt, *hättest du dann einfach sprechen können? Deine Brüder wären nicht gestorben?*

Was das anging, war ich mir nicht sicher. *Sie wollte, dass ich Angst hatte, damit ich nicht nach Hause ging und Vater oder sonst jemandem sagte, wer ich wirklich bin. Sie wollte, dass ich sie hasste, damit sie mich vor dem Wolf verbergen konnte.*

Ich hatte einen Kloß im Hals und Mühe zu sprechen. »Wo ist Takkan?«

Kaum, dass ich gefragt hatte, sah ich ihn an den grauen Stapeln aus Unterholz lehnen. In seiner Rüstung steckte kein Pfeil.

Er war unverletzt.

Ich nahm ihm seine Kampfhandschuhe ab und verschränkte meine Finger mit seinen. Seine Hände waren kalt, und während ich sie wärmte, strich ich ihm das Haar aus den Augen und küsste ihn sanft auf die Stirn.

»Takkan.«

Er öffnete die Augen, und seine Miene spiegelte die gleiche Erleichterung wider, die auch ich verspürte. Er zog mich an sich und warf seinen Umhang über meine zerfetzte Kleidung. Sein Herz pochte wild und besorgt an meinem Ohr.

»Ich dachte schon, ich komme zu spät«, sagte er heiser. »Ich dachte, ich hätte dich verloren.«

»Ich könnte dasselbe sagen.« Ich sprach zögernd, beinahe ungeschickt. Meine Stimme war heiser vom Qualm und von den Monaten, in denen ich sie nicht gebraucht hatte, und meine Worte klangen in meinem Kopf besser, als sie sich dann laut anhörten. Schon komisch, wie ich früher drauflosgeplappert hatte und meine Zunge oft schneller gewesen war als meine Gedanken. Jetzt dachte ich genau nach, bevor ich redete, klang aber wie eine Närrin.

Ich schluckte. »Du hättest dich beinahe umgebracht, so wie du ins Feuer gestürmt bist!«

»Ich würde es jederzeit wieder tun«, antwortete Takkan. »Damit ich deine Stimme hören und dir endlich in die Augen sehen kann.«

Er strich mir über die Wange, genauso, wie ich es beim Winterfest bei ihm gemacht hatte, und plötzlich war mir egal, wie unbeholfen ich mich anhören mochte. Ich lebte, und mein Teil des Fluchs war gebrochen.

Ich ergriff seine Hand und drückte seine Finger an meine Wange. Kiki lugte neugierig aus meinen Haaren hervor.

»Ist das ein Papiervogel?«, fragte Takkan und blinzelte verwundert.

Ich nickte. »Sie heißt Kiki. Ich habe sie … mit Magie gemacht.«

Takkan wirkte nicht überrascht. »Und die …?« Er hob die Girlande aus Papierkranichen aus der Asche. Ihre Flügel waren angekokelt, und einige waren so sehr verbrannt, dass ihnen die Schnäbel fehlten. »Können die auch fliegen?«

»Nein, Kiki ist etwas Besonderes.«

»So wie du?«

Mir blieb keine Zeit zu antworten, denn die Wächter kamen mit demütig gesenkten Häuptern zu uns. Ich wusste nicht, ob sie sich bei mir oder bei Takkan entschuldigen wollten, den sie – mit Ausnahme Paos – allesamt verraten hatten.

Ich streckte meine Hand mit dem Talisman aus, den Megari mir gegeben hatte. Die Tusche war zerlaufen, das Gewebe verkohlt, doch ich reichte ihn Pao. »Sag Megari, dass es mir leidtut, dass ich mich nicht verabschieden konnte. Sie wird mir fehlen.«

Er nickte feierlich.

»Dämon!«, schrie eine Stimme hinter mir.

Hasege. Er war wieder zu sich gekommen und drängte die Wächter zur Seite, um mich anzugreifen. Takkan sprang ihm entgegen, um ihn zu Boden zu werfen, doch Haseges Dolch flog bereits in Richtung meines Herzens durch die Luft.

»Lina, pass auf!«, schrie Takkan.

Der Umhang, den ich trug, erwachte zum Leben, und sein Stoff umhüllte mich wie ein Schild. Haseges Dolch prallte von ihm ab, und die Waffe fiel mit einem dumpfen Geräusch in den Schnee.

»Siehst du, Magie!«, schrie Hasege. »Was ist nur in dich gefahren? Hast du den Verstand verloren, Takkan? Sie ist eine Dämonin …«

»Und das ist der einzige Grund, warum ich dich nicht hier und jetzt hinrichte, Hasege«, gab Takkan kühl zurück. »Nur dank ihrer Magie hat Lina deinen Verrat überlebt. Ich verstoße dich aus Iro. Von diesem Tag an bist du kein Wächter mehr, und auch kein Mitglied der Bushian-Familie.«

Er drückte Haseges Kopf in den Schnee, um seine Proteste verstummen zu lassen. Gemeinsam mit den anderen Wächtern begann er, Hasege zu fesseln, um ihn dann wegbringen zu lassen.

Ignoranter Rohling, piepte Kiki in meinem Ärmel. *Ich würde gutes Gold dafür bezahlen, seinen Gesichtsausdruck sehen zu können, wenn du ihm sagst, wer du wirklich bist.*

Shiori'anma, die Lieblingstochter des Kaisers. Prinzessin von Kiata. Es war schon so lange her, seit ich mich wie mein altes Selbst gefühlt hatte, dass ich den Rest meiner Titel gar nicht mehr wusste.

Ich sage niemandem, wer ich wirklich bin, sagte ich in Gedanken zu Kiki und klopfte mir die Asche von den Ärmeln. Ich erspähte meine im Schnee versunkene Korbtasche und kniete mich hin, um sie aufzuheben.

Was?

Ich bleibe nicht hier.

Takkan war bei den Wächtern; sie luden gerade Hasege auf den Karren, der ihn zum Kerker im Schloss bringen sollte. Ich hörte, wie er Befehle rief und mir zwischendurch Blicke zuwarf. Er ging wahrscheinlich davon aus, dass ich mit ihm dorthin zurückgehen würde.

Aber das würde ich nicht. Ich brauchte ein Pferd, mit dem ich Guiya einholen konnte. Das nächste war Admiral, und als ich aufsteigen wollte, erschien Takkan an meiner Seite.

Ich konnte sehen, dass er tausend Fragen an mich hatte, doch stattdessen hielt er Admirals Zügel, damit der ruhig stehen blieb.

Ich ignorierte seine Hilfe und packte einen der Sattelriemen, um mich in den Sattel zu hieven. Admiral wieherte unzufrieden, hielt aber still. Er hatte keine Angst mehr vor mir.

»Vergiss die hier nicht«, sagte Takkan und reichte mir die Kraniche, die seine Schwester gefaltet hatte.

Ich dankte ihm stumm und schob die Papiervögel in meine Tasche.

Als ich endlich fest im Sattel saß und nach den Zügeln fasste, wollte ich den Mund aufmachen, um mich von ihm zu verabschieden, doch er sprang hinter mir auf Admirals Rücken.

»Was hast du vor?«, protestierte ich.

»Wonach sieht es denn aus? Ich komme mit.«

»Ich will aber …«

»Du kannst nicht erwarten, dass du mein Pferd stiehlst und dann ohne mich wegreitest.« Er trieb Admiral an. Takkans Stimme war ganz nah an meinem Ohr. »Außerdem habe ich eine Geschichte, die dir vielleicht gefällt.«

Eine Geschichte?

Kiki landete auf meiner Schulter. Fast erwartete ich, dass sie spotten und sich beklagen würde, dass Takkan uns nur aufhalten würde, aber das tat sie nicht.

»In Ordnung«, stimmte ich zu und ignorierte die Schmetterlinge in meinem Bauch, als Takkan die Zügel in die Hand nahm. »Erzähl sie mir unterwegs.«

Wir ritten hinter Kiki her tief in den Wald von Zhensa hinein. Von den Kiefern rieselte der Schnee herab, und das Sprechen fiel in dem kräftigen Wind schwer, aber ich spürte, wie die vielen Fragen auf Takkan lasteten.

Am Nachmittag brauchte Admiral eine Pause, also machten wir an der südlichen Biegung des Baiyun-Flusses Rast, dort, wo der Fluss breit wurde.

Bleibt nicht zu lange, mahnte Kiki, die um unsere Köpfe herumflatterte. *Ich suche den Himmel nach deinen Brüdern ab. Die müssten Guiya inzwischen eingeholt haben.* Sie blieb noch lange genug für eine letzte Bemerkung: *Das ist eine Rast, keine Gelegenheit, mit Takkan zu flirten – jetzt, wo du sprechen kannst.*

Takkan führte Admiral zum Fluss und ließ ihn trinken, so viel er wollte. Auch ich brauchte eine Pause, wollte es aber nicht zugeben. Dafür, dass ich um ein Haar auf dem Scheiterhaufen verbrannt wäre, ging es mir erstaunlich gut. Aber als ich den Qualm roch, der in meinen Kleidern und meinen Haaren hing, bebten meine Schultern.

»Das wird wieder«, sagte Takkan, der mich beobachtet hatte, leise. »Es dauert eine Zeit lang, aber Ruhe hilft. Wasser auch. Du hast bestimmt Durst.«

Ich war vollkommen ausgedörrt. Ich hatte es nur nicht bemerkt, ehe er es ausgesprochen hatte.

Ich trank gierig, Handvoll um Handvoll. Nichts hatte in meinem ganzen Leben je so wunderbar geschmeckt, und schon bald lief mir das Wasser an meinem Kleid herunter.

»Langsam«, mahnte Takkan und schüttelte lachend den Kopf. »Der Fluss fließt bis nach Gindara. Es ist genug Wasser da, sogar für eine durstige Diebin wie dich.«

Ich wischte mir mit dem Ärmel den Mund ab. »Willst du mir eigentlich gar keine Fragen stellen? Zum Beispiel, warum ich eine Schale auf dem Kopf hatte und warum ich nicht sprechen konnte?«

»Was gibt es da schon zu wissen?«, gab er zurück. »Hauptsache, du bist am Leben. Ich hatte gedacht, ich hätte dich verloren, Lina.«

Der zärtliche Klang seiner Stimme ließ mich dahinschmelzen. Ich hatte nicht gedacht, dass ich überhaupt jemals schmelzen können würde – nicht bis zu diesem Moment.

Ich führte meine Kurzatmigkeit darauf zurück, dass ich zu schnell getrunken hatte, doch das erklärte nicht, warum mir die Knie weich wurden oder warum Admiral hinter uns schnaubte, während er fröhlich Flusswasser trank. Der Schnee schmolz auf den Ästen und tropfte uns auf die Schultern. Die Welt um uns herum schien zu versinken; in diesem Moment nahm ich nichts wahr außer Takkan.

Ich sank in seine Arme, und er hielt mich ganz fest. Ich konnte nicht länger verleugnen, wie viel er mir bedeutete. Als ich auf dem Scheiterhaufen gestanden hatte, nur wenige Atemzüge vom Tod entfernt, da hatte ich mir einen Moment wie diesen herbeigesehnt – wie er mich festhielt, wie ich darauf lauschte, dass mein Herz einen Satz machte und seines regelmäßig an meinem Ohr schlug.

Aber jetzt machte ich mich los und schob ihn sanft weg. Ich konnte sprechen, und das sollte es mir eigentlich leichter machen, zu lügen, aber dennoch brachte ich es einfach nicht über mich. Nicht Takkan gegenüber.

»Du solltest besser nach Gindara weiterreisen«, sagte ich, ohne ihm dabei in die Augen sehen zu können. »Ich muss die Kraniche wiederfinden. Und … Zairena.«

»Zairena?«

»Sie ist nicht, wer sie vorgibt zu sein. Sie ist eine Priesterin der Heiligen Berge, und sie hat einen Zauber angewandt, um die Gestalt von Lady Tesuwas Tochter anzunehmen.«

»Dann ist sie bestimmt gefährlich. Noch ein Grund mehr, dass ich dich begleite.«

»Ich brauche deine Hilfe nicht.«

»Ich lasse dich nicht allein.« Seine Miene nahm einen entschlossenen Ausdruck an. »Weißt du noch, was ich zu dir gesagt habe? Dass ich nicht will, dass du allein bist?«

Das hatte er beim Winterfest zu mir gesagt. *Ich würde niemals wollen, dass du allein bist, Lina, weder in Freude noch im Leid. Ich wünsche mir, dass dein Faden auf immer mit meinem verknotet ist.*

»Aber was ist mit dem bevorstehenden Krieg?« Wieder wurde mir die Kehle trocken, und ich nahm noch einen Schluck Wasser. »Du bist … du bist aufgerufen, für den Kaiser zu kämpfen.«

»Ich bin zuallererst dir verbunden. Das war ich immer.«

»Mir verbunden?«, wiederholte ich. »Ich hab doch nichts weiter getan, als deine Wunde mit ein paar schiefen Stichen zuzunähen, Takkan. Du musst nicht so tun, als stündest du deshalb dein Leben lang in meiner Schuld.«

»Ich bin nicht die Art Mann, die ihre Versprechen bricht.«

»Dann entlasse ich dich aus deinem Versprechen.«

»Ich glaube kaum, dass das in deiner Macht steht.« Takkan verzog den Mund, und sein Blick wurde noch eindringlicher. »Nicht, wenn das Versprechen schon seit elf Jahren gilt.«

Seine Worte klangen in meinen Ohren wie Donnerschläge. »Du … du weißt es?«

»Na, willst du vielleicht jetzt meine Geschichte hören?«, fragte er. Nur der Hauch eines Zitterns in seiner Stimme verriet, wie nervös er war. »Sie handelt von einer Prinzessin mit sechs Brüdern, einer Prinzessin, die niemals die Briefe eines einfachen, unwürdigen Jungen gelesen hat, der sich doch nur wünschte, sie kennenzulernen.«

»Bei den Göttern«, flüsterte ich überwältigt. Eine Mischung aus Verzückung und Peinlichkeit verschlug mir die Sprache. Ich wollte ihn umarmen und mich gleichzeitig vor ihm verstecken. Alles, was ich tun konnte, war, mein Gesicht in meinen Händen zu vergraben. »So … so habe ich dich doch nie genannt, oder?«

»Jedenfalls hast du deine Abneigung gegenüber dem Norden weithin bekannt gemacht, Shiori«, antwortete Takkan gutmütig. »Es hat mich nicht überrascht, dass sich diese Abneigung auch auf mich erstreckte.«

Shiori. Es gefiel mir, wie er meinen Namen aussprach. Als bestünde er aus den ersten Noten eines Liedes, das zu singen er liebte. Unwillkürlich verzog ich das Gesicht zu einem schüchternen Lächeln. »Seit wann weißt du es?«

»Ich war mir nicht sicher – bis ich dich heute sah«, gestand Takkan. »Aber ich hatte es mir schon gedacht. Ich *fragte* es mich immer wieder. Als ich dich in Tianyi traf, tanzten deine Schultern und wippten deine Füße beim Kochen auf eine ganz bestimmte Art – als würdest du einem geheimen Lied lauschen. Und ich erinnerte mich daran, dass ich gesehen hatte, wie Prinzessin Shiori beim Sommerfest dasselbe tat, wenn sie eine ihrer Lieblingsspeisen aß.

Und es gab noch andere Kleinigkeiten. Die Art, wie du Essen in deinen Ärmeln versteckst, oder dass auf deiner rechten Wange ein Grübchen erscheint, wenn du lächelst.«

Ich blinzelte. »Das alles hast du an mir wahrgenommen?«

»Ich hätte gern noch mehr wahrgenommen, aber du hast mir ja nie zurückgeschrieben, Shiori«, sagte er gespielt vorwurfsvoll. »Wenn du es getan hättest, hätte ich dich bestimmt gleich am ersten Tag in der Seeschwalbe erkannt.«

Mein Gesicht brannte. »Ich habe deine Briefe aufgehoben. Jeden einzelnen – sie liegen unter dem Berg von Talismanen, die ich gesammelt habe, damit ich dich nicht heiraten muss.«

Das stimmte, und es war mir peinlich, dass ich es zugegeben hatte. »Wenn du mir nur gesagt hättest, dass es sich um Geschichten handelte … dann wäre ich vielleicht mit fliegenden Fahnen zu dir geeilt. Ich hatte nämlich Angst, du könntest langweilig sein.«

Takkan gluckste. »Dann kann ich nur hoffen, dass du jetzt beim Lesen nicht einschläfst. Immerhin hast du ja noch immer die Möglichkeit, mir davonzulaufen.«

Ich lachte nicht. Ich nahm seine Hände, legte meine Handflächen in seine und sprach endlich die Worte aus, die ich seit Monaten hatte sagen wollen: »Es tut mir leid, dass ich unsere Verlobungsfeier verpasst habe.«

»Mir tut es leid, dass ich so wütend auf dich war. Sobald mein Vater und ich abgereist waren, packte mich die Reue, aber ich war zu stolz, um zurückzukommen.« Takkan verschränkte seine Finger mit meinen und drückte sanft meine Hände. »Ich will nicht von meinem Versprechen entbunden werden, Shiori. Aber wenn du es willst, würde ich dich niemals gegen deinen Willen zwingen. Ich würde mit dir zusammen unsere Väter bitten, uns freizugeben.«

Ich glaubte ihm, ich würde alles glauben, was Takkan mir sagte.

»Ich bin froh, dass mein Vater dich ausgesucht hat«, sagte ich und schluckte. »Es wäre eine Lüge, wenn ich abstreiten würde, dass du mir etwas bedeutest.«

»Aber?«

»Aber wir können nicht so tun, als wäre nichts geschehen. Selbst wenn wir den Wolf besiegen, können wir nicht einfach da weitermachen, wo wir vor fünf Monaten aufgehört haben. Ich bin eine Magierin. Und mein Vater kann mich nicht einfach begnadigen, nur weil ich seine Tochter bin.«

»Warum nicht? Vielleicht ist es Zeit, dass die Magie nach Kiata zurückkehrt.«

»Das würdest du nicht sagen, wenn du alles wüsstest«, sagte ich gequält. »Meine Magie ist gefährlich.«

»Aber du bist es nicht«, sagte Takkan.

Ich löste meine Hand von seiner und presste sie an den nächstbesten Baum. Die Zweige der Ulme waren winterlich grau, doch ich verdrängte die Sorgen in mir und ersetzte sie mit Erinnerungen an Wärme und Frühling. »Blühe!«, flüsterte ich, und die Äste glühten silbrig und golden, bis an ihren dürren Zweigen Blätter erschienen, die so hell waren wie Perlen aus Jade.

Takkan schnappte verblüfft nach Luft. »Das sieht gar nicht gefährlich aus, sondern staunenswert.«

»Nein, es ist nicht staunenswert«, antwortete ich und ließ den Baum los. Seine Äste wurden wieder kahl und grau, und ich knirschte mit den Zähnen. Wie sollte ich es ihm beweisen?

Ich griff in meine Tasche, um ihm das Sternenkrautnetz zu zeigen, doch stattdessen fand ich die sieben geschwärzten Papiervögel, die Megari gefaltet hatte.

Ich pfiff die Vögel leise an. »Erwacht!«

In der Tasche raschelten Papierflügel. Dann flogen sie davon und verschwanden, ehe ich sie zurückrufen konnte.

»Ich kann Teile meiner Seele verleihen«, erklärte ich. »Kiki ist die Einzige, die überdauert hat. Das ist der Grund, warum meine Stiefmutter meine Brüder und mich verflucht hat. Der Grund, warum der Wolf es auf mich abgesehen hat …«

»Langsam, Shiori. Ganz langsam. Ich verstehe kein Wort.«

Natürlich nicht. Meine Gefühle waren außer Kontrolle. Es war so lange her, dass ich hatte sprechen und meine magischen Fähigkeiten einsetzen können, und es war ein bisschen viel für mich, dass alles auf einmal zurückkam.

Ich atmete bebend aus. Meine Zunge fühlte sich schwerer an als je zuvor, und die Worte fielen mir erst nach und nach ein:

»Du kennst die Geschichten, Takkan. Über die Dämonen, die in den Heiligen Bergen gefangen sind? Die Götter haben sie dort festgesetzt und sie mit göttlichen Ketten gefesselt, damit sie nie wieder ihre Bosheit über Kiata ergießen können.« Ich biss mir auf die Lippe. »Nun, wie sich herausstellt, kann meine Magie diese Ketten brechen. Deshalb will mich der Wolf. Er muss das alles eingefädelt haben, selbst Lord Yujis Verrat. Die *Vier Atemzüge*, die Yuji in dem Brief erwähnt, den du bei dem Spion gefunden hast … die waren für mich bestimmt. Die ganze Zeit über war ich der Grund für den Schmerz und das Ungemach, die du, mein Vater und alle anderen erleiden mussten.«

Takkan hatte sich nicht gerührt. Auch sein Gesichtsausdruck hatte sich nicht verändert. Seine Stirn war nicht gerunzelt, seine Lippen bildeten eine unergründliche Linie, sein Blick war fest. »Die letzten fünf Monate habe ich dich für tot gehalten. Es gab keinen Tag, an dem ich nicht für dich gebetet habe, an dem ich mich nicht selbst hätte ohrfeigen können, weil ich Gindara verlassen hatte, ohne dein Gesicht zu sehen. Wenn du glaubst, dass es irgendetwas gibt, was du sagen kannst, um mich davon abzubringen, dich zu begleiten, dann irrst du dich gewaltig.«

»Aber die Dämonen …«

»Müssten mich mit Gewalt von deiner Seite wegreißen«, sagte

Takkan bestimmt. »Ich fürchte, du musst dich mit mir abfinden, Shiori, selbst wenn du mich niemals heiraten willst. Ich gelobe, dich zu beschützen.«

Ich starrte Takkan an, unsicher, ob ich ihn küssen oder ihm Vernunft einbläuen sollte. Er schien meine Gedanken gelesen zu haben. In den letzten paar Monaten musste er darin ganz gut geworden sein.

»Also, was ist unser nächstes Ziel?«

»Meine Brüder«, flüsterte ich.

»Die Kraniche, sechs Kraniche.«

Ich nickte.

»Dann los.«

»Augenblick«, sagte ich. Selbst jetzt, wo er mit seinem leicht schief sitzenden Helm vor mir stand, der jeden Moment von seinem windzerzausten Haar herunterrutschen konnte, durchströmte mich unwillkürlich Wärme. »Küsst du mich denn jetzt oder nicht?«

Das Erstaunen in Takkans Miene war tausend Geschichten wert. »Ich muss schon sagen, Prinzessin Shiori, wenn Ihr sprechen könnt, seid Ihr sogar *noch* verwegener.«

»Ich muss viele Monate nachholen.«

Takkan lachte, doch unsere Nasen berührten sich, und er zog mich so aufreizend nahe an sich, dass sich unser Atem in der kalten Luft vermischte.

Ich schloss die Augen.

Doch es sollte anders kommen.

Jenseits der Bäume wieherte ein Pferd. Haseges Hengst schoss aus dem Wald, sein graues Fell rot überströmt. Guiya lag halb zusammengesunken auf dem Hals des Pferdes, ihr schneeweißes Gewand flatterte über dem Sattel. Ihr Zopf hatte sich geöffnet und ihr Haar war voller Asche. Jemand hatte sie angegriffen.

Als Guiya mich sah, riss sie mit wildem Blick die Augen weit auf. »Du lebst noch, wie ich sehe«, krächzte sie. »Du bist die reinste Plage, Shiori'anma.«

Ich hörte kaum hin. Denn in Guiyas Hand war Kiki, die Flügel fest zusammengepresst.

Flieh, Shiori!, kreischte mein Vogel. Kiki wand sich in Guiyas Griff. *Deine Brüder, sie …*

Guiya schloss ihre Faust und zerquetschte Kiki. Sie warf sie in den Schnee und griff an. Magische Funken kamen aus ihren Fingerspitzen. Die Asche in ihrem Haar verband sich zu einem machtvollen Strom und nahm die Gestalt eines Schwerts an – das auf mein Herz zielte.

»Für die Berge!«, schrie sie.

Takkan griff nach seinem Bogen und ich nach dem Dolch in Admirals Satteltasche.

Doch ehe einer von uns zuschlagen konnte, sirrten die Pfeile unsichtbarer Angreifer durch die Luft. Takkan und ich warfen uns zum Schutz hinter ein paar Bäume, doch sie zielten nicht auf uns.

Die Pfeile trafen Guiya in den Rücken, einer durchdrang gnadenlos ihren Hals. Von ihren Lippen rann dunkles Blut. Mit einem erstickten Schrei rutschte sie von ihrem Pferd und fiel in den Schnee. Tot.

Ich rannte zu Kiki, hob sie auf und glättete die Falten an ihrem zerknitterten Körper. Sie bäumte sich auf und flatterte mit ihren verknautschten Flügeln. *Flieh!*, schrie sie. *Sie sind hier!*

Zwischen den Bäumen sprangen Lord Yujis Soldaten hervor und rannten mit bedrohlichen Schreien auf uns zu. Und in ihren Fäusten trugen sie sechs Käfige – meine Brüder!

Kapitel 37

Die Schnäbel meiner Brüder waren zugebunden, und mit ihren Flügeln stießen sie gegen die Bambusgitterstäbe. Ihre Augen wirkten schwermütig – menschlicher, als ich sie je in ihrer Kranich-Gestalt erlebt hatte. Es schmerzte, sie so zu sehen.

Ein Dutzend Schwerter waren auf Takkan und mich gerichtet. Es mussten mehr als hundert Soldaten sein. Jeder von ihnen trug eine Wolfsmaske, und ihre Rüstungen waren muschelweiß gefärbt, sodass sie sich kaum von dem Schnee abhoben, der in den moosbedeckten Bäumen hing.

»Ihr seid schwer zu finden, Prinzessin Shiori«, sagte Lord Yuji. »In Iro hatte ich Euch am wenigsten vermutet. Das Schicksal macht die Dinge oft besonders abenteuerlich, nicht wahr?«

»Lasst sie frei«, sagte ich leise. Die Sonne ging unter, und Schatten berührten bereits die Schwingen meiner Brüder.

»Seine Majestät war äußerst besorgt, als die kaiserlichen Kinder verschwanden«, fuhr Lord Yuji fort, als hätte er mich nicht gehört. Er schenkte mir sein lässiges Lächeln – ein Lächeln, das ich zu hassen gelernt hatte. »Wenn ich nach Gindara zurückkehre, muss ich ihm berichten, dass sie gefunden wurden.«

In meiner Brust regte sich Wut, und Magie erhitzte mein Blut. Die Felsbrocken und Kiesel zu meinen Füßen hoben ab und wirbelten um meinen Rocksaum herum.

Yuji gab vor, es nicht zu bemerken. »Ich will Eurem Vater nichts Böses, wenn es das ist, was Ihr Euch fragt, Prinzessin. Während wir hier sprechen, belagern meine Truppen Gindara. Ich bin zuversichtlich, dass er mir den Palast übergeben wird – und zwar als Gegenleistung für das Leben Eurer sechs Brüder.« Er wies mit einer Kinnbewegung auf Takkan. »Der junge Bushian ist natürlich ein unerwarteter Bonus. Sein Vater wird für das Leben seines einzigen Sohnes sicher eine hübsche Summe bezahlen.«

Ich hatte lange genug gewartet. Kiki flog los, um Yuji die Augen auszupicken, während ich ein Trommelfeuer aus Steinen gegen seine Männer losließ und Takkan Pfeile auf den treulosen Lord abschoss. Genauso gut hätten wir mit Blumen nach den Soldaten werfen können, denn Lord Yuji und seine Männer wurden von einem unsichtbaren Schild geschützt, von dem jeder Stein und jeder Pfeil abprallte. Kiki flog zurück und verkroch sich ängstlich in meinen Haaren.

»Wie ich hörte, sollt Ihr eine Magierin sein«, sagte Yuji mit einem leisen Glucksen. »Mehr könnt Ihr nicht bewirken?«

Takkan ließ seinen Bogen sinken und kam näher, bis sich unsere Schultern berührten. »Schau mal, Shiori«, flüsterte er mir zu, »was er um den Hals trägt.«

Ich kniff die Augen zusammen und sah das Amulett auf Yujis Brust. Es war aus Bronze, viel stumpfer und schlichter als der normale Schmuck des reichen Kriegsherrn, doch in seine Oberfläche war das Gesicht eines Wolfs eingeprägt. Das Amulett schien gegen seine Kleidung zu vibrieren, so als sei seine Magie zu stark, um noch länger in dem Amulett eingesperrt zu sein.

»Zeig dich, Wolf!«, rief ich.

Aus dem Amulett stieg Rauch auf. Zuerst nur eine Schwade, danach viele dunkle Rauchspuren, die bitter nach zu lange gebrühtem Tee rochen, und der dichte, samtige Nebel behinderte meine Sicht.

»Shiori!«, rief Takkan und streckte den Arm nach mir aus, um mich aus dem Rauch zu ziehen.

Wir hielten uns aneinander fest. Ich spürte, dass Zauberkraft am Werk war, eine Zauberkraft, die viel stärker war als meine eigene. Ich konnte nichts dagegen tun, dass sich meine Tasche von meiner Schulter erhob. Ich schnappte noch nach dem Riemen, doch sie war nicht aufzuhalten und schwebte an Lord Yujis Seite.

Dort sammelte sich der Rauch und begann sich zu verdichten, bis er schließlich die Gestalt des Magiers annahm.

Meine Brüder krächzten und flatterten wie wild mit den Flügeln. Sie waren ihm schon einmal begegnet.

»Ich glaube, das gehört mir«, knurrte der Wolf, der meine Korbtasche fest umklammert hielt. Mit glühenden Fingerspitzen klappte er sie auf, und das Licht strömte heraus. »Ah, ein Sternenkrautnetz. Ein Stück Legende. Es ist genau so beeindruckend, wie ich gehofft hatte.«

Er hingegen sah für einen Zauberer nicht besonders beeindruckend aus. Sein schmales Gesicht wurde von einem Vorhang aus glattem, aschgrauem Haar umrahmt, und am Kinn wuchs ihm ein langer Bart. Seine Augen blitzten gelb – doch nicht in dem leuchtenden Gelb, das die Augen meiner Stiefmutter annahmen, wenn sie ihre Kraft zur Anwendung brachte. Seine wirkten trüb und feucht, wie die des Wolfs, dem ich an jenem Nachmittag in Iro begegnet war.

»Das warst du auf dem Berg«, flüsterte ich.

»Ich fühle mich geehrt, dass Ihr mich wiedererkennt, Prinzessin.« Der Wolf klappte die Tasche wieder zu. »Eure Stiefmutter hat Euch sehr gekonnt vor mir versteckt – ich wusste nicht einmal, dass Ihr in Iro wart. Ich hoffe, Ihr habt diese paar zusätzlichen Monate genossen, die sie Euch verschafft hat. Denn sie wird teuer dafür bezahlen müssen.«

»Wie das?«, fragte ich. »In Kiata wirkt dein Zauber nicht.«

»Das war so«, gab er zu. »Aber wie es scheint, habt ihr Kiataner im Laufe der Jahre vergessen, dass Zauberer ohne Magie ihre verwundbarste Gestalt annehmen. Und zwar eine Gestalt, die sie daran erinnern soll, dass große Macht mit hohen Kosten verbunden ist. Möchtet Ihr raten, welches meine ist?«

»Ein Wolf«, sagte ich ausdruckslos. Sein Gehabe ging mir bereits auf die Nerven.

Er klatschte in die Hände. »Gut geraten! Ich war ein machtloser Wolf und fast genauso einfältig wie Eure Brüder, während sie Kraniche sind. Bis mir das hier in die Hände gefallen ist.«

Seine großen Hände hielten das Bruchstück von Seryus Perle. »Hätte ich doch nur gewusst, dass Ihr ein Stück Drachenperle in Euch tragt, Prinzessin. Ich hätte Euch den Aufwand, um meinetwillen zum Rayuna zu reisen und all diese Monate auf das Netz zu verschwenden, ersparen können.«

Ich kochte vor Wut. Es war schon schlimm genug, dass er als Meister Tsring erschienen war und meinen Brüdern die Korbtasche gegeben hatte – dass all diese Monate des Hasses auf Raikama und des Netzknüpfens nur Teil einer schrecklichen List gewesen waren, um ihre Perle zu stehlen.

Doch es aus seinem selbstgefälligen Mund zu hören, als würde er sich bei mir *entschuldigen*!

Der Dolch an meiner Seite bebte, und ich leitete all meine Wut und meinen Hass in ihn, bis er sich von mir löste und direkt auf das Herz des Wolfs zuraste.

Der Zauberer hob eine Hand, und die Waffe verharrte mitten im Flug.

»Vorsichtig, Shiori'anma«, sagte der Wolf schmunzelnd. »Wenn Rache von jemandem wie Euch ausgeht, kann sie gefährlich sein.«

Der Dolch drehte sich langsam um, bis er auf Takkan zeigte.

In einer rasend schnellen Bewegung wehrte Takkan ihn ab

und griff den Wolf an. Er war so schnell, dass der Zauberer seinen Schlag nicht erwartete, doch ehe er wirklichen Schaden anrichten konnte, hob eine unsichtbare Kraft Takkan hoch in die Luft. Über ihn senkte sich ein Schatten, und er wurde unnatürlich still.

»Nutzloser Mensch«, spottete der Wolf. »Er ist tapfer, das muss man anerkennen. Wollt Ihr mich nicht um seine Freilassung anbetteln?«

Ich hatte die Hände zu Fäusten geballt – das einzige Anzeichen dafür, wie wütend ich war. Nein, ich würde nicht betteln. Der Wolf würde Takkan nicht töten. Noch nicht.

Er war ein Zauberer, der durch seinen Schwur an Yuji gebunden war. Und Yuji hatte ausdrücklich gesagt, dass er Takkan lebend wollte. Auch jetzt konnte ich sehen, wie sich der Wolf unter dem Schwur gegenüber Lord Yuji wand. Er trug eine goldene Spange am Handgelenk, dieselbe, die der Wolf getragen hatte.

»Schluss mit dem ganzen Drama«, mischte sich der Kriegsherr ein. »Beeil dich und töte dieses Mädchen. Du hast gesagt, dass du ihr Blut brauchst – also bitte, ich habe sie dir gebracht.«

»Das habt Ihr in der Tat«, sagte der Wolf und verbeugte sich vor Lord Yuji. Er gab Takkan frei, der zu Boden stürzte. Dann zog er sein Schwert. »Schade, alle guten Dinge müssen irgendwann einmal zu Ende gehen«, sagte er an mich gewandt. »Aber eins nach dem anderen.«

»Eins nach dem anderen«, wiederholte Lord Yuji vergnügt. »Irgendwelche letzten Worte, Shiori'anma? Es sieht Euch gar nicht ähnlich, so schweigsam zu sein.«

Da irrte er sich. In all den Monaten, die ich unter dem Zauber meiner Stiefmutter verbracht hatte, war mir klar geworden, wie man im Schweigen Kraft fand. Ich hatte gelernt zuzuhören und zu beobachten. In mir kochte wieder die Wut hoch, als ich Takkan reglos am Boden liegen sah, und der Hass ließ mein Blut aufwallen angesichts meiner Brüder, die in ihren Käfigen litten.

»Gib ihr den Gnadenstoß und bring uns dann sofort nach Gindara. Der Thron von Kiata wartet auf mich.«

Der Wolf verneigte sich. »Wie Ihr befehlt.«

Dann erhob der Zauberer sein Schwert – und rammte es tief in Lord Yujis Eingeweide.

In den Augen des Lords spiegelten sich sein Schock und sein Entsetzen, als seine prachtvolle Kleidung das dicke, dunkle Blut aufsog. »Du … du bist an mich gebunden!«, krächzte er. »Dein Schwur …«

Der Wolf lächelte grimmig, als er den Schrecken des Kriegsherrn sah. »Ich bin es leid, von Herr zu Herr weitergereicht zu werden.« Er riss das Amulett von Yujis Hals ab. »Es ist an der Zeit, dass ich mein eigener Herr werde.«

Dann zog er die Klinge wieder heraus, und Lord Yuji brach auf dem Boden zusammen.

Mit einem Tritt beförderte der Wolf seinen ehemaligen Herrn in den Fluss. Sprachlos sah ich zu, wie das Wasser ihn davontrug.

Der Wolf hatte soeben seinen Schwur gebrochen. Und damit hatte er seinen letzten Atemzug als Zauberer getan und würde bald als … als Dämon wiedererwachen.

Aber mir blieb keine Zeit, darüber zu rätseln, warum er sich selbst zu solch einem Schicksal verdammte.

Der Mond ging auf und der Wald füllte sich mit Schatten. Meine Brüder fingen bereits an, sich zu verwandeln. Ihre Gliedmaßen wurden lang und sehnig, und ihre Federn glätteten sich zu Haut.

Doch diesmal waren sie nicht die Einzigen, die sich veränderten.

Aus dem Amulett des Wolfs drangen Wolken aus schwarzem Rauch hervor, die den goldenen Reif an seinem Handgelenk umfingen. Wie ein Donnerschlag zerbarst der Armreif. Und dann begann die eigentliche Verwandlung.

Der Körper des Wolfs riss auf. Während er aufschrie, wandelte seine Stimme sich von einer menschlichen zu der eines Tieres – von einem Schrei zu einem kreischenden Knurren. Seine menschliche Gestalt zuckte, seine Schultern streckten sich und seine Nägel, die immer wieder aus dem Rauch hervorstachen, wuchsen in die Länge. Seine Haut überzog sich mit Fell, und seine Muskeln und Knochen wurden zu denen eines wilden Tiers.

»Da stimmt etwas nicht«, murmelte Takkan, der sich inzwischen wieder aufgerappelt hatte. »Wenn er sich in einen Dämon verwandelt, müssten die Heiligen Berge ihn beanspruchen. Er dürfte eigentlich gar nicht mehr hier sein.«

Auch ich wunderte mich, doch es war nicht die Verwandlung des Wolfs, die meine Aufmerksamkeit anzog. Es war Seryus Perle.

Schatten hüllten das Bruchstück ein und erstickten sein Licht. Und auch die Perle selbst begann sich zu verwandeln. Sie verschmolz, von dessen großer und schrecklicher Kraft besessen, mit dem Amulett des Wolfs. Sie musste der Grund sein, warum der Wolf dem Ruf der Heiligen Berge widerstehen konnte.

Ich musste sie ihm wegnehmen.

Um uns herum traten Lord Yujis entsetzte Soldaten den Rückzug an. Einige ließen sogar ihre Waffen fallen. Takkan ergriff seinen Bogen und schoss in die wogende Rauchwolke. Sein Pfeil drang in das Fleisch des Wolfs ein, nur um sofort zu Staub zu zerfallen.

»Es hat keinen Zweck!«, schrie ich und fasste ihn beim Arm, als er nach Admiral rief. Während das Pferd auf uns zu galoppierte, rannte ich zu meinen Brüdern und hob meinen zu Boden gefallenen Dolch auf, um ihre Käfige aufzubrechen.

Beeil dich, trieb Kiki mich an. *Wir müssen von hier weg!*

Meine Brüder waren immer noch dabei, sich zu verwandeln. Aus ihren Kehlen stiegen Schmerzensschreie auf, ihre Schwingen wurden zu Armen und ihre Federn zu Stoff und Haut. Als sich mit dem zurückkehrenden Verstand auch ihre Blicke schärften, drückten Takkan und ich ihnen Waffen in die Hände. Die Finsternis um den Wolf herum breitete sich aus, erreichte den Wald und tötete alles, was sie berührte. Soldaten brachen zusammen und ihre Körper zerfielen zu Staub.

»Lauft!«, schrie ich. Alle meine sechs Brüder, die wieder zu Menschen geworden waren, zuckten bei meinem Ruf zusammen. »Ihr müsst hier weg!«

Ich schob Takkan in ihre Richtung, damit er ihnen folgte, doch er weigerte sich, zu gehen. Nicht ohne mich.

»Wie kann ich dir helfen?«

Nur Takkan konnte diese Frage so gelassen stellen, während wir nur einen Steinwurf von einem Dämon entfernt waren. »Folge meinen Brüdern! Wenn du hierbleibst, musst du sterben!«

»Und was ist mit dir?«

»Ich brauche diese Perle. Sie verschmilzt mit seinem Amulett …«

Ich konnte den Satz nicht zu Ende sprechen. Takkan drehte sich zu dem Wolf um und ging blindlings auf ihn los.

Bei den Dämonen von Tambu!, fluchte Kiki. *Der Junge ist ja ein noch größerer Draufgänger als du!*

Ich rannte ihm bereits hinterher. Mit jedem Schritt wuchs meine Angst.

»Takkan!«

Er zielte mit seinem letzten Pfeil auf den Dämon und schoss.

Der Pfeil verschwand im Rauch. Der gesamte Wald schien wie erstarrt zu sein, und über die Bäume legte sich eine dunkle Wolke, während der Wolf seine Verwandlung abschloss. Der Moment dauerte eine Ewigkeit – bis aus den Schatten ein Licht herausrollte: Seryus Perle.

Takkan bückte sich danach und hob sie auf. Da sprang der Wolf auf ihn zu.

»Erwacht!«, schrie ich und rief damit die Bäume auf, uns zu

beschützen. Die streckten ihre Äste aus und verschränkten sie miteinander, sodass die entstehende Wand die gierigen Klauen des Wolfs abhielt.

Der Schild würde aber nicht ewig halten.

Hastig fasste ich Takkan bei der Hand und zog ihn mit mir. Gemeinsam sprangen wir auf Admirals Rücken und galoppierten meinen Brüdern hinterher. »Was hast du dir bloß dabei gedacht?«, fauchte ich ihn an. »Das hätte dich das Leben kosten können!«

»Dass ich dabei sterben würde, war zwar wahrscheinlich«, antwortete Takkan, immer noch atemlos, »aber nicht sicher.«

Ich hätte ihn am liebsten umarmt. »Du mutiger Wahnsinniger!«

»Wenn du mich ab sofort so nennst – statt mich ständig als ›unzivilisierten Lord dritten Ranges‹ zu bezeichnen –, dann hat es sich jedenfalls sehr gelohnt.«

Am Waldrand hatten meine Brüder die Pferde der geflohenen Soldaten bestiegen. Sie riefen uns zu, dass wir uns beeilen sollten, denn hinter uns begann die Wand aus Ästen nachzugeben. Über dem Wolf stieg schwarzer Qualm auf, der in den Himmel über den Bergen zog.

Ich seufzte erleichtert. Ohne Seryus Perle konnte der Wolf dem Ruf der Heiligen Berge nicht lange widerstehen. Wir waren in Sicherheit.

Doch dann legten sich unsichtbare Klauen um meine Kehle.

»Shiori!«, schrie Takkan. Er ergriff meine Hand, während sich unser Pferd aufbäumte und der Wolf mich wegzuzerren begann.

»Lass los«, knurrte mir der Wolf ins Ohr. »Lass los, es sei denn, du willst, dass er stirbt. Es sei denn, du willst, dass sie alle sterben.«

Meine Augen taten mir weh. Ich sah, wie meine Brüder den Wolf angriffen. »Ihr dürft nicht kämpfen!«, rief ich ihnen zu, während die Finsternis des Dämons uns alle einhüllte. »Er wird euch töten!«

»Ich lasse dich nicht los«, presste Takkan zwischen den Zähnen hervor. »Komm schon, Shiori!«

»Du musst!« Ich rückte so nahe an Takkan heran, wie ich nur konnte. Unsere Lippen waren einander so nah, dass ich seinen Atem spürte.

Unsere Stirnen berührten einander, und ich drückte Seryus Perle in Takkans Hand. Sie würde ihn und meine Brüder beschützen. Und Kiata auch, falls es mir nicht gelang, den Wolf zu besiegen.

Dann ließ ich los.

Ich wurde von Admirals Rücken in die Luft katapultiert, und das Gelächter des Wolfs dröhnte so laut in meinen Ohren, dass selbst die Bäume erzitterten.

Innerhalb von Sekunden schossen wir in den Himmel hinauf und ließen den Wald hinter uns.

Jetzt gab es kein Zurück mehr: Wir waren unterwegs zu den Dämonen im Inneren der Heiligen Berge.

Kapitel 38

Es wurde Nacht. Der Himmel verwandelte sich in Tinte und tilgte die Sonne aus, und auch die Welt unten wurde von Dunkelheit eingehüllt. Ich konnte nicht erkennen, ob wir übers Meer oder Wälder oder Berge flogen.

Es spielte keine Rolle. Ich wusste, was unser Ziel war.

Die Götter hatten bestimmt, dass alle Dämonen Gefangene der Heiligen Berge sein sollten, und nun, nachdem der Wolf sich verwandelt hatte, konnte er sich ihrer Macht nicht mehr entziehen.

Und ich nicht der seinen.

Wir flogen so schnell, dass ich kaum Luft bekam oder blinzeln konnte, doch bei jeder Gelegenheit, die sich mir bot, rang ich mit dem Wolf und versuchte mich aus seinem Klammergriff zu befreien. Kiki hackte mit dem Schnabel nach seinen Augen, während ich ihn mit dem Dolch attackierte, aber wir befanden uns auf verlorenem Posten. Er bestand aus Rauch; er hatte kein Fleisch, das wir verwunden, und keine Knochen, die wir brechen konnten.

Also blieb nur sein Amulett. Es bestand nicht mehr aus Bronze, sondern war schwarz wie Obsidian, doch auf seiner Oberfläche war noch immer der Wolfskopf zu erkennen. Jedes Mal, wenn ich nach dem Amulett zu greifen versuchte, zog der Rauch davor und verhüllte es, bis ich förmlich in Hoffnungslosigkeit versank.

Schließlich glitzerten die Lichter Gindaras unter mir. Ich hatte ganz vergessen, wie nah mein Zuhause an den Heiligen Bergen lag. In der Dunkelheit war die Stadt von Laternen und Fackeln erhellt. Ich konnte den Heiligen See erkennen, in dessen Oberfläche sich der fahle Mond spiegelte. Viel zu schnell ließen wir den Palast hinter uns und flogen über die Gebirgsausläufer, kamen den Bergen immer näher.

Aus dem bewaldeten Tal unter uns leuchtete ein Licht. Es bewegte sich genau wie wir und wand sich in Schlangenlinien zwischen den Bäumen hindurch.

»Deine Stiefmutter«, sagte der Wolf mit heiserer Stimme. Seine Krallen gruben sich in die Korbtasche mit dem Sternenkrautnetz. »Ihre Perle ist außergewöhnlich. Ich freue mich schon darauf, sie ihr abzunehmen, sobald ich mit dir fertig bin.«

»Daran hättest du eher denken sollen«, rief ich. »Du hast deinen Herrn getötet, weißt du noch? Du bist ein Dämon.«

»Denkst du etwa, ich würde meinen Eid unbedacht brechen?«, rief der Wolf triumphierend, der es sichtlich genoss, dass er mehr wusste als ich. »Nur eine Bluterbin vermag das Siegel der Heiligen Berge zu brechen, und das bedeutet, dass nur du die Tausende befreien kannst, die darin gefangen sind.« Er hielt inne, um seine Worte wirken zu lassen. Entsetzt verzog ich das Gesicht. »Ja, genau. Ich habe die ganze Zeit nur auf die Geburt einer neuen Bluterbin gewartet. Auf dich, Shiori. Sobald sich dein Blut über die Heiligen Berge ergießt, werden die Dämonen ihrem Zorn auf Kiata endlich freien Lauf lassen können. Wenn ich im Besitz der Perle deiner Stiefmutter bin, werde ich hier Herrscher sein.«

»Nein«, flüsterte ich. Mit all meiner Kraft stürzte ich mich auf den Wolf und trieb meinen Dolch bis zum Schaft in sein Amulett.

Einen Augenblick lang weiteten sich seine Augen. Seine Klauen schlossen sich um das Amulett, sein Griff um mich lockerte sich.

Dann zischte mein Dolch und schmolz einfach so weg. Takkans

geknotetes blaues Emblem flatterte im Wind. Ich versuchte, seine Kordeln zu fangen, doch meine Finger bekamen nur noch Rauch zu fassen.

Der Wolf lachte wie von Sinnen.

Angst ließ mein Herz zu Eis werden. Ich hatte nichts mehr – keine Waffe, keine Drachenperle, nicht einmal das Sternenkrautnetz.

Nichts außer der Kleidung, die ich am Leib trug.

»Blüht!«, schrie ich. Meine Ärmel erwachten zum Leben wie zusätzliche Arme. Einer wirbelte so, dass er die Augen des Wolfs verdeckte, während der andere ihm die Korbtasche aus den Klauen schlug.

Als das Netz in die Dunkelheit unter uns stürzte, atmete ich triumphierend auf. Wenn ich mich schon nicht retten konnte, würde ich zumindest Raikamas Perle vor dem Wolf in Sicherheit bringen.

Während wir auf die Berge zurasten, unterdrückte ich einen Schrei. Der Wolf hielt auf den höchsten Berg in der Mitte zu. Wir befanden uns in einem solchen Sturzflug, dass ich beinahe die sieben Papiervögel nicht gesehen hätte, die Kiki und mir entgegenflogen. Es waren die, die Megari für mich gefaltet und die ich zum Leben erweckt hatte.

Sie trugen einen roten Faden, den sie um mein Handgelenk knoteten.

Raikama hat ihnen befohlen, uns zu helfen, übersetzte Kiki die Sprache der Vögel. *Bei den Wundern von Ashmiyu'en! Sie rettet uns! Sie …*

Aber Kiki irrte sich. Niemand konnte mich mehr retten.

Der Rauch stach mir in der Nase, und ich wurde zur Seite geschleudert. Mit glühend roten Augen streifte der Wolf die Vögel von uns ab. Sein sengender Blick durchbohrte mich, als ich von der Dunkelheit verschlungen wurde.

Bei meinem nächsten Atemzug befand ich mich im Innern der Heiligen Berge.

Ich plumpste in etwas, das sich wie ein Bett aus Blumen anfühlte. Nein, das war unmöglich.

Aber es waren tatsächlich Blumen. Lotus und Mondorchideen, Päonien und sogar zarte Chrysanthemen-Knospen.

Ich rappelte mich auf und blinzelte verwirrt, denn ich war mir sicher, dass ich einem Trugbild aufsaß. Lerchen zwitscherten und Zikaden zirpten ihre sommerliche Symphonie. Ich bewegte mich wie unter Wasser; meine Bewegungen fielen mir so schwer, dass ich die Füße nur schleppend voreinandersetzen konnte.

Nach wenigen Schritten erkannte ich, wo ich war.

Der Garten deiner Stiefmutter, meinte Kiki, die aus meinem Ärmel hervorkroch.

Ich setzte sie auf meine Schulter. *Du bist auch hier? Du wärst besser draußen geblieben.*

Ich habe es dir doch schon gesagt: Ich bleibe bei dir bis zum Ende. Wenn du stirbst, sterbe auch ich. Es liegt also in meinem eigenen Interesse, dich am Leben zu erhalten. Und jetzt nutze deinen Verstand, Shiori.

Nutze deinen Verstand, wiederholte ich stumm und drehte mich um die eigene Achse, damit ich die Umgebung ganz in mich aufnehmen konnte. Ja, das war Raikamas Garten, doch die Bäume wirkten größer, als sie eigentlich hätten sein sollen. Und ich … ich blickte auf meine kleinen Füße hinunter, die in Schläppchen steckten, die ich schon lange weggeworfen hatte.

Ich war wieder ein siebenjähriges Mädchen, in dessen Zöpfe Seidenorchideen eingeflochten waren. Um meinen Hals hingen Ketten aus Jade und Korallen.

Nein, kein Trugbild – das hier war eine Erinnerung.

Die Schlangen kamen heran. Es waren Hunderte, und sie näherten sich aus allen Richtungen, wanden sich von den Glyzinien herunter, streckten sich auf dicken Ästen aus und schwammen durch den Teich.

Einige hatten Hörner, andere Klauen. Und jede Einzelne von ihnen hatte blutrote Augen.

Das waren keine Schlangen, das waren Dämonen.

»Wir warten schon lange auf dich, Shiori«, flüsterten sie. »Wir brauchen nur einen Bissen von dir, nur einen Bissen.«

Ich erstarrte, war von ihren Stimmen wie versteinert. Der Wolf war der erste echte Dämon, dem ich begegnet war, doch meine Brüder hatten sich einst einen Spaß daraus gemacht, mich mit Geschichten von Dämonen zu erschrecken. Die mächtigsten von ihnen konnten einem durch bloße Berührung die Seele stehlen, und selbst der schwächste Dämon konnte mit nur einem Blick dafür sorgen, dass man seinen eigenen Namen vergaß.

Abgesehen davon waren sie Monster. Blutdürstende, machthungrige Monster.

Und ich war der erste Mensch, den sie seit Jahrhunderten zu Gesicht bekamen.

Der rote Faden an meinem Handgelenk zerrte mich vom Teich weg und erinnerte mich daran, wieder zu Verstand zu kommen. Ich sammelte meine Magie, um mich verteidigen zu können. Der Stoff meiner Ärmel breitete sich wie Schwingen aus und hob mich hoch über die Dämonen. Ich segelte über die Wiese, bis ich am Tor landete. Es war offen, und ich tat so, als wollte ich hindurchrennen.

Aber es war kein Tor. Ich prallte gegen eine Felswand.

Das Trugbild von Raikamas Garten geriet ins Wanken, und die Granitwände einer leeren Höhle wurden sichtbar.

Es gab kein Entkommen.

Als die Dämonen zischend und mit entblößten Fangzähnen

nach meinen Knöcheln schnappten, überwältigte mich erneut die Angst.

»Du wirst keinen Fluchtweg finden«, knurrten sie, während das Trugbild von Raikamas Garten erneut entstand.

Einen Moment lang konnte ich ihre wahre Gestalt erkennen. Ihre Haut war so rot wie Zinnober oder so grau wie der Tod. Ich erblickte die zusätzlichen Augen und Köpfe, Hörner und Schwänze und scharfen Klauen. Sie waren lebendig gewordene Albträume, die bei mir eine Gänsehaut hervorriefen.

Nur, dass sie in Ketten lagen.

Ich hatte nicht verstanden, warum die Dämonen sich mir in einer Tarnung näherten – so taten, als seien sie die Schlangen meiner Stiefmutter oder kaiserliche Wachen am Tor. Bis ich erkannte, dass sie Gefangene waren. An die Wände der Berge gekettet, gefesselt durch den Beschluss der Götter.

Deshalb locken die Dämonen dich hierher. Sie können *gar nicht zu* dir *kommen!*, ging Kiki und mir gleichzeitig auf.

Das war *ihr* Problem, dachte ich. Meines war, dass ich nicht von hier wegkonnte.

Und unter diesen Umständen würden die Dämonen mit Leichtigkeit gewinnen.

Ich hämmerte mit den Fäusten gegen die Wand. »Stiefmutter!«, rief ich. »Hilf mir, bitte!«

Folge dem Faden, Shiori. Er wird dich zum Fuß des Bergs leiten. Über mir flatterten wieder die sieben Papiervögel, die Raikama geschickt hatte. In ihren Schnäbeln hielten sie einen langen, roten Faden. Er sah genauso aus wie der, den sie um mein Handgelenk geknotet hatten.

Beeil dich, sagte die Stimme. *Die Dämonen werden versuchen, dich in deinen Erinnerungen gefangen zu halten, aber du darfst dich darin nicht verlieren. Folge dem Faden. An seinem Ende warte ich auf dich.*

Ich berührte den roten Knoten an meinem Handgelenk und schöpfte Kraft aus Raikamas Worten. Der Faden führte mich zum Teich, wo dämonenäugige Karpfen gierig lauerten.

Da wären wir, Kiki.

Ich sprang.

Anstatt mit einem Platschen zu landen, fiel ich durch eine Decke und landete unsanft auf einem Holzboden. Die Planken waren so kalt wie Eis – noch ein Trugbild.

Ich war im Palast, aber nicht in dem Palast, in dem ich aufgewachsen war. Räume befanden sich an Stellen, wo sie nicht hingehörten, und ich irrte durch ein Labyrinth von Fluren mit nicht enden wollenden Abzweigen und Biegungen. Ohne meinen Faden wäre ich für immer verloren gegangen.

Überall lauerten Dämonen und bedrängten mich mit alten Erinnerungen. Dem Geruch der Fischsuppe meiner Mutter oder meiner Lieblingsspeisen aus der Palastküche, die ich schon vor Jahren vergessen hatte. Lustlos gezupften Liedern auf der Zither, die ich hatte lernen müssen. Lehrern und Zofen, die seit Langem aus meinem Leben verschwunden waren.

Einige nahmen die Gestalt von Wachen, Ministern, ja sogar von meinen Brüdern an. »Prinzessin!«, riefen sie. »Es ist Zeit für das Mittagessen. Wollt Ihr nicht kommen?«

»Shiori, spiel eine Partie Schach mit uns! Willst du nicht, Schwester?«

Sie müssen dich für einen Närrin halten, wenn sie denken, dass du auf solche Tricks hereinfällst, piepste Kiki, während ich immer weiterlief. Stumm stimmte ich ihr zu und ignorierte sie alle, konzentrierte mich ausschließlich auf den roten Faden. Ich folgte ihm, sprang aus Fenstern und in Spiegel hinein, brach sogar durch hölzerne Wandschirme. Jeder Raum fühlte sich wie eine neue Ebene in einem unendlichen Turm an, und ich musste den Raum ganz am unteren Ende erreichen.

Schließlich befand ich mich am Fuß des Bergs. Ich merkte es, weil sich der Faden plötzlich anspannte.

»Hör auf zu gähnen!«

Beim Klang von Hashos Stimme wirbelte ich herum.

Mein jüngster Bruder trug seine zeremonielle Kleidung. Sein Kopfputz war ihm zu groß, vermutlich, um seine Dämonenaugen zu verbergen. »Du bist spät dran, Shiori«, schalt er mich. »Was hast du denn da in deinem Ärmel versteckt?«

Ich fasste an meinen Ärmel. Auch ich trug meine zeremonielle Kleidung, dieselbe dicke Jacke, die ich für meine Verlobungsfeier angelegt hatte. Rosa Satin-Schläppchen und schwere Seidengewänder, die mit Kranichen und schimmernden Chrysanthemen bestickt waren. Um die Taille hatte ich eine goldene Schärpe gebunden.

Diese Erinnerung war noch nicht so alt, deshalb sah ich die Details deutlicher vor mir. Ich vernahm das leise Ächzen der Zweige unter meinen Schläppchen, das Rauschen der Pflaumen- und Kirschbäume, die im Sommerwind schwankten, meinen plötzlichen Drang, in den See zu springen, um der Hitze zu entgehen. Es fühlte sich so echt an, dass mein Herz genauso wehtat wie damals.

Aber ich weigerte mich, auf den Trick des Dämons hereinzufallen, und folgte meinem Faden.

»Komm endlich, Schwester«, sagte Hasho, nun in einem sanften Tonfall. »Du bist schon spät dran.«

Sein Gesicht war normal, nicht so hager und abgespannt wie jetzt, da er Monate als Kranich verbracht hatte. Seine dunklen Augen waren voller Leben, und auf seiner Wange erschien ein Grübchen, als er mich anlachte.

»Machst du dir Sorgen wegen deines Verlobten?«, fragte er. »Ich habe ihn gesehen. Er hat keine Warzen oder Furunkel. Er ist genauso gut aussehend wie Benkai. Und er lächelt oft, wenn auch nicht so oft wie Yotan. Du wirst ihn mögen.«

Mein Bruder wollte mich zu der großen Flügeltür vor uns drängen, doch ich entfloh ihm, ehe er mir zu nahe kam. Ganz gleich, wie ähnlich er Hasho sah – ich wusste, dass er es nicht war.

»Rühr mich nicht an!«

Seine Augen leuchteten plötzlich wie Dämonenfeuer, und Kiki kreischte, als Dämonen-Hasho mich einzufangen versuchte. Ich wich ihm geschickt aus und wirbelte herum, um dem Faden zum Audienzsaal zu folgen.

An dessen Eingang blieb ich stehen. Die Türen waren geschlossen, im Gegensatz zu all den anderen, die mir in diesem ganzen Berg begegnet waren.

Durch den Spalt zwischen den Türflügeln sah ich, dass sich der Faden weiterbewegte und auf ein Licht zustrebte, das von außerhalb des Bergs kam. Ich wusste sofort, dass das Leuchten von Raikamas Perle ausging.

Sie ist da!, zwitscherte Kiki. *Wir haben es fast geschafft!*

Ich schob die Türen auf und erwartete beinahe, dass sich aus den Nischen noch weitere tausend Dämonen erheben würden.

Aber da war nur einer.

Der Wolf.

Er saß anscheinend auf dem prächtigsten Thron meines Vaters, dessen zinnoberroter Lack auf Hochglanz poliert war und der einen hölzernen Baldachin aus vergoldeten Kranichen hatte. Im Gegensatz zu den anderen Dämonen tarnte der Wolf seine wirkliche Gestalt nicht. Er war größer geworden, muskelbepackt und schlank. Er hatte den Kopf eines Wolfs mit spitzen Ohren und Fängen, die aus seinem Kiefer hervorragten. Graues Fell bedeckte seinen Hals und seine Gliedmaßen, doch er hatte die Körperhaltung eines Menschen.

Er war in ein kunstvolles Ensemble seidener Gewänder gehüllt. Seine Jacke war ein schrecklicher Bildteppich mit sterbenden Göttern, blutenden Drachen und Zauberern, die vom Blut der

Sterne vernichtet wurden. Sein goldener Kopfputz war kunstvoller als die, die mein Vater trug. Er hätte mit den Perlenketten und Wolkengebilden aus Diamanten fast lächerlich gewirkt – wären da nicht die Kraniche aus Elfenbein gewesen, die an den Seiten herabhingen.

Insgesamt sechs, drei an jeder Seite. Alle blutverschmiert.

Ich knirschte mit den Zähnen und blickte auf den roten Faden, der sich quer über seinen Schoß gelegt hatte. Sein Ende verschwand in einer zerklüfteten Spalte im Berg – Raikama musste gleich draußen auf der anderen Seite sein.

Auf dem Gesicht des Wolfs breitete sich ein Grinsen aus, während aus meinem alle Farbe wich. Er öffnete seine Klauen, und der Faden in seiner Hand sah aus wie ein dünnes Rinnsal aus Blut. »Wusstest du, dass ein Dämon wie ich deine Seele mit einer einzigen Berührung rauben kann? Dann wärst du gezeichnet und würdest zu mir gehören. Ich könnte dich sogar zu einem Leben als Dämon verdammen. Aber du hast Glück, Shiori'anma. Dein Blut ist für ein solches Schicksal zu schade.«

Er ließ den Faden über die rasiermesserscharfe Kante einer seiner Krallen gleiten. »Lass uns stattdessen ein Spiel spielen, Bluterbin«, murmelte er. »Du schnappst dir den Faden, bevor ich dich töte.«

Ich rannte bereits.

Seine Klaue schlug nach meiner Kehle, doch dann geschah alles so schnell, dass mir nicht einmal genug Zeit blieb, um vor Schreck zusammenzuzucken.

Ich landete auf dem Bauch, erhaschte aber den Faden. Papierfetzen flogen um mich herum – Flügel und Schnäbel. Megaris Vögel! Sie hatten die Wucht seines Hiebs abgefedert.

Ich verlor keine Zeit, sondern warf mich in die Felsspalte. Eisige Luft kam mir entgegen, wie Nadelstiche in meinem Gesicht. Und Licht! Blendendes, überschäumendes Licht.

Kiki, schrie ich plötzlich und sah mich suchend nach meinem Vogel um.

Ich bin hier, ich bin hier. Sie hatte sich an meine Schärpe gekrallt.

Den großen Göttern sei Dank! Ich hatte schon Angst, der Wolf könnte sie geschnappt haben.

Kalte Hände ergriffen meine und zogen daran. Durch die Spalte im Berg konnte ich meine Stiefmutter sehen. Sie war von Schlangen umgeben, die zischten, während sie mich aus dem Berg zerrte. Aus der Perle in ihrem Herzen strömte Licht. Ich begann herauszukrabbeln; erst gruben sich meine Ellenbogen in weiche Erde, dann meine Knie.

Ich war schon fast draußen, als der Wolf mich am Knöchel packte. Seine Berührung schickte eine betäubende Kältewelle durch meinen Körper, und mit einem Mal hatte ich seine Stimme in meinem Kopf. *Die Berührung eines Dämons hat große Kraft,* schnurrte er. *Ich könnte deine Seele in Besitz nehmen, Shiori'anma, aber zu deinem Glück ist dein Blut wertvoller.*

Seine Kralle bohrte sich in meine Ferse und verankerte sich tief darin. Ich schrie vor Schmerzen auf.

Gegen meinen Willen wurde ich in den Berg zurückgezogen, wo der metallische Geruch meines Blutes in der Luft hing.

»Shiori!«, schrie Raikama. Sie hielt mich an den Armen fest. Der dünne Faden, der unsere Handgelenke miteinander verband, flackerte im Mondlicht.

Hinter mir schrien die Dämonen nach meinem Blut. Bald würden wir die Plätze tauschen. Ich würde für immer im Berg gefangen sein, und sie wären frei.

Ich schmeckte Kalk, denn ich hatte Erde und Steinschutt in den Mund bekommen. Mit jeder Faser versuchte ich mich aus dem Griff des Wolfs zu befreien. Bei allem, was mir heilig war, ich würde keinesfalls in diesen Berg zurückkehren.

Über die letzten Monate hatte ich meine Brüder nie aufgegeben. Jetzt konnte ich nicht mit einem Mal mich selbst aufgeben.

Ich mobilisierte die letzten Kräfte, die ich noch besaß. Mein Wille war schon immer stark gewesen, aber was war mit meinem Herzen? Ich dachte an die Schmerzen, die ich beim Bearbeiten der Nesseln ausgestanden hatte – die brennenden Dornen und messerscharfen Blätter; an die Verzweiflung dieser endlosen Wochen, während derer ich in Frau Dainans Schenke geschuftet hatte; an die Qual, zu wissen, dass ein einziger Laut, der über meine Lippen drang, ausreichte, um meine Brüder zu töten.

All diese Prüfungen hatte ich bestanden.

»Und das hier werde ich auch bestehen«, flüsterte ich in den Berg hinein.

Die Wände bebten und Schutt rieselte aus ungesehenen Höhen herab. Der Schutt war anfangs fein, es waren nur ein paar Kiesel, die in dem Hohlraum verschwanden.

Aber dann wurden die Steine größer. Schutt verwandelte sich in Brocken, und dichte Schatten schoben sich vor das Licht, das außerhalb des Bergs aus Raikamas Herzen schien. Felsblöcke stürzten herab. Sie waren gnadenlos und fielen im Takt meines rasenden Pulses. Schon bald stöhnten die Dämonen nicht mehr, sondern kreischten.

Inmitten des Tumults schaute ich mich nach dem Wolf um. Seine Augen glänzten so hell wie das Blut, das mein Fußgelenk glitschig machte.

»Lass uns ein Spiel spielen«, wiederholte ich seine Worte von vorhin. »Du lässt mich los, bevor ich dich töte.«

Noch während ich sprach, hagelte es Felsbrocken, mit einem Getöse, das von den Wänden widerhallte. Die Steine trafen den Wolf mit brutaler Gewalt. Da ich sah, dass er Schmerzen litt, ließ ich noch mehr Brocken herabstürzen. Das Fell des Wolfs war voller Staub, und er warf mir Blicke zu, die so vernichtend waren, so voll rasender Wut, dass ich schon dachte, ich hätte den Kampf gewonnen. Dann hoben sich seine Mundwinkel, und auf seinem Gesicht breitete sich ein Grinsen aus.

»So sei es«, sagte er und zog seine Kralle aus meinem Fuß. Die Kralle war voller Blut und genauso rot wie seine Augen.

Mit einem erbitterten Schrei verwandelte er sich in Rauch, dann verschwand er im Innern des Bergs.

Ich konnte nicht einmal Luft holen. Raikama zog mich durch die Spalte und aus dem Berg heraus. Ich rang in der kalten Luft nach Atem.

In ihrer Brust strahlte die Perle wie leuchtende, pure Magie. Raikama wirkte zerbrechlicher, als ich sie je zuvor gesehen hatte. Ihre goldenen Augen waren müde, ihre Schultern hingen herab, und die Narbe in ihrem Gesicht glänzte im Licht der Perle.

»Wir müssen den Berg versiegeln. Leih mir deine Kraft, Shiori. Ich fürchte, meine allein reicht nicht.«

Ich ergriff ihre Hand und hielt sie ganz fest. Aus der Perle blitzte Licht auf und überwältigte uns. Meine Augen tränten, doch ich konzentrierte mich nur auf den Berg. Durch den Riss, den Raikama geschaffen hatte, quoll Rauch heraus, und meine Stiefmutter presste sich mit dem Rücken gegen den Felsen, damit die Dämonen nicht entkommen konnten.

Dann gab es eine letzte Eruption, und ein grelles Licht rieselte über die Oberfläche des Bergs. Danach trat Stille ein. Ich konnte das Heulen der Dämonen nicht mehr hören. Es trat kein Rauch mehr aus.

Raikama sackte in sich zusammen.

Ich ließ mich neben sie fallen, und ihre Schlangen machten mir Platz. Sie glitten über eine schneebedeckte Korbtasche. Es war dieselbe, die ich hatte fallen lassen – die mit dem Sternenkrautnetz.

»Stiefmutter?«, flüsterte ich.

Ich hielt noch immer ihre Hand. Als ich das zuletzt getan

hatte, war ich ein kleines Mädchen gewesen, und meine winzige Faust hatte kaum zwei ihrer Finger umschlossen. Jetzt war meine Hand größer als ihre, und meine vernarbten Finger länger als ihre unversehrten, zarten. Aber ihre Haut war kalt, so wie immer. Als ich klein war, hatte ich immer versucht, ihre kalten Finger mit meinen zu wärmen, und es hatte mich verblüfft, dass das nicht gelang.

»Danke«, flüsterte ich und kroch näher an sie heran. »Du … du hast mich gerettet.«

Sie berührte meinen Knöchel, da wo der Wolf seine Klauen in mich geschlagen hatte, und langsam schloss sich die Wunde. Nur eine gebogene rosa Narbe blieb zurück. »Weißt du noch, was du bei unserer ersten Begegnung zu mir gesagt hast?«, fragte sie.

»Nein.«

»Meine Füße hatten gerade erst kiatanischen Boden berührt. Zuvor war ich viele Wochen auf dem Schiff gewesen und müde. Und ich war nervös. Aber ich wollte einen guten Eindruck machen, ganz besonders auf dich, Shiori. Dein Vater hatte mir so viel von dir erzählt. Er hatte gesagt, dass deine Mutter ein Jahr zuvor gestorben war und du untröstlich seist.«

Die Erinnerung, die entrückt war wie ein Traum, kam schlagartig zurück. Ich hatte nicht aufhören können, sie anzustarren. Nicht wegen ihrer Schönheit, sondern weil ihr Lächeln so zaghaft und nervös wirkte, während sie meine Brüder begrüßte. Als ich dann an der Reihe war, tat ich etwas, das Vaters Minister entsetzt nach Luft schnappen ließ. Ich umarmte sie.

Und einen Moment lang war ein Leuchten von ihr ausgegangen – genau wie von Imurinya.

»Kommst du vom Mond?«, flüsterte ich, als es mir wieder einfiel. Das war es, was ich sie gefragt hatte.

»Nein. Ich komme aus keinem Zuhause«, hatte Raikama in gestelztem Kiatanisch geantwortet.

»Ich kannte eure Legenden damals noch nicht«, erklärte Raikama jetzt. »Deshalb wusste ich nicht, was ich sagen sollte.«

Jahrelang war ich mir sicher gewesen, dass sie vom Mond kam. Und dann hatte ich es vergessen.

Inzwischen wusste ich, dass es ihre Drachenperle war, die das Leuchten hervorgerufen hatte. Mir wurde klar, warum sie die Legende von Imurinya nie gemocht hatte – sie erinnerte sie zu sehr an ihr eigenes Schicksal.

»Hast du jetzt ein Zuhause?«

»Ja«, sagte sie. »Mein Zuhause ist dort, wo ich mein Licht nicht brauche, damit mir warm ist. Das ist bei dir, deinen Brüdern und deinem Vater.«

Sie holte bebend Luft und versuchte sich auf die Ellenbogen aufzustützen. Aber irgendetwas tat ihr weh, und sie wollte mir nicht sagen, was es war.

»Bring uns nach Hause, Shiori«, flüsterte sie, »bring uns nach Hause!«

Kapitel 39

Selbst mit der Hilfe von Raikamas Faden brauchten wir die ganze Nacht, um nach Hause zu kommen. Ich war nicht stark genug, um meine Stiefmutter allein tragen zu können, und als Papiervogel war auch Kiki keine große Hilfe. Meine Magie zu Hilfe zu nehmen, ermüdete mich zu sehr. Also legte ich stützend einen Arm um meine Stiefmutter und folgte ihrem Garnknäuel durch den Wald, indem ich einen schweren Schritt nach dem anderen setzte.

»Komm doch morgen früh zurück, um mich abzuholen«, meinte Raikama heiser, als ich stehen blieb, um Atem zu schöpfen. »Ich laufe nicht weg.«

Das sollte ein unbeschwerter Scherz sein, genau wie sie mit mir als Kind gescherzt hatte, aber ich konnte nicht darüber lachen. Nein, ich würde sie nicht zurücklassen.

Kiki flog uns voran und umflatterte ungeduldig den Faden, bis wir aufgeschlossen hatten. Sie hielt sich von Raikama fern, beobachtete sie aber die ganze Zeit genau. Das entging meiner Stiefmutter nicht.

»Da hast du ja einen ganz besonderen Vogel«, sagte sie. »Als ich dich weggeschickt habe, hat es mich beruhigt, zu wissen, dass sie dich begleitet.«

»Sie ist meine beste Freundin«, antwortete ich. »Wir haben viel zusammen durchgemacht.«

Sie schwieg eine Weile. »Es tut mir leid, dass ich sie einmal getötet habe. Mir tun eine Menge Dinge leid, Shiori.«

»Ich weiß.«

Auf dem Rest des Wegs schwieg meine Stiefmutter. Sie hielt die Augen geschlossen, und ihr Brustkorb blieb so unbewegt, dass ich mir nicht sicher war, ob sie atmete. Ihr schönes Gesicht war weiß wie Porzellan. Sie blutete nicht, aber tief in mir breitete sich die Gewissheit aus, dass das Leben aus ihr wich. Die Perle in ihrem Herzen schimmerte kraftvoll, so als versuchte sie, ihre Trägerin zu heilen.

Vielleicht ist sie in einen Tiefschlaf gesunken?, meinte Kiki, der mein besorgtes Stirnrunzeln aufgefallen war. *Schlangen machen so etwas im Winter, weißt du?*

»Ich hoffe es, Kiki.« Mehr konnte ich nicht sagen. »Ich hoffe es.«

Als der Faden uns endlich in den echten Garten meiner Stiefmutter zurückgeführt hatte, brach schon fast die Dämmerung an. Mir stand Schweiß auf der Stirn und die Schultern taten mir vom stundenlangen Stützen Raikamas weh. Vorsichtig bettete ich sie unter einen Baum und rief nach den Wachen.

Keine Antwort.

»Wachen!«

Raikama berührte mich am Arm. »Sie schlafen«, sagte sie schwach. »Dein Vater auch.«

Ich verstand nicht. »Dann wecke ich sie eben.«

»Nein«, insistierte sie. »Sie wachen erst auf, wenn es Frühling wird. Die Streitkräfte von Lord Yuji haben uns angegriffen, und deshalb habe ich die ganze Stadt in einen Tiefschlaf versetzt.« Sie hielt inne. »In Yujis Armee sind gute Männer. Loyale Männer, die keine andere Wahl hatten, als ihrem Lord in die Schlacht zu folgen. Ich wollte vermeiden, dass dein Land von unnötigem Blutvergießen zerrissen wird.«

Sie drückte meinen Arm. Die Schatten um ihre Augen verrieten, was solch ein Zauber sie gekostet hatte. »Die Stadt liegt bis zum Frühling in einer Starre. Du und deine Brüder seid hier sicher.«

»Lass mich dir helfen.«

»Das hast du schon«, antwortete sie. »Indem du das Netz geknüpft hast.«

Ich schüttelte den Kopf, denn ich wusste nicht, was sie meinte. »Der Wolf hat mich getäuscht. Ich habe es geknüpft, um den Fluch zu brechen …«

»Und jetzt kannst du meinen brechen«, sagte Raikama. »Nimm meine Perle.«

»Aber ohne sie wirst du sterben.«

»Bitte. Sie tut mir weh.«

Trotzdem zögerte ich. Plötzlich fühlte die Korbtasche sich schwer an. Ich klappte sie auf, und sofort drang das Licht des Sternenkrautnetzes heraus. Ich holte es hervor, konnte mich aber nicht überwinden, es über meine Stiefmutter zu breiten.

Schlangen näherten sich Raikamas Füßen und rieben sich schmeichelnd an ihr. »Schlangen hatten schon immer ein Gespür für Magie«, meinte sie. »Sie sind Verwandte der Drachen, hast du das gewusst?«

Ich nickte stumm.

»Kannst du dich noch an den Tag erinnern, als du in meinen Garten gekommen bist, um eine meiner Schlangen zu stehlen?«

Ich nickte wieder. Wie hätte ich das vergessen können?

»Sie spürten deine Magie noch vor mir. Sie war mächtig – und gefährlich; viele würden sie begehren. Du warst so neugierig, was sie betraf, Shiori, und mich. Anfangs war mir das egal, aber als ich dich lieben lernte, machtest du mich so glücklich, dass mein Licht zu hell zu leuchten begann. Ich wusste, ich würde meine Geheimnisse nicht für immer vor dir verbergen können.«

Ich schloss die Augen und dachte an die seltenen Gelegenheiten, bei denen meine Stiefmutter so hell und schön in diesem Licht erstrahlte, dass ich mich erneut gefragt hatte, ob sie vielleicht die Monddame selbst war. Früher oder später hätte ich sie bestimmt gefragt, ob es sich um Magie handelte.

»Das ist der Grund, warum ich mein Herz vor dir verschlossen habe. Ich begrub deine Erinnerungen und tat alles, was ich konnte, um dich von Magie fernzuhalten, auch wenn das bedeutete, dass ich dich von mir fernhalten musste.« Sie atmete jetzt noch stockender. »Aber dann kamen deine Fähigkeiten trotzdem zum Vorschein, und du bist diesem Drachen begegnet. Nun war es nur noch eine Frage der Zeit, bis noch jemand von deiner Magie erfahren würde.«

»Das hättest du mir doch sagen können. Du hättest es Vater sagen können.«

»Das wollte ich«, gab sie zu. »So viele Male hätte ich es beinahe getan, aber ich hatte zu viel Angst davor, dabei auch meine eigenen Geheimnisse zu enthüllen. Und dich und deinen Vater zu verlieren – meine Familie. Doch dann habe ich sie trotzdem verloren.«

Ihre Stimme wurde immer leiser. Jedes Wort löste sich so schwer von ihren Lippen, als bereitete es ihr Schmerzen. Beim Anblick ihrer Augen, die von Tränen glasig waren, die sie zu unterdrücken versuchte, war ich bereit, ihr alles zu vergeben.

Aber noch nicht.

»Warum hast du meine Brüder verzaubert?« Ich musste es wissen.

Sie schluckte sichtlich und ließ den Kopf an den Baum zurücksinken.

»Das war nicht allein mein Werk«, gestand sie schließlich. »Auf Tambu verlieh mir meine Verbindung mit den Schlangen eine gewisse Macht, doch das war eher ein Fluch, den man besser verdrängte.« Sie senkte den Blick, und ich fragte mich, was für eine dunkle Vergangenheit sie hatte. »Hier kommt meine Magie aus meiner Perle. Sie ist nicht so wie die anderen, wie dir vielleicht aufgefallen ist. Dunkel und zerbrochen – wie mein Herz es einst war.« Sie holte tief Luft. »Sie verstärkt meine Kraft und gehorcht meinen Befehlen, aber nicht immer auf die Art, wie ich es mir wünsche.«

Sie hob den Blick und sah mich an. »Ich wollte dich vor dem Wolf schützen, Shiori. Ich wollte verbergen, wer du warst, und dich fortschicken, jedenfalls so lange, bis ich einen Weg gefunden hätte, seiner Herr zu werden. Aber als du deinen Brüdern gesagt hast, ich sei ein Dämon, geriet ich in Panik. Ich wollte sie deine Worte vergessen lassen, doch das gelang mir nicht. Trotzdem musste ich sie schützen, genau wie dich. Die Perle hat meine Wünsche umgesetzt, indem sie deine Brüder in Kraniche verwandelt hat.«

Meine Stimme war brüchig. »Wären sie wirklich gestorben, wenn ich gesprochen hätte?«

»Ja. Die Perle lügt nicht.«

Ihre Bestimmtheit ließ einen Kloß in meiner Kehle entstehen. »Aber warum nur?«

Raikama rang die Hände. »Auch wenn ich vielleicht wie ein Monster erscheinen mag, bin ich doch ein Mensch wie du, und ich habe Fehler gemacht. Einer davon war, mich der Macht der Perle zu bedienen, ganz besonders, als ich fürchtete, dass …« Sie seufzte und beantwortete dann endlich meine Frage. »Die Perle dreht und wendet das Schicksal für ihre eigenen Zwecke. Deine Brüder in Kraniche verwandeln, dich in den fernen Norden verbannen und dazu zu zwingen, das Sternenkrautnetz zu knüpfen, deinen

Faden mit dem des Drachenkönigs zu überkreuzen – all das hat sie veranlasst, weil sie zu ihrem Besitzer zurückwill.« Sie presste die Lippen aufeinander. »Ich war nie ihre Besitzerin.«

Endlich begriff ich es. »Ihre Macht war für dich eine Bürde, nicht wahr?«

Raikama nickte kaum merklich. »Befreie mich von ihr, Shiori. Bitte.«

Ich kämpfte mit mir selbst. Sollte ich die Bitte meiner Stiefmutter erfüllen oder nicht? Schließlich wurde mir klar, dass ich mich ihr nicht widersetzen durfte. Nicht jetzt.

Langsam senkte ich das Netz und breitete es wie eine Decke über ihren Körper. Sie hatte Gänsehaut an ihren bloßen Armen bekommen; ihre Ärmel waren zerrissen und aufgescheuert. Verrückt – ich hatte das Netz eigentlich so groß gemacht, um sie damit überwältigen zu können, nicht, um sie damit zu wärmen. Aber jetzt war ich dankbar dafür.

Das Sternenkraut glitzerte. Sein Flechtwerk aus drei verschiedenen magischen Kräften schimmerte besonders intensiv rund um die zerbrochene Perle in der Brust meiner Stiefmutter. Raikama ballte die Hände zu Fäusten, und ihre Fingernägel gruben sich in den Boden. Offensichtlich musste sie einen Schrei unterdrücken, und als das Netz immer heller wurde und das Leuchten der Perle überstrahlte, keuchte sie schmerzerfüllt.

Die Perle rollte aus ihrem Herzen wie ein Tropfen Nacht und schwebte über meinen geöffneten Händen.

Die dunkle Magie, die im Innern der Perle brodelte, faszinierte mich, genau wie damals, als ich sie das erste Mal gesehen hatte. Sie landete in meiner Handfläche und wurde dort immer dunkler, bis sie beinahe erlosch.

Von der Perle befreit sank meine Stiefmutter mit einem friedlichen Lächeln gegen den Baum. Ihr Haar wurde ganz weiß, und auf ihrer Haut erschienen Schuppen, bis sie das Gesicht einer

Schlange hatte – ihre Nase zog sich nach innen und oben, und ihre Pupillen waren nur noch schmale Schlitze. Und doch wirkte sie in diesem Körper mehr zu Hause als vorher, als sie ihre Maske aus Schönheit und Brillanz getragen hatte.

Ich legte die Perle auf meine Tasche, um mich ganz meiner Stiefmutter zuwenden zu können.

»Erzählst du mir von dem Mädchen, das du einmal warst? Vanna?«

»Vanna?«, wiederholte Raikama.

»Ist das nicht dein Name, Stiefmutter? Dein echter Name?«

»Nein, das ist er nicht.« Sie hielt inne, schien plötzlich ganz weit weg zu sein. »Es ist der Name meiner Schwester.«

»Deiner Schwester?«

»Ja, ich hatte vor langer Zeit eine Schwester. Eine, die ich mehr als jeden anderen hasste – und zugleich mehr liebte als jeden anderen. Alle nannten mich ein Monster, außer Vanna. Sie war ebenso gütig wie schön. Alle nannten sie die Güldene, wegen des Lichts in ihrem Herzen.«

»Die Perle.« Ich begriff.

Raikama nickte. »Sie wurde mit einer Drachenperle in ihrem Herzen geboren. Das war mehr Fluch als Segen, denn sie zog sowohl Prinzen und Könige als auch Dämonen an. Ich habe versucht, sie vor ihnen zu schützen, aber …«

Ihre Stimme versagte, aber sie brauchte ihren Satz gar nicht zu beenden.

»Es tut mir leid«, flüsterte ich.

»Es hätte mich treffen müssen«, fuhr Raikama leise fort. »Ich war ein Monster, Shiori, ganz und gar. Ich tat schreckliche Dinge in der Hoffnung, dass ich eine Möglichkeit finden würde, den Fluch meines Gesichts zu brechen und auszusehen wie alle anderen. Am Ende bezahlte dafür der Mensch, den ich am meisten liebte. Als Vanna starb, nistete ihre Perle sich in meinem Herzen ein, damit es nicht brach, und erfüllte meinen sehnlichsten Wunsch – auf die grausamste Art. Sie gab mir ein neues Gesicht – das Gesicht meiner eigenen Schwester.«

Raikama berührte mit den Fingern die rauen Schuppen auf ihrer Haut. »Ich wollte sterben«, sagte sie heiser. »Vannas Gesicht jedes Mal sehen zu müssen, wenn ich in den Spiegel schaute ... das war viel schlimmer, als mein eigenes Gesicht sehen zu müssen.« Ihre Finger verweilten auf der Narbe. »Ich glaubte nicht, dass ich es aushalten würde. Bis ich deinen Vater kennenlernte. Er hatte seine Frau verloren, die er mehr liebte als das Leben selbst, und er war freundlich zu mir. Wir verstanden den Kummer des anderen, also folgte ich ihm hierher und wurde Teil seiner Familie.«

»Stiefmutter ...«

Sie griff nach meiner Hand. Unsere Handgelenke waren immer noch mit dem roten Faden verbunden, doch dessen Glanz verblasste zusehends – ein Anblick, bei dem mir das Atmen plötzlich wehtat.

»Am meisten bereue ich, dass ich es nicht geschafft habe, Vanna zu beschützen«, sagte sie. »Ich würde alles geben, um das zu ändern, aber selbst die stärkste Magie der Welt kann die Vergangenheit nicht ungeschehen machen. Du warst meine zweite Chance, Shiori. Als ich erfuhr, dass du in Gefahr geraten könntest, habe ich geschworen, alles in meiner Macht Stehende zu tun, um dich zu schützen. Alles, was ich nicht hatte tun können, um Vanna zu beschützen.«

»Das hast du«, sagte ich. »Du hast uns alle gerettet.«

Sie antwortete nicht, richtete sich aber wieder ein wenig an dem Baum auf und sammelte das, was von ihrer Kraft noch übrig war. Ihre Schuppen fingen das Licht der aufgehenden Sonne ein und schimmerten wie Opale.

»Es wird gleich Tag«, sagte sie. »Höchste Zeit, den Fluch deiner Brüder zu beenden.«

»Aber ich …« Ich konnte nicht weitersprechen. *Aber ich kenne deinen Namen nicht.*

»Den hast du immer gekannt«, antwortete meine Stiefmutter, als könnte sie meine Gedanken lesen. »Denk an das Lied, das du immer in der Küche gesungen hast.«

Ich starrte sie mit offenem Mund an. »Aber … das sind Erinnerungen an meine Mutter.«

»Nein«, sagte sie sanft. »Es sind Erinnerungen an mich.«

Sie begann zu singen, mit einer tiefen, traurigen Stimme, die ich seit Jahren nicht mehr gehört hatte:

Die Channari vom Meer
steht mit dem Löffel am Herd.

Rührt, rührt, rührt das Kraut,
Suppe für reine Haut.

Kocht, kocht, kocht, hurra,
Ragout für feines Haar.

Und für ein schönes Lachen?
Muss sie backen, backen,
mit Kokosnuss und Zuckerrohr.

Fassungslos wich ich einen Schritt zurück, ich konnte es nicht glauben. All die heimlichen Vormittage in der Küche, in denen ich mit meiner Mutter gelacht, in denen sie mir gezeigt hatte, wie man Fischsuppe kocht – sie alle hatte ich mit Raikama verbracht?

»Du hast sie so sehr vermisst, dass du nicht essen wolltest«, sagte meine Stiefmutter leise. »Du hast immer nur leise geweint und dich geweigert, zu sprechen.« Sie machte eine Pause. »Das ging über Monate so, und dein Vater wusste sich keinen Rat mehr.

Ich war neu im Palast und hatte gerade jemanden verloren, der mir nahestand. Dich wieder glücklich zu machen, hat mich glücklich gemacht.«

»Du hast also deine Magie an mir eingesetzt.«

»Nur für kurze Zeit«, gestand sie. »Ich wollte dir Erinnerungen an deine Mutter ermöglichen. Erinnerungen, die dich zum Lächeln bringen würden, selbst wenn du mich irgendwann hasstest.«

Selbst wenn du mich irgendwann hasstest. Das Bedauern in ihrer Stimme machte es mir unmöglich, wütend auf sie zu sein. Ich drückte ihre Hand fester. Sie war die einzige Mutter, die ich je gekannt hatte.

»Was bedeutet der Name Channari?«, fragte ich, als ich schließlich meine Stimme wiedergefunden hatte.

»Er bedeutet ›mondgesichtiges Mädchen‹«, sagte Raikama und berührte ihre schuppige Haut. »Poetisch, nicht wahr? Und zutreffend. Vanna *war* die Sonne zu meinem Mond.«

Sie blickte auf die verblassenden Sterne. »Ich werde sie bald wiedersehen.«

»Nein«, flehte ich sie an, »du darfst noch nicht gehen!«

Am Himmel erblühte die Dämmerung, und meine Stiefmutter wandte ihren Blick von der aufgehenden Sonne ab. Sie ließ meine Hand los. »Gleich werden sich deine Brüder wieder in Kraniche verwandeln. Wir sollten ihnen das nicht mehr zumuten. Lass uns beenden, was ich begonnen habe.«

Ich nickte benommen und griff nach der Perle. Dann nahm ich wieder Raikamas Hand und flüsterte »Channari«.

Die Perle begann auf meiner Handfläche zu rotieren, und ihr Leuchten hüllte meinen ganzen Körper ein. Auf ihrer dunkel glänzenden Oberfläche konnte ich meine Brüder erkennen. Sie rannten auf der Suche nach mir durch den Wald und riefen »Shiori! Shiori!«.

Hasho bemerkte den Sonnenaufgang als Erster. Die ersten Strahlen der Morgendämmerung drangen durch die Bäume zu den Gliedmaßen meiner Brüder hin, die sich für die Verwandlung wappneten.

Aber dann nahmen die Strahlen aus Sonnenlicht die Gestalt von Schlangen an. Sie leuchteten, legten sich um die Arme meiner Brüder und flüsterten mit Raikamas Stimme: »Eure Schwester hat euch befreit. Lebt wohl, Söhne meines Ehemanns!«

Das Bild von meinen Brüdern verblasste, und die Perle hörte auf, sich zu drehen. Sie blieb schwer und still in meiner Hand liegen.

»Jetzt ist meine Zeit gekommen«, sagte Raikama und ließ meine Hand los.

»Nein! Stiefmutter, du …«

»Der Zauber, mit dem ich die Heiligen Berge belegt habe, wird nicht ewig halten«, unterbrach sie mich. »Du musst an einen Ort gehen, wohin die Dämonen dir nicht folgen können, zumindest für eine Weile. Dort musst du dann etwas für mich tun.«

Ein letztes Mal nahm ihre Stimme jenen Achtung gebietenden Ton an, der mich daran erinnerte, dass sie meine Stiefmutter war. Aber nicht mehr die Namenlose Königin.

»Was immer du willst.«

»Gib die Perle ihrem Eigentümer zurück. Und zwar ehe sie ganz zerbricht. Der Drachenkönig wird wissen, von wem ich spreche.«

»Aber er will sie für sich behalten.«

»Das stimmt, aber das Netz wird dich vor seinem Zorn schützen – wenn auch nur eine Zeit lang. Lass dich von ihm nicht austricksen, Shiori. Die Perle ist gefährlich, wenn sie sich nicht in den Händen ihres Eigentümers befindet. Das hast du ja bei mir erlebt.« Raikama schluckte. »Versprich mir, dass du sie nur dem Drachen übergeben wirst, der die Kraft besitzt, sie wieder ganz zu machen.«

»Ich verspreche es.«

»Gut.« Ihre Stimme klang matt und war voller Bedauern. »Das hätte ich schon vor langer, langer Zeit tun sollen.«

Dann legte sie zärtlich ihre Hand an meine Wange. »Sag deinen Brüdern, dass es mir leidtut. Meine Täuschungen und alles, was ich ihnen zugemutet habe.«

Sie lehnte den Kopf wieder an den Baum. »Und sag deinem Vater, wie viel er mir bedeutet. In dem Leben, das ich vor ihm geführt habe, habe ich wenig Liebe erfahren, und es war meine größte Freude, dass er mir eine Familie geschenkt hat, die ich als meine eigene lieben konnte. Sag ihm, wie leid es mir tut.«

Sie wischte mir eine Träne ab, die mir die Wange hinablief. Ich schüttelte den Kopf, denn ich wollte nicht, dass sie fortfuhr. »Und ich entschuldige mich bei dir, Shiori. Für all den Schmerz, den ich dir bereitet habe, aber vor allem dafür, dass ich gesagt habe, du würdest niemals mein Kind sein. Du bist meine Tochter – vielleicht nicht meines Blutes, aber meines Herzens.«

Nun konnte ich die Tränen nicht länger zurückhalten. »Stiefmutter, bitte …«

Sie hob die Hände, die jetzt auf ihrer Brust lagen, ein wenig an. Sie war noch nicht fertig.

»Lerne aus meinen Fehlern«, sagte sie so leise, dass ich mich vorbeugen musste, um sie zu verstehen, »und lerne aus meinen Freuden. Umgib dich mit denen, die dich immer lieben werden, ohne sich von deinen Fehlern oder Charakterschwächen davon abbringen zu lassen. Erschaffe dir eine Familie, die dich mit jedem Tag nur noch schöner finden wird, selbst wenn dein Haar im Alter grau geworden ist. Sei das Licht, das die Laterne eines anderen Menschen leuchten lässt.« Sie atmete tief ein, dann sank ihr Brustkorb in sich zusammen. »Wirst du das tun, meine Tochter?«

Ich konnte kaum nicken, von Sprechen ganz zu schweigen. »Ja.«

»Gut.« Sie lehnte sich zurück. Ihr Haar war völlig weiß, wie der schneebestäubte Baum. »Sing mit mir.«

Ich versuchte es, doch meine Tränen kamen mir dazwischen. Ich hatte einen salzigen Geschmack im Mund, und war so heiser, dass es schmerzte. Aber während sie sang, stimmte ich mit ein, wann immer ich konnte.

Die Channari vom Meer
steht mit dem Löffel am Herd …

Gegen Ende erschlafften ihre Finger. Der Glanz in ihren Augen verblasste, und unser Lied verwehte unvollendet im Wind.

Ich hielt sie fest und weinte.

Kapitel 40

Meine Brüder und ich vollzogen für Raikama eine kleine, private Zeremonie in ihrem Garten. Es gab keine Begräbnisprozession, keine offiziellen Riten, bei denen sie unseren Ahnen empfohlen und mit geopfertem Geld und Speisen ausgestattet wurde. Selbst wenn alle im Palast wach gewesen wären, glaubte ich nicht, dass sie ein Staatsbegräbnis hätte haben wollen. Aber sie hätte sich sicher gewünscht, dass Vater dabei war.

Als es vorbei war, verschwand ich, ohne ein Wort zu sagen, in meinem Gemach.

Es fühlte sich nicht mehr wie meines an. Zwar hatte sich nichts geändert: weder die Reihenfolge der Bücher im Regal noch die Sammlung von Haarspangen und Ohrringen in meinem lackierten Schmuckkästchen, nicht einmal das Arrangement meiner Seidenkissen.

Aber *ich* hatte mich verändert. Auf unfassbare Weise.

Als Erstes suchte ich nach einem lange vergessenen Schatz. Er befand sich in einem Kästchen, das mit rotem Brokat überzogen war und weit hinten in einer Schublade voller Talismane und Amulette – die für ein ganzes Jahrzehnt guter Wünsche gereicht hätten – versteckt war.

Takkans Briefe.

Ich las sie wieder und wieder, lachte und weinte über seine Geschichten, die mein Herz aufgehen ließen und es gleichzeitig mit Schmerz erfüllten. Viele handelten von ihm als Jungen, der versuchte, seine aufmüpfige Schwester im Zaum zu halten, sich dann aber doch auf ihre Abenteuer einließ. Die Briefe sorgten dafür, dass ich Megari und Iro vermisste – am meisten aber Takkan.

Ich las, bis die Wörter vor meinen angestrengten Augen zu Tuscheflecken verschwammen. Aber ich konnte nicht schlafen, ehe ich Raikamas Perle auf mein Kissen und das Sternenkrautnetz auf meinen Nachttisch gelegt hatte. Auf irgendeine Art reichte das aus, um mir zu vergegenwärtigen, dass das vergangene halbe Jahr nicht nur ein Traum gewesen war, aus dem ich einfach erwachen konnte. Dass die Narben, die ich an Körper und Seele davongetragen hatte, echt waren. Dass ich Versprechen abgegeben hatte, die ich einhalten musste.

Irgendwann schlief ich ein und ließ mich in eine traumlose Leere fallen, von der meine Brüder mir später erzählten, sie habe drei Tage gedauert. Schlangen umringten mein Bett, und ich ließ sie hinein. Ich hatte keine Angst mehr vor ihnen. Denn sie trauerten nur um ihre Mutter, genau wie ich.

Ich wusste nicht, was meine Brüder taten, während ich schlief, aber als ich erwachte, lag vor dem Schloss ein Haufen Schwerter, die den schlafenden Soldaten von Lord Yujis Armee abgenommen worden waren. Meine Brüder hatten sie eingesammelt, zusammen mit Takkan, wie sie mir später erzählten. Jetzt saßen sie alle im Innenhof vor den Gemächern, die meine Brüder und ich uns teilten, und waren in einem engen Kreis zusammengerückt, so als wären sie seit Jahren Freunde.

Seit der Wolf mich in die Heiligen Berge entführt hatte, hatte ich Takkan nicht mehr gesehen. Doch manchmal, im Halbschlaf, war es mir so vorgekommen, als würde ich seine Stimme hören, wie er mir Geschichten erzählte. Seine Briefe vorlas.

Er bemerkte mich vor meinen Brüdern und sprang auf.

Bei seinem Anblick wurde mir im Innern ganz warm, aber ich konnte ihm kein Lächeln schenken. Bestimmt dachte er, dass das jetzt der Anfang unserer Zukunft war … nur, dass ich hier nicht bleiben konnte.

Ich hielt Raikamas Perle hoch, und Takkan reichte mir die von Seryu, die er für mich aufbewahrt hatte.

»Ich werde zur Taijin-See reisen«, verkündete ich. »Nach Ai'long, ins Reich der Drachen.«

Wellen brachen am Strand, und die Gischt glitzerte wie Neuschnee. Wieder und wieder stiegen die Wellen in einem immerwährenden Rhythmus auf, brachen, rollten den Strand hinauf und liefen dann wieder ab – so, wie sie es schon lange, bevor ich zur Welt kam, getan hatten und wie sie es noch tun würden, lange, nachdem ich sie wieder verlassen hatte.

Hinter mir näherten sich Takkan und meine Brüder, aber ich war noch nicht bereit für den Abschied. Ich wollte nicht schon wieder gehen, wo ich doch eben erst nach Hause zurückgekehrt war.

»Mir bleibt noch etwas Zeit«, murmelte ich in ihre Richtung und blickte zur Sonne. Sie war erst halb über den Horizont aufgestiegen und spiegelte sich auf der glatten Wasseroberfläche. In ihrem Licht wirkte das Wasser eher golden, mit Spuren von Violett aus der endenden Nacht und roten Sprenkeln vom beginnenden Sonnenaufgang. Bei diesem unnatürlich schönen Anblick fühlte sich meine Korbtasche schwerer an. In ihr befand sich Raikamas Perle in einem Nest aus Sternenkraut.

»Bist du sicher, dass du nicht auf Vater warten willst?«, fragte Hasho.

»Es ist besser, wenn ich es nicht tue.«

Es würde noch Wochen dauern, bis Vater und der Rest von Gindara wieder erwachten. Abgesehen davon hatte ich keine Ahnung, wie ich Vater die Wahrheit beibringen sollte: dass ich die Bluterbin von Kiata war. Dass ich ein Riss in den Nähten war, welche die Götter zusammengefügt hatten, um die Magie für immer aus unserem Land zu verbannen.

»Vater macht sich auch so schon genug Sorgen«, erklärte ich. Mir wurde das Herz schwer, als ich mir vorstellte, wie er die Nachricht von Raikamas Tod aufnehmen würde. »Und ich bin ja bald wieder da.«

Kaum waren diese Worte über meine Lippen gekommen, wünschte ich mir auch schon, ich könnte sie zurücknehmen. Nicht einmal Seryu hatte ich mitgeteilt, dass ich keineswegs vorhatte, seine Perle an seinen Großvater zurückzugeben. Das würde dem Drachenkönig gar nicht gefallen, so viel stand fest. Aber ich würde mein Versprechen gegenüber Raikama halten, ob mit oder ohne Seryus Hilfe. Ich würde den wahren Eigentümer der Perle finden.

Kiki schwebte über mir, als ich meine Schuhe abstreifte und sie am Strand liegen ließ. *Meinst du, ich kann genauso gut schwimmen wie fliegen?*, fragte sie. *Vielleicht kann Seryu mich mit ja Flossen ausstatten.*

Ich gab keine Antwort. Der Sand unter meinen Füßen war feucht und kalt, und als die erste Welle meine Füße überspülte, fröstelte ich.

Es gab eine letzte Sache, die ich tun musste, ehe ich ins Wasser ging. Hasho brachte mir ein Kästchen, das in eins von Raikamas Brokatgewändern eingewickelt war. Es bestand aus Teak, einem Holz, das ursprünglich von den Tambu-Inseln stammte. Jeder von uns sieben hatte ein kleines Andenken von sich selbst hineingelegt – Andahai einen Edelstein aus einer seiner Kronen, Benkai einen Pfeil, Reiji eine Schachfigur, Wandei sein Lieblingsbuch,

Yotan einen Malerpinsel, Hasho eine Feder und ich sieben Papiervögel.

Bei ihrer Rückkehr auf die Tambu-Inseln würde Raikama nicht allein sein.

Vorsichtig umwickelte ich das Kästchen mit einem Stück von dem roten Faden, den meine Stiefmutter immer benutzt hatte, um nach Hause zurückzufinden.

»Vereinige sie mit ihrer Schwester«, flüsterte ich dem Kästchen zu und übergab es dann der sanften Strömung. Schweigend schaute ich dabei zu, wie es davontrieb und schließlich nicht mehr zu sehen war.

Einer nach dem anderen nahmen mich meine Brüder in den Arm. Hasho hielt mich am längsten fest und flüsterte: »Bleib nicht zu lange weg, Schwester. Du wirst uns fehlen.«

Als Letzter kam Takkan.

Seine Kleidung war voller Sand, und sein Haar peitschte ihm ins Gesicht, doch er war mir nie würdevoller – oder liebenswerter – erschienen als in diesem Moment. Er verbeugte sich aus respektvollem Abstand.

»Meine Brüder werden dich nicht gleich in den Kerker werfen, wenn du mich umarmst«, neckte ich ihn.

»Ich weiß«, antwortete er leise. »Ich fürchte nur, dass ich dich dann nicht mehr loslasse.«

Ich warf mich in seine Arme und vergrub meinen Kopf an seinem Hals.

Er strich mir übers Haar. »Ich möchte dich begleiten.«

»Das geht nicht.« Ich schaute ihn an und erkannte an seiner enttäuschten Miene, dass er sich eine andere Antwort erhofft hatte. »Ich wünschte, du könntest. Aber mach dir keine Sorgen, ich werde in guter Gesellschaft sein.«

»Wenn die Legenden wahr sind, die ich über Drachen gehört habe, habe ich allen Grund, das zu bezweifeln.« Takkan sah mir fest in die Augen. »Aber ich weiß, dass du auf dich selbst aufpassen kannst, Shiori. Besser als jeder andere. Ich werde auf dich warten.«

Ich nahm seine Hände. Es war nicht sicher, wann ich ihn wiedersehen würde. Seryu hatte gesagt, dass die Zeit im Unterwasser-Königreich anders verging als in dieser Welt. Also konnte es Jahre dauern, bis wir uns wiedersahen. Würde es zwischen uns noch genauso sein wie jetzt, wenn ich zurückkehrte?

Falls ich zurückkehrte?

Ich verdrängte den Gedanken und zwang mich zu einem Lächeln. »Sorg dafür, dass meine Brüder sich keinen Ärger einhandeln.«

»Wenn ich mich recht entsinne, warst du immer diejenige, die sich Ärger eingehandelt hat, Shiori. Nicht deine Brüder.«

Jetzt lächelte ich von ganzem Herzen. Ich wandte mich zum Meer um, aber Takkan war noch nicht fertig. »Nimm das hier mit.« Er reichte mir sein Skizzenbuch. Es war dasselbe, das er in der Seeschwalbe benutzt hatte; die Seiten waren voller Kohleflecken und rochen nach Suppe.

»Noch mehr Briefe?«

»Besser«, gelobte er. »Damit du mich nicht vergisst.«

Ich lehnte meine Stirn an seine und presste meine Lippen an seine Wange. Es war mir gleich, ob meine Brüder das sahen. »Unsere Schicksale sind miteinander verbunden«, sagte ich sanft. »Wie könnte ich dich vergessen?«

Die Flut gewann an Kraft. Im Schaum der Wellen glitzerte ein grüner Schwanz, und dann tauchte Seryu in seiner menschlichen Gestalt auf. Mit einem Flüstern verabschiedete ich mich von Takkan und riss mich von ihm los. Als ich ins Wasser ging und meine Füße im Sand versanken, kam Kiki angeflogen und flatterte mir vor der Nase herum. *Sag nicht, dass du mich auch nicht mitnimmst!*, rief sie in einem beleidigten Tonfall.

Natürlich nehme ich dich mit, antwortete ich. *Du bleibst bei mir bis zum Ende, das weißt du doch.*

Etwas besänftigter hüpfte Kiki auf meine Schulter. *Dann sag das beim nächsten Mal bitte gleich.*

Meine Brüder grüßten den Drachen. Sie nickten ihm zu, und auch Takkan neigte den Kopf.

Ich erwartete beinahe, dass Seryu sich auf dieselbe Art vorstellte, wie er es immer tat, indem er all seine Titel aufzählte und alle darüber informierte, dass er der Enkel des Drachenkönigs sei. Aber er warf einen Blick auf Takkan und zog seine dichten Augenbrauen so hoch, dass sie sich beinahe verknoteten.

»Gibt es im Meer wirklich ein Königreich?«, fragte Yotan und wackelte mit den Zehen, als das Wasser über sie hinwegschwappte.

»Das schönste Königreich der Welt«, erwiderte Seryu. »Dagegen wirkt Gindara wie ein heruntergekommenes altes Dorf.«

»Vorsicht, Drache!«, warnte Benkai. »Vergiss nicht, dass du dich an Land befindest und mit den Prinzen Kiatas sprichst.«

»Oh, das ist mir beides völlig bewusst«, gab Seryu lapidar zurück. Er beantwortete keine weiteren Fragen. »Bist du so weit, Shiori?«

Ich raffte meine Röcke hoch. »Ja.«

Kiki faltete unter meinem Kragen fest die Flügel zusammen. *Versprich mir eins, Shiori: Bring mich nicht als Fisch zurück, wenn ich zu sehr durchweiche.*

Ich gluckste und kniff sie scherzhaft in den Schnabel. *Versprochen.*

Seryu streckte mir seine Klaue hin. »Halt die Luft an. Salzwasser brennt in der Nase. Jedenfalls habe ich das gehört.«

Ich warf einen letzten Blick auf Takkan und meine Brüder. Mein Herz war bei ihnen, egal, wohin ich ging. Egal, wie sehr sich alles verändert haben würde, wenn ich zurückkehrte.

Ich holte tief Luft. Es würde für lange Zeit der letzte Atemzug sein.

Dann tauchte ich, Hand in Hand mit einem Drachen, ins Meer.

Tief in den Heiligen Bergen strich der Wolf auf der Suche nach einem Fluchtweg umher. Die anderen hatten es schon versucht, aber sie waren angekettet.

Er war es nicht.

Die Dämonen sagten ihm erbost, dass alles sinnlos sei, aber der Wolf hörte nicht auf sie. Denn auf seiner Klaue war ein kostbarer Fleck vom Blut des Mädchens.

Er kratzte damit am Berg und färbte dessen weiße Adern rot.

Der Berg begann zu singen. Es formten sich winzigste Risse, und in seinem Innern lösten sich Schatten. Rachedurstige Dämonen versammelten sich und drängten auf Zerstörung.

Er würde sie ihnen geben. Bald.

Als Zauberer hatte er Hunderte Namen gehabt, vielleicht sogar tausend. Doch er war kein Zauberer mehr. Er war jetzt ein Dämon und brauchte nur noch einen einzigen Namen.

Bandur.

Dank

Mein Dank geht an meine Agentin Gina, die mich durch die Veröffentlichung von fünf Büchern gelotst hat und deren Wissen über das Verlagswesen, das Schreiben und das Leben mich immer wieder beeindruckt. An meine Lektorin Katherine dafür, dass sie *Die sechs Kraniche* für etwas Besonderes hielt und dafür gesorgt hat, dass Shioris Geschichte heller erstrahlt, als ich sie mir hätte ausmalen können. An meine Presseagentinnen Alex und Lili für ihren Frohsinn und dafür, dass sie sich jedes Mal so ins Zeug legen, um meine Arbeit bekannt zu machen.

An Gianna, Melanie, Alison und das wunderbare Team bei Knopf Books for Young Readers für ihre Unterstützung von *Die sechs Kraniche* vom ersten Tag an. Danke, dass ihr mir geholfen habt, dieses innen wie außen schöne Buch zu kreieren.

An Virginia für die atemberaubende Karte von Kiata. Ich liebe diesen Drachen, die fliegenden Kraniche, das Kaninchen auf dem Mond. Danke dafür, dass du die stetig wachsende Welt von Lor'yan auf eine Weise visualisiert hast, die die Fantasie der Leser und Leserinnen mit Sicherheit beflügeln wird.

An Leslie und Doug, die einfühlsamsten kritischen Gefährten, die eine Frau sich wünschen kann; sie haben mir über zahllose Entwürfe und unveröffentlichte Manuskripte hindurch beigestanden und geben mir stets den Rat, den ich brauche.

An Amaris, Diana und Eva dafür, dass ihr meine ältesten und liebsten Freundinnen seid und trotz eures stressigen Alltags mein Buch gelesen habt. Ich kann immer darauf zählen, dass ihr mir eure ehrliche und konstruktive Meinung sagt – die mehr wert ist als Gold.

An Lauren und Bess dafür, dass ihr den frühsten Entwurf der ersten Kapitel von *Die sechs Kraniche* gelesen und mich ermutigt habt, weiterzumachen.

An Anissa dafür, dass sie Shioris Geschichte von Beginn an begleitet hat, sowie für zahllose Gespräche über Kunst und Anime – ich bin so dankbar, dass wir uns vor all den Jahren auf der BookCon kennengelernt haben!

An meine Schwiegereltern dafür, dass sie um die Welt geflogen sind, um beim Babysitten zu helfen, während ich geschrieben und geschrieben habe, und dafür, dass sie mir den großartigsten Schweinebraten zubereitet haben. Auch die Glasnudeln mit Knoblauchgarnelen sind mir immer noch in bester Erinnerung.

An meine Eltern, die mich als Kind nach Herzenslust lesen ließen. Danke dafür, dass ihr meinen Kopf und mein Herz mit Geschichten gefüllt und mich ermutigt habt, sie auf meine Weise wachsen zu lassen. Und danke dafür, dass du mir beigebracht hast, Suppe zu kochen und Kuchen zu backen, Mom.

An Victoria dafür, dass du mir immer deine Meinung über die romantischen Aspekte der Geschichte gesagt hast (und immer »mehr!« wolltest), und dafür, dass du mich zu der starken jungen Frau inspiriert hast, über die ich schreibe und zu der ich aufschaue.

An Adrian, der unermüdlich jedes meiner Bücher liest und redigiert, der für die Kinder kocht, sich nicht beklagt, wenn ich mitten in der Nacht aufstehe, um eine neue Idee festzuhalten, und sich gemeinsam mit mir darüber amüsiert, wenn ich ihn per SMS nach seiner Meinung frage, auch wenn wir in benachbarten Zimmern sitzen. Ich werde dich immer lieben.

An meine Töchter – es gibt jetzt zwei von euch! Ihr bringt Freude in meine härtesten Tage und erinnert mich daran, warum Geschichten es wert sind, erzählt zu werden. Dieses Buch ist euch gewidmet.

Und zuletzt, wie immer, an meine Leser und Leserinnen. Danke, dass ihr mich auf dieser Reise begleitet und bis hierhin dabeigeblieben seid. Ich hoffe, Shioris Geschichte hat ein bisschen Licht in euer Leben gebracht und einen Platz in eurem Herzen gefunden.

DER STOFF, AUS DEM GESCHICHTEN SIND

Elizabeth Lim
EIN KLEID AUS SEIDE UND STERNEN
Klappenbroschur
448 Seiten
ISBN 978-3-551-58415-1
Auch als E-Book erhältlich

MAIA TAMARIN TRÄUMT DAVON, die beste Schneiderin des Reiches zu werden, aber als Mädchen ist ihr das Handwerk untersagt. Als der Kaiser einen Wettbewerb um den Posten des Hofschneiders ausruft, fasst sie einen gewagten Plan. Verkleidet als Junge reist sie an den Hof. Keiner darf ihr Geheimnis erfahren, doch schon bald zieht sie die Aufmerksamkeit des geheimnisvollen Magiers Edan auf sich. Um die schier unmögliche letzte Aufgabe zu erfüllen, begibt sie sich mit ihm auf eine gefährliche Reise, die sie fast alles kostet, was ihr lieb und teuer ist.

WW.CARLSEN.DE

CARLSEN

STAR-CROSSED LOVE UND EINE VERFLUCHTE PERLE

Elizabeth Lim
DER SCHWUR DES DRACHEN (DIE SECHS KRANICHE 2)
Softcover
496 Seiten
ISBN 978-3-551-58456-4
Auch als E-Book erhältlich

PRINZESSIN SHIORI HAT IHRER STIEFMUTTER RAIKAMA auf dem Sterbebett versprochen, die magische Drachenperle ihrem rechtmäßigen Besitzer zurückzubringen – aber das ist gefährlicher als gedacht. Sie muss ins Königreich der Drachen reisen, politische Intrigen unter Menschen und Drachen bekämpfen und die mächtige Perle gegen Diebe verteidigen, die sie für ihre Zwecke missbrauchen wollen. Und auch die Perle selbst scheint einen eigenen Willen zu haben; sie steckt voller böser Energie und bedroht damit alles, wofür Shiori kämpft – Familie und Freunde, ihr eigenes Leben und ihre wahre Liebe Takkan.

WW.CARLSEN.DE

CARLSEN